BEATRIX MANNEL | Die Insel des Mondes

Das Buch

Madagaskar 1880: Die 21-jährige Paula ist nach ihrer bösartigen Scheidung fest entschlossen, ein neues Leben zu beginnen und ihren Traum von der Herstellung eines einzigartigen Parfüms zu verwirklichen. Gegen den Willen ihrer Mutter bricht Paula nach Madagaskar auf, wo sie von ihrer verschollenen Großmutter Mathilde eine kleine Vanilleplantage im Nordosten geerbt hat. Schon seit ihrem vierzehnten Geburtstag, an dem Paula das zerfledderte Rezeptbuch der Großmutter geschenkt bekam, beschäftigt sie sich intensiv mit Heil- und Duftpflanzen. Und seit damals wünscht sie sich mehr über Mathildes Verschwinden und deren Vanillefarm zu erfahren. Um in den Nordosten zu gelangen, muss Paula Madagaskar durchqueren. Die einzigen Reisegefährten, die sie nach langem Suchen für diese abenteuerliche Reise finden kann, sind drei sehr unterschiedliche Männer. Seit ihrer Ehe will Paula von Männern nichts mehr wissen, aber sie hat keine andere Wahl. Die Gruppe reist zunächst nach Ambohimanga, zur Königin Ranavalona II., deren Unterstützung alle für ihre Pläne benötigen. Jedoch verschafft ihnen nur eine fatale Lüge die nötige Audienz. Von Ambohimanga führt die Reise in den tropischen Regenwald mit seinen Orchideen, Lianen, Goldspinnen und Lemuren, immer tiefer hinein in das Land und seine archaischen Traditionen, deren Unkenntnis Paula und ihre Gefährten immer wieder in große Gefahr bringt. Obwohl Paula dagegen ankämpft, verliebt sie sich, ohne zu merken, dass einer ihrer Reisegefährten ein perfides Spiel mit ihnen treibt. Es gelingt Paula, das Geheimnis ihrer Großmutter zu lüften, doch erst viel zu spät wird ihr klar, welches Verhängnis sie damit für alle heraufbeschwört …

Die Autorin

Beatrix Mannel studierte Theater- und Literaturwissenschaften und arbeitete dann als Redakteurin beim Fernsehen. Heute ist sie freie Autorin und schreibt Romane für Jugendliche und Erwachsene. Nach *Die Hexengabe* und *Der Duft der Wüstenrose* ist *Die Insel des Mondes* ihr dritter Roman im Diana Verlag. Beatrix Mannel lebt mit ihrer Familie in München.

Mehr zur Autorin unter www.beatrix-mannel.de

BEATRIX MANNEL

Die Insel des Mondes

ROMAN

Diana Verlag

MIX
Papier aus verantwortungsvollen Quellen
FSC® C014496
www.fsc.org

Verlagsgruppe Random House FSC® N001967
Das für dieses Buch verwendete
FSC®-zertifizierte Papier *Holmen Book Cream*
liefert Holmen Paper, Hallstavik, Schweden.

Originalausgabe 07/2013

Redaktion | Lisa Scheiber
Umschlaggestaltung | t.mutzenbach design, München
unter Verwendung von © shutterstock
Die Karte auf der dritten Umschlagseite stammt aus
dem Piratenmuseum in Antananarivo, Madagaskar.
Satz | Leingärtner, Nabburg
Druck und Bindung | GGP Media GmbH, Pößneck

Printed in Germany 2013
978-3-453-35746-4

www.diana-verlag.de

Die Insel des Mondes widme ich allen Großmüttern
und ganz besonders diesen:

Elisabeth Becker,
in deren Friseursalon ich schon als Kind
von geheimnisvollen Düften umweht wurde.

Mathilde Mannel,
die ich leider nie kennengelernt habe.

Elisabeth Kalasz,
der sanftmütigsten Schwiegeroma der Welt.

Wenn ich lächele,
ist der Himmel grün!
Wenn du lächelst,
ist der Himmel blau!
Wenn wir zusammen lächeln,
ist der Himmel glücklich!
Und wenn ich dann allein lächele,
ist der Himmel sehr weit:
Der Himmel ist grau!

J. R. RANDRIASAMIMANANA,
DICHTER AUS MADAGASKAR

I

Angelica

Angelica Archangelica, Engelwurzel, das Öl der Wurzel ist von sehr würzigem Geruch, brennend erwärmendem Geschmack und dient besonders zur Liqueurfabrikation, das Öl der Samen ist wegen seines feinen, moschusartigen Geruchs für Parfümeriezwecke sehr geschätzt.

Es war schon öfter vorgekommen, dass Paula nicht *wusste,* wie es in ihrem Leben weitergehen sollte, aber nun war sie an einem Punkt angelangt, an dem sie einfach nicht mehr weiter *konnte.*

Ihre Beine zitterten immer noch, während sie auf das braune Schlammloch starrte, dem sie nur unter Aufbietung all ihrer Kräfte entkommen war. Abgelenkt von den üppigen weißen Orchideenblüten, die sich um einen toten Baumstamm wanden wie Würgeschlangen um ihr Opfer, war sie in den zähen Morast gestürzt, der sie beinahe verschlungen hätte.

Wenn ich das hier überstanden habe, werde ich stärker sein als zuvor, versuchte sie sich schwer atmend zu beruhigen. Ja, das wirst du sicher, flüsterte die Stimme in ihrem Kopf, die Paula immer dann mit Kommentaren belästigte, wenn sie sie am wenigsten gebrauchen konnte. Und wenn du es weiter so übertreibst, wisperte die Stimme unnachgiebig, dann wirst du nicht nur so stark wie ein Gorilla sein, sondern auch so behaart. Paula lächelte unwillkürlich und versuchte sich zusammenzunehmen. Deine Entscheidung, dein Leben, murmelte sie vor sich hin. Sie wischte ihre schlammigen Hände an den Seiten ihres langen Kakirocks ab, dessen Kauf sie ständig bereute. Sie musste sich Hosen nähen lassen, alles andere war in diesem Urwald nur hinderlich. Erschöpft lehnte sie sich gegen einen der von Termiten zerbröselten Baumstämme. Schweißtropfen hinterließen kleine saubere Rinnen auf dem Weg von der Stirn zu ihrem Kinn, und ihr Atem beruhigte sich langsam. Sie wandte den Blick nach vorn, aber von ihren Reisegefährten war keiner mehr zu sehen, gerade so, als ob der Regenwald sie verschlungen hätte. Ich könnte hier stehen bleiben, dachte sie, und ich würde mit der Zeit vermodern wie alles hier, würde eins werden mit der Natur. Und wenn du nicht bald weitergehst, dann wird auch genau das passieren, mahnte ihre innere Stimme. Doch Paula war müde, es hatte sie ihre letzte Kraft gekostet, sich aus dem Morast zu befreien. Leider war trotz aller Anstrengungen ihr linker Wanderschuh mitsamt dem dazugehörigen Strumpf in dem Morast versunken. Sie betrachtete ihren nackten Fuß, der im Zwielicht des Regenwaldes blass schimmerte und schon von Fliegen umkreist wurde. Ein Windstoß durchdrang ihre nass geschwitzte Leinenbluse und brachte sie zum Frösteln.

Sie nahm einen Schluck aus der Wasserflasche, die sie neben ihrer Ledertasche über der Schulter trug. Ich muss zu den anderen aufschließen, ich muss weiter.

Seufzend schnallte sie den Tropenhelm fester, der sich bei ihrem Sturz gelockert hatte, dann bückte sie sich, um die Mücken mit der Hand wegzuwedeln. Selbst dieses bisschen Bewegung fiel ihr unsäglich schwer, als ob der Schlamm ihr das Mark aus den Knochen gesaugt hätte. Ein schwarzer Schleier aus Selbstmitleid legte sich über ihr Gemüt. Unwillkürlich schüttelte sie sich. Dieses Gefühl wollte sie hinter sich lassen, sie hatte sich entschieden, sie hatte einen Plan. Paula stand auf und schleppte sich vorwärts. In diesem Augenblick spürte sie an ihrem feuchten Rücken eine flüchtige Berührung, nur einen Hauch. Neugierig drehte sie sich um.

Eine Wolke von Schmetterlingen, groß wie Kolibris, umflatterte sie vollkommen geräuschlos. Blau leuchteten die Flügel im Halbdunkel des Dschungels, taubenblau wie der Himmel an einem Sommertag in den Alpen, lilablau wie Lavendelfelder, und einige waren genauso blau wie die Flakons, die sie von ihrer Großmutter Mathilde geerbt hatte. Lapislazuliblau. Die seidigen Flügel wirbelten um sie herum, fächelten ihr Luft zu, die plötzlich nicht mehr nur nach Moder und Verwesung roch, sondern auch noch mit einer anderen Nuance gewürzt zu sein schien. Die blaue Wolke formierte sich ständig neu, changierte hin und her und schwebte dann langsam davon. Paula versuchte zu ergründen, was für ein Duft das war, den die blauen Schmetterlinge verströmt hatten, dann schlich sich ein Lächeln auf ihr Gesicht, es war Mut, dachte sie. So roch Mut.

Sie richtete sich auf, unterdrückte ein Stöhnen und setzte sich in Bewegung. Ihr unterer Rücken und das rechte Knie schmerzten von dem Sturz in das Schlammloch. Das vergeht wieder, sagte sie sich, das vergeht, dieser Schmerz ist bedeutungslos gegen das, was du hinter dir gelassen hast, das hier ist nur körperlicher Schmerz. Das hier ist ehrlich. Der Regenwald gibt nicht vor, etwas zu sein, das er nicht ist. Hier erwarten dich Nässe, Verwesung und Insekten, aber auch pure Schönheit.

Ihr nackter Fuß versank im Schlamm, was sich unerwartet weich anfühlte. Irgendetwas kitzelte sie nur für einen Moment, und fast gleichzeitig spürte sie einen Schmerz wie von einem Wespenstich, und bevor sie ihren Fuß herausziehen konnte, gleich noch einen und einen weiteren.

Es waren Blutegel, Noria hatte sie gewarnt, in diesem Teil von Madagaskar lauerten sie überall in den tiefen schlammigen Pfützen und Tümpeln, und Noria hatte ihnen gesagt, dass man die Egel nicht abreißen durfte, sondern warten musste, bis sie von selbst abfielen.

Paula suchte nach einem Baumstamm, der stabil genug war, ihren schmalen Körper zu tragen, humpelte dorthin, setzte sich und versuchte dann doch einen Blutegel abzuziehen. Aber sie waren gierig und hatten sich schon so festgesaugt, dass Paula es in ihrem geschwächten Zustand nicht schaffte. Resigniert beschloss sie zu warten, bis die Blutegel satt waren. Allerdings konnte das eine Weile dauern, und sie begann zu hoffen, dass ihre Reisegefährten ihr Verschwinden bald bemerken und umkehren würden.

Sie musste sich in Geduld üben. »Mora-Mora.« Seufzend wiederholte sie Norias Lieblingsausspruch: Mora-Mora, langsam, langsam. Aber Geduld war nicht ihre Stärke, war es noch nie gewesen. Immer wieder hatte sie ihre Mutter und später ihren Ehemann deshalb gegen sich aufgebracht. »Einer jungen Dame steht Ungeduld so gut zu Gesicht wie Lippenrot oder Flüche«, war eine der unzähligen Weisheiten, die ihre Mutter nicht müde wurde, ihrer Tochter zu predigen. »Eine junge Dame wartet, bis sie gefragt wird, bis sie aufgefordert wird, bis man geruht, sie zur Kenntnis zu nehmen.«

Und dieses Prinzip hatte besonders für Paulas Geburtstage gegolten, nicht aber für die Geburtstage ihrer Brüder. Nur bei ihr wurde zunächst so getan, als hätte man ihn vergessen. Erst dann, wenn es Paula gelungen war, sich zu beherrschen und nicht den mindesten Unmut zu zeigen, gab es ein Geschenk, das leider oft auch nur eine Enttäuschung war, die sie ebenfalls verbergen musste. Spitzentaschentücher statt des heiß ersehnten Romans *Der Graf von Monte Christo* oder weiße Glacéhandschuhe statt der gewünschten Reitstunden.

Nur einmal war alles ganz anders gewesen, und zwar an dem Tag, an dem sie die blauen Flakons zum ersten Mal gesehen hatte. Schon beim allerersten Betrachten der Flakons hatte Paula an Lapislazuli gedacht, denn ihre Mutter besaß ein Collier aus diesen Steinen, das ihr der Vater von einer Geschäftsreise an den Baikalsee mitgebracht hatte. Doch ihre Mutter trug die Kette nie, weil sie Granat- und Jettschmuck im Stil der von ihr bewunderten Königin Victoria bevorzugte.

Paula aber liebte das Blau dieser Steine und legte sich die Kette immer heimlich um, wenn sie mit ihrem älteren Bruder Johannes-Karl die Liebesgeschichte von Kaiser Wilhelm I. und der Fürstin Elisa Radziwill nachspielte.

Der Tag, den Paula später nur noch ihren Lapislazuli-Tag nannte, hatte damit begonnen, dass Paulas störrisches dunkles

Haar gescheitelt, zu langen Zöpfen geflochten und zum ersten Mal am Hinterkopf aufgesteckt worden war. Ihre Mutter hatte das Ankleiden an diesem Tag persönlich überwacht und sich vergewissert, dass der Körper ihrer Tochter korrekt in ihr erstes mit Fischbein versteiftes Leibchen gezwängt wurde. Dazu bekam Paula einen hellgrünen Rock mit eingewebten dunkelgrünen Rosenknospen, er war aus dem gleichen Stoff wie der Rock ihrer Mutter, der aber noch mit unzähligen beigen Spitzenvolants und schwarzen Samtschleifen geschmückt war. Und natürlich wurde er über eine Turnüre drapiert. Beide trugen dazu enge Baumwollbatistblusen mit hohem Stehkragen, die ihrer Mutter war allerdings an den Handgelenken offen und mit zahlreichen Bordüren verziert. Neben den sehr weiblichen Formen ihrer Mutter war sich die magere Paula wie ein hässlicher Blaustrumpf vorgekommen, und daran hatte sich nie mehr etwas geändert, nicht einmal nach ihrer Hochzeit. Aber an diesem Morgen war sie noch drei Jahre von einer Eheschließung entfernt gewesen und hatte nicht die leiseste Ahnung gehabt, wie bald sich ihr Leben ändern sollte.

Es war der 6. Juni 1872, ihr vierzehnter Geburtstag. Ihr Vater hatte sie feucht, aber liebevoll auf die Wangen geküsst, sie dabei mit seinem Kaiser-Wilhelm-Bart gekitzelt und ihr gratuliert.

Damals hatten sie noch in der großen Villa in Schwabing gelebt, wo Paulas Geschenk im Speisezimmer auf dem Buffet aus dunkler Eiche aufgebaut worden war. Drei leere blaue Glasflakons mit silbernen Verschlüssen standen da und wirkten auf Paula geheimnisvoll und gleichzeitig seltsam schlicht, in dem ansonsten völlig überladenen Zimmer, in dem jeder

Zentimeter verziert war mit Bordüren, Quasten, Fransen, Schleifchen, Teppichen und Deckchen.

»Hier ist nun also dein Geschenk«, hatte ihr Vater gutmütig gebrummt, auf die Flakons gezeigt und sie so endlich von ihrer Ungeduld erlöst. Neben den Flakons lag ein dickes Buch mit einem fleckigen, gepolsterten Ledereinband. Endlich einmal ein Buch zum Geburtstag!

»Das alles ist von deiner Großmutter Mathilde«, ergänzte ihre Mutter, die das Buch und dann die Flakons betrachtete, als wären sie mit einer ansteckenden Seuche behaftet.

Paula hatte bisher noch nie auch nur ein Sterbenswort über diese Großmutter gehört. Sie kannte lediglich Großmutter Josefa, die Mutter ihres Vaters, eine verbitterte Frau, die sie nicht mochte und die oberhalb des Königssees einen großen Bauernhof mit Milchkühen bewirtschaftete. Ganz allein, da der Großvater kurz nach der Geburt von Paulas Vater verschwunden war. Zusammen mit ihrem älteren Bruder Johannes-Karl und dem jüngeren Gustav musste Paula jedes Jahr im August für vier Wochen dorthin.

Und nun gab es da also eine weitere Großmutter. Paula hatte damals nicht gewusst, was sie davon halten sollte. Womöglich war diese Großmutter noch strenger und humorloser als Josefa.

Nachdenklich hatte sie ihren Blick in die schimmernden Flakons versenkt und sich gefragt, was wohl Josefas Erbe gewesen wäre. Eine Milchkanne, ein Butterfass oder ein Brottuch mit einem in Kreuzstich gestickten Bibelspruch vielleicht, jedenfalls ganz sicher nicht so etwas Unnützes. Denn praktisch sahen diese Glasbehälter nicht aus. Paula war näher an sie herangetreten. Nutzlos mochten sie vielleicht sein, aber sie waren auch wunderschön. Jedem der leeren Flakons entströmte ein Duft, ganz andere Aromen, als in diesem Haus sonst erlaubt waren. Ihre Mutter duldete nicht einmal Rosenöl, dessen Süße sie für orientalisch und deshalb verwerflich erachtete.

Paula lächelte vor sich hin. Damals hatte sie überhaupt nicht verstanden, warum etwas Orientalisches verwerflich sein sollte. Bis zu diesem besonderen Tag war Paula deshalb nur mit den zarten Blütendüften von Reseda, Veilchen und Lavendel vertraut gewesen.

»Und wo lebt diese Großmutter Mathilde?«, hatte sie gefragt, ohne ihren Blick von den blauen Flakons zu wenden. »Warum haben wir sie noch nie besucht?«

»Großmutter Mathilde ist schon vor langer Zeit verstorben, niemand weiß genau, wo oder wann.« Ihre Mutter klang so, als sei das eine Schande, die man ihr angetan hätte, um sie zu kränken. Ihr Vater mischte sich ein, zwirbelte seine linke Bartspitze und lächelte Paula freundlich zu. »Aber vor sechs Jahren erreichte uns ihr Nachlass.«

Paula hatte sich verwundert zu ihrer Mutter umgedreht. »Warum erbe ich das, Mama?«

Ihre Mutter zuckte so heftig mit den Achseln, dass die Volants ihrer weiten Ärmel in Unordnung gerieten. Paulas Vater trat näher zu ihr, legte besänftigend die Hand auf die Schulter seiner Frau Florence und erklärte Paula, das Erbe von Mathilde sei nur an sie weitergegangen, weil ihre Mutter es nicht wollte. Er streichelte Florence über den Rücken. »Liebes, Mathilde ist tot, du musst endlich Frieden mit ihr schließen.«

Paulas Mutter versteifte sich unter seiner Berührung, entwand sich ihm und rang sich dann ein Lächeln ab. »Ludwig, mein lieber Mann, du hast natürlich recht, wie so oft. Also, Paula-Viktoria, lass uns das Unvermeidliche hinter uns bringen. Deine Großmutter Mathilde war eine Deutsche aus dem Elsass, die sich aus unstillbarer Abenteuerlust mit dem französischen Maler Copalle verheiratet hat, um mit ihm nach Madagaskar zu gehen. Sie ist schuld daran, dass ich bei verwilderten Piraten aufwachsen musste und erst sehr spät all das gelernt habe, was einem jungen Mädchen ansteht und was es von der Welt wissen sollte. Du kannst von Glück sagen, dass du eine Mutter hast, die sich nicht die mindesten Versäumnisse in Bezug auf ihre Tochter vorzuwerfen hat.« Jetzt tupfte sich ihre Mutter mit ihrem bestickten Spitzentaschentuch die Lider, als würde sie weinen, aber ihre Augen waren trocken. Paula glaubte zu hören, dass ihre Mutter dabei etwas vor sich hin murmelte, und es klang wie »… und von ihrem Hang zu Skandalen gar nicht erst zu reden.

Verblüfft betrachtete Paula ihre Mutter, als würde sie sie zum ersten Mal sehen. Skandale! Bei Piraten aufgewachsen! Das war ja viel romantischer als der Roman *Sturmhöhe,* den sie gerade heimlich nachts verschlungen hatte. Nichts an ihrer völlig korrekten Mutter verriet auch nur eine Spur dieser Abenteuer.

Und Paula spürte, dass ihre Mutter nicht gewillt war, über ihr früheres Leben zu reden.

»Kurzum, deine Großmutter war ein ganz und gar unmöglicher Mensch. Und wenn dein Vater nicht darauf bestanden hätte, dann müssten wir heute auch nicht über sie sprechen.« Sie wies mit einer wütenden Handbewegung auf die Flakons. »Ich hätte alles dem Feuer übergeben!«

»Es ist nicht gut, seine Wurzeln zu durchtrennen, ganz egal, was für welche es auch sein mögen. Man kann sie nicht leugnen, es ist, wie es ist«, brummte ihr Ehemann und machte sich daran, eine Pfeife anzuzünden, obwohl ihm das weitere Klagen seiner Gattin einbringen würde.

Paula wurde an diesem Tag zwar erst vierzehn Jahre alt, aber sie konnte spüren, dass ihr Vater mit den Wurzeln nicht Großmutter Mathilde meinte, sondern von seinem eigenen verschollenen Vater sprach. Als sie sah, wie nervös ihr Vater an seiner Pfeife zog, erkannte sie plötzlich, wie viel Macht ihre Mutter aufgrund seiner Herkunft über ihn hatte. Er lebte mit der Schande, keinen Vater zu haben. Und nur für sie, für seine Tochter, hatte er es auf sich genommen, sich dem Zorn seiner Frau auszusetzen.

Paula starrte auf die bräunlich-schwarzen Egel, die sich mit ihrem Blut füllten und nun schon auf Männerdaumengröße angeschwollen waren. Allerdings waren sie immer noch kleiner als die Daumen ihres Vaters, der sehr große Hände gehabt hatte.

Es tat ihr heute noch leid, dass sie damals nicht ihrem Gefühl gefolgt war und sich in seine Arme geworfen hatte, um ihn irgendwie zu trösten und ihm zu danken. Aber derlei Gefühlsäußerungen waren in ihrer Familie nicht üblich, vor allem dann nicht, wenn ihre Mutter in der Nähe war. Florence war eine Meisterin der Selbstbeherrschung.

Wenn ich nur gewusst hätte, dass es mein letzter Geburtstag mit ihm sein würde, dachte Paula und seufzte, dann hätte ich es sicher getan. Und wieder einmal kam es ihr so vor, als wäre ihr Leben bisher nicht viel mehr als eine einzige Aneinanderreihung von »wenn« und »würde« und »hätte«.

Doch jetzt war sie in Madagaskar, um das zu ändern. Und dass sie hier war, verdankte sie ihrem Vater, der dafür gesorgt hatte, dass sie Mathildes Vermächtnis erhielt.

Damals hätte sich Paula am liebsten sofort in Mathildes Buch vertieft, aber ihre Mutter hatte andere Pläne für ihren Geburtstag gehabt, und so hatte sie ihre Ungeduld bis spät abends zügeln müssen.

Dann hatte sie sich heimlich eine Kerze angezündet, die Flakons ganz nach vorn auf ihre Kommode geräumt und die Glaswände ausgeleuchtet, um sicherzugehen, dass ihr auch nicht das kleinste Detail entging. Tatsächlich hatte sie in den Flakons, die wie Lapislazuli schimmerten, eine bräunliche Kruste mit goldfarbenen Splittern entdeckt, glitzernd wie Kandiszucker. Danach hatte sie vorsichtig eine der Ballonpumpen in die Hand genommen, es war ein hellgrauer kleiner Gummiball, der mit Quasten aus silberfarbener Seide überzogen war. Mit klopfendem Herzen hatte sie darauf gedrückt und vor lauter Spannung die Luft angehalten. Sie wusste selbst nicht genau, was sie erwartet hatte, eine Art von Verzauberung, etwas Magisches. Doch die Ballonpumpe gab nur einen peinlichen Laut von sich, der ihre Brüder entzückt hätte, das war alles. Deshalb hatte sie die Flakons aufgeschraubt und dann an jedem einzelnen Zerstäuber geschnuppert, und es war ihr so vorgekommen, als ob die drei Flakons alle gleich merkwürdig gerochen hätten. Damals hatte sie noch keine Worte für Düfte gehabt.

Ein bisschen enttäuscht hatte sie nach dem ledergebundenen Buch ihrer Großmutter gegriffen, den dicken, fleckigen

Einband aus weichem rotem Saffianleder betastet. Ihr gefiel der Gedanke, dass ihre Großmutter es auch schon in ihren Händen gehalten hatte. Das rote Leder war nicht nur fleckig, es roch auch ein bisschen salzig und so, als ob es lange der Feuchtigkeit ausgesetzt worden wäre. Voller Spannung hatte sie den Deckel aufgeklappt.

Mathildes elegantes Kabinett der Wohlgerüche
Vorzügliche Nachrichten aus der Welt der Düfte
Strasbourg, den 7. Februar 1817

stand da in einer kühn geschwungenen Handschrift auf dem Vorsatzblatt. Sie schlug die Seite um und wünschte sich inständig, der Titel wäre nur die Tarnung für das Tagebuch ihrer Großmutter.

Die Gewichte aller Länder im Vergleich zu den Kilogrammen bei uns in Frankreich:

Abessinien: 1 Rottel zu 12 Wakihs zu zehn Drachmen 0,311
Entspricht 0,337 Kilogramm
Afghanistan: 1 Mahn zu 4 Oka zu 1 000 Miskal
Entspricht 4,18 Kilogramm
Ägypten: 1 Cantaro forfono 36 Oka oder
100 Rottoli zu 144 Drachmen = 44,5–50,0;
1 Oka zu 400 Drachmen
Entspricht 1,236 Kilogramm

Es folgten Argentinische Republik, China, Dänemark, Griechenland, Haiti, Japan, Kreta, Liberia, Montenegro, Ostindien,

Paraguay, Persisches Reich, Russland, Siam, Tripolis, das Osmanische Reich, Tunis und Uruguay. Auf der nächsten Seite wurden die Hohlmaße der Länder im Vergleich zum Liter abgehandelt, und so enttäuscht Paula auch über diese Sachinformationen war, so sehr versetzten sie allein die Namen der Länder in Aufregung, sie hatte weder von Abessinien noch von Uruguay jemals gehört. Am liebsten hätte sie gleich das ganze Buch durchgelesen, aber dann entschied sie, es nicht zu tun. Vielmehr wollte sie mit all diesen Namen im Kopf ins Bett gehen und von ihnen träumen. Sie hatte beschlossen, am nächsten Morgen herauszufinden, wo diese Länder lagen und was sie mit Parfüm zu tun hatten.

Paula bemerkte jetzt mit Genugtuung, dass der erste Blutegel schon abgefallen war und die anderen auch kurz davor waren. Diese kleine Zwangspause hatte ihr gutgetan, sie fühlte sich nicht mehr so schwach wie vorhin, geradeso, als ob die Blutegel die Zweifel an ihrem Vorhaben mit ausgesogen hätten.

Das laute Knacken von zerberstendem Holz unter schweren Schritten ließ sie zusammenzucken. Hatten die Reisegefährten ihr Ausbleiben doch endlich bemerkt! Sie vermutete, dass man Morten Wahlström geschickt hatte, den norwegischen Missionar, denn er war der älteste und freundlichste der drei Männer.

»Paula, wo in Allerherrgottsnamen stecken Sie? Was für ein Spiel soll das sein?« Und dann leiser: »Verdammte Weibsbilder.« Das war nicht Morten, das war die Stimme von Henri Villeneuve. Ausgerechnet. Die Männer schienen darum gewürfelt haben, wer zurückgehen musste, anders war sein Auftauchen nicht zu erklären. Er hielt sie für eine durch und durch lächerliche Person und sie ihn für einen ungehobelten Klotz. Sie setzte sich aufrechter hin und wappnete sich gegen weitere Unverschämtheiten. Sie wollte ruhig bleiben, konnte es dann aber doch nicht lassen, seine Worte aufzunehmen.

»Hallo, Villeneuve, schön, dass Sie kommen, auch wenn Sie sich in dem verdammten Weibsbild täuschen. Ich spiele nämlich keinesfalls, sondern ich sitze hier und warte darauf, dass man mir ein Tässchen heiße Schokolade serviert. Danke für Ihren Besuch. Nehmen Sie doch Platz!«

In diesem Moment stand Villeneuve vor ihr und starrte auf ihren nackten Fuß, von dem gerade noch ein Blutegel abfiel. »Was zum Teufel?« Sein Blick glitt von ihrem Fuß zu dem morastigen Rock und dann weiter nach oben, bis er kopfschüttelnd an ihrem Gesicht hängen blieb.

Was fiel ihm ein, sie so anzustarren! Für ihn als Arzt war das vielleicht das normalste der Welt – aber nicht für sie. Sie dachte daran, dass ihre Mutter sicher vor Scham im Schlamm versunken wäre, und genau das gab Paula dann die Kraft, weiterzusprechen. »Ich wollte ein Bad nehmen …«, versuchte sie einen Scherz, doch das Blut schoss ihr in den Kopf, und sie war froh um das Dämmerlicht im Dschungel. Dieser Mann brachte immer wieder ihre lächerlichsten Seiten zum Vorschein. Es wunderte sie wirklich, dass man nicht Morten abkommandiert hatte, um sie zu suchen, denn der war überaus kräftig und außerdem durchdrungen vom allerchristlichsten Gedanken der Nächstenliebe – einer Idee, die Villeneuve und seinem Assistenten Lázló Kalasz fremd zu sein schien. Auch Noria, die einzige andere Frau in ihrer

Reisegruppe, die Paula auf Nosy Be als Übersetzerin angeheuert hatte, kam ihr manchmal merkwürdig gefühllos vor.

»Wir müssen weiter.« Villeneuve bückte sich zu ihrem nackten Fuß und zog den letzten Blutegel mit einer einzigen zielsicheren und gleichzeitig derart gelangweilten Bewegung ab, dass Paula sich wie eine Närrin vorkam. Vorhin war es unmöglich gewesen, den Egel abzuziehen, versicherte sie sich selbst.

Villeneuve stand immer noch dicht vor ihr und schüttelte den Kopf so heftig, dass sein Tropenhelm hin und her rutschte.

»Ich hoffe, Sie haben noch ein paar Ersatzschuhe in Ihren zahlreichen Gepäckstücken. So können Sie nicht herumlaufen, oder wollen Sie ganz Madagaskar mit Ihrem Blut versorgen?«

»Lassen Sie mein Blut meine Sorge sein.« Was redest du da für einen Unsinn, dachte Paula und beeilte sich hinzuzufügen: »Ich bin selbstverständlich mit allem bestens ausgestattet.«

Sie stand auf, schob ihn etwas zur Seite und ging hocherhobenen Hauptes an ihm vorbei, immer bemüht, so zu tun, als würde sie nicht humpeln. Er folgte ihr. »Nun, das will ich hoffen, schließlich setzen Sie ja vier Extraträger in Lohn und Brot. Wie viele Abendroben haben Sie eigentlich dabei?«

Was fiel diesem Villeneuve nur ein? Ständig kritisierte er sie, er war schlimmer als ihre Mutter und Großmutter Josefa zusammen. Während sie noch über eine bissige Antwort nachdachte, stolperte sie über eine Liane, die unter dem Schlamm verborgen war, und klatschte der Länge nach in den Morast. Er hätte sie auffangen können, schoss es ihr noch im

Fallen durch den Kopf, doch er wollte es offenbar nicht. Sie hatte das Aufflackern eines Grinsens deutlich gesehen, auch wenn er es sofort unterdrückt hatte. Es gefiel ihm, dass sie vor ihm im Dreck lag.

Sie verkniff sich jeden Laut und beeilte sich mit dem Aufstehen, der Zorn erleichterte es ihr.

Er reichte ihr nicht die Hand und wartete, bis sie schwer atmend wieder vor ihm stand. »Salondamen wie Sie sollten der ganzen Welt einen Gefallen tun und zu Hause bleiben, um dort ihren Freundinnen Nachmittagstee mit Sahne in Silberkännchen zu servieren.«

»Und Rüpel wie Sie sollten ihre Jagdhunde tätscheln, ihre Pferde peitschen und Füchse zu Tode quälen. Unvorstellbar, dass Sie wirklich Arzt sind!« Was für ein unangenehmer Mensch, dachte Paula und sehnte sich nach dem Tag, an dem ihre Wege sich wieder trennen würden.

»Touché!« Villeneuve zuckte nur lässig mit den Schultern, was Paula noch mehr ärgerte. »In Kürze wird es dunkel, vorher sollten wir an unserem Lagerplatz ankommen.«

Das stimmte leider und war natürlich erst recht ein Grund mehr für Paula, sich über ihn aufzuregen. Männer wie er sollten nicht auch noch recht haben.

»Dann gehen wir doch endlich weiter.«

»Mit Ihrem Gehumpel schaffen wir es niemals vor Einbruch der Nacht. Ich werde Sie tragen, dann sind wir schneller.« Bevor Paula sich dagegen verwehren konnte, hatte er sie schon gepackt und über die Schulter geworfen, wie eine alte Teppichrolle.

Paula war zu verdutzt, um zu protestieren, und als sie über seiner Schulter lag, erschien es ihr reichlich kindisch, jetzt noch zu zappeln wie ein Fisch auf dem Trockenen, auch wenn sie alles getan hätte, um dieser entwürdigenden Lage zu entkommen. Sie schnappte nach den Riemen von Wasserflasche und Ledertasche, damit sie nicht im Morast schleiften.

Immerhin, und dieser Gedanke entlockte ihr ein Lächeln, würde sein Kakihemd nachher voller Schlamm sein. Er schritt zügig aus, gewiss wollte er sich, so schnell es möglich war, von seiner Last befreien. Schade, dass ich nicht schwerer bin, dachte sie, während sie versuchte, sich nicht von seinem Geruch irritieren zu lassen. Aber das war fast unmöglich, zum einen, weil er sie so fest gepackt hatte, dass ihr Kopf fast auf seiner harten Taille auflag, und zum anderen, weil ihre Nase darauf geschult war, Gerüche zu erkennen und zu klassifizieren.

Seiner Haut entströmte neben dem frischen, leicht moschusartigen Schweiß eine Mischung aus etwas Krautigem, in der Art von Wacholderbeeren, und eine Spur Würzigharmonisches, was sie an indische Zimtrinde erinnerte. Sie versuchte sich zu konzentrieren, denn das war noch nicht alles, zwischen diesen Nuancen versteckte sich auch noch etwas Harziges – könnte Zirbelkiefer sein, dachte sie und inhalierte noch eine Nase voll. Nein, da war noch ein nussiger Unterton, das ging eher in Richtung Zypresse. Natürlich war er nicht der Mann, der ein Parfüm benutzte, nie und nimmer. Erstaunlich, dachte sie, ich selbst rieche nur noch nach Schlamm und Schweiß, und allenfalls kann man noch einen winzigen Hauch von meinem Eau de Toilette riechen. Es war eine Variation von Kölnisch Wasser, die aus dem Buch ihrer Großmutter stammte und angenehm erfrischend war und in dieser feuchten Hitze kühlend auf ihr Gemüt wirkte.

Er räusperte sich. »Madame Kellermann, Sie sind mir unheimlich, wenn Sie schweigen. Erhellen Sie mich mit Ihren Gedanken!«

»Sie haben mich nicht um Erlaubnis gefragt, bevor Sie mich in diese entwürdigende Lage gebracht haben. Ich spreche nicht gern mit herabhängendem Kopf. Vor allem nicht, wenn auch noch mein Tropenhelm darauf drückt.«

Abrupt stellte er sie zurück auf die Erde. »Dann schinden Sie eben Ihren Fuß. Wir haben ja nur noch etwa eine halbe Stunde Marsch vor uns.«

Er ging sofort weiter, und Paula humpelte hinter ihm her und hasste ihn dafür, dass er sich ständig so rüpelhaft verhielt. Sie wünschte sich sehnlichst, man hätte den Norweger nach ihr ausgeschickt, der ihr gegenüber niemals so einen Ton angeschlagen hätte. Doch dann ermahnte sie sich. Du wolltest in dieses Land, Paula. Alle haben dich gewarnt und versucht davon abzuhalten, weil Madagaskar kein Land für eine junge deutsche Frau sei. Ihr Mund verzog sich zu einem spöttischen Lächeln. Über die Ehe hatte niemand etwas Derartiges gesagt. Nein, die Ehe war für junge Damen angemessen und höchst erstrebenswert. Ein bitterer Geschmack begann sich in Paulas Mund auszubreiten. Nicht die kleinsten Bedenken hatte ihre Mutter dabei gehabt, ihre siebzehnjährige Tochter mit dem dreimal so alten Baron Eduard von Wagenbach zu verheiraten. Im Gegenteil, sie war endlich einmal stolz auf ihre Tochter gewesen. Paula schüttelte sich, im Vergleich zum Leben mit ihrem Ehemann war die Reise nach Madagaskar ein Spaziergang und dieser Rüpel hier ein Gentleman. Immerhin wusste man bei Villeneuve ganz genau, woran man war.

Er würde niemandem etwas vorgaukeln, diese Mühe wäre ihm nur lästig.

Schweigend lief sie hinter ihm her, starrte auf seine breiten Schulterblätter und den starken Rücken, der nur deshalb ihre Blicke auf sich zog, weil sich unter dem nassen Hemd jeder Muskel deutlich abzeichnete. Mit Genugtuung betrachtete sie die rötlichen Schlammflecken, die sie überall auf ihm hinterlassen hatte.

Doch dann musste sie ihre Augen wieder zu ihren Füßen wenden, damit sein Vorsprung nicht erneut zu groß wurde. Es galt, sich von Lianenschlingen zu befreien und glitschig vermoderte Baumstämme zu überklettern. Von den Blättern über ihr tropfte die Feuchtigkeit auf ihren Tropenhelm, den sie nach dem Sturz so festgeschnallt hatte, dass er sogar nach dem Transport auf Villeneuves Schulter noch an seinem Platz saß. Es tropfte auf ihre Schultern und in ihr Gesicht. Immer wieder musste sie sich unter quer verlaufenden Ästen hindurchwinden und dabei aufpassen, sich das Gesicht nicht an den wie aus dem Nichts wachsenden Luftwurzlern zu zerkratzen.

Ihr nackter Fuß brannte, als ob sie in eine Mischung aus Brennnesseln und Disteln getreten wäre, und sie hoffte, dass nicht eine dieser Spinnen sie erwischt hatte, die ihre Eier unter der Haut ablegten. Mit jedem Schritt wurde es dunkler, die Mücken umschwirrten sie, und sie wünschte sich endlich unter ihr Moskitonetz, doch das war in einer ihrer Reisetruhen bei den Trägern verstaut. Die vielen Träger, von denen Villeneuve so hämisch gesprochen hatte. Aber er täuschte sich, in ihren Reisetruhen befanden sich weder Abendkleider, Federhüte noch Satinhandschuhe.

Schon lange bevor sie die Flammen sehen konnte, roch sie das Feuer, auf dem die Eingeborenen hier zu kochen pflegten. Beißend, ein Geruch, der sie hinten im Gaumenbogen kratzte. Jetzt hätte sie den Weg auch blind gefunden, denn ihre Nase sah besser als ihre Augen, und deshalb folgte sie Villeneuve nicht länger, sondern suchte sich einen eigenen Weg, der sie schließlich schneller ans Ziel führte als ihn.

Sie genoss diesen kleinen Triumph, auch wenn ihr Vorsprung niemandem sonst aufzufallen schien.

2

Es ist nicht alles Gold, was glänzt

Wenn ich Edmond nicht getroffen hätte und nicht Bescheid wüsste, dann würde ich Madame Kellermann auch alles glauben. Und es erstaunt mich, wie gut sie es schafft, über ihre wahren Absichten Stillschweigen zu bewahren. Meines Wissens ist es für Frauen fast unmöglich, ein Geheimnis für sich zu behalten, aber ihr gelingt es mühelos. Dabei redet sie nicht etwa auffallend wenig, nein, sie ist schlau und schafft es, auf die anderen ganz unverfänglich zu wirken. Das ist natürlich auch gut für mich, denn wenn niemand weiß, was hier wirklich gespielt wird, dann vertrauen uns die anderen leichter.

Zweimal schon habe ich ihr Gepäck durchsucht, unglaublich viel Gepäck, und ich war sicher, dass ich darin etwas finden müsste. Ihre Großmutter muss doch Aufzeichnungen hinterlassen haben. Aber von den zwei Truhen war nur eine voller Frauenkram, in der anderen waren seltsame Gerätschaften: Kupferkessel, Metallröhren, Gasbrenner, Glaskolben, leere dunkelbraune Flaschen mit geschliffenen Glasstöpseln, Glasplatten in Holzrahmen. Fläschchen mit Ölen, Tinkturen, Flaschen mit Essenzen, parfümierte Pomaden. Welcher Mensch, der einigermaßen bei Geiste ist, reist in ein Land wie Madagaskar mit Glasflaschen und Glasplatten?

Sie ist eine Meisterin der Tarnung, wie ich widerwillig zugeben muss. Niemand würde vermuten, dass sie nicht genau das zu tun beabsichtigt, was sie behauptet.

Bei meiner bisherigen Suche habe ich also nichts von Bedeutung gefunden, offensichtlich ist sie schlauer, als ich dachte. Ich muss mir die Truhe mit den Gerätschaften noch einmal gründlicher vornehmen, dabei hätte ich mir mehr Zeit lassen sollen. Oder sie hat etwas in der Ledertasche versteckt, die sie neben der Wasserflasche an einem Riemen über der Schulter trägt und nie aus den Augen lässt. Aber ich kann es mir auf keinen Fall leisten, erwischt zu werden, auch nicht von den Trägern. Zu groß ist das Risiko, dass mich jemand verrät. Und wer weiß, wozu sie fähig ist, wenn sie herausfindet, dass ich Bescheid weiß über ihre elende Großmutter, deren Gebeine, wie ich hoffe, in der Hölle schmoren.

Ein paar Mal schon habe ich überlegt, ob sie wohl reden würde, wenn ich ihr eine Ladung Rum in den Zitronengrastee mische, doch ich fürchte, sie würde es bemerken, ihr Geruchssinn ist außergewöhnlich gut entwickelt. Das muss sie von Mathilde geerbt haben.

3

Anis

Pimpinella anisium, das Anisöl ist farblos oder hellgelb, von intensivem Anisgeruch und verharzt sich schnell an der Luft. Das beste stammt aus dem Gouvernement Woronesch in Russland.

Das Lager hatte Noria zusammen mit den Trägern neben einem kleinen Felsvorsprung aufgebaut, in der Nähe des Flusses. Der Ikopa war sehr breit und rauschte vielversprechend laut. Vielleicht war dieser Fluss endlich tief und sauber genug, dass Paula hier ein Bad nehmen konnte. Sie lief weiter zu ihrem Zelt, das die Träger schon errichtet hatten. Wie jeden Abend wurde es mit einem Schlag stockfinster, das ganze Lager war nur von dem Flackern des stark rauchenden Feuers erhellt, das tapfer mit dem feuchten Holz kämpfte.

Lázló und Morten traten zu ihr und überschütteten sie mit Fragen, denen Villeneuve dann mit seinem Auftauchen ein jähes Ende setzte. »Madame Kellermann gefiel es, ein Schlammbad zu nehmen«, erklärte er den beiden. Mit einem Ächzen ließ er sich auf einer der rund um das Feuer ausgebreiteten geflochtenen Matten aus Palmwedeln nieder. Sobald er saß, trat Noria zu ihm, reichte ihm einen Emaillebecher und goss dann aus einer Blechkanne Zitronengrastee hinein, dessen Duft den bitteren Rauch des Feuers so köstlich überlagerte, dass Paula kurz versucht war, sich zu den beiden zu gesellen, aber dann entschied sie sich dafür, erst im Fluss zu baden.

Sie lief hinüber zu ihrem Zelt und kniete sich vor ihre Kleidertruhe. Als sie den Deckel hochklappte, genoss sie den Duft von Lavendel, der ihr entgegenschlug wie eine vertraute Umarmung, aber sie hielt sich nicht lange auf, sondern kramte nach ihren Ersatzschuhen.

»Hier, das wird Ihnen guttun.« Sie drehte sich überrascht um, Morten war völlig geräuschlos in ihr Zelt gekommen. Der Norweger reichte ihr einen Becher mit Tee und lächelte sie so freundlich an, dass sie sein Lächeln unwillkürlich erwiderte. Das war ein Fehler, sein Mitgefühl schwächte sie. Plötzlich schossen ihr Tränen in die Augen, und ihr war auf einmal viel elender zumute als vorhin allein auf dem Baumstamm.

Sie trank einen großen Schluck und tat dann so, als kämen ihr die Tränen, weil sie sich den Mund verbrannt hatte.

Morten betrachtete sie so wohlwollend, als trüge sie eine prächtige Ballrobe und nicht diesen schlammverschmierten Rock, der an ihren Beinen klebte wie eine alte Decke. Paula wollte gar nicht wissen, wie ihr störrisches Haar aussah oder ihr Gesicht, und sie war dankbar für das schummrige Licht.

»Sie sind eine starke Frau, genau das, was ein Missionar in diesem Land braucht.« Beim Sprechen vernuschelte er sehr stark das S, sodass es sich etwas schleppend und lispelnd anhörte, was jeden seiner Sätze charmant machte, ganz egal, was er sagte, Hauptsache, es war ein S oder Sch darin. Sein Haar war zwar blond und struppig, so wie Paula sich Norweger immer vorgestellt hatte, doch seine Augen waren dunkelbraun, und seine Haut nahm in der Sonne einen goldolivfarbenen Ton an, den Paula verführerisch fand, obwohl Männer sie nicht mehr interessierten. Außerdem strahlte sein harmonisches Gesicht etwas unglaublich Argloses aus. Meistens wirkte er auf sie wie ein übermütiger Bär, der noch nie mit seiner Nase an eine Distel geraten war. Obwohl er sicher auch schon deutlich älter als dreißig sein musste, weckte er etwas in ihr, was sie unter anderen Umständen als Muttergefühle bezeichnet hätte. Aber aus ihrer allerersten Begegnung wusste sie, dass er natürlich kein Kind mehr war.

»Ist alles in Ordnung mit Ihrem Fuß?«, fragte er.

»Ich denke schon.« Sie nickte ihm zu und trank den Tee aus. »Wenn Sie mich jetzt entschuldigen wollen, ich möchte zum Fluss. Danach komme ich zu Ihnen.«

Morten senkte wortlos den Kopf, nahm ihr die leere Tasse ab und trottete zurück zum Feuer, um das die anderen schon saßen.

Paula entzündete den Kosmosbrenner ihrer Petroleumlampe, suchte nach einem Handtuch und ihrer Seife, dann fand sie endlich auch die anderen Schuhe und frische Kleider zum Wechseln.

Sie überlegte, ob sie die Lampe mit zum Ikopa nehmen sollte, entschied sich dann aber dagegen, da das Licht nur noch mehr Insekten anlocken würde. Stattdessen gewöhnte sie ihre Augen an die Dunkelheit, während sie langsam Richtung Felsen lief. Je näher sie kam, desto lauter wurde das Gluckern und Fließen des Wassers.

Sie stieg langsam die Böschung hinunter, spürte dabei noch leichte Schmerzen von ihrem Sturz und tastete sich an das Ufer heran, wo sie einen großen, flachen Felsen am Wasser entdeckte, der wie ein heller Fleck in der Dunkelheit leuchtete. Sie wünschte, die Wolken würden den Mond freigeben, damit sie einen Blick auf den Fluss werfen könnte. Immerhin roch das Wasser frisch, und es ging eine leichte Brise, die ihr die Mücken etwas vom Leib hielt.

Eine gute Gelegenheit, sich von Kopf bis Fuß vom Schmutz zu befreien, hoffte sie und begann hastig den Rock aufzuknöpfen, der von der aufgesogenen und jetzt getrockneten Erde viel schwerer war als am Morgen.

Kaum hatte sie ihn mit einem erleichterten Seufzen abgestreift, hörte sie lautes Plätschern, das sich ihrem Felsen näherte. Sie kniff die Augen zusammen, um besser sehen zu können, und erkannte dann Lázló, der mit kräftigen Zügen zu der Felsplatte schwamm, auf der sie, nur noch mit Leibchen und Hosen bekleidet, stand.

Es war zu spät, um sich wieder anzuziehen, und wegzurennen wäre höchst albern gewesen. Schließlich, so beruhigte sie sich selbst, war sie nicht nackt. Leider fühlte sie sich aber genauso, und das behagte ihr gar nicht. Seit ihrer Scheidung hatte niemand sie mehr en déshabillé gesehen, und so sollte es auch bleiben.

Lázló allerdings war nackt, doch er wirkte in seiner Nacktheit so selbstverständlich, als wäre er vollständig angekleidet. Nicht ein Streifen Stoff verbarg seinen breiten Männerkörper, als er sich mit Schwung auf seine kräftigen Arme stützte, sich aus dem Wasser hievte und seine langen hellbraunen Haare, die nass über seinem Gesicht klebten, nach hinten strich und sie anlächelte. »Das Wasser ist herrlich«, keuchte er und schüttelte sich wie ein Hund. Wassertropfen spritzten in Paulas Gesicht und verstärkten ihr Unbehagen. Unwillkürlich ging sie ein paar Schritte zurück.

»Baden ist das einzig Vernünftige«, sagte Lázló, »ich verstehe gar nicht, warum sich nicht alle hier drin tummeln.« Nun grinste er so breit, dass seine Zähne im Dunklen aufblitzten.

Fassungslos starrte Paula auf seinen Körper, der sie an italienische Marmorstatuen erinnerte, die sie auf ihrer Hochzeitsreise in Florenz gesehen hatte. Hör auf, ihn anzustarren, befahl sie sich, du benimmst dich wie eine dumme Jungfrau und nicht wie eine geschiedene Frau. Es kam ihr immer wieder merkwürdig vor, dass dieser gut gelaunte Adonis wirklich der Assistent des griesgrämigen Villeneuve sein sollte, sein Forschungsassistent!

Entschlossen reichte sie ihm ihr Handtuch, was der Ungar sofort und ohne Dank annahm, als wäre sie nur deshalb gekommen. Doch anstatt es sich um die Hüften zu winden, was Paula gehofft hatte, frottierte er sich kräftig damit ab. Und sie konnte nicht anders, als ihm dabei zuzusehen. Ihre Augen hatten sich mittlerweile an die Dunkelheit gewöhnt, und sie erkannte jede Einzelheit. Der Ungar war nicht nur groß und kräftig von Gestalt, dachte sie mit einem leichten Schaudern, alles, wirklich alles an ihm war von mächtigen Ausmaßen. Und dann wurde ihr klar, warum sie an die Marmorstatuen gedacht hatte. Es waren nicht nur die Muskeln, sondern auch die Tatsache, dass er nicht ein einziges Haar an seinem Körper hatte. Seine Haut glänzte wie glatt polierter

Stein, und trotzdem entströmte ihr etwas Sinnliches, das in Paula den Wunsch weckte, ihn anzufassen. Ein Wunsch, der sie erschreckte und den sie sofort aus ihrem Denken verbannte. Du weißt doch, was passiert, wenn man sich mit Männern einlässt, mahnte sie sich.

Er reichte ihr das nasse Handtuch zurück und ging mit schnellen Schritten hoch ans Ufer, wo er seine Kleidung zurückgelassen hatte, was Paula wohl zuvor wegen der Dunkelheit entgangen war.

»Das Bad wird Ihnen guttun, wollen Sie, dass ich Wache halte? Brauchen Sie Hilfe mit dem Korsett?«, rief er ihr zu, nachdem er sich angekleidet hatte, während Paula mit dem nassen Handtuch in der Hand immer noch sprachlos dastand. Männer sollten in ihrem Leben keine Rolle mehr spielen. In keiner Form!

Seine Fragen brachten sie endlich wieder zu sich und erinnerten sie daran, dass sie fast nackt hier herumstand. Sie trug kein Korsett, denn sie war so dünn, da gab es einfach nichts zu schnüren. Außerdem hatte sie sich vor ihrer Reise schlaugemacht und herausgefunden, dass ein Korsett für Alleinreisende so praktisch war wie weiße Glacéhandschuhe zum Abortreinigen.

»Nein«, widersprach sie und erwartete eine heftige Reaktion, denn der Ungar konnte ein Nein sonst nicht ertragen, weshalb es oft zu Spannungen unter den Männern kam. Doch dieses Mal zuckte er nur gleichgültig mit den Schultern, verschwand, und Paula blieb endlich allein zurück.

Unwillkürlich hob sie das Handtuch an ihre Nase und roch daran. Eine Holznote, eine Mischung von Tabak und etwas irritierend Sinnlichem. Das hatte sie schon einmal gerochen. Verblüfft inhalierte sie dieses Aroma erneut. Unfassbar! Es war eindeutig der Geruch von schwarzer Ambra, die so selten wie teuer war und deren Duft sie noch nie an einem Menschen wahrgenommen hatte. Wie war das möglich? Dieser Mann kam soeben aus dem Wasser, und doch verströmte das Handtuch nun diesen animalischen Duft. Verdutzt steckte sie ihre Nase tiefer in das nasse Handtuch und nahm dann noch einen Hauch von Seegras wahr, aber das kam sicher vom Wasser. Jetzt war ihr auch klar, dass dieser Wunsch, ihn anzufassen, nicht nur von seiner makellosen Schönheit, sondern auch von diesem Geruch ausgelöst worden war. Ihre Nase hatte auf winzige Spuren davon reagiert. Obwohl ihr Handtuch nun nass war, steigerte es ihre Lust auf einen Sprung ins Wasser nur noch weiter. Lázló hatte wie neugeboren auf sie gewirkt, und so wollte sie sich nun auch gern fühlen. Sie war froh, dass ihr älterer Bruder Johannes-Karl ihr schon sehr früh in einer der elenden Ferienwochen bei Großmutter Josefa heimlich das Schwimmen beigebracht hatte. Das war eines von unzähligen Geheimnissen, die sie mit Jo geteilt hatte. Ihr unschuldigstes Geheimnis waren die Namen, die sie sich gegeben hatten, wenn sie allein gewesen waren. Er wurde dann zu Jo-Jo und sie zu Pippa. Damals hatte sie noch nicht gewusst, welche furchtbare Kraft Geheimnisse entfalten konnten. Ein Schauer lief über ihren schlanken Körper, für den ihr Ehemann nur Hohn und Verachtung übriggehabt hatte. Sie verbot sich jeden weiteren Gedanken an ihre Vergangenheit, sie war jetzt hier. Und wie aus Trotz gegen alles, wofür ihre Vergangenheit stand, knöpfte sie ihr Leibchen auf und streifte dann entschlossen ihre Hosen ab. Nur das Lederband mit der kleinen Duftöl-Phiole legte sie niemals ab.

Sie beschwerte ihre Kleider mit einem Stein, damit die Abendbrise sie nicht davonwehte, und stieg, nur mit einem Stück ihrer Lieblingsseife bewaffnet, in den Fluss, der zu ihrer Überraschung nicht so kalt war, wie sie gefürchtet hatte.

Sie genoss das frische Wasser, schäumte sich mit der von ihr kreierten Santal- und Orangenblütenseife ein, tauchte sogar unter, um den verkrusteten Schlamm aus ihren viel zu langen Haaren abzulösen, und fühlte sich zum ersten Mal, seit sie von Nosy Be aufgebrochen waren, wieder wohl. Morgen würden sie hoffentlich endlich Ambohimanga im Osten von Antananarivo erreichen. Dort residierte die amtierende Königin Ranavalona II. in ihrem Sommerpalast, weil Ambohimanga noch etwas höher lag als die Hauptstadt Antananarivo und es deshalb dort kühler war.

Niemals hätte Paula gedacht, dass sie so viele Monate auf der Insel Nosy Be vor der Nordwestküste Madagaskars würde ausharren müssen, um Reisebegleiter nach Antananarivo zu finden. Ihr Plan hatte vorgesehen, gleich nach ihrer Ankunft im Juli, dem madagassischen Winter, zu der Vanilleplantage ihrer Großmutter, irgendwo im Nordosten von Madagaskar, weiterzureisen. Leider hatte ihr niemand sagen können, ob es diese Plantage überhaupt noch gab und ob sie bewirtschaftet wurde, denn ihre Mutter hatte es kategorisch abgelehnt, sich mit Mathildes Erbe zu befassen. Über zwanzig Jahre hatte sich anscheinend niemand darum gekümmert. Deshalb kam es eigentlich auf ein paar Tage mehr oder weniger auch nicht an, aber Paula wurde trotzdem mit jeder

Stunde, die sie auf Nosy Be warten musste, unruhiger. Außerdem schrumpften ihre Ersparnisse viel schneller dahin, als sie sich das vor ihrer Abreise aus dem Kaiserreich vorgestellt hatte, und sie war gezwungen, Geld zu verdienen. Sie hatte alles dabei, was sie brauchte, um Parfüms und Duftwasser herzustellen, denn ihr Plan war es, auf dem Grundstück ihrer Großmutter neben der Vanille auch Blumen anzupflanzen, die sich zur Herstellung von Parfüm eigneten. Seit ihrem vierzehnten Geburtstag, dem Lapislazulitag, war kein Tag vergangen, an dem sie nicht in den Rezepturen ihrer Großmutter geblättert hatte. Und jedes Mal, wenn sie das Buch in die Hand genommen hatte, war es ihr so vorgekommen, als wäre zwischen den vergilbten Seiten mit der verblassten Schrift noch etwas anderes verborgen, doch sie konnte nicht herausfinden, was.

Paula träumte davon, ein ganz besonderes Parfüm zu kreieren, einen Duft, der Frauen nicht nur schmücken, sondern auch heilend auf ihr Gemüt und ihren Körper wirken sollte. Wie sehr hatte sie sich gewünscht, so etwas für Jo zu haben, der gerade in dem Jahr gestorben war, in dem sie einen Vertrauten am bittersten nötig gehabt hätte. Mit ihm war der einzige Mensch, mit dem sie reden konnte, verschwunden. Jo hätte sie sicher ermutigt, nach Madagaskar zu fahren, vielleicht wäre er sogar mitgekommen und hätte ihr geholfen, mit ihrer Ungeduld umzugehen.

Aber sie war allein und schon fast am Ziel, doch nun wurde sie dazu gezwungen auszuharren, während ihr Geld knapp wurde. Und mit Parfüm war auf Nosy Be absolut kein Geld zu machen, denn es gab nur wenige Damen, die welches benutzten.

Die richtige Idee war ihr schließlich gekommen, als sie am Fluss war, um ihre Wäsche zu waschen. Eine Idee, auf die sie schon viel früher hätte kommen können, wenn sie nicht immer nur mit sich selbst beschäftigt gewesen wäre.

An diesem Tag waren ungewöhnlich viele Menschen am Fluss, Männer und Frauen, und es wurde eine verblüffend große Menge an Wäsche gewaschen. Während sie dabei zusah, fiel ihr zum ersten Mal auf, dass die Madagassinnen gar keine Seife verwendeten, sondern allein mit Muskelkraft die Flecken aus den Kleidern, meistens waren es Lambas, große viereckige Stofftücher, schrubbten.

Sie hatte ihren Mut zusammengenommen, sich zu einer Gruppe Frauen gesellt und sie begrüßt: »Manao aohana tompoko.« Wie geht es Ihnen? Ihre zaghaften Versuche, Madagassisch zu sprechen, wurden mit schallendem Gelächter begrüßt, doch sie antworteten ihr freundlich: »Tsara far misaotra tompoko«, danke, gut. Als sie den Frauen ihr Stück Seife hinhielt, wurde es ohne Scheu wie ein willkommenes Geschenk angenommen, mit Begeisterung herumgezeigt, berochen und dann wurde damit gewaschen. Es war klar, dass die Madagassinnen Seife sehr wohl kannten und schätzten, auch wenn sie sich diese offensichtlich nicht leisten konnten. Dann reichte man Paula ein paar sehr schmutzige Hosen zum Waschen, und gerade als Paula ob dieser Zumutung kopfschüttelnd ablehnen wollte, flüsterte ihr eine der Frauen auf Deutsch zu, dass das eine schwere Beleidigung wäre. Und dann erklärte ihr die Fremde, dass Paula gerade das Waschfest zu Ehren eines kürzlich Verstorbenen gestört hatte, was an sich schon sehr unhöflich war. Jetzt eine Einladung zum Waschen dieser Hose abzulehnen sei ein absolutes Fady.

Während Paula sich mit hochrotem Gesicht daranmachte, die Hose zu schrubben, erläuterte ihr die Frau immer noch flüsternd, dass es hier Tradition sei, sich nach dem Tod des Verstorbenen am Vanasana, dem Waschplatz, zu treffen und gemeinsam die Wäsche zu waschen, um den Toten zu ehren. Ein Fady war ein heiliges Tabu, das zu brechen gefährlich war und das je nach der Schwere des Vergehens sogar mit dem Tode bestraft werden konnte.

Die hilfsbereite Frau hieß Noria und begleitete sie jetzt auf ihrer Reise. Neben Deutsch sprach sie auch Französisch und Englisch, weil sie bei Missionaren aufgewachsen war.

Paula legte die Seife zurück auf den hellen Felsen, glitt wieder ins Wasser, drehte sich auf den Rücken, bewegte träge ihre Füße und sah in den Himmel, der jetzt von den Wolken nur noch leicht verschleiert wurde und so den Mond durchschimmern ließ. Diesen prächtigen, so nah scheinenden Mond.

Jedes Mal, wenn sie hier nachts den Mond sah, dachte sie daran, dass die Araber Madagaskar als die Insel des Mondes bezeichnet hatten, was Paula absolut passend fand, denn ihr kam es so vor, als wäre der Mond für diese Insel viel bestimmender als die Sonne. Und sie war immer noch erstaunt, wenn sie den Halbmond auf dem Rücken liegen sah, wie ein großes U. U, wie Unglück, fiel ihr ein, Ungnade, Unterleib, Unbilden, Ungeheuer. Eine Gänsehaut überlief sie. Unfug, dachte sie, U wie Unfug. Sie drehte sich um und schwamm mit einigen kräftigen Zügen zurück zum Felsen. Dort kletterte sie aus dem Wasser und trocknete sich ab, ohne der wulstigen Narbe, die von ihrem Nabel bis zum Schambein verlief, auch nur die leiseste Beachtung zu schenken. Sie blieb noch einen Moment stehen und genoss das sanfte Streicheln des Windes um ihren nackten Körper, dann ging sie in die Hocke und roch an der nassen Seife. Diese hatte sie für Madame Rivet gemacht, weil sie unbedingt eine mit orientalischer Anmutung haben wollte. Ihre Lippen verzogen sich zu einem spöttischen Grinsen. Es würde ihre Mutter umbringen, wenn sie auch nur ahnen könnte, wie sie sich auf Nosy Be über Wasser gehalten hatte. Mit Großmutters Seifenrezepten und nur durch Kundinnen wie Madame Rivet.

Die Seife hatte ihr zwar finanziellen Aufschub verschafft, aber ihre Ungeduld nicht verringert. Bis zum Sommer hatte sie trotzdem noch warten müssen.

Sie erhob sich wieder und begann sich anzuziehen. Erst Anfang November waren sie schließlich abgereist, zuerst durch den staubtrockenen Westen der Insel mit seinen beeindruckenden Baobab-Alleen. Doch in den letzten Tagen hatten sie erste Bekanntschaft mit der feuchten Hitze des Regenwaldes gemacht, und sie war froh, dass sie jetzt im Hochland waren, wo das Klima erträglicher war. Mora-Mora, davon hatte sie in den Wartemonaten wirklich reichlich gehabt.

Deshalb hatte sie nicht einen Moment gezögert, mit den drei Männern aufzubrechen, auch wenn ihr klar gewesen war, dass es ihren Ruf ruinieren würde. Welchen Ruf denn, sag mir, welchen Ruf, hatte die Stimme in ihrem Kopf gekichert.

Sie hatte sich eingebildet, vieles über das Wetter und die Landschaft von Madagaskar zu wissen, ebenso wie über Männer, aber nichts und niemand hatte sie auf das Abenteuer vorbereitet, mit drei derart störrischen und selbstverliebten Männern durch den kargen und trockenen Westen in das Hochland Madagaskars zu reisen.

Während sie die Knöpfe an den Manschetten ihrer Bluse schloss, fragte sie sich, was ihre Großmutter zu ihren Reisegefährten gesagt hätte. Paula war sicher, dass sie eine starke Frau gewesen sein musste, und sie wünschte sich einmal mehr, jemanden zu treffen, der Mathilde gekannt hatte. Immer öfter unterhielt sie sich in Gedanken mit ihr. Ihre Großmutter war in ihren Gesprächen natürlich dafür gewesen, nach Madagaskar zu reisen, schließlich befand sich Paulas Erbe hier auf der Insel. Vor den drei Männern hatte Mathilde sie jedoch strengstens gewarnt, was Paula ignoriert hatte, da sie endlich vorankommen wollte. Lázló hatte sie zuerst kennengelernt, schwer verwundet im Lazarett von Nosy Be, wohin sie ihre Seifenreste gebracht hatte. All das, was sie bei Madame Rivet und den Wäscherinnen am Fluss nicht losgeworden war.

Sie kletterte die Böschung wieder hinauf und ging zurück zum Lager, wo Noria mit dem Kochen schon fast fertig war.

Noria musterte sie mit diesem durchdringenden Blick, den Paula nicht einordnen konnte und der sie jedes Mal verunsicherte, worüber sie sich dann wiederum maßlos ärgerte. Und das, obwohl Norias Haut so angenehm wie eine Mischung aus Oregano, nassem Sand und Zitronengras roch. Niemand sollte mehr die Macht haben, sie durcheinanderzubringen. Nicht nach allem, was sie durchgemacht hatte.

Manchmal befürchtete sie, Noria könnte sie so seltsam anstarren, weil sie spürte, wie hässlich Paula sie fand. Paula wollte nicht von derart unfreundlichen Gedanken heimgesucht werden, schließlich hatte Noria sie am Fluss mit den Frauen vor einem schlimmen Fehler bewahrt. Aber sie schaffte es nicht, diese Gedanken abzustellen, deshalb schämte sie sich und mochte Noria nur noch weniger.

Norias Gesicht war flach, mit einer dominanten, breiten Nase darin, als ob man ihr eine Pfanne ins Gesicht geschlagen hätte. Ihre Augen standen sehr eng zusammen, was ihr den Ausdruck von jemandem verlieh, der ständig missbilligend die Augenbrauen zusammenzog. Deshalb hatte sich Paula eigentlich vorgenommen, nur noch auf ihren angenehmen Geruch und ihren Mund zu achten, der sehr hübsch geschwungen und voll war und die Farbe von eingemachten Schattenmorellen hatte. Ihre Haut war deutlich heller als die vieler Madagassen, was darauf hinwies, dass sie von den Merina abstammte. Morten hatte ihr erklärt, dass die Merina, die das Hochland beherrschten, stolz darauf waren, eine hellere Haut zu haben als die anderen Bewohner Madagaskars. Alle Könige und Königinnen von Madagaskar entstammten den Merina.

Von Morten hatte Paula auch noch mehr über die Fadys der Insel gehört. Die Tabus, die man strengstens einhalten musste und deren Missachtung schwer und manchmal sogar mit dem Tode bestraft werden konnte, woran auch die amtierende Königin, die Christin Ranavalona II., noch nichts hatte ändern können. Obwohl die Königin hart daran arbeitete, unchristliche Sitten wie die Polygamie abzuschaffen, war es ihr noch nicht gelungen, die uralten Bräuche der Madagassen abzuschaffen oder auch nur infrage zu stellen.

Paula setzte sich zu ihren Reisegefährten auf eine der

Matten am Feuer. Dabei spürte sie, dass sie blaue Flecken von ihrem Sturz davongetragen haben musste, aber sie hätte sich lieber die Zunge abgebissen, als zu stöhnen.

Sie griff nach der Teekanne und goss sich noch einen Becher Zitronengrastee ein. Die Männer waren schon zu billigem Rum übergegangen. Lázló reichte ihr die Flasche, aber sie lehnte ab. Rum stieg ihr viel zu schnell in den Kopf, und es wäre sehr unklug gewesen, die Kontrolle über sich zu verlieren. Sie blieb beim Tee und verzichtete auch auf das traditionelle Reiswasser, Ranovola, das die Träger und Noria zum Essen tranken. Dazu wurde der angebrannte Bodensatz, der beim Kochen des Reises entstand, mit einer extra Portion Wasser aufgekocht und dann noch warm zum Essen getrunken.

Wie jeden Tag gab es Reis. Vary. Und dazu eine Suppe aus Kräutern, die Noria unterwegs gesammelt hatte. Morgens wurde der Reis mit viel Wasser zu Brei aufgekocht, zu Vary sosoa, und manchmal servierte Noria ihn auch mit in Salzwasser gekochten Kokosspänen darin. Mittags gab es entweder eine Suppe mit Reis oder in Kokosmilch gekochten Reis mit gestampften Maniokblättern und klein gehackten Tomaten, was Paula nicht besonders mochte, da die Maniokblätter die Konsistenz von mehligem Gras hatten. Trotzdem schmeckte alles sehr gut, weil Noria reichlich von dem rauchigen madagassischen Pfeffer verwendete. Außerdem wurde zu jedem Essen eine Paste aus Ingwer, Knoblauch, Chili und Limonenfleisch gereicht, die auch noch die fadeste Suppe in eine Köstlichkeit verwandelte.

Paula aß zwei große Teller Suppe mit Reis und war immer noch nicht satt, aber sie spürte den Blick von Noria auf sich, die nur kleinste Mengen verzehrte, und kam sich vor wie zu Hause, wenn ihre Mutter sie ermahnte, wie eine Dame zu essen und nicht wie ein Bierkutscher.

Immerhin hatte Noria noch ein Bündel Afintsa für sie alle, köstliche kleine, in der Sonne getrocknete Bananen.

Es herrschte eine geradezu andächtige Stille, die nur von dem allgegenwärtigen Summen der Mücken durchbrochen wurde, und Paula war das nur recht, denn wenn die Männer Rum getrunken hatten, gerieten sie schnell in Streit, auch wenn sie sonst so taten, als wären sie die besten Freunde. Manchmal kam es Paula so vor, als ob die drei etwas verband, von dem sie keine Ahnung hatte. Das Holz rauchte mittlerweile nur noch leicht, denn das Feuer hatte die meiste Feuchtigkeit bereits verdunsten lassen, weshalb es nun besser und heller brannte und etwas Wärme verbreitete. Paula war froh darüber, denn obwohl es Sommer war, wurde es nachts hier oben im Hochland deutlich kühler.

»Morgen feiern die hier Silvester.« Mortens Nuscheln wurde mit jedem Schluck Rum schlimmer, sodass Paula ihn zuerst gar nicht verstanden hatte.

»Silvester im November?« Lázló wandte sich an Noria.

Die nickte. »Unser Jahr in Madagaskar folgt dem Mond und ist in zwölf Monate mit jeweils achtundzwanzig Tagen eingeteilt, es hat also 336 Tage.«

Paula hörte gar nicht richtig zu. Silvester, dachte sie. Ihr letztes Silvester hatte sie auf dem Schiff in der Nähe vom Kap der Guten Hoffnung verbracht, allein in ihrer Kabine, seekrank und höchst melancholisch. Das Silvester davor hatte sie gänzlich aus ihrem Gedächtnis gestrichen.

»Dann sollten wir morgen Abend feiern!«, schlug Lázló vor.

»Auf Madagaskar ist der Beginn des neuen Jahres immer ein großes Fest, Alahamady«, mischte sich Noria wieder ein.

»Man sollte die Bräuche seines Gastlandes ehren.« Lázló lächelte breit zu Noria hinüber.

»Nur wenn sie nicht allzu heidnisch sind«, nuschelte Morten.

»Es wäre mir lieber, wir kämen vorwärts.« Villeneuve seufzte.

Noria stand auf und warf ein paar kleine Scheite ins Feuer, das sofort wieder zu qualmen begann. »Wir werden morgen Ambohimanga erreichen.«

Warum nur, dachte Paula gereizt, klang Noria immer so düster wie Kassandra, die der Welt das dräuende Unheil verkündet?

»Dann hätten wir zwei Gründe zu feiern«, stellte Lázló fest.

»Das werden wir erst nach unserem Gespräch mit Königin Ranavalona wissen, und dann muss ich weiter, meine Gemeinde wartet auf mich.« Morten nuschelte noch stärker als zuvor, und Paula stellte sich unwillkürlich vor, wie er in diesem Zustand eine Predigt hielt. Sie biss sich auf die Lippen, um nicht zu lachen. Seine Trunkenheit erinnerte sie daran, wo sie ihn zum ersten Mal getroffen hatte, und sie musste sich das Lachen noch fester verbeißen.

Es war bei Madame Rivet im Fröhlichen Flamingo gewesen. Ein kleiner Junge hatte, kurz nachdem sie bei dem Totenwaschfest gewesen war, an ihre Tür geklopft und ihr einen versiegelten Brief überreicht.

Chère Mme. Kellermann,
der Ruf Ihrer Seife ist bis zu uns gedrungen, und wir würden uns freuen, wenn wir uns zu Ihren regelmäßigen Kunden zählen dürften. Jim, der Überbringer dieser Zeilen, wird Ihnen den Weg zum Fröhlichen Flamingo zeigen.
Voll der Hochachtung
Ihre ergebenste Dienerin Madame Rivet

Neugierig und im Glauben, dass es sich um ein Hotel handelte, war sie dem Jungen über matschige Wege gefolgt.

Nachdem sie eine halbe Stunde lang nur an baufälligen Holzhütten vorbeigekommen waren, hatten sie plötzlich vor einem steinernen Haus mit umlaufender, weiß lackierter Holzterrasse und zwei großen Säulen gestanden, die den mächtigen Eingang, ein rotes geschnitztes Tor, bewachten.

Man hatte sie schon erwartet, die Tür öffnete sich wie von Zauberhand, und dann stand sie vor Madame Rivet.

Paulas Nase wurde schnell klar, wo sie sich befand, auch wenn sie noch nie in einem Bordell gewesen war. Zuerst schlug ihr das viel zu süßliche Aroma von bulgarischem Rosenöl und Jasmin entgegen, doch auch das konnte die nachfolgenden Gerüche nicht vollständig überdecken. Ungelüftete Schlafzimmer, Schweiß, Angst und fettiges Haar. Ohne die Erkenntnisse ihrer Nase hätte sie nur darüber gestaunt, hier inmitten der Wildnis einen solchen Salon vorzufinden. Die Wände waren rundum hüfthoch mit geschnitzten Eichenpaneelen verkleidet, darüber spannte sich eine gestreifte Seidentapete. Es gab schwere, mit dunkelgrünem Samt bezogene Fauteuils und schwarze englische Clubledersessel. Auf dem dunklen Holzboden lagen dicke rote Teppiche mit orientalischen Blumenmustern, und in der Mitte des Raumes baumelte ein gewaltiger, mit Kerzen bestückter Kristalllüster schief von der Decke herab. An den Wänden hingen große Ölgemälde, Stillleben und Blumenbilder in gewaltigen barocken Goldrahmen.

Auf einem der Sessel thronte Madame Rivet, zierlich und höchst respektabel gewandet in ein taubenblaues Seidenkleid mit horizontalen Raffungen, die von Volants aus weißer Spitze gehalten wurden und über die Turnüre drapiert waren. Nur das Dekolleté war für den Nachmittag ein wenig gewagt und zerstörte den Eindruck, den ihre vollkommene Figur sonst hinterlassen hätte. Es war runzlig und verriet, dass sie schon jenseits der vierzig sein musste. Um den Hals trug sie eine rosa schimmernde Perlenkette, und an den großen faltigen Ohrläppchen baumelten silberne Anhänger, die Fruchtkörbchen darstellten.

Als sie zu sprechen begann, musste Paula sich sehr beherrschen, um ihre Überraschung zu verbergen, denn die Stimme von Madame Rivet war die eines Mannes. Sie begrüßte Paula umständlich, nötigte ihr chinesischen Tee und Ingwerplätzchen auf und kaufte ihr alle Seifen ab, die sie dabeihatte, dazu bestellte sie noch vier Dutzend orientalische und zwei Dutzend blumige und vor allem bezahlte sie auch gleich.

Gerade als Paula sich wieder verabschieden wollte, erhob sich lauter Aufruhr, und plötzlich war das Zimmer voll leicht bekleideter Damen, die Madame Rivet anflehten, nach dem Norweger zu sehen, der sie wie immer belogen und nun doch wieder kein Geld bei sich hätte.

Madame Rivet bat Paula, sie für einen Moment zu entschuldigen, warf sich in die Brust und stürmte, gefolgt von ihren Damen, davon.

Kurze Zeit später hatte Madame Rivet den offensichtlich stark angetrunkenen Mann hinter sich her zum Ausgang gezerrt und zur Tür hinausgeschoben. Dann verscheuchte sie ihre Mitarbeiterinnen und setzte sich mit heftig bebendem Dekolleté wieder in einen der englischen Ledersessel und griff zu ihrer Teetasse.

»Es ist schwierig«, hatte sie mit ihrer tiefen, vollen Stimme gesagt, »die Missionare sind am schlimmsten, sie kommen andauernd, vorgeblich wegen des Seelenheils meiner Damen – und wie könnte ich ihnen geistlichen Beistand verwehren?« Sie seufzte tief, nahm ein Ingwerplätzchen, schob es im Ganzen in den Mund und zerkaute es mit wenigen Bissen. Dann hob sie ihren Blick und betrachtete Paula prüfend. »Sie sind zwar ein wenig mager, aber eine wie Sie könnte ich noch gut gebrauchen, momentan habe ich eine Merina, eine Chinesin, eine Inderin und zwei Afrikanerinnen. Eine Weiße würde sicher noch ein paar mehr zahlungskräftige Männer anlocken. Schade nur, dass Sie nicht blond sind, das wäre die Krönung …«

Paula benötigte einen Moment, um zu verstehen, was Madame Rivet da gerade zu ihr gesagt hatte, und als es endlich in ihren Verstand eingesickert war, stand sie sofort auf, um sich zu verabschieden.

»Ich habe Sie gekränkt, nichts lag mir ferner, es war als Kompliment gedacht.« Madame Rivet lachte laut, was sich wie eine Art tiefer Husten anhörte.

»Nein, nein, Sie haben mich nicht verletzt«, erklärte Paula hastig, allein der Gedanke, einen Mann je wieder in ihre

Nähe zu lassen, war unerträglich und verursachte ihr Übelkeit. »Männer sind für mich Vergangenheit.«

Madame Rivet stand nun ebenfalls auf, trat näher zu Paula und betrachtete ihr Gesicht intensiv. Strich dann mit dem ringgeschmückten Zeigefinger ihrer rechten Hand ganz leicht über Paulas Wangen und schüttelte den Kopf, was die silbernen Fruchtkörbchen an ihren Ohren zum Schwingen brachte. »Was für eine Verschwendung, diese zarten Knochen schreien förmlich nach Berührung.«

Paula benötigte all ihre Erziehung, um sich zu beherrschen, am liebsten hätte sie die Hand der Bordellwirtin weggeschlagen. Seit ihrer Scheidung hatte es niemand gewagt, ihr so nahe zu kommen, geschweige denn sie anzufassen.

»Kindchen, sie sind niemals passé, die Männer! Das wünschen wir uns wohl manchmal, aber sie verleihen unserem Leben die nötige Würze, wie armselig wäre denn ein Leben ohne sie?«

Sehr arm, dachte Paula bissig, Madame Rivet wäre natürlich sehr arm ohne Männer, doch sie schaffte es zu schweigen, denn schließlich brauchte sie das Geld, und Madame Rivet war ihr erster Großabnehmer.

»Ich muss jetzt gehen. Sobald ich die gewünschten Seifen fertiggestellt habe, lasse ich sie Ihnen zukommen.«

»Denken Sie an meine Worte, Sie sind noch lange nicht fertig mit den Männern. Ich kenne mich da aus.« Madame Rivet lachte tief und schallend und brachte sie persönlich zur Tür, wo sie, immer noch empört über Madame Rivets Worte, beinahe über Morten gefallen wäre, der dort auf den Stufen hockte und in seine Bibel starrte.

Als er sie bemerkte, stand er sofort auf, taumelte aber so stark, dass sie nach seinem Arm griff, um ihm einen Sturz zu ersparen.

»Schschöner Tach heute, gnädischesch Fräulein«, hatte er genuschelt und ihr seinen Arm angeboten. Paula, die für heute genug Berührungen über sich hatte ergehen lassen, lehnte ab, und Morten war trotz seines Zustandes Gentleman genug, um sie nicht zu bedrängen.

Offensichtlich kannte er den Weg in die Stadt so gut, dass er ihn auch im Schlaf hätte gehen können, und Paula war froh, denn allein hätte sie nicht zurückgefunden. Zu Beginn versuchte er ihr zu erklären, was er bei Madame Rivet gemacht hatte, aber Paula wollte seine Lügen nicht hören, und so war er nach einer Weile an der Seite seiner einsilbigen Begleiterin verstummt.

Zwei Tage später war er wiedergekommen, um sich zu entschuldigen, und hatte ihr versichert, dass er kein Säufer sei, sondern ein Missionar von echtem Schrot und Korn, der sogar an den übel beleumdeten Orten nach Gottes Kindern sucht. Und jetzt saß er hier am Feuer, war betrunken und redete davon, die Königin zu treffen. Alle wollten eine Audienz bei der Königin, aber Morten glaubte, dass er die besten Chancen hatte, weil er Missionar war. Denn die amtierende Königin Ranavalona II. war die erste Königin in Madagaskar, die sich zum christlichen Glauben bekannte, und sie war überzeugte Anglikanerin.

Noria hatte ihnen trotzdem wenig Hoffnung gemacht. Es war höchst unwahrscheinlich, dass die Königin sie empfangen würde, da Ambohimanga eine heilige Stätte war, zu der Europäer nur in seltenen Ausnahmefällen Zutritt erlangen konnten. Das wäre in dem Palast in Antananarivo leichter gewesen. Trotzdem hatte keiner von ihnen auch nur einen Moment gezögert, weil sie hofften, dass es ihnen gelingen würde, bis zur Königin vorzudringen.

Paula fürchtete, ihr Grund, die Königin sprechen zu wollen, war am wenigsten überzeugend, aber sie musste mit ihr reden, denn das war ihre letzte Hoffnung. Trotz all ihrer Anstrengungen war es ihr bis jetzt nicht gelungen, auch nur das Mindeste über das Erbe ihrer Großmutter herauszufinden. Weder wo es sich genau befand, noch ob die Plantage mittlerweile von jemandem gepachtet worden war.

Nichts.

In Nosy Be hatte jeder zu ihr gesagt, dass sie dazu in die Hauptstadt fahren müsse, was nie ihr Plan gewesen war.

In Antananarivo wiederum war sie mit der vergilbten Urkunde ihrer Großmutter von Pontius zu Pilatus gerannt. Alle Amtsmänner kassierten üppige Trinkgelder, machten vage Versprechungen, kassierten noch mehr üppige Trinkgelder, aber niemand half ihr wirklich weiter. Den Ort, der auf der Urkunde genannt war, Antalaha, hatte Paula auf keiner Karte von Madagaskar entdecken können. Und jeder, den sie danach fragte, schüttelte den Kopf und hatte angeblich noch nie davon gehört. Nur die Region Antsiranana, wo Antalaha liegen sollte, kannte man, und jeder wusste, dass sie im Nordosten von Madagaskar lag.

Villeneuve hingegen war zusammen mit seinem merkwürdigen Assistenten auf der Suche nach Heilpflanzen, von denen er sehr viele im tropischen Regenwald auf der Ostseite der Insel vermutete. Das würde die Königin doch ganz sicher interessieren. Noria hatte allerdings angedeutet, dass es galt, den Premierminister zu überzeugen, weil er hinter den Kulissen der eigentliche Drahtzieher der Macht war. Paula seufzte, es sah ganz und gar nicht gut für sie aus. Und falls man Geld brauchte, um Torwächter zu bestechen, dann wäre alles vergebens gewesen, denn Paulas Seifenverkäufe hatten gerade gereicht, um die Männer in Antananarivo zu bestechen. Sie war genauso bankrott wie ihr armer Vater, als ihn der Herzschlag ereilt hatte.

Mora-Mora, dachte Paula, Geduld, immer wieder Geduld. Sie stand auf, um sich in ihr Zelt zurückzuziehen.

»Und was ist denn nun mit dem Silvesterfest?«, fragte Lázló.

»Wir werden sehen«, ließ sich Villeneuve vernehmen.

»Ich muss jetzt schlafen, lasst uns morgen darüber reden. Gute Nacht!« Paula unterdrückte ein Gähnen.

Noria warf Sand auf das noch glühende Feuer und brachte es so zum Ersticken, woraufhin alle aufstanden, um sich hinzulegen.

Paula schlief wie alle anderen in ihrem Zelt auf einer geflochtenen Matte auf dem Boden, was ihr zu Anfang sehr schwergefallen war, nicht nur, weil der Untergrund hart war, sondern auch weil sie solche Angst vor Insekten gehabt hatte. Trotz des Moskitonetzes wimmelte es nur so von Wanzen, Flöhen und winzigen Mücken. Und sie reagierte auf jeden Stich mit prächtigen roten Beulen. Bis sie auf die Idee gekommen war, es mit Duft zu probieren. Schließlich hatte sie nicht umsonst ihre Ausrüstung mitgebracht, in der sich zweihundert Fläschchen reinste Duftöle und Essenzen befanden. Sie hatte experimentiert, zunächst mit Lavendelöl, dann mit Teebaumöl, doch das Ergebnis war nicht nur gleich null, sondern im Gegenteil, es war gerade so, als wären das Lockstoffe für die madagassischen Wanzen. Bis sie es mit holziger Zirbelkiefer versucht und ein paar Tropfen auf drei der früher so ungeliebten Geburtstagstaschentücher gegeben und die um ihren Schlafplatz verteilt hatte. Seitdem war sie nicht mehr gestochen worden.

Das hatte sie eine Woche lang wiederholt, und nachdem sie sicher sein konnte, dass es kein Zufall war, hatte sie das Öl auch den Männern angeboten. Morten wollte ihr kostbares Öl nicht vergeuden, Lázló behauptete, nie gestochen zu werden. Und Villeneuve murmelte etwas von elendem Weiberkram, Insekten gehörten zur Flora und Fauna des Landes, und wem das nicht passte, der sollte seiner Meinung nach zu Hause bleiben.

Zuerst hatte sich Paula darüber geärgert, aber nun beobachtete sie jeden Morgen belustigt, wie sich alle die neuen Stiche aufkratzten. Alle bis auf Lázló.

Sie reinigte ihre Zähne mit dem Zahnpulver, das sie nach dem Rezept ihrer Großmutter hergestellt hatte, und kroch unter ihre Schlafdecke.

Und nun, dachte sie, Paula, was jetzt? Jeden Abend war sie müde bis auf die Knochen, und dann lag sie doch da und konnte nicht einschlafen. Zu viele Gedanken wirbelten durch ihren Kopf. Gedanken daran, was sie hätte anders machen sollen oder besser, was sie zu wem gesagt hatte, dass sie Noria nicht so anstarren sollte, dass sie versuchen sollte, den Griesgram zu mögen. Immerhin war all das besser, als sich an ihre Vergangenheit zu erinnern, was sie sich strengstens verboten hatte.

Heute Abend jedoch sah sie immer nur Lázló vor sich, wie er seinen nackten Körper vom Fluss auf den Felsen gehievt hatte und die Wassertropfen im Mondlicht an seinem glatten Körper in schimmernden Bahnen herabgeperlt waren.

Aber sie fühlte kein Verlangen, ganz im Gegenteil, etwas an diesem Bild machte ihr Angst.

4

Mathildes Brief

Ambalava, am Morgen des achten August 1856

Florence, meine geliebte Tochter,
ich erspare uns die üblichen Befindlichkeitsfloskeln, denn Du wirst Dich sicher wundern, von mir zu hören, nach all diesen Jahren der Stille.
Wenn Du mein Temperament hättest, würdest Du diesen Brief ohne Zögern sofort verbrennen, ohne ihn gelesen zu haben. Doch ich setze darauf, dass Du Dich nicht verändert hast. Du warst immer schon so ein beherrschtes kleines Mädchen, nie ein zerrissenes Kleid, nie eine lose Haarsträhne – nun, vielleicht gerade deshalb, weil Du in der rauen und hässlichen Welt der englischen Piraten geboren wurdest.
Ich schreibe Dir, weil Du immer in meinen Gedanken bist und man sich seit ein paar Tagen schreckliche Dinge zuflüstert, die in der Hauptstadt vorgefallen sein sollen und die mich zu der Einsicht gebracht haben, dass ich früher sterben könnte, als ich dachte.
Es bekümmert mich, dass ich Deinen Mann und Deine Kinder nie kennenlernen werde. Doch habe ich keinen Zweifel daran, dass Du einen höchst respektablen Mann geheiratet hast, und weil es sich so gehört, hast Du ihm sicher auch mindestens zwei Kinder

geboren. Ich hoffe und wünsche Dir, dass Du in der Welt, in der Du nun lebst, wirklich glücklich bist. Schon lange habe ich verstanden, dass es nicht an mir ist, für andere darüber zu entscheiden, was richtig oder falsch ist. Und genau darin liegt auch der Grund für mein schlechtes Gewissen. Ich hätte Dich damals nicht einfach nach Europa wegschicken sollen, auch wenn du glücklich mit meiner Entscheidung gewirkt hast. Ich spürte deine Abscheu vor mir, Abscheu, die Dir von den bösartigen Tölpeln in der Missionsschule eingetrichtert wurde, und ich war zu schwach, um die Verachtung in den Augen meines Kindes zu ertragen. Für diese Feigheit schäme ich mich aus tiefstem Herzen, und ich möchte, dass Du weißt, wie sehr ich diesen Fehler bereue. Und Du würdest nicht nur mir, sondern auch Dir und Deinen Kindeskindern einen großen Gefallen tun, wenn du dir irgendwann erlauben könntest, mir zu vergeben. Denn eins ist mir klar geworden, hier in Madagaskar, wo man seine Vorfahren verehrt wie Heilige: Es ist unmöglich, seiner Geschichte zu entkommen, und wenn Du nicht mit Deinen Ahnen im Reinen bist, so kann auch Deine Zukunft nicht hell und strahlend sein.

Meine geliebte Tochter, Du hast sehr lange in dem Glauben gelebt, dass Dein Vater der Pirat Jean-Marie Le Thomas ist. Aber mir blieb keine andere Wahl, und ich versichere Dir, es war eine Qual für mich, diesem Mann so lange zu Willen sein zu müssen. Aber was hätte ich sonst tun sollen? Als Dein Vater, der Maler Copalle, und ich auf dem Rückweg von Madagaskar nach Europa in der Nähe von Nosy Be von diesem Haufen dreckiger Piraten überfallen und in das Piratennest in der Nähe von Vohemar verschleppt wurden, da war ich schon schwanger und musste alles tun, um Dich zu schützen. Dein Vater wurde auf dem Sklavenmarkt in Moramanga verkauft. Ich habe ihn nie wiedergesehen und nie wieder von ihm gehört, was schlimmer war, als seinen Tod miterleben zu müssen. Denn die Hoffnung frisst Dein Herz auf, die Hoffnung tötet alles andere ab und macht Dich zu ihrer lächerlichen Marionette.

Aber ich war schwanger, und deshalb musste ich leben!

Le Thomas fand Gefallen an mir, und er war eitel genug, zu glauben, dass Du, meine wunderschöne Florence, seine Tochter wärest. Er bildete sich ein, Deine blauen Augen seien von ihm, dabei warst Du ihm so ähnlich wie der Blaufalter einer Kreuzspinne.

Doch nur deshalb haben wir überlebt, nur deshalb konnten wir später nach Réunion fliehen. Und dort konnten wir leben, weil ich Le Thomas vor unserer Flucht bestohlen hatte, und das wiederum war nur möglich gewesen, weil ich ihn im Glauben ließ, Du wärest seine Tochter. Er hatte mit keiner anderen Frau Kinder, obwohl er genug Frauen um sich geschart hatte, ich vermute, seine Lenden waren von dem Leben, das er geführt hatte, unfruchtbar.

Es war unmöglich, Dir vor unserer Flucht zu verraten, wer wirklich Dein Vater ist, denn es war für meinen Plan unerlässlich, dass dieser Halunke sich als Dein »Papa« fühlen musste. Ich war so überzeugend, dass Du mir später auf Réunion die Wahrheit nicht glauben wolltest, schließlich hatte ich Dir die ersten zwölf Jahre Deines Lebens etwas anderes eingetrichtert. Wie solltest Du da wissen, was Wahrheit und was Lüge ist. Aber ich schwöre Dir bei Gott, Le Thomas ist nicht Dein Vater.

Du warst immer schon ein zartes, hübsches und sanftes Mädchen, doch was die Lehrer in der Missionsschule von Réunion aus Dir gemacht haben, war geradezu unfassbar. Du warst wie eine Puppe in ihren Händen, Du hast Jesus Christus in Deinen Körper

gesaugt wie Bienen den Nektar, warst durchdrungen vom Rein-sein-Wollen, vom Alles-richtig-machen-Wollen, von der Gewissheit, was gut und was böse ist.
Heute kann ich das verstehen, es erscheint mir eine logische Reaktion auf all das, was Du bei den Piraten durchleben musstest, aber damals war dieses selbstgerechte kleine Mädchen für mich schwer zu ertragen.
Vor allem nicht, nachdem es passiert war.
Ich hatte damit begonnen, wieder an meinen Rezepten zu arbeiten, was die Pflanzer und Deine Lehrer natürlich für reine Zeitverschwendung hielten. Wer brauchte schon Seife, die duftete? Wer brauchte überhaupt Wohlgerüche? Wenn es wenigstens Katholiken gewesen wären, die wissen zumindest Weihrauch und Myrrhe zu schätzen. Ich weiß nicht, ob Du Dich erinnerst, aber ich hatte sogar angefangen, in der Bibel nach Stellen zum Thema Duft zu suchen, um meine kleine Heilige vom Nutzen des Wohlriechenden zu überzeugen, und war entzückt, als ich bei Sirach 24, Vers 15 fand:

»Wie Zimt und Gewürzstrauch hauchte ich Wohlgeruch aus, und wie eine köstliche Myrrhe verbreitete ich Duft, wie Galbanum, Räucherklaue und Stakte und wie Weihrauchdampf in der Stiftshütte.«

Wenn die Weisheit oder der Glaube an den Herrn mit Wohlgerüchen verglichen wurde, dann konnte das doch nicht so schlecht sein, oder?
Aber noch viel überzeugender fand ich, was ich im Hohelied der Liebe gefunden hatte:

»Wie schön ist deine Liebe, meine bräutliche Schwester, viel köstlicher ist deine Liebe als Wein, und deiner Salben Duft geht über alle Wohlgerüche!
Von Honigseim triefen deine Lippen, meine Braut; Honig und Milch birgst du unter deiner Zunge, und deiner Gewänder Duft ist wie der Duft des Libanons!«

Und fortan fragte ich mich, wie wohl der Duft des Libanons roch, und fing an zu experimentieren, und so hat alles begonnen.
Es klopft an der Tür, ich muss aufhören und mein Gewehr holen, denn es gibt Gerüchte, dass Ranavalona I. ihr Volk zu einer tödlichen Hetzjagd gegen alle Christen aufgerufen hat. Für sie sind alle Weißen selbstverständlich Christen, und die sollen vernichtet werden. Noch fühle ich mich hier im Dorf sicher, denn ich habe vielen mit meinen ätherischen Ölen geholfen, allerdings habe ich damit Rakotovao, den Dorfältesten und Medizinmann des Dorfes, verärgert.
Vorsichtshalber aber werde ich für Dich und Deine Kinder in den nächsten Stunden und Tagen alles aufschreiben und dafür sorgen, dass mein Brief, meine Rezepte und die Flakons Dich sicher erreichen, meine geliebte Tochter. Und es wird sich für Dich lohnen, meinen Brief bis zum Ende zu lesen, denn ich habe ein großes Geschenk für Dich, von dem ich hoffe, dass es Dich glücklich machen und für erlittenes Unrecht mehr als entschädigen wird.

5

Bergamotte

Citrus bergamus Risso, frisches, aus den reifen Früchten hergestelltes Öl ist von honiggelber Farbe und ungemein lieblichem, an Citronen und Orangen erinnernden, erfrischenden Geruch. Es ist gegen Licht, Luft und Wärme sehr empfindlich.

Paula erwachte von einem merkwürdigen Geräusch, das sie nicht einordnen konnte. Es klang weder nach einem Tier, noch war es bedrohlich, trotzdem beunruhigte es sie und weckte gleichzeitig ihre Neugier. Sie streckte sich, spürte die blauen Flecke von ihrem Sturz gestern, kroch barfüßig aus ihrer leinenen Decke, zog sich eine lange Safarijacke über und schlug die Zeltplane zurück.

Es war angenehm warm und noch dunkel, aber die Wolkenschleier hatten sich verzogen, und der Halbmond leuchtete so hell, dass Paula das Lager gut überblicken konnte. Alles war ruhig, nur das Surren der Mücken war zu hören und das merkwürdige Geräusch, das sie geweckt hatte. Außer ihr schien niemand sonst wach zu sein. In den Zelten regte sich nichts, und direkt um das erloschene Feuer herum lagen Noria und die Träger in tiefem Schlaf.

Paula lauschte angestrengt, um herauszufinden, von wo diese seltsamen Töne kamen. Vom Fluss. Paula ging zurück ins Zelt, schlüpfte in ihre Schuhe und schnürte sie fest zu, dann lief sie hinunter zum Fluss.

Der Mond beleuchtete den Trampelpfad so hell, dass sie es ohne zu stolpern bis zum Ikopa schaffte, sie stieg die Böschung hinab, und dann sah sie endlich, woher das summende Murmeln kam.

Auf der anderen Seite des Ikopa flackerte Licht. Sie kniff die Augen zusammen. Menschen mit Fackeln schritten dicht hintereinander neben dem Fluss entlang, dessen Wasseroberfläche sich durch die Spiegelung in ein Band aus Feuer verwandelt hatte. Es waren Mädchen, sehr junge Mädchen, alle in weiße Lambas gekleidet. Jede balancierte auf ihrem Kopf ein hohes Gefäß. Und während sie stetig vorwärtsschritten, summten sie die immer gleichen Worte, die Paula nicht verstehen konnte. Eine Gänsehaut lief über ihren Rücken, was hatte das zu bedeuten? Diese Prozession verströmte einen heiligen Ernst, der Paula sogar noch auf der anderen Seite des Flusses berührte. Wohin liefen all die Mädchen? Man hatte ihr viele Geschichten erzählt über die merkwürdigen Rituale auf dieser Insel, es wurde sogar behauptet, einige madagassische Stämme brächten Menschenopfer. Nein, es wurden doch wohl unmöglich so viele Mädchen auf einmal geopfert?

»*Tsara* …«, flüsterte eine Stimme neben ihr. Paula schrak zusammen und fuhr herum. Es war Noria, anders als Paula vollständig angekleidet, weil sie Tag und Nacht das gleiche Gewand trug. »Tsara, schön«, wiederholte sie, »diese Mädchen sind wunderschön, oder nicht? Es wird uns ein ganzes Jahr lang Glück bringen, dass wir sie gesehen haben.« Noria sah Paula dabei widerwillig an, als fände sie, dass sie dieses

Glück nicht verdient hätte, aber Paula war zu neugierig, um sich daran zu stören.

»Was hat das zu bedeuten, wohin laufen sie?«

»Es sind die siebzig Unverheirateten, die das Wasser für das Neujahrsbadefest holen. Es ist eine große Ehre für jedes Mädchen, das dazu auserwählt wird.«

»Ich verstehe das nicht.«

Noria lächelte abschätzig. »Die Unverheirateten sind Jungfrauen, aber dieses Wort kennen wir auf Malagassy nicht, weil dieser Zustand für uns keine Rolle spielt.«

»Nein, nein. Das meinte ich gar nicht«, versuchte Paula ihr klarzumachen. »Ich verstehe nicht, warum diese Mädchen das Wasser holen müssen.«

»Jedes Jahr zu Neujahr nimmt unser König oder die Königin ein rituelles Bad. Fandroana, unser Badefest. Das Wasser hierfür holen die siebzig Unverheirateten aus dem heiligen See östlich von Ambohimanga. Früher gab es einen See direkt unter dem Palast, aber der ist ausgetrocknet. Sie brechen in der Dunkelheit auf, denn die Wanne muss vor dem Aufsteigen der Sonne vollständig gefüllt sein, damit sich das Wasser mit dem Gold der Sonne füllen kann, bis die Königin zur Mittagsstunde darin badet.«

»Warum nimmt man das Wasser nicht einfach aus dem nächsten Fluss?«

Norias Gesicht verzog sich zu einem verächtlichen Lächeln, und Paula schämte sich, weil ihr klar wurde, wie überheblich sie geklungen haben musste.

»Weil in diesem See die heiligen Krokodile leben. Der Legende nach sind diese Krokodile Nachfahren unserer Urahnen, der Königin Rafohy und ihrer Tochter Rangita, die zu Beginn des 16. Jahrhunderts das kleine Königreich regiert haben und aus denen später die Merina entstanden sind, zu denen ich gehöre.« In dem letzten Teil des Satzes schwang großer Stolz. »Der See ist nur wenige Kilometer von Ambohimanga entfernt. Wir glauben, dass die beiden Königinnen dort in einer Piroge beigesetzt wurden und ihre Gebeine im See ruhen.«

Paula betrachtete die Mädchen. Diese weiß und golden flackernde Karawane verströmte etwas zeitlos Schönes und löste in ihrem Bauch ein leichtes Kribbeln aus. Sie fragte sich, wie es sich anfühlen würde, dort mitzugehen. Aber sie war keine Madagassin und erst recht keine Jungfrau mehr.

»Wird Ranavalona II. morgen auch in dieses Bad steigen?«

»Selbstverständlich, es ist ihre Pflicht als Königin der Merina. Und jeder ihrer Untertanen hat danach das Recht, etwas von diesem Wasser mitzunehmen, davon zu trinken oder sich etwas zu wünschen.«

»Aber ich dachte, die Königin wäre Christin.«

Noria nickte und kicherte. »Ist den Christen das Baden verboten?«

Paula starrte Noria fassungslos an, Noria kicherte! »Nein, natürlich nicht«, erklärte Paula, »aber nur zur Körperpflege, man badet nicht aus rituellen Gründen.«

»Und was ist mit der Taufe?« Noria sah immer noch belustigt aus.

»Zugegeben, das ist etwas anderes.«

»Und das heilige Weihwasser?«

Paula musste jetzt auch lächeln. »Nun, jedenfalls ist es nicht das Badewasser des Papstes.«

»Aber ich bin sicher«, parierte Noria, »es gäbe Christen, die davon sehr gern etwas hätten.«

»Ja, das stimmt vielleicht sogar«, gab Paula zu und war erstaunt, sich in einem Gespräch mit Noria wiederzufinden. Du hast es ja noch nie versucht, wisperte ihre innere Stimme, und ausnahmsweise fand Paula, dass sie recht hatte.

»Ganz egal, welcher Religion unsere Ranavalona II. anhängt, es käme zu schrecklichen Unruhen, wenn unsere Königin die Gesetze unserer Vorfahren nicht achten würde. Und zu Recht, denn wer wären wir, ohne unsere Ahnen?«

Die Mädchenkarawane war verschwunden, das Stimmengemurmel wurde ständig leiser, und schließlich hörte man nur noch das Plätschern des Flusses.

Noria und Paula liefen zurück zum Lager, wo sie auf Villeneuve stießen, der gerade eben seine Beinkleider zuknöpfte, erstaunt den Kopf hob und sie verblüfft ansah.

»Tsara mandry!«, sagte Noria, »gute Nacht!«, und legte sich wieder auf ihre Matte am Feuer.

»Mamofisa mamy! Träume süß«, antwortete Villeneuve, dann wandte er sich Paula zu. »Wo sind Sie gewesen? Das kann gefährlich werden.«

»Ich wüsste nicht, warum.« Paula ärgerte sich über seinen Ton, der ihr unangemessen bevormundend vorkam. »Es gibt hier weder Raubkatzen noch Giftschlangen, und vor Gorillas«, sie versuchte ihm einen Blick zuzuwerfen, der ihm klarmachen sollte, wer hier der Gorilla war, »habe ich keine Angst. Was soll mir also schon passieren?«

Villeneuve hob abwehrend seine Hände. »In Ordnung. Sie haben recht, es geht mich nichts an, dann also amüsieren Sie sich noch gut.« Er ging leise vor sich hin summend in sein Zelt und ließ Paula empört zurück. Immer musste er das letzte Wort haben. Nur morgen noch, dachte sie, nur noch morgen, dann muss ich ihn nie wieder sehen.

An Schlaf war natürlich nicht mehr zu denken, aber kostbares Petroleum wollte sie auch nicht verschwenden. Also tastete sie nach der Truhe mit den Duftölen, klappte den Deckel auf und holte das Ledertäschchen mit den Ölen heraus, von denen sie wusste, dass sie sie beruhigen würden.

Paula hatte zwar erst nach ihrem denkwürdigen vierzehnten Geburtstag damit angefangen, ihre Nase zu schulen, aber es war zum Glück noch nicht zu spät gewesen, vielleicht war ihre empfindliche Nase auch ein Erbe ihrer Großmutter. Ihr Vater hatte sie unterstützt und über sein Kontor Duftöle besorgt, bis Paulas Zimmer voller Fläschchen mit den verschiedensten Extrakten war. Nie zuvor hatte sie darüber nachgedacht, wie der Duft aus den Pflanzen in die Öle oder Seifen kam, und sie begann sich mit der Extraktion von Duft zu befassen und war fasziniert von dieser neuen Welt, die sich ihr auftat. Da gab es die Pressung, die Destillation, die Maceration, Absorption und Extraktion. Das Pressen war die einfachste Methode, die aber nur bei den frischen Schalen von Limonen, Pomeranzen, Zitronen und verwandten Früchten infrage kam. Paula musste heute noch lachen, wenn sie daran dachte, wie einfach sie sich das vorgestellt hatte. Man konnte die Schalen nämlich nicht ein fach mit einer Presse zusammenquetschen, sondern musste die Schwammmethode anwenden. Dazu wurden die Schalen mit Nadeln angeritzt und dann mit einem Schwamm abgerieben, der in ein irdenes Gefäß ausgedrückt wurde, und nach einiger Zeit setzte sich das so gewonnene Öl oben ab. Das hatte sie als Erstes selbst ausprobiert und war erstaunt darüber gewesen, wie lange es dauerte, bis man auch nur ein paar Milliliter Duftessenz erhielt.

Als Nächstes hatte sie ihren Vater beschworen und immer wieder angefleht, ihr die Geräte zur Destillation zu beschaffen, und er hatte ihr nicht lange widerstehen können, was zu einem heftigen Streit mit ihrer Mutter geführt hatte, der sich über Wochen hinzog.

Für die Destillation brauchte Paula Geräte zum Erhitzen und einen Dampftopf mit Kondensationsröhren und Auffangschalen. Die Blüten, Schalen, Samen oder Blätter wurden zerquetscht oder gepresst und dann mit kochendem Wasser übergossen. Hierdurch verbanden sich die flüchtigen Öle mit dem Wasser. Durch das Herunterkühlen setzte sich das Öl dann an der Oberfläche ab.

Nach einem letzten Streit mit ihrer Mutter waren ihr Vater und sie darin übereingekommen, dass Paula zu Hause nicht mehr mit Parfüm hantieren sollte. Ihr Vater hatte in einer Abstellkammer seines Kontors ein winziges Laboratorium für sie eingerichtet, in dem sie sich ungestört mit Duftstoffen befassen konnte. Dort lernte sie als Nächstes die Maceration, denn diese eignete sich am besten für zarte Blumen wie Rosen, Orangenblüten, Veilchen oder Akazienblüten. Dazu erhitzte man gereinigtes Fett in einem Kupferkessel. Dieser Kessel stand in einem Wasserbad und musste ständig auf 40–50 Grad Temperatur gehalten werden. Die Blüten wurden in ein Drahtkörbchen gelegt, das man dann in das erwärmte Fett hängte, welches ihnen begierig ihren Duft entzog. Diesen Vorgang musste Paula mit immer neuen Blüten wiederholen, je nachdem, welche Intensität die so entstandene Pomade haben sollte. Aus ihr konnte Paula dann die feinsten Extrakte herstellen, indem sie die Pomade zerhackte und mit Weingeist übergoss. Das Ganze musste vier bis fünf Wochen lang stehen bleiben und wurde dann abgeseiht.

Ihr Vater besorgte ihr sogar die für die Absorption nötigen Glasrahmen. Die brauchte Paula für die ganz besonders empfindlichen Blüten wie Jasmin, Tuberosen, Jonquillen und Reseda, bei denen sich jede Art von Erhitzen verbot. Einen Meter lange, sechzig Zentimeter breite und auf einem acht Zentimeter hohen Rahmen liegende Glasplatten wurden dazu mit Fett bestrichen und mit Blüten bestreut. Die Platten stapelte Paula übereinander, und nach zwölf bis vierundzwanzig Stunden entfernte sie die Blüten und legte wieder frische auf das Fett, bis es den gewünschten Duftgrad erreichte. Danach verfuhr sie mit dem Fett genauso wie mit der Pomade, die bei der Maceration entstand. Sie verbrachte jede Minute, die sie von zu Hause entfliehen konnte, in dieser Kammer. Sie ging sogar dazu über, ihrer Mutter Lügen aufzutischen, nur um sich mit den Rezepturen ihrer Großmutter beschäftigen zu können, denn sie brachten eine ganz neue Welt in Paulas Leben: Das Parfüm der Kaiserin Eugenie, das Esterhazybouquet, Caprice de la Mode oder das Rezept für »Gestohlene Küsse«.

Von der Kammer wusste außer ihrem Vater nur Johannes-Karl, der sich dort außerordentlich wohlfühlte und dazu überging, sie regelmäßig »bei Mathilde« zu besuchen.

»Sie war auch meine Großmutter«, pflegte Jo dann zu sagen, bevor er seine Ärmel hochkrempelte und ihr dabei half, aus den Blüten Duft zu gewinnen. Ihr Vater hatte angeboten, fertige Duftöle zu besorgen, so wie damals, kurz nach ihrem vierzehnten Geburtstag, als sie begonnen hatte, sich für die Arbeit ihrer Großmutter zu interessieren. Aber Paula war ehrgeizig und wollte jetzt von Grund auf lernen, welche Blüten wie zu behandeln waren. Und das war erst der Anfang, denn für ein gutes Parfüm waren noch viele andere, oft auch tierische Stoffe nötig. Sich dann mit der Komposition eines Parfüms zu befassen war für Paula eine spannende Aufgabe, der sie sich mit nicht enden wollender Wissbegierde hingab. Es klang so einfach: Eine Duftkomposition wirkt auf drei Ebenen, sie besteht aus Kopf-, Herz- und Basisnote. Das, was man gleich nach dem Auftupfen auf die Haut wahrnimmt, ist die Kopfnote, die schon nach einer Viertelstunde verflogen sein sollte, aber Neugier weckt, einlädt und der Herznote Platz macht, deren Duft einige Stunden zu riechen sein sollte. Diese Herznote bezeichnete Großmutter Mathilde als Charakter des Parfüms, in dem, wie in einem Potpourri, alle Düfte der Komposition zum Vorschein kommen sollten, und diesem widmete sie viele Überlegungen. Und dann schließlich kam der Auftritt der Basisnote mit ihren lang haftenden Ingredienzien, die mindestens für einen Tag auf der Haut bleiben sollten. Wenn Paula sich damit befasste, verging die Zeit wie im Flug, und meistens kam sie zu spät nach Hause, was ihre Mutter immer härter bestrafte, oft mit Stubenarrest. Deshalb blieb Paula dann nichts anderes übrig, als doch Öle mit nach Hause zu nehmen, um dort weiter zu experimentieren.

Interessanterweise mochte ihre Mutter all die Düfte, die Paulas Großmutter in ihren Rezepten für die Kopfnote vorgesehen hatte: Zitrusdüfte wie Zitrone, Orange, Bergamotte oder Grapefruit, aber auch fruchtige Gerüche wie Apfel-, Birnen-, Melonen- und Ananasaroma. Wann immer Paula ein paar Tropfen davon auf ihrer Haut verrieb, reagierte ihre Mutter wohlwollend, wohingegen die grünen Düfte von Stängeln und Blättern, die würzigen wie Kampfer, Minze und Eukalyptus sowie die Kräuteraromen von Thymian und Beifuß bei ihrer Mutter Irritationen und Ablehnung auslösten.

Viel schwieriger als die Kopfnote war es für Paula, sich mit der Herznote eines Parfüms vertraut zu machen. Es gab einfach zu viele Möglichkeiten, und nie konnte man sicher sein, ob die Komposition auch wirklich überzeugend war.

Sie war daher mehr als glücklich, als sie in einem Buch, das ihre Großmutter bei den Rezepturen immer wieder erwähnt hatte, etwas Interessantes entdeckte. Dort war beschrieben, dass man Düfte wie Noten zu einem Notenschlüssel anordnen konnte. Es gab Düfte zum G-Schlüssel und Düfte, die zum Bass- oder F-Schlüssel sortiert werden konnten.

Jeder Duft wurde zu einer Note, und so war es möglich, nach den Harmonieprinzipien der Musik wohlriechende Akkorde zu erzeugen. So bestand zum Beispiel ein Parfüm nach dem Akkord G aus:

G Pergalaria
G Platterbse
D Veilchen
F Tuberose
G Orangeblüten
B Eberraute

Skala der Gerüche.

Diskant- oder G-Schlüssel

Veilchen.	D
Akazie.	E
Tuberose.	F
Orangenblüte.	G
Frisches Heu.	A
Eberraute (Artemisia).	B
Campher.	C
Bittermandel.	D
Portugalöl.	E
Jonquille.	F
Spanisch-Flieder.	G
Tonkabohne.	A
Münze.	B
Jasmin.	C
Bergamotte.	D
Pomeranze.	E
Ambra.	F
Magnolia.	G
Lavendel.	A
Pfeffermünze.	B
Ananas.	C
Citronella.	D
Verbena.	E
Zibeth.	F

Skala der Gerüche.

Bass- oder F-Schlüssel

Patchouli.	C
Vanille.	D
Lack.	E
Benzoë.	F
Plumeria Alba (Frangipanipflanze).	G
Storax.	A
Gewürznelke.	B
Santal.	C
Clematis.	D
Calmus.	E
Castoreum.	F
Pergalaria.	G
Perubalsam.	A
Levkoje und Nelke.	B
Rosenblattgeranium.	C
Heliotrop.	D
Schwertlilie.	E
Moschus.	F
Platterbse.	G
Tolubalsam.	A
Zimmt.	B
Rose.	C

Paula hatte sich begeistert ins Komponieren gestürzt, doch nach dem Tod ihres Vaters war plötzlich alles dahin gewesen. Ihr wunderbarer Vater hatte sich als passionierter Spieler entpuppt, der sogar den Hof von Großmutter Josefa als Sicherheit für obskure Geschäfte hinterlegt hatte. Der Hof kam unter den Hammer, ebenso die Villa und die meisten Möbelstücke, und nur mithilfe von Johannes-Karl gelang es Paula, einige Gerätschaften aus der Kammer fortzuschaffen und bei einem Freund von Jo in Sicherheit zu bringen.

Für ihre Mutter brach die ganze Welt zusammen, sie war nach dem Tod ihres Mannes wie versteinert, und nur der kleine Gustav verhinderte, dass sie sich völlig gehen ließ. Aber Paula hörte sie des Nachts immer wieder aufschluchzen und klagen.

Und als ob das alles noch nicht genug gewesen wäre, erlitt Jo, der sich angesichts der finanziellen Lage der Familie zur Armee gemeldet hatte, einen Reitunfall, der ihn ein Bein kostete und dienstuntauglich machte. Gegen seine schrecklichen Phantomschmerzen half ihm einzig und allein Morphium. Er geriet in völlige Abhängigkeit von der Droge, und alle Versuche von Paula, ihn zu anderen, weniger gefährlichen Medikamenten zu überreden, scheiterten an seinen unerträglichen Schmerzen. Als Paula ihren geliebten Bruder eines Morgens tot in seinem Bett fand, brach sie völlig zusammen. Sie konnte und wollte nichts mehr essen und magerte stark ab. Erst als sie so schwach war, dass sie kaum noch laufen konnte, begann ihre Mutter aus ihrer Lethargie zu erwachen. Sie fütterte Paula mit Leckerbissen und fing dann an, sie herauszuputzen. Dafür versetzte sie sogar ihren Schmuck, als Erstes das Lapislazulicollier. Sie ließ für Paula übertrieben prächtige Ballkleider nähen und kümmerte sich darum, dass ihre Tochter ständig auf Bälle eingeladen wurde. Paulas immer noch knochige Figur wurde mit Polstern ausstaffiert, die Spitzenvolants und Seidenrosen strategisch um sie herum drapiert und ihr dunkles, störrisches Haar stundenlang mit Lockenscheren bearbeitet. Zuerst hatte sich Paula über die Zuwendung ihrer Mutter gefreut, bis ihr klar wurde, dass es ihrer Mutter nur darum ging, sie zu verheiraten. Schnellstmöglich und zwar nicht mit irgendwem, sondern mit einem reichen Mann, der sie alle aus dem Elend retten würde, ganz egal zu welchem Preis.

Paula schnupperte noch einmal an dem frischen Palmarosaöl, das ihr bei Schlafstörungen eigentlich immer half, kroch dann unter ihre Decke und schloss die Augen.

6

Campher, Kampfer

Man unterscheidet den Japancampher Laurus Camphora L. von dem Borneo- oder Sumatracampher, Dryobalanops Camphora L, der einen viel feineren, kräftig aromatischen, an Ambra erinnernden Geruch hat.

Am nächsten Tag brachen sie wie jeden Morgen mit dem Sonnenaufgang um halb sechs, nach einer Schale Reis und Suppe, zu ihrer letzten Etappe auf.

Paula war erleichtert darüber, dass der Weg sie nun über eine weite Ebene mit Reisterrassen führte, an deren Ende sich Ambohimanga, der blaue Hügel, erhob. Je näher sie ihrem Ziel kamen, desto steiler wurde der Pfad, der sich schmal und steinig den Berg hinaufschlängelte.

Noria, die nach der nächtlichen Unterhaltung wie ausgewechselt wirkte, lief neben Paula her und erzählte ihr von dem heiligen König, der Ambohimanga erbaut hatte, Andrianapoinimerina. Der Legende nach hatte sein Großvater als erster erkannt, welches Potenzial in ihm verborgen war, obwohl er zwölf Enkel hatte, von denen jeder von königlichem Blut war. Eines Tages ließ der Großvater alle zwölf zu sich rufen. Er hatte die schönsten und verlockendsten Geschenke für seine Enkel aufgebaut, edle Waffen und

Schmuckstücke, und ein jeder sollte eines für sich wählen. Andrianapoinimerina nahm das Unscheinbarste: ein Körbchen mit der roten Erde Madagaskars. Da erkannte der weise Großvater, wer der beste zukünftige Herrscher sein würde.

»Das hört sich an wie ein Märchen der Brüder Grimm«, bemerkte Morten gut gelaunt, und Paula wunderte sich, dass man ihm am nächsten Tag nie etwas von seinen exzessiven Rumgelagen anmerkte.

»Woher kennt ein Mann wie du Märchen?«, fragte Lázló, so als ob Märchen etwas Unanständiges wären.

Morten hustete plötzlich. »Meine Großmutter stammte aus Lüneburg und hat uns in den langen dunklen Nächten in Norwegen immer Märchen erzählt.« Wenn Morten Märchen sagte, klang es wie »Märrschchen«, was Paula unwiderstehlich fand. Sie hätte ihm stundenlang zuhören können.

»Und ich mochte die von Grimm lieber als die von Andersen. Die deutschen Märchen nehmen wenigstens ein gutes Ende.«

»Deshalb nennt man sie ja auch Märchen«, mischte sich Villeneuve ein. »Im wahren Leben gibt es nie ein gutes Ende.«

»Wenn du mit deinem Schöpfer reinen Tisch gemacht hast, dann schon!« Morten klang ironisch und gar nicht wie ein Missionar.

»Dieser ganze abergläubische Hokuspokus gehört abgeschafft!« Villeneuve lachte bitter. »Es gibt nur das, was sich wissenschaftlich nachweisen lässt. Nichts sonst. Gar nichts!«

»So wie Sie reden, fürchte ich, wird das nichts mit dem Paradies.« Morten klang besorgt.

»Geht mir weg mit dem Paradies, das gibt es so wenig wie die Hölle.« Lázló spuckte in den roten Staub, wie um seinen Standpunkt zu verdeutlichen. »Es gibt nur den Augenblick. Nichts sonst!«

Die Hölle gibt es wohl, dachte Paula, aber dazu musste man nicht erst sterben. Die hatte sie schon erlebt, aber an ein Paradies glaubte sie auch nicht mehr.

Plötzlich hörten sie laute, fröhliche Gesänge, die von verschiedenen hellen und tiefen Flöten, Trommeln und zarten Zithern begleitet wurden. Verblüfft blieb Paula mit ihren Reisegefährten stehen. »Was ist das?«, fragte sie Noria.

»Das werden wir gleich sehen, aber für mich klingt es nach Famadihana, dem Fest der Totenumwendung, das man besonders hier im Hochland feiert.«

In diesem Augenblick kam eine tanzende, singende und musizierende Menschenmenge um die Wegbiegung und winkte ihnen fröhlich zu. Sie traten zur Seite und beobachteten den Zug, in dessen Mitte etwas in Bastmatten Gehülltes von zwei Frauen und zwei Männern über deren Köpfen getragen wurde wie eine Reliquie. Unwillkürlich lächelte Paula, es war unmöglich, nicht von dieser festlichen Stimmung angesteckt zu werden. Als sie sich entfernt hatten und es wieder leiser geworden war, wollten alle wissen, was eine Totenumwendung war.

»Ich habe Ihnen ja schon erklärt, wie wichtig die Ahnen für uns sind. Deshalb werden etwa alle zehn Jahre die Toten aus ihren Gräbern geholt, und ihre Knochen werden in neue prächtige Tücher gekleidet und in Bastmatten gewickelt. Dann tragen wir sie durchs Dorf und zeigen ihnen, was sich seit ihrem Tod getan hat, führen unseren Ahnen ihre Enkel oder die neuen Häuser vor. Dabei kommt die ganze Familie zusammen und feiert ein großes Fest.«

»Was für ein schöner Brauch«, sagte Paula.

»Reichlich unhygienisch«, ließ sich Villeneuve mit einem angewiderten Unterton vernehmen.

»Aber so werden die Toten nicht vergessen«, meldete sich Lázló, und Paula bemerkte, dass er Villeneuve einen sehr sanften Blick zuwarf. Aber Villeneuve zog nur verächtlich seine Augenbraue hoch. »Tote sind tot. Alles andere ist lächerlicher Kinderglaube. Lasst uns weitergehen.«

Eine halbe Stunde später blieb Noria etwas außer Atem stehen und deutete auf weit entfernte Hügel, die im grünblauen Dunst zu zittern schienen.

»Wollen Sie noch etwas darüber wissen?«, fragte sie in die Runde.

»Unbedingt«, sagte Villeneuve, und die anderen nickten. »Alles, was uns im Gespräch mit Ranavalona II. nützlich sein könnte.«

»Gut, also Andrianapoinimerina …«, begann Noria.

Paula hatte den Verdacht, es gefiel Noria, diesen unaussprechlichen Namen so oft und so schnell wie möglich zu sagen, sodass es Europäern unmöglich war, ihn zu erlernen.

»Unter seiner Regierung von 1788 bis 1810 wurde das Reich der Merina immer größer, was er unter anderem dadurch bewerkstelligte, dass er zwölf Frauen aus zwölf verschiedenen Regionen heiratete und damit den Frieden unter den Provinzen sicherte.«

»Und wie sicherte er den Frieden unter den zwölf Frauen?«, mischte sich Villeneuve ein, der direkt hinter ihnen ging. »Das scheint mir ein weitaus größeres Problem zu sein …«

Unverschämt, fand Paula, typisch! Noria erzählte auf seinen Wunsch hin von einem Mann, der als Heiliger verehrt wurde, und Villeneuve machte Witze darüber.

Aber Noria war nicht gekränkt, sie warf Paula einen listigen Blick zu. »Andrianapoinimerina war ein sehr kluger Mann, und deshalb ließ er auf den zwölf heiligen Hügeln, die um Antananarivo liegen, jeweils einen Palast für jede seiner Frauen bauen und besuchte sie reihum.«

Villeneuves grimmiger Gesichtsausdruck verzog sich doch tatsächlich zu einem Lächeln.

»Aber Andrianapoinimerinas erste und somit Hauptfrau lebte mit ihm ständig hier in Ambohimanga.«

»Ich sehe immer noch keine Häuser.« Lázló klang, als täten ihm die Füße weh. »Sind wir hier wirklich richtig?«

Paula fragte sich, warum Villeneuve ausgerechnet Lázló als Assistenten mitgenommen hatte.

»Ambohimanga ist durch eine Mauer mit sieben Toren gesichert, und es ist verboten, den Wald rund um den blauen Hügel abzuholzen oder niederzubrennen, deshalb wirkt es von Weitem so, als wäre der Hügel unbewohnt. Aber wenn Sie genau hinschauen, dann sieht man dort drüben …«, Noria deutete auf eine Ansammlung von Palmen, »… die Hütten.«

Und nach einer weiteren Biegung hatten sie tatsächlich schon ihr Ziel erreicht. Sie standen vor der Festungsmauer, die man wegen der braunroten Farbe der Ziegel, die sich kaum von der Erde abhob, von Weitem nicht sehen konnte.

Das Tor war ein riesiges rundes Loch, das durch einen Felsbrocken verschlossen war.

Noria verhandelte mit den beiden Wachmännern, die über die Mauer zu ihnen herunterschauten. Alle drei wurden ständig lauter, die Wachmänner schüttelten ihre Köpfe und schwenkten ihre Gewehre, aber Noria ließ sich nicht einschüchtern, und es war nicht zu erkennen, wer von ihnen gewinnen würde.

Paula ließ sich auf einer Felsplatte im Schatten eines Hibiskusbaums nieder, und nach einer halben Stunde gesellten sich Morten und Villeneuve zu ihr. Nach einer weiteren halben Stunde setzte sich auch Lázló zu ihnen, und die Männer begannen Wetten darüber abzuschließen, ob sie heute noch durch das Tor kämen oder nicht.

Schließlich kam Noria mit hängenden Schultern zu ihnen zurück.

»Wegen des heiligen Fandroana-Badefestes dürfen heute keine Fremden in die Palastanlage.«

»Das ist doch sicher nur eine Frage des Geldes!« Villeneuve schürzte die Lippen und verdrehte die Augen, als wäre sie etwas schwer von Begriff.

Noria schüttelte den Kopf. »Nein, das ist es nicht. Alle Tore wurden verschlossen, nachdem die Jungfrauen das Wasser in die heilige Badewanne gefüllt haben, und die Tore werden erst morgen früh wieder geöffnet, wenn die Königin ihre *Kabary,* die Neujahrsansprache, halten wird und danach das große Fest stattfindet.«

»Ja, dann also morgen!«, Morten klang erleichtert.

»Nein, auch morgen haben Fremde keinen Zutritt.«

Villeneuve stöhnte und schüttelte ungehalten den Kopf.

Mora-Mora, dachte Paula, Geduld war auch nicht gerade eine Stärke des Arztes.

»Aber ich habe auf Nosy Be immer wieder gehört, dass Ranavalona II. und Premierminister Rainilaiarivony«, Paula triumphierte innerlich, dass es ihr gelungen war, seinen Namen ohne Stottern hervorzubringen, »sich über europäische Besucher freuen und sie sehr willkommen heißen.«

»Ja daran ist etwas Wahres, doch man erwartet von Ausländern, dass sie unsere Traditionen achten und ihnen Respekt entgegenbringen, und Ambohimanga ist ein heiliger Ort.«

»Und doch gibt es Reisende, die sich dort aufgehalten haben und sogar darüber Bücher geschrieben haben. Zum Beispiel Ida Pfeiffer, eine Österreicherin, die bei Ranavalona I. zu Gast war.«

Noria seufzte. »Wie ich bereits sagte, gibt es Ausnahmen. Sie dürfen das nicht persönlich nehmen. Es ist nur gerade kein guter Zeitpunkt für Europäer.«

»Dann verkleiden wir uns eben als Merina«, schlug Morten vor, was angesichts seiner blonden Haare alle zum Lachen brachte und die Spannung etwas löste.

»Es kann nicht sein, dass wir die lange Reise auf uns genommen haben, um hier zu scheitern.« Villeneuve trank aus seinem silbernen Flachmann und ließ ihn reihum gehen, und sogar Paula fühlte sich jetzt reif für Rum. Sie würde Villeneuve nicht daran erinnern, dass Noria ihnen schon in Antananarivo gesagt hatte, ein Besuch in Ambohimanga wäre für Europäer nahezu unmöglich. Sie hatte genauso wie er gehofft, es wäre nur eines der vielen unwahren Gerüchte, die über Madagaskar im Umlauf waren.

»Worüber wird die Königin bei ihrer Ansprache reden?«, fragte Paula.

Noria zuckte mit den Schultern. »Über ihre Ahnen, über das, was sie sich für das Königreich der Merina und für Madagaskar wünscht …«

»Und was wünscht sich die Königin?«

»Bestimmt eine Kirche für ihren anglikanischen Glauben«, mischte sich Morten ein.

»Und Medizin für die Menschen.« Villeneuve klang plötzlich wieder optimistischer.

»Und wie könnte man das neue Jahr schöner anfangen, als mit zwei solchen Projekten.«

Er hat recht, dachte Paula, die verstand, auf was er hinauswollte. Wir wollen eine Audienz. Wir brauchen eine Audienz, und wir müssen eine bekommen. Und der Gedanke, dass Ida Pfeiffer es geschafft hatte, sogar von Ranavalona der Grausamen empfangen zu werden, obwohl diese Schreckensherrin Europäer zum Frühstück verspeist haben sollte, ärgerte Paula.

Nach der langen Reise von Europa hierher, dem ewigen Warten auf Reisegefährten und nach allem, was sie auf dem Weg dann durchgestanden hatte, würde sie nicht unverrichteter Dinge umkehren.

Und die Einzigen, die ihr helfen konnten, waren die Königin und der Premierminister. Wie sie nach ihren endlosen Amtsgängen in der Hauptstadt nun definitiv wusste, gab es keine Behörde und auch kein Grundbuch, die ihr verbindlich Auskunft hätten geben können. Sie war müde und wollte endlich an ihrem Ziel ankommen. Warum nicht Zuflucht zu einer List nehmen, zu einer klitzekleinen Lüge, die niemandem wehtat?

»Warum verraten wir denn Ranavalona II. nicht endlich«,

Paulas Herz klopfte deutlich schneller, »dass wir Abgesandte des deutschen Kaisers sind, mit Geschenken zum Neujahrstag?« Sie war überrascht, wie leicht ihr diese Ungeheuerlichkeit über die Lippen gegangen war. Du solltest Hochstaplerin werden, statt dich mit Parfüms zu beschäftigen, fand ihre innere Stimme.

»Sind Sie das denn?« Noria sah misstrauisch von einem zum anderen, und Paula konnte es ihr nicht verdenken. Kaiserliche Abgesandte sahen sicher anders aus, prunkvoller, prächtiger.

»Nun, wir reisen inkognito.« Lázló, der seine gute Laune wiedergefunden hatte, warf Paula einen anerkennenden und verschwörerischen Blick zu.

»Inkognito?« Verwirrt sah Noria zu Paula und von Paula zu Morten.

»In geheimer Mission«, erklärte Paula.

»Warum denn geheim?«

»Weil …« Paula gab sich einen Ruck. »Weil der deutsche Kaiser sehr an einem Handelsabkommen mit Madagaskar interessiert ist.« Das klang in ihren eigenen Ohren höchst unglaubwürdig, und sie erwartete fast, dass Noria in lautes Gelächter ausbrechen würde, aber da räusperte sich Villeneuve und nickte bestätigend. »Wenn der Kaiser das öffentlich zugeben würde, bekäme er Schwierigkeiten mit den Franzosen und Engländern, die sich hier bereits recht heimisch fühlen.« Ich würde ihm glauben, dachte Paula, er wirkte ungemein überzeugend.

Noria biss sich auf ihre schönen Lippen. »Rainilaiarivony, der Premierminister, wird sicher Beglaubigungsschreiben sehen wollen …«

Villeneuve nickte wieder. »Selbstverständlich, die werden wir der Königin dann zum gegebenen Zeitpunkt vorlegen.«

Selbst Paula war nahe dran, ihm zu glauben, zumindest fragte sie sich einen Moment lang, ob Villeneuve wirklich so etwas in der Tasche hatte. Aber dann erschien es ihr höchst fragwürdig, keiner der drei Männer hatte in Nosy Be von einer solchen Mission erzählt. Im Gegenteil, Morten hatte sie im Bordell getroffen, Lázló war schwer verletzt im Lazarett aufgetaucht, und Villeneuve glaubte zwar, sie hätten sich bei einem seiner Besuche im Lazarett kennengelernt, aber sie hatte ihn schon sehr viel früher gesehen. In der kleinen Marienkapelle am Strand, wo sie ihn dabei beobachtet hatte, wie er eine Kerze angezündet und die Flamme so lange angestarrt hatte, bis sie völlig herabgebrannt war. Dann hatte er sich plötzlich die Nase geschnäuzt und die kleine Kirche so schnell verlassen, als wäre der Teufel hinter ihm her.

Ihr wurde plötzlich wieder deutlich, wie wenig sie von diesen Männern wusste und darüber, was sie wirklich vorhatten. War es da nicht riskant, sich mit ihnen zu einer so großen Lüge zu verbünden? Ihrer Lüge!

Was, wenn ihre Reisegefährten ein Attentat auf die Königin geplant hatten oder etwas ähnlich Schreckliches? Dann gehörte sie dazu. Sie ließ ihren Blick über die drei Männer schweifen. Mortens freundliches Gesicht mit dem blond gelockten Bart, Lázló, als einziger mit glatt rasiertem, engelsgleichen Jünglingsprofil und dem sphinxhaften Lächeln, und Villeneuves braungrüne Augen in dem unbarmherzig kantigen Gesicht mit dem struppigen Dreitagebart. Wer waren diese drei wirklich?

Nein, Unsinn, versuchte sie sich zu beruhigen, deine

Fantasie geht mit dir durch, du solltest sehr tief an einer Dosis Lavendelöl riechen, um wieder klar im Kopf zu werden.

»Wer hätte gedacht, dass der Premierminister lesen kann«, flüsterte Lázló vor sich hin.

»Schsch.« Morten schüttelte den Kopf und zischte für seine Verhältnisse direkt zornig. »Warum sind Sie andauernd so respektlos, Lázló, warum?«

»Wenn Sie wirklich Abgesandte des deutschen Kaisers sind, warum hat mir das denn niemand gesagt?« Noria funkelte Morten wütend an.

Morten wich ihrem Blick aus und sah mit einem nervösen Schulterzucken zu Paula, als hoffte er, dass sie ihm irgendwie helfen würde. Sie fand es merkwürdig, dass er gegenüber Noria nicht ebenso stark sein konnte wie gegenüber Lázló.

Villeneuve griff ihm eilfertig unter die Arme. »Geheim bedeutet ja, niemand soll davon wissen«, erklärte Villeneuve so geschmeidig, dass sich Paula fragte, wie sie je herausfinden sollte, wann er log und wann er die Wahrheit sagte.

Daraufhin wirkte Noria so bestürzt und durcheinander, dass sie Paula beinahe leidtat.

Noria vergewisserte sich, ob sie das wirklich richtig verstanden hatte, und machte sich wieder auf zu den Wachen, wo sie diesmal in einem etwas schärferen Ton verhandelte.

»Hat jemand von Ihnen eine Urkunde oder ein Schreiben, irgendetwas, das wir als Beglaubigungsschreiben des Kaisers ausgeben können?«, Villeneuve warf einen durchdringenden Blick in die Runde. »Oder ein Geschenk, das eines Kaisers würdig wäre? Madame Kellermann, Sie haben gesagt, wir hätten Geschenke zum Neujahrstag, also?«

»Nichts, nicht einmal Schmuck.«

Villeneuve stöhnte. »Dann müssen wir heute Nacht ein Schreiben verfassen. Hat jemand Papier, Tinte, Siegel?«

»Ich dachte, Forscher hätten jede Menge davon. Müssen Sie denn nicht die Pflanzen, die Sie finden, katalogisieren und zeichnen?«

»Selbstverständlich«, ließ sich Lázló vernehmen, »aber das brauchen wir ja noch.«

»Ich brauche meines auch.«

»Es war Ihre Idee!« Villeneuve klang, als wollte er sagen: und das ist die Konsequenz davon. Es weckte in Paula ein Gefühl des Versagens, als wäre sie zu dumm, um zu erkennen, was ihre Vorschläge bewirkten. Und das Gefühl setzte sie unter Zugzwang. »Papier und Tinte stelle ich zur Verfügung«, sagte sie deshalb, obwohl es ihr widerstrebte, etwas von ihren kostbaren Vorräten herzugeben, auf denen sie neue Rezepturen notieren wollte. »Aber Siegellack habe ich nicht«, behauptete Paula, denn davon hatte sie nur sehr wenig mitgenommen, und sie würde ihn brauchen, um ihre Duftkreationen luftdicht und sicher abzuschließen.

Morten strich sich über seinen Bart. »Nehmen wir doch Kerzenwachs.«

Villeneuve schüttelte den Kopf. »Nein, das ist viel zu weich. Außerdem brauchen wir ein Siegel.«

»Wenn mir jemand eine Vorlage aufmalt, könnte ich das schnitzen«, ließ sich Lázló vernehmen.

»Einer von uns muss Noria im Auge behalten.« Villeneuve sah zu Paula hin und zog fragend eine Augenbraue hoch.

»Was ist, wenn etwas schiefgeht? Hat denn niemand von Ihnen Bedenken bei diesem Plan?«, vergewisserte sie sich noch einmal.

Das Nein kam von allen dreien wie aus der Pistole geschossen.

»Nicht einmal Sie, Morten?«

»*Du darfst nicht fragen: Was soll dies und wozu dies? Denn alles wird zu seiner Zeit sich finden,* Sirach, 39, Vers 17. Oder wie meine Großmutter zu sagen pflegte: Gottes Wege sind unergründlich, und es steht außer Frage, dass es nur im Sinne des Herrn sein kann, wenn wir ein Land von Heiden auf den rechten Pfad führen wollen, oder?«

»Amen!«, intonierte Lázló so laut, dass Noria und die Wärter aufhörten zu debattieren und sich zu ihnen umdrehten.

»Gut, dann sollten wir die Zelte aufbauen und alles vorbereiten.«

»Aber wir brauchen auch noch ein Geschenk«, insistierte Villeneuve und sah wieder zu Paula hin. »Nicht das allerkleinste bisschen Schmuck?«

»Nein.« Das Einzige, was sie noch besaß, war die kleine silberne Phiole mit einem Verschluss aus versilberten Schmetterlingsflügeln. In ihr befanden sich ein paar Tropfen von dem Duft, den sie, inspiriert von den blauen Flakons, kreiert hatte. Diese Phiole hing an einem langen Lederband unter ihrem Leibchen, und sie wäre lieber gestorben, als sie herzugeben.

»Was zum Teufel befindet sich dann in diesen Truhen, die Sie mit sich führen?«

»Das geht Sie nichts an!«

»Richtig«, parierte Villeneuve, »aber wir können doch nicht mit leeren Händen aufkreuzen.«

»Aber was ist denn mit Ihnen? Sie tragen ein silbernes

Kruzifix an einer schweren Kette aus puren Gold, oder Sie, Morten, haben eine antik aussehende Bibel und Sie, Lázló, Sie …« Ihr fiel nichts ein, denn er hatte genauso wenig Gepäck dabei wie Noria. Villeneuve war grünbleich im Gesicht geworden wie die Orchideen, die hier überall blühten, Morten hingegen rot wie die Erde, auf der sie standen.

»Wir beide haben der Königin etwas zu geben«, Villeneuve musterte Paula kalt, »und brauchen dafür ihre Unterstützung, Sie hingegen wollen nur etwas für sich selbst, da wäre es nur angebracht, wenn Sie etwas mehr Einsatz zeigten.« Mit keinem Wort erwähnte Villeneuve das Kreuz um seinen Hals, das er niemals auszog.

Paula war sicher, dass die Männer logen, jeder wollte hier etwas für sich. Doch sie wusste nicht, was sie erwidern sollte, und schon vor langer Zeit hatte sie gelernt, dass es besser wäre, dann den Mund zu halten. Aber natürlich schaffte sie es nicht.

»Dann vergessen wir das mit dem Papier und der Tinte. Dann reisen wir eben wieder ab.«

»Da spricht die Prinzessin auf der Erbse – beim kleinsten Hindernis aufgeben.« Villeneuve klang belustigt, was Paula nur noch mehr aufbrachte. »Ich schätze mal, Ihr Herr Vater hat Sie aus jeder Misere herausgeholt, in die Sie sich gebracht haben.«

Empörung wallte durch Paulas Körper, ihre Hände ballten sich zu Fäusten, und gleichzeitig schossen Tränen in ihre Augen, was sie verzweifelt zu unterdrücken versuchte. Dieser elende Mistkerl, er wusste gar nichts von ihr und maßte sich solche Urteile an. Aber sein Kreuz wollte er nicht hergeben.

Noria kam zu ihnen zurück, und nun lag ein Lächeln auf ihrem Gesicht.

»Morgen früh dürfen wir durch das Tor des Königs und werden dann direkt zum Premierminister gebracht.«

Paula schluckte ihre Tränen und ihren Zorn hinunter. »Noria, das ist wundervoll, dann haben uns die Jungfrauen doch wirklich Glück gebracht!«

Noria brachte sie mit einem bösen Blick zum Schweigen, und Paula überlegte, ob es Fady war, zu erzählen, was sie nachts gesehen hatte.

»Nun, der Premierminister Rainilaiarivony wird sich zunächst mit Ihren Referenzen beschäftigen. Wenn er sie für echt hält, dann dürfen Sie mit der Königin an der Festtafel speisen.«

»Und wenn nicht?«, fragte Lázló.

»Dann werden Sie sterben.«

Morten räusperte sich ein paar Mal. »Ist das ein Witz?«

Nein, dachte Paula, nein, und sie spürte, wie sich ein eisernes Band um ihre Stirn legte. Nie im Leben wäre sie darauf gekommen, dass so eine kleine List mit dem Tode bestraft werden könnte. Sie mussten diese Scharade sofort beenden, und das war ihre Aufgabe, denn sie hatte damit angefangen.

»Nein, Herr Wahlström, das ist kein Witz«, meinte Noria, und Paula hatte den Eindruck, dass es eine Genugtuung für sie war, ihnen das zu erzählen. »So eine schwere Täuschung gilt als Staatsverrat, als ein Verbrechen gegen die Königin, und zählt zu den dreizehn Gründen, für die nach unseren Gesetzen die Todesstrafe verhängt wird. Und dank Rainilaiarivony gibt es anstatt achtzehn nur noch dreizehn Gründe für die Todesstrafe. Er hat übrigens auch die Sippenhaft abgeschafft und sogar die Sklaverei. Er ist gut für unser Land.«

Paula, Morten, Lázló und Villeneuve tauschten schockierte Blicke – Staatsverrat? Todesstrafe war Todesstrafe und gar nicht gut.

»Was sehen Sie mich so merkwürdig an, Sie haben doch nichts zu befürchten, oder?«

»Und welcher weit gereiste Mann hier an diesem gottverlassenen Ort entscheidet, ob unsere Unterlagen echt genug für den Premierminister sind?«, fragte Lázló in einem beleidigend spöttischen Ton.

»Rainilaiarivony hat viele Berater, unter anderem seinen Sohn, der die Ehre hatte, dem deutschen Kaiser in Berlin begegnen zu dürfen.«

Das eiserne Band um Paulas Kopf zog sich fester zusammen. Sie sollte das sofort aufklären. »Nun, Noria, es ist so, als ich …« begann sie, wurde aber von Villeneuve rüde unterbrochen.

»Natürlich haben wir nichts zu befürchten, alles hat seine Ordnung.« Morten klatschte ungewohnt herrisch in die Hände, winkte den Trägern und bedeutete ihnen, dass sie die Zelte aufbauen sollten, dann versenkte er einen strafenden Blick in Paulas Augen. »Und jetzt sollten wir uns hinlegen. Morgen steht uns Großes bevor.«

Zustimmendes Gemurmel machte sich breit, und Paula verstand, was das bedeutete. Die Männer wollten nicht zurück. Also musste in dieser Nacht eine glaubwürdige Urkunde erstellt und das Siegel des Kaisers gefälscht werden. Während die Träger die Zelte aufbauten und Noria ein Feuer zum Kochen entfachte, sammelten sie sich an einem Felsen, wie um die Aussicht zu genießen.

»Das ist doch nur eine leere Drohung«, ließ sich Morten vernehmen.

»Das glaube ich nicht, die Madagassen haben es nicht nötig, den Europäern in den Arsch zu kriechen.« Lázló legte seine schöne hohe Stirn in Falten. »Und unser Tod wäre in diesem Zusammenhang eine hübsche Anekdote, die bei den Franzosen und Engländern ihren Ruf dahingehend festigen würde, dass mit den Madagassen nicht zu spaßen ist.«

»Wir wollen mit der Königin sprechen, dann sollten wir uns auch um die Urkunde kümmern.« Villeneuve nahm seinen Helm ab und massierte seinen Kopf. »Lázló, Sie suchen nach einem Stückchen Holz, das Sie zu einem Siegel schnitzen, und Sie, Madame Kellermann, bringen mir Papier, Federhalter und Tinte. Und Sie, Morten, Sie beten einfach.«

»Aber das können wir doch nicht machen, nicht, wenn es so gefährlich ist«, widersprach Paula.

Alle drei starrten sie an. »Wir können nicht zurück, ich bin sicher, allein der Versuch einer derartigen Täuschung würde bestraft werden.« Morten und Lázló nickten zu Villeneuves Worten wie mechanische Spielfiguren.

Paula schluckte jeden weiteren Widerspruch hinunter, weil ihr keine Argumente einfielen, die Villeneuve hätten widerlegen können. Sie drehte sich um und machte sich widerwillig daran, in ihren Truhen nach den gewünschten Dingen zu suchen.

Sie wartete, bis die Zelte aufgebaut waren, dann packte sie alles zusammen und ging in Villeneuves Zelt, das sie vorher noch nie betreten hatte.

Überrascht betrachtete sie seine geradezu luxuriöse Einrichtung. Hier gab es Klappstühle, einen Teppich und einen Tisch, an dem Lázló schon mit einem Stückchen Holz und einem Messer saß und auf Anweisungen wartete. Morten hockte neben Lázló auf dem Boden, sodass noch ein Klappstuhl für Paula übrig war. Es lag eine merkwürdig heitere, geschäftige Stimmung in der Luft, als wären ihre Reisegefährten Kinder, die sich auf ihren Geburtstag freuten. Aber das war falsch, schließlich stand ihrer aller Leben auf dem Spiel.

Weil niemand einen Vorschlag zur Gestaltung des Siegels hatte, schlug Paula vor, den Reichsadler von einem Fünfmarkstück als Vorlage zu verwenden, womit alle einverstanden waren. Dann überlegten sie gemeinsam, welchen Text sie schreiben sollten. Es stellte sich heraus, dass Lázló darin sehr viel begabter war als Villeneuve und Paula. So bestand er darauf, dass sie alle wohlklingende Titel haben müssten, um ihre Stellung deutlich zu machen. Lázló hatte die schönste Schrift, sodass er schließlich auch die Feder schwang:

Wir, Wilhelm, Deutscher Kaiser durch Gottes Gnaden
An die durchlauchtigste Königin Ranavalona II. von Madagascar

Mit diesem Schreiben möchte der Unterzeichner allerhöchstselbst diese seine vier Unterthanen, als da wären Paula-Victoria Baronin von Kellermann, Fürst Lázló Kalasz aus Siebenbürgen, Graf Henri Villeneuve vom Hofe sowie unseren dänischen Verbündeten im Glauben und in Realiter Bischof Morten Wahlström, allergnädigst und in dero geheimer Missionem empfehlen,

ob dero wir, unsere heiligste kaiserliche Majestät incognitem in Erfahrung zu bringen wünschen, ob dero allerhöchste madagassische Majestäten an einem Abkommen Interesse finden könnten, welches in beidseitigem Einvernehmen dem Handelsflusse unser beider Länder dienlich sein solle. Denn aus sicherer Quelle ging uns die Nachricht zu, dass die französische Regierung im November d.J. ihre Geneigtheit zu gemeinsamer antideutscher Politik mit den Engländern sondiert habe, daher haben wir es als nothwendige Aufgabe erkennen müssen zu ermitteln, ob die Besorgnisse für die Sicherheit des Friedens auf den Weltmeeren, welche wir mit Widerstreben aus den erwähnten Umständen entnehmen mussten, auch von anderen befreundeten Mächten getheilt würde.
Ein jeglicher der hier aufgeführten Reisenden hat die Befugnis, in meinem allerhöchsten Auftrage zu sprechen. Wir, unsere kaiserlichen Majestäten, sprechen unser allergrößtes Bedauern aus, nicht höchstselbst in dero Angelegenheiten zu jener glücklichen, doch sehr weit entfernten Insel Madagascarem reisen zu können. Wir hoffen, unsere Gesandten mögen Euer huldreiches Wohlgefallen finden, und empfehlen uns mit vorzüglichster Hochachtung und in Erwartung positivster Berichterstattung durch die genannten Gesandten.

Wilhelm, Kaiser des Deutschen Reiches von Gottes Gnaden

»Das Schreiben müssen wir danach aber verschwinden lassen. Mit diesem Betrug würden wir in Deutschland zwar nicht aufgehängt, aber inhaftiert mit Sicherheit.« Villeneuve betrachtete den Brief und las ihn ein paarmal durch. Paula war überrascht zu sehen, dass er beim Lesen die Lippen bewegte, wie jemand, der nur wenig Übung im Lesen hatte. »Ich bin mir nicht sicher, ob es so gut ist, dieses Problem mit Frankreich anzudeuten.« Villeneuve runzelte die Stirn. »Der Gedanke, dass sich die Engländer und die Franzosen zusammentun, erscheint mir gelinde gesagt eine sehr gewagte Behauptung.«

»Ich habe auf Nosy Be gehört, dass Rainilaiarivony ein Mann ist«, Paula hob beschwörend ihre Hände, »der die Kolonialmächte gerne gegeneinander ausspielt, um seine eigene Position zu festigen. Und so ein Mann hat sicher großes Verständnis dafür, dass der Kaiser sich in mysteriösen Andeutungen ergeht. Und nur dann ergibt es Sinn, dass wir in geheimer Mission unterwegs sind, oder? Wir müssen das noch versiegeln. Ich habe ein wenig Siegellack.«

Paula erwartete, dass man sie fragen würde, woher ihr Sinneswandel kam, aber niemand sprach sie darauf an. Sie verließ Villeneuves Zelt und wäre fast über Noria gestolpert, die dicht am Eingang gestanden hatte. Paula erschrak, fürchtete, sie könnte ihren Betrug mitbekommen haben, und überlegte hastig, was sie tun sollte.

»Das Essen ist fertig.« Noria deutete mit undurchdringlicher Miene auf den Topf, der im Feuer stand.

»Ich sage den anderen Bescheid«, antwortete Paula und ging zurück in das Zelt. »Ich glaube, Noria hat etwas gehört.«

»Da müsste sie schon Ohren wie ein Luchs haben«, meinte Villeneuve, »und außerdem können wir jedem weismachen, dass ihr Deutsch sie zu missverständlichen Annahmen geführt hat.«

Sie setzten sich an das Feuer und bedienten sich an der

klaren Hühnersuppe mit Ingwer, dazu gab es Reis. Niemand redete, alle hingen ihren Gedanken nach.

Mit jedem Löffel Hühnersuppe, den Paula aß, spürte sie in ihrem Bauch ein stärker werdendes Ziehen, das sie schon oft in ihrem Leben ignoriert und dann bitter dafür bezahlt hatte. Obwohl ihnen ein überzeugendes Schreiben geglückt war, wurde ihr klar, dass sich aus einer so monströsen Lüge nichts Gutes entwickeln konnte. Was sie taten, war nicht richtig. Nicht nur wegen der Konsequenzen, mit denen sie alle rechnen mussten, wenn herauskam, dass sie gelogen hatten, sondern vielmehr wollte sie ihr neues Leben nicht mit einer solchen Täuschung anfangen. Sie musste die Männer davon überzeugen, einen ehrlichen Weg zum Palast der Königin zu suchen, auch wenn das sehr viel länger dauern würde. Noch war es nicht zu spät.

Nach dem Essen trafen sie sich wieder in Villeneuves Zelt.

»Wo bleibt der Siegellack? Ich habe ein wunderschönes Siegel geschnitzt, den Reichsadler mit einem Helm und Federbüschen.« Lázló schwenkte begeistert sein rundes Stückchen Holz.

»Wir können das nicht machen.« Als niemand reagierte, wiederholte Paula noch einmal lauter: »Es geht nicht, wir können das nicht tun!«

»Sie hat recht.« Morten rettete sie. »Mir war nicht klar, welche Ausmaße diese Täuschung annehmen würde, und jetzt muss ich dauernd an Spruch 29 Vers 12 denken. *Wenn ein Herrscher auf Lügen hört, so werden alle seine Diener zu Schurken.*«

Lázló tippte sich mit dem Siegel an die Stirn. »Wir machen uns lächerlich, wenn wir jetzt umkehren.«

Villeneuve stimmte ihm zu. »Das sehe ich auch so. Und was soll denn schon passieren? Wer in Gottes Namen hat denn hier das Wappen des Kaisers gesehen, nicht einer von uns könnte es mit Sicherheit erkennen. Und auch wenn ich vorhin darüber nachgedacht habe, was dieser Betrug im Deutschen Reich nach sich ziehen würde, so ist es doch sehr unwahrscheinlich, dass dieser Brief jemals nach Deutschland gelangen wird.«

»Aber sind wir denn nicht hier, um neu anzufangen«, begann Paula, »lassen wir nicht alle etwas hinter uns, und ist es dann gut, mit einer Lüge zu beginnen?«

»Herrgott! Warum denn nicht?« Lázló betrachtete Paula mit einem Kopfschütteln. »Niemand wird verletzt, niemand kommt zu Schaden, im Gegenteil, es wird der Königin schmeicheln. Ist das Ihre Art zu leben?« Sein Ton wurde beleidigend sarkastisch. »Eine Idee zu haben, die die Probleme von vier Menschen löst, nur um sie dann beim kleinsten Widerstand zurückzunehmen? Sind Sie wirklich so schwach?«

Wie kann er es wagen, so mit mir zu reden, dachte Paula und spürte, wie seine Worte ihre Galle zum Überlaufen brachten. Was weiß dieser Schönling schon darüber, welche Widerstände ich nur gerade eben so überlebt habe. Sie stürzte auf ihn zu, um ihn zu ohrfeigen.

Villeneuve stellte sich zwischen sie, sodass Paula gegen ihn prallte, was sie nur noch wütender machte.

»Es ist zu spät«, erklärte Villeneuve und versuchte sie mit einem Blick aus seinen braungrünen Augen zu beruhigen. »Madame Kellermann, Lázló hat vollkommen recht, wir machen uns lächerlich, es gibt kein Zurück mehr. Also bringen wir das Siegel an und behaupten, unsere Geschenke wurden vor Nosy Be bei einem Überfall durch Piraten gestohlen, weshalb wir nur das kaiserliche Schreiben und wenig mehr als unsere nackte Haut retten konnten.«

Paula drehte sich zu Morten um und starrte ihn auffordernd an, aber dieser Feigling zuckte nur mit den Schultern. Allein hatte sie keine Chance gegen Villeneuve und Lázló, und wenn die Männer den Plan durchzogen, dann konnte sie sie schwerlich denunzieren. Sie verachtete sich dafür, dass sie keine besseren Argumente parat gehabt hatte und zum Nachgeben gezwungen war. Widerwillig holte sie den Siegellack, um ihnen dabei zu helfen, die Täuschung perfekt zu machen.

Das Ziehen in ihrem Bauch verwandelte sich beim Fertigstellen der Urkunde in ein mulmiges Rumoren, und als Paula später unter ihre Schlafdecke kroch, erwartete sie, die ganze Nacht wach zu liegen, doch zu ihrem größten Erstaunen schlief sie die ganze Nacht tief und fest.

7

Mathildes Brief

Ambalava, am Morgen des 9. August 1856

Florence, meine geliebte Tochter,
an der Tür war nur der Jesuit, Pater Antonius, der in Antalaha ein Waisenhaus betreut und der mich überreden wollte, mit ihm zu kommen, denn sie fahren mit den Kindern hinüber auf die schöne Insel St. Marie, weil sie Angst vor dem haben, was hier schwelt. Ein Unwetter zwang ihn dann bei mir zu nächtigen, was seine Unruhe nur verstärkt hat.
Um ihn loszuwerden, habe ich ihm versprochen, dass ich bald nachkommen werde, obwohl ich nicht im Traum daran denke, hier zu verschwinden, denn ich warte auf Edmond, und ohne ihn werde ich nirgendwo mehr hingehen. Nur für ihn habe ich Laborde dieses Land mit Schmuck abgekauft, und als ihm das immer noch nicht genug war, habe ich sogar noch einen blauen Flakon mit dem Parfüm der Kaiserin Eugenie dazugegeben, damit er einwilligt. Und dann konnte ich endlich damit beginnen, diese wundervolle, diese verfluchte Vanille zu pflanzen.
Aber ich greife vor. Ich wünsche mir so sehr, dass Du, Florence, diesen langen Brief eines Tages wirklich lesen wirst, aber das liegt nicht in meiner Macht. Und wenn ich an die Macht der Opfer glauben würde, hätte ich dafür schon ein ganzes Zebu geopfert.

Alles, woran ich noch glauben will, ist Gerechtigkeit, und wenn ich es nicht schaffen sollte, das zu tun, was ich vorhabe, so flehe ich Dich an, es für mich zu vollenden. Ich werde Dich mit allem ausstatten, was Du dazu benötigst, und Du wirst überdies reich belohnt werden, das zumindest kann ich Dir versprechen.
Um Dich und unser Geheimnis zu schützen, werde ich diesen Brief so verstecken, dass niemand ihn finden wird, außer Dir. Ich weiß, wie leicht die Dinge außer Kontrolle geraten, Piraten lauern allenthalben. Und für den Fall, dass Dein Mann besonders hochwohlanständig wäre, und ich fürchte, Du hast dir genau so einen ausgesucht, muss ich auch dafür Sorge tragen, dass es allein in Deinem Ermessen liegt, was Du ihm preisgeben möchtest. In den Augen der meisten Menschen habe ich einfach nur Schande über mich und meine Familie gebracht, mich wie eine elende alte, ja sogar kriminelle Närrin verhalten. Aber Du sollst wissen, wie sich das alles wirklich abgespielt hat. Ich spüre den kindischen Wunsch, der sowohl meiner Liebe zu dir geschuldet ist, als auch der Einsicht, dass ich nicht ewig leben werde, nach Deiner Vergebung oder doch wenigstens nach Deinem Verständnis.
Du erinnerst Dich gewiss, dass wir nach der Flucht vor den Piraten auf der Insel Réunion strandeten, wo wir mit großer Begeisterung von den dortigen Plantagenherren empfangen wurden. Ich neige zu dem Glauben, dass diese Begeisterung nicht unwesentlich durch die Goldstücke befeuert wurde, die ich Le Thomas als »Lohn« für die Jahre unserer Gefangenschaft entwendet hatte.
Wir wurden großzügig bei Monsieur Fereol Bellier Beaumont und seiner Familie aufgenommen, der in St. Suzanne auf der Ostseite der Insel neben Zuckerrohr und Orangen auch Vanille anpflanzte und eine stattliche Anzahl schwarzer Sklaven hielt.

Ich hoffe, Deine Erinnerung hat diesen kleinen Mann mit dem prallen Bauch nicht romantisch verklärt. Denn er führte noch heuchlerischer als Tartuffe ständig das Wort Gottes im Munde, aber er hat geweint, als Frankreich 1848 von seinen Pflanzern verlangte, die Sklaverei abzuschaffen.

Sein Plantagenhaus jedoch gefiel mir genauso gut wie Dir. Steintreppen, die mit gebrannten Kacheln belegt waren, führten zu der überdachten Veranda, die an den Seiten noch zusätzlich durch weiße Flechtgitter vor der zudringlichen Sonne geschützt wurde. Jedes Fenster hatte luftige Lamellenläden, und es gab ein blau gekacheltes Badezimmer mit einer Badewanne und einem Abort. Alles Dinge, die Du noch nie gesehen hattest, und selbst ich hatte die Existenz dieser Annehmlichkeiten vergessen.

Du hast Dich sofort in das Bett in Deinem Zimmer verliebt, es war ein französisches Eisenbett mit einem Baldachin aus hauchzartem Musselin, der mit kleinen rosa Blütenknospen bestickt war. Auch ich genoss das weiche Bett und die sauberen Laken, die ich nun nicht mehr selbst waschen musste. Du hast Dich damals gleich darangemacht, die Töchter von Monsieur Beaumont aufmerksam zu beobachten, ihrem kleinen Bruder Louis, dem lang ersehnten Erben und Nachzügler, hast Du keine Beachtung geschenkt, obwohl er ständig an Deinem Rockzipfel hing. Nein, es waren die Mädchen, die Dich interessierten. Die stille und kränkliche Marie war zwei Jahre älter, und Josephine, blond, mollig und bösartig, war genauso alt wie Du damals. Ich mochte sie beide nicht und war sicher, dass sie eifersüchtig auf Deine Schönheit waren. Doch Du hast Dich inbrünstig an sie geklammert und versucht, ihre Freundin zu werden, hast Tag und Nacht gelernt, um Deine Lücken zu füllen und mithalten zu können, Du warst die Fleißigste in der Sonntagschule. Ja, ich weiß, ich hätte stolz auf

Dich sein müssen, doch mir war nicht wohl bei diesem übertriebenen Eifer, es war nur allzu deutlich, wie sehr Du Dich für Deine Unwissenheit schämtest.
Und mir war klar, dass alle Europäer auf der Insel es zwar amüsant fanden, uns einzuladen und unsere Erlebnisse zu hören, doch gleichzeitig waren wir mit einem Makel behaftet. Niemand wagte mich zu fragen, ob ich den Piraten zu Willen hatte sein müssen, aber ich wusste, sie sahen mich an und Dich und dachten heimlich darüber nach, wessen Kind Du warst. Nun, das befeuerte die Fantasie der Ehemänner, und so war ich mehr damit beschäftigt, sie mir vom Leibe zu halten, als mit der Planung unserer Zukunft.
Um ehrlich zu sein, ich wusste nicht, wie es weitergehen sollte. Ich war sicher, dass mein Mann, Dein Vater, tot war. Copalle war ein zartbesaiteter Mann, der nicht für die Sklaverei geschaffen war, womit ich nicht sagen möchte, dass irgendein Mensch dafür geschaffen wäre. Ich hatte zwar noch etwas Gold, um uns nach Europa zu bringen, doch ich war daran gewöhnt, freiheraus zu reden, und es fiel mir schon schwer, bei dem langweiligen Geschwätz der Pflanzer und ihrer Gattinnen nicht lauthals zu gähnen. Wie sollte ich es da in Europa aushalten, wo noch viel strengere Maßstäbe an eine Dame gelegt wurden. Nicht, dass Du mich missverstehst, ich sehnte mich nicht zurück zu Le Thomas und seinen Spießgesellen, aber mir wurde immer klarer, dass ich auch nicht nach Europa zurückkonnte. Und da hatte ich Edmond noch gar nicht kennengelernt.
Ich muss nun unterbrechen, denn eben jetzt ist die Sonne aufgegangen, und die Vanille ruft nach mir.

8

Cascarill

Cascarill ist die Rinde von Croton Eluteria, einem auf Jamaika heimischen Baum. Ihr Geruch ist angenehm aromatisch, ihr Geschmack scharf aromatisch, zugleich widrig bitter. Das Öl der abdestillierten Rinde ist grünlich oder dunkelgelb und dickflüssig.

Am nächsten Morgen wurde Paula von prasselndem Regen und zahlreichen Männerstimmen geweckt. Sie kleidete sich an und spähte aus ihrem Zelt.

Im Lager waren Dutzende von Soldaten. Anders als die meist mit einem Lamba bekleideten Merina, denen sie bisher begegnet waren, trugen diese Männer weiße Hosen und Jacken, die vorn mit drei dicken goldenen Knöpfen geschlossen waren. Um die Taille war ein breiter Ledergürtel geschlungen, der mit einer großen viereckigen silbernen Schnalle zusammengehalten wurde. Im Gürtel steckten Pistolen und Messer. Einige Männer trugen über dem Hemd noch den allgegenwärtigen Lamba wie einen Umhang.

Noria stand im Regen und sprach mit dem einzigen, der eine Mütze trug, die Paula an einen Schiffskapitän erinnerte. Und eben gesellte sich Villeneuve, allerdings nur halb angekleidet, dazu. Paula betrachtete seinen nackten Oberkörper, der ebenso breit und mächtig war wie der von Lázló. Aber

Villeneuve wirkte nicht wie eine Marmorstatue, denn seine Brust war mit dunklen Haaren übersät, aus denen der immer noch herunterprasselnde Regen tropfte. Um den Hals trug er die Goldkette mit dem dicken silbernen Kreuz. Als er anfing zu reden, bewegte er seine muskulösen Arme, und dabei bildeten sich tiefe Einbuchtungen an seinen Schlüsselbeinen, die das Kreuz hin und her rutschen ließen, was wiederum eigenartige Gefühle in Paula auslöste. Und als sie deshalb wegschaute und ihr Blick auf seinem glatten Bauch landete, war sie gerührt von der Form seines Bauchnabels, der sie an italienische Tortellini erinnerte, die sie einmal mit ihrem Vater am Gardasee gegessen hatte. Alles, was sie da sah, gefiel ihr, und genau das war ihr peinlich, und deshalb gab sie sich einen Ruck und wandte ihre Augen zu Noria. Sie verließ das Zelt, winkte den beiden und lief dann durch den strömenden Regen zu ihnen. Als Villeneuve sie bemerkte, verschwand er hastig in seinem Zelt. Nicht schnell genug, dachte Paula und lächelte bei dem Gedanken, dass es ihm vielleicht auch peinlich war, halb nackt von ihr gesehen zu werden.

Als sie Noria erreicht hatte, hörte der Regen schlagartig auf, die hervorbrechende Sonne verdampfte sofort das Wasser in den Pfützen, und es wurde unerträglich schwül.

Noria schüttelte ihre nassen Haare wie ein Hund sein Fell und strich sie dann sorgfältig zurück. Paula beneidete sie um ihre kurzen Haare, die für Merinafrauen ungewöhnlich waren. Die meisten trugen akkurat geflochtene, komplizierte Frisuren, die man dann tagelang nicht zu kämmen brauchte. Paula wünschte sich so eine Frisur, denn der Mut zum Abschneiden fehlte ihr noch. Noria brachte Paula einen

Becher Tee und zeigte dann auf den halbrunden Durchgang in der Mauer, der nun offen war, was Paula angesichts des Regens und Villeneuves nacktem Oberkörper völlig entgangen war.

»Die siebzig Soldaten der Königin haben den Stein, der das Tor versperrt, weggerollt, und damit ist der Weg nun frei für uns.«

Villeneuve war zurück, jetzt mit einem frischen Leinenhemd und nassen, aber gekämmten Haaren. Noria wandte sich an ihn. »Ich brauche eine Bestätigung für die Soldaten, dass Ihr wirklich Gesandte des Kaisers seid.«

»Ich hole den Brief gern, aber ich darf kein Risiko eingehen und ihn aus der Hand geben. Wir haben den Befehl, ihn Ranavalona II. persönlich zu überreichen.«

Noria überlegte kurz, dann rief sie den Soldaten mit der Kopfbedeckung zu sich und erklärte ihm, was Villeneuve gesagt hatte. Der Mann betrachtete sie misstrauisch, nickte dann aber und blies in das Horn eines Zebus, was sich als Zeichen zum Aufbruch für seine Soldaten herausstellte. Die Träger begannen die Zelte abzubauen.

Endlich durften sie in das Innere von Ambohimanga. Die nasse Erde klebte bei jedem Schritt an Paulas Füßen, aber es machte ihr nichts aus, denn sie war viel zu neugierig auf das, was sich hinter der Mauer verbarg.

Paula lief zusammen mit Noria durch das Tor und war zunächst etwas enttäuscht. Hier befanden sich nur kleine Wohnhäuschen aus Ziegelstein, und einige Einwohner verkauften auf ihren winzigen, überdachten Terrassen Bananen und Pampelmusen, Maniok und Zweige mit rotem und schwarzem Pfeffer, außerdem verschiedene Sorten Reis und Fleisch.

Die festgetretene rote Erde glänzte nun schon trocken und wie poliert in der Sonne und wirkte fast wie eine steinerne Straße, von denen Paula aber auf Madagaskar noch nie eine gesehen hatte. Die Straße stieg steil an und schraubte sich immer weiter den Berg hinauf, bis sie vor einem riesigen Eisentor wieder endete. Dort warteten sie auf die Männer und die Träger. Noria warf ihr einige Male einen merkwürdigen Blick zu, und Paula hatte große Angst, dass Noria sie wegen ihrer Lügen zur Rede stellen wollte. Dann räusperte sich Noria auch noch ein paar Mal, als ob sie sich nicht durchringen könnte, eine Frage zu stellen, was Paulas Puls schneller nach oben jagte als der anstrengende Aufstieg.

»Welcher von den Männern ist der, der Ihr Lager teilt?«, wollte Noria schließlich wissen.

Paula war zuerst sprachlos, dann unglaublich erleichtert, doch wie kam Noria auf solche Gedanken? Plötzlich fiel ihr ein, dass sie gestern mehrfach in Villeneuves Zelt gewesen war – mit den anderen Männern.

»Oder teilen alle Männer Ihr Lager?«

Obwohl Paula das Blut in die Wangen geschossen war, musste sie jetzt doch lachen. »Nein«, sagte sie, »mein Lager gehört allein mir.«

»Warum das?«

Paula starrte Noria an, und in diesem Augenblick hasste sie diese Frau, weil sie von ihr gezwungen wurde, an all das zu denken, was sie hinter sich lassen wollte.

»Das ist eine sehr persönliche Frage, die man Fremden nicht stellt.«

Noria nickte. »Aber es ist interessant für mich, zu erfahren, wer mit wem das Lager teilt und ob das freiwillig geschieht.

Denn ich habe gehört, in Europa sperrt man die Frauen ein und zwingt sie, auch Männern zu Gefallen zu sein, die sie abstoßend finden.«

»Bordelle gibt es überall auf der Welt und auch in Madagaskar.«

»Nein, nein«, widersprach Noria, »diese europäischen Einrichtungen meine ich nicht. Sondern eure Art der Ehe. Man erzählt sich bei uns, dass in Europa die Mädchen gezwungen werden, Ehemänner zu nehmen, die sie nicht wollen, und dass sie auch noch Jungfrauen sein müssen.«

Paula hasste Noria noch mehr, zwang sich aber, freundlich zu bleiben. »Und hier werden die Ehen nicht von den Eltern arrangiert?«

Noria kicherte los und konnte sich gar nicht mehr beruhigen. »Nur in sehr seltenen Fällen, manchmal bei den adligen Merina. Aber in der Regel entscheiden wir Frauen selbst, wem wir uns wann hingeben und wen wir heiraten wollen.«

Villeneuve, Morten und Lázló hatten sie erreicht. Deshalb hätte Paula nur zu gern das Thema gewechselt, aber Noria war in Fahrt. »Und nur weil wir ein Kind erwarten, müssen wir den Vater noch lange nicht heiraten. Warum auch, wenn er sich als ein Taugenichts herausstellt. Und Jungfrauen gelten nicht viel gegen erfahrene Frauen.« Sie grinste breit und wandte sich an Morten. »Und daran werden auch all Ihre Bibeln nichts ändern.«

Morten errötete so stark bis unter seine blonden Haarwurzeln, dass er Paula leidtat und sie überlegte, wie sie ihm helfen könnte, aber da fragte Villeneuve schon, worauf man hier eigentlich warte.

Noria rief etwas durch das Eisentor, was einen weiteren Trupp Soldaten zu ihnen brachte.

Als sie auch dieses Tor durchschritten hatten, ging es scheinbar unendlich viele Treppenstufen weiter nach oben. Paula schwitzte und war völlig außer Atem. Norias Worte wirbelten noch immer durch ihren Kopf, und sie fragte sich, ob die Frauen hier wirklich so frei waren, wie Noria behauptet hatte.

Immer wieder mussten sie erschöpft stehen bleiben, dann drehte Paula sich um und sah über die weiten roten und dunkelgrünen Ebenen, die unter ihnen lagen, schimmernd und zitternd im silbrigen Dunst.

Sie holte tief Luft, roch einen Hauch von verdorbenen Feigen, Lilien und Jasmin, der sich mit dem noch leicht feuchten Duft der roten Erde vermischte. Je weiter nach oben sie kamen, desto klarer wurde die Luft und desto ruhiger wurde es.

Schließlich erreichten sie einen weiten, leeren Platz, auf dem links ein riesiger Feigenbaum stand, dessen Blätter viel größer waren als bei den Bäumen, die Paula kannte. Um seinen mächtigen Stamm herum waren zwölf große Steine in die Rinde eingewachsen, Paula vermutete, sie symbolisierten die zwölf Königreiche, die sich der König durch die Heirat mit den zwölf Frauen einverleibt hatte.

Am Ende des Platzes erhob sich noch eine weitere Mauer, hinter der sich der eigentliche Palast befand. Paula entdeckte rechts ein sehr dunkles Holzdach, dessen spitzer Giebel die Mauer überragte. Das war nicht gerade das, was sie sich unter einem Königspalast vorgestellt hatte.

Noria bemerkte ihren Blick. »Das ist das Haus, in dem

Andrianapoinimerina gelebt hat, der König, der die Merina vereint hat und dem wir das alles zu verdanken haben.« Sie wies mit ihrer Hand über die Anlage. »Niemand lebt darin, es ist ein heiliger Ort, den Europäer niemals betreten dürfen, auch nicht die Gesandten des Kaisers.«

»Sieht aus wie der baufällige Holzschuppen eines verarmten Csárdás-Fürsten«, murmelte Lázló, der sich nicht ganz wohl zu fühlen schien.

»Andrianapoinimerina war ein sehr guter König, der genauso schlicht wie sein Volk gelebt hat. Er brauchte all den Prunk nicht, den Ranavalona I. sich von den Europäern hierher hat bringen lassen.« Noria rümpfte die Nase. »Diese Verrückte hat ihren Sommerpalast«, sie zeigte auf die Mauer zu ihrer Linken, »aus Stein, Sand und Wasser bauen lassen und als Klebemittel wurden Eier verwendet. Ein weiser Mann hat ausgerechnet, dass es sechzehn Millionen Eier waren, jeder Untertan musste über Jahre ein Ei pro Tag für diesen Palast spenden.« Sie schnaubte verächtlich. »Aber das Haus von Andrianapoinimerina ist aus Palisanderholz gebaut, das hier wächst. Dazu mussten nicht jahrelang Sklaven Steine den Berg hinaufschleppen. Niemand hatte damals ein Steinhaus, denn früher haben wir Steinhäuser ausschließlich zu Ehren unserer Toten gebaut. Einzig sie haben es verdient, denn nur unsere Toten leben ewig, und nur die Steine sind für die Ewigkeit.« Ihre Augen streichelten den Holzgiebel geradezu, dann fuhr sie mit einem Seufzen fort. »Aber Ranavalona II. hat es gefallen, nun auch den Bau von steinernen Brücken und Kirchen zu erlauben.« Noria schaubte verächtlich. »Das ist der Einfluss dieser Christen! Bleiben Sie bitte hier und warten.«

Noria lief links an der Wand, die mit den vielen Eiern erbaut worden war, vorbei und dann weitere Treppen nach oben.

Niemand sagte ein Wort, aber einer nach dem anderen setzte sich mit einem leichten Ächzen auf die Treppenstufen. Paula genoss den Wind, der sanft durch ihre Kleider fächelte und sie ein wenig abkühlte.

Mit jedem Atemzug fühlte sie sich freier. Es ist fast, als würden mir hier Flügel wachsen, dachte sie und war versucht, ihre Arme auszubreiten, und nur die Anwesenheit der anderen hielt sie davon ab. Vielleicht war es doch ihre Bestimmung, an diesen Ort zu gelangen, dachte sie, egal wie. Möglicherweise war ihr Täuschungsmanöver wirklich nur so etwas wie eine Fata Morgana, die niemandem wehtat, aber schön anzusehen war. Sie stand auf, um ihre Umgebung genauer zu betrachten.

Lázló folgte ihr. »Nicht, dass ich an ihn glauben würde, aber Gott ist hier«, sagte er und lächelte ironisch. »Ich glaube, Sie kennen das auch, dass ihr Verstand etwas leugnet, was ihr Gefühl bejaht, oder? Mein Verstand lehnt Gott schon lange ab, erst recht seit dem Tod meiner Schwester, und doch fühle ich ihn. Und Sie spüren das auch, das merke ich. Die Merina haben recht. Niemand braucht hier einen Palast oder eine Kirche aus Stein. Es ist viel wunderbarer, im Freien zu stehen und dieses mächtige heilige Gefühl zu spüren, als mühsam ein prunkvolles Bauwerk zu errichten, in dem es dann erst einmal gelingen muss, genau diese Verbindung herzustellen.«

Paula war ganz erstaunt über Lázlós kleinen Vortrag, der ihr aus der Seele gesprochen hatte, und sie schämte sich ein wenig, dass sie ihn in Gedanken immer nur als Schönling bezeichnet hatte.

Gerade als sie ihm antworten wollte, trat Villeneuve zu ihnen, und weil sie auf seinen Spott verzichten konnte, wechselte sie das Thema.

»Was sagen wir auf die Frage, warum der Kaiser ausgerechnet uns ausgewählt hat?« Paula sah zwischen den beiden hin und her.

»Warum sollte denn jemand an uns zweifeln?« Villeneuve klang müde. »Misstrauisch sind doch immer nur die, die selbst etwas zu verbergen haben.« Er wandte sich an Morten, der wieder zu ihnen gestoßen war. »Oder, Morten, ist das nicht so? Außerdem schaden wir niemandem.«

»Nun, wir werden sehen, ob Gott es gutheißt, durch eine Lüge zu etwas Segensreichem zu kommen.« Morten strich sich betont nachdenklich über seinen Bart und klang ungewohnt salbungsvoll.

»Elender Puritaner!« Villeneuve milderte seine Worte mit einem seiner seltenen Lächeln.

Plötzlich ertönte Musik, es klang wie eine Zither und eine Flöte. Sie sahen sich suchend um und entdeckten Noria, die von vier Musikern und vier Frauen in weißblauen Lambas begleitet wurde. Zwei der Musiker hielten in der rechten Hand ein Bambusrohr von etwa einem Meter Länge, das sie in die Hüften stemmten, und spielten mit der freien linken Hand auf den Saiten, die rund um das Rohr gespannt waren. Die beiden anderen Musiker bliesen eine fröhliche Melodie in kurze Flöten, die helle, silbrige Töne erzeugten und Paula an Vogelgezwitscher erinnerten.

»Sieht nach unserem Empfangskomitee aus«, murmelte

Lázló, und er sollte recht behalten. Die vier geleiteten sie die restlichen Treppen nach oben zum Sommerpalast der Königin. Sie hatten es geschafft!

Vor ihnen lag der weiß bemalte Palast der Königin, der aus zwei europäisch anmutenden Häusern bestand, die L-förmig angeordnet waren und über ein erstes Stockwerk verfügten, was Paula in Madagaskar bisher nur in Antananarivo gesehen hatte. Im ersten Stock gab es umlaufende Balkone, die auf weißen Säulen standen und weiße, geschnitzte Holzgeländer hatten. Das alles wirkte luftig und wie eine sahnige Tortenverzierung neben dem Palast von Andrianapoinimerina, der nicht viel mehr war als eine dunkle Holzhütte mit einem sehr hohen Spitzdach.

Hier oben herrschte eine emsige Betriebsamkeit, von der man am Feigenbaum unterhalb der Mauern nichts gemerkt hatte. Überall liefen Kinder herum, einige stampften Reis zu Mehl, einige spielten Fanorona, ein Spiel, das Paula an das Damespiel zu Hause erinnerte.

Es roch beißend nach Feuer, und darunter mischte sich der würzige Duft von Essen. Paula blieb stehen und versuchte herauszufinden, was genau ihr da in die Nase stieg.

Noria, die sie beobachtet hatte, nickte ihr zu. »Dort drüben in einem der Kochhäuser«, sie deutete auf ein kleines Holzhäuschen, vor dem in einem offenen kleinen Herd ein Feuer brannte, auf dem ein großer Topf stand, »riecht es schon nach unserem Festtagsessen für das madagassische Neujahrsfest: Tatao und Varanga. Zu Anfang des Festes essen wir Tatao, in Milch gekochten Reis, der mit Honig gesüßt wird, und dann gibt es, neben vielen anderen Gerichten, Tsakistaky, kleine, meist frittierte Häppchen.«

»Ich habe gehört, es wäre eine alte Tradition, zu Neujahr ein Zebu zu opfern«, mischte sich Morten ein.

Noria nickte. »Das stimmt. Und weil Rot die Farbe der Könige ist, muss es für die Königin ein rotbraunes, besonders fettes Zebu sein. Es kommt am Tag vor der Opferungszeremonie dort hinten in den Hof«, Noria zeigte es ihnen, »wo es gewaschen und gefüttert wird. Im Anschluss an die Zeremonie wird das ganze Rind für das Varanga in einem unterirdischen Erdofen gegart. Nach dem Garen wird das Fleisch zerteilt und in seinem eigenen Fett konserviert. Zum Neujahrsfest, ein Jahr später, wird dann ein Stück Fleisch entlang der Fasern in kleine Streifen zerrupft und in seinem eigenen Fett gebraten.«

Paula hoffte, dass es nicht als besondere Ehre galt, so ein Stückchen Fleisch serviert zu bekommen. Viel lieber hätte sie etwas von den kleinen Häppchen gegessen, den Tsakistaky, die es in jedem Dorf zu kaufen gab. Besonders gern mochte sie die Sambosy, kleine gefüllte und frittierte Teigtäschchen.

Die vier Mädchen führten sie in einen Raum im Erdgeschoss, der von den beiden Möbelstücken, die darin standen, wie erschlagen wirkte. An der einen Wand befand sich ein großes Bett mit einem seidenen Baldachin und einem schweren, dunkelgrünen Samtvorhang, der geschlossen werden konnte. An der anderen Wand stand ein sehr breites Sofa mit einer geschwungenen Lehne und geschnitzten Seitenteilen aus Rosenholz.

Noria erklärte ihnen, dies sei für die Dauer des Besuches nun ihr Zimmer, in dem sie auch schlafen könnten. Sie sollten sich einrichten und frisch machen, denn in einer Stunde hielte die Königin ihre Neujahrsrede draußen auf dem Platz, und danach würden sie mit allen Ehren empfangen.

Noria verabschiedete sich und ließ Paula mit den drei Männern zurück.

Lázló grinste breit und fragte Paula, mit wem sie das Bett am liebsten teilen wolle, was Morten zu einem lauten Protestschrei veranlasste. Er versicherte ihr, dass sie das Bett mit dem Baldachin nehmen müsse, selbstverständlich allein, damit sie sich durch den Vorhang ihrer Privatsphäre sicher sein konnte. Die Männer würden sich das Sofa teilen.

Paula dankte und versicherte ihm, dass er ein vollendeter Gentleman sei. Lázló zuckte mit den Schultern und erbot sich, ihre Einsamkeit hinter dem Vorhang zu teilen, und so sehr sie das sonst geärgert hätte, so dankbar war sie ihm für den Moment, denn mit seinen anzüglichen Bemerkungen lenkte er sie davon ab, dass sie in Kürze vor der Königin von Madagaskar stehen würde.

Es war etwas völlig anderes, sich das auszumalen, als dann tatsächlich hier zu sein. Sie hatte die Monarchie der Merina im Vergleich mit europäischen Königshäusern als reichlich unterentwickelt betrachtet, und ganz sicher war durch ihre Herablassung auch der Einfall mit der kaiserlichen Lüge so gut gediehen. Aber jetzt, da sie hier angekommen war und den machtvollen Geist dieses Ortes spüren konnte, schämte sie sich, und sie hatte Angst.

Paula setzte sich auf das mit grünem Samt bezogene Sofa und musterte ihre Reisebegleiter. »Und wenn es schiefgeht?«

Villeneuve und Lázló verdrehten die Augen. »Können wir das ein für alle Mal außer Acht lassen? Wir sollten uns lieber gut auf die Audienz vorbereiten.«

»Was wollen Sie eigentlich von der Königin?«, fragte Paula Villeneuve.

»Die Erlaubnis, Pflanzen zu sammeln, zu katalogisieren und auch außer Landes zu schaffen. Ein Schreiben, das uns die Hilfe der Dorfbewohner unterwegs sichert. Und vielleicht auch finanzielle Unterstützung.«

Die Träger brachten die Truhen in das Zimmer, um sie dort aufzustapeln, dann scheuchte Villeneuve sie gleich wieder mit der Bitte um Wasser nach draußen.

Paula sah sich außerstande, vor diesen Zuschauern vollständig Toilette zu machen, und beschränkte sich darauf, die Hände zu waschen und Wasser ins Gesicht zu spritzen.

»Vielleicht sollten wir uns umziehen«, schlug sie dann vor, »schließlich ist das heute für die Madagassen ein hoher Festtag.«

Villeneuve brummte zwar etwas von typischen Weiberideen, aber dann machten sich alle daran, in ihren Truhen etwas Passendes herauszusuchen. Die Männer begaben sich nach draußen, damit Paula sich umkleiden konnte, was ihr dann doch noch die Gelegenheit zu einer Katzenwäsche gab, nach der sie sich von Kopf bis Fuß mit herrlich kühlendem Kölnisch Wasser einsprühte. Sie entschied sich für das einzige festlichere Kleid, das sie besaß. Es war sehr schmal geschnitten und hochgeschlossen, in verschiedenen Weiß- und Cremetönen aus Baumwollmusselin, mit Einsätzen aus gerüschter Seide. Das Kleid musste über einer Turnüre getragen werden und hatte eine kleine geraffte Schleppe. Schmuck besaß Paula keinen mehr, aber sie beschloss, ihre Haare etwas eleganter aufzustecken. Sie versenkte mehrere strassbesetzte Kämme in ihrem dunklen Haar, und als sie aus dem Zimmer in den Hof hinaustrat, war sie sehr zufrieden mit der Reaktion ihrer Reisebegleiter, die sie überrascht mit Komplimenten überschütteten.

Kurze Zeit später waren sie alle bereit, und Paula glaubte eine gewisse Unruhe zu spüren. Noria, die sich ebenfalls umgezogen hatte und nun einen weißen Lamba über einem weißblauen Rock trug, führte sie um das Haus und über eine Treppe in den ersten Stock.

Überrascht sahen sie sich um. Das Zimmer war ebenso klein wie das, in dem sie sich gerade umgezogen hatten, aber es war rundherum verglast und bot einen atemberaubenden Blick über die Landschaft. In der Mitte des Raumes befand sich ein mit Intarsien reich verzierter Rokoko-Schreibtisch mit goldenen Beschlägen, einer Kaminuhr und einem goldenen Schreibset sowie einem dick gepolsterten englischen Lederstuhl, der so gar nicht zu dem zierlichen Schreibtisch passen wollte.

»Das ist typisch.« Villeneuve zeigte auf den Stuhl. »Hier sieht man ihre Politik ganz deutlich, mal paktieren sie mit den Engländern, mal mit den Franzosen.«

Noria bat sie, sich zu setzen, und wies auf die schlichten Besucherstühle aus Holz, die rechts an der Glaswand standen.

Und dann endlich war es so weit.

Ohne jeden Pomp betrat der Premierminister den Raum, gekleidet in eine helle Biedermeierjacke mit weit zurückliegenden, langen Schwänzen, die über und über mit goldenen Tressen verziert war, und weißen Hosen, die in schwarzen, kniehohen Lederstiefeln steckten. Darüber trug er einen dunkelroten Umhang, der an den Rändern mit einer breiten goldenen Borte versehen war. An der linken Seite seines

Gürtels baumelte ein sehr langes Schwert, was Paula ein wenig unglücklich erschien, da es betonte, wie klein der Premierminister war. Quer über seiner Brust hing ein breites Band mit stilisierten Sonnen. Der Premier hatte eine haselnussfarbene, wie poliert wirkende Haut und trug einen nach außen hin geschwungenen Schnauzbart, der seinem schmalen Gesicht etwas Kerniges verlieh. Seine bereits spärlich werdenden schwarzen Haare waren über die beginnende Stirnglatze akkurat nach links gekämmt und betonten die hohe Stirn. Alles in allem fand Paula seine Erscheinung absolut geschmackvoll, und sie dachte, dass er ein ernst zu nehmender Mann war, der es mit jedem am europäischen Hof aufnehmen konnte, aber sie hätte nicht sagen können, ob er ihr sympathisch war.

Er begrüßte sie mit einem knappen Kopfnicken, setzte sich, sagte nichts und musterte sie der Reihe nach.

Es dauerte so lange, dass Paula anfing, nervös zu werden.

Schließlich räusperte sich der Premier und fragte in tadellosem Französisch und Englisch nach ihren Wünschen und erkundigte sich nach ihren Referenzen.

Villeneuve händigte ihm ihren gefälschten Brief aus, dessen Siegel der Premier interessiert und lange studierte. Viel zu lange, fand Paula. Dann endlich erbrach der Premierminister das Siegel und ließ sich das Schreiben von Noria übersetzen, die mit einigen Worten große Schwierigkeiten hatte.

Als Noria fertig war, lächelte der Premier und nickte, als wäre alles ganz so, wie er es sich wünschte. Dann ratterte er eine Kaskade von Sätzen herunter, die Noria dann für sie übersetzte.

Welcher Art die Handelsbeziehungen seien, die der Kaiser wünsche, was er ihnen im Gegenzug zu geben gedenke, und was den Kaiser dazu bewogen hätte, ausgerechnet sie mit dieser Mission zu betrauen, und warum sie dazu denn nicht im Vorfeld die madagassische Sprache gelernt hätten.

Paula schwitzte in ihrem schönen Kleid. Sie sah zu ihren Reisegefährten hinüber und überlegte, wer von ihnen am besten geeignet wäre, eine Antwort zu geben.

Zu ihrem großen Erstaunen ergriff Lázló das Wort.

Er begrüßte den Premier auf Madagassisch, ging dann aber zum Französischen über und erklärte, dass der Kaiser, der ein praktischer Mann sei und dem Geldverschwendung ein Gräuel sei, nach Menschen gesucht hätte, die bereits eine Reise nach Madagaskar geplant hatten. So konnte er die Kosten der langen Reise elegant auf sie abwälzen und musste nicht die Staatskasse mit einer Sache belasten, deren Ausgang ungewiss war. Das allein sei der Grund gewesen. Hier pausierte Lázló und gab seinen Reisegefährten die Möglichkeit, zustimmend zu nicken, was sie auch pflichtschuldigst taten. Selbstverständlich hätten sie mit dem allergrößten Vergnügen die Sprache dieses wunderschönen und einzigartigen Landes gelernt, wenn es denn im Deutschen Reich wenigstens einen Menschen gegeben hätte, der dieser herrlichen Sprache mächtig gewesen wäre, dem war aber nicht so. Doch auch dies sei ein Zustand, den man ändern könne, ja ändern müsse.

Paula bewunderte, wie flüssig Lázló das alles von der Zunge perlte, und während sie die listigen Augen des Premiers beobachtete, die mit jedem Satz von Lázló entspannter wirkten, merkte sie, wie auch sie sich von der angenehmen

Stimme und dem schönen Gesicht einlullen ließ. Einem schönen Mann glaubte man viel eher als einem hässlichen. Das war ungerecht, aber immer wieder hatte Paula bemerkt, dass Schönheit für die allermeisten Menschen unvermeidlich mit Wahrheit einherging.

Schließlich verstummte Lázló, nicht ohne in ihrer aller Namen noch die untertänigsten Formeln von sich zu geben, und Paula fand, er hatte seine Sache ausgezeichnet gemacht.

Der Premier schien erfreut, klatschte in die Hände und ließ einen Willkommenstrunk bringen.

Paula atmete auf. Der Rücken ihres Kleides war durchgeschwitzt, auch Villeneuve und Morten hatten Schweißperlen auf der Stirn.

Der Trunk wurde voller Ehrfurcht in angeschlagenen weißgoldenen Tassen aus Limoger Porzellan serviert, und Paula war sehr gespannt, was der Premier ihnen nun kredenzen würde. Nach allem, was sie durchgestanden hatten, hoffte sie auf Rum oder Schnaps. Und wie Noria ihnen mit einem sardonischen Lächeln versicherte, handelte es sich auch wirklich um das kostbarste und magischste Getränk, das Madagaskar zu bieten hatte: das Badewasser der Königin.

Da sich die Herren zurückhielten, griff Paula als Erste nach ihrer Tasse, vermied es hineinzuschauen, verbat es sich daran zu denken, was womöglich darin herumschwamm, und hob sie an den Mund.

»Einen Moment«, sagte Noria, und Paula hielt inne. »Man kann sich etwas wünschen, während man trinkt, dieser Wunsch geht dann in Erfüllung.«

Paula warf ihren Reisegefährten einen kurzen Blick zu, fragte sich flüchtig, was für Wünsche sie wohl hatten, und wünschte sich dann, dass sie für ihre Lüge nicht teuer bezahlen mussten. Dann stürzte sie das Wasser, das angenehm nach Jasmin und Honig duftete, leicht metallisch schmeckte und seine Herkunft als Badewasser nicht weiter verriet, in einem Schluck hinunter.

Noria und der Premier strahlten sie an und teilten allen mit, dass sie gegen Abend zum Essen mit der Königin im Speisesaal erwartet würden, und damit waren sie entlassen. Der Premier wandte sich wieder dem kaiserlichen Schreiben zu, während Noria sie nach draußen geleitete, wo von überallher die zwitschernde Flötenmusik erklang.

»In Kürze wird das Zebu geopfert«, erklärte Noria und bestand darauf, dass sie in ihr Zimmer zurückgehen sollten, um mit ihrer Anwesenheit nicht die heilige Zeremonie zu stören.

Kaum waren sie dort angekommen, riss Lázló siegessicher die Arme hoch.

»Es hat doch alles perfekt geklappt!« Er grinste in die Runde. »Ist doch auch schmeichelhaft für den Premier, von mächtigen ausländischen Potentaten wahrgenommen zu werden.«

»Wir sollten ihn nicht unterschätzen.« Paula hatte ihre Hausaufgaben mithilfe von Madame Rivet gründlich gemacht. »Dieser Mann war schon mit der letzten Königin, Rasoherina, verheiratet, und man munkelt, dass er am Tod von Radama II. nicht ganz unschuldig war. Außerdem musste er sich, um die Ehe mit Ranavalona II. auch christlich vollziehen zu können, von seiner anderen Frau trennen, von der er, so erzählt man sich jedenfalls, insgesamt schon sechzehn Kinder hatte.«

»Sechzehn, ein fruchtbarer kleiner Mann!« Morten stieß einen anerkennenden Pfiff aus, der in Paulas Ohren schrill klang und sich auf das falsche Detail ihrer Ausführungen stürzte. Nie dachten Männer daran, was es bedeutete, so viele Geburten durchzustehen. Sechzehn! Sie fühlte sich wieder in ihrer Entscheidung bestätigt, nie wieder das Lager mit einem Mann zu teilen, zu hoch war der Preis, den man später dafür zahlen musste. Morten begriff wohl nicht, was für ein Mann das war, der sechzehn Kinder für seinen Ehrgeiz opferte.

»Der Premier ist nicht nur fruchtbar, sondern auch ein kluger Taktiker, oder glaubt hier irgendjemand, dass er wirklich dem christlichen Glauben anhängt?« Morten hatte während ihrer Unterhaltung seine Bibel herausgekramt und blätterte nun darin. »Für mich ist er nur ein elender Pharisäer.«

»Der Mann macht mir Angst.« Paula war selbst überrascht, dass sie laut gesprochen hatte, und zu ihrer großen Verwunderung lachten die anderen sie nicht aus.

»Warum?«

»Ich glaube, er ist sehr eitel und würde alles tun, um seine Position zu festigen.«

»Da stimme ich Ihnen zu«, Villeneuve lächelte, »aber Sie ziehen die falschen Schlüsse, denn eitle Männer stellen keine Gefahr dar.«

Paula sah von einem zum anderen, und alle drei nickten, als wären sie selbst nicht die Spur eitel, was Paula zum Lachen gebracht hätte, wenn sie nicht so besorgt gewesen wäre. »Warum sind sie keine Gefahr?«

»Weil man sie leicht hinters Licht führen kann. Sie wollen recht behalten, sie wollen der Klügste sein …«

Klingt, als spräche Villeneuve von sich selbst, dachte Paula und biss sich auf die Lippen.

»… und sie halten sich für gut aussehend. Damit kann man spielen.«

Lázló und Morten nickten zustimmend.

»Das gilt doch nur für dumme, eitle Männer, aber ich halte den Premierminister für klug.«

»Ich verstehe gar nicht, warum wir dieses Gespräch führen. Wir sind wohlwollend aufgenommen worden, und nun nutzen wir unsere Chance und reden mit der Königin.« Lázló hob fragend die Hände. »Paula, Sie wittern hinter jeder Ecke Gespenster.«

»Das stimmt.« Villeneuve sah zu Morten, dann zu Paula.

»Es kommt mir so vor, als ob ich die Einzige wäre, die wenig Erfahrung mit dem Lügen hat.«

»Lügen sind nur eine andere Sicht der Wahrheit.« Lázló grinste breit. »Auch wenn der deutsche Kaiser noch nichts von uns weiß – nur einmal angenommen, wir brächten genau die Pflanzen mit, die man in Europa so dringend braucht, um die Schwindsucht zu besiegen, an der übrigens mehr Menschen sterben als durch Kriege, Pest oder Cholera, dann wäre er der Erste, der sich unsere Verdienste auf seine Fahne schreiben würde.«

Morten und Villeneuve nickten in seltener Eintracht dazu.

»Heute Abend sollte es uns jedenfalls gelingen, den Eindruck zu erwecken, wir wären Gesandte«, sagte Villeneuve, der damit begann, seine Stiefel für das Festessen zu polieren.

»Ich werde mich von meiner besten Seite zeigen.« Lázló lächelte sie alle an. »Und nur dezent wie ein kaiserlicher Gesandter mit der Königin flirten.«

Danach saßen sie schweigend beisammen. Jeder hing seinen Gedanken nach, bis Noria sie am frühen Abend zum Essen mit der Königin abholte.

»Ich habe vorhin etwas Wichtiges vergessen, und ich denke, Sie waren zu aufgeregt, um es zu bemerken. Aber jetzt werden Sie ja einen ganzen Abend mit dem Premierminister verbringen.«

»Sie sprechen in Rätseln, Noria.« Lázló lächelte sie aufmunternd an.

»Sie dürfen auf keinen Fall die linke Hand des Premierministers anstarren«, erklärte Noria mit großem Ernst.

»Warum sollten wir?«, fragte Lázló und kam damit Paula nur knapp zuvor.

»Nun, Rainilaiarivony ist am 30. Januar 1828 geboren worden, an einem Tag, der so unheilvoll war, dass man alle diese Kinder gleich getötet oder ausgesetzt hat.«

Paulas Leib verkrampfte sich. Obwohl sie wild entschlossen war, die Sitten und Gebräuche dieser Insel zu achten, kam ihr das barbarisch vor und machte sie wütend. Ihre Narbe begann zu pochen, als ob sie Paula an das erinnern wollte, was sie verloren hatte. Sie versuchte sich zu beruhigen, konnte es aber nicht lassen, Noria zu unterbrechen.

»Aber so etwas Grauenhaftes macht man heute auf Madagaskar doch wohl nicht mehr, oder?«

Noria senkte den Kopf, und Paula erinnerte sich daran, dass Noria von Missionaren aufgezogen worden war. Bisher hatte Paula gedacht, die Kinder in den Waisenhäusern hätten keine Eltern, aber dass es ausgesetzte Kinder sein könnten, darauf wäre Paula nie gekommen.

Noria hob entschlossen den Kopf und starrte Paula angriffslustig an. »Das verstehen Sie nicht. Sie haben keine Ahnung. Es gibt Madagassen, die glauben, dass Ihr Christen Kannibalen seid, weil Ihr das Blut Christi trinkt und seinen Leib esst.«

Lázló kicherte leise. »Aber was hat es denn nun mit der Hand des Premiers auf sich?«

»Seine Eltern wollten nicht, dass er zu Tode getrampelt würde, was sein Schicksal gewesen wäre, und haben sich dazu entschlossen, ihm nur die ersten Glieder von Ring- und Zeigefinger der linken Hand abzuschneiden, um die Geister von ihm abzuhalten, danach haben sie ihn ausgesetzt. Mitleidige Verwandte haben ihn dann zu Mr. Griffith in die Missionsschule gebracht.«

»Und jetzt hat dieser Mann, der eigentlich tot sein sollte, schon sechzehn Kinder.« Morten klang sehr zufrieden.

»Seine Ahnen haben ihn eben gut beschützt. Aber er mag es nicht, wenn man auf diese Hand starrt, also vermeiden Sie das. Und jetzt sollten wir endlich los.«

9

Citronella

Andropogon nardus wächst in den Ebenen des Punjab und in den Nordwestprovinzen Ostindiens. Das Öl ist dünnflüssig, farblos oder schwach grünlich und von stark aromatischem, bei genügender Verdünnung melissenartigem Geruch.

Noria führte sie in das Haus gegenüber, das den länglichen Teil des Palast-Ls bildete.

In dem ebenerdigen Zimmer brannten zahllose Kerzen, ein Teil davon in einem großen venezianischen Kronleuchter, der über der langen Festtafel von der Decke hing, die anderen Kerzen standen rundherum auf den Buffetschränken. Und weil alle Schränke mit Spiegeln ausgestattet waren, verdoppelte, verdreifachte, nein vervielfältigte sich der Schein des Lichts, und der ganze Raum schien zu flackern. Die Tafel war mit einer weißen Tischdecke und weiß-goldenem Porzellan gedeckt und über und über mit roten, stark nach Anis duftenden Blüten geschmückt. Die Wände rundherum hatten eine dunkle halbhohe Holztäfelung, die mit Schnitzereien verziert war, darüber schimmerten japanische Seidentapeten mit einem dezenten weiß-hellroten Blumenmuster.

In der rechten Ecke gegenüber dem Eingang befand sich ein gewaltiger Spiegel mit einem barocken Goldrahmen, der all diese Pracht noch übertrumpfen zu wollen schien und der, wie Noria ihr zuflüsterte, ein Geschenk von Queen Victoria selbst war.

Sie waren die ersten Gäste und wurden rund um die Königin platziert. Lázló in einem schwarzen Anzug mit Gehrock durfte neben der Königin sitzen, Paula wurde ihr direkt gegenüber gesetzt, rechts von ihr Morten und links Villeneuve, der in seinem weißen Frack selbst wie ein Fürst aussah.

Paula fühlte sich plötzlich sehr befangen, so sehr sie sich gewünscht hatte, diese Gelegenheit zu bekommen, so wenig hatte sie daran geglaubt, dass es ihr gelingen würde. Und nichts hatte sie hierauf vorbereitet. Der betäubende Duft der Blumen, das flackernde Licht, das sich in den kristallenen Gläsern und dem silbernen Besteck widerspiegelte, und der Gedanke, dass sie das allein ihrer Lüge zu verdanken hatte, brachte ihren Puls zum Tanzen.

Und dann rauschte Ranavalona II. am Arm von Premierminister Rainilaiarivony so schwungvoll herein, dass die Kerzen zischend erzitterten.

Alle erhoben sich und senkten die Köpfe, Paula schielte ständig zu Noria, um zu sehen, was sie tat.

Der Premier geleitete die Königin respektvoll zu ihrem Platz und schob ihr den Stuhl unter, wie ein englischer Gentleman. Dann, auf ein Nicken seinerseits, setzten sich alle wieder hin, die Königin zückte einen elfenbeinernen Fächer, der mit schwarzer Spitze bezogen war, und fächelte sich Luft zu. Paula erkannte, dass ein Gespräch mit ihr doch nicht ganz einfach sein würde, weil der Tisch sehr breit war.

Plötzlich war es ganz still, und man hörte nur den leisen Wind und die Insekten, die um das Haus summten.

Dann lächelte die Königin und nickte ihren Gästen freundlich zu. »Hello, welcome. What a friendly coincidence, that we celebrate this new year with newly arrived guests. This seems to me as a happy sign from the ancestors. Please enjoy your meal«, sagte sie in nahezu akzentfreiem Englisch, dann legte sie den Fächer beiseite, faltete ihre Hände, senkte den Kopf und sprach ein Gebet auf Madagassisch, dann ein Vaterunser auf Englisch. Nachdem sie fertig war, sah sie wieder auf und lächelte Paula über den Tisch hinweg an, und Paula, die erst jetzt merkte, dass sie die ganze Zeit die Luft angehalten hatte, fing an, sich zu entspannen.

Königin Ranavalona II. war genauso zierlich wie ihr Mann, doch ihre Haut schimmerte sehr viel dunkler. Ihr Gesicht wirkte dreieckig und erinnerte Paula verblüffend an Kupferstiche von traurigen Indios aus den Anden. Die Königin hatte große dunkle Augen, die ihr Gesicht dominierten, eine kurze schmale Nase und einen hübschen kleinen Mund, der von ihrem fliehenden Kinn ablenkte. Ihr schwarzes Haar war in der Art der Merinafrauen eng an den Kopf geflochten und hinten im Nacken zu zwei länglichen Flechtknoten frisiert. Ihr Körper steckte in einem Krinolinenkleid, das in Europa schon lange aus der Mode war, der Königin aber hervorragend stand. So kam ihre extrem schmale Taille gut zur Geltung, und der schwere weiß-rosa Taft brachte ihr Gesicht zum Leuchten. Paula beneidete sie allerdings nicht um die Krinoline, ihr reichten schon das Korsett und die Turnüre.

Wie Noria es ihnen gesagt hatte, wurde zuerst Tatao, der

süße Reis, serviert, dann kamen Platten mit den verschiedensten Tsakistaky, wie frittierte Teigtäschchen, gebratene Meeresfrüchte, frittierte Fische, Bananen, mit Hackfleisch gefüllte kleine Paprika, gefüllte Pfannkuchen und Reis in allen Variationen, danach gab es das Varanga. Dazu ließ die Königin französischen Rotwein reichen, sie selbst aber trank das traditionelle Reiswasser.

Links von Paula saß Villeneuve, den sie durch alle anderen Gerüche hindurch deutlich wahrnehmen konnte, was sie von Morten, der rechts von ihr saß, nicht behaupten konnte.

Sie war viel zu aufgeregt, um wirklich hungrig zu sein, trotzdem nahm sie von den Speisen, um nicht unhöflich zu wirken. Während sie daran herumkaute, überlegte sie, wie sie es einfädeln konnte, mit der Königin über das Grundstück ihrer Großmutter zu reden.

»Das ist nicht der richtige Moment«, ließ sich Villeneuve vernehmen. Paula drehte ihm das Gesicht zu und war überrascht, wie nahe sie sich waren. Woher wusste er, was in ihr vorging?

»Was für ein Charmeur!« Sie folgte Villeneuves Blick und erkannte dann, dass er von Lázló redete, der neben der Königin saß. Ein Privileg, das ihm der Premier sicher nur deshalb zugedacht hatte, weil er heute Mittag so überzeugend gesprochen hatte.

Lázló hatte Ranavalona II. sein Gesicht sehr nah zugewendet, sodass sie zweifellos erkennen musste, wie schön er war. Dazu lächelte er herzzerreißend, und Paula dachte, dass jeder Mensch, aus egal welchem Stamm der Erde, davon bezaubert sein müsste, und tatsächlich erwiderte die Königin sein Lächeln.

Morten grunzte so abfällig in sich hinein, dass Paula sich ihm zuwandte.

»Eher ein Hundling als ein Charmeur!«, brummelte er.

»Warum gönnen Sie ihm die königliche Aufmerksamkeit nicht?«

»Ich traue ihm nicht.«

»Aber Sie waren letztlich doch mit ihm einer Meinung, was unsere kaiserliche Gesandtschaftslüge anging.«

»Was hätten wir denn sonst tun sollen? Aber auch ich brauche königliche Unterstützung für meine armen Heidenseelen, und jetzt sehen Sie ihn sich an!«

Lázló lachte aus vollem Hals, jeder am Tisch sah zu ihm hin, und Paula war sicher, alle beneideten ihn.

»Was für ein Kindskopf!« Villeneuve stöhnte leise.

»Aber Sie haben sich Ihren Assistenten doch ausgesucht, oder?«, fragte Paula.

»Lázló wollte unbedingt mitkommen.« Villeneuve zögerte und fügte dann an: »Stellen Sie sich vor, er hat sich Sorgen um mich gemacht!«

Das konnte sie sich wirklich nicht vorstellen, um Villeneuve musste man sich nicht sorgen, eher um Lázló, der gar nicht merkte, wie er alle am Tisch gegen sich aufbrachte.

»Und warum sind Sie beide überhaupt hier?« Paula nahm einen Löffel Reis von der Platte, die ihr gereicht wurde. »Was treibt Sie ausgerechnet an dieses Ende der Welt? Pflanzen, die man erforschen kann, gibt es doch überall.« Sie ließ sich Wein nachschenken und erfreute sich an seiner kirschroten Farbe und an dem Duft nach Mandeln, schwarzen Johannisbeeren und Trüffeln.

»Das lässt sich leicht beantworten. Wahrscheinlich haben Sie noch nie von Etienne de Flacourt gehört.«

Paula war so erfreut darüber, dass er sich endlich einmal von seiner freundlichen Seite zeigte, dass sie nur kurz und auffordernd nickte.

»Flacourt war nicht nur für die französische Ostindienkompanie tätig, sondern auch Chronist und Pflanzenforscher. Ihm haben die Franzosen die Rückeroberung der Insel Réunion zu verdanken. Er beobachtete, dass die erfolgreichsten Fischer an der Ostküste von Madagaskar einen Topf mit Von'enina, einer kleinen, rosa blühenden Pflanze, mitnahmen, deren Blätter sie auf dem Meer kauten. Diese Fischer kamen niemals abgezehrt vom Meer zurück, sie blieben gesund und beleibt. Die Blätter waren so appetitanregend, dass die Männer sogar bereit waren, rohe Fische zu essen. Nun, ich denke, die Blätter dieser Pflanze könnten also gegen die Schwindsucht hochwirksam sein.«

»Wie interessant.« Paula war ganz überrascht, dass er so ausführlich geantwortet hatte. »Und warum beschäftigen Sie sich ausgerechnet mit der Behandlung von Schwindsucht?«

Statt einer Antwort trank Villeneuve fast sein ganzes Weinglas aus. Dann beugte er sich so nah zu ihr hin, dass sie nicht umhinkonnte zu bemerken, dass ihn heute auch noch ein leicht walnussartiger Geruch umgab.

»Darüber möchte ich nicht sprechen«, flüsterte er kurz angebunden, und die Freundlichkeit in seiner Stimme war erloschen.

Paula, die für einen Moment nicht auf der Hut vor ihm gewesen war, zuckte zurück und ärgerte sich, dass es ihm wieder gelungen war, sie vor den Kopf zu stoßen.

Die Königin wandte sich an Paula und wollte ihren Namen wissen. Paula kam es so vor, als ob sämtliche Gespräche am Tisch plötzlich verstummten, denn die Königin hatte sehr laut gesprochen, und alle sahen zu ihr hin.

Kaum hatte sie ihren Namen gesagt, fragte die Königin im freundlichsten Plauderton, von wo sie komme und wie viele Kinder sie habe und ob diese wohlauf seien. Ranavalona konnte nicht wissen, dass ihre überraschenden Fragen wie Granaten in Paulas Bauch einschlugen, in ihrem Kopf zur Explosion kamen und sie es deshalb kaum schaffte, ein Wort herauszubringen. Reiß dich zusammen, Paula, bat sie sich und atmete tief durch, dabei kam ihr das leicht bittere Walnussaroma von Villeneuve zupass, und sie schaffte es schließlich, der Königin zu erklären, dass sie leider keine Kinder hätte. Beinahe hätte sie dann die Königin nach ihren Kindern gefragt, doch zum Glück fiel ihr gerade noch rechtzeitig ein, dass Madame Rivet ihr erzählt hatte, der Premier hätte zwar mit seiner anderen Frau sechzehn Kinder, aber mit den beiden Königinnen Rasoherina und Ranavalona kein einziges. Deshalb fragte sie die Königin nach ihren Ahnen, was sie einen klugen Schachzug fand, weil sie hoffte, so das Gespräch auf ihre Großmutter bringen zu können.

Sie trank einen großen Schluck Wein und lauschte der Königin, die sich in einer weitschweifigen Geschichte über den Großvater ihres Großvaters erging, der der astrologische Berater des Vaters des heiligen Andrianapoinimerinas gewesen sei. Paula konnte sich nur schwer auf die Rede von Ranavalona II. konzentrieren, so erschüttert war sie noch immer von dem Sturm, den die erste königliche Frage in ihrem Inneren ausgelöst hatte.

Als die Königin ihre Geschichte endlich beendet hatte, nickte Paula, als wäre sie ergriffen, und hoffte, dass sie nun ihre Großmutter ins Spiel bringen könnte.

Doch da drängte sich Villeneuve in ihr Gespräch und fragte die Königin nach ihrer Meinung zu seinem Forschungsvorhaben.

Ranavalona wedelte mit ihrem Spitzenfächer kurz zu ihm hin, als wollte sie eine lästige Fliege verscheuchen, wandte sich sofort wieder Paula zu und ermutigte sie, ihr etwas über ihre Ahnen zu erzählen.

Paula unterdrückte ein Lächeln und begann von ihrer Großmutter zu erzählen, die mit ihrem Mann hier am Hofe gewesen war, um Radama I. zu porträtieren.

Paula spürte, wie sich wieder alle am Tisch zu ihr drehten und sämtliche Gespräche erstarben. Lázló betrachtete sie wie einen seltenen Schmetterling, und der Premier schien plötzlich auf der Hut zu sein.

»Ein beeindruckendes Bild hat Ihr Großvater da erschaffen«, sagte die Königin und wollte mehr darüber wissen. Sie war äußerst bestürzt zu erfahren, dass niemand wusste, wo Paulas Großmutter gestorben war und wo ihre Gebeine lagen, und sie hatte allergrößtes Verständnis, dass Paula sich aufgemacht hatte, mehr darüber herauszufinden. Ja, sie beglückwünschte die Großmutter zu so einer guten Enkeltochter. »Es wäre das Schlimmste, was uns Madagassen geschehen könnte, wenn wir in fremder Erde liegen müssten und sich niemand um uns kümmerte. Ich werde veranlassen, dass morgen früh zum Sonnenaufgang ein Opfer für Ihre Großmutter gebracht wird.«

»Das ist zu gütig, Euer Majestät.« Paula spürte, dass die

außerordentliche Aufmerksamkeit vonseiten der Königin nicht jedem am Tisch gefiel.

Morten, der auf der anderen Seite von ihr saß, atmete schwer. »Ein Opfer, und so was nennt sich dann eine christliche Königin«, zischte er.

»Schsch, bitte, Morten, man könnte Sie hören!«

»Aber es ist doch wahr, sie feiert das Badefest wie eine Heidin und jetzt auch noch Opfer, was denn noch alles? Das spottet dem Herrn.«

Paula legte ihre Hand auf Mortens Arm. »Bitte, ich wäre froh, wenn ich mehr über meine Großmutter erfahren könnte, und all mein Beten hat mich bisher nicht einen Schritt weitergebracht.«

In diesem Augenblick traten Musiker in den Speisesaal, die zusammen mit einer Sing- und Tanzgruppe auftraten. Fünf Mädchen, in lange gelbe Gewänder gehüllt, mit turbanähnlichen Stoffgebilden auf dem Kopf und einem Tuch um die Taille, das während des fröhlichen, lauten Liedes abgenommen und für alle möglichen Aktivitäten eingesetzt wurde und Paula an die Tänze bayerischer Trachtenvereine erinnerte, bei denen die Frauen auch bunte Tüchlein in der Hand hielten und herumschwenkten. Die Reisplatten und das übrige Fleisch wurden abgeräumt und dafür silberne Platten mit Früchten hereingebracht. Ananas, Bananen, Pampelmusen, Kokosnüsse, Cherimoyas, Mangos und Papayas. Aber auch Früchte, die Paula noch nie gesehen hatte, große hellgrüne, melonenartige Früchte mit Stacheln, die sie an mittelalterliche Morgensterne denken ließen, herzförmige rote Früchte und orange, pflaumengroße.

Außerdem wurden am Tisch in Rohrzucker gewälzte

Ananas- und Bananenscheiben mit Rum flambiert, was ein köstliches Aroma von Karamell und herbsüßem Fruchtfleisch über dem Tisch verbreitete, von dem Paula sich wünschte, sie könnte es festhalten und in ein Parfüm verwandeln.

Die Königin, die bisher kaum etwas zu sich genommen hatte, verspeiste eine Cherimoya, zwei frittierte Ananasschiffchen und dann einige der flambierten Früchte, die ihr Lázló immer wieder reichte und so ihre Aufmerksamkeit wieder auf sich lenkte. Paula begann sich zu entspannen. Morgen früh also, dachte sie, morgen früh habe ich dann Gelegenheit, mit der Königin über das Grundstück von Mathilde zu reden.

»Ich möchte wirklich wissen, was dieser Mann im Schilde führt.« Morten beäugte Lázló, als wäre er ihm nicht geheuer und als würde ihn genau das sehr zornig machen.

»Er ist mein Assistent«, ließ sich Villeneuve über Paula hinweg vernehmen.

»Und warum haben Sie ausgerechnet diesen Adonis als Assistenten ausgewählt?«, fragte Morten

»Weil er so gut zeichnen kann.«

Paula betrachtete Lázló und stellte sich vor, wie er mit dem griesgrämigen Villeneuve Pflanzen abzeichnete, aber es gelang ihr nicht. »Mehr braucht es nicht, um Ihr Assistent zu werden?« Morten klang ungläubig, und Paula erinnerte sich daran, dass Villeneuve vorhin gesagt hatte, Lázló hätte unbedingt mitkommen wollen.

»Nein.« Villeneuve hörte sich schon wieder genervt an.

»Dann zeichnet er hervorragend?«, insistierte Morten.

»Nein, das auch wieder nicht.«

»Warum trennen Sie sich dann nicht von ihm?«

»Das möchte ich gar nicht, und für den Premier gehören wir ja nun auch alle zusammen, und wenn sich einer von uns einen Lapsus erlaubt, dann wird das jeder von uns zu spüren bekommen.«

»Da haben Sie recht.« Morten stöhnte leise. »Wir sollten ihn gut im Auge behalten.«

»Kann es sein, dass Sie beide ihn einfach nur um seine Jugend und Schönheit beneiden?« Es musste der Wein sein, der sie solche Fragen stellen ließ.

Morten schnaubte verächtlich, und Villeneuve schwieg.

»Es gibt auf der Welt Wichtigeres als nur ein hübsches Frätzchen«, ließ sich Morten schließlich vernehmen. »Auf einen Mann sollte man zählen können, aber dieser Lázló erscheint mir wie Bambus, sehr geschmeidig und immer in der Lage, sich mit dem Wind zu beugen.«

Als ob die Königin den Verdruss der beiden Männer gespürt hätte, wandte sie sich jetzt von Lázló ab und Morten zu, den Paula daraufhin freudig Luft holen hörte. Sie tupfte sich die Lippen mit ihrer Serviette ab und wünschte, das Mahl wäre endlich beendet, sie war nach diesem ereignisreichen Tag sehr müde.

Die Königin fragte Morten, was ihn hierhergeführt hatte, woraufhin er zu einem weitschweifigen Vortrag ausholte, dem Paula nur deshalb so lange zuhören konnte, weil Morten auch im englischen alle s-Laute vernuschelte, was aus seinem langweiligen Vortrag einen schönen Singsang machte.

Es stellte sich heraus, dass die Königin sehr genaue Vorstellungen davon hatte, was Missionare in ihrem Land leisten sollten. Sie erlaubte ihm huldvoll, im Nordosten des Landes eine Missionsstation aufzubauen, weil dort noch sehr viele ungebildete Menschen hausten, die noch nie von Christus gehört hatten. Aber im Gegenzug verlangte sie, dass dazu eine Schule gehören musste, die für alle offen sein sollte. Denn ihr Plan war es, noch in diesem Jahr die Schulpflicht für alle Kinder ab sieben Jahren einzuführen. Das überraschte Paula, denn in Frankreich, dem Land ihres Großvaters, hatte man das gerade erst vor zwei Jahren geschafft. Außerdem verlangte die Königin, dass in der Missionsstation auch Englisch und Französisch unterrichtet wurde und die Kinder Berufe lernen sollten.

Verblüfft starrte Paula diese Königin an, von der sie gehört hatte, dass sie nur die willige, geistig eher minderbemittelte Marionette von Rainilaiarivony wäre, aber so selbstbewusst und klar, wie die Königin sprach, kam ihr das äußerst unwahrscheinlich vor.

Dann wagte Morten es, nach finanziellen Mitteln zu fragen, und bei der Antwort der Königin musste Paula sich fast ein Lachen verbeißen. »Wir sind ein armes Land, und wenn es Gott unserem Herrn gefällt, hier mitten unter uns eine Bastion seines Glaubens zu errichten, so bin ich sicher, dass ein so gläubiger Christ wie Sie, Herr Wahlström, Mittel und Wege findet, die die Steuerlast unserer Untertanen nicht weiter vergrößern.«

»Ein harter Knochen«, ließ sich Villeneuve so laut vernehmen, dass Paula befürchtete, die Königin könnte ihn gehört haben, und als diese sich erhob, dachte Paula, es käme zum Eklat. Sofort waren alle aufgestanden und warteten mit gesenkten Häuptern auf die Wünsche der Königin.

Doch die verkündete nur, dass sie sich zurückzuziehen

wünschte, sie nickte Paula und Morten wohlwollend zu und rauschte am Arm des Premierministers in ihre Gemächer. Nachdem die beiden weg waren, wurden die Gespräche lauter und dem Rum noch reichlicher zugesprochen.

Paula wartete noch eine kurze Weile, dann stand sie auch auf, verabschiedete sich und ging in das Zimmer, das ihnen zum Schlafen zugewiesen worden war.

Dort verfluchte sie ihr Kleid, das sie unbedingt ausziehen wollte, bevor die anderen kamen. Sie schlüpfte nicht wie sonst in ihren indischen Pyjama, in dem sie sich wie nackt vorgekommen wäre, sondern zog einfach ihre Reisekleider, die sie auf einer ihrer Truhen zum Lüften deponiert hatte, wieder an. Sie stellte die Schuhe griffbereit unter das Bett und legte sich dann auf die klumpige Matratze, die ihr aber nach den Nächten auf dem Boden geradezu unanständig weich vorkam. Sie seufzte wohlig und zog die bodenlangen Vorhänge vor, obwohl sie sich dahinter wie eingesperrt vorkam. Allein der Gedanke, dass die anderen sie im Schlaf betrachten könnten, reichte aus, um die Luft gar nicht so heiß und stickig zu finden. Dann versuchte sie zu schlafen. Aber die Eindrücke des Abends waren noch so frisch und wirbelten durch ihren Kopf. Kerzenflackern, blitzende Weingläser, der Elfenbeinfächer mit der schwarzen Spitze, mit dem die Königin die Kerzen in ihrer Nähe fast zum Verlöschen gebracht hatte, Lázlós Profil, Villeneuves weißer Frack, die flambierten Früchte, die Augen des Premiers, all das verwandelte sich, setzte sich neu zusammen, ging auseinander und ergab neue Bilder, bunt und schillernd wie das Kaleidoskop, das sie für ihr Kind gekauft hatte.

10

Wenn man eine Sau in Gold kleidete, so legte sie sich doch in den Kot

Wer hätte gedacht, dass ein Wesen, das mehr Ähnlichkeit mit einem jungen Fohlen aufweist denn mit einer Frau, so bezaubernd schön aussehen kann. Das reich bestickte Kleid in den verschiedenen Weißtönen brachte ein Perlmuttschimmern auf ihre Haut, der Wein entspannte sie und ließ ihre Augen glänzen. Ihr herzhafter Appetit war eine Freude für unsere Gastgeber, und dabei fällt mir ein, und ich denke mit Schaudern daran, wie beherzt sie beim Premierminister dieses widerwärtige Badewasser getrunken hat. Eine solche Meisterin der Verstellung ist mir noch nie begegnet. Ihr Lächeln wird immer von einem leichten Senken des Kopfes begleitet, was einen charmant demütigen Eindruck hinterlässt, ohne unterwürfig zu sein. Es ist mir ein Rätsel, wie sie es schafft, im richtigen Moment rot zu werden, und wenn das geschieht, reißt sie ihre Hand vor den sinnlichen Mund, so als wären ihr gerade unpassende Worte entschlüpft, was aber nicht der Fall ist, denn der Grund für ihr Erröten bleibt uns allen ja verborgen.

Ich verstehe, dass die Königin sich mit ihr unterhalten wollte, lieber als mit mir, und ich muss sagen, die außerordentliche Raffinesse dieses Weibsstücks beginnt mir langsam

Respekt einzuflößen. Mit keiner Silbe hat sie heute Abend ihr eigentliches Ziel erwähnt, ein Fehler, den alle anderen begangen haben, und ich war besonders ungeschickt, was ich nicht eigentlich ihr anlasten kann. Trotzdem spüre ich tief in meinem Innersten, dass es ihre Schuld ist, und ich möchte sie nur zu gern bestrafen. Und wenn ich wüsste, wie ich es tun könnte, ohne dass der Verdacht auf mich fällt, würde ich nicht zögern. Doch ich kann es nicht riskieren, dass sie uns davonläuft. Immerhin haben wir sie mit dem Gesandtenschwindel in der Tasche. Das wird uns noch nützlich sein, da bin ich sicher.

Morgen muss unser Bestreben sein, herauszufinden, wohin ihre Reise geht, und wir müssen dafür sorgen, dass sie uns nicht entwischt. Nicht, dass ich glaube, ein hilfloses Frauenzimmer könnte das allein schaffen, aber dieses ist anders und zäher, als ich dachte, sie könnte es ohne uns wagen. Jedoch wäre sie ohne Noria verloren. Nun, diese Erkenntnis versüßt mir die Nacht. Es schreit geradezu danach, dass ich mich um Noria kümmere, was nicht allzu schwer sein dürfte, denn sie ist eine Frau.

11

Elemi

Amyris Plumieri, das Ölbaumharz kommt besonders aus Manila in den Handel und ist von fast farblosem Aussehen, kräftig und angenehm in seinem an Dill, Fenchel und Macis erinnernden Geruch.

Nach einer sehr unruhigen Nacht erwachte Paula von leise flüsternden Stimmen, die sie sofort daran erinnerten, dass sie nicht allein im Zimmer war.

Die Männer unterhielten sich über sie, als ob sie vergessen hätten, dass sie sich hinter dem Vorhang befand.

»Eine Landplage, dieses Weibsstück …«, sagte Villeneuve gerade.

»Aber ganz hübsch, wenn man flache Landschaften goutiert …« Lázló schnalzte mit der Zunge.

»Wir müssen verhindern, dass sie sich noch weiter an die Königin heranmacht, man kann ihr nicht trauen. Wir sollten sie besser unter Kontrolle haben«, meinte Morten.

Paulas Kehle wurde eng. Was sollte sie jetzt tun? Sich laut räuspern? Husten?

»Sie ist geschickt.« Morten schien sich heftig zu kratzen, während er redete. »Mit dem Gewäsch über ihre Großmutter hat sie die Aufmerksamkeit der Königin vollkommen absorbiert.«

Das konnten sie doch nicht ernst meinen, sie mussten doch wissen, dass sie hier war, das sollte sicher ein Scherz sein, und wenn sie sich bemerkbar machte, würden sie sofort aufhören und sich entschuldigen.

»Man kann die Frauenzimmer nicht unter Kontrolle haben, der Letzte, der das geschafft hat, war Heinrich VIII.« Villeneuve lachte, Lázló stimmte mit ein, und dann vermischten sich die Stimmen so, dass Paula sie nicht mehr eindeutig zuordnen konnte.

»Aber wir brauchen sie.«

»Das stimmt.«

»Wir dürfen nicht riskieren, dass sie ohne uns weiterzieht.«

»Sie würde sich glatt verpflichtet fühlen …«

Es klopfte an der Tür. Es war Noria, die wissen wollte, wo Paula denn bliebe, der Dadarabee, der Magier, sei da und wünsche zu beginnen. Sie konnte förmlich hören, wie die Männer zu Eis erstarrten, und ihr wurde klar, dass sie wirklich geglaubt hatten, sie wäre längst fort, was wohl daran gelegen hatte, dass ihre Reisekleider und die Schuhe für sie nicht sichtbar waren. Sie legte sich mit hämmerndem Puls wieder hin und tat so, als würde sie tief schlafen.

Sie wusste trotzdem, dass es Morten war, der den Vorhang zurückzog. Sie erkannte seinen Geruch, ein Hauch von Kümmel, eine Prise Bergamotte und Holunder.

Paula spürte, wie beunruhigt er war. Sie schlug die Augen auf und versuchte verzweifelt so auszusehen, als hätte sie bis eben noch geträumt.

»Aufstehen, es geht los, Sie werden erwartet, meine Liebe.«

Meine Liebe. Paula dachte, sie müsste sich übergeben, aber sie tat so, als käme sie nur schwer zu sich.

»Oh, ich habe wohl gestern viel zu viel getrunken«, gähnte sie, spähte an Morten vorbei nach draußen und gab vor, völlig geblendet zu sein. »Ist es wirklich schon hell? Das muss an diesem Vorhang liegen, dahinter liegt man dunkel und still wie in einem Grab.«

»Es war das Bett von Ranavalona I.«, erklärte Noria todernst. »Hier empfing sie ihre Liebhaber, und mit diesem Vorhang wollte sie sichergehen, dass niemand sie dabei beobachten konnte. Wir müssen uns jetzt beeilen, die Sonne sollte nicht zu hoch stehen.«

Paula verspürte den dringenden Wunsch, aus diesem stickigen Raum herauszukommen, betupfte sich mit Kölnisch Wasser und verzichtete auf das Waschen.

Zügig folgte sie Noria, die sie zu einem Tor führte, von dem es gestern noch geheißen hatte, dass es nur für die siebzig Jungfrauen bestimmt sei, die der Königin das Wasser für das Neujahrsbad bringen.

Noria drehte sich zu ihr um. »Außer Laborde war noch nie ein Europäer hier, ich weiß nicht, wie Sie das erreicht haben. Aber Sie sind die erste weiße Frau, der die Königin das gestattet. Es gefällt mir, dass ausgerechnet Sie das sind.«

Der schmale Weg führte über eine Treppe und einen weiteren Hügel hinauf, an dem sich zwei ovale, in den Felsen gehauene Becken befanden, so groß, dass man darin Elefanten hätte baden können. Das Wasser schimmerte so hellgrün wie junge Birkenblätter in der Sonne. Sie gingen daran vorbei und weiter nach oben, noch eine Treppe und noch eine, dann nach links wieder hinab, und plötzlich standen sie auf einem nackten Felsen, der steil nach unten abfiel und einen atemberaubenden Blick über die Landschaft unter ihnen bot. Reisterrassen und weite Ebenen mit silbrig sich dahinschlängelnden Flüssen.

An der Nordostseite des Felsens stand ein dunkelhäutiger Mann, der einen bodenlangen roten und mit Goldborten reich verzierten Mantel trug und der Königin verblüffend ähnlich sah. Er schien die beiden höchst ungeduldig zu erwarten und rief Noria schon von Weitem antreibende Worte zu.

»Das ist der Bruder der Königin, ein Kelimalaza, ein Hüter der Totems. Ranavalona hat ihn gerufen, obwohl er nicht wirklich ein Dadarabee ist. Sie versucht ihn zu besänftigen, denn sie hat allen Kelimalaza ihre Privilegien entzogen, wegen des Herrn Jesus dürfen sie keine Beschwörungen mehr mit ihren Totems machen.«

Verwirrt betrachtete Paula den jungen Mann, der sie ernst musterte. Sie war völlig durcheinander von dem, was sie vorhin belauscht hatte, und von dem, was Noria eben erzählt hatte.

Der Mann wandte sich an Noria, die dann für sie übersetzte. Zuerst wollte er den Namen der Ahnin wissen, mit der sie sprechen wollte. Er wiederholte den Namen Mathilde so lange, bis Paula ihn nicht mehr verbessern musste. Dann wollte er wissen, ob sie etwas von ihrer Großmutter mit sich führte. Von Mathilde besaß Paula nichts, nur das Buch und ihre Besitzurkunde, aber die waren in ihrer Ledertasche verstaut, die sie in ihrem Bett zurückgelassen hatte. Vielleicht zählte auch die Phiole, die sie an dem Lederband trug. In diesem Fläschchen hatte sie versucht, den Duft der blauen Flakons einzufangen, und der war ja von ihrer Großmutter. Sie zögerte einen Moment, dann holte sie die Phiole hervor und gab sie dem Ahnenpriester.

Der Kelimalaza nahm das Fläschchen und stellte es gefährlich nah an den Abgrund. Dort befand sich, wie Paula nun bemerkte, auch schon eine Flasche Rum, ein Stück Kokosnusskuchen und ein Haufen weißes Fett. Noria beglückwünschte sie und erklärte ihr, dass es sich bei dem Fett um den Fettbuckel des heiligen Zebus handelte, der für das Neujahrsfest geschlachtet worden und deshalb kostbar wie Gold war. In einer Schale neben dem Fett brannte eine Kerze und ein stark duftendes Stückchen Weihrauch. Der Mann hielt das Fett in die Flamme der Kerze, wo es zischend schmolz, dann begann er mit einem eintönigen Singsang, der immer mit dem Namen von Paulas Großmutter endete.

Sie hätte nicht sagen können, wie lange er das wiederholte, bis ihr auffiel, wie totenstill es auf einmal hier oben geworden war. Der Wind wehte nicht mehr, die Vögel waren verstummt, das Laub raschelte nicht mehr, die Mücken hatten aufgehört zu summen, einzig und allein die Stimme des Kelimalaza war zu hören.

Alles um Paula herum begann sich zu bewegen und zu drehen, sie musste sich hinsetzen, weil ihre Beine anfingen zu zittern, sie schloss ihre Augen, und gleichzeitig atmete sie lange und tief ein und aus und hörte keine einzelnen Worte mehr, nur noch »Mathilde« und wieder »Mathilde«.

Und plötzlich war der Duft aus den Flakons überall, schien sie zu umhüllen, und obwohl er ihr so vertraut war, machte er ihr Angst, weil er sich wie ein weiches Tuch um sie herumlegte. Sie riss die Augen wieder auf und sah sich um, niemand hatte eine Decke um sie gelegt. Der Kelimalaza stand nah am Abgrund, und sie war ganz allein mit dem lapislazuliblauen Himmel. Und doch spürte sie immer noch diesen Duft, der ihre Haut umgab wie feine, streichelnde Seidenschleier. Ihre Augen suchten das Fläschchen, um eine Erklärung für den Geruch zu bekommen, doch der Kelimalaza hatte es nicht einmal geöffnet. Das Fett brannte noch, ebenso wie der Weihrauch, der aber durch diesen anderen Duft nicht an ihre Nase dringen konnte.

»Mathilde«, murmelte sie und senkte ihre Augenlider wieder. Alles wurde schwarz. Ich brauche keine Angst zu haben, erkannte sie, auch wenn hier merkwürdige Dinge vorgehen, ich bin beschützt. Sie holte nochmals tief Luft und spürte, wie ihre Lungen sich weit öffneten. Plötzlich flimmerte es in dem Schwarz vor ihren Augen, das Flimmern wurde stärker und zu einem leuchtenden Blau, und dann erkannte sie die blauen Schmetterlinge aus dem Regenwald, die fröhlich zu ihr hinflatterten, auseinanderstoben und sich dann wieder zu einer Wolke formierten. Dann wurde der Schlag ihrer Flügel sanfter, wurde zu Paulas Herzschlag, und blauer Duft strömte durch ihre Adern.

Erst als die Schmetterlinge schon lange wieder in der Dunkelheit verschwunden waren, öffnete Paula ihre Augen. Immer noch saß sie am Felshang, Noria und der Kelimalaza hockten neben ihr und betrachteten sie neugierig. Der Kelimalaza fragte sie etwas.

Paula hatte keine Worte für das, was gerade passiert war. Sie wusste nur, dass sie sich erst einmal in ihrem Leben so großartig gefühlt hatte wie gerade jetzt, und sie hatte nicht erwartet, so etwas jemals wieder zu spüren.

Damals war sie sieben Jahre alt gewesen und hatte es gerade geschafft, endlich ganz allein zu schwimmen. Sie spürte das köstliche kalte Wasser überall auf ihrer nackten Haut, in dem braunen, moorigen Teich, der ihre blassen Gliedmaßen in Gold verwandelt hatte. Mit jedem Zug ihrer Arme war sie weiter durch den Teich geschwebt, hatte sich auf den Rücken gedreht, Wasserkaskaden in die Luft gestrampelt, hatte gestaunt über die Leichtigkeit ihres Körpers, gestaunt über die kleinen Regenbogen in der Sonne, und jeder Herzschlag hatte ein begeistertes Lachen durch ihren Körper gepumpt.

»Hast du mit deiner Großmutter gesprochen?«, übersetzte Noria die Frage des Kelimalaza und holte sie in die Gegenwart zurück. »Oder sie gesehen?«

»Nein«, sagte Paula und lächelte Noria an, lächelte die Welt an. »Nein.« Nicht gesehen, nur gespürt, sie hatte etwas gespürt. Sie stand, immer noch wacklig in den Knien, auf und stolperte. Noria und der Kelimalaza stützten sie, dann verbeugten sie sich plötzlich ehrfürchtig, aber wie Paula einen Moment später erkannte, nicht vor ihr. Denn als sie sich umdrehte, sah sie die Königin, die oben an der Treppe stand, die zum Felsen geführt hatte, und sie zu sich winkte.

Heute Morgen trug die Königin einen zum Rock geknoteten Lamba und darüber einen weißroten Lamba, was sie weniger imposant wirken ließ.

»Und wie geht es Ihrer Großmutter?«, fragte sie auf Englisch. Paula antwortete, ohne nachzudenken und ohne die nötigen Respektbezeugungen. »Gut, sie möchte, dass ich tue, was ich tue.«

Die Königin lächelte. »Das freut mich zu hören. Ich denke

nicht, dass Jesus etwas dagegen hat, wenn wir mit unseren Ahnen sprechen. Darf ich Sie etwas Persönliches fragen?«

Paula nickte und war gespannt.

»Es ist mir gestern Abend schon aufgefallen, Sie duften so sauber und frisch wie eine Blume, das gefällt mir, was ist das?«

Verblüfft schluckte Paula ein paarmal, dann erzählte sie der Königin davon, dass sie nur wegen der Parfümrezepte ihrer Großmutter hier war und dieses Eau de Toilette eine Abwandlung von echtem Kölnisch Wasser war, die sich ihre Großmutter ausgedacht hatte. Sie versprach der Königin nachher etwas davon zukommen zu lassen, was huldvoll angenommen wurde.

Das schien Paula der richtige Moment, um das Erbe ihrer Großmutter wieder ins Spiel zu bringen, deshalb raffte sie ihren Mut zusammen und brachte die Rede auf das Grundstück von Mathilde.

Ranavalona starrte sie einen Moment verblüfft an, ein Schleier fiel über ihr Gesicht, und Paula wurde sofort klar, dass sie etwas Falsches gesagt hatte.

»Das Land unserer Vorfahren gehört niemandem, nur uns Madagassen. Es ist verboten, das heilige Land unserer Ahnen an Ausländer zu verkaufen. Das ist Fady!«

Enttäuschung verdrängte all die angenehmen Gefühle, die Paula eben noch gehabt hatte. Aber dann summte wieder die Stimme des Kelimalaza durch ihren Kopf. »Mathilde, Mathilde …«

Und sie wusste, sie durfte jetzt nicht aufgeben, egal um welchen Preis. »Aber es ist eine französische Urkunde, die nach französischem Recht …«

»Die Franzosen regieren aber dieses Land nicht.« Die Königin stampfte ungehalten mit dem Fuß auf, und Paula wurde nun doch mulmig.

»Und solange ich lebe, wird auch niemand anders hier regieren als ich.«

»Nein, natürlich nicht«, stammelte Paula. »Nur eine Frage noch, Euer Majestät, verstehe ich das richtig, Laborde war nicht der rechtmäßige Eigentümer des Landes, das er meiner Großmutter verkauft hat?«

»Laborde.« Die Königin murmelte etwas Madagassisches, dann ging sie wieder zum Englischen über. »Laborde war in der Tat ein Günstling von Ranavalona I. und dann auch der von Radama II. Aber alle Vereinbarungen mit ihm wurden von uns für null und nichtig erklärt. Dieser Mann war ein gewinnsüchtiger Parasit am Busen der Merina.«

Die Königin wandte sich zum Gehen. Paula, die sich vorkam, als wäre sie im Sturzflug vom Himmel auf die Erde gerauscht, hatte Tränen in den Augen und war kurz davor, Ranavalona am Rock festzuhalten.

»Ich weiß nicht einmal, wo ich das Stück Land suchen soll, das meine Großmutter bebaut hat. Und nur wenn ich das finde, habe ich eine Chance, auch ihr Grab zu entdecken. Aber wie soll ich das schaffen, ohne Ihre Hilfe?«

Die Königin drehte sich noch einmal zu ihr um und musterte Paula durchdringend. Schließlich hob sie ihr Kinn wie zu einem winzigen Nicken.

»Sie werden mir das Parfum Ihrer Großmutter schicken, und ich werde veranlassen, dass sich jemand darum kümmert. Außerdem erlaube ich, dass Sie dorthin reisen und das Land weiterbebauen, aber zehn Prozent des Ertrags sind als

Pacht an mich abzuführen. Der Premierminister wird Ihnen ein Schreiben für den Dorfältesten, Sakàizam-bohitra, mitgeben. Und jetzt muss ich zu meiner Morgenandacht.«

»Natürlich.« Paula verneigte sich und bemerkte die Soldaten im Hintergrund erst, als sie der Königin folgten.

Noria gesellte sich wieder zu ihr. »Sie erstaunen mich. Sind alle europäischen Frauen so mutig wie Sie?«

Paula hätte gern gelacht, aber sie war erschöpft und sehnte sich nach einer Hühnersuppe mit Reis und einem Tee. Sie war nicht mutig. Was sie nach Madagaskar getrieben hatte, war Verzweiflung, nichts anderes. Sie hielt sich für feige, denn sie scheute Auseinandersetzungen und ging für gewöhnlich den Weg des geringsten Widerstandes, nur deshalb war all das geschehen, was sie schließlich hierher getrieben hatte.

»Ich brauche etwas zu essen«, sagte sie statt einer Antwort auf Norias Frage. Noria führte sie zum nächsten Küchenhaus, wo Paula gierig eine Tasse Tee trank und sich dann über eine Platte mit den köstlichen Kleinigkeiten, den Tsakistaky, hermachte, als hätte sie schon Wochen nichts gegessen. Noria leistete ihr schweigend Gesellschaft.

Paula versuchte während des Essens Antworten auf all die Fragen zu finden, die durch ihren Kopf flatterten wie kopflose Tauben. Was führten ihre Reisegefährten im Schilde, und wie sollte sie zu dem Grundstück ihrer Großmutter kommen? Und wollte sie wirklich als Pächterin ihr Dasein fristen? Sie brauchte neuen Proviant und Träger und vor allem Noria, aber womit sollte sie das bezahlen? Und was, wenn ihr die anderen Noria wegschnappten? Es gab fast niemanden auf der Insel, der Deutsch sprechen konnte.

Je nachdem, in welchem Teil von Madagaskar ihre Großmutter gelebt hatte, war es vielleicht möglich, sich mit Englisch oder Französisch durchzuschlagen, aber auf dem Lande war das undenkbar. Sie kippte noch einen ganzen Becher Tee in sich hinein und seufzte. Unmöglich, wiederholte ihre innere Stimme, unmöglich, wisperte sie und klang geradezu beglückt darüber, dass es ihr gelungen war, Paulas glückliche Gefühle von vorhin endgültig auszulöschen.

»Noria, ich habe kein Geld mehr«, brach es dann nach zwei weiteren Bechern Tee und sechs frittierten Häppchen aus ihr heraus. »Wollen Sie trotzdem weiter mit mir reisen oder nicht?«

Noria zog überrascht die Augenbrauen hoch und betrachtete sie ungläubig. »Nach allem, was ich weiß, besitzen Sie doch viele Dinge.«

»In meinen Truhen ist leider nichts, was sich zu Geld machen ließe.« Paula kam es mittlerweile höchst lächerlich vor, dass sie zwar alles dabeihatte, um Parfüm herzustellen, aber nichts, was sich zu Geld machen ließe. Und für Parfüm interessierte sich in diesem Land, wo es an jeder Ecke nach den süßesten Blumen duftete, auch niemand.

»Da wären Ihre Kleider!« Noria klang sehnsüchtig und brachte Paula zum Nachdenken. Ihre Kleider bedeuteten ihr nicht das Geringste.

»Würden Sie mitkommen, wenn ich Ihnen das Kleid gebe, das ich gestern beim Essen mit der Königin getragen habe?« Paula überschlug im Geiste, was das Kleid gekostet hatte, fast achtzig Mark, weil es aus teurer, handbestickter Seide war, und dann berechnete sie, was sie Noria bis zum heutigen Tag gezahlt hatte. Etwa sieben Mark in Silbermünzen.

»Ist es von Ihrer Großmutter?«

»Nein.« Paula wunderte sich. Wie kam Noria denn auf so eine Idee? »Nein, es ist ganz neu.«

Noria kaute auf ihren Lippen herum. Lange, viel zu lange, fand Paula, die voller Spannung auf eine Antwort wartete.

»Wenn ich dazu noch ausreichend zu essen und zu trinken bekomme, dann denke ich darüber nach.«

Und in der Zwischenzeit findet sie heraus, wie viel sie bei den Männern herausschlagen kann, dachte Paula. Ich habe keine Zeit zu verschwenden. »Gut, dann ist unser Handel abgemacht. Das Kleid ist achtmal so viel wert wie das, was ich Ihnen bis heute bezahlt habe. Sie reisen mit mir weiter, erhalten Essen und Getränke, und am Ende der Reise übergebe ich Ihnen als Bezahlung das Kleid.«

Noria wirkte immer noch unentschlossen, verzweifelt schlug Paula deshalb vor: »Möchten Sie es vielleicht jetzt schon einmal anprobieren?«

Ungläubig lächelte Noria. »Tsara! Hier im Palast gibt es Spiegel, und ich könnte sehen, wie es mich kleidet.«

Während Noria sie zurück zu ihrem Zimmer führte, wurde Paula klar, dass sie einen Fehler gemacht hatte. Das Kleid konnte Noria gar nicht passen, denn sie war kleiner und kräftiger als Paula. Noria war nicht dick, aber sie hatte starke Muskeln und breite Knochen.

Die Männer waren glücklicherweise nicht im Zimmer. Paula holte das Kleid aus ihrer Truhe und wollte Noria dann beim Anlegen helfen. Bestürzt entdeckte sie, dass Noria keine Unterkleider trug und vollkommen nackt in das Kleid schlüpfte. Wie Paula befürchtet hatte, war es unmöglich, die Häkchen im Rücken zu schließen, und die eigentliche

Schleppe wurde noch einmal um zwanzig Zentimeter verlängert, weil Noria so viel kleiner war als Paula.

Trotzdem sah Noria geradezu andächtig auf das Kleid herunter und konnte es kaum erwarten, sich im Speisesaal in dem großen Spiegel, dem Geschenk der Queen Victoria, zu betrachten. Paula erbot sich, die Schleppe zu tragen, weil sie Noria so wenigstens von der Taille abwärts bedeckt hielt. Sie überquerten den Hof und erreichten den Speisesaal.

Noria stieß ein entzücktes »Tsara« aus, als sie sich im Spiegel sah, schob ihren Busen unter dem Kleid in die richtige Position, wiegte sich in den Hüften, schwenkte den Rock hin und her, machte ein paar Tanzschritte und nickte sich begeistert zu. Paula begann sich zu schämen, denn Noria sah in ihren Augen höchst lächerlich aus. Trotzdem würde sie tunlichst den Mund halten, denn sie brauchte Norias Hilfe. Diese Reise macht mich zu einem Monster, dachte sie, ich bin offensichtlich bereit, jeden Preis für meine Ziele zu zahlen.

Noria wandte sich vom Spiegel ab und drehte sich zu Paula hin, sodass Paula ihre nackte Rückansicht im Spiegel anschauen musste, und sie war sehr froh, das Noria sich nicht von hinten betrachten konnte, denn es wirkte so, als wäre der helle Stoff von dem dunklen Körper aufgerissen worden.

In diesem Augenblick trat Villeneuve zu ihnen, entdeckte Norias blanken Po im Spiegel und grinste breit. »Noria, Sie sehen ganz bezaubernd aus.« Er zwinkerte Paula zu, die vor lauter Peinlichkeit am liebsten im Boden versunken wäre.

»Finden Sie wirklich?«, fragte Noria.

»Absolut. Das bringt Ihre schönen Augen gut zur Geltung, ja, ich möchte mich sogar zu der Annahme versteigen, dass es Ihnen besser zu Gesicht steht als seiner Besitzerin, bitte verzeihen Sie mir, Madame Kellermann …«

Norias Zufriedenheit schimmerte aus jeder Pore ihrer Haut. Paula war hin- und hergerissen, einerseits war klar, dass Villeneuve sie mit diesem Kompliment beleidigen wollte, andererseits konnte er nicht wissen, wie sehr er ihr damit geholfen hatte. Sie entschied sich dafür, ihm vielsagend zuzulächeln.

»Noria, damit gilt unser Handel, oder?«

Noria nickte begeistert und bestand darauf, unterwegs das Kleid immer mal wieder anschauen und anfassen zu dürfen.

»Was denn für ein Handel?«

Noria und Paula sahen sich an, und Paula hoffte, Noria würde ihr Flehen verstehen und Villeneuve nichts verraten.

»Ich werde mit Frau Paula weiterreisen, um die Gebeine ihrer Großmutter zu suchen.«

Villeneuves Miene blieb undurchdringlich, aber Paula nahm plötzlich einen leichten Geruch von Aceton um ihn herum wahr.

»Wie interessant.« Er blickte mit einem ironischen Achselzucken wieder in den Spiegel, wo man die nackte Rückseite von Noria nur allzu deutlich sehen konnte.

»Wir sollten das Kleid wieder zurückbringen«, murmelte Paula und zerrte an Norias Arm, weil sie das Gefühl hatte, Villeneuve würde gleich etwas tun, was Norias Meinung ändern könnte.

Paula ging unter dem Vorwand, die Schleppe tragen zu müssen, wieder direkt hinter Noria, weil es ihr nicht richtig erschien, Noria noch länger Villeneuves Blicken auszusetzen.

Im Zimmer waren mittlerweile auch Morten und Lázló, was Noria nicht daran hinderte, sich vor ihnen umzuziehen, und die verwunderten Blicke der beiden störten sie kein bisschen. Paula kam sich nun lächerlich vor, weil sie sich Gedanken wegen Villeneuves Blicken gemacht hatte. Bevor Noria ging, bat sie sie nachzufragen, wann sie der Königin die Urkunde ihrer Großmutter zeigen könnte.

»Und wohin geht die Reise, wenn man fragen darf?« Villeneuve hatte sich zu den anderen gesetzt und sah ihr dabei zu, wie sie ihr Kleid in Seidenpapier einschlug und dann in dem mit Lavendel parfümierten Leinenbeutel verstaute.

In Paula rumorte es, sie wusste nicht, ob sie die drei zur Rede stellen sollte wegen dem, was sie vorhin gehört hatte, oder ob sie so tun sollte, als hätte sie keine Ahnung. Alles in ihr verlangte nach einer Antwort, aber ihr Verstand befahl ihr, dieses Mal auf ihn zu hören und nicht zu verraten, was sie wusste. Vor allem von Morten war sie schwer enttäuscht. Sie hatte wirklich geglaubt, er würde sie mögen.

»Was soll das heißen«, fragte Lázló. »Welche Reise?«

»Ich werde mit der Genehmigung der Königin dorthin reisen, wo das Grundstück meiner Großmutter liegt.«

»Dann wollen wir doch mal hoffen, dass es sich im Osten des Landes befindet.« Morten lächelte sie beim Vernuscheln seiner Worte wie immer freundlich an, und noch vor wenigen Stunden hätte sie sich darüber gefreut.

»Damit wir alle drei zusammen weiterreisen können, das ist doch sicher auch in Ihrem Sinn, oder?«

»Nein, ganz sicher nicht. Unsere Wege trennen sich jetzt.«

»So plötzlich?«

»Ja, ich werde morgen früh aufbrechen.«

Ihre drei Reisegefährten sahen sich verblüfft an.

»Darf man fragen, wo das Grundstück liegt?«

»Das erfahre ich später.« Paula griff sich die Ledertasche mit dem Buch ihrer Großmutter, in dem die Urkunde zwischen den Seiten lag, und verließ zielstrebig den Raum, obwohl sie gar nicht wusste, wie sie weiter vorgehen sollte.

Noch bevor sie sich darüber den Kopf zerbrechen konnte, trat ein Soldat zu ihr, der ihr bedeutete, ihm zu folgen.

Er führte sie wieder nach oben in den rundherum verglasten Raum, wo der Premierminister schon auf sie wartete.

Paula begrüßte ihn und reichte ihm dann die Urkunde. Der Premier las sie aufmerksam durch, dann fragte er, was sie denn auf diesem Stück Land anbauen wolle.

»Vanille«, antwortete Paula und hoffte, dass das eine gute Antwort war.

»Vanille? Warum denn Vanille, das ist eine harte Arbeit, die eine ganze Familie beschäftigt. Haben Sie eine Familie?«

Paula biss sich auf die Lippen, der Premier konnte nicht wissen, was das für eine heikle Frage war. Nein, sie hatte niemanden, weshalb sie umso dringender herausfinden wollte, was mit ihrer Großmutter passiert war.

Der Premier musterte sie mitleidig und zog die richtigen Schlüsse aus ihrem Schweigen. »Keine Familie. Das ist wie ein Baum ohne Wurzel, wie ein Kopf ohne Beine, wie ein Fisch ohne Wasser. Warum Vanille?«

»Weil es das war, was meine Großmutter gemacht hat, ich möchte tun, was sie getan hat.«

Der Premier trommelte mit den Fingerspitzen auf dem Schreibtisch herum, als würde ihn etwas sehr beschäftigen.

Irgendetwas daran störte Paula, aber sie wusste erst nach einer Schrecksekunde, was es war. Die amputierten Fingerglieder, von denen Noria erzählt hatte. Beim Abendessen war es viel zu dunkel gewesen, um sie zu bemerken. Paula konzentrierte sich sofort darauf, woanders hinzusehen, um den Premierminister nicht zu verärgern.

Endlich rief er nach dem Soldaten, der vor der Tür postiert war, und ratterte ein paar Befehle herunter, die den Soldaten zackig abmarschieren ließen, dann rief er nach einem seiner Minister, der aber nicht erschien, und so stand er schließlich auf und bat sie, ihn zu entschuldigen.

Paula blieb sitzen und wartete und wartete und wartete. Mora-Mora. Ihr Blick fiel auf die Uhr auf dem Schreibtisch, die stehen geblieben war. Diese Uhr kam ihr wie ein Sinnbild für ihr Leben vor. In ihr war auch etwas stehen geblieben, kaputtgegangen, und sie hatte Angst, dass es für immer so bleiben könnte.

Paula dachte an ihre Großmutter, die viel Geld für dieses Stück Land bezahlt hatte, und sie fragte sich, was sie davon halten würde, dass ihr Eigentum nun dem Staat gehörte. Oder hatte dieser Laborde ihre Großmutter absichtlich reingelegt? War es wirklich die ganze Mühe wert weiterzureisen, nur um dann ein Stück Land zu pachten? Sollte sie nicht lieber aufgeben und nach Hause fahren? Nach Hause … dieser Gedanke wirkte wie ein kalter Guss. Sie hatte kein Zuhause mehr, sie musste sich erst eines schaffen. Sie stand auf, um aus dem Fenster zu schauen, was den Soldaten, der das Zimmer bewachte, in Bewegung versetzte.

Die Sonne legte schon einen kupfernen Schimmer über die Ebenen. Westen, Osten, Norden oder Süden, sie wusste nicht, wohin die Reise sie führen würde, und von hier oben sah alles einladend aus, wie eine Verheißung.

Der Soldat räusperte sich so demonstrativ, dass sie sich wieder zum Schreibtisch umwandte, an dem der Premierminister gerade Platz genommen hatte. Die Sonne stand so tief, dass sie ihm voll ins Gesicht schien und die goldenen Knöpfe seiner Schoßjacke zum Glühen brachte.

Er wartete, bis sie wieder saß, wischte sich über die Stirn und erklärte ihr dann, dass sich das Grundstück direkt am Meer in der Nähe von Antalaha im Nordosten befinden würde. Er händigte ihr einen ganzen Berg versiegelter Unterlagen aus, die er für den dortigen Chef, dem Sakàizambohitra, aufgesetzt hatte. Er beglückwünschte sie, das Interesse der Königin erregt zu haben, und erklärte, dass man sich schon außerordentlich auf die erste Lieferung ihrer Vanille freue.

Und damit war sie entlassen.

Sie ging zurück in das Zimmer und zündete eine Kerze an, weil es mittlerweile stockdunkel war. Dann versteckte sie die Dokumente in Mathildes Buch und verstaute es wieder in ihrer Ledertasche, die sie zusammen mit der Wasserflasche fast immer am Körper trug.

Gerade als sie damit fertig war, öffnete sich die Tür, und Lázló kam herein. Gleich hinter ihm betrat Noria das Zimmer. Die beiden waren zwar überrascht, sie zu sehen, aber es schien sie nicht weiter zu stören. Noria zwinkerte ihr zu, Lázló grinste verschlagen, und es war nur allzu deutlich, was die beiden vorhatten. Paula war sicher, dass es keinen von beiden stören würde, wenn sie dabei zusah.

In diesem Moment verabscheute Paula sie alle beide. Sie

erschienen ihr viel freier, als sie es jemals sein würde. Für sie war es ja schon unmöglich, ihre Reisegefährten zu bitten, auf sie zu warten, weil sie sich erleichtern musste, geschweige denn, dass sie offen mit einem Mann herumtändeln würde. Da hatte ihre strikte Erziehung sie fest im Griff. Aber es war nicht nur das, sie brauchte Noria und konnte es sich nicht leisten, sie an Lázló zu verlieren. Und das war ihr am allermeisten zuwider, sich eingestehen zu müssen, dass sie überhaupt jemanden brauchte.

Wütend verließ sie das Zimmer, nicht ohne noch Norias Kichern zu hören. Sie stürmte durch das Tor und dann die Treppen des Palasts hinunter zu dem großen Vorplatz, wo sie sich an den mächtigen Feigenbaum mit den zwölf Steinen im Stamm setzte. Als sie den Kopf hob, entdeckte sie den klaren Sternenhimmel über sich, und so sehr sie diesen Anblick auch sonst immer genoss, heute war er ihr gleichgültig. Sie war hierher gereist, um allem zu entfliehen, und nun wurde sie ständig an das erinnert, was sie vergessen wollte.

Sie griff nach der Phiole und schraubte den winzigen Verschluss auf, um sich durch den Duft zu beruhigen und wieder in das Gefühl von heute Morgen zurückzuversetzen. Aber es legte sich keine schützende Decke um sie, im Gegenteil, der Geruch kam ihr schal vor, genauso schal wie der lächerliche Versuch, ihr Leben zu ändern.

Tränen der Enttäuschung stiegen in ihre Augen. Sie schraubte die Phiole wieder zu und schniefte.

»Darf ich Ihnen mein Taschentuch anbieten?« Das war Villeneuves Stimme – bezeichnend für ihr Pech, dass er jetzt auch noch aufkreuzte.

Sein Taschentuch leuchtete hell in der Nacht, Paula rang mit sich, dann dachte sie, warum nicht ordentlich reinschnäuzen, ich muss es ja nicht waschen. Sie nahm es, aber sie benutzte es doch nicht, sondern reichte es ihm zurück. Nein, sie wollte ihm nichts schuldig sein, nicht mal die Benutzung eines Taschentuchs.

Er steckte es schweigend in seine Hosentasche.

Sie nahm sich vor, auch zu schweigen. Sie würde nichts sagen, kein Gespräch anfangen, in all ihren Unterhaltungen hatte er das letzte Wort gehabt. Nein, heute würde sie ganz einfach stumm bleiben. Sich lieber die Zunge abbeißen. Kein Wort.

»Ich hätte nicht gedacht«, sprudelte es im nächsten Moment höchst konsequent aus ihr heraus, »dass Sie ein Mann sind, der Taschentücher benutzt.«

»Es hat Sie bestimmt auch verwundert, dass ich mit Messer und Gabel esse und Seife verwende.«

Gegen ihren Willen verzogen sich ihre Lippen zu einem Lächeln.

Doch dann erinnerte sie sich daran, worüber die drei geredet hatten, und ihr Lächeln erstarb.

Er räusperte sich und deutete in den Nachthimmel. »Es gibt Volksstämme auf der Welt, die glauben, dass die Sterne die Seelen der toten Kinder sind.«

Paula wollte sich schon empört zum Gehen erheben, als ihr klar wurde, dass er sie dieses Mal nicht absichtlich hatte kränken wollen. Er konnte unmöglich wissen, was seine Worte in ihr auslösten. Dann erinnerte sie sich blitzartig daran, wie er in der kleinen Kapelle eine Kerze angezündet hatte.

»Davon abgesehen, dass es dummer abergläubischer Humbug ist, ist es auch kein besonders schöner Gedanke.« Er setzte sich ungebeten neben Paula, der sofort sein würziger Geruch in die Nase stieg.

»Warum denn nicht?«, fragte sie nach und legte den Kopf zurück, um die Sterne besser betrachten zu können. Die Seelen der toten Kinder.

Er ließ sich Zeit mit der Antwort, Paula dachte schon, er hätte ihre Frage gar nicht gehört. Schließlich senkte sie ihren Kopf und sah zu ihm hinüber. Er starrte wie hypnotisiert in den blinkenden Nachthimmel.

»Es sind so viele«, flüsterte er, »so schrecklich viele.« Seine Stimme brach ab, er stand abrupt wieder auf und verließ sie.

Sie unterdrückte den Impuls, ihm zu folgen, und blieb sitzen. Er hat recht, dachte sie, es sind so viele.

Doch für Paula war dieser Gedanke tröstlich, so als ob man eine Last von ihr genommen hätte. Was ihr geschehen war, hatten schon viele durchleben müssen, sie war nicht die Einzige, die ein totes Kind im Arm gehalten hatte.

12

Mathildes Brief

Ambalava, am Abend des 9. August 1856

Meine liebe Florence,
jetzt habe ich die unglaublich reiche Ernte von diesem Jahr wieder eingewickelt, und der Regen kann kommen. Meine Hände sind schwarz und duften nach Vanille. Und das ist der einzige Geruch, der mich pur und ohne Zugaben glücklich macht, denn es war die Vanille, die mein Leben verändert hat. Doch ich fürchte, es ist für Dich, meine geliebte Tochter, der pure Hohn, wenn ich Dir dies schreibe, denn sollte eine Mutter sich nicht allein durch ihre Kinder erfüllt fühlen?
Nun, ich bin sicher, wenn Du Kinder bekommen hast, dann wirst Du ihnen eine bessere Mutter sein, als ich es jemals war. Weder die Schwangerschaft noch das Zusammensein mit einem Kind hat mir je viel gegeben, was mir aufrichtig leidtut, aber geliebt habe ich Dich immer von ganzem Herzen. Es ist eben nur so, dass das Zusammensein mit einem Kind nicht zwingend eine gute Mutter aus Dir macht, und Dich unter den Piraten großzuziehen und dort vor Üblem zu bewahren, war schon schwer genug.
Ich fand also, dass ich nach allem, was ich durchgemacht und verloren hatte, ein Recht auf ein eigenes Leben hätte, und als es

dann passiert ist, nun, da hoffte ich, dass Du mich eines Tages verstehen würdest. Aber damals war nicht daran zu denken.

Du warst vergiftet von Beaumonts Töchtern, die Dir ihr Mitleid aufzwangen und deren Falschheit sich in Dir ausbreitete wie Bandwürmer in Hunden. Du wandtest Dich ab von mir, als ob ich zur Diebin oder Mörderin geworden wäre. Du wolltest mich nicht verstehen, das habe ich dir damals verübelt, aber heute kann ich es begreifen. Heute bricht es mir das Herz, wenn ich daran denke, was Du, meine arme Florence, für ein gebeuteltes kleines Mädchen warst.

Es war falsch zu erwarten, dass ein Kind solche Veränderungen verkraftet, Kinder wollen genauso sein wie alle, nicht anders. Nicht Außenseiter. Und das warst Du immer, bei den Piraten, bei Beaumont, und ich fürchte, es könnte Dir in Europa wieder ähnlich ergangen sein. Das bedauere ich zutiefst, und ich hoffe, mein Geschenk wird es Dir ermöglichen, endlich dazuzugehören.

Der Regen trommelt auf mein kleines Blechdach, ein Luxus, den ich Laborde zu verdanken habe, der für Geld alles beschaffen kann. Manchmal jedoch, an Abenden wie heute, wünschte ich, mein Haus hätte ein Palmdach, genau wie das der Leute im Dorf, denn da klingt der Regen nicht wie das Feuer einer wütenden Artillerie, sondern wie sanftes Rauschen. Aber ich muss an die Vanille denken, und sie darf jetzt nicht nass werden, sonst verdirbt sie und mit ihr mein Plan von Vanille d'Or.

Du erinnerst Dich bestimmt an die Plantagen von M. Beaumont, diese Düfte müssen Dir gegenwärtig sein, auch wenn Du sonst mit Parfüm nichts im Sinn hast. Da waren die Pampelmusen und die Nelkenbaume und das elende Zuckerrohr. Ich sage elend, weil es mir so vorkam, als würden dort jährlich mehr Menschen umkommen als während der Französischen Revolution.

Neben all dem schon Erwähnten hatte sich M. Beaumont, lange bevor wir auf die Insel kamen, auch mit mexikanischer Vanille eingedeckt. Die Vanille wuchs, und sie blühte auch, doch sie brachte keine Früchte hervor, was Beaumont mächtig ärgerte, auch weil ihn das zur Zielscheibe von bösartigen Witzen über Impotenz gemacht hatte. Die Vanille kann bis zu zehn Meter lang werden, denn sie ist eine kletternde Orchidee, die wie die meisten Orchideen einen Stamm braucht, um den sie sich herumranken kann. Ihr Laub ist hellgrün und unscheinbar, genauso wie die wachsartigen, weißgelblich bis grünlichen Blüten. Und ihre Heimat ist nicht Réunion oder Madagaskar, sondern Lateinamerika. Niemand wusste, warum eine Pflanze, die so gut im hiesigen Klima gedieh, partout keine Früchte tragen wollte. Ich weiß, Du fragst Dich in genau diesem Augenblick, warum ich das in so einer penetranten Ausführlichkeit erzähle, aber ich bitte Dich um etwas Geduld. Denn Du musst wissen, wie ärgerlich es für einen Pflanzer ist, wenn sein Land mehr oder weniger brach liegt, und wie großartig es ist, wenn es reiche Ernte trägt. Im einen Fall verliert er all sein Geld, im anderen amortisiert sich seine Investition. Nur wenn Du Dir das vor Augen führst, wirst Du die unglaubliche Ungerechtigkeit, die auszumerzen ich mir für das Ende meiner Tage vorgenommen habe, verstehen können. Der Regen wütet heute Abend mit besonderer Kraft, ich muss leider noch einmal hinaus und nachsehen, ob ich meine Vanille gut genug eingepackt habe.

13

Flieder

Die Blüten des spanischen Flieders, syringa vulgaris L, besitzen einen sehr starken, angenehmen, fast etwas betäubenden Geruch, der durch die Methode der Maceration aus denselben leicht auf Fett übertragen werden kann.

Zwei Wochen später wünschte sich Paula, sie hätte Europa nie verlassen. Ihre Kleider waren ständig nass, entweder vom Schwitzen oder vom Regen. Insekten umschwirrten sie jetzt in schwarzen Wolken. Allerdings wurde Paula sehr viel weniger gestochen als ihre Reisegefährten, weil sie ihre Kleider jeden Morgen mit ihrer Ölmischung gegen Insekten besprühte. Sie alle hatten sich Mulltücher vor das Gesicht gebunden, denn die Mücken bohrten sich gnadenlos in jedes Stückchen Haut, dass sie finden konnten, und je näher der Abend rückte, desto grausamer fand Paula diese Blutsauger. Sie begann sich zu fragen, ob es nicht doch leichtsinnig von ihr gewesen war, alle Warnungen in den Wind zu schlagen und nach Madagaskar zu reisen.

Sie verbrachte jeden Abend damit, an dem kostbaren Vanilleöl zu schnuppern, das sie von Europa mitgebracht hatte, und nur dieser sinnliche und warme Duft schenkte ihr das Vertrauen und die Kraft, am nächsten Morgen wieder aufzustehen und sich durch die Hitze des feuchten Dschungels weiter voranzuschleppen. Immer wieder bestürmten sie und ihre Reisegefährten Noria mit Fragen nach einem anderen Weg, einer Straße oder einem schiffbaren Fluss, aber Noria hatte nur den Kopf geschüttelt. Und Paula beschlich dabei der Eindruck, dass es Noria mit innerer Genugtuung erfüllte, sie alle so leiden zu sehen. Die einzige Alternative zu dieser Hölle wäre es gewesen, zurück nach Nosy Be zu reisen und von dort über das Nordende von Madagaskar zu segeln, um in den Nordosten zu kommen. Aber das hätte nicht nur noch viel länger gedauert, das war auch genau die Route der Piraten, die dort immer noch auf der Lauer lagen, obwohl es seit der Eröffnung des Suezkanals deutlich weniger zu holen gab. Und man erzählte sich, dass die Enttäuschung darüber ihre Grausamkeit nur noch erhöht hätte.

Die wenigen Pferde, die es auf Madagaskar gab, waren den hohen Offizieren der Königin vorbehalten, und die spärlichen robusten Ponys waren unbezahlbar. Sie mussten also wieder zu Fuß und mit Trägern weiterziehen. Die Königin war erstaunt über Paulas Entschluss gewesen, nicht in einem Tragstuhl zu reisen, und Paula hatte sich gehütet, ihr zu verraten, dass sie einfach nicht genug Geld für die vier Extra-Träger hatte, die zum Schleppen eines Palankins nötig waren. Schließlich galten sie ja als kaiserliche Gesandte. Das Erstaunen der Königin konnte sich Paula einzig damit erklären, dass Ranavalona II. noch nie das Hochland der Merina verlassen hatte, denn nach der Strecke, die sie schon hinter sich gebracht hatten, war Paula froh über ihre Entscheidung, weil es auf vielen Abschnitten ihres Weges unmöglich gewesen wäre, mit einem Tragstuhl vorwärtszukommen, und sie hätte die Träger bezahlen und trotzdem laufen müssen. Seit sie das Hochland verlassen hatten, konnte sie auch nicht mehr glauben, dass die Reisebeschreibungen von Ida Pfeiffer wirklich in allem der Wahrheit entsprachen.

Trotzdem war die Königin doch viel klüger, als sie alle das wahrhaben wollten, fand Paula. Sie war sicher, die Königin hatte nur deshalb darauf bestanden, dass sie mit den anderen Gesandten des Kaisers weiterreiste, damit Paula ein Auge auf ihre Gefährten hatte, denn sie hatte ihr vertraut, nicht den anderen. Nur so war es zu erklären, dass sie Paula einen Passierschein ausgestellt hatte, in dem die Namen der Männer aufgeführt waren, wodurch diese gezwungen waren, mit ihr zu reisen, Paula jedoch hätte jederzeit ohne sie weiterkommen können. Zu ihrem großen Erstaunen hatte sich keiner von ihnen darüber beklagt, und als sie die Männer dazu befragte, wuchs ihr Staunen noch weiter, denn es schien ihnen gut zu gefallen, mit ihr zu reisen, sogar Villeneuve, aber warum?

Doch von dieser Frage abgesehen war Paula sehr froh, dass sie nicht allein war. Die Männer packten ständig mit an, wenn es galt, Baumstämme aus dem Weg zu räumen, oder sie schleppten die schweren Lasten, wenn die Träger nicht mehr konnten. Sie hätten viel mehr Träger mitnehmen müssen, aber Morten hatte sich entschieden dagegen verwahrt. Er wolle das Geld seiner Mutterkirche nicht für solchen Luxus verschwenden. Außerdem besserten die Männer den Speisezettel mit kleinen Tieren auf, die sie jagten. Denn anders als Paula sich das vorgestellt hatte, wuchsen auf ihrem Weg durch den tropischen Regenwald nicht überall Früchte wie im Schlaraffenland, und wenn sie nicht auch noch Reis, Mehl, Eier, Hühner und Zucker dabeigehabt hätten, wären sie schon längst verhungert.

Die Träger waren stehen geblieben.

»Was ist?« Morten wischte sich den Schweiß von der Stirn und trank aus seiner Wasserflasche, die er, wie sie alle, an einem Ledergurt quer über der Brust trug.

O Gott, dachte Paula, hier ist alles zu Ende. Vor ihnen erhob sich der Regenwald so undurchdringlich wie eine Wand. Dünne graue Baumstämme mit Blattkronen, die man weit oben in mehr als zwanzig Metern Höhe nur erahnen konnte. Quer liegende, umgestürzte, von Termiten zerfressene Baumstämme, merkwürdige, wie Pfeifenputzer aussehende Büschelpflanzen mit roten Blüten, abgestorbene scharfkantige Palmblätter. All das wurde von Lianen umschlungen, die dick wie Männeroberschenkel und gewunden wie Korkenzieher waren und in deren Schlingen, die knapp über dem Boden, unter den verrottenden Blättern verborgen waren, Paula bei fast jedem Schritt hängen blieb. Hier vor ihnen wucherte es nun so dicht an dicht, dass es Paula unmöglich schien, auch nur einen einzigen Schritt weiterzugehen. Es war still, selten hörte man ein zaghaftes Zwitschern, nur das elende Summen der Insekten war immer gegenwärtig.

Die Träger unterhielten sich leise.

»Woher wissen sie, wohin wir gehen müssen?« Paula wandte sich an Noria. »Das vor uns sieht so aus, als ob noch nie ein Mensch hindurchgekommen wäre.«

Noria sah sie überrascht an, als ob Paula eine sehr dumme Frage gestellt hätte, was sie ärgerte, weil ihr Noria sowieso die ganze Zeit überlegen vorkam. Nie wirkte sie so erschöpft wie Paula und ihre Reisegefährten und dies, obwohl sie genau wie die Träger barfuß lief und nur mit einem Lamba bekleidet war. Und noch dazu wurde Noria nie gestochen.

»Es gibt keinen Weg«, beharrte Paula gereizt und bereit, einen Streit anzufangen, »nicht einmal den kleinsten Trampelpfad.«

»Der Dschungel verschlingt jede Spur in wenigen Tagen.«

»Aber woher wissen die Träger dann, wohin wir müssen?«

»Wir wollen ans Meer, oder?« Noria erklärte es Paula mit übertriebener Geduld, als wäre sie ein kleines Kind, was Paula nur noch mehr ärgerte.

»Man fühlt es.« Noria nickte bekräftigend. »Auch ich fühle es, je mehr wir uns dem Meer nähern, desto mehr verändert sich der Zustand der Baumrinden und der Pflanzen. Sie verraten uns, wohin wir uns wenden müssen.«

Ungläubig betrachtete Paula den Dschungel, ihr waren nicht die geringsten Unterschiede aufgefallen. Aber dann dachte sie an ihre Nase und daran, dass sie heute sogar in der Lage war, zu riechen, ob ein Duftöl in einem Kupfer- oder in einem Eisenkessel maceriert worden war. Und oft konnte sie sogar bestimmen, welches Fett benutzt worden war, Palmfett, Hirschtalg oder Schweineschmalz, auch wenn alles getan worden war, um es geruchsneutral zu machen.

»Dann riechen sie, ob wir auf dem richtigen Weg sind?«, fragte sie Noria.

Noria lächelte sie jetzt breit an. »Ich hätte es nicht so ausgedrückt, aber vielleicht ist es das.« Sie buckte sich und nahm etwas von dem Boden in ihre Hand. Es erinnerte nicht einmal entfernt an die rote Erde vom Hochland, weil dieses

Häufchen viel mehr aus verrotteten Blättern, Blüten und sehr viel abgefallener, zersetzter Rinde bestand.

Noria roch daran, dann streckte sie ihre Handfläche mit dem kleinen Erdhaufen vor Paulas Nase aus, die neugierig daran schnupperte. Unglaublich, dachte Paula, diese Erde roch wie von einem kundigen Parfümeur kreiert. Zunächst war da die modrige Kopfnote nach Pilzen, Trüffeln, um genau zu sein, danach ein Hauch Zitronengras, die Herznote bestand aus zerquetschtem Gras, Moschus, einer Prise Nelke, Rost und als Fond blieben Kampfer und Eichenmoos, vermischt mit etwas Ähnlichem wie Süßholzwurzel.

»Aber ich rieche kein Meer.« Paula hob ihr Gesicht zu Noria.

Verwundert zog Noria eine Augenbraue hoch. »Nicht? Wir sind nur noch etwa zehn Tage vom Meer entfernt. Und diese Schwämme auf den Baumstämmen verraten mir, in welche Richtung wir gehen müssen.« Noria zeigte nach vorn, wo die Träger gerade stehen geblieben waren.

Paula nahm sich vor, von nun an öfter an der Erde zu riechen, und ärgerte sich, dass sie das nicht längst schon getan hatte. Sie hatte nur Ausschau nach duftenden Pflanzen gehalten, aber zu ihrem großen Erstaunen viel weniger davon entdeckt, als sie sich das ausgemalt hatte. Während sie ihre Reise in den tropischen Regenwald geplant hatte, war sie davon ausgegangen, dass der Dschungel voll prächtig blühender und duftender Pflanzen sei, und sie war erstaunt, festzustellen, dass es hier zwar blühende Pflanzen gab, doch entweder hatten sie viele Blüten, dufteten aber nicht, so wie die meisten Orchideen. Oder es waren Bäume wie die Schirmakazien, die gelbrote Blüten hervorbrachten oder Sträucher wie der flammend rote, manchmal auch sonnengelbe Hibiskus, aber so etwas Leuchtendes wie Lavendel- und Rapsfelder oder Rosen- und Tulpenbeete, die in Massen aus der Erde wuchsen, das gab es nicht. Und die Orchideen waren meistens weißlich oder zartgelb oder bräunlich mit einem Hauch von Rot, und viele hatten so kleine oder unscheinbare Blüten, dass man sie leicht übersehen konnte.

Die Träger winkten Noria und erklärten ihr, dass man durch diesen Wald hindurchmüsse, doch sie würden dazu mehr Männer brauchen. Denn es müssten vor ihnen welche mit Coup-Coups, den gekrümmten Buschmessern, vorangehen, um eine Schneise für sie zu schlagen. Deshalb würden sie hier ihr Lager aufschlagen, während die Träger im nächsten Dorf Männer anheuern und Coup-Coups kaufen sollten.

Paula fragte sich, wie sie das alles bezahlen sollten, aber es war klar, dass sie es anders nicht schaffen würden, und ihre Reisegefährten waren auch einverstanden.

Die Träger bauten die Zelte auf, dann verschwanden sie.

»Ein Dorf?« Paula schüttelte den Kopf. »Haben Sie irgendwo ein Dorf gesehen?«, fragte sie Morten, der mittlerweile einen struppigen, goldblonden Vollbart hatte.

Bevor Morten etwas sagen konnte, mischte sich Lázló ein. Er war der Einzige, der sich immer noch jeden Tag rasierte und dadurch viel gepflegter aussah als die anderen Männer. »Ja. Vor ein paar Tagen habe ich bemerkt, dass wir beobachtet werden.« Er lachte in sich hinein. »Es waren junge Frauen, die noch nie Weiße gesehen hatten. Sie wollten mich nackt sehen, um zu überprüfen, ob ich überall so weiß bin. Ich habe es ihnen erlaubt und mir dann von ihnen ihr Dorf zeigen lassen.«

»Warum haben Sie uns nicht davon erzählt?« Villeneuve war hinzugetreten.

Lázló zuckte die Achseln. »Warum sollte ich? Es ist ja nicht so, dass wir abends am Lagerfeuer zusammensitzen und uns lustige Geschichten erzählen.«

Da hat er recht, dachte Paula, jeder war glücklich, wenn er sich unter sein Moskitonetz zurückziehen und den malträtierten Leib ausstrecken konnte. Tagsüber kämpfte man mit sich und der Hitze. Man konnte wirklich nicht behaupten, dass diese Reise sie zusammengeschweißt hätte, was Paula aber nicht mit großem Bedauern erfüllte. Nach dem merkwürdigen Gespräch der Männer, das sie im königlichen Palast belauscht hatte, war es ihr unmöglich, ihnen mit der gleichen Offenheit zu begegnen wie zuvor.

»Das liegt aber nur an den verdammten Moskitos.« Morten lächelte bei »verdammten« entschuldigend zu Paula hinüber. »Diese Insekten sind die wahre Strafe Gottes. Ich würde ansonsten sehr gern am Lagerfeuer sitzen, Rum trinken und mir anhören, was diese junge Dame uns zu erzählen hat.«

»Romantischer Unfug«, brummelte Villeneuve, »mir wäre viel lieber, wenn wir endlich auf der Plantage der jungen Dame angekommen wären und jeder seiner Wege gehen könnte.«

»Es gibt ein menschliches Bedürfnis nach Nähe.« Lázló grinste vielsagend, und Morten schloss sich an. »Es ist nicht gut, dass der Mensch allein sei. Und das hat Ranavalona II. genauso gesehen, warum sonst hätte sie uns angewiesen, zusammen zu reisen?«

Noria bat Paula, ihr mit dem Feuer und beim Kochen zu helfen. Das tat sie sehr viel ungenierter, seit sie Paulas Kleid getragen hatte, und Paula machte es nichts aus, denn je erschöpfter sie abends auf ihr Lager fiel, desto besser. Sie wollte ihr kostbares Petroleum nicht mit Lesen verschwenden.

Paula gab Reis und Wasser in einen Kochtopf und stellte ihn ins Feuer, während Noria ein mageres schwarzes Huhn köpfte und dann rupfte, das letzte von vier Hühnern, die sie mit auf die Reise genommen hatten. Während die Männer ausschwärmten, um zu jagen, breitete Paula die Matten rund um das Feuer aus und kochte einen Zitronengrastee.

Danach ging sie zurück zu der Stelle, wo sie an der Erde gerochen hatte, und betrachtete den Dschungel, der undurchdringlich vor ihr lag. War es richtig, sich den Weg gewaltsam frei zu schlagen? Würde sich dieser Urwald das gefallen lassen?

Berstendes Holz und knirschende Blätter hinter ihr brachten sie dazu, sich umzudrehen. Es war Villeneuve, der sein Gewehr über die rechte Schulter gelegt, aber keine Beute gemacht hatte. »Dieser verdammte Dschungel … Ich verstehe, warum die Eingeborenen hier alles niederbrennen, es ist die einzige Art, mit ihm fertigzuwerden. Aber es vernichtet kostbare Pflanzenschätze.«

Jedes Mal, wenn sie seine grimmige Miene betrachtete, fragte sie sich, warum er nicht öfter so freundlich sein konnte wie neulich nachts. Da hatte er sie mit seinen Worten berührt und neugierig gemacht, und sie wünschte, er würde sich öfter einmal wenigstens einen Spaltbreit für sie öffnen, aber sie wusste nicht, wie sie ihn dazu bringen konnte. Hin und wieder hatte sie beim Einschlafen darüber nachgedacht, ihn noch einmal auf die Sterne anzusprechen, aber dann liefen sie tagsüber in einer Kolonne hintereinander her, jeder nur davon absorbiert vorwärtszukommen. Und alle murrten, wenn Villeneuve einen Halt einlegen wollte, weil er glaubte, eine besondere Pflanze entdeckt zu haben. In den letzten Tagen war das aber nur sehr selten vorgekommen, und Paula hatte den Verdacht, dass er es ihr zuliebe aufgegeben hatte und plante, erst später, nachdem sie die Plantage erreicht hatten, mit Lázló genauer zu suchen.

Aber das waren nur Vermutungen, man redete nicht mehr viel. Beim Essen waren sie zwar alle zusammen, doch außer Mortens Dankesgebet wurde nichts gesprochen.

Jetzt wäre vielleicht eine gute Gelegenheit, dachte sie und überlegte, wie sie beginnen könnte.

»Sie müssen sich zusammenreißen und mehr essen«, sagte Villeneuve und sah ihr direkt in die Augen. Seine Pupillen waren groß, fast als ob er Fieber hätte.

Paula war zu erschöpft, um ihm eine pampige Antwort zu geben, denn natürlich ging ihn das nichts an. »Ich tue mein Bestes.«

»Mir ist schon klar, dass Sie Besseres gewohnt sind …«, begann er und reizte sie nun doch wieder.

»In der Tat, meine Eltern haben drei Köchinnen beschäftigt …« Besonders nachdem Vater tot war, dachte Paula, als ihre Mutter das letzte Geld in ihre Verheiratung gesteckt und sie nur noch Haferbrei in allen Variationen gegessen hatten.

Aber diesmal ging er nicht auf sie ein. »Ihre Kleider umschlottern Sie. Oder sind Sie krank?«

»O nein, ich fühle mich prächtig.« Ja, so wie sich ein alter Hund kurz vorm Sterben fühlt.

Er trat näher zu ihr, und sein Geruch stieg in ihre Nase, nur noch holziger Schweiß, mit einer leichten Note von Labdanum, kretischer Zistrose. Nicht unangenehm.

»Haben Sie Fieber?« Er legte seine Hand unter ihr Kinn und musterte sie so eindringlich, dass Paula nicht wusste, wo sie hinschauen sollte.

»Nein, mir fehlt nichts, was ein heißes Bad nicht in Ordnung bringen könnte.«

Villeneuve starrte auf den Dschungel vor ihnen und schüttelte den Kopf. »Ich fürchte, darauf werden Sie noch sehr lange warten müssen. Und ist der Duft von Vanille Ihnen das alles wert?«

»Es ist doch viel mehr als nur das. Es geht um das Erbe meiner Großmutter.«

»Aber es handelt sich doch um eine Vanilleplantage, oder nicht?«

»Soweit ich weiß, schon. Was haben Sie gegen Vanille?«

»Ist mir zu süß.«

»Und was ist gegen Süße einzuwenden?« Wie konnte man im Ernst etwas gegen Vanille haben, man hatte doch auch nichts gegen die Sonne oder gegen das Glück.

»Süß ist falsch. Verlogen.«

»Unsinn!«

»Nur Scharlatane glauben an süße Wunder und dergleichen Unsinn. Aber das Leben ist nicht süß, und es hat nichts davon für uns vorgesehen.«

»Und warum ist dann Muttermilch süß?« Sie war gespannt, ob er das etwa auch noch leugnen wollte. »Die erste Speise, die unsere Geschmacksknospen berührt, ist süße Milch!«

»Das ist für Säuglinge, aber so wie wir über das Kindsein hinauswachsen, müssen wir auch das Süße hinter uns lassen, weil es eine Lüge ist. Denn die Süße leugnet den Schmerz, und alles, was der erwachsene Mensch erlebt, ist eine Art von Schmerz, es gibt nichts anderes.«

»Und was ist mit der Liebe?«, fragte Paula und verwünschte sich selbst, was war denn das für eine Frage? Ausgerechnet von ihr, die noch niemals jemanden geliebt hatte, außer ihrem Bruder und ihrem Vater.

Villeneuve kratzte sich über die Stoppeln seines Dreitagebartes. »Da haben wir es erneut. Eine Liebe, die süß genannt wird, widert mich an, sie ist ein Monstrum, ein Unding.« Sein Ton triefte vor Spott. »Das ist genau dieser Unsinn, den junge Mädchen in der *Gartenlaube* lesen, für bare Münze nehmen und sich so für den Rest ihres Lebens ins Unglück stürzen.«

Paula dämmerte langsam, was er meinte.

»Das Süße ist doch nur eine Facette vom Ganzen, die genauso zum Leben gehört wie das Bittere, das Saure oder Salzige.«

»Nein, das Süße ist eine Lüge.«

»Aber es existiert doch! Natürlich gibt es die Süße nicht allein, so wie man auch kein gutes Parfüm kreieren kann, nur mit einem süßen Duft, man braucht auch alle anderen Nuancen.«

Unwirsch rammte Villeneuve sein Gewehr zwischen seinen Beinen in den Boden. Gerade als er etwas sagen wollte, rannte Morten auf sie zu und winkte mit einem fetten Hasen, den er an den Ohren gepackt hielt. »Und, haben Sie etwas geschossen?«, rief er schon von Weitem. Seine Flinte hing rechts über seiner Hüfte, was ihm zusammen mit dem Bart ein gefährliches Aussehen verlieh. Als er bei ihnen angelangt war, sah er beunruhigt von Paula zu Villeneuve. »Ist alles in Ordnung mit Ihnen?«

»Ja.« Villeneuve legte sein Gewehr wieder über die Schulter. »Wir sollten zurück ans Feuer gehen.«

Am Feuer duftete es nach Ingwer, Paprika und dem Huhn, das im Wasser kochte. Noria freute sich über den Hasen, nahm ihn Morten ab und fragte besorgt nach Lázló. Paula wusste, dass die beiden seit Ambohimanga jede Nacht beieinanderlagen, das war nicht zu überhören. Und zu ihrem großen Entsetzen musste sie sich eingestehen, dass sie Noria beneidete, obwohl sie selbst kein Interesse an Lázló hatte. Das unerträglich entspannte Lächeln der beiden am Morgen, dieses Glück, das durch ihre Haut schimmerte, weckte eine Sehnsucht in ihr, die ihr unheimlich war und die sie sofort unterdrücken musste, um nicht von Trauer überflutet zu werden. Und in besonders gereizten Momenten fragte Paula sich, was zum Teufel der schöne Lázló an Noria so anziehend fand.

Norias Sorge um Lázló war berechtigt, denn es war wirklich ungewöhnlich, dass er nicht da war. Sobald das Essen gekocht wurde, tauchte er sonst auf, doch weil jetzt alle Hunger hatten, beschlossen sie, ohne ihn zu essen, und obwohl sie nie viel redeten, fehlte er ihnen. Paula fand es auch merkwürdig, ohne die Träger zu essen, und sie dachte mit Schaudern daran, wie hilflos sie ohne sie waren.

Die Suppe, die schon so lecker roch, war noch nicht fertig, was an dem zähen Huhn lag, das sehr lange gekocht werden musste, um essbar zu sein. Außerdem war sie für das

Abendessen gedacht, jetzt gab es nur Reis, den Noria nach dem Kochen für sie noch zusammen mit den letzten Zwiebeln angebraten hatte.

»Es sind heute viel weniger Mücken da als sonst«, sagte Morten, nachdem er das Dankesgebet gesprochen hatte.

»Ich frage mich, wo Lázló bleibt.«

»Er hat vielleicht einen Bären erlegt.« Morten lachte demonstrativ, und Paula wusste, er hoffte, jemand würde sagen, dass es auf der Insel weder Bären, Löwen noch Elefanten gab, nur damit er dann verkünden könnte, er hätte ja nur einen Scherz gemacht. Aber niemand tat ihm den Gefallen. Dieses Tapsige, Bärenhafte, was ihr am Anfang der Reise an ihm so gut gefallen hatte, reizte sie immer öfter und kam ihr aufgesetzt vor.

Villeneuve schaufelte den Reis in sich hinein, als hätte er seit Tagen gehungert, und Paula versuchte es ihm nachzutun. Er hatte recht, sie durfte nicht weiter abmagern, sie brauchte Kraft, um weiter voranzukommen. Paula grinste unwillkürlich, weil sie an ihr Gespräch von vorhin dachte. Denn etwas Süßes wäre dabei äußerst hilfreich, so etwas wie ein Pudding mit vielen Eiern, Mehl, Milch, reichlich Zucker und Vanille.

Als sie mit dem Essen fertig waren und Lázló immer noch nicht zurück war, breitete sich Norias Beunruhigung auch auf Paula, Morten und Villeneuve aus.

»Es muss ihm etwas passiert sein!« Paula sprach aus, was alle dachten.

»Lázló ist zwar ein elender Schürzenjäger, aber er kann gut auf sich selbst aufpassen, er fällt immer auf die Füße. Und es gibt hier, wo wir sind, weder gefährliche Tiere noch

Kannibalen.« Villeneuve versuchte sie zu beruhigen, aber Paula fand, es klang, als müsste er sich selbst überzeugen.

»Im Süden gibt es Kannibalen, das habe ich bei Ellis gelesen«, widersprach Morten, was Noria trotz ihrer Sorge um Lázló zu einem belustigten Kichern brachte.

»Sie sollten nicht alles glauben, was die Europäer über unsere Insel schreiben.«

»Selbst wenn er nicht Menschenfressern zum Opfer gefallen ist, so kann er genau wie ich neulich in ein Schlammloch gestürzt sein. Und es gibt hier Schlangen, giftige Spinnen und diese winzigen giftigen Goldfröschchen.«

»Wir müssen ihn suchen.« Morten war aufgestanden. »Alle!«

»Paula, Sie bleiben hier!«, kommandierte Villeneuve, aber allein sein Ton brachte Paula dazu aufzuspringen und seine Anweisung empört zurückzuweisen.

»Jeder ist hilfreich!«, unterstützte Morten sie.

»Aber die Suppe muss noch weiter kochen, und jemand muss beim Feuer bleiben, es wäre Verschwendung, es ausgehen zu lassen.« Noria trötete in das gleiche Horn wie Villeneuve, und sie hatte leider recht. Es war eine elende Plackerei, das Feuer mit dem feuchten Holz zu entzünden.

»Noria, dann bleiben Sie doch beim Feuer!«, entfuhr es Paula.

»Sie ist uns bei der Suche weitaus hilfreicher und findet immer wieder hierher zurück. Außerdem ...«, Villeneuve zwinkerte Paula zu, »... macht Noria sich so große Sorgen, als wäre sie sein Weib, das sollten wir respektieren!«

Zähneknirschend ergab sich Paula und blieb beim Feuer sitzen.

Die anderen schwärmten in drei Richtungen aus, jeder hatte ein Gewehr mitgenommen, und für den Fall, dass sie Hilfe bräuchten, vereinbarten sie, zweimal in die Luft zu schießen.

Zum ersten Mal war Paula ganz allein am Feuer. Nur noch zehn Tage, hatte Noria angekündigt, nur noch zehn Tage, dann hatten sie es geschafft.

Ach ja, und was genau hast du dann geschafft, Paula?, meldete sich ihre bösartige innere Stimme. Dann sitzt du im besten Fall allein auf einem Stückchen Land, das dir nicht gehört, und alles andere wird die Zukunft erst noch zeigen.

Sie griff nach der Phiole an ihrem Hals, schraubte den winzigen Deckel ab und roch daran, um sich Mut zu machen. Sie würde das schaffen. Das war sie sich schuldig.

Der Suppentopf schwankte, weil sich die Scheite unter ihm langsam in Asche verwandelten. Paula stand auf, legte einen Scheit nach und stellte den Suppentopf wieder gerade. Dann drehte sie sich um, weil sie ein Geräusch hinter ihrem Rücken wahrgenommen hatte. Aber da war niemand. Paula lief ein paar Schritte in die Richtung, aus der das Geräusch gekommen war, konnte aber nichts entdecken, auch kein Tier. Sie wollte sich nicht mehr hinsetzen, in ihren Beinen kribbelte es, obwohl ihr Körper müde von dem anstrengenden Marsch war, den sie heute schon hinter sich gebracht hatte.

Immer noch hatte niemand in die Luft geschossen, und es war auch niemand zurückgekommen. Sie ging zum Feuer zurück und rührte lustlos in der vor sich hin köchelnden Suppe. Hinter ihr knackste es, aber als sie nachsah, bewegte sich nichts.

Sie drehte eine Runde um die Zelte, dann noch eine, und plötzlich kam es ihr in den Sinn, was für eine gute Gelegenheit es wäre, sich in den Zelten ihrer Reisegefährten umzusehen. Jedenfalls für eine sehr neugierige und unverschämte Person. Und zum Glück war sie weder so neugierig, noch … Wem willst du eigentlich etwas vormachen, höhnte ihre innere Stimme, du stirbst doch vor Neugier! Sie blieb vor Villeneuves Zelt stehen und spähte hinein. Es sah genauso aus, wie sie es in Erinnerung hatte, nur schmutziger. Nein, was auch immer sein Geheimnis war, Paula hatte Angst, dass sie damit nicht fertigwerden würde – sein Zelt zuletzt.

Sie rannte zu Lázlós Zelt, betrat es dann aber nur zögernd, während ihr Herz schneller klopfte. Das gehört sich nicht, hämmerte es in immer schnellerem Rhythmus. Doch sobald sie im Zelt war, schlug ihre nervöse Stimmung um, ihr Herz beruhigte sich. Sie gähnte unwillkürlich und verspürte große Lust, sich auf der bunten Matte am Boden auszustrecken. Und als sie in die Hocke ging, wurde ihr auch klar, warum. Ihre Nase erkannte jetzt den Geruch nach süßlich-bittersinnlichem Tabakholzrauch, den Duft von schwarzer Ambra, sehr deutlich. Unfassbar, wie stark sie darauf reagiert hatte. Und obwohl ein Teil von ihr sich immer noch am liebsten auf der bunten Matte am Boden gerekelt hätte, verbot sie es sich, weil sie sich jetzt wie ein gemeiner Eindringling fühlte, wie ein Voyeur, der andere heimlich bei ihrer Toilette beobachtet. Lázlós Habseligkeiten passten in einen kleinen Sack, und es gab keine Möbel. Sie verließ das Zelt wieder, ohne in den Sack geschaut zu haben, und überprüfte das Feuer, das träge vor sich hin zitterte. Dann sah sie sich nach den Trägern um, aber noch war keine Spur von ihnen zu entdecken. Sie nahm sich das Zelt von dem Mann vor, der sie in dem belauschten Gespräch am meisten enttäuscht hatte.

Hier roch es nach Morten, Kümmel, Holunder, aber auch nach Rum und Lederfett. Es gab ein Klappfeldbett mit einer schmuddeligen Decke, einen Klappstuhl, über den Kleider gebreitet waren, und zwei Truhen. Auf der einen lag neben einem silbernen Kruzifix eine Bibel. Neugierig las Paula die aufgeschlagene Stelle, und sie war überrascht, dass es keine norwegische Bibel, sondern eine deutschsprachige war. Aber dann erinnerte sie sich an seine Großmutter aus Lüneburg, die ihm Grimms Märchen erzählt hatte.

Das Ende der falschen Propheten Hesekiel 13/18
Weiter sagte der HERR: Du Mensch, wende dich gegen die Frauen deines Volkes, die nach ihrem eigenen Gutdünken prophezeien, und kündige ihnen mein Strafgericht an!
18 Sag zu ihnen: Das sagt der HERR, der mächtige Gott, zu euch: Weh euch Seelenfängerinnen, die ihr für jedes Handgelenk die passenden Zauberbänder näht und magische Schleier für jede Kopf- und Körpergröße! Ihr spielt mit dem Leben der Menschen in meinem Volk. Und da meint ihr, ihr könntet euer eigenes Leben retten?

Paula fand das eine eigenartige Stelle und überlegte, warum Morten sich damit beschäftigte.

Lauter, monotoner Singsang drang an ihre Ohren. Schleunigst verließ sie Mortens Zelt und entdeckte, dass die Träger zwei neue Männer im Schlepptau hatten. Alle sangen die immer gleichen Reime und schwangen dazu die neuen, in der Sonne funkelnden, an der Spitze gekrümmten Coup-Coups in ihren Händen. Unwillkürlich schoss Paula der Gedanke durch den Kopf, dass die Träger ihnen damit sehr leicht die Kehle durchschneiden könnten. Unsinn, beruhigte sie sich, wenn sie das gewollt hätten, dann wäre das längst passiert. Und warum sollten sie das auch tun? Sie wurden gut bezahlt.

Das laute Singen brachte auch Villeneuve, Morten und Noria wieder zurück zum Lager.

»Nichts, er ist spurlos verschwunden.« Villeneuve erreichte sie als Erster, trocknete sich Stirn und Hals mit einem Taschentuch ab und nahm dann einen Schluck aus seiner Wasserflasche.

»Aber das ist unmöglich.« Norias dunkle Haut wirkte fahler als sonst. »So schnell kann nicht einmal unser tropischer Regenwald die Spuren eines Menschen verwischen.«

Morten goss Tee in einen Becher. »Als ob er sich in Luft aufgelöst hätte.«

»Und wenn er verschwinden wollte?«, fragte Paula, der es widerstrebte, sich Lázló irgendwo hilflos oder auch nur verwundet vorzustellen.

»Unsinn. Wahrscheinlich hat er sich nach Pflanzen umgesehen, dazu sind wir ja schließlich hier.« Villeneuve wies mit den Händen auf den Dschungel, der sie umgab.

»Vielleicht hat es ihm eine Dorfschöne angetan?« Paula vermied es, Noria anzusehen.

»Unsinn!« Noria funkelte Paula wütend an. »Was sollte er denn mit diesen Landpomeranzen, mit denen kann er nicht mal reden.«

»Vielleicht ist es gerade das …« Villeneuve probierte ein

halbherziges Grinsen und zuckte dann mit den Schultern. »Aber ich glaube es auch nicht wirklich.«

»Dann dürfen wir nicht aufgeben und sollten noch einmal nach ihm suchen, vielleicht können uns ein paar der Träger unterstützen«, schlug Paula alarmiert vor. »Diesmal komme ich mit. Ich brauche nur ein paar Minuten, dann bin ich bereit.« Sie stockte, sagte dann aber entschlossen: »Ich konnte ja vorhin nicht weg vom Feuer.« Es war ihr auch nach drei Wochen Reise, und sogar jetzt angesichts ihrer Sorge um Lázló, immer noch peinlich, ihre Körperfunktionen zu erwähnen, und sie verabscheute die derben Witze ihrer Gefährten zu diesen Themen. Sie fand sich selbst zimperlich und verwünschte die damenhafte Erziehung ihrer Mutter, die wirklich ganze Arbeit geleistet hatte. Wenigstens wurde sie nicht mehr rot, wenn das Thema darauf kam.

Sie schlug sich in den Dschungel und suchte einen geeigneten Platz, was angesichts der vielen Insekten jedes Mal wieder eine Herausforderung war. Als sie zurückgehen wollte, stolperte sie über einen ihrer Schnürsenkel und bückte sich, um ihn zuzubinden. Ein vertrauter Geruch stieg ihr in die Nase. Schwarze Ambra. Sie hielt inne, richtete ihre Kleider wieder und beugte sich dann vor. Tatsächlich, Lázló war hier gewesen. Sie schnupperte und hatte das Gefühl, der Duft würde Richtung Osten stärker, und sie folgte ihrer Nase. Es sah nicht so aus, als ob hier jemand entlanggegangen wäre, und ohne den Geruch wäre sie nie auf die Idee gekommen, dass ein Mensch sich den Weg durch das Dickicht gesucht hatte.

Unvermittelt senkte sich der Boden überraschend steil nach unten ab. »Lázló?«, rief sie nach unten, und lauter:

»Lázló!« Niemand antwortete. Aber Paula war überzeugt, dass sie auf dem richtigen Weg war, und begann hinunterzuklettern. Es war ein mühsames Unterfangen, denn sie musste sich an Lianen festhalten, deren Oberfläche so glitschig von feuchten Flechten war, dass sie ständig mit den Händen abrutschte und das Gleichgewicht verlor. Der Abhang bestand aus Steinen, die nur mit wenig roter Erde zusammengehalten wurden. Bei jedem Schritt lösten sich Steine und kollerten nach unten. In kürzester Zeit waren ihre Hände wund und aufgeschürft, und vom ständigen Straucheln und Schlittern sogen sich ihre Kleider voll mit feuchter Erde. Dann, kurz bevor sie es geschafft hatte, musste sie noch zwei Baumstümpfe überklettern. Sie hielt sich an einem Baumstamm fest, und sofort jagte ein stechender Schmerz vom Handteller durch ihren Körper. Sie japste nach Luft und entdeckte viel zu spät die Ameisenstraße auf dem Stamm, an dem sie sich abgestützt hatte. Der Schmerz in ihrer Hand war gewaltig, vergleichbar mit dem Stich von drei Wespen, und trieb ihr die Tränen in die Augen. Ruhig bleiben, Paula, das ist nichts wirklich Gefährliches, und es gibt schlimmeren Schmerz, sehr viel schlimmeren.

Mit verschleierten Augen sah sie sich nach Aloen um, die im Dschungel manchmal auch wuchsen. Hier natürlich nicht, zu wenig Licht. Sie verfluchte sich, sie verfluchte diese elende Insel, und sie verfluchte vor allem Lázló und ihre Nase, die sie hierher gelockt hatte. Sie musste noch ein Stück weiter klettern, dann hatte sie endlich den tiefen Absatz erreicht. Sie bekam nur schwer Luft, ihr Handteller war schon auf das doppelte angeschwollen.

Hier unten floss ein schmales Rinnsal. Es sah aus, als wäre

es der Abfluss aus einem übervollen Fluss oder Bach. Paula roch nichts mehr von schwarzer Ambra, nur noch Moder, Pilze und süßlich verrottende Pampelmusenschalen. Na bravo, Paula, lobte ihre innere Stimme, ein Glanzstück, diese ganze Anstrengung umsonst, jetzt musst du wieder hochklettern, und oben angekommen musst du dir auch noch Kommentare über deine schlechte Verdauung und über deine Unachtsamkeit anhören. Sie wandte sich zurück zum Hang, aber aus den Augenwinkeln heraus hatte sie etwas wahrgenommen. Sie drehte sich zurück und suchte nach dem, was da gerade ihre Aufmerksamkeit erregt hatte.

Fußspuren, da waren Fußspuren. Jemand war hier gewesen. Keine nackten Füße, sondern es waren Abdrücke von Schuhsohlen. Sie stellte ihre Füße daneben, die Abdrücke waren viel größer, und weil sie frisch waren, konnten sie nur von jemandem aus ihrer Gruppe sein, Villeneuve, Morten oder Lázló. Ich werde ihnen nachgehen, bevor ich die anderen alarmiere, beschloss sie, wo ich schon mal hier unten bin.

Aber sie fühlte sich nicht wohl. Hier zwitscherten überhaupt keine Vögel, und sie hörte nicht einmal mehr Insekten. Nur ihren raschelnden Rock. Es war hier unten noch dämmriger als sonst im Regenwald, die Sonnenstrahlen wurden schon weit oben von den Blättern der hohen Bäume abgefangen, die nur wenig dunkelgrün gefiltertes Licht zu ihr nach unten durchließen. Mit jedem Schritt, den sie den Fußspuren am Rinnsal entlang nach Süden folgte, stieg ihre Beklemmung. Sie sah sich ständig um, so wie vorhin am Lager, aber außer ihr war niemand da. Ich sollte zurückgehen, dachte sie. Und zwar so schnell wie möglich, doch ihre Füße trugen sie weiter vorwärts. Es widerstrebte ihr, laut nach Lázló zu rufen, das wäre so, als ob man Geister aus dem Grab rufen würde, hier sollte man flüstern.

Paula blieb stehen, wischte die Tränen aus ihren Augen und bückte sich nach einem feuchten Blatt, das sie auf ihre Handfläche presste, um den Schmerz zu lindern. Wenn ich ihn in den nächsten Minuten nicht finde, dann muss ich wieder zurückgehen. Das Rinnsal wurde breiter, und plötzlich waren die Fußspuren verschwunden, als ob sie nie da gewesen wären.

Paula starrte entgeistert auf das Wasser. Weg. Einfach weg. Lag das daran, dass seine Spuren überspült worden waren, hatte ihn das Rinnsal verschlungen, oder war Lázló von hier nur in eine andere Richtung gelaufen?

Ein leises Wimmern drang an ihre Ohren. Lázló! Sie versuchte sich zu konzentrieren, von wo kam das? Sie musste das Rinnsal verlassen und sich nach links, weiter in den Wald schlagen. Wie hatte Lázló das nur geschafft? Sie schlängelte sich unter zwei umgestürzten Baumstämmen hindurch, lief schneller, quetschte sich durch eine Hecke aus dichten grünen Blättern, immer in die Richtung, aus der das Wimmern kam.

Lázló musste verletzt sein, und sie hatte kein Gewehr dabei, um die anderen zu verständigen. Ich wollte auch nur kurz austreten, beschwichtigte sie sich, diese Suchaktion war nicht geplant. Ob die andern sie schon vermissten? Noria und die Träger würden sie sicher finden, würden die abgebrochenen Ästchen sehen, die frischen Trittspuren. Lázló musste doch auch welche hinterlassen haben, fiel ihr ein, aber der Wald wirkte völlig unberührt von menschlichen Spuren, nur das Wimmern wurde noch lauter. Sie atmete tief ein und aus und klebte sich noch ein feuchtes, kühles Blatt auf ihren heiß pochenden Handteller.

Keine Spur von Lázló. Nichts.

Das Wimmern musste irgendwo hier aus der Nähe kommen. Sie drehte sich einmal um die Achse. Kein Lázló.

Jetzt schrie sie doch wütend seinen Namen in den Dschungel: »Lázló!« Nichts. Sie wandte den Blick nach oben, er saß ja wohl nicht etwa oben in einem Baum und lachte sich ins Fäustchen über ihre Unfähigkeit?

Ihre Augen glitten über glatte und geschuppte Stämme, über Äste mit Blättern, über die verholzten Schlingpflanzen, die die Bäume umschlangen wie Fatschenbänder einen Säugling.

Nein, er war nicht da, und das Wimmern hatte auch aufgehört.

Was mache ich hier? Ich wollte nichts anderes, als auf der Plantage meiner Großmutter Vanille anzubauen, und nun stehe ich hier, immer noch Meilen von diesem Ort entfernt, umzingelt von tödlicher Natur. Ich muss zurück, bevor ich mich unrettbar verlaufe. Aber wo, verdammt, war das Rinnsal, in welcher Richtung? Du musst vor allem ruhig bleiben, beschwichtigte sie sich, es kann nicht so schwer sein, schau dich einfach nur nach abgebrochenen Ästen und frischen Fußspuren um.

Sie richtete ihre Augen auf den Boden. Da war eine Rutschspur auf den toten Rindenstücken und Blättern. Erleichtert lief sie darauf zu. In diesem Moment fing das Wimmern wieder an, nein, dachte sie, nein, dieses Wimmern ist nur eine teuflische Fata Morgana in meinen Ohren. Es ist gar nicht da.

Aber es wurde lauter.

»Lázló!«, schrie sie jetzt mehr als wütend. »Wo sind Sie?«

Wenn er wirklich schwer verletzt ist, kann er vielleicht keine lauteren Geräusche von sich geben, mahnte ihre innere Stimme sie. Sie lief zurück, lauschte intensiv, ging wieder ein paar Schritte, dann sah sie sich um. Lázló war definitiv nicht hier. Wenn er da wäre, müsste er dort drüben, rechts, bei dem Baum mit der gespaltenen Rinde liegen. Aber da war nur ein großer schwarzer Ameisenhaufen, sonst nichts.

Vorsichtshalber trat sie noch ein paar Schritte näher. Nein, da war niemand. Das Wimmern war wieder verstummt. Es blieb still, wenn man von den leisen Fress-, Schwirr- und Summgeräuschen der Insekten absah, von denen es hier wieder jede Menge gab.

Jetzt war es genug, sie musste zurück. Das Blatt auf ihrer pochenden Hand war schon wieder trocken, sie bückte sich nach einem neuen.

Und da sah sie es.

Es war grauenhaft.

Sie rannte weg, wurde vom nächsten Baumstamm wieder aufgehalten, rutschte und stolperte, weg, nur weg von hier. Was für ein barbarisches Land! Was für eine Hölle.

14

Was hilft ein goldener Galgen, so man daran hängen muss?

So ein Fehler sollte mir nicht mehr unterkommen. Was für ein dummer Einfall, ausgerechnet sie allein im Lager zurückzulassen. Natürlich gibt sie vor, reinen Herzens zu sein, das muss sie auch, denn es wäre viel zu gefährlich, offen darüber zu reden, was sie umtreibt. Aber ich bin sicher, das ist alles nur Tarnung, und wenn sie nur halb so schlau ist wie ich, dann hat sie ihre Zeit allein im Lager gut genutzt und unsere Zelte durchsucht. Irgendetwas hat sie misstrauisch gemacht, aber ich weiß nicht, was es ist. Immerhin habe ich dafür gesorgt, dass alles genau so aussieht, wie man es sich vorstellt.

Weit kann sie nicht gekommen sein, denn dann hätte sie es finden müssen, und wenn sie es entdeckt hätte, könnte sie mir nicht mehr so unbefangen entgegentreten, dann hätte sie mich zur Rede gestellt. Oder hat sie es gefunden, aber nicht verstanden, was es bedeutet? Nein, das kann ich mir nicht vorstellen. Wenn ihre Großmutter die bösartige und zerstörerische Frau war, als die wir sie kennen, und wenn Mme. Kellermann auch nur einen Bruchteil davon geerbt hat, dann wird sie die richtigen Schlüsse ziehen.

Ich fürchte, ich habe es falsch angepackt und sie immer noch weiter verärgert, anstatt sie weich und gefügig zu machen, aber ich werde einfach nicht schlau aus ihr. Nie verhält sie sich so, wie ich es von einem Frauenzimmer gewohnt bin, ach was, Unfug, ich habe ihr nicht genug Aufmerksamkeit gewidmet, habe mich gehen lassen und dem Dschungel erlaubt, die Herrschaft zu übernehmen. Das muss sich ändern, ab jetzt darf ich sie nicht mehr aus den Augen lassen. Ich werde nicht zulassen, dass unsere Familie zweimal an diesen Frauen scheitert. Nicht, nachdem ich Edmond getroffen habe.

15

Geranium

Pelargonium odoratissimum Willd., P. capitatum Ait., und P. roeseum Wild., ergeben ein dem Rosenöl ähnliches, liebliches Öl, es ist meistens gelblich, bräunlich oder grünlich gefärbt, nur das Öl von Réunion besitzt eine schöne grüne Farbe.

Paula stürmte voran, verfing sich in einer Liane, fiel hin, richtete sich wieder auf und hetzte weiter. In ihren Ohren war das Wimmern zu einer Kakophonie angeschwollen, zu einem hundertfachen Chor. Welcher Irrsinn hatte sie nur dorthin geführt? Wer tat ihr das an? Sie musste weg. Kalter Schweiß tränkte ihre Kleider, die sie hochgerafft hatte, um schneller rennen zu können. Ihr ganzer Körper war nur noch eine brutal hämmernde Trommel, weg, nur weg, weg, weg!

Tränen stürzten aus ihren Augen, und ihr war schlecht, so schlecht. So etwas Grauenhaftes hatte sie noch nie zuvor gesehen, nicht einmal an dem Tag, an dem sie beinahe gestorben wäre. Gestorben, hämmerte ihr Herz, gestorben! Sie fiel wieder hin, japste nach Luft und blieb liegen, immer noch das Wimmern in ihren Ohren, das an- und abschwoll wie der warnende Chor in der Tragödie.

Aber sie lebte. Sie war nicht tot, sie lebte, sie fühlte. Sie fühlte das Brennen in ihrer Hand, spürte den weichen, feuchten Boden unter ihrem Körper. Sie stützte den Kopf in ihre Hände und versuchte die Kontrolle über ihren Körper zurückzubekommen. Atme langsamer, befahl sie sich, atme! Paula, nicht weglaufen, du musst nachdenken, was zu tun ist.

Das kannst du nicht vergessen, das wirst du niemals vergessen, egal wie schnell du jetzt rennst. Und auch, wenn du es niemandem sagst, wirst du es wissen.

Du wirst es wissen.

Du hast es gesehen, und du hast es gehört.

Es hat gewimmert.

Es lebt.

Es fühlt.

Paula ging auf die Knie und musste sich übergeben, Krämpfe durchzuckten ihren schmalen Leib, das Abendessen verließ ihren Körper. Sie wischte sich den Mund am Ärmel ihrer Bluse ab und richtete sich auf. Das Wimmern in ihrem Kopf hatte aufgehört und gespenstischer Stille Platz gemacht. Immer noch zittrig versuchte sie nun gleichmäßiger zu atmen.

Was hatte sie getan?

Sie musste wahnsinnig sein, der Dschungel machte sie alle verrückt. Sie musste sofort zurück, auf der Stelle! Sie sah sich um, entdeckte ihre Spuren, die geradezu eine Schneise hinterlassen hatten, und lief zurück. Erst langsam, dann immer schneller und schneller. Und jetzt verfluchte sie die Stille und wünschte sich das Wimmern zurück. Blieb stehen, lauschte und hoffte, aber die Stille blieb.

Ich muss es finden, ich muss. Sie verlangsamte ihre Schritte, um nur ja nicht in die Irre zu gehen, untersuchte den Boden und die Äste auf Fußspuren und fand schließlich den Weg zurück.

Dort angekommen bückte sie sich, holte tief Luft und grub mit bloßen Händen den Säugling aus dem riesigen Ameisenhaufen aus, in dem es von roten Ameisen nur so wimmelte.

Sofort spürte sie zahllose stechende Bisse, die Ameisen verteidigten ihren Schatz, krabbelten die Arme hoch in die Ärmel, in ihre Achseln, hoch zu ihrem Hals, überfielen sie zu Dutzenden. Paula biss die Zähne zusammen, zog den Säugling hoch und erschrak, als sie die pulsierende, monströs dicke und rot geschwollene Nabelschnur an seinem Bauch sah. Dann erkannte sie, dass das Pulsieren von unzähligen wimmelnden Ameisen herrührte, die dabei waren, die Nabelschnur zu zerlegen und zu fressen. Sie schluckte, beeilte sich dann, die Ameisen wegzuschnippen, und erschrak, als plötzlich die ganze Nabelschnur abfiel.

Das war ihre Chance, sie befreite das Kind von den restlichen Ameisen, nahm es auf den Arm, dann schüttelte und drehte sie sich auf der Stelle, um die Ameisen von sich herunterzubekommen. Sie musste weg von dem Haufen, denn die Biester begannen nun auch ihre Füße zu attackieren, im Laufen versuchte sie weitere Ameisen loszuwerden und die restlichen zu zerquetschen. In der Nähe des Rinnsales hatte sie es endlich geschafft, blieb keuchend stehen und betrachtete das Kind genauer.

Es war ein Junge, und er hatte vor allem in der Nähe des Bauchnabels rote und offene Bisswunden, aber er würde es vielleicht überleben. Sie riss mit einer Hand einen Streifen aus ihren Rock, in den sie den Jungen dann wickelte. Sie war überrascht, wie leicht er sich anfühlte, als sie ihn wieder in ihren Arm legte. In diesem Augenblick öffnete er die Augen. Riesige schwarze Pupillen sahen sie an, dann fielen seine Lider sofort wieder zu. Paula war erleichtert, dass die Ameisen seine Augen verschont hatten. Jetzt musst du dich auf den Rückweg konzentrieren, dachte sie und war erstaunt, wie leicht es ihr fiel, jegliche Gefühle im Keim zu ersticken. Und sie verbot es sich, darüber nachzudenken, was dieser Fund für sie und ihre Reisegefährten bedeuten würde.

Als sie endlich die Stelle mit Lázlós Fußspuren gefunden hatte, wurde ihr klar, dass sie sich das Kind um den Leib binden musste, um dort wieder hochklettern zu können.

Sie riss noch zwei Streifen von ihrem Rock ab, die sie verknotete, band sich den Jungen dann auf den Bauch und stieg den glitschigen, steinigen Abhang wieder hinauf.

16

Jasmin

Die Jasminblüten von Jasminum grandiflorum und Jasminum odoratissimum L. zählen zu den wertvollsten Blüten für den Parfümeur. Ihr Geruch ist herrlich, mild und so eigentümlich, dass er mit nichts verglichen und daher auch nicht künstlich nachgeahmt werden kann.

Eigentlich hatte Paula damit gerechnet, dass man oberhalb des Abhangs schon auf sie warten würde, und sie war überrascht, dass weit und breit niemand zu sehen war. Sie schleppte sich mit dem Kind zum Lager, und dann wurde ihr klar, warum niemand nach ihr suchte. Man saß glücklich vereint um das Feuer herum, die Träger, Noria, Morten, Villeneuve und der vermisste Lázló. Sie tranken ganz offensichtlich Rum, und jeder von ihnen schwenkte ausgelassen sein neues Buschmesser, auch alle ihre Reisegefährten.

Als Paula näher kam, erstarben die Gespräche, ein Träger nach dem anderen sprang auf, deutete auf das Kind an ihrem Bauch, und dann rotteten sie sich aufgebracht zu einer Gruppe zusammen. Villeneuve, Morten und Lázló wirkten wie erstarrt, einzig Noria rannte auf sie zu. Paula glaubte, es hätte etwas mit weiblichen Instinkten zu tun, und hoffte, sie würde ihr das Kind abnehmen, aber Noria blieb mit verschränkten Armen vor ihr stehen.

»Halt, warten Sie, die Träger wollen nicht, dass Sie näher kommen.«

»Aber warum denn nicht?« Paula hätte sich gern hingesetzt und etwas getrunken, überall an ihrem Körper stachen und brannten die Bisse der Ameisen. Sie ignorierte Noria und ging an ihr vorbei. Jetzt stürmten Villeneuve und Morten zu ihnen.

»Was ist das?«, fragte Morten und deutete entsetzt auf das Kind.

»Ein Elefant!« Paula war am Ende ihrer Geduld. »Ein Säugling, den ich aus einem Ameisenhaufen gerettet habe.«

Noria zuckte zusammen. »Das ist Fady!«, stieß sie hervor.

»Was soll das heißen?« Paulas Knie schlackerten hin und her, die Ameisenstiche brannten auf ihrem Körper, und sie fühlte sich, als ob sie Fieber hätte. Das Bündel vor ihrem Bauch zog sie schwer nach vorn, und sie wollte es loswerden.

»Dieses Kind wurde ausgesetzt«, erklärte Noria mit zusammengekniffenen Augen, »es sollte sterben. Sie müssen es dahin zurückbringen, wo Sie es gefunden haben.«

Paula sackte auf die Knie, sie band das Kind von ihrem Bauch los. Die Träger waren jetzt in hellem Aufruhr und schwenkten drohend ihre Messer. László versuchte offensichtlich, sie zu beruhigen.

»Zurückbringen? Das ist nicht Ihr Ernst, oder?«, fragte Villeneuve. »Wir können doch ein unschuldiges Geschöpf Gottes nicht dem Tod anheimgeben, nur wegen irgendeines lächerlichen Aberglaubens.«

»Aber wenn uns die Träger weglaufen, werden wir vielleicht alle sterben«, ließ sich Morten vernehmen.

»Da hat Morten recht.« Lázló hatte die Träger verlassen und war zu ihnen gerannt. »Aber egal wie wir uns entscheiden, sie werden nicht bleiben, ganz egal, was wir mit dem Kind machen. Sie sagen, Madame Kellermann hat den Zorn der Ahnen und damit großes Unglück über uns alle gebracht.«

Seine Worte ließen einen Knoten in Paula platzen, ausgerechnet Lázló erklärte ihr, was sie getan hatte. Schließlich hatte sie nach ihm gesucht, nicht nach ausgesetzten Kindern.

»Ja dann, hier, meine Herren«, sie reichte den Jungen an Lázló weiter, »werft das Kind doch in den nächsten Fluss, erschießt es, oder Noria, erwürge es. Ist mir gleich. Ist mir alles gleich. Kinder sind nur eine Last.« Paula ließ sich auf den Boden fallen und schloss die Augen. »Nur ein Stern mehr, ist doch nur ein Stern mehr am Himmel«, murmelte sie.

»Sie fantasiert«, hörte Paula Morten sagen, das brachte sie zum Lachen, aber es kam nur ein heiseres Husten heraus.

Villeneuve kniete neben ihr und legte seine Hand auf ihre Stirn. »Sie hat Fieber, ich fürchte, die Ameisen haben ihr mehr zugesetzt als dem Kind.«

»Was tun wir jetzt?«, fragte Noria.

Villeneuve hob Paula hoch auf seine Arme, und sie war viel zu erschöpft, um zu protestieren. Er trug sie in ihr Zelt, bettete sie behutsam auf ihre Matte und legte ihr etwas Kühles auf die Stirn.

»Erst mal senken wir das Fieber.« Er rief nach Noria, die nach kurzer Zeit wiederkam und Paula nach seiner Anleitung Wadenwickel machte. Das alles erlebte Paula in einem

Zustand eigentümlicher Klarheit. Sie hörte und verstand alles, das Einzige, was sie beunruhigte, war, dass sie nichts riechen konnte, nicht Villeneuve, nicht Noria, nicht einmal Lázló, der Noria manchmal ablöste.

Sie wachte erst mitten in der Nacht wieder auf und wusste nicht, wo sie sich befand, aber dann erkannte sie Noria, die neben ihr auf einer Matte schlief. Paula stand leise auf und verließ, noch ziemlich wackelig auf den Beinen, das Zelt. Sie spürte überall auf der Haut ein leichtes Brennen, aber dieser Schmerz war auszuhalten. Sie fragte sich, was sie mit dem Kind gemacht hatten und ob die Träger wirklich verschwunden waren.

Sie sah zum Feuer, keine Träger. Sie ging ein paar Schritte weiter, um sich zu erleichtern, und sah sich dabei um. Hier draußen war niemand. Die Träger waren wirklich weg. Auf dem Rückweg zum Zelt hörte sie das leise Wimmern, das ihr schon so vertraut war, es kam aus dem Zelt von Villeneuve. Aber es löste in ihr keine warmen Gefühle aus, sondern nur Abwehr. Sie wollte damit nichts zu tun haben. Ja, sie hatte den Säugling nicht den Ameisen überlassen, aber das war auch schon alles, es war nicht ihr Kind. Nur aus Neugier ging sie zu Villeneuve hinüber. Warum hatte sich Morten nicht dieser Seele angenommen? Eigentlich hatte sie fast erwartet, dass der Kleine schon getauft war.

Sie spähte in das Zelt und sah Villeneuve, der das Kind zart hin und her schaukelte. Gerade als sie sich wieder zurückziehen wollte, bemerkte er sie und kam auf sie zu.

»Was haben Sie sich nur dabei gedacht?«, fragte er und klang ungemein wütend.

»Hätte ich zulassen sollen, dass ihn die Ameisen auffressen?«

»Warum haben Sie sich eingemischt? Wir sind in diesem Land nur Gäste und sollten die Bräuche und Sitten, die hier gelten, achten, auch wenn sie uns lächerlich vorkommen.«

»Soll das ein Witz sein? Wie heuchlerisch ist das denn? Vorhin haben Sie anders gesprochen. Sind Sie denn nicht Arzt? Muss man da nicht einen heiligen Eid schwören? Ist das Ihr Ernst, dass ein Menschenleben weniger zählt als Sitten und Gebräuche?«

»Nein.« Er schaukelte das Kind sachte immer weiter wie ein kostbares Kleinod. »Wollen Sie sich um ihn kümmern?«

»Nein!«, platzte Paula so laut heraus, dass der Junge jetzt anfing, laut zu plärren.

Villeneuve zuckte zusammen und lächelte dann sardonisch. »Sie retten ihn, aber der Rest ist Ihnen egal. Aha.« Er schob dem Jungen seinen kleinen Finger in den Mund, und er begann sofort daran zu saugen.

Paula verspürte gleichzeitig den Wunsch, Villeneuve zu ohrfeigen und wegzurennen. »Aha«, wiederholte sie, während sie überlegte, für welche der beiden Alternativen sie sich entscheiden sollte.

»Er hat Hunger. Was machen wir jetzt?« Villeneuve sah sie fragend an.

»Wir brauchen eine Amme«, sagte Paula.

»Nun, wir haben keine, ebenso wenig wie Träger, wir sind ganz wunderbar auf uns selbst gestellt, was tun wir also?«

»Einen Tee kochen?«, schlug Paula vor.

»Milch, wir brauchen Milch.« Villeneuve stöhnte. »Ich gebe ihm höchstens ein paar Tage, dann wird er sowieso sterben.«

»Lázló wird uns eine Ziege beschaffen.« Noria stand am

Eingang zum Zelt. »Als er heute unterwegs war, um für uns die Buschmesser zu kaufen, hat er welche gesehen.«

Noria trat näher zu Villeneuve und nahm ihm den Säugling ab. »Madame Kellermann, es war falsch, ihn zu retten, das hat uns in große Schwierigkeiten gebracht.«

Noch bevor Paula sich verteidigen konnte, fuhr Noria fort. »Aber es war auch richtig. Ich werde ihm Tee geben.«

»Ich habe auch Hunger«, sagte Paula und folgte Noria nach draußen zum Feuer. Die Suppe stand immer noch auf dem glimmenden Feuer. Paula gab eine große Kelle davon in ihren Teebecher und probierte vorsichtig. Sie war heiß und tat ihr sehr gut.

Noria versuchte dem Kind Tee einzuflößen, was zuerst überhaupt nicht gelang, aber dann beruhigte sich der Säugling und trank einen ganzen Becher aus.

»Ich bin auch so ein Kind.« Noria flüsterte, und Paula war nicht sicher, ob sie das ihr oder dem Kind oder sich selbst erzählte.

»Ich wurde nicht nur im zweiten Monat, adaoro, geboren, dem Monat, der den Kindern Feuer und Unheil bringt. Nein, ich habe auch einen Zwillingsbruder und in Mananjary, wo ich geboren bin, ist das Fady. Heute noch Fady. Man hat mich an einem Krokodilfluss ausgesetzt, wo mich Missionare fanden, die mit dem Boot unterwegs waren.«

Paula wusste nicht, was sie sagen sollte, und blieb stumm.

»Sie haben mich nach der heiligen Eleonore von England getauft, weil sie mich an ihrem Gedenktag, dem 21. Februar, entdeckt haben. Aber keins der anderen Kinder konnte meinen Namen richtig aussprechen, und so wurde ich erst zu Nora und dann zu Noria.«

»Und ich bin sehr froh, dass du lebst. Ohne dich wären wir so hilflos wie dieses Kind.« Paula erinnerte sich an das, was Noria ihnen in Ambohimanga erzählt hatte. »Und vielleicht hältst du gerade den nächsten Premierminister im Arm.«

»Ja, vielleicht, aber die Träger sind weg und werden nicht wiederkommen.«

»Dafür werden wir eine Lösung finden. Morgen.« Paula trank den letzten Schluck Suppe aus ihrem Becher, fragte Noria, ob der Säugling den Rest der Nacht bei ihr bleiben könne, und schleppte sich dann in ihr Zelt, wo sie einschlief, noch bevor sie sich zudecken konnte.

17

Mathildes Brief

Ambalava, am Morgen des 10. August 1856

Meine geliebte Florence,
es war gut, dass ich gestern Abend nach der Vanille gesehen habe, denn der Sturm hatte ein paar der Planen gelöst, aber ich war noch rechtzeitig dort. Auf dem Weg bin ich über kleine Totemfiguren gestolpert, und ich fürchte, das hat nichts Gutes zu bedeuten. Vielleicht hatte Pater Antonius doch recht mit seinen düsteren Ahnungen.
Deshalb sollte ich mich mit meinem Brief besser beeilen, aber es fällt mir schwer, die Feder lange zu halten, ohne zu zittern.
Die Vanille, meine liebe Tochter, ist eine eigenartige, spröde Pflanze. Manchmal denke ich darüber nach, ob es da nicht Parallelen mit Dir gibt, denn sie duftet nur, wenn man über Monate alles richtig macht, sie verzeiht keine Pflegefehler und braucht genau die richtige Menge an Sonne und Regen. Und dort bei der Vanille von Monsieur Beaumont, da habe ich ihn zum ersten Mal gesehen.
Er hat dort gearbeitet, und er fiel mir nicht gerade wegen seiner Schönheit auf, nein, es war die Hingabe, mit der er sich der Vanille widmete. Er betrachtete die Blüten lange von allen Seiten, dann erst berührte er sie, so zart, wie noch kein Mann mich je

angefasst hatte. Es war, als ob er eine Verbindung mit ihnen hätte, und wenn er eine Blüte verließ, um sich der nächsten zuzuwenden, dann sah es für mich so aus, als ob sie unter seinen Händen prächtiger geworden wäre, stärker leuchtete und gewachsen war. Ich beobachtete ihn stundenlang. Er wurde seiner Arbeit nicht müde und begegnete jeder Blüte mit dem gleichen Respekt. Seine Hände hatten kräftige Handteller mit kurzen starken Fingern, die eher plump wirkten, und doch benahmen sie sich so delikat. Die Mondsicheln auf seinen Nägeln leuchteten weiß, und die Innenseiten seiner Hände waren hellrosa, was einen hübschen Kontrast zu der irisierenden Schwärze seiner Haut darstellte. Wenn es sehr heiß war, arbeitete er mit freiem Oberkörper. Jede Muskelfaser zeichnete sich unter seiner nass schimmernden Haut ab. Er war nicht sehr groß, aber er hatte breite Schultern und bewegte sich wie ein Tänzer, leicht und kraftvoll.
Ich wurde magisch angezogen, wann immer ich ihm begegnete. Mir war völlig klar, dass ich doppelt so alt war, und mir war schmerzlich bewusst, dass meine Haut weiß und seine schwarz war, aber etwas an ihm berührte meine Seele. Es war seine Achtung vor allem Lebendigen, es war seine Demut und Kraft, es war etwas, das ich noch nie bei einem Mann gefunden hatte. Eine Klugheit, die seiner Verbundenheit mit der Erde entsprang. Ich wünschte mir, ihn zu berühren, wünschte mir, einmal nur von ihm umarmt zu werden, und wusste gleichzeitig, dass mich jeder für eine verrückte alte Närrin halten würde, was, wie ich fürchte, auch Deine Meinung sein könnte, meine liebe Florence. Wenn dem so ist, dann bitte ich Dich trotzdem weiterzulesen und mir meinen Letzten Willen zu erfüllen. Und, nein, ich schämte mich dieser Gefühle nicht. Warum auch? Ich hatte nicht geplant, Edmond jemals etwas davon wissen zu lassen, ich liebte diesen

jungen Mann aus der Ferne, dabei war Edmond alleinstehend und niemandem versprochen, und er hatte keine Familie, weil er schon als Kind an Beaumont verkauft worden war. Wen also verletzte ich mit meinen Gefühlen? Niemanden.

Dich? Nein, Florence, dies war doch etwas ganz anderes als meine Liebe zu Dir, meine Tochter! Es gab allerdings etwas an Edmond, was mich rasend machte, er liebte Beaumont und brachte ihm einen, wie ich heute mehr denn je finde, unnötigen Respekt entgegen. Aber ich schweife ab.

Denn lange Zeit war mir gar nicht klar, was in mir vorging, ich beobachtete ihn und genoss es einfach nur. Doch dann fragte mich Beaumonts Frau, ob ich Edmond so anstarren würde, weil er sich etwas zuschulden hatte kommen lassen, respektlos gewesen sei oder etwas gestohlen hätte.

Da wurde mir klar, was ich tat, und da erst erkannte ich, dass es Liebe war, was ich empfand. Ich wollte ihm keinen Ärger machen und versuchte damit aufzuhören. Ich überlegte sogar abzureisen, aber das, meine liebe Tochter, konnte ich Dir zu diesem Zeitpunkt noch nicht antun, denn Du warst, soweit ich das beurteilen konnte, zum ersten Mal in Deinem Leben glücklich. Also bemühte ich mich darum, Edmond zu vergessen, und ging ihm aus dem Weg – dachte ich.

Doch einige Monate später sprach mich Monsieur Beaumont auf Edmond an und wollte wissen, warum ich ständig um ihn herumscharwenzeln würde, und es war ganz klar, was er davon hielt. Er verabscheute es. Zuerst dachte ich, es wäre wegen mir. Eine über vierzigjährige weiße Frau, die um einen ehemaligen Sklaven herumschleicht, der leicht ihr Sohn hätte sein können, das war jenseits seiner moralischen Vorstellungskraft. Er war da auch anders als zwei seiner Nachbarn, die ganz selbstverständlich die

Liebesdienste ihrer jungen ehemaligen Sklavinnen in Anspruch nahmen. So etwas kam für Beaumont nicht infrage. Aber wenn er nicht mich verachtete, was war dann der Grund für seinen ganz offenkundigen Hass auf Edmond, und warum entließ er ihn nicht einfach? Beaumont war geradezu enttäuscht, dass ich ihm keinen Vorwand lieferte, Edmond hinauszuwerfen, und er machte deutlich, dass er den Umgang von weißen Frauen und schwarzen Dienern in seinem Haus nicht dulden konnte. Unter keinen Umständen.

Und das war es, was mich dann doch dazu brachte, Edmond anzusprechen. Ich war neugierig. Warum liebte Edmond diesen Mann, und warum hasste Beaumont ihn? Einen kurzen Moment hatte ich den Verdacht, Beaumont könnte selbst in ihn verliebt sein, etwas, das ich bei den Piraten mehr als einmal erlebt habe, auch wenn sie es leugneten und als reine Kameradschaft ausgaben.

Aber zu so etwas wäre Beaumont gar nicht fähig gewesen, er hatte in seinem ganzen Leben nicht einen einzigen Gedanken, der irgendwen erstaunt hätte, alles an ihm war vorhersehbar. Etwas, meine liebe Florence, das ihn auch sehr stark von Deinem Vater unterschied. Copalle war ein Mann, bei dem man nie wusste, was er als Nächstes tun würde. Natürlich gefiel Dir an Beaumont gerade das, denn bei ihm und seiner Familie warst Du zum ersten Mal in Deinem Leben vor Überraschungen sicher. Aber leider hattest Du ja noch mich, Deine Mutter.

Ich begann also, mir auszumalen, was der Grund sein könnte, und der liebste Gedanke war mir, dass Edmond jemandem aus der Familie das Leben gerettet hatte und Beaumont ihm zu ewigem Dank verpflichtet war. Für gewöhnlich hasst der Mensch seine Wohltäter, das weiß ich von mir selbst. Deshalb bitte ich Dich

auch, mein Geschenk nicht als Wohltat zu verstehen, sondern nur als Buße für meine Versäumnisse als Mutter.
Ich suchte also das Gespräch mit Edmond. Ich hatte erwartet, dass er peinlich berührt auf den Boden starren und meinem Blick ausweichen würde, aber da hatte ich mich gründlich getäuscht. Er blickte mir direkt ins Gesicht, mit Augen schwarz und schimmernd wie das Meer in einer mondlosen Nacht.
Dann fragte er mich mit seiner sanften Stimme, warum ich ihn dauernd beobachten würde. Ich schämte mich und fühlte mich nun wirklich wie ein hässliches altes und vor allem dummes Weib und wusste nicht, wie ich mich ihm erklären sollte.
Aus der Ferne war mir mein Verhalten schicklich vorgekommen, das platonische Ideal des reinen Eros, aber nun, da ich so nah vor ihm stand, dass sein Geruch mich berauschte, während er mir in die Augen sah, nun war ich rettungslos verloren. Was für ein Selbstbetrug! Diese so vermeintlich reine Liebe sehnte sich mit aller Kraft nach höchst unanständiger Erfüllung. Ich wollte mich verlieren in diesem betörenden Duft aus Vanille, Rauch und Minze, den seine Haut verströmte. Und je länger ich mich an seinem Aroma berauschte, desto deutlicher konnte ich dann auch noch Kirschblüten und Zibeth erkennen. Was für ein unwiderstehliches Gemisch. Ich war verloren! Ich hoffe, meine liebe Florence, dass Deine frühere Abneigung gegen Parfüm sich mit dem Alter gelegt hat und einem Interesse gewichen ist, das Deiner Herkunft würdig ist.
Edmond lächelte mich an und betrachtete mich so aufmerksam und hingebungsvoll wie seine Vanilleblüten, was mir ein wenig von meiner Selbstbeherrschung zurückgab.
»Es ist gefährlich, die Aufmerksamkeit einer so klugen und schönen Frau auf sich zu ziehen«, sagte er im allerbesten Französisch

und entwaffnete mich erneut. Gefährlich, o ja. Das gefiel mir. Warum hatte ich mir eingebildet, dieser junge Mann müsste unterwürfig sein, nur weil er einmal ein Sklave gewesen war?
»Also was wollen Sie von mir?«, fragte er, und ich wusste nicht, was ich antworten sollte, dachte nur an so alberne Sätze wie: »Ich möchte deine Vanilleblüte sein«.
Er näherte sich mir ein paar Schritte, und sein Duft benebelte mich nun vollends. Er streckte seine Hände nach mir aus, und ich zögerte keine Sekunde, sah mich nicht um, ob uns jemand beobachtete, selbst wenn Du da gewesen wärst, ma petite chérie, ich hätte es getan. Ich musste meine Hände in seine legen. Sie waren hart, voller Schwielen, und seine Haut war trocken und schuppig. Und doch, es war vom ersten Moment, in dem sich unsere Fingerspitzen berührten, so, als ob wir ein Fleisch würden, sein Puls wurde meiner, mein Herzschlag wurde seiner, ich atmete durch ihn und er durch mich.
Meine liebe Florence, ich wünsche Dir von Herzen, dass Du so etwas mit Deinem Gatten erlebt hast, und wenn nicht, dann musst Du alles tun, um den Menschen zu finden, der Deine andere Hälfte ist, mit dem zusammen Du Dich ganz fühlen kannst.
Ich muss eine kleine Pause machen, ich bin es nicht mehr gewohnt, die Feder so lange zu halten.

18

Kuro-moji

Kuro-moji nennt man in Japan einen daselbst in den gebirgigen Teilen des Landes einheimischen, sehr verbreiteten Baum, lindera sericea L. Aus dem angenehm riechenden, grauweißen, seidenglänzenden Holze wird in Japan ein ätherisches dunkelgelbes Öl destilliert.

Paula wachte davon auf, dass sie sich überall kratzte. Die Ameisenbisse an den Armen, am Hals, im Gesicht und im Dekolleté waren über Nacht angeschwollen und juckten entsetzlich. Wenn ich eine Feile hätte, würde ich damit über die Haut schaben, dachte sie und wünschte sich wenigstens ein Stückchen rauen Stoff.

Die aufgekratzten Hautstellen fingen an zu bluten, und sie versuchte sich zur Vernunft zu bringen. »Du musst sofort aufhören, wenn sich das in der feuchten Hitze entzündet, dann kannst du sterben!« Aber ihre Haut stand in Flammen, sie musste etwas tun. Sie stand auf und fiel dabei beinahe wieder hin, weil ihre Knie so zittrig waren. Sie musste an ihrem Vanilleöl riechen und sich beruhigen.

»Hallo!«, rief Villeneuve von draußen, Paula sah an sich herunter, nur halb bekleidet, die Haut aufgekratzt. Es ist sowieso schon völlig egal, dachte sie, schraubte das Fläschchen auf, inhalierte es wie eine Süchtige und bemerkte mit

Genugtuung, wie der vertraute Duft die tiefe, dunkle Wärme in ihr weckte, die ihr so guttat.

Er kam herein, musterte Paula und schüttelte den Kopf.

»Sie gehören ins Bett.«

Paula schraubte das Fläschchen wieder zu. »Erstens gibt es hier kein Bett, und zweitens geht es mir gut, wir sollten uns auf den Weg machen. Was macht der Kleine?« In dem Moment, als sie nach dem Jungen fragte, spürte sie ein Ziehen in der Brust, und ihr wurde klar, dass sie es nicht verkraften würde, wenn das Kind doch noch starb.

»Die Ameisen haben offensichtlich nicht so viel Gefallen an ihm gefunden wie an Ihnen. Sein Zustand ist zufriedenstellend. Aber Sie sollten diese offenen Wunden steril halten und bedecken.«

Paula zuckte mit den Schultern, sie wusste, dass er recht hatte, aber sie wusste auch, dass Villeneuve nicht sehr viel Verbandsmaterial in seiner Arzttasche haben konnte und es Verschwendung wäre, es für so oberflächliche Wunden zu verwenden.

»Wenn wir eine Aloe fänden, dann könnte ich den Saft auf die Wunden träufeln, das würde alles beruhigen. Und bis dahin kann ich Teebaumöl auf die Stellen tupfen, es wird schon gehen.«

»Wir sollten hierbleiben und warten, ob die Träger nicht ihre Meinung ändern, in der Zwischenzeit kann ihre Haut ausheilen.«

»Das halte ich für keine gute Idee.« Mortens vollbärtiger Kopf tauchte hinter Villeneuve auf.

Villeneuve drehte sich zu ihm um. »Aber ohne Träger können wir nicht weiter.«

»Sie werden nicht zurückkommen.« Noria schob Morten beiseite und trat mit dem Säugling auf dem Arm in das Zelt. Paula betrachtete ihn zum ersten Mal mit innerer Ruhe und ohne die verworrenen Gefühle von gestern. Der Junge sah sich mit großen Augen in dem Zelt um. Paula trat näher zu Noria.

Das Kind hatte ein klar geschnittenes, ovales Gesicht mit einem hübschen Mund, der herzförmig und hellrosa wie japanische Kirschblüten aus dem rabenschwarzen Gesicht herausleuchtete. Die winzigen Finger waren zu kleinen Fäustchen geballt und zitterten neben seinem Gesicht in der Luft.

»Der Weg zum Ziel ist zwar sehr viel näher als der zurück, aber ohne Träger wird es schwierig«, sagte Noria und legte einen Daumen in die winzige Faust des Säuglings. »Trotzdem sollten wir lieber gleich aufbrechen. Ich weiß nicht, was im Dorf passiert, wenn es sich herumspricht, dass wir gegen ein so mächtiges Fady verstoßen haben.«

Morten klatschte in die Hände, was das Kind zusammenzucken ließ. »Gut, dann machen wir uns auf und packen.«

Villeneuve grinste in die Runde. »Wenn Noria recht hat, was sehr wahrscheinlich ist, dann müssen wir wirklich los. Aber wir können nur das packen, was wir selbst tragen können, alles andere müssen wir zurücklassen.«

Morten schrumpfte sichtlich zusammen. »Und wie machen wir das mit Madame Kellermann?«

Paula hörte ganz deutlich, was er eigentlich hatte sagen wollen. Die Madame, der wir das alles zu verdanken haben, wird ja wohl nicht erwarten, dass wir auch noch ihr Gepäck schleppen …

»Ich werde das tragen, was mir gehört, ich brauche keine Hilfe!« Aber innerlich blutete ihr Herz, denn sie würde die ganze Ausrüstung für die Parfümherstellung zurücklassen müssen. Sie brauchte ihr Zelt, das Moskitonetz, ihre Kleidung, die Öle und vor allem das Buch ihrer Großmutter, das würde sie niemals zurücklassen.

»Und den Jungen werden wir abwechselnd tragen«, schlug Villeneuve vor und sah Paula direkt ins Gesicht. Sie wollte schon widersprechen, doch dann wurde ihr klar, dass er recht hatte.

»Natürlich«, murmelte Morten. »Selbstverständlich, und ich kann durchaus ein paar Gepäckstücke von Mme. Kellermann übernehmen.«

»Morten, ich denke, wir brauchen ihre Muskelkraft für das Geschirr und die Lebensmittel.«

Noria überreichte Paula den Jungen. »Ich muss das Frühstück zubereiten.«

Villeneuve stellte sich zwischen Noria und Paula und hob den Säugling auf seinen Arm. »Madame Kellermann, Sie kümmern sich um Ihre Wunden, ich kümmere mich solange um das Kind.« Er verließ mit den anderen Paulas Zelt.

Sie tupfte Teebaumöl auf ihre Wunden, was zwar im ersten Moment sehr unangenehm brannte, aber dann beruhigend wirkte. Danach zog sie sich an, ging nach draußen zu ihren Reisegefährten und war darauf gefasst, angefeindet zu werden, weil es ihre Schuld war, dass die Träger sie verlassen hatten.

Aber niemand sagte etwas. Sie setzte sich ans Feuer, Morten reichte ihr schweigend einen Tee, Noria einen Teller mit

Reis. Villeneuve versuchte den Jungen mit Suppe zu füttern, und Lázló kaute an einem Stück Zitronengras.

»Wohin sind Sie gestern eigentlich verschwunden, Lázló?«, fragte Paula schließlich in die Stille.

»Ich bin den Trägern gefolgt, weil mir der Gedanke kam, dass wir auch Buschmesser haben sollten.«

»Und warum haben Sie uns das nicht gesagt?« Und vor allem, was hatte er dann unten bei dem Rinnsal zu suchen gehabt? Denn dass er dort gewesen war, daran zweifelte Paula keine Sekunde.

»Wenn Sie uns Bescheid gegeben hätten, dann hätten wir Sie nicht gesucht, und ich hätte diesen Säugling nicht gefunden.« Schon während sie redete, merkte Paula, wie lächerlich sie sich anhörte, schon wieder dieses: hätte, hätte, hätte. Das alles war doch egal, denn es war nicht mehr zu ändern, und lamentieren half nicht das Geringste.

Lázló lächelte in die Runde. »Ich gehöre nicht zu den Menschen, die immer genau wissen, was sie als Nächstes tun werden. Schon ein Schmetterling kann mich vom Weg abbringen …«

Villeneuve schnaubte abfällig, während Paula und Noria sich anlächelten. Es war eine komische Vorstellung, dass ein Mann wie Lázló von einem Schmetterling zu irgendetwas verführt werden könnte.

»So wie gestern morgen, bevor ich ins Dorf bin, da hat mich ein Schwarm blauer Schmetterlinge sogar einen Abhang hinuntergelockt, und ich dachte, sie würden mich zu einer ganz besonderen Blüte führen, Villeneuve sucht ja nach Apocynaceen, und wir haben bis heute keine gesehen. Aber dann war der ganze Schwarm plötzlich verschwunden, wie

Nebel, der sich in der Luft auflöst, und ich hatte Glück, dass ich den Weg zurück gefunden habe.«

»Waren die Schmetterlinge strahlend blau wie Lapislazuli?«, fragte Paula, und als Lázló bedächtig nickte, stellten sich alle ihre Haare auf, und ihre Wunden fingen wieder an zu pochen. Sie fühlte sich zurückversetzt an das Schlammloch, wo diese blaue Schmetterlingswolke sie getröstet hatte.

»Es gibt keine rein blauen Schmetterlinge auf Madagaskar.« Morten wischte seinen Teller mit Reis aus. »Nur gemusterte.«

Paula wechselte mit Lázló einen Blick. Der zuckte mit den Schultern, und Paula war klar, dass es Lázló herzlich egal war, wer hier recht oder unrecht hatte, und sie begriff, dass es wirklich keine Rolle spielte, für ihn und für sie existierten diese blauen Schmetterlinge.

Villeneuve erhob sich, reichte den Säugling an Paula weiter und bestand darauf, dass sie ein Loch gruben für die Dinge, die sie nicht mitnehmen konnten. Nur so könnten sie sicher sein, dass später noch alles da wäre.

»Diese Barbaren finden das trotzdem und verkaufen unsere ganzen Sachen.« Morten klang nervös. »Dieses Risiko kann ich nicht eingehen, ich muss alles mitnehmen.«

»Nur so viel, wie Sie tragen können. Nur das, womit Sie noch Bäume überklettern und Wasser durchschreiten können.« Villeneuves kerniger Befehlston reizte Paula, aber noch bevor sie etwas sagen konnte, sprang Morten hoch und baute sich drohend vor Villeneuve auf. »Sie vergessen sich. Niemand hier ist Ihr Sklave.«

Villeneuve wurde weiß im Gesicht, und Paula erwartete eine Schlägerei, aber Villeneuve wandte sich ab, ließ Morten einfach stehen und begann sich nach einem Stück Land umzusehen, das zum Umgraben geeignet wäre.

Morten folgte ihm, und die beiden begannen wild zu gestikulieren, doch Paula konnte nicht hören, über was sie stritten. Der Junge auf ihrem Arm hustete im Schlaf, und Paula schaukelte ihn hin und her.

»Da sieht man es wieder, Besitz ist doch nur eine Last.« Lázló gähnte. »Ich bin zu allem bereit, entschuldigen Sie mich.« Er lief zu seinem Zelt und von dort verschwand er im Wald.

»Besitz ist keine Last. Besitz macht frei. Gold macht frei.« Noria schüttelte den Kopf über Lázló und begann aufzuräumen. »Es wird nichts nutzen, die Truhen zu vergraben, die Menschen hier sind sehr arm. Sie werden alles herausholen und sehen, was sich damit machen lässt.«

Paula dachte an all ihre Gefäße. Nein, sie wollte nicht, dass jemand anders sie für Gott weiß was benutzte. Es waren die Kessel und Kondensationsapparate, Geschenke ihres Vaters, das Einzige, was sie von ihm hatte. Es musste doch einen Weg geben, das zu verhindern. Sie sah, dass es Villeneuve gelungen war, Morten zu überreden, ihm mit dem Loch zu helfen, aber wozu ein Loch graben, wenn es doch zu nichts nutze war?

Der Junge auf ihrem Arm schnaufte leise. Unwillkürlich sah sie zu ihm hin, und sein Anblick brachte sie auf eine Idee. Fady! Sie würden die Madagassen mit ihren eigenen Waffen schlagen.

»Noria, wir könnten doch eine Grabstätte errichten, die ist Fady, niemand würde sie anrühren.« Paula war begeistert und winkte aufgeregt zu Villeneuve und Morten hinüber, die dann widerwillig zu ihr kamen und sich ihren Vorschlag anhörten.

»Wenn wir es dann wieder herausholen und sie erwischen uns dabei, dann kann das richtig gefährlich werden.« Villeneuve war skeptisch.

»Aber es könnte funktionieren.« Noria nickte Paula zu. »Ich halte das für eine gute Idee, dann kann ich auch mein Kleid hierlassen und hole es mir auf dem Rückweg.«

»Auf dem Rückweg?«, fragten sie alle drei wie aus einem Mund. Ganz offensichtlich hatte keiner von ihnen damit gerechnet, dass Noria sie wieder verlassen würde.

Noria nickte. »Natürlich, ich gehe wieder zurück in die Hauptstadt, wer will denn schon dieses elende Leben auf dem Land?«

Lautes Rascheln und Knacksen brachte Paula dazu, den Kopf zu drehen, Lázló rannte wie von Hunden gehetzt auf sie zu.

»Wir müssen hier sofort weg, ich glaube, da braut sich etwas sehr Hässliches zusammen.«

»Warum sollten wir?«, fragte Noria. »Es ist eine Sache, dass uns die Träger verlassen haben, aber für gewöhnlich glauben wir, wenn jemand ein Fady übertritt, dann wird er von den Ahnen dafür bestraft.«

»Aber das sah ganz anders aus, wie ein bösartiger Mob, der sich zusammenrottet!«

Villeneuve schickte Noria zusammen mit Lázló los, um die Situation genauer auszuspionieren, für den Fall, dass Lázló etwas falsch verstanden hatte, und trampelte dann das Feuer aus. Er bat Paula, sich mit dem Zusammenpacken zu beeilen, dann grub er mit den Händen und dem Coup-Coup weiter an dem Loch, und Morten half ihm dabei. Doch das war nicht einfach, denn die obere Schicht bestand nur aus verrotteten Blättern und Rindenstücken, die jedes Mal an allen Seiten wieder in das Loch stürzten.

Paula kehrte zu ihrem Zelt zurück und baute es ab, was mit dem Kind auf dem Arm und ohne Träger viel länger dauerte als sonst. Wegen der Insekten wollte sie das Kind nicht auf den Boden legen, schließlich band sie es sich wieder um den Bauch. Als das erledigt war, betrachtete sie ihre beiden Truhen. Sie konnte keine davon tragen, so viel war ihr klar. Die Ausrüstung musste hierbleiben, zur Not konnte sie auch ohne ihre Gefäße improvisieren. Nur auf die Öle und das Buch ihrer Großmutter konnte sie nicht verzichten. Von ihren Kleidern brauchte sie nur eine Garnitur zum Wechseln, Rock, Bluse, Unterwäsche, Socken und Pyjama, alles andere musste zurückbleiben, weil es viel zu schwer war. Aber sie würden Kleidung für das Kind brauchen. Sie suchte nach einem Leinenunterrock und zerteilte ihn mit dem Messer, das Lázló ihr gegeben hatte, in Quadrate und Dreiecke.

Ihre Lampe musste mit, ihr Bettzeug, die Seife und das Verbandszeug, das Schreibzeug. Sie räumte alles auf einen großen Haufen, und weil sie keine Tasche hatte, musste sie ihre Habseligkeiten in ihre Decke packen und mit einem der Lederriemen, die an den Truhen befestigt waren, zuschnüren. Sie band das Kind kurz los und legte es doch auf den Boden, um auszuprobieren, ob ihr Gepäck zu schwer war, hängte sich die Wasserflasche und die Tasche mit dem Buch wieder um, dann schwang sie den Beutel über die Schulter und taumelte prompt ein paar Schritte. O Gott, war das schwer.

Das Kind begann zu wimmern. Paula nickte ihm zu und flüsterte: »Genauso fühle ich mich.« Sie nahm es hoch und band es sich wieder um den Bauch. In diesem Moment rannte Villeneuve auf sie zu. »Noria sagt, der Ombiasy des Dorfes hat alle aufgehetzt, offensichtlich benutzt er diesen Vorfall, um seine Machtposition im Dorf zu stärken. Sie wollen uns bestrafen, und Noria ist sicher, dass sie vorhaben, ein Gottesurteil mit uns durchzuführen, wir müssen sofort los. Was soll ich alles in dem Grab verscharren?«

»Was ist ein Gottesurteil?«, fragte Paula, aber niemand antwortete ihr. »Wir haben keine Zeit, wir sollten hier lieber verschwinden!«, sagte Villeneuve.

Paula half mit, die Kisten zu dem Loch zu tragen, das er gegraben hatte, es war nicht sehr tief und würde die Truhen nur knapp bedecken. Morten und Villeneuve hatten auch je eine Truhe, die sie dort lassen wollten. Noria reiste mit nur einer geflochtenen Tasche, in der alles verstaut war, was sie für die Reise brauchte, und Lázló hatte auch nur einen kleinen Sack.

Noria und Paula machten sich daran, Steine für die Abdeckung zu suchen, doch vergeblich. Dann erinnerte sich Paula an den Abhang, wo sie durch ihr Herunterklettern die Steine aus der Erde gelöst hatte, und machte sich zusammen mit Noria auf, einige davon zu holen. Es beunruhigte Paula, dass Villeneuve und Noria sie dermaßen zur Eile antrieben, weil es sonst wenig gab, was die beiden aus der Ruhe brachte.

Nachdem das ganze Loch mit Steinen bedeckt war, richtete Noria alles her, damit es wirklich wie ein Grab aussah. Sie legte einen Rest Fett auf die Nordost-Ecke, vergoss dort

Rum und klebte einen Kerzenstummel davor, damit der Eindruck entstünde, sie hätten hier ein Opfer für die Ahnen gebracht. Dann brachen sie auf. Jeder von ihnen war schwer bepackt, und weil Noria nur ihre Basttasche hatte, nahm sie schließlich den Säugling und band ihn sich vor die Brust.

Noria führte sie an und schlug mit dem Coup-Coup Schneisen in den Wald, doch schon nach kurzer Zeit bat sie Paula, das Kind zu nehmen, weil sie all ihre Kraft dazu brauchte, den Weg für sie frei zu hacken, und selbst als Lázló ihren Anweisungen folgend mithalf, ächzte und stöhnte sie, während sie das Buschmesser schwang und der Schweiß in Strömen über ihr Gesicht rann.

Sie beeilten sich vorwärtszukommen, denn hinter ihnen konnte man deutlich Gesänge vernehmen. Und wenn Noria ihnen nicht übersetzt hätte, dass es darin um ihre Verfehlungen gegen die Ahnen ging, hätte Paula das für einen fröhlichen Umzug gehalten. Aber nachdem sie jetzt wusste, dass die fröhliche Musik einen so bösartigen Inhalt hatte, klang die Musik in ihren Ohren wie ein höhnischer Kommentar zu ihren mühsamen Versuchen voranzukommen.

Die ungewohnte Last drückte auf Paulas Schulter, während sie bei jedem Schritt mit einer Hand den Riemen des Beutels festhalten und mit der anderen das Kind schützen musste.

Aber sie riss sich zusammen, so wie alle anderen, denn sie wurden von den rasant näher kommenden Gesängen angetrieben.

19

Um das Goldene Kalb tanzen

Wie konnte das nur passieren? Dieses Kind wird uns allen den Tod bringen. Und keiner von uns gottverdammten Idioten war bereit, diese Tatsache auszusprechen, nein, wir alle tun so, als hätte sie richtig gehandelt. Wenigstens einer von uns hätte den Mumm haben müssen, mit ihr Tacheles zu reden. Stattdessen haben wir geschwiegen und müssen jetzt ohne unser Gepäck und ohne Träger weiterreisen.

Manchmal spüre ich den fast übermächtigen Wunsch, meine Hände um ihren Hals zu legen und fest zuzudrücken, nur um sie zum Schweigen zu bringen. Und all ihr Getue um Duft ist geradezu unerträglich. Es strengt mich zunehmend an, meine Fassade aufrechtzuerhalten, auch wenn mir Noria dabei sehr nützlich ist. Immer wieder muss ich mich daran erinnern, warum ich hier bin, muss ich daran denken, wie meine Mutter elend zugrunde gegangen ist, und mit ihr meine ganze Welt. Noria sagt, es dauert nicht mehr lange. Und wenn wir dann haben, was wir wollen, wird mich kein Gott der Welt dazu bringen, noch weiter Zeit mit Madame Kellermann zu verschwenden.

Ich würde dann auch nicht zögern, sie zurückzulassen. Aber bis dahin dürfen wir sie nie mehr aus den Augen verlieren, nicht einmal beim Pinkeln. Wer weiß, was sie beim nächsten Mal findet. Ich frage mich, wie sie auf die Idee gekommen ist, den Abhang hinunterzusteigen, hat diese Frau denn vor gar nichts Angst?

20

Lavendel

Lavandula vera D.C., das echte Lavendelöl ist farblos oder schwach gelblich gefärbt, dünnflüssig, von sehr starkem, besonders bei genügender Verdünnung ungemein lieblichem Lavendelgeruch und von scharfem, aromatisch bitterem Geschmack.

Paula stolperte hinter Villeneuve her, der mittlerweile mit Morten zusammen Noria und Lázló dabei unterstützte, einen Weg durch das Dickicht zu schlagen. Sie war völlig durchnässt, vom Schwitzen, vom Regen, und ihre Kleider klebten an ihr wie eine zweite, scheuernde Haut. Und obwohl sie von oben bis unten nass war, musste sie doch ständig einen Schluck Wasser aus ihrer Flasche trinken, weil sie das Gefühl hatte auszutrocknen.

Das Kind drückte auf ihre Brust wie ein Sack Mehl. Ständig verlor sie das Gleichgewicht, weil sie mit einer Hand den Beutel über ihrer Schulter festhalten musste, der trotzdem noch hin und her wackelte, während sie mit der anderen Hand den Jungen vor den scharfen Kanten der Palmblätter und Dornenranken schützen musste. Sie brauchte eine Pause, zum Ausruhen, zum Atmen, zum Umpacken.

Aber es würde in absehbarer Zeit keine Pause geben, denn sie hörten nach wie vor deutlich die Gesänge ihrer

Verfolger, die jetzt auch nicht mehr fröhlich, sondern wie eine Kampfansage klangen. Die zwitschernden Flöten waren monotonen Trommelschlägen gewichen. Wie lange konnten sie das noch durchhalten?

»Das ist alles Unsinn, was wir hier machen!« Paula schnaufte beim Sprechen, die feuchte Hitze stahl ihr den Atem, sodass nie genug von der klebrigen Luft in ihrer Lunge landete. »Wartet, hört mir einen Moment zu.«

Morten, Noria und Lázló drehten sich widerwillig um und blieben stehen.

»Nein, keine Zeit, wir müssen weiter!«, befahl Villeneuve und setzte seinen Weg stur fort. »Gottesurteile überlebt keiner.«

»Aber wenn wir so weitermachen, dann kriegen sie uns. Wir hinterlassen eine Spur, deutlich wie die Kavallerie, und wir sind viel zu langsam.« Paula keuchte mehr, als sie redete, aber sie wollte die anderen zur Räson bringen.

Villeneuve blieb stehen und kam ein paar Schritte zu ihr zurück. »Dieses zermürbende Gejammer ist das Letzte, was wir jetzt gebrauchen können. Wir müssen nach vorn schauen.« Und dann seufzte er herablassend. »Sind Sie zu krank, oder geht es einfach nur darum, dass ich Ihnen Gepäck abnehme?«

Das war zwar angesichts dessen, was er bereits schleppte, ein großzügiges Angebot, aber sein Ton gab Paula den Rest. Ihr Puls raste noch schneller.

»Nein, jetzt überlegen Sie doch mal. Wir können doch nicht ewig weglaufen, nicht mit all dem Gepäck. Wir müssen sie anders ausschalten, das stimmt doch, oder, Noria?«

Noria musterte einen nach dem anderen, dann nickte

sie. »Es hört sich so an, als würden unsere Verfolger nicht aufgeben.«

»Wie wäre es, wenn wir eine falsche Fährte legen?« Paula dachte an die Schnitzeljagden mit Johannes-Karl. »Wir führen sie an der Nase herum und nutzen die Zeit, um den Vorsprung zu vergrößern.«

»Das ist ein exzellenter Gedanke.« Lázló sah beschwörend in die Runde. »So machen wir das. Wir müssen uns trennen. Die Frauen gehen mit Villeneuve weiter, aber Sie müssen darauf achten, keine Schneisen zu hinterlassen. Morten und ich legen eine breite falsche Fährte.«

»Aber wie wollen Sie uns dann wiederfinden?«, fragte Villeneuve. »Und vor allem, wie lange wollen Sie sie hinhalten?«

»Moment mal!«, rief Morten. »Ich will überhaupt keine falsche Fährte legen, sondern bei Noria bleiben. Ich würde mich rettungslos verlaufen, und so viel Kraft habe ich nicht, ich muss mich darauf konzentrieren, dass ich vorankomme.« Er wischte sich über die Stirn, als Einziger von ihnen hatte er tatsächlich eine Truhe auf seiner Schulter und war hochrot im Gesicht. »*Wenn ein Blinder einen Blinden führt, werden beide in eine Grube fallen.* Matthäus 15, Vers 14.«

Paula fand ihn erbärmlich. »Dann werde ich das eben zusammen mit Lázló erledigen, wir schaffen das schon.«

»Das ist unmöglich, und das wissen Sie. Sie werden sterben.« Villeneuve klang jetzt sanfter. »Ich werde Lázló begleiten.«

»Nein, auf keinen Fall«, widersprach Paula sofort. »Niemand von uns kann so viel tragen wie Sie, und wer weiß, wie lange es noch dauert, bis wir am Ziel sind. Deshalb müssen Sie mit all unseren Sachen in die richtige Richtung vorgehen. Lázló und ich haben nur wenig Gepäck, deshalb sind wir schneller und können Ihnen dann folgen.« Paula räusperte sich und war froh, dass niemand Gedanken lesen oder ihre innere Stimme hören konnte, die gerade sehr laut und bösartig lachte.

»Und was noch viel besser ist, ich weiß auch, wie wir Sie wiederfinden.« Paula lud ihren Sack ab, kniete sich hin und suchte nach den Parfümölen, während sie im Kopf alle Düfte durchging und überlegte, welcher am besten geeignet wäre. Es musste etwas sein, das keinen Verdacht erregte, durfte demnach nicht zu europäisch duften, also weder Rose noch Flieder, musste aber für sie deutlich erkennbar sein. Das Einzige, das all diese Voraussetzungen erfüllte, war Jasminöl, eines ihrer kostbarsten Öle. Für einen Liter Jasminöl benötigte man eintausendfünfhundert Kilogramm Jasminblüten. Es fiel ihr schwer, ausgerechnet dieses Öl zu opfern, denn sie liebte Jasmin. Sein Duft war für sie eine Art fliegender Blütenteppich, der sie an alle Orte ihrer Sehnsucht versetzen konnte.

»Wir müssen weiter!«, drängelte Morten und riss Paula brutal aus ihren Überlegungen. »Hören Sie denn nicht unsere Verfolger, sie sind uns dicht auf den Fersen!«

Alle wurden starr und lauschten. Tatsächlich, sie waren sehr viel näher gekommen.

»Ich bin gleich so weit!« Paula gab sich einen Ruck. Es musste sein.

»Aber das ist unmöglich, Sie werden niemals zu uns zurückfinden.« Noria hockte sich neben Paula und meinte: »Sie erinnern sich doch an das, was wir über den Geruch der Erde gesprochen haben – Sie sind noch nicht so weit.«

Paula nickte, nahm das Jasminöl und packte hastig wieder zusammen. Dann reichte sie Noria das Fläschchen.

»Sie haben recht, und deshalb gebe ich Ihnen dieses Öl, es ist sehr stark, und Sie müssen es so sparsam wie möglich verwenden. Es genügt, wenn Sie jede Stunde einen Tropfen auf Ihr Handgelenk geben und damit alle drei Schritte Baumstämme oder Palmblätter berühren, so kann ich Ihrer Spur folgen.«

Noria öffnete das Fläschchen und roch daran, überrascht schloss sie die Augen. »Hmmm.«

»Schluss jetzt mit diesem Duftgesäusel. Lasst uns endlich aufbrechen!« Morten stampfte mit dem Fuß auf, um seine Worte zu bekräftigen, was Paula an die Wutanfälle ihres kleinen Bruders Gustav erinnerte. Wo war der tapsige, fröhliche Morten geblieben?

»Moment, Morten. Madame Kellermann, wenn Sie sich so orientieren, dann müssen Sie aber erst hierher zurück, Sie können uns dann nur von hier aus folgen.« Villeneuve massierte seine Schläfen. »Das wird Ihnen extrem viel abverlangen. Wir wissen nicht, wann die Verfolger aufgeben werden.«

Oder ob sie uns nicht doch einholen, dachte Paula und verbot sich sofort diese nutzlosen Gedanken.

»Sollen wir solange das Kind nehmen?«

Paula betrachtet Villeneuve, der neben seinen Habseligkeiten noch die gesamte Kochausrüstung sowie die Zelte, die Nahrungsmittel und die Gewehre schleppte, dann Morten mit seiner schweren Truhe und Noria, die mit dem

Buschmesser vorangehen und ihnen den Weg weisen musste, weil sie die Einzige war, die ihn kannte. »Nein, ich denke, wenn ich nicht mehr kann, wird mir Lázló helfen.«

»Warum kann er denn nicht allein gehen? Das ist unverantwortlich! Sehen Sie denn alle nicht, dass Madame Kellermann jetzt schon am Ende ihrer Kräfte ist?«, protestierte Morten, der immer noch rot im Gesicht war wie zerquetschte Hibiskusblüten.

»Lázló kann nicht allein gehen, weil unsere Verfolger das bemerken würden. Einer allein ist zu wenig, wenn aber zwei gehen, ist es sehr viel schwieriger zu erkennen, wie viele diesen Weg genommen haben«, erklärte Noria Morten.

»Dann also los, wir sollten keine Zeit mehr verlieren. Ich habe kein gutes Gefühl, Sie beide allein gehen zu lassen, aber ich weiß auch nichts Besseres.« Villeneuve nickte Paula zu und machte sich dann bereit zum Aufbruch. Als er sich von ihr wegdrehte, beschlich Paula ein merkwürdiges Gefühl, ein Ziehen in der Magengrube, von dem sie nicht wusste, war es Angst oder Erleichterung, Besorgnis oder Panik, und sie war froh, dass sie keine Zeit hatte, darüber nachzudenken. Sie mussten endlich weiter.

Lázló und Paula warteten einen Moment, dann liefen sie ein paar Schritte auf der Spur der anderen und schlugen sich nach links in den Urwald. Lázló hieb mit zwei Messern, Paula mit einem, und sie bemühten sich, eine deutliche Spur zu hinterlassen. Schweigend und schnaufend arbeiteten sie sich voran.

»Und wie wollen wir den Weg zurück an die Stelle finden, an der wir uns getrennt haben?«, fragte Lázló, als sie kurz pausierten, um Wasser aus ihren Flaschen zu trinken.

Paula überlegte, ob sie ihm verraten sollte, dass sie riechen konnte, wo er entlanggegangen war, aber dann würde er mehr wissen wollen, und sie konnte ihm doch nicht sagen, dass er wie schwarze Ambra roch, oder?

»Ich kann das«, versicherte sie ihm, marschierte weiter und schlug eine morsche, fingerdicke, mit grünem Moos bewachsene Liane ab, während sie sich bemühte, möglichst viele Blätter niederzutreten. Sie hoffte nur, dass der Säugling nicht aufwachen und sie mit seinem Geschrei verraten würde.

»Es war ein guter Gedanke, die Gruppe zu trennen, genauso wie der Einfall mit der Abordnung des Kaisers in Ambohimanga. Manchmal braucht es eine kleine Lüge, um große Hindernisse zu überwinden. Ich bewundere Menschen wie Sie, die nicht sofort aufgeben, sondern Alternativen entwickeln. Darauf sollten Sie ruhig stolz sein, und manchmal könnten Sie auch lächeln. Das Leben ist nicht nur Kummer und Schmerz. Aber es scheint mir so, als gäbe es nichts, was Ihnen ein Lächeln entlocken oder Sie gar glücklich machen würde.« Lázló arbeitete sich so präzise vorwärts wie eine Maschine und fand dabei auch noch Zeit, Paula ein Lächeln zuzuwerfen.

Doch Paula erwiderte es nicht. Er sollte sie in Ruhe lassen, sie hatte ihn auch noch nie gefragt, wer ihn so zugerichtet hatte, damals, als sie ihn auf Nosy Be im Lazarett zum ersten Mal gesehen hatte, mit seinen gebrochenen Rippen, Quetschungen, Platzwunden und Prellungen.

»Madame Kellermann, Sie sind mir ein Rätsel. Sie behaupten, Sie suchen das Grundstück Ihrer Großmutter, aber ich glaube, das ist falsch. Sie suchen gar nichts, in Wahrheit laufen Sie vor etwas davon.« Er blieb keuchend stehen, wischte mit dem Unterarm über seine Stirn und sah ihr in die Augen. Er lächelte nicht mehr, vielmehr grinste er jetzt breit. »Und im Weglaufen sind Sie wirklich gut.«

Umgeknickte scharfkantige Palmblätter verlangten Paulas ganze Aufmerksamkeit, es war ihr ein Rätsel, wie er da noch reden konnte. Die Gesänge der Verfolger rückten ihnen ständig dichter auf die Fersen, und sie wollte nur noch vorwärtskommen. Auch wenn sie jeden Knochen im Leib spürte, die Bisse der Ameisen angeschwollen waren und wieder juckten und das Kind mit jedem Schritt schwerer wurde. Sie stöhnte leise.

Lázló nahm daraufhin das hin und her wackelnde Bündel von ihrer Schulter und packte es zu seinem. Paula war zu abgekämpft, um zu protestieren. Sie genoss die Erleichterung, kreiste die befreiten Schultern, um sie zu lockern, und versuchte schneller zu laufen.

»Wie wollen Sie das Kind nennen?«, fragte er als Nächstes.

»Wenn ich gewusst hätte, dass Sie so eine Plaudertasche sind, hätte ich darum gebettelt, dass Morten mich begleitet.«

»Ich finde es höchst seltsam, dass Sie Ihr Leben und das von uns allen riskiert haben, um das Kind zu retten. Und nun reden wir nur von ›dem Kind‹ oder ›dem Jungen‹, was sich anhört, als wäre es ›der Stuhl‹ oder ›das Bett‹, das entmenschlicht dieses Kind. Sie müssen ihm einen Namen geben!«

Paula schaute auf das schmutzige Bündel vor ihrer Brust und wusste, dass er recht hatte. Tatsachlich war dieser Säugling für sie mehr ein Etwas als ein Mensch, sie fühlte nichts, wenn sie ihn betrachtete. Er hing zwar an ihrem Körper, aber er gehörte ihr nicht, er war ihr fremd. Dieser Junge war nur vorübergehend in ihrer Obhut. Sie würde kein Kind haben. Nicht mehr. Niemals.

Lázló wartete immer noch auf eine Antwort.

»Das hat doch noch Zeit«, sagte sie schließlich. »Vielleicht möchten die anderen ihm einen Namen geben? Oder wollen Sie?«

»Nein, Sie sind jetzt seine Mutter. Er verdankt Ihnen sein Leben, also müssen Sie das tun.«

»Kommen Sie mir nicht so pathetisch, das war doch alles nur Zufall.« Paula wünschte, sie hätte dieses Wimmern nie gehört. »Es war reiner Zufall. Das Kind verdankt mir nichts.« Das Bild blauer Schmetterlinge blitzte vor ihr auf wie flirrende Lichtstrahlen. Sie schüttelte den Kopf. Unsinn.

»Hören Sie das?«, fragte Lázló.

»Was?« Paula strengte sich an, aber sie hörte nur die Vögel und das Summen der Insekten, und Wasser, das immer und überall von Blättern auf Blätter tropfte. »Nichts.«

Lázló zwinkerte ihr zu. »Genau. Sie haben aufgehört zu singen.«

»Und was bedeutet das?«

Lázló zuckte mit den Schultern. »Ganz sicher wüsste das nur Noria, aber ich könnte mir vorstellen, dass sich unsere Verfolger ein Nachtlager bereiten, die Sonne geht schon bald unter.«

Paula seufzte, die Sonne! Um sie herum herrschte stets ein so beständiges, dämmrig gefiltertes Licht, dass Paula nie wusste, ob es Morgen oder Mittag war. Er hatte recht, und das bedeutete, sie waren für heute in Sicherheit.

»Dann rasten wir hier, oder?« Und in der Sekunde, in der

sie fragte, wurde ihr klar, dass sie weder etwas zu essen dabeihatten, noch etwas, um Feuer zu machen. Daran hatte sie vorhin keine Sekunde gedacht, nur an ihr kostbares Jasminöl! Niemand hatte daran gedacht.

»Feuer könnten wir sowieso nicht machen, das würde unsere Verfolger anlocken, deshalb schlage ich vor weiterzugehen, bis wir müde sind.«

Paula erkannte schlagartig das ganze Ausmaß ihrer verhängnisvollen Idee. »Wenn sie uns tagelang verfolgen, wie wollen wir es ohne Nahrungsmittel wieder zurückschaffen und die anderen einholen?«

»Dieser Gedanke ist mir auch gerade erst gekommen.« Lázló strich seine nassen Haare nach hinten und seufzte. »Ich denke, wir müssen etwas tun, das sie daran hindert.«

»Und was soll das sein?«

»Fady …« Lázló klatschte begeistert in die Hände, und ein Leuchten ging über sein erschöpftes Gesicht.

»Wie meinen Sie das?«

»Wir müssen dafür sorgen, dass sie glauben, ihre Ahnen wären dagegen, dass sie uns verfolgen.«

»Klingt logisch«, musste Paula widerstrebend zugeben. Dieser Schönling hatte doch auch gute Ideen. »Aber wir wissen nicht, was in diesem Dorf Fady ist.«

»Es gibt einige Tabus, die auf der ganzen Insel gelten. Man darf keine Krokodile töten und keine Drongos, und auf gar keinen Fall Lemuren.«

»Wenn wir so etwas tun, wollen sie uns dann nicht erst recht bestrafen?«

Lázló wurde bleich unter seiner olivfarbenen Haut. »Das klingt leider auch logisch.«

»Aber vielleicht glauben sie auch, ein totes Tier bedeutet, ihre Vorfahren sind nicht mit unserer Verfolgung einverstanden. Vor allem, wenn sie nicht wissen, dass wir es getötet haben.« Je länger Paula darüber nachdachte, desto sicherer wurde sie. »Wir müssen es wenigstens versuchen.«

»Aber die Gewehre sind alle bei Villeneuve. Wir haben nur die Messer.« Lázló sah enttäuscht aus. »Damit können wir weder Krokodile noch Lemuren fangen oder töten.«

»Dann bleiben uns die Vögel.« Paula fand auch den Gedanken, einen Vogel zu töten, den sie nicht mal essen wollten schlimm genug. »Und es ist gut, wenn der Vogel kein Einschussloch hat, sondern nur unerklärlich tot daliegt, wie ein stiller Vorwurf.«

»Aber wie sollen wir den fangen?« Lázló biss sich auf die Lippen. »Ich kann zwar auf Bäume klettern, aber bis ich oben bin, ist jeder Vogel längst weg.«

Schweigend marschierten sie weiter. Paula dachte fieberhaft nach, und es waren ihre klopfenden Ameisenbisse, die sie auf eine Idee brachten. »Die Moskitonetze! Früher hat man das doch auch so gemacht, wir legen die Netze aus und warten, dass ein Drongo darin landet.«

Lázló lachte. »Warum sollten die uns ins Netz gehen?«

»Wir müssen sie anlocken, sie lieben Insekten.«

»Der Drongo kommt selten auf den Boden herunter.«

Paula seufzte. »Und je länger ich darüber nachdenke, desto schlechter finde ich die Vorstellung, dass wir einen Vogel töten, ohne zu wissen, ob uns das nützlich sein wird. Noch dazu einen heiligen Vogel. Nein, es ist keine gute Idee, wir sollten das wieder vergessen. Es muss einen anderen Weg geben.«

In diesem Augenblick drang das vertraute Wimmern aus dem Bündel an Paulas Brust.

»Er hat Hunger.« Sie alle hatten vorhin nicht einen Moment an das Kind gedacht.

Der Junge schrie lauter, Paula schaukelte ihn sanft hin und her, während sie verzweifelt überlegte, was sie jetzt tun sollte.

»Er …« Lázló unterbrach sich und sah sie verschlagen an. »Wenn Sie ihm einen Namen geben, zaubere ich etwas zu essen herbei.«

»Nennen Sie ihn doch, wie Sie wollen, aber tun Sie etwas, damit er zu weinen aufhört.«

»Sie sind die unnatürlichste Frau, die mir je untergekommen ist.« Lázló nahm ihr den Jungen ab und legte ihn sich mit leisem Summen über die Schulter.

Unnatürlich! Das waren genau die Worte, die ihr Mann verwendet und die ihre Mutter wiederholt hatte, und danach der Arzt und der Richter.

Unnatürlich. Worte mit u. Unnatürlich, unfruchtbar, ungehorsam.

Lázlós Worte rammten sich wie Dolchstöße in ihren Leib, ritzten ihre schlecht verheilte Narbe auf, strömten durch ihren Körper wie Gift, ballten sich zusammen zu Wogen von Schmerz und nahmen Paula die Luft zum Atmen. Sie krümmte sich, schützte ihren Bauch, in dem ihre lange Narbe angefangen hatte zu stechen, sackte zusammen auf die feuchte Erde, in ihren Ohren dröhnte es, und sie spürte wieder diesen entsetzlichen Schmerz.

Der Schmerz, der gekommen war, nachdem ihr Mann den Befehl gegeben hatte, ihren Bauch aufzuschneiden, um sein Kind zu retten. Zuerst hatte sich der Arzt geweigert, weil sie ja noch nicht tot war, doch ihr Mann hatte sich wie immer durchgesetzt.

Und sie schnitten das Kind heraus. Ein Kind, das aussah wie ein kleiner Mongole, das kaum Luft bekam und dessen Herz drei Tage später aufgehört hatte zu schlagen. O ja, sie war unnatürlich und unweiblich und unglücklich.

Sie wiegte sich auf ihren Knien vor und zurück, ihr Bauch krampfte. Würde das denn nie aufhören? Hatte sie nicht jede Erinnerung daran ausgemerzt? Trockenes Schluchzen entrang sich ihrer Kehle, würgte sie. Es gab ja doch kein Entrinnen für sie, sollten ihre Verfolger kommen und sie bestrafen.

Lázló hockte sich neben Paula, legte seinen Arm um sie und versuchte sie zu beruhigen. »Es tut mir leid«, murmelte er.

Sie schüttelte seinen Arm ab. Was wusste er schon? Dieser lächerliche, lustgesteuerte Schönling hatte keine Ahnung.

Er blieb trotzdem dicht neben ihr sitzen, und Paula versuchte sich zu beruhigen. Es war ihr entsetzlich peinlich, dass sie so dermaßen die Fassung verloren hatte. Aber es gelang ihr nicht, sich wieder zu fangen, Lázló hatte eine Schleuse geöffnet. Noch nie hatte sie es sich erlaubt, an diesen Tag zurückzudenken. Nicht an den Geruch nach Kampfer, nach Äther, nach Blut, nach Eingeweiden, nach Eisen und Salz. Das alles hatte sie aus ihrem Gedächtnis verbannt und mit anderen Düften betäubt. Und sie war so sicher gewesen, dass sie das längst hinter sich gelassen hatte, in Europa, in ihrem verhassten alten Leben. Dieser Wahnsinn hatte keinen Platz hier, mitten im Dschungel, wo es wichtigere Dinge zu erledigen gab. Das trockene Schluchzen ging über in lautloses Weinen. Tränen regneten auf ihre Knie.

Unnatürlich. Unnatürlich. Unnatürlich.

Lázló hörte auf zu sprechen, wickelte das Kind aus dem Tuch, legte es nackt in Paulas Arm und hielt sie beide so fest, dass sie den Jungen nicht einfach fallen lassen konnte. Jetzt tropften ihre Tränen auf die Wangen des Jungen, der sie mit großen Augen ängstlich und stumm ansah. Instinktiv wischte sie sein Gesicht trocken.

»Was immer geschehen ist, das ist vorbei. Aber wenn Sie daran festhalten, wird es nie vorbei sein, es wird Sie daran hindern zu leben. Und das ist wirklich unnatürlich. Sehen Sie sich dieses Kind an. Es wäre schon tot, gefressen von Ameisen und all den anderen Tieren, die sein kleiner Körper angelockt hätte. Und wie hübsch er ist«, flüsterte Lázló und klang so sanft wie ihr großer Bruder Jo, wenn er sie zu etwas verführen wollte, vor dem sie Angst hatte, wie damals zum Schwimmen. Sie konnte nichts sagen, starrte nur auf den Jungen. Johannes-Karl.

Unwillkürlich senkte sie ihren Kopf näher zu dem Kind. Es roch frisch, erinnerte an holzigen Tabak, aber dann, sie konzentrierte sich, nach dem ersten Eindruck verströmte seine Haut eine Süße, die alles Bittere aus ihr herauszog und etwas sehr Weiches und Sanftes zurückließ. Zuerst war sie nicht sicher, doch dann erkannte sie es. »Oud«, flüsterte sie. Oud, so nannten es die Araber, und die Japaner sagten Kyara, duftendes Holz, Adlerholz oder Paradiesbaum, und das Öl, das aus seinem Harz gewonnen wurde, war teurer als Gold.

»Oud?«, fragte Lázló, der seine Umarmung lockerte. Paula

hielt das Kind trotzdem fest. »Ein seltsamer, aber ein schöner Name.«

Sie konnte jetzt wieder ganz ruhig atmen. Sie schnupperte noch einmal an dem Jungen und dachte nach. Dieses Kind hatte nichts von ihrem Bruder, aber Johannes-Karl war ein guter Name. Der Starke. Und dieses Kind musste stark sein. »Sein Name sollte einer von dieser Insel sein.«

»Ein guter Gedanke, und wie sollen wir ihn bis dahin nennen?«

Paula holte tief Luft und war plötzlich ganz sicher. Johannes Karl war zu groß für diesen Winzling, aber Jo, das würde gehen. »Jo.«

»Jo«, wiederholte Lázló, und dann grinste er sie an. »War doch gar nicht so schwer.«

Sie betrachtete Jo, und er war ihr immer noch fremd, aber sie hasste ihn nicht länger. Verwundert konnte sie sich jetzt eingestehen, dass sie dieses Kind wirklich gehasst hatte. Sie drückte Jo fester an ihre Brust und schämte sich.

Lázló erhob sich und suchte etwas in seinem Sack. »Nachdem das mit dem Namen nun geklärt wäre: Hier sind Stücke von Süßholzwurzel, die habe ich gestern im Dorf gekauft. Daran kann er lutschen, das wird ihn beruhigen. Aber jetzt müssen wir darüber reden, was wir wegen des Drongos machen. Die Sonne ist schon untergegangen, es wird gleich vollkommen dunkel sein.«

Paula war außerstande, über irgendetwas nachzudenken, sie fühlte sich, als ob sie gerade ein schweres Fieber überstanden hätte, sie wollte sich nur noch irgendwo hinlegen, zusammenrollen und schlafen.

Sie sah zu Lázló. Sein sonst so glattes Gesicht wirkte eingefallen, und seine pfauenblauen Augen lagen tief in den Höhlen. Seine Kleider waren genauso feucht und schmutzig wie ihre, und an den Händen hatte er blutige Schwielen von der Arbeit mit den Buschmessern.

Seine Augenbrauen waren fragend nach oben gezogen.

»Ich bin müde, ich glaube nicht, dass ich noch einen klaren Gedanken fassen kann. Wir sollten schlafen und morgen früh weitersehen.«

Lázló zuckte die Schultern, dann reichte er Paula Jos Tücher, damit sie ihn wieder einwickeln konnte.

Danach bauten sie sich ein improvisiertes Nachtlager aus den Moskitonetzen und ihren Matten, und weil es einfacher war, luden sie alles unter ein Netz, und keiner von ihnen dachte darüber nach, ob es schicklich war. Jo legten sie zwischen sich, und auf der jeweils anderen Seite platzierten sie die Buschmesser.

Sie hatte erwartet, dass ihr die Augen zufallen würden, sobald sie sich hingelegt hatte, aber sie war zu aufgewühlt, außerdem fraß der Hunger an ihren leeren Eingeweiden. Morgen mussten sie eine Lösung finden, damit sie so schnell wie möglich zu den anderen zurückkonnten. Die anderen. Sie war überrascht, wie wenig es ihr ausmachte, dass Lázló ihren peinlichen Zusammenbruch erlebt hatte. Und sie wusste, dass er nichts davon verraten würde. Das leise Schnarchen verriet ihr, dass er schon eingeschlafen war, sie beneidete ihn, weil er so mühelos mit all diesen Strapazen zurechtkam, aber etwas daran machte ihr Angst. Und als sie sich über Jo hinweg zu Lázló hinüberbeugte, um an ihm zu riechen, da wurde ihr klar, dass nicht er ihr Angst machte, sondern sie Angst um ihn hatte. Neben der schwarzen

Ambra war da etwas schwer zu Fassendes, ein grauer Geruch, den sie auch bei ihrem Bruder wahrgenommen hatte, kurz bevor er gestorben war. Nach dieser Erkenntnis konnte sie erst recht nicht schlafen, und so lag sie wach, lauschte den Geräuschen des Dschungels und fiel erst nach Stunden in einen unruhigen Schlaf.

21

Mathildes Brief

Ambalava, am Abend des 10. August

Meine liebe Florence,
in Wahrheit hat meine Feder vorhin nicht wegen meines Alters gezittert, sondern es war die Erinnerung an das Zusammensein mit Edmond, die auf mich eingestürmt ist, was ich sehr lange nicht zugelassen habe, denn es hält mich von der Arbeit ab. Und genau diese Erinnerung peinigt mich, denn sie führt mir vor Augen, wie begehrenswert dieser Mann ist und wie viel jünger als ich. Dann überfällt mich die Unsicherheit. Ja, mein Kind, ich weiß, es fällt Dir schwer, mich so schwach zu sehen, aber so ist es nun mal, immer öfter quälen mich Zweifel. Das ist teuflisch, denn diese Zweifel vergiften nicht nur die Gegenwart, nein, sie beschmutzen auch die gemeinsame Vergangenheit, meine kostbaren Erinnerungen, und dann machen sie mir noch dazu Angst vor der Zukunft. Deshalb verbiete ich mir, daran zu denken, wie zärtlich dieser Mann sein kann, wie leidenschaftlich und wie hingebungsvoll.
Und ich denke nicht darüber nach, warum er meine Briefe nicht beantwortet, auch wenn er alle Zeit der Welt hätte, in dem Gefängnis, in dem er immer noch sitzt, und wo er doch weiß, was es mir bedeuten würde, von ihm zu hören. Wozu habe ich

ihm das Lesen und Schreiben beigebracht, wenn er mich jetzt so darben lässt? Du siehst, auch Deine Mutter ist nicht gefeit davor, sich zu einer lächerlichen Schwester von Othello zu machen, ein Vergleich, den ich für uns übrigens ganz besonders passend finde. Nicht nur wegen unserer Hautfarben, sondern auch wegen dieser ganz besonderen Leidenschaft, von der ich Dir so gern ausführlich erzählen würde. Doch ich möchte Dich nicht mit Details von Edmonds und meinem Liebesleben in Verlegenheit bringen, ich bin sicher, das würde Dir nicht gefallen. Nur so viel möchte ich Dir sagen: Wenn Du jemals die Wahl hast zwischen dem, was schicklich ist, und dem, was Dein Herz Dr sagt, dann begehe nicht den Fehler, Dich für das Schickliche zu entscheiden, auch wenn das der leichtere Weg ist. Du hast nur ein Herz, aber Du hast immer die Wahl, was Du ihm befehlen willst: Herz, stirb oder singe!
O Gott, meine liebe Florence, entschuldige, ich bin etwas vom Thema abgekommen. Nachdem Edmond mich zu seinem Weib gemacht hatte, gaben wir uns große Mühe, unser Glück vor allen verborgen zu halten, allein um deinetwillen. Und zu Beginn gelang es uns auch sehr gut. Du erinnerst Dich sicher, dass ich unbedingt herausfinden wollte, warum Edmond Monsieur Beaumont so liebte und warum der ihn umgekehrt so verabscheute. Doch immer, wenn ich mich Edmond gegenüber in Andeutungen erging, zog er mich in seine Arme und flüsterte mir ins Ohr, dass mich das nichts anginge und überhaupt nur meiner überhitzten weiblichen Einbildungskraft entsprungen sei. Aber Du kennst mich, ich ließ nicht locker und unterbreitete ihm meine Theorien, für die ich mich absichtlich aus der Welt des Romans bediente, um ihn zu erheitern oder zum Widerspruch anzuregen. Ich behauptete, Beaumonts Frau sei Edmonds Geliebte gewesen, was ihn immerhin amüsierte, denn Madame

Beaumont hatte nur zwei Laster. Das eine waren Leckereien, die ihren Bauchumfang mit den stattlichsten Fässern konkurrieren ließen, und das zweite war, wenn eine Mutter wie ich das überhaupt so sagen darf, ihr kleiner Sohn Louis, der ersehnte Erbe, der von ihr schlimmer gehätschelt wurde als ein Schoßhund und sich wie ein verzärtelter Prinz gebärdete. Mein nächster Vorschlag, dass es Monsieur selbst sei, der mit ihm ein Verhältnis habe, ärgerte Edmond, brachte ihn aber immer noch nicht zum Reden. Erst als ich mich so weit verstieg, zu behaupten, dass Monsieur Beaumont in einem Bordell oder mit seinem Hund intim gewesen sei und Edmond dies wisse und darüber schweige, da wurde er weich. Er konnte nicht begreifen, dass ich seinem edlen Herrn so etwas unterstellt hatte, und nur um mir klarzumachen, wie falsch ich lag, redete er endlich.

Jetzt fällt mir doch der Federhalter fast aus der Hand, das kommt von der harten Arbeit draußen auf dem Vanillefeld. Ich werde morgen früh weiterschreiben.

22

Linaloe

Aus dem Holze des mexikanischen Citronenbaumes Elaphrium graveolens Knuth wird durch Destillation und Dampf ein sehr angenehm riechendes ätherisches Öl gewonnen, das zur Bereitung verschiedener Parfümeriekompositionen Anwendung gefunden hat.

Am nächsten Morgen erwachte Paula von merkwürdigen Schreien. So etwas hatte sie noch nie gehört. Laute, lang gezogene Töne, wie ein Fiepen aus einer anderen Welt. Nah, sehr nah, und wenn diese Laute nicht von weit oben gekommen wären, hätten sie ihr Angst gemacht.

Sie setzte sich auf. Die nächsten Schreie klangen wütend und hinterließen in ihrem Magen, der sich in ein leeres, hungriges Loch verwandelt hatte, ein zorniges Echo. Dann erst sah sie sich um und bemerkte, dass sie ganz allein war. Lázló und der Junge, nein, Lázló und Jo waren nicht da. Sie stand auf und streckte sich, betrachtete die Bisswunden der Ameisen. Die meisten waren abgeschwollen und fingen an zu verheilen. Sie fühlte sich trotz des Hungers viel besser als gestern, aber sie hatte quälenden Durst.

Paula suchte ihre Flasche und trank von dem Wasser, das unangenehm warm auf ihrer Zunge pappte. Sie brauchten eine saubere Quelle, denn sie hatten kein Feuer, um anderes Wasser abzukochen. Der nächste Schrei war so laut und klagend und nah, dass sie zusammenzuckte und unwillkürlich nach oben sah.

Nichts. Gerade als sie den Kopf wieder senken wollte, sah sie aus den Augenwinkeln eine Bewegung, ein schwarzweißes Tier sprang von einem Ast zum anderen, etwa fünfzehn Meter über ihr. Das also waren die Indris, die heiligen Lemuren, mit ihren langen Schwänzen, dem schwarz-weißen Fell und Gesichtern wie Bären. Aber das Schönste waren die großen Augen, die neugierig zu ihr herunterblickten. Paula hielt die Luft an, verharrte regungslos, um sie nicht zu verjagen, und starrte ebenso neugierig hinauf. Niemand hatte ihr erzählt, wie witzig die schwarzen Fellbüschel aussahen, die den Indris aus den Ohren wuchsen. Ein zweiter Lemur sprang auf den gleichen Baum, griff sich mit dem ausgestreckten Arm ein Büschel von Blättern und fing an, daran zu knabbern. Paula verstand, warum es Fady war, diese Tiere zu töten, sie waren nicht nur schön, sondern strahlten auch eine erhabene Eleganz aus, wie sie von Ast zu Ast und von Baum zu Baum sprangen.

Sie schienen sich zu unterhalten, und Paula wünschte sich, sie könnte verstehen, was diese klagenden, schrillen und fiependen Laute zu bedeuten hatten.

Ein Geräusch hinter ihr veranlasste sie, sich umzudrehen. Lázló und Jo kamen auf sie zu.

»Guten Morgen!«, Lázló verbarg eine Hand hinter seinem Rücken und reichte ihr mit der anderen Jo, der sich trotz der Hitze merkwürdig kalt anfühlte. Unwillkürlich drückte sie ihn an sich, er roch weniger intensiv als gestern, aber der Geruch war noch da. Oud, dieser balsamische Holzrosenduft, der alles Bittere aus ihr herauszog.

»Wo sind Sie gewesen?«

»In dieser Richtung«, er zeigte hinter sich, »liegt ein kleiner Teich. Jo und ich waren so schmutzig und verschwitzt, wir haben gebadet, und Jo mochte es.«

Paula betrachtete den Jungen, der mit weit offenen Augen, aber sehr zufrieden in ihrem Arm lag. »Er müsste doch schrecklich hungrig sein, ich jedenfalls komme um vor Hunger.«

Lázló grinste und holte dann die andere Hand hinter seinem Rücken hervor. Paula erkannte den Duft, bevor ihre Augen sahen, was es war. Honig! Auf einem Palmblatt lagen einige zerbrochene Waben, aus denen etwas gelbrot schimmernder Honig tropfte.

»Das ist für Sie, wir haben unseren Teil schon gehabt.«

Sie bat Lázló, ihr Jo wieder abzunehmen, und machte sich gierig darüber her. Sie mochte keinen Honig und hatte noch nie freiwillig welchen gegessen. Aber jetzt verschlang sie ihn wie Ambrosia, leckte erst ihre Finger ab und dann auch noch das Blatt, auf dem er gelegen hatte.

»Und was machen wir nun?«, fragte sie. »Wo sind unsere Verfolger? Warum hören wir keine Gesänge mehr? Glauben Sie, wir können es schon riskieren zurückzugehen?«

»Das sind eine Menge Fragen auf einmal.« Er wackelte mit dem Kopf und zuckte mit den Schultern. »Haben Sie sie auch gehört?«

Paula wusste sofort, dass er die Lemuren meinte, und nickte.

»Es war eine große Gruppe, vielleicht haben unsere Verfolger sie auch gehört oder gesehen. Und es wäre möglich, dass sie das als Zeichen werten und sich zurückziehen.« Lázló seufzte. »Andererseits, wenn es gar nicht um uns geht, sondern nur um einen Zauberer, der seine Machtposition bestätigt wissen will …«

»Aber es ist still«, sagte Paula und legte demonstrativ die Hände an ihre Ohren, »und wenn uns keiner mehr verfolgt, dann sollten wir zurückgehen, sonst holen wir die anderen nie mehr ein.«

»Der Plan ist völlig aberwitzig, und alles nur, weil wir keine Karte und keinen Kompass haben und uns einzig und allein auf Noria verlassen.« Lázló senkte den Kopf. »Das mit der Karte ist meine Schuld. Villeneuve hatte beides, aber ich habe es verspielt.«

»Verspielt. In Nosy Be?«

Lázló nickte. »Aber das war noch nicht genug für meine Schulden, und deshalb habe ich mit der schlimmsten Prügelei meines Lebens dafür bezahlt. Ich sollte Villeneuve dankbarer sein, dass er mich unter seine Fittiche genommen hat, weil ich zu Hause schon fast das ganze Vermögen unserer Familie verspielt hatte. Ich bin ein Spieler und ein Betrüger.« Er zuckte mit den Schultern, dann grinste er sie breit an. »Ich habe immer alles bekommen, was ich wollte, die Frauen lieben mich, sogar manche Männer. Die einzige Herausforderung, die es für mich gab, war spielen und wetten.«

»Entschuldigen Sie, aber warum hat Villeneuve Sie denn dann mitgenommen?«

»Neben meinen anderen Talenten verstehe ich mich aufs Zeichnen. Jedoch …« Seine Miene verdüsterte sich, was so ein ungewohnter Anblick war, dass Paula noch neugieriger wurde.

»Ja?«

»Wir waren füreinander wie geschaffen. Villeneuve hatte Mitleid mit mir, und ich hatte Mitleid mit ihm.«

»Mitleid?« Ich höre mich an wie ein Papagei, dachte Paula, aber sie war verblüfft angesichts dieser Enthüllungen. Warum um alles in der Welt sollte jemand Mitleid mit Villeneuve haben?

»Wir haben sie beide sehr geliebt, und trotzdem haben wir zugelassen, dass sie stirbt.« Lazlo gab sich einen Ruck. »Wir müssen jetzt los!«

Er reichte Jo an Paula weiter und wirkte so abweisend, dass sie sich nicht traute nachzufragen, wer da gestorben war und warum. Dann baute er das Moskitonetz ab, packte alles, auch Paulas Sachen, zu einem großen Bündel zusammen und warf es sich über die Schulter, während Paula sich darum bemühte, ihre Spuren zu verwischen, indem sie tote Blätter und Rindenstücke auf ihren Schlafplatz warf, dann machten sie sich auf den Rückweg.

Paula ging voran und überlegte, welchen Menschen Villeneuve und Lázló gleichzeitig geliebt haben könnten, aber ihr wollte niemand einfallen, der zu zwei so verschiedenen Männern gepasst hätte, allenfalls eine Mutter vielleicht.

Sie orientierte sich an Lázlós Geruch, und sie war froh, dass sie dieses Wegzeichen hatte, denn ohne dieses hätten sie niemals den Weg zurück gefunden. Nur ganz selten konnte man noch einen Fußtritt von gestern entdecken oder eine Schramme, die ihr Buschmesser an einem Stamm hinterlassen hatte. Obwohl sie sich solche Mühe gegeben hatten, Spuren zu hinterlassen, wirkte der Regenwald fast so, als wäre nie ein Mensch dort gewesen.

Paula hatte Jo mithilfe von Lázló auf ihren Rücken gebunden, was das Tragen sehr erleichterte, weil sie beide Hände zum Klettern und Festhalten frei hatte. Zu ihrem großen Erstaunen fühlte sich das Bündel auf ihrem Rücken nicht wie eine Last an. Ab und zu gab Jo ein paar Laute von sich, die Paula zum Lächeln brachten, auch wenn sie große Angst hatte, ihre Verfolger könnten sich irgendwo still auf die Lauer gelegt haben. Deshalb marschierten sie so lautlos wie möglich und unterhielten sich nicht, und wenn, dann flüsterten sie nur.

»Ich glaube, hier war ihr Nachtlager«, wisperte Lázló schon nach überraschend kurzer Zeit und zeigte nach rechts, wo Paula dann auf den zweiten Blick ein kleines Aschehäufchen erkannte.

»Aber man kann nicht erkennen, wohin sie von hier aus weitergegangen sind, oder?« Paula sah sich unbehaglich um und fühlte sich beobachtet. »Ist das hier eine Falle? Spüren Sie das auch?«

Lázló blieb ganz dicht bei ihr stehen. »Ja«, flüsterte er, »hier muss etwas passiert sein, aber was?«

Paula spähte in die Runde, kniff die Augen zusammen, um deutlicher zu sehen, aber da waren dicht an dicht nur graurosa Baumstämme, grüne Blätter und Büsche, beige, graue und grüne Schlingpflanzen und einige wenige braunrosa Bluten, die sich um einen toten, aber noch stehenden dicken Stamm wanden, der innen halb ausgehöhlt war. Dort, in dem Stamm war etwas. Sicher nur eine Wurzel, jedenfalls kein Mensch. Und Gott sei Dank kein Säugling.

»Kommen Sie mit, ich glaube, ich habe da drüben in dem Stamm etwas entdeckt.« Allein wäre Paula nicht hinübergegangen, sie wollte nie wieder etwas finden, von dessen Anblick man Albträume bekommen konnte.

Lázló nahm ihre Hand, was Paula sehr beruhigend fand, dann liefen sie zu dem dunkelbraunen Stamm hinüber, sahen sich dabei aber ständig wachsam um.

»Was in aller Welt ...?« In diesem Moment erkannte Paula, was da lag, und eine Gänsehaut lief über ihren Rücken, obwohl der von dem kleinen Jo gut gewärmt wurde.

»Unfassbar, aber wie ist das möglich?« Lázló klang genauso verwundert wie sie selbst. Er hatte ihre Hand wieder losgelassen und war in die Hocke gegangen, um alles genauer zu betrachten.

In der Erde steckten drei Stöcke, die ein Dreieck bildeten und um die rote Schleifen gebunden waren. Dazwischen lag ein toter schwarzer Vogel mit einem leicht gekrümmten schwarzen Schnabel und einer langen, zweigeteilten Schwanzfeder. Ein Drongo.

»Aber wir haben doch gar keinen Drongo getötet!« Paula mochte den toten Vogel gar nicht anschauen.

»Nein. Was für ein Zufall.«

»Ein sehr merkwürdiger Zufall, finden Sie nicht?«

»Das gibt es.« Lázló zuckte mit den Schultern. »Umso besser für uns, wir sollten froh sein und zusehen, dass wir weiterkommen.«

»Aber spüren Sie denn nicht diese Stimmung hier?« Paula dachte daran, dass er die blauen Schmetterlinge gesehen hatte, ihre Lapislazuli-Schmetterlinge, die es laut Morten auf der Insel gar nicht gab. Und sie hatte vermutet, das wäre ein Zeichen dafür, dass er Dinge ähnlich wahrnahm wie sie selbst.

»Doch, ja, ich spüre etwas, aber es ist nichts Schlimmes, sondern so ähnlich, als würde man in eine Kirche gehen. Dort fühlt man auch, dass es ein besonderer Platz ist.« Lázló sah ihr direkt in die Augen und lächelte vielsagend. »Sie haben doch sicher schon einmal ein Zimmer betreten, in dem sich gerade zwei Menschen gestritten oder geliebt haben, das spürt man, ohne dass jemand ein Wort sagt. Daran ist nichts Widernatürliches. Also lassen wir alles, wie es ist, und gehen lieber zügig weiter.«

Paula wusste, dass er recht hatte, aber irgendetwas daran kam ihr falsch vor.

Von da an war es einfacher, den Weg zu finden, denn jetzt waren deutliche Spuren zu erkennen, was zum einen bedeutete, dass es viele Menschen gewesen sein mussten, die hier gelaufen waren, und zum anderen, dass sie noch kurz vor ihnen sein mussten, sonst hätte die feuchte Hitze längst alle Hinweise auf Eindringlinge unter sich begraben.

Sie blieben dicht beieinander und schwiegen. Paula konzentrierte sich darauf, die schwarze Ambra nicht aus der Nase zu verlieren. Mitleid, Villeneuve hatte Mitleid mit diesem Adonis gehabt.

Nach zwei Stunden blieb Paula erschöpft stehen. »Hier ist es, ab jetzt sind wir wieder auf der Spur unserer Gefährten.«

»Sind Sie wirklich sicher?«

Lázló sah sich verblüfft im Dschungel um. »Niemals hätte ich die Stelle, an der wir uns getrennt haben, wiedererkannt. Alles sieht so gleich aus.«

Paula war ganz sicher und vor allem erleichtert, denn sie konnte den Jasmin viel deutlicher wahrnehmen als die schwarze Ambra. Noria war sehr verschwenderisch damit umgegangen, hoffentlich reichte das Öl, bis sie sich wiedergefunden hatten. »Ja, das bin ich, aber ohne den Jasmin wäre ich auch verloren.«

»Dann nichts wie los. Ich wünsche mir, dass Morten seine Truhe recht sauer geworden ist und sie nur langsam vorangekommen sind. Ich brauche dringend ein bisschen mehr zu essen als eine Handvoll Honig, und ich fürchte, Jo wird sich auch bald melden.«

Sie folgten dem Jasmin. Der Pfad führte sie in immer dichteres Gestrüpp, hier und da erkannte Paula die Spuren der Buschmesser. Je höher die Sonne stieg, desto feuchter und heißer wurde es, und dann begann es auch noch in unaufhörlichen Strömen zu regnen. Paula lief Wasser und Schweiß in Bächen über den Körper, und sie bat Lázló nachzusehen, ob Jo noch genug Luft bekam. Er war aufgewacht, und Lázló gab ihm wieder ein Stück Süßholzrinde. Aber solange Jo das im Mund hatte, konnte er nicht auf ihren Rücken gebunden werden. Paula nahm ihn auf ihren linken Arm, und Lázló band aus dem klatschnassen Tuch eine Schlinge für sie beide, um den Arm zu entlasten, dann marschierten sie wortlos weiter.

Der Boden, der bisher fast nur aus verrotteten Blättern und Rinde bestanden hatte, wurde erdiger und schlammiger. Der Matsch gab ihre Füße nur mit einem widerwilligen Schmatzen frei. Paulas Schuhe waren von den immer größer werdenden Wasserpfützen und dem strömenden Regen völlig durchnässt.

»Ich habe den Eindruck, wir verlieren an Höhe. Es wird wärmer und dann das viele Wasser, wir nähern uns tatsächlich dem Meer«, sagte Lázló.

»Sie klingen überrascht.«

»Wir folgen immerhin einer für mich unsichtbaren Spur.«

»Ich bin froh, dass ich mich für Jasmin entschieden habe, bei all dieser Feuchtigkeit hätten sich die meisten anderen Gerüche längst in ihre Bestandteile zersetzt.«

»Wie haben Sie gemerkt, dass Sie so eine gute Nase haben?«

»Das ist nur Übung.«

Paula blieb stehen, schirmte Jo mit ihrer Hand ab und hielt dann ihr Gesicht in den Regen.

»Machen Sie das auch mal.«

Lázló sah sie belustigt an, dann wandte auch er sein Gesicht zum Regen hin.

»Und was riechen Sie?«, fragte Paula.

»Regen?«

»Riecht dieser Regen wie zu Hause bei Ihnen in Ungarn?«

»Nein, na gut, dieser Regen hier riecht süßer – oder nein, nicht süßer, doch irgendwie schon.« Er schnupperte jetzt wie ein nervöser Hund und brachte Paula zum Lachen.

»Und wie riecht der Regen für Sie?«, fragte er.

Paula kopierte sein Hundeschnuppern, legte dramatisch ihren Kopf zurück und ließ den Regen auf ihr Gesicht prasseln.

»Grasig, erdig, bitter, mit einer Prise Ingwer, Engelwurz, Anis und fauligem Apfel. Obwohl dieser Regen so sanft daherkommt, ist er kriegerisch, er riecht wie eiserne Schilde, bildet graue Schlieren, die wie in einem Labyrinth angeordnet sind.«

Er starrte sie an.

Paula wurde rot. Sie hatte noch nie jemandem erzählt, dass sie manchmal Bilder zu Gerüchen malte. Sehr oft stiegen eindringliche, farbenprächtige Bilder in ihr hoch, wenn sie sich intensiv damit beschäftigte. Was es für sie nicht gerade leicht gemacht hatte, die Duftrezepte ihrer Großmutter umzusetzen. Für Paula war jeder einzelne Geruch schon ein ganzes Universum.

»Dann wollen Sie wirklich zu diesem Vanillefeld?«

»Ja, was denn sonst?« Paula war verblüfft. »Was zum Teufel hätte ich denn sonst hier zu suchen?«

Lázló bückte sich und band seine nassen Schnürsenkel fest. »Wir sollten weitergehen«, murmelte er. »Ich habe Hunger.«

»Lange kann ich nicht mehr laufen, ich habe jetzt schon wunde Stellen von den nassen Schuhen.«

»Wir müssen wenigstens noch so weit, bis wir einen halbwegs trockenen Platz für die Nacht gefunden haben.«

Der Regen hörte genauso plötzlich auf, wie er angefangen hatte.

Paula stöhnte, aber dann setzte sie sich wieder in Bewegung, nicht nur sie war vollkommen durchnässt, auch Jo in ihrem Arm war nass bis auf die Haut. Er war wach und saugte unentwegt an der Süßholzwurzel. Paula fragte sich, wann er es aufgeben und nach Nahrung verlangen würde. Jo war wirklich ein friedliches Kind, oder spürte er ganz einfach, dass es sinnlos wäre, zu weinen?

»Alles in diesem verdammten Urwald ist nass«, fluchte Lázló, nachdem sie durch immer tiefere Pfützen gewatet waren, und sprach Paula damit aus vollem Herzen.

Die Sonne war hervorgebrochen, ließ das Wasser von den Blättern verdampfen und verwandelte die feuchte Luft in schwüle Hitze. Wie hatte ihre Großmutter das nur alles durchgestanden?

»Ist das auch wirklich der richtige Weg? Müssten wir die anderen nicht längst eingeholt haben? So weit können sie doch noch nicht gekommen sein. Nicht mit all dem Gepäck in diesem Matsch!«

»Es ist der richtige Weg.« Paula blieb stehen. »Ich kann auch nicht mehr, wenn es keinen trockenen Platz gibt, dann müssen wir uns eben etwas einfallen lassen. Vielleicht bauen wir uns aus Palmblättern eine Unterlage und ein Dach?«

»Natürlich, und dann erlegen wir noch einen Bären, ziehen ihm das Fell ab, legen uns darauf, machen ein prächtiges Feuer, grillen ihn und trinken eine ordentliche Flasche Rum.«

»Heute wäre wirklich ein guter Tag für Rum«, seufzte Paula.

Jo spuckte das Hölzchen aus und begann zu schreien.

»Ein wirklich sehr guter Tag für Rum.« Paula versuchte Jo durch schaukeln zu beruhigen, aber er ließ sich nicht besänftigen. Er wurde immer lauter und war knallrot im Gesicht.

»Wir müssen irgendwas tun.« Paula sah hilflos zu Lázló.

»Nicht irgendwas, er braucht einfach nur etwas zu essen.«

»Aber wir haben nichts.«

Jos Gebrüll schallte durch den Dschungel, und Paula fühlte sich erbärmlich. Seine Händchen waren zu Fäusten geballt, und seine Arme zitterten, während Tränen über sein Gesicht liefen.

Sie hatte nur ihre Öle und Essenzen im Sinn gehabt, und nur deshalb musste dieses Kind so leiden. Lázló hatte auch nicht an Essen gedacht, niemand hatte daran gedacht. Jos

Schreien war zermürbend, es musste aufhören, ihre Nerven lagen blank.

Ihre Öle. Vanille.

»Geben Sie mir meine Sachen, bitte.«

Lázló schnitt fünf große Palmblätter ab, schüttelte die Tropfen herunter und legte sie auf den nassen Boden, dann erst legte er ihr Bündel auf die sauberen, glatten Blätter.

Paula war ihm dankbar, dass er keine Fragen stellte, schließlich wusste sie nicht, ob es funktionieren würde. Sie suchte die Vanille, deren Duft sie immer als warm und sättigend empfunden hatte. Sie öffnete das Fläschchen und kam sich unsagbar albern vor, hier mitten im Regenwald einem schreienden Säugling Vanille unter die Nase zu halten. Sie schloss die Augen, als sie den vertrauten Geruch wahrnahm, und sog ihn tief ein, als müsste sie dem Kleinen ein Beispiel geben, aber das war nicht nötig. Das Gebrüll ebbte ab.

Sie hielt das Fläschchen weiter unter seine Nase, schaukelte ihn sanft hin und her und murmelte Worte, von denen sie nicht wusste, woher sie kamen. »Schlaf, mein Kleiner, Jo-Jo, mein Prinzchen, Jo, alles wird gut, alles, alles wird gut. Hörst du mich, Jo-Jo, du kannst jetzt nicht sterben, ich habe dich gerettet. Wir werden dich durchbringen, dieses Leben hat dir etwas zu geben, Jo, du kleiner Mann.« Als seine winzigen Lider sich flatternd senkten und dann schließlich schlossen, hatte Paula Tränen in den Augen – sie hatte es geschafft. Und in diesem Augenblick wusste sie, dass sich auch in ihr etwas verändert hatte.

Sie verstöpselte das Fläschchen und verstaute es in ihrer Rocktasche, für den Fall, dass er aufwachen und sie es bald wieder brauchen würde.

»Was für eine Droge war denn das?«, fragte Lázló spöttisch, ging einen Schritt auf sie zu und streckte die Hand aus. »Davon hätte ich auch gern etwas.«

»Das war keine Droge, nur Vanille.«

»Ich habe mich in Ihnen getäuscht, es war unverzeihlich, dass ich Sie gestern unnatürlich genannt habe.«

Paula wartete auf die vertraute Reaktion auf dieses Wort, aber sie kam nicht, es hatte keine Macht mehr über sie.

»Sie sind eine ganz wunderbare Frau, mit der Gabe, andere satt zu machen. Ich bin ein Mann und habe auch Hunger.«

Lázló trat noch näher zu ihr, was Paula verwirrte. Warum tat er das?

Unwillkürlich hob sie Jo wie einen Schutzschild hoch. Lázló grinste. »Küsse können sehr satt machen.«

»Was?« Warum kam er ihr jetzt so? Sie war sicher, dass er nicht wirklich an ihr interessiert war. Er hätte doch schon längst Annäherungsversuche machen können, aber sie hatten die ganze Nacht wie Bruder und Schwester nebeneinandergelegen. Also warum jetzt? Vielleicht war es wirklich der Hunger. Oder aber es war die Vanille, die ihm zu Kopf gestiegen war, ohne dass er sie wahrgenommen hatte, Vanille besaß starke sinnliche Untertöne.

»Lázló, ich halte das für keine gute Idee, und Sie wissen das auch. Sie verwechseln mich mit Noria.«

Er legte seinen Arm um sie und zog sie mit dem Kleinen im Arm fest an sich. »Unsinn, es würde uns beiden guttun, uns auf andere Gedanken bringen.«

»Nein!« Sie boxte ihm mit all der Kraft, die sie noch hatte, mit der freien Hand in seine Brust und war überrascht, dass es ihr gelang, ihn wegzuschubsen. Er hatte nicht mit diesem

Angriff gerechnet und, schlimmer noch, er verlor das Gleichgewicht und stürzte in den Matsch.

Entsetzt starrte Paula ihn an. Mit überrascht aufgerissenen Augen lag der schöne Lázló jetzt mit Dreitagebart, nass und wütend und über und über mit Schlamm bespritzt zu ihren Füßen.

Sie konnte nicht anders, nach einer Schrecksekunde stieg ein Kichern aus ihrem Bauch in ihre Kehle und wurde zu einem Lachen, schwoll an zu gewaltigem Gelächter. Ihre innere Stimme ermahnte sie, sofort mit dem Lachen aufzuhören. Aber sie konnte nicht, es war, als ob sich aller Wahnsinn, der Hunger, die Strapazen und die Hitze in ihrem Lachen entluden, und selbst wenn Lázló sie jetzt verprügeln würde, sie konnte nicht anders, sie lachte aus vollem Herzen.

Lázló starrte sie zornig an, geradezu bösartig, aber dann verzerrte sich sein Gesicht, er grinste, seine Muskeln zuckten, und schließlich musste auch er lachen. Paula reichte ihm ihre Hand, um ihm beim Aufstehen zu helfen, aber er zog sie voller Kraft zu sich in den Matsch. Sie wollte ihn empört anschreien, aber dann musste sie weiterlachen.

»Es tut mir leid, Sie müssen keine Angst vor mir haben.« Lázló schnaufte und lachte immer noch. »Ich weiß nicht, was da eben über mich gekommen ist, aber als Sie den Kleinen beruhigt haben, sahen Sie plötzlich aus wie eine höchst begehrenswerte und verführerische Göttin. Es muss der Hunger sein, da wird man zum Wolf.«

Verführerisch! Paula betrachtete ihren Rock, der nass und vollgesogen von der rotbraunen Erde an ihren Beinen klebte, dann stellte sie sich vor, wie ihr Gesicht und ihre Haare aussahen, und lächelte. »Das scheint mir die einzig logische Erklärung! Denn nur ein verzweifelter Wolf würde über so eine Vogelscheuche herfallen.«

Sie sahen sich versöhnlich lächelnd an, und Paula fragte sich jetzt doch, wie es wohl wäre, Lázló zu küssen, verbat es sich aber sofort. Sie hatten jetzt andere Sorgen.

Es hatte aufgehört zu regnen, am liebsten hätte sie sich auf den Rücken fallen lassen und sich im Schlamm hingelegt. Es kam ihr so sinnlos vor aufzustehen, den Dreck abzuschütteln und weiterzugehen. Warum nicht hierbleiben, ausruhen und schlafen.

»Wir müssen weiter.« Lázló machte sich daran, sich aus dem Matsch zu lösen.

Paula hingegen schloss ihre Augen und ließ sich mit Jo auf dem Arm nach hinten sinken. Was für eine Erleichterung!

»Sind Sie verrückt? Wir können hier nicht liegen bleiben.«

Paula öffnete die Augen und sah durch eine Lücke zwischen den Bäumen die Sonne glitzern. Sie sah genauer hin. Das war nicht die Sonne selbst, sondern ein riesiges Spinnennetz, das golden in der Sonne leuchtete. Einige Wassertropfen schimmerten darin wie Diamanten. Sie betrachtete es noch genauer. Nein, es war nicht die Sonne, die das Netz golden färbte, es war das Netz selbst, das nicht durchsichtig, sondern wie aus Goldfäden gewebt war.

»Haben Sie schon einmal goldene Spinnweben gesehen?«, fragte Paula, die von diesem Anblick nicht genug bekommen konnte.

»Unsinn. Sie halluzinieren. Das ist der Hunger.«

Paula patschte neben sich in den Schlamm. »Kommen Sie her und setzen Sie sich, es ist doch jetzt sowieso schon egal. Das müssen Sie sich anschauen.«

»Na gut, aber nur, wenn Sie dann endlich wieder aufstehen.«

»Versprochen.«

Lázló setzte sich neben sie und vermied es, ihr zu nahe zu kommen, aber sein holzig-sinnlicher Tabakgeruch erreichte sie trotzdem. Er beugte sich zurück.

»Das ist ja großartig! Was für ein Geschenk! Madame Kellermann, warum haben Sie nicht gleich verraten, was Sie mir da zeigen wollen.«

Verdutzt richtete sich Paula auf und musterte Lázló. Er wollte sie auf den Arm nehmen. Aber da setzte er sich wieder auf und strahlte sie förmlich an.

»Ich hätte nicht gedacht, dass goldene Spinnennetze Ihnen so viel Freude machen«, sagte sie.

»Na, dann schauen Sie doch mal genauer hin.«

Paula legte sich wieder hin und starrte auf das goldene Netz. Jetzt bemerkte sie einige, wie in goldenes Vlies eingewickelte Insekten, die am Rand des Netzes hingen. Er meinte doch nicht etwa, dass sie die essen sollten, oder waren sie vielleicht besonders schmackhaft?

»Die Insekten?«

»Nein, natürlich nicht, aber dahinter, schauen Sie doch mal hin.«

Paula versuchte durch das goldene Netz hindurchzuschauen. Bäume. Nichts als Bäume und Blätter.

»Konzentrieren Sie sich auf den Baum, vor dem das Netz hängt.«

»Der Baum hat grünliche Auswüchse an seinem Stamm, die wie riesenhafte Geschwüre aussehen. Und die Schale der Geschwüre sieht so merkwürdig aus wie die von rosa

Litschis, nur eben grün.« Litschis! Allein der Gedanke an diese süßen, weißen Früchte, die sie im November auf Nosy Be täglich genossen hatte, ließ ihr das Wasser im Mund zusammenlaufen.

»Der Vergleich mit den Litschis ist nicht so schlecht, denn das, was Sie da sehen, Madame Kellermann, nennt man einen Jackfruchtbaum, der gerade Früchte trägt!«

»Ja natürlich, klar, Jackfrucht! Und daneben erkenne ich deutlich den Stevefruchtbaum und den Petefruchtbaum.«

»Los, kommen Sie mit, ich zeige es Ihnen.« Lázló war so begeistert, als hätten sie gerade das Ei des Kolumbus entdeckt, sprang auf, half ihr hoch, warf sich das Bündel auf den Rücken und griff sich die beiden Buschmesser. »Gehen wir, mein Magen knurrt.«

Sie schlugen sich einen Weg durch das Gebüsch, hin zu dem Baum, dort blieben sie wie angewurzelt stehen.

Der Jackfruchtbaum war eingehüllt in einen Mantel aus goldenen Spinnweben, und je näher sie kamen, desto deutlicher konnte man auch die Spinnen erkennen, die in dem Netz saßen. In der Mitte hockte eine große Spinne mit einem braunen Körper, groß wie der von drei Maikäfern und weiß gesprenkelt. Die Beine waren schwarzrot gestreift wie Signalschranken und so lang wie Paulas Handspanne, und zwei von diesen Beinen waren sogar noch viel länger. Am Rand hingen mehrere kleinere Spinnen, die wie schüchterne Besucher wirkten.

»Aber wir müssen ihre Netze zerstören, um an die Früchte zu kommen.«

»Na und? Wir haben Hunger. Das sind doch nur Spinnen, die können sich gleich wieder ein neues Netz weben.«

Paula hatte keine Angst vor Spinnen, aber diese hier waren sehr groß. »Aber vielleicht werden sie wütend.«

»Die Spinnen auf Madagaskar sind nicht tödlich.« Lázló schwang schon das Messer. »Ich gehe vor, wir müssen essen, um weitergehen zu können, und auch der Kleine wird es nicht mehr lange machen ohne Essen.«

Paula deckte Jos Gesicht mit Tüchern zu und folgte Lázló, an dessen Buschmesser die Fäden schon klebten wie feuchte goldene Lamettafäden.

Sie hielt sich dicht hinter Lázló, und nur deshalb sah sie, wie eine der langbeinigen Spinnen sich an seinem Hals festbiss. Drei kleinere Spinnen krabbelten über seinen Rücken, Paula versuchte sie wegzuschnippen, das gelang ihr zwar, aber dafür hatte sie jetzt zwei Spinnen auf ihrem Arm, und so nah waren sie ihr doch widerlich. Sie schüttelte sich, um sie loszuwerden, und deshalb sah sie die zweite von den großen schwarz-rot gestreiften Spinnen auf Lázlós Kopf erst, als sie schon dabei war, in sein Hemd zu kriechen.

Plötzlich schrie Lázló laut auf, Paula schrak zusammen. »Was ist?«, fragte sie.

»Diese Biester haben mich gebissen! In den Hals und in die Augenbrauen.« Er blieb stehen, dabei wackelte und schüttelte er sich wie ein Derwisch. »Tun Sie etwas, sehen Sie noch welche? Dann nehmen Sie sie weg, helfen Sie mir, schnell!«

Paula entdeckte noch eine große Spinne auf seinem Arm und eine an seinem Oberschenkel, sie schlug sie weg. Ein scharfer Schmerz durchschnitt ihren Handrücken, und sie vergewisserte sich, dass sich nicht noch weitere Spinnen in den Falten von Jos Tüchern versteckt hatten.

Endlich standen sie vor dem Baum. Lázló fluchte vor sich hin, und als Paula in sein Gesicht sah, war sie entsetzt. Sein Auge war zugeschwollen, und am Hals hatte er jetzt schon eine Beule, groß wie ein Apfel. »Verdammt, tut das weh. Mag sein, dass das nicht giftig ist, aber es fühlt sich so an.«

Paula warf einen Blick zu den unregelmäßig großen Früchten, die hoch über ihnen direkt aus dem Baumstamm wuchsen. »Wie kriegen wir die dort runter?«, fragte sie und beantwortete sich das gleich selbst. Mit einer Stange, also einem langen Ast oder einem Baumstamm.

Lázló war am Fuß des Stamms zusammengesackt und atmete schnell. »Diese verfluchten Spinnen.«

Paula reichte ihm ihre Wasserflasche, und er trank gierig.

»Ich versuche einen Ast zu finden, mit dem wir die Früchte herunterschlagen können. Dann verraten Sie mir, wie man sie isst. Bleiben Sie sitzen, das schaff ich allein.« Sie übergab ihm Jo und machte sich auf die Suche. Es gab zwar jede Menge tote Äste, aber die zerbröselten schon, wenn man sie nur anfasste. Viele der dünnen Baumstämme waren aus Palisanderholz und für Paula mit dem Buschmesser nicht zu fällen. Und an die dickeren war gar nicht erst zu denken. Immer wieder vergewisserte sie sich, dass sie Lázló nicht aus dem Blickfeld verlor, und schließlich entdeckte sie einen Ast, der geeignet war. Sie brauchte mehrere Versuche, um ihn vom Stamm zu schlagen, aber schließlich schaffte sie es, und der Ast krachte auf die Erde. Als sie sich zu dem Ast bückte, hatte sie das Gefühl, beobachtet zu werden, und war sicher, Lázló hatte sich erholt und stand hinter ihr. Sie drehte sich um, aber es war niemand da. Lázló saß immer noch mit Jo auf dem Arm an dem Jackfruchtbaum. Sie packte den Ast mit einem leisen Ächzen und schleppte ihn zu dem Baum. Hochheben musste ihn Lázló, sie würde das Ding keinen halben Meter hoch bekommen. Als sie ihn zum Jackfruchtbaum geschafft hatte, sah sie, dass Lázló eingeschlafen war.

»Lázló?« Sie rüttelte ihn, Jo kullerte aus seinem Arm, und sie schaffte es gerade noch, den Säugling aufzufangen.

»Lázló!« Sie rüttelte ihn mit ihrer freien Hand erneut. Er atmete schwer, murmelte leisen Protest und behielt die Augen zu. »Was ist denn?« Er klang wie betrunken.

»Lázló, bitte, Sie müssen mir helfen, ich kriege das Ding nicht hoch.«

Lázló kicherte, und Paula hatte große Mühe, seine verwaschene Aussprache zu verstehen. »Das habe ich noch nie aus dem Mund einer Dame gehört!«

»Lázló, reißen Sie sich zusammen!«

Er keuchte ein paarmal, hob den Kopf und schlug die Augen auf, aber Paula konnte nur eines sehen, weil das andere jetzt völlig zugeschwollen war. Und das Auge, das sie anstarrte, versetzte sie in Panik. Sein Augapfel hatte sich gelbrot verfärbt, die Pupille war so groß, dass man von seiner pfauenblauen Iris fast nichts mehr sehen konnte. Was hatte das zu bedeuten?

»Lázló, was ist los mit Ihnen?«

»Meine Handflächen und meine Füße jucken, ich kriege keine Luft, mir ist sehr übel, aber sonst geht es mir gut.«

»Sie brauchen etwas zu essen, wir beide holen jetzt die Früchte von dem Baum, ja?«

Er antwortete nicht und fiel zur Seite. Sie kniete sich neben ihn. »Lázló, Lázló, reden Sie mit mir! Was kann ich tun? Gibt es etwas?«

»Wasser!«, flüsterte Lázló, und Paula beeilte sich, ihm das wenige Wasser, das noch in ihrer Flasche war, einzuflößen, dazu legte sie Jo neben sich und bettete Lázlós Kopf auf ihren Schoß.

Er verschluckte sich, keuchte und rang nach Luft. »Sieht so aus, als würde ich doch nicht mit zurückkommen.«

Er flüsterte immer leiser, und Paula musste sich tief zu ihm beugen, um ihn zu verstehen. »Fehler gemacht, niemand sollte den Drongo. Fady. Sagen Sie Henri, es tut mir leid, sagen Sie ihm, es war alles meine Schuld, ich habe Marie mit diesem Scharlatan zusammengebracht, weil mir ihr Gejammer auf die Nerven ging.«

»Nein, Lázló, reißen Sie sich zusammen, diese Spinnen sind nicht giftig. Los, kommen Sie schon. Ein Mann wie Sie! Trinken Sie noch etwas. Gleich wird alles besser.«

Aber er röchelte zunehmend schlimmer, suchte ihre Hand und hörte nicht auf zu flüstern. »Nicht vertrauen. Niemandem. Lügner. Vergessen Sie die Freude nicht. Lieben Sie.«

Dann sagte er nichts mehr. Atmete nicht mehr. Panisch fühlte sie nach seinem Puls, am Handgelenk, an der Halsschlagader, beugte sich dicht über sein Herz. Nichts.

»Nein!« Paula starrte auf Lázló. Das war nicht möglich, er war zu schön, zu jung, zu lebendig, um einfach tot zu sein. Sie strich über seine Wange. Gestern erst hatte er sie dazu gebracht, dem Kind einen Namen zu geben. Heute Morgen hatte er sie mit Honig gefüttert, und eben gerade noch hatten sie zusammen im Schlamm gelegen und gelacht. Das konnte nicht wahr sein. Doch nicht Lázló, doch nicht dieser gesunde, schöne, freundliche Mann. Warum lebten Männer wie Baron Wagenbach so ewig und ein Mensch wie Lázló starb einfach so? So schnell. Das war nicht gerecht.

Sie saß wie betäubt neben Lázlós Leiche und starrte auf die goldenen Fetzen, die von den Spinnweben noch übrig waren.

23

Moschuskörner

Auch Abelmoschuskörner, Bisamkörner, Ambrettekörner genannt, sind die Samenkörner der im mittleren Afrika, Arabien und in Indien heimischen Bisampflanze, Hibiscus Abelmoschus L. Die Körner sind rötlichgrau, nierenförmig und besitzen nur einen schwachen, an Moschus erinnernden Geruch.

Immer noch betrachtete Paula den toten Lázló, der aussah, als ob er nur schlafen würde. Hätte sie irgendetwas tun können, tun müssen, um ihn zu retten? Wenn die Spinnenbisse nicht tödlich waren, was hatte ihn dann so schnell umgebracht? Vielleicht gab es doch giftige Spinnen auf Madagaskar, die einfach noch kein Forscher entdeckt hatte.

Dann sollte sie Jo und sich schleunigst in Sicherheit bringen, aber vorher musste sie diese Früchte vom Baum holen, sonst war Lázló wirklich umsonst gestorben. Sie sah sich nach Spinnen um, aber sie konnte nirgends welche entdecken. Mücken umkreisten Lázló, als ob sie schon wüssten, dass er tot war. Was sollte sie mit ihm machen? Sie konnte ihn nicht tragen, aber auch nicht einfach hier liegen lassen. Und was war mit seinen Sachen? Sie war allein, da war es unmöglich, alles mitzunehmen. Und wie würden die anderen reagieren, wenn sie ohne Lázló zurückkam? Paula schauderte bei dem

Gedanken, Villeneuve sagen zu müssen, dass Lázló gestorben war, und Norias Gesicht wollte sie sich gar nicht erst vorstellen. Morten würde erstaunt sein, aber nicht wütend, sondern so etwas sagen wie: Die Wege des Herrn sind unergründlich.

In diesem Moment wachte Jo auf und begann jämmerlicher zu weinen als jemals zuvor. Als wüsste er, was passiert war, dachte Paula. Sie drückte ihn an sich und versuchte ihn zu beruhigen, aber es gelang ihr nicht.

»Du hast Hunger, du bräuchtest Milch, aber ich habe keine.« Paula sah hoch zu den braungrünen Früchten, sie musste sie herunterholen, öffnen und etwas davon an Jo verfüttern.

Jo schrie immer noch wütender, was Paula jede Sekunde nervöser machte. Sie legte das Kind auf Lázlós Schoß, griff sich den Ast, biss die Zähne zusammen und stemmte ihn in die Höhe. Es fehlte nur eine Handbreit.

Das gibt es doch gar nicht, dachte sie, was tue ich hier? Neben mir liegen eine Leiche und ein schreiender Säugling. Wir haben Hunger, und diese Früchte, die Lázló den Tod gebracht haben, sind zum Greifen nahe, doch ich schaffe es nicht, sie herunterzuholen.

Eine Welle ungeheurer Wut durchströmte Paula, sie nahm einen neuen Anlauf und sprang mit dem Stock in der Hand hoch, mit dem Ergebnis, dass der Ast ihr aus der Hand fiel und sie sich den Knöchel verrenkte. Jo war dunkelrot im Gesicht vom Schreien, Tränen stürzten aus seinen Augen.

Paula hätte am liebsten auch geweint und sich zum Sterben neben Lázló gelegt, aber sie hatte Jo doch nicht aus dem Ameisenhaufen gerettet, um ihn jetzt verhungern zu lassen –

denn das wäre, wie Lázló es sagen würde, höchst unnatürlich von ihr.

Paula suchte nach etwas, worauf sie klettern könnte, ein Baumstamm, ein großer Stein, irgendetwas. Aber da war nichts. Jos Schreien begann ihren Puls zu beschleunigen. Sie musste etwas tun, um ihn wenigstens einen Moment ruhigzustellen, sie musste nachdenken.

Sie schnürte das Bündel auf, das Lázló aus ihren Sachen gepackt hatte, suchte nach seiner Wasserflasche und schüttelte sie. Gott sei Dank, es war noch etwas darin. Sie flößte Jo das Wasser ein, was ihn genau so lange ruhigstellte, wie er das Wasser trank. Nachdem die Flasche leer war, fing er sofort wieder an zu schreien.

Böse Stimmen in ihrem Kopf schlugen vor, einfach wegzulaufen, das Kind und Lázló dort liegen zu lassen und das Weite zu suchen. Vielleicht sollte dieses Kind einfach sterben, vielleicht waren die Medizinmänner des Dorfes viel schlauer als sie und wussten, warum dieses Kind verflucht war und allen den Tod brachte.

Dieses Kind, bist du verrückt? Das ist Jo. Hör auf damit! Du hast die Verantwortung für ihn.

Sie setzte sich neben Lázló, schaukelte den Jungen, sah immer wieder hoch zu den Früchten und überlegte fieberhaft, was sie tun sollte. Schließlich kam ihr ein Gedanke, doch sie verwarf ihn sofort. Aber dann wurde ihr klar, dass sie keine andere Chance hatte. Sie würde es ohne Nahrung sicher noch ein paar Tage aushalten, aber der kleine Jo würde sterben. »Lieben Sie!«, hatte Lázló gesagt, er würde es verstehen, er würde das gutheißen.

Paula suchte ein paar große Palmwedel und bastelte aus

ihrem Moskitonetz und den Palmblättern eine provisorische Hängematte für Jo, hängte sie zwischen zwei Baumstämme und legte Jo dort hinein. Dann entschuldigte sie sich bei Lázló, zerrte ihn direkt an den Stamm und lehnte ihn dort an. Sie sah sich immer wieder nach Spinnen um, entdeckte aber keine. Schweiß floss ihr in Strömen über das Gesicht, während sie ihn auf die Knie brachte, dann legte sie seinen Oberkörper auf die Knie, sodass er in einer gebückten Hockstellung am Baum lehnte. »Verzeih mir, Lázló, bitte, ich tu es für Jo.« Danach griff sie sich den Ast und stützte sich an ihm ab, während sie auf den toten Lázló kletterte. Ihr verletzter Knöchel stach, und ihre Armmuskeln brannten. Dann hob sie den Stock mit ihrer ganzen Verzweiflung hoch zu den Früchten, und diesmal schaffte sie es! Etliche Früchte stützen zu Boden, und erst jetzt begriff Paula, wie groß sie waren. Wie gut, dass sie Jo in Sicherheit gebracht hatte.

Zwei der Früchte platzten auf, als sie zu Boden fielen, drei blieben unverletzt.

Sie sank auf Lázlós Leiche zusammen, er fühlte sich noch warm an und wirkte trotz der merkwürdigen Haltung, in die sie ihn gebracht hatte, immer noch so, als würde er sich nur ausruhen. »Danke, Lázló, danke, ohne dich hätte ich das niemals geschafft.«

Der Gestank nach süßlicher Verwesung lenkte ihre Aufmerksamkeit zu den Früchten. Warum rochen sie so, waren sie verdorben?

Sie kletterte von Lázló herunter und betrachtete die aufgeplatzten Früchte genauer. Unter der Schale lag gelbweißes Fruchtfleisch, durch Häutchen getrennt, in ovalen Kammern dicht an dicht. Helle, kidneybohnengroße Kerne schimmerten darin. Welchen Teil konnte man essen, alles, oder war etwas giftig?

Paula wollte das Fruchtfleisch herauslösen, doch es gelang ihr nicht, es war zu fest von den Häutchen umhüllt, außerdem klebten ihre Hände jetzt. Sie versuchte sie an den Blättern abzuwischen, aber ihre Finger pappten aneinander. Sie griff nach ihrem Buschmesser, trennte Fleisch aus den Kammern und stopfte es sich, vorsichtshalber ohne Kerne, in den Mund. Das feste Fruchtfleisch schmeckte köstlich, saftig und süß und erinnerte Paula ein bisschen an Bananen. Erleichtert stöhnte sie auf, nahm sich noch mehr davon und aß es voller Behagen. Das konnte unmöglich giftig sein. Sie erinnerte sich an ihren Streit mit Villeneuve über das Süße, und wünschte sich, er wäre hier und würde mit ihr zusammen um Lázló trauern. Ihr Blick fiel auf seine Leiche, auf der sich schon die Ameisen zu tummeln begannen. So schnell.

Aber du wirst nicht sterben, Paula! Nicht, bevor du dort angekommen bist, wo du hinwolltest.

Das Wimmern aus der Hängematte erinnerte sie daran, dass sie nicht mehr allein war, sie musste für den Jungen sorgen. Sie nahm noch ein paar Bissen und zerkaute sie, während sie zur improvisierten Hängematte ging und Jo herausnahm. Dabei klebten ihre Finger an dem Moskitonetz fest. Sie versuchte wieder ihre Hände an feuchten Palmblättern abzuwischen, aber die klebrige Schicht ließ sich auch nicht wegreiben. Vorsichtig leckte sie ihren Zeigefinger ab, und ihr Gesicht verzog sich sofort angewidert. Das schmeckte stark bitter, wie sollte sie Jo damit füttern, er würde instinktiv den Mund zumachen. Sein kleiner ausgehungerter Körper verlangte nach Süße, und deshalb brauchte sie einen

Löffel. Aber sie hatte keinen dabei, das ganze Essgeschirr war bei den anderen, bei Villeneuve. Ein Blatt, sie suchte nach einem Blatt, das sich zusammenrollen ließ, und damit musste es klappen. »So, mein Kleiner, jetzt wirst du gefüttert.« Sie legte ihn in ihren Arm, zerkaute das Fruchtfleisch zu einem feinen, süßen Brei und musste sich immer wieder davon abhalten, es versehentlich selbst herunterzuschlucken. Schließlich gelang es ihr, ihm den dünnen Brei einzuflößen. Zuerst spuckte er alles wieder aus und verschluckte sich. Woher sollte er auch wissen, was er tun musste. Aber nach kurzer Zeit ließ er sich füttern. Paula konnte gar nicht so schnell kauen, wie Jo den Brei verschlang, und sie hörte erst auf, als er sein Köpfchen wegdrehte und deutlich zeigte, dass er satt war. Sie wischte ihm den Mund mit ihrem Ärmel sauber und freute sich an dem zufriedenen Lächeln, das sich beim Einschlafen auf sein Gesicht geschlichen hatte.

Sie legte ihn zurück in die Hängematte und hatte dabei wieder große Schwierigkeiten, ihre klebrigen Finger von ihm und dem Netz zu bekommen. Jetzt wollte sie endlich essen, aber dazu musste sie sich von Lázló entfernen, denn sein toter Körper wurde schon von Hunderten von Mücken umkreist. Sie setzte sich so, dass sie es nicht sehen musste, und aß, bis sie nicht mehr konnte.

Als sie satt war, erhob sie sich und versuchte die klebrige Schicht mit Erde von ihren Fingern abzubekommen, aber die Erde blieb nur an ihren Händen kleben und bewirkte gar nichts. Resigniert gab sie es auf, fluchte, sah hoch zur Sonne und bemerkte, dass es schon bald dunkel werden würde. Bevor die Nacht hereinbrach, musste sie unbedingt Lázlós Leiche bedecken, sie konnte ihn doch nicht einfach den Mücken, Ameisen und Vögeln überlassen. Das war sie ihm schuldig, auch wenn sie ihn nicht wirklich gut gekannt hatte. Dann brauchte sie sauberes Wasser und einen Schlafplatz für Jo und sich.

Obwohl die Erde in den letzten Stunden ständig nasser geworden war, hatte Paula nirgends einen Fluss oder eine Quelle entdecken können, und das Wasser aus den Pfützen war zu gefährlich, vor allem für Jo, das konnte man nur abgekocht trinken. Sie musste sich also auf die Suche nach einer Ravenala machen, wie die Madagassen den Baum des Reisenden nannten. Jedenfalls hatte sie bei Ida Pfeiffer gelesen, dass diese Palme so hieß, weil sie Regenwasser speicherte und so ausgetrockneten Reisenden das Leben rettete.

Aber zuerst wollte sie Lázló beerdigen, solange sie die Jackfrüchte hatte, würden sie schon nicht verdursten.

Sie band sich ein Mulltuch um den Kopf und ging hinüber zu dem Stamm, an dem Lázló noch immer in der Hockhaltung lehnte. Sie legte ihn auf die Seite und zog dann seine Beine lang, bis er wieder flach auf dem Rücken lag. Das brachte die Mücken in hellen Aufruhr, und sie kreisten bedrohlich summend wie schwarze Wolken über ihm und um sie herum. Sie zog sich ein paar Meter zurück, um ihnen zu entkommen, dann wurde ihr klar, dass sie es nicht schaffen würde, ihn zu beerdigen. Sie hatte nur ein Buschmesser, keinen Spaten, und sie erinnerte sich, wie schwer es Morten und Villeneuve gefallen war, zusammen ein Loch für die Truhen zu graben. Und gegen all diese Mücken und wütenden Ameisen, vielleicht auch noch Spinnen zu kämpfen wäre nur eine Verschwendung ihrer restlichen

Kräfte, und die sollte sie dringend dafür einsetzen, zu den anderen zu gelangen.

Immerhin hatte es in den letzten Stunden nicht geregnet, und die Hitze hatte ihre Kleider getrocknet, nur ihre Schuhe waren innen noch feucht.

Sie schleppte alle Sachen nacheinander zu einem kleinen runden Platz, der nicht von armdicken Wurzeln durchzogen war. Während sie damit beschäftigt war, wurde es zunehmend dunkler, und Paula beeilte sich, Palmblätter als Unterlage abzuschneiden, entdeckte dann, versteckt zwischen zwei Farnbäumen, eine Gruppe von Elefantenohren mit riesigen Blättern und ärgerte sich wieder, dass sie nichts zum Feuermachen dabeihatte, denn die Sprossachsen der Elefantenohren konnte man essen. Aber man musste sie kochen wie Kartoffeln, roh waren sie zwar nicht giftig, aber unverträglich. Wir haben die Jackfrucht, das wird schon reichen, tröstete sie sich und hängte ihr Moskitonetz an einen Ast. Dann holte sie Jo aus der improvisierten Hängematte zu sich, davon wachte er auf. Sie fütterte ihn, und danach legten sie sich hin.

Das war ihre erste Nacht ganz allein im Dschungel, Paula erwartete, vor lauter Angst kein Auge zuzutun, aber sie schlief sofort ein und erwachte erst am nächsten Morgen, als sie von den Schreien der Lemuren und von Jo geweckt wurde.

Als Erstes gab Paula dem Kleinen wieder Früchtebrei und fing dann damit an, Lázlós Gepäck durchzusehen, was mit ihren immer noch klebrigen Händen viel länger dauerte, als sie geplant hatte. Ihre Ungeduld wuchs. Sie mussten hier weg, die anderen einholen. Allein mit einem Säugling konnte sie hier nicht lange überleben.

Lázló hatte nur wenige Kleider, ein zweites Paar Schuhe, sein Coup-Coup, sein Moskitonetz, eine Decke, Rasierzeug, einen Kamm, ein großes Skizzenbuch und eine sehr schön geschnitzte, kaum benutzte Tabakpfeife aus Meerschaum, was sie wunderte, weil sie ihn niemals hatte rauchen sehen. Vermutlich war es ein Erinnerungsstück. Ein Hochzeitsbild, auf dem Land aufgenommen, der Stil des Kleides verriet, dass es schon zehn Jahre alt sein musste. Der Mann auf dem Bild kam ihr bekannt vor, auch die hübsche zierliche Frau mit dem gewaltigen Hut, aber sie hätte nicht sagen können, woher oder warum. Dann war da noch ein goldenes Medaillon mit einem rosafarbenen emaillierten Deckel. Paula zögerte, es zu öffnen, aber an dem Metall klebten ihre Finger nicht so stark, und deshalb siegte ihre Neugier. Es war eine blonde Haarlocke darin und ein Frauenbildnis, aber es zeigte nicht die Frau von dem Hochzeitsfoto. Dieses Bild war schon sehr vergilbt, und die Frau darauf trug einen Hut, wie ihn Paula noch nie gesehen hatte, woraus sie schloss, dass es sich um eine Mode vor ihrer Geburt handeln musste. Eine kleine Schute aus Stroh, die eng am Gesicht lag und die mit Satinvolants verziert war. Auf dem Hut konnte sie ein paar Blumen und Früchte erkennen. Auch diese Frau kam ihr vage bekannt vor, ohne dass sie wusste, warum.

Unwillkürlich schnupperte sie an der Haarlocke, die nach etwas roch, das sie kannte, aber sie kam nicht darauf, was es war.

Sie betrachtete den kleinen Haufen und fragte sich, was davon sie zurücklassen sollte, aber es fiel ihr schwer, sich zu entscheiden. Musste man nicht alles an Lázlós Angehörige zurücksenden? Bestimmt gab es jemanden in Ungarn, dem er etwas bedeutet hatte. Und seine Kleider waren viel zu wertvoll, als dass man sie dem Dschungel überlassen durfte. Dann wirst du nur sehr langsam vorankommen, das muss dir klar sein, Paula.

Sie betrachtete den Haufen noch einmal und stöhnte, sie konnte nichts von Lázlós Sachen zurücklassen. Sie griff nach dem Skizzenbuch, um es wieder einzupacken, doch der Einband pappte an ihrer klebrigen Hand fest, und das Buch öffnete sich. Dabei fiel ein zusammengefalteter Brief heraus, adressiert an einen Monsieur Edmond Albius. Auch dieser Brief berührte etwas in ihr, der Name erinnerte sie an den ihres Mannes, Eduard von Wagenbach, ein Name, den sie gern vergessen wollte. Trotzdem wollte sie diesen Brief gern lesen, jedoch lieber erst dann, wenn sie wieder in Sicherheit bei den anderen war. Sie berührte den Brief nur mit den Fingerspitzen, damit er nicht auch noch an ihr kleben bliebe, und legte ihn zu den Habseligkeiten, die sie zurück nach Ungarn senden würde. Sie packte Lázlós und ihre Sachen zusammen in ein großes Bündel, dazu musste sie aber auch noch die schweren Jackfrüchte packen, denn sie hatten nichts anderes zu essen, und ohne die wären sie verloren.

Dann nahm sie Jo wieder auf den Arm. »Wir gehen jetzt zu Lázló und verabschieden uns«, sagte sie, um sich Mut zu machen, weil sie sich vor dem fürchtete, was die Insekten und Vögel seinem Leichnam schon angetan hatten. Doch das war sie ihm schuldig. Es musste sein.

Ob Lázló gewollt hätte, dass sie ein Gebet für ihn sprach? Er war ihr nicht sehr religiös vorgekommen, aber seine letzten Worte waren »lieben Sie« gewesen. Vielleicht hatte er etwas ganz anderes sagen wollen, etwas wie »Jesus liebt die Kinder« oder »Gott liebt dich«.

Als sie endlich in Richtung des Jackfruchtbaums losmarschierte, stand die Sonne schon hoch und erfüllte den Wald mit ihrem gedämpften Licht.

Je näher sie dem Baum kam, desto mehr zögerte sie. Sie wollte Lázló lieber so in Erinnerung behalten, wie sie ihn zuletzt gesehen hatte. Und was konnte sie schon sagen – was? Ein Gedicht, ja, eines von Johannes-Karls Lieblingsgedichten, aber da fiel ihr nur eines von August von Platen ein und davon auch nur die erste Zeile, doch sie schien ihr seltsam passend.

Wer die Schönheit angeschaut mit Augen,
Ist dem Tode schon anheimgegeben …

Sie gab sich einen Ruck, schob die letzte Liane aus dem Weg und blieb fassungslos stehen.

Was war das? Sie trat ein paar Schritte näher heran, um besser sehen zu können. Was sich ihrem Blick darbot, war so wunderbar und grotesk zugleich, so zauberhaft. Sie trat noch ein paar Schritte näher und wagte kaum zu atmen.

Lázlós Leichnam lag unter einem vergoldeten Schleier, der in den wenigen Sonnenstrahlen aufschimmerte. Die Goldspinnen, die ihn umgebracht hatten, waren die ganze Nacht damit beschäftigt gewesen, ein goldenes Netz um ihn zu weben.

24

Mathildes Brief

Ambalava, am Morgen des 11. August 1856

Meine liebe Florence,
ich fürchte, ich muss mich doch zwingen, schneller zu schreiben, weil ich diesen Brief einem vertrauenswürdigen Menschen mitgeben muss, der dafür Sorge trägt, dass Dich mein Erbe auch erreicht.
Als ich heute Nacht den Abort im Hof benutzen wollte, bin ich wieder über neue kleine Totemfiguren gestolpert, und ich weiß, da war jemand auf dem Hof, obwohl ich nur ein Flüstern gehört habe.
Aber jetzt zurück zu dem Grund, warum Beaumont Edmond verabscheute.
Ich hatte Dir bereits erzählt, dass die Vanille von Beaumont lange unfruchtbar geblieben war. Nun, es war Edmond, der herausfand, was man tun musste, um das zu ändern. Zu diesem Zeitpunkt war mein geliebter Edmond gerade einmal vierzehn Jahre alt und Sklave von Beaumont, es war Anfang der Vierzigerjahre. Und falls Du der Meinung bist, dass es keine große Sache ist, Vanille fruchtbar zu machen, so muss ich Dir da vehement widersprechen. Alles Geld, das Beaumont mit seiner Vanille verdiente, hatte er allein Edmond zu verdanken. Und das

war sehr viel Geld, mehr Geld, als er mit dem Rohrzucker und der Ananas zusammen einfuhr. Der Markt für Rohrzucker war stark eingebrochen, seit die Zuckerrübe in Europa maschinell geerntet werden konnte, Beaumont brauchte also eine neue Einnahmequelle, und die hat ihm Edmond verschafft.

Vor Napoleon I. hieß die Insel Réunion »Île Bourbon«, und deshalb verfiel Beaumont auf den schlauen Schachzug, seine Vanille – also Edmonds Vanille – Bourbonvanille zu nennen, und er exportierte sie unter diesem Namen nach ganz Europa. Ihr fantastischer Geschmack machte sie zur besten Vanille der Welt. Ja, sie war sogar köstlicher als die Vanille aus Südamerika, dem Heimatkontinent der Pflanze. Man begehrte mehr davon und mehr.

Und all das hatte dieser elende Pflanzer seinem Sklavenjungen Edmond Albius zu verdanken. Sogar die alten Griechen und Römer haben ihre Sklaven, wenn sie derartige Verdienste errungen hatten, freigelassen. Aber Beaumont tat es erst, als die Franzosen ihre Pflanzer dazu zwangen. Und weißt Du, was er Edmond dann anbot? Eine Stellung als Hausdiener. Ist das nicht außerordentlich generös von ihm? Als Edmond an dieser Stelle seiner Erzählung angelangt war, hatte ich Tränen der Wut in den Augen. Mein geliebter Mann, so dermaßen schäbig behandelt!

Edmond hatte das großzügige Angebot abgelehnt, denn er liebte die Vanille. Seine Vanille, und ich kann es verstehen, denn dieser Duft ist die Königin unter all den Düften, die ich kenne.

Jetzt möchtest Du natürlich endlich wissen, was Edmond getan hatte um die Vanille fruchtbar zu machen, und wenn ich Dir sage, dass es verblüffend einfach ist, dann wird es in Deinen Augen vielleicht sein Verdienst schmälern. Aber ich sehe das nicht so, denn

jahrelang ist niemand auf diese Idee gekommen. Die Erfindung des Rades wirkt auf uns heute auch logisch und zwangsläufig, aber bevor es das Rad gab, war davon nicht die Rede.
Also, um es kurz zu machen, Edmond hat mithilfe eines kleinen Kaktusstachels das Jungfernhäutchen der Blüte durchstochen. Es liegt zwischen dem männlichem Pollenpaket und der weiblichen Blütennarbe. Danach hat er Pollen und Narben aufeinandergedrückt und sie so befruchtet. Außerdem hat er herausgefunden, dass die Vanille am besten wird, wenn man sie zwischen sechs Uhr morgens und zwölf Uhr mittags bestäubt. Und genauso wird es seitdem gemacht. Jede Blüte muss von Hand befruchtet werden, so wie jede der grünen Schoten dann von Hand geerntet werden muss. Danach werden sie gekocht, genau drei Minuten bei genau sechzig Grad, und dann holt man sie aus dem kochenden Wasser und wickelt sie in Tücher ein, damit sie fermentieren können. Denn nur dann entwickeln sie ihren köstlichen Duft und Geschmack. Jeden Tag werden die Schoten wieder ausgewickelt und zum Trocknen in die Sonne gelegt – immer mit dem Blick zum Himmel, weil ständig Wolkenbrüche drohen. Nach ein paar Stunden werden sie wieder in die Tücher gepackt, damit sie weiter reifen können, und das wiederholt sich drei Monate lang Tag für Tag für Tag. Die Erntezeit beginnt Ende Juli, Anfang August, also im Winter, wenn es immer wieder regnet.
Edmond liebte all diese Arbeit, liebte es zu sehen, wie die Vanille sich von der dicken grünen Schote zur dünnen schwarzbraunen Köstlichkeit entwickelte. Nur deshalb hatte er nicht im Haus arbeiten wollen, er war zwar ein Sklave gewesen, aber niemals ein Diener.
Nun, nachdem ich erfahren hatte, dass dieser reiche Pflanzer nicht im Traum daran dachte, auch nur einen winzigen Bruchteil

seines Vermögens an Edmond auszuzahlen, um es ihm zu ermöglichen, ein selbstständiges Leben zu führen, da wusste ich, warum Beaumont ihn so hasste, und mir war klar, dass er nicht zögern würde, sich Edmond vom Hals zu schaffen.
Ich hoffe, Du musst niemals erleben, dass Dein Mann vom Schicksal so behandelt wird. Jedenfalls war ich empört, dass dieser wunderbare Mann, den ich ja gerade um seiner Sanftheit willen so liebte, nichts dabei fand, sich dermaßen ausnutzen zu lassen. Ich musste etwas tun.
Dazu würde ich mich aber offen zu Edmond bekennen müssen, und das wiederum, meine geliebte Florence, wollte ich Dir nicht antun, und deshalb habe ich Dich nach Europa geschickt. Du hast mich dafür geliebt, denn Du durftest mit Marie und Josephine und deren Gouvernante reisen. Die beiden sollten dort den letzten Schliff erhalten, aber vor allem respektable Ehegatten finden, von denen es in den Kolonien nicht gerade wimmelte. Fast mein ganzes Geld hatte ich dafür bezahlt, dass sie Dich mitnahmen und zu Deinen Großeltern nach Strasbourg brachten. Und soweit ich weiß, bist Du dort wohlbehalten angekommen. Trotzdem hatte ich ein schlechtes Gewissen, denn ich wusste ja, dass diese dummen Geschöpfe kein guter Umgang für Dich waren, aber zu dieser Zeit hatte die Leidenschaft meine Muttergefühle erfolgreich überwältigt. Und ich hatte ja keine Ahnung, in was für ein Unglück ich uns alle stürzen würde.

25

Myrrhe

Dieses schon im Altertum bekannte und geschätzte Gummiharz ist der an der Luft eingetrocknete Saft von Balsamodendron Myrrha Nees, eines in den Küstenländern des Roten Meeres, in Afrika bis zur Somaliküste heimischen Strauches.

Paula trat näher an dieses hauchzart gewebte goldene Wunder und konnte ihren Blick nicht abwenden. Es war so schön, dass man beinahe vergessen konnte, wer Lázló auf dem Gewissen hatte, und sie bedauerte, dass sie es nicht für Lázlós Verwandte und ihre Reisegefährten festhalten konnte, denn niemand würde so etwas für möglich halten.

Sie drückte Jo fester an sich, sank in die Knie, sagte das Gedicht, das ihr jetzt passender erschien als ein Gebet, und versprach Lázló, dafür zu sorgen, dass man ihn niemals vergäße. Danach schnitt sie ein paar braunrote Orchideen und legte sie am Fuße des goldenen Schleiers ab.

»Jetzt können wir gehen«, sagte sie zu Jo, atmete tief durch, marschierte los und konzentrierte sich darauf, den Weg zurück zur Jasminspur zu finden. Sie kam an dem nun ausgetrockneten Schlammloch vorbei, in dem man noch genau erkennen konnte, wo er und sie gelegen hatten. Sie blieb stehen und war fassungslos. Gestern noch hatten sie gestritten und gelacht, und jetzt war nicht mehr davon übrig als ein Abdruck im getrockneten Schlamm. Ich hätte ihn küssen sollen, ging ihr durch den Kopf, warum hab ich's nicht getan? Weder Lázlós Tod noch der Anblick seines Leichnams hatten sie zum Weinen gebracht, aber dieser Anblick raubte ihr die Selbstbeherrschung. Doch sie wusste, wenn sie jetzt anfinge, um ihn zu trauern, dann würde sie hier mit Jo sterben. Sie musste weiter gehen, Schritt für Schritt für Schritt.

Das Gepäck und die Früchte drückten schwer auf ihre Schulter, und die Lederriemen quetschten sich in ihre Haut. Ihre Schuhe waren noch immer feucht, und ihre Füße quollen auf, weshalb Fersen und Zehen bei jeder noch so kleinen Bewegung weiter aufgescheuert wurden. Leider passten ihr Lázlós Schuhe nicht, sie waren viel zu groß, sonst hätte sie sie zusammen mit trockenen Strümpfen angezogen.

Je höher die Sonne stieg und je stärker sich die feuchte Hitze entwickelte, desto drängender wurde ihr Durst, und erst nachdem sie vergeblich ihre beiden Wasserflaschen aufgeschraubt hatte, erinnerte sie sich daran, dass sie sich gestern Abend nicht mehr um frisches Wasser gekümmert hatte.

Die Pfützen vom Vortag waren in der Hitze längst ausgetrocknet, und sie musste froh sein, dass es nicht schon wieder regnete, denn sie hatte jetzt schon große Schwierigkeiten, der Jasminduftspur zu folgen. Sie hoffte, dass Noria weiterhin so verschwenderisch damit umgegangen war und nicht etwa angefangen hatte zu sparen.

Ihre Zunge klebte am Gaumen, und ihre Kehle war ausgedörrt. Beunruhigt sah sie zu Jo hinunter und betete, dass er, gesättigt von dem Früchtebrei, noch lange schlafen würde.

In der Zwischenzeit brauchte sie unbedingt eine Quelle, einen Bach mit einigermaßen sauberem Wasser oder eine Ravenala, aber sie musste der Jasminspur folgen und konnte sich keine Umwege erlauben, dazu war sie zu schwach.

Wie sehr wünschte sie sich, Lázló wäre hier und würde ihr Fragen stellen, würde sie unterhalten und von ihren schmerzenden Füßen ablenken. Sie schleppte sich vorwärts und redete sich selbst gut zu. Aber immer wieder musste sie kurz stehen bleiben und verschnaufen. Sie fühlte sich äußerst unwohl, weil sie sich ständig beobachtet vorkam, und als sich urplötzlich ein grauweißer Ast, an dem sie sich abstützen wollte, bewegte, erschreckte sie sich so, dass sie beinahe Jo fallen ließ. Dabei war es nur ein Chamäleon, groß wie ein Eichhörnchen, das sich perfekt an den grauweißen Ast angepasst hatte und vor ihr flüchtete.

Ihre abrupte Bewegung weckte Jo auf, und er war nicht in guter Stimmung. Deshalb musste Paula pausieren, sich die Hände wieder an einer Jackfrucht klebrig machen, das Fruchtfleisch zu Brei zerkauen und Jo damit füttern. Dann packte sie zusammen und schleppte sich weiter. Sie hielt Ausschau nach Kokosnusspalmen, Bananen- oder Ananasstauden, aber vergeblich. Tropischer Regenwald, darunter hatte sie sich ein Blumenparadies vorgestellt, in dem ihr die Früchte in den Mund flogen wie gebratene Tauben und das saubere Wasser in silbernen Wasserfällen verschwenderisch durch schöne Landschaften floss. Ihr Mund verzog sich zu einem bitteren Lächeln, nichts war so, wie man es sich erträumte oder vorstellte. Nicht die Liebe, nicht die Ehe, ja, nicht einmal ihr Lieblingsessen schmeckte immer gleich. Diese Gedanken bringen dich nirgendwohin, ermahnte sie sich. Du bist nicht tot, hast einem hübschen kleinen Jungen das Leben gerettet, und du bist auf dem Weg, um in Kürze das zu Ende zu bringen, was deine Großmutter begonnen hat. Und das hast du ganz allein geschafft. Ihre innere Stimme kicherte ein leises Bravo. Aber diesen Spott konnte Paula so nicht stehen lassen. Denn alles war besser, als in einem Dorf bei München in einer elenden Souterrainwohnung zu leben. Auf einer modrigen Chaiselongue zu sitzen, ein Geschirrtuch mit Rosen oder ein Nadelkissen mit Kreuzstich zu besticken und sich zu Tode zu langweilen, weil alle Freundinnen den Kontakt zu ihr abgebrochen hatten, nein, falsch, abbrechen hatten müssen, weil ihr Mann diese unverschämten Gerüchte über sie in Umlauf gebracht hatte, um sich nach ihrer Scheidung als Held fühlen zu können. Sie hätte sich angeblich vor ihrer Ehe bei einem ihrer zahlreichen Liebhaber die Französische Krankheit eingefangen, hatte er behauptet, und nur wegen dieser, ihrer unsittlichen Ausschweifungen hätte es dieses schwer missgebildete Kind gegeben, das nach wenigen Tagen gestorben war.

Paula war mit siebzehn an einen Greis verheiratet worden und hatte weder einen Liebhaber noch irgendwelche Vorstellungen davon gehabt, was in der Hochzeitsnacht passieren würde, weil ihre Mutter sie in dieser Hinsicht völlig im Dunklen gelassen hatte. Natürlich hatte sie zusammen mit Johannes-Karl auf dem Hof bei Josefa kopulierende Schweine, Kühe und Hunde gesehen, aber sie war nicht auf die Idee gekommen, das auf Menschen zu übertragen.

Bei dem Gedanken an ihren Ehemann lief trotz der Hitze ein Schauer über ihren Rücken und schüttelte sie. Auch nachdem zwei Ärzte bewiesen hatten, dass sie keineswegs an der Französischen Krankheit litt, sondern kerngesund war, hatte Eduard von Wagenbach überall erzählt, was für ein kolossales Flittchen sie war, was für ein Wolf im Schafspelz, dem er nur knapp entronnen war. Und nach der Scheidung war auch die finanzielle Unterstützung, die ihre Mutter und Gustav bis dahin von Wagenbach erhalten hatten, dahin, was dann zum endgültigen Bruch mit ihrer Mutter geführt hatte.

Wenn Paula in dieser Zeit nicht das Rezeptbuch ihrer Großmutter und die Öle gehabt hätte, wäre sie gestorben. Allein der Gedanke daran, dass es diese aromatische Süße gab, diese wundervollen Gerüche, so flüchtig sie auch sein mochten, hatte sie davon abgehalten, sich im Königssee zu ertränken. Ja, sie fand sogar heraus, dass Düfte sie nicht nur trösteten, so wie Vanille oder Zimt, sondern auch stark und wütend machen konnten, wie der fruchtig-zitronige Ingwer mit seinem scharfen, bitteren Feuer. Sie konnte sogar spüren, wie die hell duftende Angelikawurzel ihren Körper in den einer Amazone verwandelte. Und ihr Plan, ein Parfüm zu kreieren, das Frauen nicht nur schmückte, sondern heilte, ihnen Kraft gab und sie stark machte, wurde zu dem Ziel, das sie durch die üblen Tage trug, an denen ihre Wunden am Bauch nicht heilten. Ein Ziel, das ihr einen Grund gab weiterzuleben, nachdem ihr der Arzt sagen musste, dass durch den Kaiserschnitt, den ihr Mann bei der Geburt erzwungen hatte, ihre Gebärmutter für immer zerstört war. Ihr Arzt hatte sich zuerst geweigert, weil Paula noch nicht tot war und nur sehr wenige Frauen diesen gefährlichen Eingriff überlebten. Aber Wagenbach war so besessen davon, einen Erben zu bekommen, dass ihm alles andere gleichgültig gewesen war.

Sie musste jetzt öfter stehen bleiben, weil der Jasminduft immer schwächer wurde, und jedes Mal, wenn sie sich neu in Bewegung setzte, musste sie sich zureden, sich zusehends überreden, denn ihre Füße fühlten sich an wie eine einzige offene Wunde, während ihre Kehle immer weiter austrocknete.

Nach Stunden entdeckte sie zwischen den Palmen, Nestfarnen, Moosen und Lianen endlich eine Ravenala. Mit deren Wasser konnte sie hoffentlich auch ihre Hände von dem klebrigen Film, den die Jackfrucht hinterlassen hatte, reinigen.

Sie legte ihr Bündel ab und baute wieder eine Hängematte für Jo, in der er vor Insekten sicher war, zog dann die Buschmesser hervor und trat zur Ravenala. Diese Palme wuchs wie ein Fächer, angeblich immer in Ost-West-Richtung. Aus dem Boden sprossen die meterlangen Blattachsen, dicke hohle Röhren, die Wasser speichern konnten. Am Ende jeder Blattachse wuchs dann ein großes Palmblatt, deshalb sah diese Palme von Weitem so aus, als hätte jemand einen übergroßen Fächer in die Erde gerammt.

Paula klopfte an eine der Röhren und freute sich, als sie ein Gluckern hörte. Dann rammte sie das Coup-Coup in den unteren Teil der Palme, wo sich die Blattröhren zu einem stammähnlichen Gebilde vereinten, und hielt ihre Wasserflasche darunter. Tatsächlich strömte Wasser heraus, aber es war voll toter Mücken, Larven und Dreck, und es roch modrig. Paula stiegen die Tränen in die Augen. Das also war die berühmte Palme, von der alle Reiseschriftsteller, deren Bücher sie vor ihrer Reise nach Madagaskar verschlungen hatte, behaupteten, ihr Wasser könnte Leben retten. Sie spähte in ihre

Wasserflasche, und ihr wurde vom Geruch und dem Anblick der toten Insekten übel. Na gut, versuchte sie sich zu trösten, wenn man vielleicht wirklich ganz kurz davor war, zu verdursten, dann würde man auch das trinken. Aber sie könnte es durch ein Mulltuch filtern. Sie holte die zweite Flasche und ein Tuch, verlor beim Umfüllen einiges, aber immerhin schwammen jetzt keine Tierchen mehr darin herum, nur der Modergeruch war geblieben.

Hoffentlich mussten sie das nicht wirklich trinken. Das alles hatte Paula so erschöpft, dass sie eine Pause brauchte. Sie setzte sich neben die Hängematte, in der Jo zum Glück immer noch schlief, nur um einmal kurz zu verschnaufen.

Kaum hatte sie sich hingesetzt und ihre Füße von der Last befreit, musste sie dagegen ankämpfen, dass ihr die Augen zufielen. Du kannst jetzt nicht schlafen, du musst das Tageslicht ausnutzen, befahl sie sich. Ich glaube nicht, dass ich jemals wieder aufstehen werde, widersprach sie sich selbst, meine Füße können nicht mehr. Dann schaffe ich es eben nicht.

Wenn ich das Kind – sie konnte hören, wie Lázló ihr zuraunte, »Nicht *das Kind*« –, wenn ich den Kleinen nicht gerettet hätte, hätten wir uns nie trennen müssen, und Lázló wäre nicht gestorben. Sie war ein Unglücksbringer, wo immer sie auftauchte, ging alles schief. Und jetzt war es vorbei, sie war sogar zu müde, um ihr Bündel aufzuschnüren und an ihren Ölen zu riechen. Sie schloss die Augen. Wie angenehm. Nichts sehen, nicht bewegen, nicht gehen. Nur dasitzen und ausruhen.

Jo begann leise zu wimmern.

Egal, dachte Paula, ist mir doch egal. Ich kann nicht mehr aufstehen, meine Füße sind am Ende.

Jos Wimmern ging in ein wütendes Brüllen über. Das ist weit weg, erklärte sie sich, ganz weit weg und hat nichts mit dir zu tun.

Plötzlich hörte der Kleine auf zu brüllen, und als Nächstes fing er an, fröhlich zu glucksen. Dann ist es ja gut, dann kann ich schlafen. Wunderbar. Sie atmete tief ein und aus. Jetzt hörte es sich sogar so an, als ob Jo lachen würde. Welchen Grund hätte ein hungriges, durstiges, einsames Kind in dieser klebrigen Hitze zu lachen?

Das war ihr unheimlich, was war da los?

Sie öffnete die Augen mit einem Ruck, sah zu ihm hin, und dann lächelte sie auch.

Rund um die Hängematte, die sie für den Kleinen gebastelt hatte, schwebte eine Wolke aus blauen Schmetterlingen, groß wie Kolibris und schimmernd, taubenblau wie der Himmel über dem Königssee, lilablau wie Lavendelfelder im Sommer und blau wie die Flakons von Mathilde, lapislazuliblau.

26

Mathildes Brief

Ambalava, am Abend des 11. August 1856

Meine liebe Florence,
vielleicht hatte Pater Antonius doch recht mit seinen Befürchtungen. Vorhin musste ich die Feder niederlegen, weil ich draußen merkwürdige Geräusche gehört habe und Diebe vermutete, die sich an meiner Vanille vergreifen wollten. Das ist schon oft vorgekommen. Ich habe mir das Gewehr gegriffen und bin hinausgerannt, zu dem Lagerschuppen, wo ich die Vanillebündel aufbewahre. Keine Menschenseele war zu sehen, aber jemand hatte ein Feuer gelegt, zum Glück jedoch so stümperhaft, dass ich es schnell löschen konnte. Ich fürchte, das ist ein Zeichen für mich.
Ich werde mich also kürzer fassen müssen, denn ich will sichergehen, dass Dich meine Zeilen erreichen.
Nachdem Du fort warst, dachte ich lange drüber nach, wie ich am besten vorgehen sollte, und schmiedete einen Plan, der Beaumont dazu bringen sollte, Edmond für das, was er getan hatte, zu belohnen. Der perfekte Tag für mein Gespräch mit Beaumont kam, als die Blüten der Vanille sich öffneten und innerhalb von vierundzwanzig Stunden bestäubt werden mussten. Jede einzelne Blüte von Hand.

Direkt nach dem Frühstück ging ich in sein Büro und stellte ihn zur Rede. Ich verlangte von ihm, dass er Edmond entschädigen oder an den Einnahmen beteiligen sollte, aber er fand mich nur höchst amüsant und teilte mir mit, dass ich sein Haus sofort zu verlassen hätte, und ich könnte gern zusammen mit Edmond gehen. Sein Sklave hätte damals in seinem Auftrag dieses Experiment durchgeführt, und es sei ungeheuerlich, dass eine Frau wie ich einem ungebildeten Sklaven, der weder lesen noch schreiben konnte, eine so lächerliche Geschichte glaubte. Natürlich drohte ich ihm damit, dass ich seinen Ruf zerstören würde, aber das ließ ihn relativ kalt, denn wer würde dem Gewäsch einer Frau zuhören, die sich rassenschänderischen Unzüchtigkeiten hingab. So weit, so gut, damit hatte ich gerechnet, und jetzt kam der interessante Teil des Planes, in den ich auch Edmond nicht eingeweiht hatte, weil er dagegen gewesen wäre.

Ich hatte alle Arbeiter, ehemalige Sklaven, die Edmond liebten und daher ganz meiner Meinung waren, auf unsere Seite gebracht und ihnen eine großzügige Beteiligung versprochen. Deshalb würde keiner von ihnen auch nur eine einzige Vanilleblüte berühren, solange Beaumont Edmond keinen akzeptablen Vorschlag unterbreitete.

Beaumont war außer sich, und was dann kam, hatte ich leider nicht vorhergesehen. Für so einen ruchlosen Gesetzesbrecher hatte ich ihn nicht gehalten.

Er bat sich Bedenkzeit aus, schickte den ahnungslosen Edmond mit einem Auftrag zum Markt und versteckte dann den Familienschmuck in Edmonds winziger Kammer. Dann rief er nach dem Generalkommissar Sarda Garriga und bezichtigte Edmond des Diebstahls. Und da man den Schmuck und das Silber der Familie

Beaumont unter Edmonds Matratze fand, wurde er verhaftet, eingesperrt und ohne viele Worte zu zehn Jahren Gefängnis verurteilt.
Mein sanftmütiger, gutgläubiger Edmond!
Nachdem das geschehen war, fiel der Protest der anderen Arbeiter in sich zusammen. Sie waren entmutigt und hatten auch nicht die Möglichkeiten, Beaumont lange Widerstand zu leisten. Sie alle brauchten ihren lächerlich kleinen Lohn.
Ich verließ die Plantage zu Fuß, nur mit einer Reisetasche, und wusste, Beaumonts dicke Ehefrau und der kleine Prinz Louis würden hinter den Lamellen stehen und sich an meiner Demütigung erfreuen.
Ich fand Zuflucht bei den Jesuiten. Sie arrangierten mit viel Mühe, dass ich Edmond im Gefängnis besuchen durfte.
Doch was für eine Enttäuschung! Denn wir waren keine Sekunde allein, weshalb Edmond respektvollen Abstand zu mir hielt, sicher aus Sorge um meinen Ruf, aber ich wünschte, er hätte wenigstens meine Hand genommen. Das Schlimmste aber kam noch, denn Edmond wollte nichts davon hören, dass Beaumont ihn ins Gefängnis verkauft hatte, er hielt ihn nach wie vor für einen aufrechten Mann.
Selbst jetzt könnte ich vor Zorn mit der Faust auf den Tisch schlagen, und heute noch verstehe ich nicht, wie man so blind sein kann, und ich hoffe, dass die Liebe Dich, meine liebe Tochter, niemals so blind machen wird.
Aber ich war nie sanft und werde es wohl auch nicht mehr. Ich fand, Beaumont hätte eine Strafe verdient. Er hatte unser Leben ruiniert, während er immer noch reicher wurde.
Vielleicht ist es wahr, dass mich die vielen Jahre bei den Piraten zu einer Gesetzlosen gemacht haben, aber ich war nicht gewillt,

ihn davonkommen zu lassen. Er musste bezahlen für das, was er getan hatte, und ich wusste auch schon, wie.
Jetzt hämmert jemand an meine Tür, und ich muss nachschauen, wer es ist. Aber nicht ohne mein Gewehr.

27

Nelke, Gewürznelke

Alle Teile des Gewürznelkenbaumes Caryophyllus aromaticus L., besonders aber die noch nicht aufgebrochenen Blütenknospen, enthalten ein herrlich aromatisch riechendes ätherisches Öl, das Gewürznelkenöl oder Nelkenöl. Wenige Öle werden in der Parfümerie so vielseitig und allgemein zur Anwendung gebracht wie das Nelkenöl.

Nachdem sie die blauen Schmetterlinge gesehen hatte, war es ihr leichtergefallen weiterzugehen. Schritt für Schritt für Schritt. Aber erst einen halben Tag später wurden ihre Bemühungen belohnt. Zuerst roch sie ein Feuer, dann hörte sie das Rauschen eines großen Flusses, und schließlich vernahm sie eine Männerstimme. Noch nie hatte sie sich so gefreut, Villeneuves herrische Stimme zu hören. Er befahl jemandem, sich zu beeilen.

Paula war so erleichtert, dass sie anfing zu zittern und mit letzter Kraft vorwärtshumpelte. Gleich hatte sie es geschafft, hier gab es sauberes Wasser, etwas Warmes zu essen und Gefährten. Sie musste es nicht länger allein durchstehen.

Sie schleppte sich so schnell sie konnte in die Richtung, aus der der Rauch kam. »Gleich, kleiner Mann«, flüsterte sie und drückte Jo an sich, »gleich, mein Kleiner, können wir uns ausruhen, schlafen, essen und baden.«

Weil sie sich nur noch auf ihr Ziel konzentrierte, verhedderte sie sich in einer Schlingpflanze und verrenkte sich wieder den Knöchel, den sie sich gestern schon am Jackfruchtbaum verletzt hatte. Paula schrie auf, ihr wurde schwarz vor Augen, und sie konnte sich gerade noch an einer Liane festhalten.

Sekunden später stand Villeneuve vor ihr. Trotz des Schmerzes in ihrem Fuß und allem, was passiert war, konnte sie noch registrieren, dass er rasiert war und saubere Kleider trug.

Er musterte sie nur kurz, sagte kein einziges Wort, nahm Paula das Bündel mit ihren und Lázlós Sachen ab, warf es achtlos auf die Erde, hob sie mit dem Kind auf dem Arm hoch und drückte sie einen Moment fest an sich. Dann ließ er sie wieder los, aber nur, um sie erneut an sich zu drücken, so als ob er nicht glauben könnte, dass sie wirklich aus Fleisch und Blut war. Er trug sie zusammen mit dem Kind zu dem Lager, das er sich mit den anderen am Ufer des Flusses eingerichtet hatte.

Als er dort mit Paula auftauchte, rannten Morten und Noria sofort zu ihnen.

Fragen prasselten auf sie ein, wo Lázló sei, was passiert sei, warum sie so lange gebraucht hätten. Noria nahm ihr Jo ab, und dann setzten sich alle um sie herum. Schweigen breitete sich aus. Sie kämpfte mit den Tränen, aber schließlich sprach sie es aus.

»Tot?« Villeneuve biss sich auf die Lippen. »Wirklich, Lázló ist tot? Um Gottes willen …«

»Was soll das heißen, tot?«, unterbrach ihn Morten, und seine Stimme klang schrill vor Angst. »Haben ihn die Eingeborenen geschnappt? Aber wie ist Ihnen dann die Flucht gelungen?«

»Er hat uns den Rücken zugekehrt«, flüsterte Noria. »Ich wusste, er ist etwas Besonderes.«

Morten warf ihr einen abfälligen Blick zu. »Als Liebhaber vielleicht.«

»Was ist denn passiert?«, wollte Villeneuve wissen.

»Seine Ahnen haben ihn gerufen.« Noria hatte zwar Tränen in den Augen, aber sie sah geradezu glücklich aus. »Das ist eine große Ehre.«

»Blödsinn, verschonen Sie uns jetzt mit diesem Hokuspokus.«

Paula schnappte nach Luft, Villeneuve ging zu weit.

»Haben Sie mir nicht neulich einen Vortrag über die Sitten des Landes gehalten, die man achten sollte?«

Noria wandte sich ab, stand auf und lief mit Jo auf dem Arm zum Ufer des Flusses, wo sie immer wieder Lázlós Namen rief, als wäre er nur zum Schwimmen gegangen.

Nachdem Paula erzählt hatte, wie er gestorben war, saßen Villeneuve und Morten stumm neben ihr.

Schließlich brach Morten das Schweigen.

»Aber es gibt doch keine tödlichen Spinnen auf Madagaskar, also warum ist Lázló dann gestorben?«

»Nach allem, was Madame Kellermann erzählt hat, denke ich, dass es eine Überreaktion seines Körpers gewesen sein muss, das habe ich schon des Öfteren im Zusammenhang mit Tierbissen erlebt.« Villeneuve klang heiser.

»Gott sei seiner Seele gnädig.«

»Hören Sie mir auf mit Gott!« Villeneuve sprang auf, rannte davon, und Paula blieb mit Morten in unbehaglichem Schweigen zurück. Schließlich stand er auf und brachte ihr einen Becher Zitronengrastee, der heiß in ihrem Hals brannte, und als er in ihrem leeren Magen ankam, hörte man ihn in ihrem Bauch brummeln und gurgeln. Paula ließ sich erschöpft nach hinten fallen. Schlafen, nur noch schlafen.

Sie wurde erst wieder wach, als Villeneuve sich neben sie hockte. Morten war verschwunden.

»Es tut mir so leid«, sagte sie.

»Es ist eine Tragödie. Er war doch noch so jung und so lebendig. Erst Maria und jetzt das.« Villeneuve presste die Lippen zusammen, wie um zu verhindern, dass ihm noch mehr entschlüpfte, dann schnürte er ohne zu fragen ihre Schuhe auf und zog sie aus.

Übler Gestank stieg in Paulas Nase, aber sie war zu matt, um sich zu schämen, sie war froh, von den Schuhen befreit zu sein. Ihre Strümpfe waren blutgetränkt und hatten sich teilweise in die wunden Stellen eingefressen. Und der Knöchel, den sie sich verstaucht hatte, war angeschwollen.

Als Villeneuve ihr vorsichtig die Strümpfe von den Füßen streifte, wurde Paula übel.

»Das sieht nicht gut aus«, stellte Villeneuve fest. »Das muss ausheilen, bevor wir weitergehen, sonst bin ich gezwungen, Ihnen die Füße zu amputieren. Allerdings hätte ich nicht die nötigen Skalpelle in meiner Arzttasche und müsste improvisieren.« Er grinste völlig unerwartet. »Es würde mich interessieren, ob man das auch mit dem Coup-Coup angehen könnte.«

Noch bevor Paula das kommentieren konnte, stand er auf, holte mit einem Topf Wasser aus dem Fluss und stellte ihn zum Abkochen auf das Feuer.

Paula vermied es, ihre Füße anzuschauen. Sie beobachtete Noria, die den Kleinen im Fluss badete, was ihm zu gefallen schien, denn er reagierte auf das kalte Wasser genauso fröhlich wie auf die Schmetterlinge.

Noria jedoch warf ihr immer wieder fragende Blicke zu, die Paula nicht einordnen konnte und die ihr Angst machten. Vorhin hatte Noria doch so gefasst auf die Nachricht von Lázlós Tod reagiert.

Sie legte sich wieder auf den Rücken und starrte in den Himmel, den sie hier am Fluss ungehindert sehen konnte, weil direkt am Ufer keine hohen Bäume, sondern nur Bambus, Elefantenohren und ein paar krautige Büsche wuchsen. Der Himmel war blau, aber voll dicker Wolken, die verdächtig nach Regen aussahen.

»Madame Kellermann?« Villeneuves leise Stimme weckte sie, und ihr wurde klar, dass sie erneut eingeschlafen war.

»Wir müssen diese Fleischwunden desinfizieren«, sagte er und stellte den Topf mit dem dampfenden Wasser neben ihren Füßen ab.

»Indem Sie sie verbrühen?«

Seine Lippen zuckten fast unmerklich. »Das wäre am sichersten. Aber wir können nicht noch eine Leiche hier brauchen. Am besten wäre eine Desinfektion mit Rum, aber für diese Wunden brauchen wir eine Menge, und wir haben nur noch sehr wenig. Es wäre schade, ihn für Ihre Füße zu verschwenden. Deshalb habe ich das Wasser abgekocht. Ich werde jetzt noch ein wenig Rum hineingeben und damit Ihre Füße waschen. Aber vorher sollten Sie von dem Rum trinken, damit Sie es besser ertragen.« Er lief zum Fluss, bahnte sich den Weg durch ein Bambusgebüsch zu einem Elefantenohr, schnitt zwei Blätter ab, kam zurück und legte sie neben den Wassertopf.

»Wir könnten den Rum auch ganz aufsparen und stattdessen ein paar Tropfen Kamillen-, Myrrhe- und Nelkenöl in das warme Wasser geben, das wirkt auch desinfizierend.« Paula erwartete einen abschätzigen Kommentar und war überrascht, als Villeneuve nickte.

»Ist es dort drin?« Er zeigte auf das Bündel mit Lázlós und ihren Sachen und reichte es Paula, die den Lederbeutel mit ihren Ölen suchte und ihm dann die drei Fläschchen gab. Dabei zog etwas seine Aufmerksamkeit auf sich, aber Paula konnte nicht erspähen, was.

»Wie dosieren Sie das?«

»Zwanzig Tropfen Kamille, fünfzehn Myrrhe und zehn Tropfen Nelke.«

Villeneuve zählte die Tropfen ab, verschraubte die Fläschchen und gab sie Paula zurück. Dann reichte er ihr einen silbernen Flachmann, und Paula trank einen großen Schluck, der ihr brennend durch die Kehle schoss und in ihrem leeren Magen einschlug wie eine Granate.

»Bereit?«

Sie nickte ihm zu und hoffte, dass es ihr gelingen würde, sich zu beherrschen.

Als Erstes spülte er die beiden Blätter mit der Lösung ab und legte sie zum Trocknen neben sich, dann feuchtete er ein sauberes Leintuch mit dem Wasser an und begann ihren linken Fuß abzutupfen.

Es brannte wie Feuer, und Paula hätte den Fuß am liebsten weggezogen, aber so behutsam Villeneuve auch mit der rechten Hand arbeitete, so unerbittlich fest hielt er ihren Knöchel in der linken Hand.

Sie beobachtete ihn und fand, dass er hagerer wirkte als vor drei Tagen, seine braungrünen Augen lagen in tiefen Schatten, und die Linie, die sich von seiner kräftigen Nase zum Mund zog, erschien ihr tiefer.

Seinen Händen hatte sie noch nie viel Aufmerksamkeit geschenkt, aber jetzt fiel ihr auf, wie kräftig seine Handfläche war und wie schmal und elegant die einzelnen Finger, mit sauberen und rosigen Nägeln, die wie poliert schimmerten. Die Vorstellung, dass Villeneuve nachts in seinem Zelt saß und seine Nägel mit einem Polierkissen bearbeitete, bis sie glänzten, brachte sie zum Lächeln.

»Der Rum hat seine Wirkung getan.« Villeneuve warf ihr einen prüfenden Blick zu, bevor er sich wieder ihren Füßen zuwandte. »Warum haben Sie keine trockenen Strümpfe angezogen? Was war da los?«

»Es hat geregnet, und wir hatten keine Zeit.«

»Es war die unsinnigste Idee überhaupt, sich zu trennen.« Villeneuve schüttelte den Kopf, und Paula verstand, dass das nicht ihr galt, sondern ihm selbst. »Unser Denken war von Panik bestimmt, das ist immer ein schwerer Fehler.«

»Immerhin haben wir die Verfolger so doch abgeschüttelt.«

»Aber zu welchem Preis?« Er sah ihr prüfend in die Augen, so intensiv, dass sie wegschauen musste. »Er wird mir fehlen.« Villeneuve schluckte schwer. »Ich vermisse ihn jetzt schon.« Er drückte den Lappen über ihren Zehen aus, wo sich einige besonders tiefe offene Wunden befanden.

Paula stöhnte auf und überlegte, was genau Lázló zu ihr gesagt hatte, kurz bevor er an den Spinnenbissen gestorben war.

»Er hat gesagt, das mit Maria sei seine Schuld. Und irgendetwas mit einem Scharlatan. Sagt Ihnen das etwas?«, fragte sie und biss sich auf die Lippen, um nicht zu stöhnen.

»Geht es wieder?«, fragte Villeneuve, ohne auf ihre Worte einzugehen, und legte den behandelten Fuß vorsichtig auf eines der desinfizierten Elefantenohrblätter.

Bevor Paula noch antworten konnte, setzte sich Noria mit dem Kleinen neben sie und überreichte ihr den Jungen. Sie hatte ihn gewaschen und in saubere Tücher gewickelt. »Ich habe den Eindruck, der Kleine sucht nach Ihnen.«

Paula nahm ihn auf den Arm. »Der Kleine heißt jetzt Jo. Lázló wollte, dass ich dem Kind einen Namen gebe, und ich dachte an Johannes. Allerdings waren wir uns einig, dass ein Kind dieser Insel einen Namen dieser Insel haben sollte, doch wir kannten keinen. Haben Sie einen Vorschlag?«

»Lázló wollte das?« Norias Augen verschleierten sich. »Wo ist Lázló?« Sie trat näher zu Paula hin. »Wo ist er?«

»Es tut mir leid«, murmelte sie. Hatte Noria denn nicht verstanden, was sie vorhin erzählt hatte?

»Wo ist seine Leiche?« Noria starrte Paula herausfordernd an.

»Ich habe ihn im Wald begraben«, log Paula und fühlte sich noch schlechter.

»Wo ist seine Leiche?«, fragte Noria wieder, als wüsste sie um Paulas Lüge.

»Im Wald, ich konnte ihn nicht tragen.«

»Wir lassen unsere Freunde nicht wie einen räudigen Hund auf der Erde verrotten.«

»Nein«, sagte Paula viel zu schnell, weil es ihr jetzt reichte. »Ihr setzt Säuglinge zum Sterben in Ameisenhaufen aus, das ist sehr viel besser!«

Zu spät fiel ihr ein, dass man auch Noria ausgesetzt hatte, und sie verwünschte ihr Mundwerk.

Noria boxte Paula so brutal in den Oberarm, dass sie zur Seite kippte und Jo aus ihrem Arm fiel. Noria schwang ihre Beine über Paulas Oberkörper und setzte sich auf ihre Brust. »Also, was haben Sie mit ihm gemacht?«

Paula bekam kaum noch Luft und hoffte, dass dem Kleinen nichts passiert war. Morten erschien japsend und wollte wissen, was dieser Tumult zu bedeuten habe.

»Halt! Schluss jetzt.« Villeneuve hatte ihren Fuß losgelassen und zerrte Noria von Paula herunter. »Was soll denn das?« Villeneuve half Paula, sich wieder aufzusetzen, nahm den Kleinen hoch und legte ihn ihr in den Arm. Dann betrachtete er ihre Füße und schüttelte den Kopf, weil sie durch Norias Attacke von den Blättern gerutscht und voller Dreck waren.

»Verdammt!« Er hockte sich hin und wusch den Schmutz wieder ab. »Verrückt geworden. Alle verrückt geworden!«

»Es waren die Spinnen«, keuchte Paula, die immer noch nach Luft rang.

Jetzt starrten sie alle drei an.

»Goldspinnen haben ihn nicht nur getötet, sondern ihn auch beerdigt.«

Noria wurde blass.

»Ich wiederhole es nur ungern, aber es gibt auf Madagaskar keine tödlichen Spinnen.« Morten schüttelte den Kopf. »Und erst recht keine Goldspinnen.«

Noria schluckte ein paarmal. »Dann haben ihn seine Ahnen auserwählt. Ich kenne niemanden, der das wirklich schon gesehen hat, und nur einmal hat mir jemand davon erzählt.« Sie biss sich auf die Lippen und schwieg. Dann betrachtete sie Paula ohne jeden Hass, ja mit Erstaunen und fast schon ehrfürchtig.

Das schien Morten zu ärgern. Denn er schnaubte ein ums andere Mal und legte dann los. »Goldspinnen, nehmen Sie es mir bitte nicht übel, Madame Kellermann, aber das gehört wohl eindeutig ins Reich der Märchen. Ich fände es allerdings nur gerecht, wenn Sie uns verraten würden, was wirklich passiert ist. *Lass dich nicht herbei, eine Lüge zu reden, denn es ist nichts Gutes von ihr zu erwarten.* Sirach.«

Er vernuschelte die Worte gar nicht mehr, früher hätte sich »Sirach« nach »Schiraaccchhhh« angehört. Oder war ihre Erinnerung von den Ereignissen getrübt? Sie beschloss, mehr darauf zu achten, aber jetzt nichts weiter zu sagen, es würde so aussehen, als ob sie ablenken wollte.

»Nirina«, sagte Noria unerwartet in die salbungsvolle Stille, die Morten mit seinem Bibelspruch provoziert hatte. »Nirina.«

Paula wusste sofort, was es war. In ihrem Bauch fühlte sie, dass das der richtige Name von Jo war, und sie freute sich über dieses Friedensangebot von Noria.

»Das klingt wunderschön«, sagte Paula, »so wollen wir ihn nennen.«

»Für mich hört sich das an wie ein Mädchenname.« Villeneuve mischte sich ein, während er weiter Paulas Fuß bearbeitete.

»Das bedeutet ›der Gewünschte‹, und dieser Name gilt für Jungen und für Mädchen«, erklärte Noria. »Mein Vaterbruder heißt so.«

»Ihr Vaterbruder?« Paula stutzte. »Ich dachte, Sie wären bei Missionaren aufgewachsen?«

Noria nickte. »Das ist richtig.« Sie stand auf. »Ich werde mich um das Essen kümmern. Sie und Nirina haben sicher Hunger.«

»Und wie.«

»Ein Mann ist tot, und Sie denken ans Essen.« Morten stand auch auf und gab Paula das Gefühl, sich rechtfertigen zu müssen. »Wir hatten bei unserer überstürzten Trennung vergessen, etwas zum Essen mitzunehmen.«

»Dieser ganze Plan war verantwortungslos, unser Verstand war vernebelt von den Gesängen, die uns verfolgt haben.« Villeneuve wrang den Lappen aus, mit dem er ihre Füße gewaschen hatte, und stand auf. »Morten, wir haben einen schändlichen Fehler gemacht, wir alle.«

Paula war überrascht, dass er sich verantwortlich fühlte für das, was passiert war, und sie war ihm sehr dankbar, weil es ihre Schuld an Lázlós Tod ein klein wenig erträglicher machte. Sie spürte zum ersten Mal, seit sie ihn kannte, den Wunsch, ihm etwas Freundliches zu sagen, aber da redete er auch schon weiter.

»Dieser Fluss hat exzellente Flusskrebse, die werden Ihnen schmecken. Für den Jungen haben wir nur Reisbrei und Suppe. Bis das Essen fertig ist, sollten Sie schlafen, ich kümmere mich solange um den Kleinen.«

»Nirina«, verbesserte ihn Paula und reichte ihm den Jungen.

»Nirina«, wiederholte Villeneuve und lief zusammen mit Morten zu Noria. Paula sah ihnen nach und wünschte, Lázló wäre auch bei ihnen. Aber Lázló war tot.

28

Gold läutert man im Feuer, Menschen im Leide

Ich muss aufpassen, dass mich dieses Frauenzimmer nicht in den Wahnsinn treibt. Zuerst konnte ich ihr gleichgültig begegnen, ich fand sie ein wenig seltsam für eine Frau und raffiniert, aber sonst ließ sie mich im Innersten kalt. Doch je länger ich mit ihr zusammen sein muss, desto mehr ändert sich das. Es begann damit, dass sie vorgab, den gleichen Plan zu haben wie ich, was mich tief in meinem Inneren getroffen hat. Denn ihr Plan entspringt einer Lüge, meiner jedoch der reinen Wahrheit. Und nicht nur das, ihr Plan ist vielmehr die pure Verhöhnung des meinigen und dessen, was ich alles auf mich genommen habe, um ihn zu vollenden. Unterdessen plappert sie munter von Dingen, von denen sie keine Ahnung hat.

Das bringt mich zum Kochen, meine Rachegelüste verlagern sich von einer Toten auf eine Lebende. Und das darf nicht sein, denn es ist sehr schlecht, wenn ich wütend werde, es kann tödlich enden für die Menschen, die mich wütend machen.

Und es macht mich sehr wütend, zu sehen, wie sie mit allem davonkommt. Sie erschleicht sich die Gunst der Königin, sie drängt uns dieses Kind auf, das uns alle in Gefahr bringt, und jetzt hat sie Lázló umgebracht. Lázló war in ganz ausgezeichneter Verfassung, als er mit ihr losgezogen ist, und da sollen ihn ein paar lächerliche Spinnen außer Gefecht gesetzt haben? Ja, was denn noch alles? Etwas an dieser Frau ist geradezu widernatürlich. Wer stirbt als Nächstes?

Es ist doch unfassbar, dass sie Norias Geliebten umbringt und die auch noch seltsam zufrieden ist mit Madame Kellermanns mehr als dürftiger Erklärung. Was soll das überhaupt heißen, die Spinnen beerdigten seinen Leichnam? Dass sie ihn fraßen? Davon habe ich noch nie gehört. Menschenfressende Spinnen, das ist mit Abstand das Lächerlichste, was die Madame uns jemals aufgetischt hat.

Lange halte ich das nicht mehr durch, aber ich muss und ich will, denn ich habe ein Ziel, von dem mich keiner mehr abbringt. Ich werde mich nicht so davonstehlen, wie es mein Vater getan hat. Nein, ich werde nicht aufgeben, diesmal werde ich es zu Ende bringen, und deshalb werde ich mit allen Mitteln verhindern, dass sie mich in den Wahnsinn treibt.

29

Opoponax

Dieses Gummiharz ist der an der Luft eingetrocknete Milchsaft von Pastinaca Opoponax Willd. Im Handel erhält man das Opoponax in unregelmäßigen, rotgelben oder braunen Körnern oder Klumpen von stark eigentümlichem Geruch und bitter aromatischem Geschmack.

Wir können das nicht tun. Nicht schon wieder.« Noria presste ihre Lippen zusammen und stocherte in ihrem Reis herum. Morten, Villeneuve und Paula, die Nirina auf ihrem Arm fütterte, saßen mit Noria um das kleine Kochfeuer und musterten sie fragend.

»Müssen wir in diese Richtung oder nicht?« Villeneuve zeigte mit der Hand über den Fluss, Richtung Osten.

Noria nickte. »Ja, aber wir umgehen diesen Fluss. Das haben wir doch schon besprochen.«

Paula sah ihre Reisegefährten an, und dann wurde ihr klar, dass niemand von ihnen aus Sorge um sie und Lázló hiergeblieben war. Einzig und allein dieser Fluss hatte sie zu einer Pause gezwungen.

»Umgehen – noch dazu ohne Träger?« Paula sah von Nirina mit leichtem Schaudern zu ihren Füßen, die immer noch sehr viel Ähnlichkeit mit rohen Fleischstücken hatten.

Weil sie keine Sandalen besaß, lief sie in Strümpfen herum, aber jedes Mal, wenn sie sich hinsetzte, zog sie die Strümpfe aus, damit Luft an ihre Füße gelangen konnte.

»Umgehen, warum denn das?«, wiederholte sie.

»Es ist ein Krokodilfluss. Und der ist Fady.« Morten triefte vor Sarkasmus, nuschelte aber jetzt wieder so, wie es Paula von ihm kannte.

»Deshalb gibt es keine Boote und keine Brücke, und niemand wird uns hinüberbringen«, erklärte Villeneuve. Dann fügte er mit einem Grinsen an: »Und schwimmen erübrigt sich unter diesen Umständen.«

»Warum bauen wir dann nicht ein Boot?«, fragte Paula.

»Das geht nicht.« Noria verschränkte die Arme vor ihrer Brust. »Ein Boot würde den Frieden unserer Ahnen stören.«

»*Meine* Ahnen schwimmen da nicht drin.« Morten schüttelte den Kopf, dann suchte er Paulas Blick. »*Sie sind voll von der Wahrsagerei des Morgenlandes und Zeichendeutern wie die Philister!* Jesaia 2,6.« Jetzt klang er wieder ganz wie der alte Morten. »Wir sollten uns darüber hinwegsetzen.«

Noria drehte sich um und ging wortlos davon.

»Wir brauchen sie, ohne sie sind wir verloren.« Paula zog ihre Strümpfe an und stand auf, um mit Noria zu reden. Ihr plötzlicher Stellungswechsel behagte Nirina gar nicht, und er begann zu wimmern. Paula streichelte seinen Rücken, aber er fing an zu schreien. Sie legte ihn über ihre Schulter und klopfte beruhigend auf seinen Rücken, während sie sich beeilte, Noria zu folgen. Doch sie kam wegen ihrer Füße und Nirina nur langsam voran.

Noria hatte sich auf eine kleine Anhöhe mit Blick auf den Fluss geflüchtet, sie kniete, starrte auf das heilige Gewässer ihrer Ahnen und drehte sich nicht nach der schwer atmenden Paula um.

»Das alles ist sicher unerträglich für Sie«, sagte Paula und bemerkte, dass sich ihre Gefühle für Noria verändert hatten. Kaum bringst du ihrem Geliebten den Tod, denkst du freundlicher über sie und fühlst dich ihr näher, was für eine elende Heuchlerin du doch bist, meldete sich ihre innere Stimme. Bravo!

Noria schwieg. Paula folgte ihrem Blick auf den Fluss und dann, als sie genauer hinsah, entdeckte sie die Krokodile, die dicht unter der braunen Wasseroberfläche träge im Fluss trieben. Man konnte nur ihre kleinen Nasenlöcher und die bernsteinfarbenen Murmelaugen sehen. Paula lief eine Gänsehaut über den Rücken, das waren große, richtig große Krokodile. Sie richtete ihre Aufmerksamkeit wieder auf Noria.

»Natürlich ist mein Leben bisher ganz anders verlaufen als Ihres, aber ich glaube, ich kann Sie trotzdem verstehen.«

Noria gab ein ungläubiges Schnauben von sich.

»Doch, wirklich, zum einen sind da die Missionare, die Sie aufgezogen haben. Zum anderen gibt es diese Welt, aus der Sie stammen. Es muss schwer sein, das miteinander zu versöhnen.«

Paula betrachtete Nirina, der jetzt ruhig auf ihrem Arm lag und sie interessiert anstarrte. Man hat Noria wie Nirina behandelt und sie an einem Krokodilfluss ausgesetzt, dachte Paula und erinnerte sich plötzlich an ihre Eltern. So schwierig ihre Mutter auch gewesen war, so liebevoll hatte ihr Vater sie verwöhnt. Was wusste sie denn schon wirklich davon, wie es sich anfühlte, ausgesetzt worden zu sein? Auch wenn sie von ihrem Mann beinahe getötet worden war, hatte sie doch nicht die leiseste Ahnung von dem, was Noria als Kind durchlebt haben musste. Sie wollte ehrlich mit Noria sein, auch wenn es nicht leicht war. Paula räusperte sich ein paar Mal.

»Nein, Sie haben recht, entschuldigen Sie, Noria, ich kann nicht einmal ahnen, wie Sie sich fühlen, doch ich möchte, dass Sie wissen, wie leid es mir tut, dass Lázló tot ist.«

Sie redete weiter, weil sie unbedingt einen Zugang zu Noria finden wollte. »Es geschah einfach so, aus dem Nichts. Er wollte nur die Früchte von einem Jackfruchtbaum herunterholen, nicht eine Sekunde haben wir daran gedacht, dass das gefährlich sein könnte. Glauben Sie, das ist alles nur passiert, weil ich Nirina gefunden habe?« Paula wusste nicht, was sie noch sagen sollte.

»Nein.«

Damit hatte Noria eine Last von ihren Schultern genommen. Sie atmete erleichtert auf, aber da redete Noria auch schon weiter. »Ob das zusammenhängt, werden wir nie wissen, vielleicht wäre ihm sonst etwas anderes zugestoßen.« Norias Worte kamen langsam und heiser, wie einem Reibeisen abgepresst. »Lázló hat uns den Rücken zugedreht, weil ihn seine Ahnen gerufen haben. Sicher hatten sie Sehnsucht nach einem jungen, schönen und starken Mann.« Noria drehte sich zu Paula um. »All diese klapprigen Alten in der Ewigkeit, sie waren neidisch auf mich und die Freude, die ich mit Lázló hatte.« Noria wischte sich ihre Wangen trocken und grinste breit. »Und ich verstehe sie gut.«

Paula erwiderte ihr Lächeln. Doch plötzlich erstarb das Lächeln auf Norias Gesicht und verwandelte sich in Missbilligung. »Die Ahnen verstehe ich, Sie hingegen nicht. Reicht Ihnen noch nicht, was Sie angerichtet haben? Sie haben ein Fady verletzt, und wenn Sie noch eines verletzen, dann werden wir alle sterben.« Sie zeigte auf die Krokodile. »Das hier sind hungrige Ahnen. Und ich schätze mal, sie sind besonders gierig nach Nirina, den sie schon vor ein paar Tagen erwartet haben. Ich glaube, Ihre Familie sucht den Tod.«

»Unsinn!«

»Schon Ihre Großmutter war so. Unbelehrbar.«

Paula fühlte, wie ihr das Blut in den Kopf schoss. »Was wissen Sie über Mathilde?«

»Nichts.« Noria stand auf und suchte ihren Blick. »Ich weiß nichts über Ihre Großmutter, ich meine nur, dass es für Europäer fast schon todesmutig ist, wenn sie sich für ein Leben hier im Nordosten von Madagaskar entscheiden.«

Noch nie hatte Noria ihr so demonstrativ in die Augen geschaut – sie log, da war Paula sicher. Irgendetwas war da faul.

»Wenn ihr Europäer nicht an Malaria oder Pest sterbt, dann geht ihr an Lepra zugrunde. Was wollt ihr überhaupt hier? Ihr dringt in unser Land ein und zerstört die Menschen und ihre Traditionen.« Noria schüttelte den Kopf. »Infiziert sogar unsere Königin mit euren lächerlichen Ideen von Gott. Aber gut, von mir aus, gehen wir zurück. Wir werden ja sehen, was geschieht.«

»Und dann – bauen wir ein Boot?«

»Wenn Sie so dringend sterben wollen.«

Noria lief los. Wieder humpelte Paula mit Nirina hinter ihr her. Sie wurde nicht schlau aus Noria. Wenn sie dagegen war, den Fluss zu überqueren, warum verließ sie dann die dummen Europäer nicht einfach, was hielt sie zurück? Etwa die Aussicht auf Paulas Kleid? Nein, Noria war die Einzige von ihnen, die zurückgehen und die Kisten ausgraben konnte. Es musste andere Gründe geben. Und warum hatte sie Paulas Großmutter ins Spiel gebracht und dann so getan, als hätte sie damit nur die Europäer an sich gemeint?

Als Paula und Nirina endlich bei den anderen anlangten, die trotz der Hitze immer noch um das kleine Feuer herumsaßen, gab es heftige Wortgefechte zwischen Morten, Villeneuve und Noria. Paula setzte sich hin, zog die Strümpfe sofort aus und betrachtete ihre geschundenen Füße, während sie ihnen zuhörte.

Morten war ungewöhnlich hitzig. »Ein Einbaum, das ist doch völliger Irrsinn – um so etwas zu bauen, brauchen wir Jahre. Mal ganz davon abgesehen, dass wir nicht ein einziges Werkzeug haben, um so etwas zu schnitzen.«

»Sind wir uns wenigstens einig, dass wir über den Fluss hinüberwollen?«, fragte Villeneuve.

Morten nickte.

»Und wenn wir es mit Feuer versuchen«, mischte sich Paula ein. »Man könnte doch das Innere eines Baumes ausbrennen lassen.«

»Und wie, Madame Kellermann, wollen Sie einen Baum fällen, der so groß ist, dass wir alle Platz darin finden?« Morten schürzte die Lippen.

»Es gibt doch nun wirklich genügend Bäume, die umgestürzt herumliegen.«

Noria lachte kurz auf. »Die, die umstürzen, sind entweder von Termiten angefressen oder von Lianen erwürgt worden, das ist schwaches, weiches Holz, das als Boot nicht infrage kommt.«

Paula wechselte mit Villeneuve einen kurzen Blick und starrte dann zum Fluss. Von den Krokodilen war durch die Elefantenohren und die dichten Bambusblätter von hier aus nichts zu sehen, der Fluss wirkte völlig ungefährlich. Es musste einen Weg geben, und sie würde ihn finden. Sie hatte nicht mehr viel Kraft, und ihre Füße brauchten Ruhe.

»Wenn wir kein Boot bauen können, wie sieht es mit einem Floß aus?«

»Wunderbar, dann werfen wir uns doch gleich den Krokodilen zum Fraß vor.« Morten lachte spöttisch. »Wer will anfangen?«

»So breit ist der Fluss nun auch wieder nicht, wir könnten es schaffen.« Villeneuve zögerte. »Aber woraus bauen wir das Floß, wenn alles Holz morsch ist und wir das gesunde ohne Sägen und Beile nicht abholzen können?«

Paula wandte ihren Blick vom Fluss ab. Sie wusste jetzt, was sie tun mussten.

»Bambus, wir bauen ein Bambusfloß. Sind die Coup-Coups scharf genug für Bambus?« Sie schaute Noria fragend ins Gesicht.

Die zuckte nur lahm mit den Schultern.

»Das könnte gehen.« Villeneuve sprang auf, griff sich sein Buschmesser und rannte hinunter zum Fluss. Schweigend sahen Morten, Paula und Noria ihm dabei zu, wie er sich an einer Bambusstange abarbeitete. Immer wieder hieb er die Klinge seines Buschmessers in das Bambusrohr, aber es dauerte lange, bis es endlich umknickte. Als er es ganz abgetrennt hatte, riss er das Rohr triumphierend hoch und schwenkte es hin und her.

»Morten, los, kommen Sie schon, helfen Sie mir!«, rief er ihnen zu. Widerwillig erhob sich Morten und ging aufreizend langsam zum Fluss.

Während Paula den Männern bei ihren Kraftakten zusah, dämmerte ihr, dass Bambus allein nicht ausreichen würde.

»Noria, wir brauchen etwas, um die Stangen zu verbinden. Seile.«

Noria seufzte. »Sie wollen es wirklich herausfordern, oder? Kommen Sie mit.« Noria griff sich ihr Coup-Coup und lief zurück in den Dschungel, aus dem sie gekommen waren.

Paula beeilte sich aufzustehen, packte Nirina in ein Tuch vor ihrer Brust und folgte Noria. Bei jedem Schritt fühlte sie, wie sich die Blätter und Ästchen in ihre Füße bohrten, und sie sehnte sich nach dem Tag, an dem sie ihre Schuhe wieder würde tragen können.

Noria suchte etwas, sie musterte die Bäume, lief weiter, änderte ständig die Richtung, bis sie endlich vor einer Palme stehen blieb.

»Raffia«, sagte sie, als Paula sie endlich eingeholt hatte und außer Atem neben ihr ankam.

»Sieht für mich aus wie eine Palme.«

Noria verdrehte die Augen und sah Paula auffordernd an, die schließlich meinte: »Also gut, es sieht aus wie eine Palme mit sehr großen Blättern.«

»Schauen Sie doch mal genauer hin.«

Paula trat näher heran, obwohl die Erde rund um die Palme übersät war mit piksenden Blattresten.

Fragend drehte sie sich zu Noria um.

Die lief an ihr vorbei, kletterte auf den Stamm und bis zur Stammachse hinauf, aus der die riesigen fransigen Palmwedel entsprangen. Dort schlug sie mit dem Buschmesser alte, braune Blätter ab und warf sie vor Paulas Füße. Sie erinnerten Paula an Bast. Sie ging wegen Nirina sehr vorsichtig in die Knie, hob ein paar dieser Blätter auf und nahm sie in die Hand. Die toten Palmwedel sahen nicht nur aus wie Bast, sie fühlten sich auch so an. Paula nahm ein paar Fasern und zog sie mit beiden Händen stramm, um zu sehen, wie stark sie waren. Zuerst hielt die Faser dem Druck stand, sie verstärkte den Zug, und die Faser riss. Aber wenn man mehrere davon zu einem Strang zusammenflocht, dann könnte man damit die Bambusrohre zusammenbinden, überlegte Paula.

Sie sammelte die getrockneten Blattfasern und packte sie zu kleinen Bündeln zusammen. Nirina wachte von ihren Bewegungen auf und jammerte. Da sie ihn jetzt nicht herausnehmen konnte, begann sie das einzige Lied zu singen, das ihr Vater mit ihnen gesungen hatte, obwohl ihre Mutter es nicht gemocht hatte. »Kuckuck, Kuckuck, ruft's aus dem Wald«. Es schien Nirina zu gefallen, denn er beruhigte sich etwas. Nach einiger Zeit kam es Paula so vor, als würde sie ein Echo hören. Verwundert sah sie zu Noria, die verbissen die Raffiapalme mit ihrem Buschmesser bearbeitete, aber Norias Mund war fest geschlossen.

Paula fing wieder an und summte ein paar Takte, da hörte sie es erneut. Sie lauschte zu Nirina hin, aber der gab nur leichte Schnauftöne von sich, dann begann er zu jammern, weshalb sie wieder lauter weiterträllerte.

Jetzt hörte sie es ganz deutlich. Sie sang weiter und drehte sich einmal um sich selbst. So etwas würde zu Villeneuve passen, dachte sie und gab sich Mühe, ihn zwischen den Bäumen zu entdecken. Aber da war keine Menschenseele.

Das war ihr unheimlich. Sie versuchte Norias Blick auf sich zu ziehen und bedeutete ihr, von der Palme herunterzukommen.

Noria verdrehte die Augen, kletterte dann aber den Stamm hinunter.

»Was ist denn los?«, fragte sie.

»Schsch. Bitte hören Sie doch mal, ob Ihnen etwas auffällt.« Als Noria widersprechen wollte, legte Paula den Finger auf ihre Lippen und bat sie noch einmal eindringlich. »Bitte!« Paula fing wieder an zu singen, und nach ein paar Takten war die zweite Stimme wieder zu hören.

Norias Hautfarbe veränderte sich zu einem fahlen Gelbbraun. »Singen Sie weiter«, bat sie flüsternd und schaute sich genauso um wie zuvor Paula. Allerdings legte sie ihren Kopf in den Nacken und suchte in den Baumwipfeln.

Plötzlich riss sie ihre Augen weit auf, schlug die Hand vor den Mund und taumelte ein paar Schritte zurück.

Paula spähte in die gleiche Richtung, um herauszufinden, was Noria so erschreckt hatte, und dann entdeckte sie den Vogel.

Es war ein Drongo.

Sie hörte sofort auf zu singen und starrte den Vogel an. Der Drongo sah genauso aus wie der tote Vogel, den sie und Lázló am Lagerplatz ihrer Verfolger gefunden hatten.

Noria und Paulas Blicke trafen sich.

Noria atmete so heftig, dass Paula ihr unwillkürlich die

Hand auf den Arm legte, um sie zu beruhigen, aber Noria schüttelte sie ab.

»Es ist doch nur ein Drongo«, versuchte sie Norias Aufregung zu mäßigen, obwohl ihr der Vogel auch unheimlich war. »Ich wusste nicht, dass er Menschen so gut imitieren kann.«

»Nein, das ist nicht nur ein Vogel, das ist der Geist von Lázló. Seine Seele ist in diesen Drongo gefahren, um uns zu besuchen.«

Paula schluckte. Das war natürlich Unsinn. Vollkommener und kompletter Unsinn. Ein Wort mit u. Sie versuchte sich daran zu erinnern, was Lázló gestammelt hatte, als er im Sterben lag: »Niemand sollte den Drongo, Fady.« Aber auch: »alle Lügner« und dann, »lieben Sie«. Sollte sie Noria davon erzählen?

»Singen Sie noch einmal«, bat Noria und nickte ihr auffordernd zu. Der Gedanke, dass nur Lázlós Körper in dem goldenen Netz zurückgeblieben war, während sein Geist hier bei ihnen war und in den Bäumen munter trällerte, war tröstlich. Unsinn, beharrte ihre innere Stimme, das ist genauso verlogen wie die christlichen Vorstellungen von Auferstehung, Himmel und Hölle. Trotzdem begann sie wieder zu singen, und der Drongo wiederholte ihre Worte, traf jeden Ton, als wäre er wirklich ein Mensch. Unsinn, Unsinn, wisperte die Stimme, aber dann tauchten die lapislazuliblauen Schmetterlinge in ihrer Erinnerung auf und brachten die Stimme endlich zum Schweigen. Sie schloss ihre Augen und konzentrierte sich auf ihr Duett mit dem Drongo, und erst als sie beide fertig waren, öffnete sie ihre Augen und schaute zu Noria hinüber.

Norias Gesicht wirkte wie eine steinerne Maske, aber aus ihren Augen tropften Tränen.

Alles war still, Paula hörte nur ihre Atemzüge, keine Insekten, keine Vögel, kein Rascheln, kein Wasser, nichts, nur ihrer beider Atem.

»Es …«, begann Noria, und Paula hatte den Eindruck, dass sie mit sich rang und sie ihr etwas anvertrauen wollte.

Da krächzte der Drongo und flatterte davon.

Noria verstummte, wischte sich resolut die Tränen vom Gesicht und bückte sich nach den Raffiabastbündeln. Sie packte die Pakete auf ihren Kopf, ließ Paula stehen und lief kommentarlos zurück zum Fluss.

Paula sah ihr nach. Egal, dachte sie, egal, was das alles zu bedeuten hat, wir müssen vorankommen. Sie ging in die Knie, um die restlichen Raffiabündel hochzuheben, da stieg ihr etwas in die Nase, das sie kannte. Es roch rauchig, holzig, sinnlich, ein bisschen wie Tabak. Es war der Duft von schwarzer Ambra.

30

Mathildes Brief

Ambalava, am Morgen des 12. August 1856

Meine geliebte Florence,
Pater Antonius hat nicht schlecht gestaunt, als ich ihm gestern Abend mein Gewehr unter die Nase gehalten habe. Er ist zurückgekehrt, weil er auf dem Weg nach Antalaha überfallen wurde, und wollte sich eine meiner Waffen ausleihen und seine Kleider wechseln. In der Soutane provoziert er die Eingeborenen zu stark. Ich gab ihm zwei Lambas, allerdings ändert das ja nichts an seiner Hautfarbe. Er hat mich die ganze Nacht angefleht mitzukommen, aber mein Entschluss steht fest, ich warte hier auf Edmond, denn wie sonst sollen wir uns je wiederfinden? Aber ich werde Pater Antonius alles für Dich mitgeben, um kein Risiko einzugehen. Das wiederum bedeutet, ich muss mich noch mehr beeilen, denn er will aufbrechen, sobald er aufwacht. Zum Glück hat er dem Rum gut zugesprochen, den ich ihm verabreicht habe, er war zu aufgewühlt, um Schlaf zu finden.
Du hast Dir mittlerweile sicher schon selbst zusammengereimt, was ich getan habe, um Edmond zu rächen. Davon weiß Pater Antonius natürlich nichts, er hat keine Ahnung, und ich werde auch dafür sorgen, dass er das hier nicht liest, sonst kommt er vielleicht noch auf den Gedanken, meinen Brief verschwinden zu

lassen. Deshalb werde ich ihn in Wachspapier packen und dann in dem Einband meines Rezeptbuches verstecken, wo Du ihn sicher finden wirst, wenn Du den Einband oft genug anfasst.
Also, Monsieur Tartuffe Beaumont hatte behauptet, all sein Familienschmuck sei gestohlen worden, voilà, und nichts mehr und nichts weniger würde ich tun.
Es war ein Kinderspiel, die Arroganz der Reichen hatte sie sehr sorglos gemacht. Ich nutzte das Weihnachtsfest, an dem die Familie bei befreundeten Pflanzern eingeladen war. Sie ließen nur den alten, schwerhörigen Jaques zurück, einen väterlichen Freund von Edmond – einer seiner vielen Freunde, alle Bediensteten waren ihm wohlgesinnt, jeder liebte ihn.
Ich fesselte und knebelte Jacques, damit er nicht beschuldigt würde, er sollte dann erzählen, dass eine Gruppe von Dieben über ihn und das Haus hergefallen war. So weit verlief alles nach Plan. Ich eilte zum Schlafzimmer von Madame Beaumont und leerte ihre Schmuckschatulle – wo die sich befand, wusste ich von früher, und das Schloss hätte ein Idiot aufbrechen können.
Aber ich hatte nicht mit dem kleinen Prinzen gerechnet, der plötzlich unter dem Bett seiner Mutter hervorkroch und mich dabei erwischte, wie ich die letzten schweren Goldketten in meine Reisetasche warf. Ich versichere Dir, es waren beschämend viele – und die meisten natürlich bezahlt von den Profiten, die Beaumont mit der Vanille – Edmonds Vanille – gemacht hatte. Da standen wir, der kleine Junge und ich, und funkelten uns an, und wirklich, meine liebe Florence, ich hätte mich beinahe vergessen, was hatte dieses verwöhnte Kind ausgerechnet an Weihnachten zu Hause zu suchen? Später erfuhr ich, dass er mit seinem Vater in Streit geraten war, weil er einer Katze den Schwanz abgeschnitten und sich aus Angst vor seiner Strafe versteckt hatte. Das sagt ja wohl

genug über den Charakter des feinen kleinen Herrn, oder? Normalerweise hätte ihn seine Mutter überall gesucht und angefleht mitzukommen, aber genau an diesem Tag wollte Beaumont ein Exempel statuieren und war zur Strafe ohne ihn weggefahren.
Ich überlegte nicht lange, stieß Louis, zugegeben etwas grob, zur Seite und rannte so schnell ich konnte davon.
Mein großer Vorteil war, dass ganz Réunion im weihnachtlichen Rumrausch lag und niemand in der Lage war, sofort nach mir zu suchen. Das verschaffte mir einen Vorsprung, den ich dazu nutzte, ein Boot zu mieten. Die Fahrt nach Madagaskar war sehr stürmisch, und ich fürchtete mehrfach um mein Leben, aber schließlich landeten wir im Nordosten von Madagaskar an.
Aus unserer Zeit bei den Piraten wusste ich, dass das feuchte Klima dort perfekt für den Anbau von Vanille sein würde. In Toamasina, oder Tamatave, wie die Franzosen die Hafenstadt nennen, traf ich Laborde, den einzigen europäischen Günstling der Königin, dem sie unglaubliche Privilegien eingeräumt hatte. Er verkaufte mir ein Stück von seinem Land, jenes, auf dem ich jetzt lebe. Zuerst weigerte er sich, weil er Angst hatte, die Eingeborenen würden mir etwas antun. Doch der Schmuck aus Beaumonts Schatulle und eines meiner besonderen Parfümflakons haben ihn dann überzeugt, und ich habe Gerüchte gehört, dass er alles Ranavalona geschenkt hat, was seine Position bei Hof sicher weiter gestärkt hat. Seitdem arbeite ich unbehelligt hier und warte darauf, dass Edmond aus dem Gefängnis entlassen wird und zu mir kommt.
Warten ist vielleicht nicht das richtige Wort, denn das klingt so passiv, und ich bin alles andere als das. Ich habe nicht nur Vanille angepflanzt, die hier zwar wie von allein wächst, deren

Bestäubung und Trocknung aber, wie Du ja nun weißt, sehr mühsam ist, sondern auch wieder angefangen, an meinen Parfümrezepten zu arbeiten. Und weil mir hier so viele der europäischen Pflanzen fehlen, grase ich die Umgebung ab, um andere zu finden, die meinen Parfüms das gewisse Etwas verleihen. Und ich stoße immer wieder auf interessante Pflanzen, allerdings ist es schwierig, ihren Duft zu konservieren. Aber ich schweife ab. Denn mein ganz großer Plan ist der, Edmond und unserer Liebe ein Denkmal zu setzen, und was könnte das anderes sein als ein einzigartiges Parfüm? Ich wollte ein Parfüm schaffen, das ist wie wir, wie unsere Liebe, voller Kontraste, voller Leidenschaft, voller Trauer, süß und unvergänglich. Zuerst dachte ich daran, es in Anlehnung an Edmonds Nachnamen Albius, was ja auf Lateinisch »weiß« bedeutet, »Passion Blanche« zu nennen, aber dann passierte etwas Unglaubliches, und danach wusste ich, dass »Vanille d'Or« der bessere Name ist.

31

Orangenblüte, Neroli

Bei der Destillation der Orangenblüten mit Wasser erhält man das ätherische Orangenblütenöl oder Neroliöl. Es werden dazu nur die Blüten der sogenannten bittern Orange, Citrus Aurantium amara L., verwendet, da die Blüten der süßen Orange ein Öl von schwächerem, weniger feinen Duft liefern, das Neroli-Portugalöl.

Fünf Tage nachdem Paula mit dem Drongo gesungen hatte, war das Floß fertig. Während ihre Füße langsam heilten, waren ihre Hände von dem Flechten der Raffiafasern wund, aber es hatte sich gelohnt, denn zusammen mit Norias Hilfe waren stabile Stricke entstanden, mit denen die Bambusrohre aneinandergebunden werden konnten.

»Dann wollen wir doch mal sehen, ob es schwimmt.« Villeneuve legte die letzten der schweren Steine für den Probelauf auf das Floß. Sie wollten sehen, wie tragfähig es war und wie die Krokodile darauf reagierten.

»Wir sollten es taufen lassen, vor seinem Stapellauf.« Villeneuve lächelte in die Runde, und während Paula noch überlegte, ob er das ernst gemeint hatte, zerrte Morten das Floß schon zum Fluss hinunter. Das war eine schwere Aufgabe, denn sie lagerten hinter einem kahlen Felsen, der zwar vor den Krokodilen sicher war, jedoch steil zum Ufer hin abfiel.

Deshalb mussten sie das Floß dorthin befördern, wo man es ins Wasser schieben konnte. Paula hatte vorgeschlagen, die Steine erst unmittelbar am Fluss auf das Floß zu packen, aber Villeneuve fand, es wäre eine gute Belastungsprobe.

Morten schnaufte und keuchte, aber er schaffte es, das Floß mit den Steinen zu einer seichten Stelle zu ziehen.

»Rein mit dem verdammten Ding.« Er stieß es an, hielt es aber an einer geflochtenen Leine fest, damit die Strömung es nicht davontrieb. Paula betete, dass das Floß schwimmen würde. Ihre Konstruktion war sehr primitiv, nur eine Plattform aus aneinandergebundenen Stangen.

Es schwamm, und trotz der schweren Steine lag es sogar ganz ruhig auf dem Fluss.

Paula drehte sich zu Villeneuve und Noria. »Wir haben es geschafft!«

Aber die beiden reagierten nicht und fixierten den Fluss. Paula wandte sich wieder um und erstarrte. Obwohl kein Mensch auf dem Floß war, schwammen jetzt schon zwei große Krokodile nebenher.

»Elende Biester!«, murmelte Villeneuve.

»Ich brauche Hilfe beim Hochziehen!«, rief Morten ihnen zu. »Wir müssen uns beeilen, los, los, sonst haben wir hier gleich Besuch, und wie wollen wir dann auf das Floß aufsteigen?«

Villeneuve und Paula rannten hinunter zu Morten und halfen ihm, das Floß einzuholen.

Die Krokodile verfolgten das Floß und schnappten mit weit offenen Mäulern danach, als wäre es eine leckere Beute. Mit Schaudern betrachtete Paula die gepanzerten Echsen mit ihren riesigen Eckzähnen. Eine von ihnen sprang kämpferisch aus dem Wasser und rammte ihre Vorderfüße auf das Floß, das riesige Maul mit den scharfen Zähnen stand weit offen, während ihr Schwanz wild auf das Wasser peitschte. Das Floß schaukelte gefährlich hin und her.

»Fester, schneller!«, brüllte Morten, aber nachdem das Krokodil daran hing, war das Floß noch viel schwerer. Einer der Steine löste sich aus seiner Verschnürung und klatschte ins Wasser. Doch das Krokodil gab noch nicht auf, sondern wurde nur noch wütender.

»Es sieht sehr hungrig aus.« Paula überlegte, was passiert wäre, wenn sie schon auf dem Floß gewesen wären. Kalter Schweiß lief ihr den Rücken hinunter. Endlich merkte das Krokodil, dass nichts Essbares auf dem Floß war, und entließ es so plötzlich aus seinen Klauen, dass sie, weil sie mit aller Kraft daran zogen, ins Stolpern gerieten.

»Los, los, los, wir müssen hier weg, ich habe keine Lust, gefrühstückt zu werden.« Morten klang so panisch, wie Paula sich fühlte. Mit einem letzten Ruck schafften sie das Floß ans Ufer, Morten und Villeneuve warfen die Steine hinunter und dann trugen sie das Floß hoch zu ihrem sicheren Lagerplatz.

Schwitzend und keuchend sahen sie sich an.

»Es ist unmöglich.« Morten wischte sich das Gesicht mit dem Ärmel seines Hemdes trocken und starrte zurück auf den Fluss, wo die Krokodile kaum sichtbar und trügerisch träge im Wasser schwammen. »Verdammt, wir haben unsere Zeit damit verschwendet, dieses Floß zu bauen, und nun müssen wir den Fluss doch umgehen.«

»Es gibt einen Weg«, widersprach Paula. »Wir fahren zu einer Zeit, in der die Krokodile schlafen.«

»Aha, und wann schlafen sie?« Morten legte den Kopf schief und rang sich ein missmutiges Lächeln ab. Paula fragte sich, wo der tapsige, freundliche Bär hingekommen war, der ihr am Anfang ihrer Reise so gut gefallen hatte.

»Krokodile jagen in der Dämmerung oder nachts«, mischte sich Villeneuve ein.

»Ach ja? Für mich hat das gerade sehr nach Jagd ausgesehen, es ist fast Mittag, die Sonne steht schon sehr hoch.«

»Wenn ihre Körpertemperatur steigt, dann kühlen sie sich eben kurz im Wasser ab. Ich schätze mal, dass der Nachmittag am besten geeignet ist, da nehmen sie vielleicht noch ein Sonnenbad, bevor sie sich zur Jagd fertig machen.«

Erstaunt sah Paula zu Villeneuve. »Woher wissen Sie das alles?«

Er zuckte mit den Schultern. »Ich habe eben meine Hausaufgaben gemacht, bevor ich losgefahren bin.«

»Ich habe auch alles über Madagaskar gelesen, was ich zu fassen bekam.« Morten klang säuerlich. »Aber ich habe nicht damit gerechnet, mit Krokodilen kämpfen zu müssen.«

»Aber die sind doch hier überall, Morten.« Villeneuve zog missbilligend seine rechte Augenbraue hoch. »Und im Nordosten, wo Ihre Gemeinde auf Sie wartet, in den Mangroven, dort finden Sie ganze Scharen.«

»Wenn Sie sich so gut mit diesen widerlichen Panzerechsen auskennen, dann verraten Sie uns doch, was man tun kann, wenn man von ihnen angegriffen wird.«

Die Streitereien zwischen den beiden wurden jeden Tag heftiger, der Ton härter. Keiner konnte etwas, das der andere gesagt hatte, so stehen lassen. Jeder musste noch eins draufsetzen.

»In Madagaskar kämpft man natürlich nicht mit ihnen«, antwortete Villeneuve und sah sich nach Noria um, die mit Nirina zum Wald hinübergegangen war, während sie das Floß ausprobiert hatten. Dann fuhr er in verschwörerischem Tonfall fort: »Aber sonst empfehle ich Folgendes: Wenn Sie am Ufer von einem Krokodil angefallen werden, dann rennen Sie und klettern Sie auf den nächsten Baum. Wenn es aber schon Ihr Bein geschnappt hat, dann versuchen Sie seine empfindlichen Augen zu bedecken oder sie irgendwie zu verwunden, dann kann es sein, dass es sein Maul öffnet und Ihr Bein freikommt. Schlimm wird es erst, wenn es anfängt, sich zu schütteln und zu drehen. Sie wissen ja, trotz der prächtigen Zähne kann das Krokodil Sie nicht in kleine Stücke kauen und zermahlen. Um Sie zu zerfetzen, muss es sich um sich selbst drehen.«

Angesichts dieser eindringlichen Schilderungen hatte sich Paulas ganzer Mut in Luft aufgelöst. »Und was machen wir jetzt?«

»Wir fahren am Nachmittag hinüber, ich schätze mal, dass wir höchstens eine halbe Stunde brauchen werden, solange schaffen wir es, uns die Biester vom Hals zu halten.«

»Morten?« Paula warf ihm einen fragenden Blick zu.

Der Norweger zuckte mit den Schultern. »Ich werde beten und den Herrn um Rat fragen.« Er lief zu seinem Zelt und verschwand.

Paula und Villeneuve sahen sich an. Er räusperte sich und trat näher zu ihr hin. »Ich habe mich gerade wie ein Schuljunge benommen. Weil Morten mir auf die Nerven gegangen ist, habe ich so getan, als wäre nichts dabei, aber in Wahrheit habe ich selbst große Angst.«

Er wirkte sehr angespannt. Die Falten, die rechts und links von seiner Nase zu seinem Mund führten, traten noch schärfer hervor. Einige Haare am Ansatz seiner hohen, breiten Stirn waren in den letzten Wochen grau geworden. Oder waren sie schon auf Nosy Be grau gewesen, Paula konnte sich nicht daran erinnern, weil sie ihn noch nie so gründlich betrachtet hatte. Etwas in seinen braungrünen Augen hatte sie davon abgehalten, das zu tun. Und so war ihr auch entgangen, wie perfekt die Proportionen in seinem Gesicht waren, das kräftige Kinn zu dem schön geschwungenen Mund und die großen, leuchtenden Augen über den hohen Wangenknochen.

Jetzt hatte sie ihn aber doch zu lange angestarrt, abrupt wandte sie ihr Gesicht ab.

Da griff er nach ihren Händen. »Um genau zu sein, ich habe Angst um Sie. Sie sind zwar das merkwürdigste Frauenzimmer, das mir je begegnet ist, aber der Gedanke, Sie aus dem Maul eines Krokodils herausziehen zu müssen, erfüllt mich mit Schrecken, und ich habe Lázlós Tod noch nicht einmal ansatzweise verwunden.«

Seine Hände fühlten sich trotz der Hitze angenehm trocken an, und Paula war überrascht, dass er mit ihr über seine Ängste redete, und noch viel mehr erstaunte sie, wie sehr sie das Gefühl mochte, das seine rauen Hände auf ihrer Haut auslösten.

»Aber ich schätze, diese Biester mögen lieber weniger zähe Menschen …« Er warf einen vielsagenden Blick zu Morten, der mit der Bibel unter dem Arm aus seinem Zelt trat und wieder auf sie zukam. Sie biss sich auf die Lippen, um nicht zu lächeln.

»Und, Morten, was hat Gott Ihnen geraten?« Villeneuve ließ Paulas Hände los.

»Spotten Sie nur, Sie sollten es auch einmal versuchen, anstatt sich an alleinreisende Damen heranzumachen. Nun, allein kann ich den Fluss unmöglich umgehen, also begebe ich mich in die Hand des Herrn. *Wirf dein Anliegen auf den Herrn, er wird dich versorgen.*«

Paula nickte beiden zu. »Dann werde ich alles zusammenpacken, damit wir es am Nachmittag wagen können.«

Auf dem Weg zu ihrem Zelt begegnete sie Noria, die ihr Nirina entgegenstreckte und sie aufmerksam musterte.

»Dann gibt es also kein Zurück?«, fragte Noria.

»Für uns nicht, aber niemand wird Sie zwingen.«

»Nein, niemand von den Lebenden kann mich zwingen, das können nur meine Ahnen.« Mit einem seltsamen Lächeln ging Noria an ihr vorbei, und Paula grübelte darüber nach, was Noria damit sagen wollte. Hieß das nun ja oder nein?

Sie seufzte, alles war so viel schwieriger, als sie sich das beim Lesen von Mathildes Rezeptbuch immer ausgemalt hatte. Wenn ich erst in Madagaskar bin, dann wird es leichter, hatte sie gedacht. Sie lachte und sah zu Nirina, dann begann sie damit, alles zusammenzupacken. Lázlós Sachen waren in ihrem Zelt. Sie überlegte, ob sie die anderen bitten konnte, etwas von seinen Habseligkeiten zu tragen, nein, entschied sie dann, das ist meine Aufgabe.

Sie packte ihren Schatz, Mathildes Buch, in ihre mit Leinöl imprägnierte Regenjacke aus Leinen und umwickelte es fest mit Raffiabändern, damit es Wasserspritzer überstehen konnte. Dann stopfte sie es zurück in ihre Ledertasche. Ohne das Buch käme ich mir nackt vor, dachte sie. Es ist meine einzige Verbindung zur Vergangenheit und zur Zukunft.

Sie kniete sich zu dem Kind. »Und dich, Nirina, werde ich ganz fest an mich binden, damit du nicht über Bord gehen kannst.« Sie suchte nach den sauberen Stoffstreifen, die sie gewaschen hatte, und wickelte Nirina aus, bis er nackt vor ihr lag. Er war wach und strahlte sie an. Unwillkürlich lachte sie zurück, streichelte seinen nackten, gut verheilten Bauch und kitzelte ihn, was ihn zu einem erstaunten Glucksen brachte. Er riss seine Augen noch weiter auf und griff mit seinen Händchen nach ein paar Haarsträhnen, die aus ihrem Knoten gerutscht waren.

Was für speckige Beinchen er hat, wo er doch nicht einmal Muttermilch bekommt, dachte Paula. Plötzlich sah sie ihn wieder in dem Ameisenhaufen liegen und küsste ihn schnell ein paarmal auf seinen Bauchnabel, um die Erinnerung daran zu vertreiben. Ihre Küsse ließen ihn vergnügt strampeln, und sie fing an mit ihm zu reden. Zu ihrer großen Überraschung strömten die Worte aus ihrem Mund, als ob sie schon lange darauf gewartet hätten, befreit zu werden. Sie summte und lachte. »Mein Häschen, mein kleiner arabischer Prinz, der du nach Oud duftest wie Tausendundeine Nacht, mein Nirini – mein Nirino – mein Nirina«, und schließlich hob sie ihn hoch, stand auf und drehte sich mit ihm im Kreis herum, und weil es ihnen beiden so gut gefiel, hörte sie erst auf, als ihr so schwindelig war, dass sie beinahe hingefallen wäre.

»Ich werde dich nicht mehr hergeben«, flüsterte sie. »Lázló hat recht gehabt, du gehörst nun zu mir, du bist nun wirklich mein Sohn.« Sie drückte ihn zärtlich an sich, doch da trat unerwartet und ungebeten das Bild ihres toten Sohnes vor ihr inneres Auge. »Nein!« Sie küsste Nirinas schmales Gesicht wieder und wieder und murmelte wie ein Gebet, wie ein Versprechen: »Du, mein Kleiner, du wirst nicht sterben. Und deshalb werde ich alles tun, damit du nicht über Bord gehst.« Sie schnürte ihr Bündel auf und suchte nach einem Hemd von Lázló, um daraus einen ganz besonders sicheren Tragegurt für Nirina zu basteln.

Während sie in seinen Sachen nach dem Hemd mit den längsten Ärmeln suchte, beschlich sie ein merkwürdiges Gefühl. Hier stimmte etwas nicht, oder? Sie hielt inne und überlegte, was der Grund für ihren Eindruck sein konnte. Die wenigen Kleider waren alle noch da, auch Lázlós Reisepass und die Pfeife aus Meerschaum, aber es fehlte etwas. Das Foto war auch noch da, aber jetzt dämmerte es ihr, das Medaillon war fort. Sie griff sich ein Hemd aus Leinen, um es zurechtzuschneiden, und dabei wurde ihr klar, dass noch etwas fehlte, das Skizzenbuch mit dem Brief. Sie versuchte sich zu erinnern, an wen er gerichtet gewesen war. An einen Mann, und der Vorname hatte mit »E« begonnen, da war sie sicher, weil der Vorname ihres Mannes Eduard gewesen war. Jetzt ärgerte sie sich, dass sie den Brief immer noch nicht gelesen hatte, weil sie so mit dem Bau des Floßes beschäftigt gewesen waren, dass sie ihn ganz vergessen hatte. Aber wohin war der Brief verschwunden? Wenn nur der Brief fehlen würde, grübelte sie, dann hätte ich sicher gedacht, dass er aus dem Bündel gerutscht ist. Aber das Skizzenbuch *und* der Brief *und* das Medaillon, während die anderen Sachen noch da waren, das musste etwas zu bedeuten haben, nur was?

Sie wickelte Nirina wieder ein, dann band sie ihn mit den Stoffstreifen um ihre Brust, und darüber wand sie das Hemd von Lázló, sodass der Kleine darin noch besser gestützt wurde, dann schnürte sie die Ärmel fest um ihre Taille. Schließlich packte sie den Rest zusammen, nur Mathildes Buch stopfte sie wie immer in ihre Ledertasche und hängte sie sich um. Hatte Noria vielleicht die Kette als Erinnerungsstück genommen? Das ergäbe Sinn, aber auch noch den Brief?

»Sind Sie fertig?« Villeneuve stand vor ihrem Zelt. »Dann helfe ich Ihnen beim Zeltabbauen.«

Paula trat zu ihm. »Es kann losgehen.«

»Was ist los mit Ihnen?«, fragte Villeneuve verwundert.

»Nichts.« Oder konnte man ihr etwa ansehen, dass sie wegen der verschwundenen Gegenstände beunruhigt war.

»Aber etwas in Ihrem Gesicht ist verändert.«

»Das bilden Sie sich ein.« Vor ein paar Wochen hätte ich noch zu ihm gesagt, dass ihn mein Gesicht nicht das Mindeste angeht, überlegte sie.

»Sie sehen aus wie jemand, der ein unerwartetes Geschenk bekommen hat.«

»Nirina.« Paula streichelte sachte über den Rücken des Kindes, und in dem Augenblick, als sie es aussprach, wusste sie, dass es stimmte. »Ja, Nirina ist wirklich ein Geschenk.«

Villeneuve stutzte einen Moment, dann lächelte er sie sanft an. »Es tut mir leid, wenn ich Sie wegen Nirina anfangs getadelt habe. Das war falsch.«

Eine Entschuldigung von ihm! Das erstaunte sie so sehr, dass sie nicht wusste, was sie darauf erwidern sollte. Eine seltsame Stille breitete sich zwischen ihnen aus, und als

Villeneuve näher kam, zuckte sie nicht zurück. Er streckte seine Hand nach ihr aus, aber das war ihr dann doch zu viel, und gerade als sie einen Schritt zurücktreten wollte, legte er seine Hand auf Nirinas Rücken und kraulte seinen Kopf.

Noria und Morten riefen nach ihnen und wollten wissen, wann es denn endlich losginge.

Villeneuve und Paula sahen sich an.

»Dafür, dass sie nicht mit dem Floß fahren wollen, haben sie es jetzt aber ganz schön eilig.« Villeneuve grinste.

»Sie wollen es einfach nur hinter sich haben, und ich ehrlich gesagt auch. Glauben Sie wirklich, dass die Krokodile nur abends jagen?«

Er zuckte mit den Schultern. »Probieren wir es aus.«

32

Perubalsam

Myroxylon Pereira Hanb. Der Balsam erscheint als eine dunkelrote oder dunkelbraune, mitunter fast schwarze, sirupdicke Flüssigkeit. Er trocknet nicht leicht an der Luft, besitzt einen angenehmen, an Vanille erinnernden, doch weniger lieblichen Geruch.

Die Sonne stand nun schon deutlich niedriger, und die Mittagshitze war vergangen. Das Floß war zu zwei Dritteln voll mit Gepäck, sodass Paula und ihre Reisegefährten sich eng aneinanderdrängen mussten.

Villeneuve und Morten waren als Letzte aufgesprungen, nachdem sie das Floß ins Wasser gestoßen hatten.

Sie gewannen schnell an Fahrt. Im Fluss befanden sich viele kleine Strudel, die man vom Ufer nicht hatte sehen können, und die das Floß dazu brachten, sich um sich selbst zu drehen. Dabei wackelte alles hin und her. Paula saß auf dem Boden und klammerte sich rechts und links neben ihren Oberschenkeln an den Bambusstangen des Floßes fest. Noria, Morten und Villeneuve knieten an den Außenkanten der Plattform und versuchten mithilfe von Stangen, das Floß näher an das andere Ufer zu dirigieren, aber die Strömung war sehr viel stärker, als sie vermutet hatten. Sie wurden ständig schneller und schneller.

Wenigstens sehe ich keine Krokodile, dachte Paula, dann hat Villeneuve mit seinen Theorien doch recht gehabt. Ein Strudel schleuderte sie zur Seite, und sie bedauerte es, Nirina vor ihre Brust geschnürt zu haben statt auf den Rücken, denn so konnte Paula sich weder besonders gut festhalten, noch den anderen beim Staken helfen, und es wurde jede Hand gebraucht.

»Wenn mir jemand hilft, Nirina auf den Rücken zu binden, dann kann ich mit anpacken.«

»Gute Idee, dann sind wir schneller am anderen Ufer.« Morten klang erleichtert.

»Unsinn, wir werden doch mitten auf dem Fluss keine solchen Manöver vornehmen!« Villeneuve brummelte weiter vor sich hin, aber Paula konnte ihn nicht verstehen. Noria zog ihre Stange ein und kroch zu Paula. »Wir brauchen wirklich jede Hand, ich werde Ihnen helfen.«

Paula zog die Ledertasche mit dem Buch von ihrer Schulter, legte sie neben sich und begann Nirina loszubinden.

»Achtung, alle gut festhalten, hier kommt eine kleine Staustufe!«, brüllte Villeneuve, und dann erhob sich das Floß auch schon in die Luft.

Alle und alles wurde kurz hochgeschleudert, Paula hielt Nirina, den sie gerade eben losgebunden hatte, fest, während ihr Herz aufgeregt hämmerte. Als das Floß mit einem harten Platschen wieder auf dem Wasser aufklatschte, jauchzte er fröhlich, als ob das ein Spiel wäre.

In diesem Augenblick sah Paula, dass ihre Tasche mit Mathildes Buch ins Wasser gefallen war.

»Nein!«, schrie sie völlig außer sich. Nicht das Buch! Alles andere, aber nicht das! Da könnte sie auch gleich sterben, es würde alles sinnlos machen. Sie musste es sofort da rausholen, sonst waren sämtliche Rezepte unleserlich, und das Einzige, was sie von Mathilde hatte, wäre zerstört. »Halt, sofort anhalten!«

»Das ist völlig unmöglich!«, protestierte Morten. »Wie sollen wir denn ein Floß anhalten?««

Paula drückte Noria den Kleinen in den Arm und sprang ohne weiter nachzudenken ins Wasser. Ohne das Buch war sie nichts, hatte sie nichts, blieb ihr nichts.

Erst als das kalte Wasser sie nach Luft schnappen ließ, wurde ihr klar, was sie gerade getan hatte. Sie war in einen Fluss voller Krokodile gesprungen. Sie paddelte wie eine Irrsinnige mit den Füßen, um voranzukommen und ihre Tasche zu erwischen, bevor sie unterging und alles umsonst gewesen wäre.

Sie hörte ihre Reisegefährten schreien, aber sie konnte nichts verstehen, weil das Wasser in ihren Ohren rauschte. Weiter vorn trieb der Lederriemen. Sie kraulte, um die Tasche zu erwischen, bevor sie versank, und war so schnell, als wären die Krokodile schon hinter ihr her. Während sie sich beeilte vorwärtszukommen, dankte sie im Geiste ihrem Bruder, der ihr so geduldig das Schwimmen beigebracht hatte.

Noch ein Stoß, dann packte sie den Riemen und zog ihn zu sich heran, jetzt musste sie zurück aufs Floß, bevor die Krokodile sie witterten, aber sie konnte es nirgends entdecken. Paula strampelte mit den Füßen, um den Kopf höher aus dem Fluss zu bekommen, drehte sich einmal um sich selbst, da endlich sah sie es. Links hinter ihr, die Strömung hatte sie viel schneller vorangetrieben als das Floß, nach links, schnell, Paula, schnell.

Sie wand den Riemen um ihr Handgelenk und schwamm um ihr Leben, in Richtung des Floßes, das ihr entgegenkam. Verzweifelt rang sie nach Luft, riss den Mund weit auf, Wasser schwappte über ihren Kopf, erstickte sie fast, schneller, Paula, los, streng dich an, los, los, los!

Das Floß kam näher. Und jetzt, Paula, wie willst du da wieder hochkommen?

Sie erreichte das Floß und konnte sich an die Außenkante hängen. Sie hielt sich mit einem Arm fest und warf mit dem anderen die Ledertasche auf das Floß, damit sie nicht länger dem Wasser ausgesetzt war, dann aber rutschte sie ab und schaffte es nicht mehr, den Rand der Bambusplattform zu erwischen.

Villeneuve fing die Tasche auf und reichte sie an Noria weiter, dann beugte er sich vor zu ihr an den Rand, um ihre Hände zu packen, aber sie verfehlten sich, weil das Wasser zu bewegt war. Wie soll ich das jemals schaffen?, fragte sich Paula.

In diesem Moment hielt ihr Villeneuve eine der Stangen hin, um sie damit an Bord zu ziehen.

Sie versuchte sie zu erwischen, aber das war schwierig, denn die Stange kam zwar sehr nah an sie heran, doch sie war dünn und nass. Mal war die Stange zu weit weg, dann wieder gefährlich nah. Plötzlich machte das Floß wieder einen Satz, und die Stange rammte ihre Nase so heftig von der Seite, dass sie sofort zu bluten begann. Paula stöhnte vor Schmerz. Die Krokodile, dachte Paula, das lockte sie sicher an. Sie angelte jetzt verzweifelt nach der Stange, doch sie verschwand.

»Nein, nein«, rief sie panisch, »bitte helft mir!« Aber sie schaffte es kaum, die Worte zu artikulieren, weil sie durch die Nase keine Luft mehr bekam und durch den Mund atmen musste.

Die Stange blieb verschwunden.

Ich will nicht sterben, stellte Paula fest, während sich rings um sie herum das Wasser rot mit ihrem Blut färbte. Es verblüffte sie, wie sehr sie leben wollte. Damals, als ihr das kranke Kind aus dem Bauch geschnitten worden war, da hatte sie nur noch sterben wollen. Aber jetzt will ich leben, wurde Paula klar, und sie spürte, wie neue Kraft durch ihren Körper schoss. Ich will leben.

33

Der Esel hat lieber Stroh denn Gold

Wunderbar, das hätte ich so nicht planen können. Dieses dumme Frauenzimmer springt freiwillig in einen Fluss voll bösartiger Krokodile, um ihre Ledertasche zu retten! Wenn das nicht der Beweis dafür ist, dass sich das Ziel meiner Wünsche genau darin befindet. Und dann wirft sie die Tasche in meinen Schoß, bleibt aber selbst im Wasser, und jetzt ist sie auch noch verletzt. Ich sehe, wie ihr Blut sich mit dem grünen Wasser dieses herrlichen, der Rache geweihten Flusses vermischt.

Und, Gott der Herr sei gepriesen, hinter dem Floß entdecke ich sie, die ihre Schnauzen und gepanzerten Körper unter dem Wasser verstecken und mich mit dunklen Glasaugen anstarren, als wüssten sie um mein Flehen. Ganz langsam schwimmen sie heran, lautlos. Gott hat mich erhört und verhindert, dass ich mir selbst die Finger schmutzig mache.

Was nur gerecht ist, wenn man bedenkt, was Mathilde unserer Familie angetan hat, wie sie unsere Hilfe vergolten hat. Doch wenn ich wegen Mordes vor Gericht käme, könnte ich nicht all das wieder aufbauen, was Vater wegen dieser Hexe verloren hat. Ich kann es nicht leugnen, aber der Gedanke an das Schauspiel, das sich mir gleich bieten wird – ihr dürrer Körper aufgespießt auf den gewaltigen

Eckzähnen der Ungeheuer –, lässt mich mehr erschauern, als es die Wollust je vermocht hat.

»Wir können jetzt nichts mehr tun«, sage ich zu den anderen und versuche, meiner Stimme einen betroffenen Klang zu verleihen. Dabei bücke ich mich wie zufällig nach ihrer Tasche und nehme sie hoch.

Die anderen starren abwechselnd hinter das Floß, wo die Krokodile sich bereit machen für ihr Festmahl, und dann nach vorn, wo Madame Kellermann blutet, um Hilfe schreit, spuckt, röchelt. Ich versuche herauszufinden, was in ihnen vorgeht, aber ich vermag ihre Gesichter nicht zu lesen. Einzig und allein das Balg scheint zu wissen, was hier geschieht, denn es schreit ununterbrochen, ohne dass irgendjemand Notiz von ihm nimmt.

Später werden wir sagen, wir wären vor Schreck wie gelähmt gewesen, und ich bin mir nicht sicher, ob ich wirklich der Einzige bin, der diesen unglaublichen Kitzel genießt.

34

Rose

Obschon fast alle Rosen einen angenehmen, mehr oder weniger starken Geruch besitzen, so ist der wahre Rosenduft, den man mit geschlossenen Augen erkennt, doch nur wenigen Arten eigen. Als hervorragend in diesem Sinne gelten vor allem Rosa centifolia L. und Rosa damascena Mill.

Paula schwamm wieder und wieder auf das Floß zu. Du schaffst das, befahl sie sich, probier es noch einmal.

In diesem Moment sprang Villeneuve so ungeschickt ins Wasser, dass er fast auf ihr gelandet wäre.

»Was machen Sie denn da?«, brüllte Paula.

»Ihnen helfen, allein kommen Sie da doch nicht hoch.«

Jetzt wurde die Stange von Morten über das Wasser gehalten, und Villeneuve strampelte darauf zu wie ein Hund, den man ins Wasser geworfen hat. So einen Schwimmstil hatte Paula noch nie gesehen. Er griff nach der Stange, aber auch er tat sich schwer damit, die Stange zu erwischen, verfehlte sie und wurde von der Strömung mitgerissen, an Paula vorbei.

»Schwimmen Sie«, schrie sie, »schwimmen Sie, in Gottes Namen!«

Villeneuves Kopf tauchte unter Wasser, und er hing wie eine leblose Puppe im Wasser. Paula schwamm, mit immer noch blutender Nase, zu ihm, zerrte ihn an die Wasseroberfläche, griff unter sein Kinn und hielt seinen Kopf so über Wasser. Dann sah sie sich nach dem Floß um. Nach rechts, sie mussten nach rechts. »Schwimmen Sie«, kommandierte sie. »Los, schwimmen Sie!«

»Ich kann nicht schwimmen«, keuchte er. Paula fragte nicht weiter, drehte Villeneuve auf den Rücken und schleppte ihn zum Floß, wo Morten sich bäuchlings hingelegt hatte und die Hände nach ihnen ausstreckte.

Villeneuve hatte jetzt wieder Luft, und als sie am Floß ankamen, schaffte er es, den Rand zu packen, hustete ein paarmal, dann drehte er sich zu Paula um und half ihr, sich auch festzuklammern.

»Sie nehmen Mortens Hände, und ich schiebe von unten«, schlug er vor.

»Aber halten Sie sich mit einer Hand am Floß fest, sonst ertrinken Sie noch!«, gab Paula zurück. Dann griff sie nach Mortens Händen, während Villeneuve sie an den Knien packte und hochschob. Als sie wieder auf dem Floß war, ließ Morten sie sofort los und schnappte sich Villeneuve. Doch der war so schwer, dass Morten immer weiter über die Floßkante rutschte. Paula warf sich auf ihn, damit er nicht ganz heruntterglitt. Dann probierten sie es noch einmal, während Paula Mortens Beine festhielt, und schließlich schafften sie es, Villeneuve zurück aufs Boot zu hieven.

Erschöpft und zitternd lagen alle drei auf dem Bambusfloß. Paula spürte, wie ihre Nase anschwoll, während noch immer Blut heraussickerte. »Ist mit Nirina alles in Ordnung?«, fragte Paula und suchte Norias Blick. Noria, die Nirina auf dem Arm hielt, nickte, starrte Paula aber mit schreckgeweiteten Augen an. Ich muss ja fürchterlich aussehen, dachte Paula und sah zu Villeneuve, der sich schon wieder voll unter Kontrolle hatte, sein Hemd auszog und auswrang. »Das war das Allerdümmste, was ich jemals erlebt habe«, polterte er.

»Stimmt! Leichtsinnig, lächerlich, geradezu todessehnsüchtig!«, gab Paula zurück. »Wer nicht schwimmen kann, sollte nicht im Fluss baden.«

»Auf keinen Fall, das war der reinste Selbstmord!« Morten unterstützte Paula, aber dann wollte er wissen, welcher Teufel Paula geritten hatte, wegen einer Tasche in den Fluss zu springen.

»Das verstehen Sie ja doch nicht«, murmelte Paula, weil sie endlich wissen wollte, ob sie es geschafft hatte, die Rezepte zu retten. Sie nahm Mathildas Buch aus ihrer Ledertasche und wickelte es aus ihrem Regenumhang, der vollkommen durchnässt war. Mit zitternden Händen klappte sie den roten Ledereinband auf. Blut tropfte von ihrer Nase auf die ersten Seiten. Sie hielt sich den Regenumhang unter die Nase und blätterte das Buch weiter auf. Es war feucht, die ersten Einträge waren verschwommen, aber als sie genauer hinsah, erkannte sie immerhin noch blassblaue Buchstaben. Sie blätterte weiter bis zur Mitte, bis dorthin war das Wasser noch nicht vorgedrungen. Die Schrift war klar, und sie konnte alles lesen, aber je weiter sie nach hinten gelangte, desto feuchter wurden die Seiten wieder – und damit verschwommen und nur gerade eben noch lesbar. Sie hatte es gerettet, sie hatte es geschafft.

Erleichtert drückte sie es an sich und bemerkte erst jetzt, dass Villeneuve und Morten sich immer noch über ihren unverantwortlichen Wahnsinn entrüsteten, der sie alle das Leben hätte kosten können.

»Hören Sie auf damit!« Noria widersprach ihnen so laut, dass Paula zusammenzuckte. Paula packte das feuchte Buch zurück in die Ledertasche, hängte sie sich wieder um und streckte Noria die Arme entgegen, damit sie ihr Nirina zurückgab. Erleichtert presste Paula ihn an sich. Nachdem er wohlbehalten in ihrem Arm geborgen war, zeigte Noria auf den Fluss hinter dem Floß. »Sehen Sie!« Paula entdeckte drei große Krokodile. Trotz der Hitze kroch eine Gänsehaut über ihren Rücken, nicht, weil die Krokodile so nah waren, auch nicht, weil sie so gewaltig waren. Sondern vielmehr, weil sie in einer Reihe nebeneinander hinter dem Floß schwammen und keine Anstalten machten, ihr Floß anzugreifen, wie sie es heute Morgen bei Morten getan hatten. Die drei Panzerechsen wirkten wie Frontsoldaten in einem Heer, dachte Paula. Gespenstisch.

»So etwas habe ich noch nie gesehen«, sagte Noria.

»Vielleicht sind sie einfach nur satt und deshalb friedlich«, schlug Paula vor und versuchte mit einer Hand, den Blutfluss aus ihrer Nase endlich zum Stillstand zu bringen, schaffte es aber nicht und gab deshalb Nirina an Noria zurück.

»Es ist doch ganz offensichtlich.« Morten hob die Hände zum Himmel. »Der Herr hatte einmal mehr seine schützende Hand über Madame Kellermann.« Und es klang nicht so, als ob das Morten freuen würde, dachte Paula.

»Unsinn!« Villeneuve zog sein ausgewrungenes Hemd wieder an. »Wir waren einfach schneller. Außerdem sollten wir den Tag nicht vor dem Abend loben. Wir sind immer noch nicht auf der anderen Seite!«

Paula gab ihm recht, auch wenn sie schon sehr nah am Ufer waren und jetzt viele Bäume im Flussbett wuchsen.

»Unsere Ahnen wollten Madame Kellermann verschonen.« Noria sah Paula in die Augen. »Das ist ein gutes Zeichen. Wir werden lebend am anderen Ufer ankommen.«

Die Krokodile schwammen immer noch wie Soldaten aufgereiht hinter ihrem Floß.

»Was für hässliche Biester!« Morten schüttelte sich. »Ich möchte ihnen gern ein Stück Fleisch hinhalten und sehen, ob sie dann immer noch so beherrscht nebeneinander bleiben. Erst dann würde ich das für ein Zeichen halten.«

»Wollen Sie sich vielleicht opfern?« Villeneuve stieß Morten leicht in die Taille, und Morten taumelte zur Seite, was das Floß ins Wackeln brachte.

»Fassen Sie mich bloß nicht an!«, bellte er.

In gleichen Moment verhedderte sich das Floß in den Ästen eines Baumes, der im Flussbett stand, und der plötzliche Halt brachte alles ins Rutschen. Paula hielt ihre Ledertasche fest, schlitterte aber selbst ein Stück über die Plattform.

»Das kommt davon!«, schimpfte Morten und machte sich mit Villeneuve daran, das Floß wieder flottzumachen.

Sie waren jetzt schon so nah an der anderen Uferseite, dass Paula die offensichtlich aufgebrachte Menge, die sich dort eingefunden hatte, nicht nur sehen, sondern auch hören konnte.

»Was hat das zu bedeuten?«, fragte Paula Noria.

»Nichts Gutes wahrscheinlich!«, murmelte Morten.

Noria lächelte ihnen beruhigend zu. »Sie haben gesehen, wie Madame Kellermann ins Wasser gesprungen ist und nicht gefressen wurde. Sie singen darüber, dass die Krokodile Abstand gewahrt haben.«

»Und was heißt das?« Paula hatte Angst, es könnte etwas ganz besonders Schlimmes bedeuten.

»Ich denke, dass wir ab jetzt wieder Träger haben werden.«

Morten und Villeneuve stakten das Floß die letzten Meter zum Ufer, dann zogen die dort auf sie wartenden Madagassen sie ganz an Land.

Paulas Kleider klebten an ihrem Körper, und aus ihrer stark geschwollenen Nase tropfte noch immer Blut. Sie wünschte sich nur noch einen Platz zum Ausruhen. Ihr Blick fiel auf Villeneuve, dessen Hosen nass an seinen Beinen klebten und dessen Unterkörper sich durch den Stoff hindurch genau abzeichnete. Seine extrem muskulösen Waden und Oberschenkel gefielen ihr nicht nur, dieser Anblick berührte etwas in ihr. Sie hätte gern ihre Hand daraufgelegt und gespürt, wie sich das anfühlte. Warum war er ins Wasser gesprungen, wenn er gar nicht schwimmen konnte? Weil er Arzt war? Wegen ihr? War das möglich?

Sie wurde von Noria aus ihren Gedanken gerissen, diese debattierte laut mit einem Madagassen, und Paula hätte nicht sagen können, ob es ein freundliches oder ein abweisendes Gespräch war.

Aber dann kam Noria zu ihnen und erklärte ihnen, der Mann sei der Dorfvorsteher und hätte alle herzlich zu einem Fest eingeladen, das man für sie und zu Ehren der Ahnen und der Krokodile feiern würde.

Paula war nicht nach feiern, sie war müde und sehnte sich nur danach, die nassen Kleider auszuziehen und dann zu schlafen, aber sie wollte nicht unhöflich sein.

Der Dorfälteste geleitete sie zu einem Platz, wo sie ihr Lager aufschlagen konnten, einige Männer halfen Morten und Villeneuve dabei, die Zelte aufzubauen, Frauen brachten ihnen Wasser und eine große Platte mit Ananas, Pampelmusen und Cherimoyas.

Paula suchte trockene Kleider und einen Platz, um sich ungestört umzuziehen, aber das war nicht leicht, denn die Kinder des Dorfes, die zu ihren komplizierten Flechtfrisuren einen Lamba um die Hüften trugen, schlichen um sie herum und starrten sie an. Als Paula Noria fragte, warum die Kinder sie nicht aus den Augen ließen, lachte Noria und erklärte ihr, dass die Kinder zwar schon einmal einen weißen Mann, aber noch nie eine weiße Frau gesehen hätten und nicht glauben könnten, das sie wirklich aus Fleisch und Blut sei. Paula sah die Kinder an, schob ihren nassen Ärmel hoch und deutete auf ihren Arm, lud die Kinder mit einer Geste ein, ihn anzufassen, und zwei ganz mutige Jungen kamen näher und kicherten. Dann tippten sie für eine Sekunde auf ihren Arm und rannten sofort weg, wo sie sich wieder die Bäuche vor Lachen hielten. Das war so ansteckend, dass Paula unwillkürlich auch lachen musste. Und als sie aufstand, um sich jetzt wirklich umzuziehen, folgten sie ihr wie dem Rattenfänger von Hameln.

Noria hatte Erbarmen mit ihr und redete mit den Kindern, die nur höchst widerwillig abzogen.

Nachdem Paula ihre Kleider gewechselt hatte, waren die Zelte schon aufgebaut, und Noria brachte ihr Nirina und eine Tasse Tee.

Paula breitete ihre nassen Sachen und das Buch von Mathilde zum Trocknen aus, nahm Noria den Kleinen ab und setzte sich auf die Matte, woraufhin die Kinder sofort wieder zu ihr rannten und sich vor Lachen ausschütten wollten, als sie Nirina auf Paulas Arm sahen.

Sie flüsterten miteinander und sahen dann immer wieder zu ihr herüber. Paula vermutete, dass sie sich Gedanken darüber machten, ob sie, diese weiße Frau, die leibliche Mutter des dunkelhäutigen Nirina war.

Bin ich deine Mutter,? fragte sie sich und betrachtete Nirina eindringlich. Ich glaube ja, dachte sie verblüfft, ich glaube, das bin ich wirklich. Du gehörst zu mir, du bist meine Zukunft, so wie Mathilde und die Vanille und das Parfüm. Sie brachte den Jungen an ihr Gesicht, um seinen wunderbaren Duft einzuatmen.

Nichts. Da war nichts. Nirina roch nach nichts. Verwirrt hob sie den Kopf. Ja, ihre Nase war zugeschwollen, aber sogar mit einer schweren Erkältung war sie sonst noch in der Lage, etwas zu riechen.

Sie versuchte verzweifelt, irgendein Aroma in der wenigen Luft, die durch ihre Nase gelangte, zu erkennen. Nichts.

Nirina begann zu zappeln und lenkte ihre Aufmerksamkeit wieder auf ihn zurück, geistesabwesend griff sie nach seinem Händchen. »Das, mein kleiner Prinz«, flüsterte sie, »das wäre das Ende. Ohne meine Nase kann ich alles vergessen.«

Sie erhob sich mühsam, getrieben von dem Gedanken herauszufinden, wie schwer ihre Nase verletzt war.

Sie lief mit Nirina auf dem Arm und einer Horde Kinder im Schlepptau zu Villeneuve, der sich auch schon umgezogen hatte.

»Haben Sie einen Spiegel?«, fragte sie ihn und erwartete, dass er etwas von eitlen Frauenzimmern antworten würde.

»Das wollen Sie nicht sehen.«

»So schlimm?«

Er nickte. »Es wird eine Weile dauern, bis das wieder abgeheilt ist.« Er trat näher zu ihr hin, und es kam ihr sehr seltsam vor, dass sie ihn nicht riechen konnte. Sie versuchte sich zu erinnern. Wacholderbeere, indische Zimtrinde, Zypresse. Nichts, nichts, nichts. Er war einfach nur irgendein Mann. Sie schluckte.

»Was ist los?« Villeneuve legte seine Hand unter ihr Kinn und zog sie so ein bisschen näher. Seine braungrünen Augen waren nun sehr dicht vor ihrem Gesicht.

Paula erstarrte.

»Ich glaube nicht, dass Ihre Nase gebrochen ist, aber ich kann nur hoffen, dass die Schleimhäute nicht ernsthaft verletzt worden sind.«

»Was bedeutet das?«

Er wand sich.

»Na los, mich kann eigentlich nichts mehr erschüttern«, log Paula.

»Anosmie.«

»Was ist das?«

»Darunter versteht man den Verlust des Geruchsvermögens. Allerdings geschieht das eher durch eine Gehirnverletzung, bei der der Bulbus olfactorius oder die Lamina cribrosa verletzt worden sind, als durch eine Infektion oder eine Nasenverletzung.«

Paula starrte ihn an, und ihr erster Gedanke war, dass Anosmie für sie weitaus schlimmer war, als von Krokodilen gefressen zu werden.

Was sollte denn dann aus ihr werden?

»Manchmal ist das nur ein vorübergehender Zustand, oder es ist das Gehirn, das uns einen Streich spielt.«

An diesen Strohhalm konnte sich Paula nicht klammern, Ärzte belogen einen immer darüber, wie schlimm es wirklich war. Bei Karls Infektion am Bein hatten sie gelogen, ebenso wie bei den Prognosen zu ihrem Sohn. Und schon gar niemand hatte ihr verraten wollen, was die Narbe an ihrem Bauch in Wahrheit zu bedeuten hatte. Das hatte sie dann selbst herausgefunden und lächerlicherweise geglaubt, das Ausbleiben der Blutung bedeute, dass sie erneut schwanger sei. Was mehr als grotesk war, weil seit der Geburt ihres Kindes kein Mann sie mehr angerührt hatte.

Paulas Augen standen voller Tränen. Villeneuve konnte nicht wissen, was das für sie bedeutete. Sie drückte ihm Nirina in den Arm, dieses Kind hatte schon genug Elend gesehen. Sie musste allein sein, sie musste nachdenken.

Paula lief zu ihrem Zelt, griff nach Mathildes Buch, presste es an sich und rannte vor ihm davon, vor den Dorfkindern, vor sich selbst, vor dem, was von ihrem Leben noch übrig war.

35

Dem fliehenden Feinde baue goldene Brücken

Nicht einmal die Krokodile wollten sie fressen. Das kommt mir nun doch höchst merkwürdig vor, und ich verstehe, dass diese Wilden daraus eine große Sache machen. Doch es erscheint mir ungerecht. Ich hätte es beinahe geschafft, mir die Tasche unter den Nagel zu reißen, aber Noria hat darauf bestanden, dass wir Madame Kellermann helfen. Nicht, dass ich mir von Weibern sagen ließe, was ich zu tun habe. Aber dann hat mir Noria all die Wartenden am Fluss gezeigt, Dutzende von Augenzeugen, und noch dazu machten die Krokodile keine Anstalten, das Floß zu umrunden. Also musste ich schon wieder gute Miene zum bösen Spiel machen. Dieses Kellermann-Weib scheint die gleichen Anlagen zur Hexe in sich zu tragen wie ihre Großmutter. Meine Mutter hat immer gewusst, dass Mathilde eine Hexe ist, die unsere Plantage verflucht hat. Denn unser Niedergang begann, nachdem sich dieses infame Weib mit einem Sklaven einließ und dann aus geiler Lust auf die Idee kam, Edmond sei ein Heiliger und mein Vater ein geldgieriger Sünder. Sie war nicht nur ungebildet, sondern auch noch kriminell. Ich werde nie das Weihnachten vergessen, an dem ich zu Hause bleiben musste, zur Strafe für mein schlechtes Benehmen. Niemand war mir dankbar dafür, dass ich den

Dieb benennen konnte, mein Vater hat mich sogar geradezu gehasst. Zu wissen, dass ihn ein Weibsstück hereingelegt hat, war der Anfang vom Ende. Der Schmuck war weg, Bedienstete verließen uns, und ohne Edmond, der im Gefängnis seine Strafe absaß, verfiel unsere Plantage. Gelbgrindige Flecken breiteten sich auf all unseren Pflanzen aus, irgendeine bösartige Fäule, die nicht nur die gesamte Ernte, sondern auch Stämme und Wurzeln vernichtete. Wir hielten zwei Jahre durch, dann waren wir verloren. Aber niemand wollte die Plantage kaufen, es wurde getuschelt, sie sei verhext. Gottesfürchtige Pflanzer, die jeden Sonntag in die Kirche rannten, raunten sich hinter dem Rücken des Priesters etwas von den schwarzen Mächten des Teufels zu. Ich war noch nicht zehn Jahre alt, als ich meinen Vater in der Scheune fand. Baumelnd. Ich erinnere mich ganz genau, dieser Tag ist wie eingebrannt in meiner Seele.

Ich war wie jeden Sonntag mit meiner Mutter in der Kirche gewesen, wo wir den heuchlerischen Fragen nach meinem Vater mit der allergrößten Contenance begegnet waren.

Nun wollten wir essen, ich weiß noch, dass es mein Lieblingsessen geben sollte, Lammkeule mit Süßkartoffeln, ein Essen, das ich seither nicht mehr angerührt habe. Aber mein Vater erschien nicht, seine Pferde waren im Stall, also war er auch nicht ausgeritten, deshalb suchte ich ihn überall, fand ihn aber nicht, woraufhin wir allein aßen.

Mutter bekam Kopfschmerzen von der Demütigung, die mein Vater ihr damit wieder einmal angetan hatte, und zog sich in ihr Schlafzimmer zurück, noch bevor wir mit dem Essen fertig waren.

Es war seltsam still auf der Plantage, vielleicht habe ich deshalb das Summen der Fliegen so gut gehört. Ich glaubte, ein Wespennest hätte sich in die Scheune verirrt, denn ich hatte zuvor nur kurz hineingeschaut, mein Vater hielt sich dort nie auf. Das wilde Summen und Brummen versetzte mich in gute Laune, denn ich dachte, ich könnte dem Nest mit einem kleinen Feuerchen den Garaus machen und so meinem Vater ein Lob abringen.

Schon als ich die Tür aufstieß, roch es wie in einer Kloake. Und dann sah ich es. Er hing an einem Seil, und weil er im Moment seines Todes seine Gedärme entleert hatte, war sein Körper überzogen mit summenden, flügelschlagenden Insekten. Noch heute wird mir übel, wenn ich das Surren und Schwirren einer Masse gieriger Insekten ertragen muss.

Unter diesem monströsen Wesen lag ein Brief an meine Mutter und einer an mich. Was in dem Brief an Mutter stand, weiß ich nicht, aber wir sind dann nach Europa gezogen, zu einer meiner Schwestern, wo es in jeder Hinsicht mehr als nur kalt war. Ich bin dort erstarrt. Nur eins gab mir die nötige innere Hitze, um zu überleben, das, was in dem Brief an mich stand. Ich kann es bis heute auswendig:

Mein theurer Sohn,
ein böses Weib hat alle vier Elemente in sich: In der Luft ist es eine Pestilenz, im Wasser ein Krokodil, auf der Erde ein Drache und im Feuer ein eingefleischter Teufel, das hat schon Abraham a Santa Clara gewusst.
Sie – Du weißt genau, welche gemeint ist – soll zugrunde gehen, so wie sie uns zugrunde gerichtet hat. Vernichte sie und ihre Nachkommen, so wie sie mein Leben und meine Nachkommen

zerstört hat – und vor allem Dich, der Du mein langersehnter Erbe sein solltest. Ich bin zu alt und zu müde, um es zu tun. Doch lass die Priorität Deines Handelns der Aufbau der Plantage sein. Hole Dir, was Dir gehört, kehre zurück hierher und vollende, was ich begonnen habe. Und verzeih mir, dass ich alles verloren habe – wenn Du kannst.

Bete für meine Seele.
Dein Dich liebender Vater

36

Santal

Das Santalholz stammt vom Santalholzbaume, Santalum album L. ab, der besonders in Ostindien und auf den Sundainseln heimisch ist. Wegen seines hohen Preises kann es nur zu feinsten Parfümerien verwendet werden, der Kenner eines feinen Geruchs wird das Santalholzöl hoch schätzen, es passt besonders gut zum Rosenöl.

Erst als ihre Lungen genauso brannten wie ihre kaum verheilten Füße und das Blut wieder aus ihrer Nase strömte, hielt sie inne, suchte sich einen großen Felsen und setzte sich darauf, um nachzudenken.

Nachdenken, lächerlich, schimpfte ihre innere Stimme, du willst dich bemitleiden, nichts anderes. Heulen, du willst schon wieder heulen. Deine Reise in dieses Land hinterlässt ja geradezu ein Meer von Tränen, wie lange bist du schon unterwegs? Und was hast du erreicht? Was ist das Ergebnis? Eine betrogene Königin, ein toter Mann in einem Sarg aus goldener Spinnenseide, eine blinde Nase und, na gut, das Einzige, wo du nicht zur Gänze versagt hast, ist Nirina, ein immerhin lebendes Kind, aber leider hat es keine Familie.

Es hat mich, schluchzte Paula trotzig und wischte die Tränen weg, es hat doch mich.

O ja, was für eine Mutter! Springt eine gute Mutter in

einen Krokodilfluss? Und wo ist der Kleine denn jetzt gerade? Und von was wollt ihr beide leben? In diesem Zustand kannst du nicht einmal Vanille anbauen, geschweige denn Parfüms kreieren. Vergiss es.

Paula schluchzte heftig, ihre Schultern zuckten, und Mathildes Buch entglitt ihren Armen, die sie nun schützend um ihre Brust legte, während sie ihren Körper vor und zurück wiegte, wie um sich zu trösten. Das Buch fiel neben ihre Füße, genauso nutzlos wie ihre Nase. Nutzlos wie ihre Existenz. Unnütz, unfruchtbar, unnatürlich, Worte mit u.

Ein Geräusch hinter ihrem Kopf ließ sie zusammenzucken. Es war viel zu zart, um von einem Menschen zu sein. Sie drehte sich um, nichts. Immerhin hatte das Geräusch sie aus dieser sinnlosen Gedankenspirale gerissen, und das war gut so, sie musste sich jetzt darauf konzentrieren, wie es weitergehen konnte. Sie bückte sich nach Mathildes Buch, da hörte sie wieder einen dumpfen Laut, dem leises Geraschel folgte.

Es war immer noch über ihrem Kopf, und diesmal war es viel näher. Aber so sehr ihre Augen die Bäume absuchten, sie konnte nichts entdecken. Sie zuckte mit den Schultern und bückte sich wieder nach dem Buch. Plötzlich landete etwas Schweres mit vier Beinen und scharfen Krallen auf ihrem Rücken.

Paula schrie laut auf, sprang hoch, drehte und wand sich, aber das Ding ließ sich nicht abschütteln. Sie griff nach hinten und erschrak wieder, als sie etwas unerwartet Flauschiges in ihren Händen fühlte, und ließ es sofort los. Sie blieb stocksteif stehen, während ihr Herz raste. Was war das?

Dann kletterte das Tier auf ihre Schulter, Paula drehte angstvoll den Kopf und zuckte zusammen, als sie in die großen bernsteinfarbenen Augen eines kleinen graubraunen Lemuren blickte.

In dem Augenblick, als sich ihre Blicke begegneten, sprang der Lemur von ihrer Schulter auf Mathildes Buch, und von dort kletterte er so schnell auf den nächsten Baum, dass Paula sich nicht sicher war, ob sie sich das nicht alles nur eingebildet hatte. Ihr Puls dröhnte immer noch in ihren Ohren. Dieser Lemur hatte ganz anders ausgesehen als der, den sie am Morgen von Lázlós Tod gesehen hatte, der von eben hatte keine schwarzen Fellbüschel an den Ohren, und er war sehr viel kleiner. Sie setzte sich wieder hin und griff nach dem Buch, das durch den Aufprall merkwürdig außer Form geraten war.

Es fühlte sich auch anders an.

Der rote Ledereinband hatte sich gelockert, die Polsterung rutschte unter dem Leder hervor.

Polsterung?

Paula zog daran und musste zweimal hinschauen, um zu verstehen, was sie da in der Hand hatte.

Es war feuchtes, aber noch versiegeltes Wachstuch, in dem etwas verborgen war. Sie hielt vor lauter Spannung die Luft an und erbrach das Siegel. In dem Wachstuch war ein dicker, ein sehr dicker Brief verborgen. Mit zitternden Fingern faltete sie die Papiere auseinander, die Schrift hatte keinen Schaden genommen, und Paula kannte sie. *»Meine geliebte Florence …«* Es war ein Brief von ihrer Großmutter an ihre Mutter, den sie vor mehr als zwanzig Jahren geschrieben hatte. Was für ein Geschenk! Paula tupfte ihre Nase mit einem Taschentuch ab und vertiefte sich in die Worte ihrer Großmutter.

Ambalava, am Morgen des achten August 1856

Florence, meine geliebte Tochter …

Während des Lesens musste Paula immer wieder pausieren, weil sie so überwältigt war, und sie bedauerte es unendlich, dass ihre Mutter diesen langen Brief nie gelesen hatte. Zum ersten Mal in ihrem Leben fühlte sie tiefes Mitleid mit ihrer Mutter und konnte verstehen, warum es ihr immer so wichtig gewesen war, alles richtig zu machen, ganz so, wie es sich ziemte. Sie verstand endlich, wie verzweifelt ihre Mutter dazugehören wollte. Paula, die sich bisher für tolerant und liberal gehalten hatte, war hin- und hergerissen. Vor ihrer Ehe hatte sie es unglaublich romantisch gefunden, sich in Heathcliff aus *Sturmhöhe* zu verlieben. Heute wusste sie, dass es nicht romantisch war, einen gestörten Mann zu heiraten. Es war ihr ein Rätsel, wie man einen Mann lieben konnte, der nur halb so alt war wie man selbst und der einem völlig anderen Kulturkreis entstammte. Ihre vor Mut nur so strotzende Großmutter und ein ehemaliger Sklave – war es überhaupt möglich, unter diesen Umständen auf Dauer zusammen glücklich zu werden? Oder hatte sich Mathilde, nach all den Jahren in der Gefangenschaft des Piraten Le Thomas, vielleicht gerade in Edmonds Sanftheit verliebt? Und vielleicht war es wiederum ihr Mut, den Edmond so anziehend gefunden hatte. Paula malte sich aus, wie Edmond bei seiner hingebungsvollen Arbeit auf der Plantage das Geheimnis der Vanille still und leise entdeckt hatte, und dabei dachte sie an den köstlich samtigen, schweren Duft von Vanille und seufzte. Sie griff sich an ihre geschwollene Nase, hob den Ledereinband hoch, um daran zu riechen, aber da war nichts. Ihre Nase war tot. Was wohl Mathilde an meiner Stelle getan hätte?, fragte sie sich. Und ihre innere Stimme wusste sofort, dass Mathilde jedenfalls niemals heulend durch den Dschungel gerannt wäre, sie hätte sich zusammengerissen und einen anderen Weg gesucht. Ihre Großmutter hatte gekämpft, ja sogar gestohlen, um das, was sie für richtig hielt, zu erreichen.

Aber ich bin nicht Mathilde. Paula überlegte zum ersten Mal, seit sie zu dieser Reise aufgebrochen war, warum sie ihre Großmutter niemals infrage gestellt hatte, so wie ihre Mutter. Ihre Mutter hatte sie in diese höllische Ehe gezwungen, hatte sie immerzu gedrängt, das Richtige zu tun, deshalb war die Beschäftigung mit den Rezepten ihrer Großmutter immer ihr Fluchtweg aus dem Regelkorsett ihrer Mutter gewesen. Ihr dämmerte, dass sie darüber hinauswachsen musste. Ihr Leben war bisher immer nur eine Reaktion auf das gewesen, was sie vorgefunden hatte, aber sollte sie nicht besser darüber nachdenken, was sie in ihrem Innersten bewegte? Was wollte eigentlich sie selbst?

Warum nur hatte ihre Großmutter so ein Gewese darum gemacht, den Brief zu verstecken? Wie hatte sie ernsthaft glauben können, dass ihre Tochter sich die Mühe machen würde, nach etwas zu suchen, von dessen Existenz sie nichts wusste? Paula hoffte, dass sich all das im letzten Teil des Briefes klären würde.

37

Mathildes Brief

Ambalava, am Morgen des 12. August 1856

Meine geliebte Florence,
ich war auf der Suche nach einer Pflanze, deren gelb-orange Blüten einen Duft verströmen, der dem von Ylang-Ylang nicht unähnlich ist, aber nicht ganz so betäubend, frischer. Allerdings ist er, anders als Ylang-Ylang, äußerst mühsam zu macerieren, leider kommt keine andere Methode dafür infrage. Weil es mir – noch – nicht gelungen ist die Pflanze zu kultivieren, muss ich sie also jedes Mal suchen. Aber für mein Parfüm Vanille d'Or ist mir das Beste gerade gut genug, denn ich möchte, dass es das großartigste Parfüm der Welt wird. Ein Duft, den man in hundert Jahren noch tragen wird, und ich habe auch ganz genaue Vorstellungen, wie das Flakon aussehen soll. Es muss blau sein, wie die, die ich dem Priester mitgeben werde. Blau wie die Schmetterlinge, die Edmond und ich in unserer ersten gemeinsamen Nacht gesehen haben. Blau wie die Lavendelfelder, blau wie der Himmel in der Provence, aus der dein Vater Copalle stammt. Die Buchstaben »E« und »M« sollen ineinander verschlungen auf der Rückseite des Flakons in goldenen Buchstaben eingraviert sein.
Ich habe Edmond jeden Tag ins Gefängnis geschrieben, aber ich bin nicht sicher, ob ihn meine Briefe erreichen. Natürlich kann ich

ihm genauso wenig offen schreiben wie Dir, denn die Gefahr ist groß, dass jemand mein Wissen für seine Zwecke ausnutzt, dabei sollen nur Du und Edmond davon wissen. Nun, ich habe also an meinem Parfümtraum experimentiert. Neben Vanille enthält er Magnolia-Chamapakablüten, dazu Sandelholz und Pampelmuse – in Frankreich hätte ich Palmarosa verwendet oder echte Grapefruit, aber die wächst hier nirgends. Dann natürlich der wundervolle, gelb blühende Ylang-Ylang. Ich bin sehr froh, dass es mir gelungen ist, ihn neben der Vanille in großen Mengen zu kultivieren. Er hat einen unglaublich feinen, würzigen Geruch, der an Narzissen und Hyazinthen erinnert. Doch leider ist er sehr flüchtig und nicht sehr intensiv, sodass ich große Mengen davon benötige. Auf einen Liter Weingeist muss ich mit 45 Gramm Ylang-Ylang-Öl rechnen, aber ich brauche 100 Kilo Blüten, um 1 200 Gramm Öl zu erhalten, und davon verströmen auch nur die ersten 600 Gramm diesen herrlichen Geruch, der nachfolgend destillierte Rest ist beinahe geruchlos. Oh, ich schweife ab, wann immer ich auf mein Lieblingsthema komme, dabei habe ich nicht mehr viel Zeit und muss mich kürzer fassen. Also, mein Gemisch war noch nicht annähernd so gut, wie ich es mir gewünscht hatte, und erinnerte mich leider an die Mixtur, die ich für die feiste Gattin von Monsieur Beaumont kreiert hatte, nachdem sie mir angedeutet hatte, sie wünschte sich etwas, um die Gelüste ihres Gatten anzuregen. Weil ich ihr Gast war und sie für uns einnehmen wollte, hatte ich ihr aus Iris, Tuberosen, Veilchen, Jasmin, Grapefruit, Orangenblüten, Rosen, Ylang-Ylang, Vanille und einem Hauch von Moschus etwas Sinnliches gezaubert. Wenn ich gewusst hätte, wie sich unser Verhältnis entwickelt, dann hätte ich davon Abstand genommen. Nun, jetzt war ich aber auf der Suche nach etwas Neuem,

Überraschendem, es sollte frisch-würzig sein, aber auch Anklänge von Zibeth und schwarzer Ambra haben, aber nicht zu intensiv sein. Nur deshalb bin ich zu diesem Fluss. Dort habe ich schon einige interessante Pflanzen entdeckt, die ich nicht kannte, und in Ermangelung eines Namens habe ich ihnen eigene gegeben. Eine kleine mit hübschen rosa Blüten habe ich Florenzia genannt, nach Dir, meine schöne Tochter.

Der Fluss war nicht sehr breit und seicht, mit rotgoldenem Sand und auffallend wenigen Fischen darin. Am Ufer wuchsen nur sehr wenige große Bäume, ein paar Elefantenohren, dafür wucherte jede Menge Gestrüpp. Ein paar umgestürzte Bäume bildeten natürliche Stege, die man aber nur nutzen konnte, wenn man, wie ich, schwindelfrei ist. Auf der einen Seite befand sich ein Dach aus hellen grünen Blättern, dahinter Sträucher, Bambus, Lianen.

Dieses Blätterdach machte mich neugierig, auch glitzerte der Fluss dort so einladend in der Sonne. Ich musste mir das genauer ansehen und balancierte über einen der umgestürzten Stämme hinüber. Dort zog ich mir Schuhe und Strümpfe aus, watete durch den Fluss und zwängte mich unter dieses Blätterdach.

Nach ein paar Schritten war das Dach so hoch, dass ich gerade eben so aufrecht gehen konnte. Es umfing mich die gedämpfte Stille und das gefilterte Licht einer grünen Kathedrale. Nicht einmal das Plätschern des Flusses war hier zu hören. Ein Duft von frischem Karamell lag in der Luft, von Anis und Bergamotte und eisenhaltigem Wasser. Das alles vermischte sich zu einem göttlichen Parfüm, das wie geschaffen für diesen heiligen Ort war. Ich bückte mich, um zu sehen, ob diese Mischung einer einzigen Pflanze entströmen konnte, und konzentrierte mich bei meiner Suche deshalb mehr auf meine Nase als auf meine Augen.

Tatsächlich fand ich eine Pflanze, deren dünne Wurzeln absurd in die Luft abstanden und rot herausleuchteten wie Christsterne. Ihnen entströmte der Duft von Anis und Bergamotte. Doch ich wagte es nicht, diese Wurzeln abzubrechen, ihr Rot wirkte wie eine Warnung. Überwältigt von der Heiligkeit dieses Ortes, kam ich mir vor wie ein Eindringling und beschloss, fürs Erste nach Hause zu gehen.

Aber dieser Ort ließ mich nicht mehr los, nachts träumte ich davon, mir erschienen die blauen Schmetterlinge im Schlaf, und heute glaube ich, sie wollten mich warnen. Aber ich hörte nicht auf sie – wann hätte Deine Mutter schon jemals auf die Stimme der Vernunft gehört? Ich ging also wieder hin und war enttäuscht, weil ich diesen besonderen Duft nicht mehr finden konnte, auch die rote Wurzel verströmte kein Aroma mehr.

Aber ich konnte davon nicht lassen und ging ein drittes Mal in diesen heiligen grünen Tempel.

Dieses Mal entdeckte ich eine kleine Blume, deren unscheinbare blaue Blüten vanillbuttrig nach Karamell dufteten und deren lanzettenförmigen Blätter die anderen Aromen verströmten, die ich beim letzten Mal gerochen hatte. Anis, Bergamotte und eisenhaltiges Wasser. Diese Blume musste ich mitnehmen, ich grub sie aus der Erde, vorsichtig, weil ich auf keinen Fall ihre Wurzeln beschädigen wollte. Dabei war mir, als müsste ich dafür um Verzeihung bitten, etwas, was mir, wie Du ja weißt, außerordentlich schwerfällt.

Die Wurzeln schimmerten golden, was ich dem heiligen Ort zuschrieb, der meine Fantasie mit mir durchgehen ließ. Aber dann sah ich genauer hin. Wirklich, die Wurzeln hatten sich um kleine goldene Klumpen gewunden. Eine optische Täuschung, da war ich sicher, meine Fantasie verlieh meiner Freude über die

Entdeckung dieser Pflanze Flügel, gaukelte mir das vor. Ich fasste die Erde an, wollte sie zerkrümeln, aber es gelang mir nicht. Zwischen meinen Fingern blieben feste, goldene Tröpfchen. Ich grub neben der Pflanze in der Erde. Und wieder fand ich goldene Teilchen, die wie blinkende Sonnenperlen zum Vorschein kamen.

Meine liebe Florence, auf der Suche nach dem perfekten Duft hatte Deine Mutter Gold gefunden.

38

Storax, frz. Styrax

Liquidambar orientalis Miller ist ein Baum, der in Kleinasien und Syrien ganze Wälder bildet. Im frischen Zustande hat das Storaxbalsam oder flüssiger Storax genannte Produkt Salbenkonsistenz, ist sehr zähe, terpentinartig, mäusegrau oder grünlichgrau; im Alter erscheint er schwarzgrau und fester.

Schritte rissen Paula aus ihrer Versenkung, gerade jetzt, wo sie bei dieser unglaublichen Enthüllung angekommen war. In ihr tobten die widersprüchlichsten Gefühle, und sie wollte, ja, sie musste diesen Brief zu Ende lesen, bevor sie in der Lage war, mit jemandem zu sprechen. Sie stand auf und sah sich nach einer Fluchtmöglichkeit um, aber es war zu spät. Etwas in ihr hoffte, dass es Villeneuve wäre, aber seine Schritte klangen lauter als diese hier. Das war entweder Noria oder Morten.

»Hier sind Sie also!« Morten sah auf den Brief in ihrer Hand und dann in ihr Gesicht.

Sein ungewöhnlich sauberer Anblick brachte ihr zu Bewusstsein, wie unmöglich sie aussehen musste, zerfleddert und voller Blutflecken.

Morten hatte in der Zwischenzeit seinen goldblonden Bart abrasiert, was seltsam nackt wirkte, denn unter dem Bart war die Haut viel blasser als im übrigen Gesicht. Er lächelte ihr so freundlich zu wie ganz am Anfang ihrer Reise, was sie freute, denn in den letzten Tagen hatte er meistens griesgrämig auf sie gewirkt.

»Ich habe Ihnen noch gar nicht gedankt, dass Sie mich mit der Stange herausgezogen haben.«

»Es war mir eine Ehre.« Er deutete eine leichte Verbeugung an und zeigte auf den Brief in ihrer Hand. »Ich wollte Sie nicht stören, aber wir haben uns Sorgen um Sie gemacht und sind losgezogen, um Sie zu suchen.«

Paula errötete, sie hatte sich wirklich unmöglich benommen. »Es tut mir leid, ich habe Ihnen nichts als Ärger bereitet.«

»Darf ich fragen, warum Sie in diesen Fluss voller Krokodile gesprungen sind?«

Paula wedelte mit dem Brief in ihrer Hand. »Ich wollte nicht, dass meine einzige Verbindung zur Vergangenheit nass und damit unbrauchbar wird.«

»Ist denn Ihre Vergangenheit so wichtig für Sie?«

Paula errötete wieder. »*Meine* Vergangenheit eher weniger, aber die meiner Großmutter.« Und weil sie immer noch ganz durcheinander war von diesem Brief und nicht weiter darüber reden wollte, fragte sie ihn: »Und wie ist das bei Ihnen?«

Morten starrte auf seine Schuhe und lächelte, als ob er sich an etwas ganz besonders Schönes erinnerte.

»Nun, wir alle sind nicht denkbar ohne unsere Vergangenheit, auch wenn manch einer sie gern abschütteln würde. In diesem Punkt verstehe ich die Madagassen sehr gut.«

»Aber man muss verhindern, dass die Vergangenheit allein die Entscheidungen unserer Gegenwart bestimmt.«

»Das ist unmöglich.« Morten wollte noch mehr sagen, presste dann aber die Lippen zusammen.

»Und warum sind Sie Missionar geworden?«

»Es war eine gute Möglichkeit, hierher zu gelangen.«

Verblüfft starrte Paula ihn an. Das war nicht die Antwort, die sie erwartet hatte, zu ihm hätte ein christliches »Der Herr hat mich dazu auserwählt« besser gepasst.

»Und warum wollten Sie ausgerechnet hierherkommen?«

»Ich wollte etwas wieder ins Lot bringen.«

»Oh, das ist ein schöner Gedanke!« Paula lächelte ihn an und dachte an ihren ersten Eindruck von dem tapsigen Bär, der sich in der Zwischenzeit stark verändert hatte. Diese Reise hatte ihn verändert, er kam ihr viel älter vor und ernster.

»Es freut mich, dass Sie meine Motive gutheißen.« Seine Lippen zuckten, als hätte er etwas Komisches gesagt, dann zwinkerte er ihr zu und deutete auf den Brief. »Und darf ich jetzt fragen, was Sie so lange von uns ferngehalten hat?«

Paula wollte nicht einfach Nein sagen, was die Wahrheit gewesen wäre. Sie überlegte, wie sie sich aus der Affäre ziehen konnte, ohne grob zu wirken.

»Es ist ein Brief meiner Großmutter, den ich eben erst entdeckt habe.«

Sie hatte gehofft, das würde ihm genügen, aber Morten nickte ihr aufmunternd zu.

»Ich habe nicht gewusst, dass er überhaupt existiert, und würde ihn gern zu Ende lesen.«

»Sie sollten hier nicht allein sitzen. Ich leiste Ihnen Gesellschaft.«

Auf keinen Fall, dachte Paula.

»Sie haben recht, gehen wir zurück, ich muss mich auch dringend umziehen.«

Sie bückte sich nach dem Buch, aber Morten war schneller als sie. Er behielt es in der Hand und starrte den aufgeweichten Ledereinband neugierig an.

»Wären Sie so freundlich?«, bat ihn Paula mühsam beherrscht und streckte auffordernd die Hand nach Mathildes Rezeptbuch aus. Sie fand es unfassbar dreist, dass er sie nicht in Ruhe ließ und sich auch noch erlaubt hatte, ihr heiliges Buch anzufassen.

Widerwillig reichte Morten es ihr. »Ich hoffe, es hat keinen Schaden genommen.«

»Nein, nur meine Nase.«

Paula nahm es ihm ab und lief voran, obwohl sie nicht wusste, wohin sie gehen musste.

Morten berührte sie am Ellenbogen. »Es geht dort lang.« Er führte sie durch den Dschungel, und Paula wurde wieder schmerzlich bewusst, dass sie nichts riechen konnte. Sie erinnerte sich an den typischen Geruch von Morten, Kümmel, Bergamotte und eine Spur Holunder, aber sie roch nichts, auch nicht die feuchte Erde, dafür hörte sie die ganze Zeit ein leises Rascheln, das nicht von ihren Füßen stammte, denn es kam aus den Bäumen über ihr. Sie blieb stehen und spähte nach oben.

»Was ist los?«, fragte Morten.

In diesem Moment entdeckte Paula direkt über Morten den kleinen Lemuren mit den großen Augen. »Dort oben, sehen Sie doch!« Sie streckte den Zeigefinger aus und deutete auf ihn, aber Morten konnte ihn nicht sehen. Ob das der gleiche Lemur war, der vorhin auf ihre Schulter gesprungen war? Unsinn, Paula schürzte die Lippen, die sahen doch alle gleich aus, und soweit sie wusste, lebten sie in Familien zusammen. Da hörte sie das Rascheln wieder und sah in die Baumkronen hinauf. Der Lemur sprang gerade von einem Baum zum nächsten, und Paula kam es vor, als würde er sie dabei anschauen. Und demnächst redest du noch mit Bäumen und Steinen. Vielleicht verursachte ein Schlag auf die Nase auch eine Störung im Hirn.

Schweigend liefen sie nebeneinander. Paula hatte das Gefühl, dass Morten über etwas nachdachte und gern mit ihr gesprochen hätte, weil er ein paar Mal ansetzte, aber dann jedes Mal wieder innehielt.

»Vermissen Sie Ihre Familie? Oder Norwegen?«, fragte sie schließlich, weil ihr sein Schweigen langsam unheimlich wurde.

Morten blieb stehen und wandte sich ihr zu. »Ja, doch, ich vermisse das, was einmal mein Zuhause war.«

»Und woran erinnern Sie sich am liebsten?«

Morten schürzte die Lippen und kratzte sich am Kopf. »An meine Mutter. Sie war eine wundervolle Frau. Sie war immer für mich da.« Jetzt grinste er spitzbübisch. »Ich war ihr Liebling. Sie hat mir alles durchgehen lassen und mich verwöhnt, obwohl sie eine sehr strenggläubige Frau war.« Er wurde wieder ernst. »Aber sie ist viel zu früh gestorben. An Heimweh.«

»Das tut mir leid«, murmelte Paula und dachte an ihre Mutter, deren Liebling Gustav gewesen war, und fragte sich zum ersten Mal, wie es ihrem jüngeren Bruder wohl ergangen war.

»Sind Sie deshalb Missionar geworden? Wegen ihrer Mutter?«

Er schüttelte den Kopf. »Wir sind da.« Er begleitete sie zu ihrem Zelt, wo Villeneuve mit Nirina auf dem Arm auf sie wartete. Er hatte sich offensichtlich noch nicht rasiert und umgezogen.

»Warum tun Sie uns das andauernd an?« Er funkelte Paula wütend an, und sein Ton schreckte Nirina auf.

»Wir haben alle etwas anderes zu tun, als ständig hinter Ihnen her zu springen, zu schwimmen, zu rennen oder sonst etwas zu tun.«

»Ich kann sehr gut allein auf mich aufpassen.« Sie hätte ihm Nirina gern abgenommen, aber sie hatte immer noch den Brief und das Buch in der Hand.

»Einen Moment, bitte.« Sie verschwand im Zelt, legte den Brief und das Buch in eine der Truhen, die Ledertasche war leider noch durchweicht und kam als Aufbewahrungsort nicht infrage. Dann stürmte sie wieder nach draußen und nahm Nirina auf ihren Arm.

»Es tut mit leid«, sagte sie, nur um das Gespräch zu beenden.

»Heute Abend wird uns zu Ehren ein großes Fest gefeiert, und Sie sehen aus wie eine Vogelscheuche.«

Paula starrte Villeneuve an, dann schielte sie zu ihrer monströs geschwollenen Nase hin. Er war so ein widerwärtiger Kerl. Sie drückte Nirina fester an sich, was ihm nicht gefiel. Er strampelte und quiekte, und Paula kam sich vor wie die letzte Versagerin, nicht einmal das Kind fühlte sich wohl in ihrer Nähe.

Vogelscheuche. Verzweifelt suchte sie nach einer ähnlich gemeinen Replik, fand dann aber, dass jedes weitere Wort an ihn nur verschwendet gewesen wäre.

Sie ließ ihn stehen, drehte sich um und ging in ihr Zelt.

Dort schaukelte sie Nirina in den Schlaf und konnte es kaum erwarten, endlich den letzten Teil des Briefes zu lesen.

Ambalava, am Morgen des 12. August 1856

Meine geliebte Florence,

las Paula und überflog alles bis zu dem Absatz, an dem sie von Morten unterbrochen worden war.

Eine optische Täuschung, da war ich sicher, meine Fantasie verlieh meiner Freude über die Entdeckung dieser Pflanze Flügel, gaukelte mir das vor. Ich fasste die Erde an, wollte sie zerkrümeln, aber es gelang mir nicht. Zwischen meinen Fingern blieben feste, goldene Tröpfchen. Ich grub neben der Pflanze in der Erde. Und wieder fand ich goldene Teilchen, die wie blinkende Sonnenperlen zum Vorschein kamen.
Meine liebe Florence, auf der Suche nach dem perfekten Duft hatte Deine Mutter Gold gefunden.

Das war die Stelle. Paula war unglaublich gespannt, was dann weiter geschehen war.

Ich kann Dir nicht sagen, wie lange ich im Morast gehockt und nachgedacht habe. Dieses Gold war ein Geschenk, ein Geschenk, das nicht in falsche Hände gelangen durfte. Ganz vorsichtig veränderte ich meine Position und grub neben der Pflanze in der Erde, wühlte im Schlamm, und wieder entdeckte ich Goldklümpchen, manche nur so groß wie Reiskörner, andere so groß wie Linsen oder Pflaumenkerne. Und einige wenige erreichten sogar die Größe von Walnüssen. Ich sammelte alles, was ich finden konnte, in ein Tuch und versteckte es in meinem Beutel. Die ausgegrabene Pflanze nahm ich auch mit und pflanzte sie zu Hause auf das Feld, und ich prägte mir gut ein, wo ich die Pflanze gefunden hatte.

Dann wog ich meinen Fund auf der Blütenwaage, es waren zweihundert Gramm reines Gold. Unfassbar, was für ein Geschenk! Ich deutete es als Hinweis darauf, dass dieses Gold uns bei der Herstellung von Vanille d'Or unterstützen sollte. Es würde Edmond und mir eine glänzende Zukunft ermöglichen.

Ich bin dann noch einige Male in meine grüne Kathedrale gegangen und habe jedes Mal wieder Goldklümpchen gefunden, und mir wurde klar, dass ich Dich, meine Tochter, daran teilhaben lassen sollte. So viel Gold durfte nicht nur Edmond und mir allein gehören. Aber ich musste vorsichtig sein, meine Spaziergänge wurden beobachtet, und obwohl ich hier mit keiner Menschenseele über meine Goldfunde geredet hatte, wusste ich, dass ich aufhören musste, dort nach Gold zu suchen, ich durfte mein Projekt nicht aus den Augen verlieren, das war wichtiger. Mein Parfüm sollte Edmond weltweit vor der Vergessenheit bewahren und unserer Liebe ein Denkmal setzen. Gold gibt es überall auf der Welt, unser Parfüm aber würde einzigartig sein. Außerdem fürchtete ich mich davor, wegen des Goldes in Schwierigkeiten zu kommen, deshalb nutzte ich die Bräuche dieses Landes und versteckte mein Rezept, das Gold und die Beschreibung des Fundortes in einer Van Houten-Blechdose, dort, wo niemand danach suchen wird.

Mein Plan war, dass ich mich zunächst auf die Herstellung von Vanille d'Or konzentrieren würde und ich dann dank einem Teil des Goldes das Parfüm in großen Mengen herstellen und

vertreiben könnte. Der andere Teil sollte von Anfang an Dir gehören. Nur für den Fall, dass mir wirklich etwas zustoßen sollte, verrate ich Dir, wo ich das Rezept zusammen mit dem Gold versteckt habe. Und ich flehe Dich an, wenn Du das lesen solltest, bevor ich meinen Plan zu Ende führen konnte, nimm das Gold und vollende, womit ich begonnen habe.
Pater Antonius steht neben mir und wartet ungeduldig, natürlich ist er zu höflich, um mich zu drängen, doch mir bleibt keine Wahl. Den Einband meines Buches habe ich schon gestern Abend aufgeweicht und den Leim angerührt. Jetzt werde ich den Brief beenden und muss mich von Dir verabschieden. Ich bitte um Vergebung für alles, was ich Deiner Seele an Schaden zugefügt habe, hoffe aber doch auf ein Wiedersehen.

Deine Mutter Mathilde

Und wo waren das Rezept und das Gold versteckt? Paula betrachtete den Rest des Briefes. Es war ein Lied von Hoffmann von Fallersleben mit Noten.

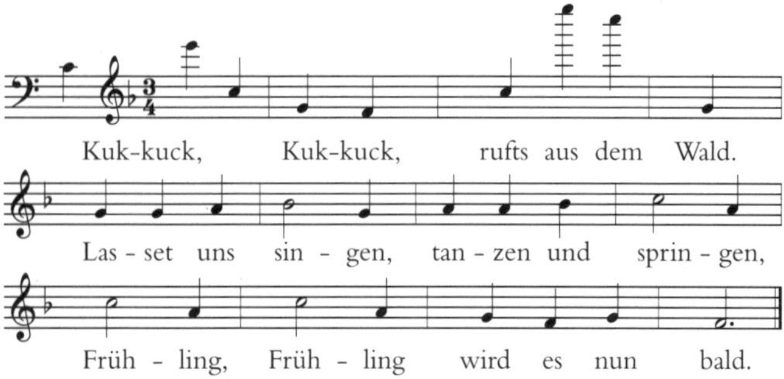

Ihre Großmutter hatte offensichtlich Sinn für Humor gehabt. Ein Lied über den Kuckuck? In so einem Brief? Paula lächelte, als sie daran dachte, wie ihre Mutter darauf reagiert hätte, denn die hatte dieses Lied nie gemocht. Ein Vogel, der anderen seine Eier unterschob, um sie auszunutzen, war ihr zuwider, und sie hatte ihnen verboten, dieses Lied zu singen. Erlaubt war nur »Alle Vögel sind schon da«. Warum also dieses Lied und warum mit Noten? Jeder kannte es doch, niemand brauchte die Noten dazu.

Sie faltete den Brief zusammen und wickelte ihn in das Wachspapier, das, anders als die Ledertasche, in der Hitze schon getrocknet war.

Plötzlich stand Noria kopfschüttelnd mit einem Eimer Wasser vor ihr, offensichtlich hatte sie sie schon mehrfach angesprochen, aber Paula hatte nichts gehört, weil in ihrem Kopf die vielen Neuigkeiten aus dem Brief laut durcheinander summten, unruhig wie Bienen, die sich angegriffen fühlten.

»Das hier ist frisches Wasser aus dem Brunnen, falls Sie sich waschen möchten. Und das hier ist auch für Sie.«

Noria reichte ihr mehrere fleischige Aloe vera-Blätter. »Für Ihre Nase. Wenn Sie wollen, nehme ich Nirina solange. Ich glaube, er braucht etwas zu essen.«

Paula bedankte sich und reichte ihr den Kleinen, sie musste in Ruhe nachdenken. Edmond. Sie war sicher, dass ihr dieser Name erst kürzlich schon einmal untergekommen war. Edmond, ein Name mit »E«, wie Eduard von Wagenbach. Plötzlich wusste sie es wieder. Edmond war der Name auf dem Brief in Lázlós Sachen gewesen, der jetzt verschwunden war. Aber was hatte Lázló mit ihm zu schaffen gehabt?

Nachdem Noria gegangen war, zerquetschte Paula die Aloe vera und betupfte ihre Nase damit, dann machte sie sich für das Dorffest fertig, während sie darüber grübelte, was das alles zu bedeuten hatte.

39

Tolubalsam

Dieses geschätzte, harzig balsamische Produkt wird von Myroxylon toluiferum kth., einem mächtigen Baume, der in den Gebirgen von Turbaco, Tolu und auf den Hügeln und Ufern des mächtigen Magdalenenstroms heimisch ist, gewonnen. Der Tolubalsam riecht lieblicher, aber schwächer als Perubalsam.

Die Müdigkeit legte sich über Paula wie ein Nebel, durch den das turbulente Dorffest kaum zu ihr durchdrang. Für sie dauerte es qualvoll lange, viel zu lange, auch wenn sie umhegt wurde wie ein Königin, was sie in einem wacheren Zustand sicher amüsiert hätte. Villeneuve und sie wurden als Paar behandelt, das lebend aus dem Fluss der Ahnen gestiegen war. Man setzte sie nebeneinander auf reich verzierte, geschnitzte Holzhocker. Nirina, den Paula um ihre Brust gebunden hatte, wurde mit der Begründung, dass er nicht im Fluss geschwommen war, an Noria weitergereicht.

Dann bemalten zwei sehr junge Madagassinnen Paulas Gesicht mit einer gelben Paste, und als Paula wissen wollte, um was es sich dabei handelte, wurde sie wieder schmerzlich daran erinnert, wie tot ihre Nase war, denn die beiden benutzten eine Sandelholzpaste, von der sie nicht das Mindeste riechen konnte. Ketzerisch fragte sie sich, ob die Krokodile ihr wohl den Geruchssinn wieder zurückgeben würden, wenn sie noch einmal in den Fluss spränge. Sie ließ die Prozedur geduldig über sich ergehen, und ihre Reisegefährten fanden, ihr stünden die feinen Blumenmuster aus kleinen Pünktchen ganz ausgezeichnet.

Sobald Paula fertig bemalt war, servierte man ihnen Tsakitsaky, gefolgt von verschiedenen Reisköstlichkeiten und Früchten.

Danach defilierte das ganze Dorf an ihnen vorüber, und obwohl sie doch beide lebend aus dem Fluss gestiegen waren, wollten alle nur Paula anfassen, was sie mit zwiespältigen Gefühlen erfüllte. Einerseits rührte es sie, andererseits erschien es ihr wie Betrug, denn sie hatte ja nicht wirklich etwas Herausragendes getan, sondern einfach nur Glück gehabt. Die fröhliche Musik aus Flöten und Trommeln, die sie zuerst trotz ihrer Benommenheit noch wach gehalten hatte, begann mehr und mehr, einschläfernd auf sie zu wirken, und sie sehnte sich nur noch danach, sich auf ihrer Matte auszustrecken. Doch nachdem der Letzte aus dem Dorf Paula berührt hatte, wurde Reisschnaps serviert, und Noria machte ihr klar, dass es eine ungeheure Beleidigung wäre, wenn sie ginge, bevor sie von diesem kostbaren Göttergetränk mit großer Begeisterung getrunken hätte. Weil Paula nichts riechen konnte, hatte das ganze Festessen für sie gleich fade geschmeckt, das Brennen des Schnapses auf ihrer Zunge aber spürte und tröstete sie. Wenigstens fühle ich etwas, dachte sie und prostete dem Dorfältesten und seinen Frauen ein ums andere Mal zu, dann Villeneuve, Morten und Noria.

Der Schnaps stieg Paula schnell zu Kopf und verdichtete

den Nebel, der sie umgab, noch mehr, aber er wurde fröhlicher, bunter. Sie lachte über alles, was Morten ihr erzählte, fand Villeneuve von Minute zu Minute lustiger, ja, sogar Noria schien ihr ein Ausbund an Heiterkeit zu sein.

Als sie am nächsten Morgen aufwachte, hackte ein Messer ihren rechten Augenhintergrund in Stücke, während in ihrem Hinterkopf jemand auf einen stark vibrierenden Gong schlug, dessen Töne sich wellenartig in ihrem Kopf ausbreiteten. Dazu war ihr so übel wie in ihrer Schwangerschaft. Nirina, wo war Nirina? Sie tastete rechts und links neben sich, nichts. Sonst hatte sie stets gerochen, ob er in ihrer Nähe war, aber nichts drang durch ihre immer noch geschwollene Nase. Sie zwang sich, die Augen zu öffnen, konnte Nirina aber nirgends entdecken, und dann erst fiel ihr ein, dass man ihn ihr vor dem Fest abgenommen hatte, er war sicher noch bei Noria. Erleichtert wollte sie ihre Augen wieder schließen, als sie etwas anderes in ihrer Nähe entdeckte.

Nicht weit von ihr lag Villeneuve, ihr Herz übernahm den hämmernden Gong aus ihrem Kopf. Verzweifelt versuchte sie sich zu erinnern, was passiert war. Waren sie sich nähergekommen?

Sie betrachtete ihn, konzentrierte sich auf seinen Mund, leckte unwillkürlich über ihre trockenen Lippen. Hatten sie sich geküsst? Sie wusste es nicht, jedenfalls nicht sicher.

Wäre es denn so schlimm?, meldete sich ihre innere Stimme.

Ja, ja, ja, wollte Paula sie anschreien, aber schon allein ein einziges »Ja« zu denken verschlimmerte die Hölle in ihrem Kopf. Villeneuve lag vollständig angezogen in ihrem Zelt, aber nicht, wie sie erst jetzt bemerkte, unter ihrem Moskitonetz. Sie spähte an sich herunter und entdeckte, dass sie immer noch den leidlich sauberen Rock und die Bluse von gestern Abend trug.

Villeneuve sah im Schlaf verletzbar wie ein Kind aus, seine blassroten Lippen waren zwar leicht geöffnet, aber er atmete völlig geräuschlos. Er lag auf der Seite, die Knie leicht angezogen, den Kopf auf seinen Ellenbogen gebettet, die braunen Haare lagen ausgebreitet um seinen Kopf herum.

Während sie ihn betrachtete, versuchte sie weiter, sich zu erinnern, was ihr aber wegen des Dröhnens in ihrem Schädel einfach nicht gelingen wollte.

Kuckuck-Kuckuck, ging es ihr durch den Kopf, jemand hatte etwas von einem Kuckuck erzählt. Nein, der war nur in dem Brief von Mathilde vorgekommen, oder? Angestrengt dachte sie nach und glaubte Norias Stimme zu hören, die ein madagassisches Märchen über den Kuckuck erzählt hatte. Der Sohn des Gottes Zanahary war gestorben, und Zanahary hatte alle Lebewesen der Erde zusammengerufen, um Trauerlieder für seinen Sohn zu singen. Doch nach einer Stunde hörten viele schon auf, und nach drei Stunden waren alle heiser – alle bis auf den Kuckuck, der unverdrossen weitersang. Tag und Nacht, so lange, bis ihm Zanahary Einhalt gebot und ihm als Belohnung für diese Anstrengung versprach, dass seine Eier in Zukunft von anderen Vögeln ausgebrütet werden würden.

Aber wie war man überhaupt auf den Kuckuck gekommen? Sie hatte doch nicht etwa alles ausgeplaudert, was Mathilde geschrieben hatte? Warum konnte sie sich an dieses Märchen, nicht aber an sehr viel existenziellere Vorfälle erinnern, wie zum Beispiel einen Kuss? Vielleicht weil es nichts gab, woran sie sich erinnern müsste.

Paula richtete sich auf, scharfe Messerstiche schnitten ihr rechtes Auge in flackernde Streifen, und ihre Übelkeit verstärkte sich. Sie sollte etwas trinken und Ingwer kauen, das half sicher. Sie schlüpfte aus dem Moskitonetz.

»Wie geht es Ihnen?«, fragte Villeneuve und klang aufreizend munter.

Paula schenkte sich eine Antwort und ging nach draußen, wo die Sonne sie beinahe umwarf. Sie hielt die Hände vor die Augen und stöhnte.

Jemand tippte ihr auf die Schulter, sie drehte sich um. Es war Morten, der ihr den Brief ihrer Großmutter und das Rezeptbuch überreichte und behauptete, dass sie das alles gestern Abend verloren hätte.

Paula war so übel, dass sie nicht in der Lage war, ihn nach Einzelheiten zu fragen, sie nahm es und trug es zurück ins Zelt, wo sie mit Villeneuve zusammenprallte.

Er nahm ihr Mathildes Sachen ab, und Paula war zu elend zumute, um zu protestieren. Aber es entging ihr nicht, wie neugierig er alles betrachtete. »Ist das der Grund, warum wir ins Wasser gesprungen sind?«, fragte er.

»Ja.« Zu mehr war Paula nicht imstande.

»Und hat es sich wenigstens gelohnt?«

Paula legte sich wieder auf ihre Matte und gähnte. »Wenn ich das wüsste. Villeneuve, sagen Sie, haben wir über den Kuckuck gesprochen?«

Obwohl sie ihre Augen geschlossen hielt, konnte sie hören, dass er lächelte. »Oh, Sie haben über vieles gesprochen, über Ihre Großmutter Josefa, und wie Ihr Bruder Ihnen das Schwimmen im eiskalten Bergsee beigebracht hat, und wie Sie das Prickeln auf der Haut genossen haben.«

Die Scham brannte Paula ein Loch in den Magen, o Gott, was hatte sie denn sonst noch alles erzählt? »Und haben wir … Haben wir, also, ich meine …?« Warum kam er ihr nicht zu Hilfe?

Villeneuve hockte sich neben sie. »Schauen Sie mich an.«

Paula öffnete widerwillig ihre Augen, hinter ihm schwankte und drehte sich alles.

»Niemals, ich betone, niemals würde ich eine Frau ausnutzen, die vollkommen betrunken ist.« Er grinste jetzt breit. »Nicht einmal dann, wenn sie mir ganz eindeutig Avancen macht.«

Dieses Scheusal, was wollte er damit andeuten? Paula fühlte sich zwar hundeelend, aber die Empörung wallte durch ihre Adern. »Oh, was für ein Gentleman!«, meinte sie und hoffte, ihr Ton hatte ihn bis ins Mark getroffen. Ein echter Gentleman hätte kein Wort darüber verloren, dass sie ihm Avancen gemacht hatte, was sie im Übrigen auch für unmöglich hielt. Er nutzte nur aus, dass sie sich nicht erinnern konnte. Etwas, das noch nie zuvor geschehen war, und sie schwor sich, dass ihr das auch nicht mehr passieren würde, nie mehr. Und ich dachte, ich hätte alle Demütigungen, die es gibt, schon durch, grübelte Paula, während sie sich darauf konzentrierte, sich nicht zu übergeben. »O ja, ein echter Gentleman!«, flüsterte sie noch einmal.

»Das finde ich auch, und deshalb hole ich Ihnen jetzt einen Tee, und Sie sollten etwas essen.« Er verließ das Zelt, Paula hörte, dass er draußen mit Noria sprach, die ganz offensichtlich Nirina zu ihr bringen wollte. Villeneuve nahm den Kleinen, und Paula bildete sich ein, Nirina fröhlich lachen zu hören.

Dann schlief sie ein, und als sie das nächste Mal aufwachte, spürte sie, dass sich jemand neben ihr befand, aber leider konnte sie nicht riechen, wer es war. Vorsichtig blinzelte sie durch ihre Wimpern hindurch und erkannte Noria, die mit gekreuzten Beinen im Schneidersitz neben ihr saß, Nirina auf ihren Schoß gebettet hatte und den Brief von Mathilde studierte.

»Was tun Sie da?«

Noria zuckte zusammen und starrte Paula an. »Ich war neugierig, warum Sie in den Fluss gesprungen sind. Wir alle wollten das gern begreifen. Jetzt habe ich verstanden.« Sie sah Paula durchdringend an, als wollte sie ihr etwas sagen. Doch obwohl es ihr besser ging, war sie nicht in der Lage zu erfassen, was Noria meinte.

Noria reichte ihr Nirina. »Er vermisst Sie, glaube ich.«

Paula nahm ihn auf den Arm und war verblüfft, wie vertraut er sich anfühlte. Sie streichelte seine Wangen, fand, dass er abgemagert wirkte, und fragte Noria, ob sie im Dorf Milch für den Kleinen auftreiben könnte.

Noria nickte und erzählte ihr dann, dass sie nun wieder Träger hätten, die sie bis zum Ende ihrer Reise begleiten würden, und sie bereit seien. Es sei eine große Ehre für die Träger. Sie grinste und fügte dann noch hinzu: »Natürlich wollen sie trotzdem bezahlt werden, aber das ist ja kein Problem mehr.«

Paula versuchte zu verstehen, worauf Noria anspielte, und sah sie fragend an. Noria zeigte als Erklärung auf den Brief von Mathilde, aber Paula verstand es immer noch nicht.

»Gold!«, sagte Noria, und dann wurde Paula schlagartig klar, warum ihre Großmutter den Brief so gut versteckt hatte. Gold weckte die Gier der Menschen viel mehr, als es ein Parfüm je vermocht hätte, und sie fragte sich, wer noch alles davon wusste.

»Noria, das ist doch nur ein Brief, ich habe keine Ahnung, wo Mathilde das Gold gefunden oder versteckt hat. Dieser Brief ist schon viele Jahre alt.«

Norias Augen verdunkelten sich. »Wenn wir am Ziel sind, werden wir es finden.«

»Mit wem hast du darüber gesprochen?«

Noria beugte sich zu Nirina und streichelte seinen Kopf.

»Noria, mit wem?«

»Hallo?« Villeneuve steckte seinen Kopf in Paulas Zelt.

»Darf ich reinkommen, ich habe eine Suppe, die Ihnen guttun wird.«

»Wir kommen raus.« Paula drängte Noria geradezu aus dem Zelt, dann packte sie mit einer Hand Mathildes Buch und ihren Brief, während sie Nirina mit der anderen festhielt, schob alles in die noch immer feuchte Ledertasche und hängte sie sich um. Sie sollte die Sachen nicht mehr aus den Augen lassen.

Als sie aus dem Zelt trat, standen ihre Reisegefährten dort schon und sahen sie erwartungsvoll an.

Und Paula konnte es in ihren Augen erkennen. Sie alle hatten ihren Brief gelesen. Was für eine Ironie! Jahrelang hatte kein Mensch den Brief entdeckt und jetzt gleich so viele.

»Geht es Ihnen besser?«, fragte Morten, der versuchte,

munter zu wirken, aber wieder griesgrämiger aussah als gestern.

»Wann können wir weiterreisen?« Villeneuve kam gleich zur Sache.

»Die Träger sind bereit«, erklärte Noria.

Paula fühlte sich noch nicht imstande nachzuforschen, wer was wusste. Unwillkürlich presste sie Nirina fester an sich und streckte die Hand nach dem Becher Suppe aus, den ihr Villeneuve reichte. Weil alle sie anstarrten, als erwarteten sie, dass etwas passieren würde, wenn sie davon trank, kam es ihr vor, als wäre es der Schierlingsbecher – trotzdem trank sie die würzige Suppe in einem Zug aus. Oder glotzten sie alle nur so neugierig, weil sie dachten, Paula hätte in den Worten ihrer Großmutter etwas entdeckt, was ihnen entgangen war?

Sie musterte jeden der drei und fragte sich, wem sie wirklich vertrauen konnte. Morten, dem Missionar, den sie im Bordell kennengelernt hatte, dem unfreundlichen Villeneuve, der immer sehr beherrscht wirkte, sogar noch nach dem Tod seines Assistenten Lázló? Noria, von der sie nur wusste, dass sie viele Sprachen konnte und bei Missionaren aufgewachsen war? Jeder von ihnen konnte Gold sehr gut gebrauchen. Und sie waren alle Abenteurer, denn wer sonst hätte sich auf diesen gefährlichen Weg gemacht. Aber würden sie ihr etwas antun, sie aus dem Weg räumen, wenn sie wüssten, wo Mathilde das Gold versteckt hatte? Eine Gänsehaut lief über Paulas Rücken, als ihr klar wurde, dass die Antwort nur ein »Vielleicht« war.

Villeneuve ist immerhin in den Fluss gesprungen, um dich zu retten, flüsterte ihre innere Stimme, ausnahmsweise einmal freundlich gestimmt. Ein Reflex, dachte Paula, nur eine automatische Reaktion, weil er Arzt ist.

»Hat jemand von Ihnen einen Brief aus Lázlós Sachen entwendet?«, fragte sie und war gespannt, was dabei herauskäme.

»Was wollen Sie denn da andeuten?« Morten lief hibiskusrot an, Villeneuve hingegen hatte sich gefährlich gut unter Kontrolle, und Noria lächelte nur, wahrscheinlich bei dem Gedanken an Lázlós Liebeskünste.

»Niemand also, das habe ich mir schon gedacht.« Sie wandte sich an Noria. »Konntest du schon Milch für Nirina besorgen?«

Noria schüttelte den Kopf und ging eilig davon.

Paula ließ Villeneuve und Morten stehen und lief mit Nirina zum Fluss, wo die Hitze erträglicher war.

Sie setzte sich auf einen Felsen in der Nähe des Wassers, drückte ihre Wange gegen die von Nirina und seufzte. Sie wünschte sich einen winzigen Moment lang, so klein zu sein wie er und geborgen im Arm von jemandem zu liegen, dem man vertrauen konnte. Sie entdeckte zwei Krokodile im Fluss, die sich träge mit der Strömung treiben ließen. Ich könnte in deren Bauch liegen, dachte sie. Und das Einzige, was ich dort noch bewirken könnte, wäre, ihnen Verdauungsbeschwerden zu bereiten. Sie lächelte unwillkürlich. Und hier kann ich doch ein bisschen mehr tun, trotz allem. Sie tastete nach ihrer Nase, immer noch dick, immer noch wie tot. Wie ein Echo zu ihrer Bewegung griff Nirina mit seinem Händchen auch an seine winzige Nase, und Paula musste noch breiter lächeln. Und weil die Krokodile mich nicht fressen wollten, sollte ich jetzt all das tun, was ich immer noch kann. Mich um dich und um Mathildes Land kümmern, und wer weiß, vielleicht kann man sogar Vanille anbauen, ohne sie riechen zu können. Nur das mit dem Parfüm, das wird schwierig. Sie stand auf. Die anderen hatten recht, sie sollten aufbrechen.

40

Mit Gold nicht aufzuwiegen

Dem Herrn sei Dank, es ist mir gelungen, Madame Kellermann so betrunken zu machen, dass sie völlig weggetreten war und ich in aller Ruhe den Inhalt der Ledertasche begutachten konnte. Doch was für eine Enttäuschung! Ich war so sicher, endlich am Ziel meiner Wünsche angekommen zu sein, und dann wieder nur kryptische Andeutungen!

Dass die Alte Gold gefunden hatte, wusste ich ja längst von meinem unverhofften Wiedersehen mit Edmond. Ich muss zugeben, dass es sogar mir das Herz zerriss, als ich ihn auf unserer alten Plantage getroffen habe. Ich hatte erwartet, sie würde in voller Pracht stehen. Immer war ich davon ausgegangen, dass die anderen Pflanzer nur darauf warteten, bis die Preise für unser Land in den Keller stürzten, um dann hemmungslos zuzugreifen, aber ich hatte mich getäuscht. Niemand hatte das Land gekauft, es lag brach, bis auf ein kleines Stückchen in der Nähe des Meeres. Das war sauber gepflegt, jemand hatte Stämme in den Boden gerammt und Vanille gepflanzt.

Und dort sah ich ihn. Edmond. Nicht mehr der stolze junge Kerl, der er in meiner Erinnerung gewesen war, sondern ein alter, gebrochener Mann. Er trug seine weißen

Haare lang wie ein Chinese und schlurfte mit gebeugten Schultern über das Land, was ihn noch kleiner und zerbrechlicher wirken ließ. Seine Kleider waren zerlumpt, und er hauste in dem Bretterverschlag, der einmal die Sattelkammer gewesen war.

Er erkannte mich nicht, doch als ihm klar wurde, wer ich war, ging ein Leuchten über sein Gesicht, und er machte Anstalten, mich zu umarmen, was ich gerade noch verhindern konnte.

»Hab zu Gott gefunden, jetzt.« Sagte er, als ob mich das interessieren würde.

»Hab mein Leben verpfuscht«, sagte er dann weiter und nickte bedächtig dazu.

O ja, dachte ich. Und nicht nur deins, auch das von mir und von meinen Eltern.

»Hab sie geliebt.«

Ich wollte keinerlei Geständnisse hören.

»Immer hat sie ihr Schicksal herausgefordert.« Er seufzte.

»Jeder macht Fehler, aber das hätte sie nicht tun dürfen. Trotzdem. Hab sie geliebt und tu's noch, obwohl sie schon lange tot ist.«

»Du meinst, sie hätte nicht unseren Schmuck stehlen sollen?«

»Nein, das war ihr gutes Recht. Sie wollte sich rächen, weil ich zu Unrecht im Gefängnis war. Mein ist die Rache, sagt der Herr.«

»Was war denn dann ihr Fehler?«

»Das Gold.«

Meine Neugier war in allerhöchstem Maße geweckt. Gold würde helfen, die Plantage zurückzukaufen.

»Die Weiber lieben doch alle das Gold.«

»Nein, nein, sie war nicht so. Sie wollte es für mich. Aber ich wollte es nicht.«

Der Alte konnte einen wahnsinnig machen.

Plötzlich betrachtete er mich, als wäre ich eine Marienerscheinung. »Wenn Sie mir helfen, dann gebe ich Ihnen ihre Briefe, da steht alles drin.«

Dem Kerl musste man wirklich alles aus der Nase ziehen. »Was steht da drin?«

»Wo sie das Gold gefunden hat, einfach so in der Erde, drüben in Madagaskar.«

»Und was soll ich dafür tun?«

»Finden Sie meine Tochter, und geben Sie ihr diesen Brief, den ich für sie geschrieben habe.«

Unvorstellbar, dass dieser lahme Alte eine Tochter haben sollte. Doch nicht etwa einen Bastard, eine Tochter mit Mathilde, die war doch schon damals zu alt für Kinder. »Warum ist deine Tochter nicht bei dir?«

»Lange Geschichte.« Er rieb sich die Augen. »Als ich endlich frei war und rüber bin, um Mathilde zu suchen, da war sie längst tot. Und in dem Dorf wollte mir keiner sagen, wo ihre Gebeine liegen. Hatte nur noch ihre Briefe. Papier. Ich war außer mir, bin die Küste runter, hab viel getrunken, rumgehurt.«

Ich war nicht interessiert an seinen Geständnissen, aber ich versuchte ihn nicht zu drängen. Wenn es um Geld geht, bin ich Pragmatiker.

»Und schlimmer noch, hab 'ne Frau geschwängert, unten in Mananjary und verlassen, als sie Zwillinge bekam. Hab sie sowieso nur ins Unglück gestürzt. Bin mit einem der

Kinder, dem Mädchen, weg, um ihr das Leben zu retten. Hab es den Missionaren gebracht. Sie lebt auf Madagaskar.«

Aber der Alte hatte gelogen, die Briefe von Mathilde waren unerträgliches Gesülze, und in keinem davon stand, wo sie das Gold gefunden und versteckt hatte. Und nur weil ich den Verdacht hatte, dass es Hinweise gab, die ich nicht verstand, habe ich dann seine Tochter gesucht und in Tana endlich eine Spur von ihr entdeckt. Aber da war sie schon auf dem Weg nach Nosy Be, weil sie gehört hatte, dass dort immer wieder reiche Reisende strandeten, die auf der Suche nach Dolmetschern waren, mit deren Hilfe sie Madagaskar bereisen konnten. Und was für ein Glück, dass ich ihr gefolgt bin! Und sie von meinem Plan überzeugen konnte. Es hat natürlich geholfen, dass ich ihren Vater als Helden dargestellt habe, der sie vor dem Tode gerettet hat und der im Sterben liegend diesen letzten Wunsch geäußert hat, dass sie mir helfen möge.

Doch mein vermeintliches Glück wurde seither ständig auf die Probe gestellt, ohne sich zu bewahrheiten. Wir haben uns all diese Strapazen angetan, und ich bin immer noch kein bisschen schlauer als zuvor. Allerdings würde ich meine Seele darauf verwetten, dass die Kellermann rausfinden wird, wo wir suchen müssen, aber ich habe keine Lust mehr zu warten. Und auch die kleine Dolmetscherin wird langsam zum Problem, sie beginnt die Kellermann zu mögen. Das war so nicht geplant!

41

Tuberose

Einer der herrlichsten Wohlgerüche ist der Tuberosenduft, der aus den Blüten der Tuberose, Polianthes tuberosa L., durch die Methode der Absorption gewonnen wird. Aus dieser Tuberosenpomade stellt man sodann durch Behandlung mit Weingeist das Tuberosenextrakt her, dieses ist sehr kostbar und wird nur zu den feinsten Parfüms verwendet.

Sie hatte es geschafft. Die Weiterreise mit so vielen Trägern, ausreichend zu essen und sauberem Wasser war ein Kinderspiel gewesen, nach allem, was Paula vorher durchgestanden hatte. Dann hatten die Träger eines Tages entdeckt, dass ihnen ein Lemur folgte, es war der kleine silberbeige, der Paula auf den Rücken gesprungen war. Zuerst hatten ihre Reisegefährten sich geweigert, das zu glauben, aber dann war Paula eines Morgens von leisem Rascheln aufgewacht und hatte den Lemuren dabei beobachtet, wie er sich neben dem Zelteingang postierte wie ein Wachmann. Als Paula sich bewegte, war er davongerannt. Aber in der nächsten Nacht hatte sie ihn wieder gesehen, und dann gewöhnte sie sich so an ihn, dass sie enttäuscht war, wenn sie nicht einen Zipfel von ihm in den Bäumen erhaschte oder er sie nicht abends im Zelt besuchte.

Und jetzt standen sie vor dem Stück Land, von dem ihre Großmutter in ihren Briefen erzählt hatte. Beim Lesen war Paula gar nicht klar gewesen, wie nah am Indischen Ozean die Vanillefarm lag. Sie drückte Nirina, den sie in einem Tuch vor ihrer Brust trug, fester an sich, als müsste sie ihn beschützen, denn auch wenn das Meer einladend blau in der Sonne leuchtete, so bedrückte sie das Land, das vor ihr lag, nur um so mehr. All ihre Strapazen – für das hier? Sie fragte Noria noch einmal, ob die Dorfvorsteherin, Frau Rakotovao, die sie hierher begleitet hatte, sich auch wirklich sicher war.

Prüfend musterte Paula dieses etwa siebentausend Quadratmeter große, öde Stück Land, das umso trostloser wirkte, weil um die Grenzen des Landes herum alles grün war. Das östliche Ende des Grundstücks endete vor einer Reihe Ravenalapalmen, die wie ein Schutzschild den breiten Sandstrand abschirmten. Dahinter krachte das Meer mit gewaltigen Brechern an Land, die man sogar hier noch als entferntes Donnern hören konnte.

Alles war grün und üppig, nur auf diesem Stück Land vor ihr wuchs nicht das Mindeste. Braunes verdorrtes Gestrüpp bedeckte die trockene Erde, und es sah so aus, als würde es schon jahrelang brachliegen. Paula fragte sich, ob es an den ungeklärten Eigentumsverhältnissen lag, oder ob das Land vielleicht unfruchtbar war. Sie verfluchte ihre Nase, die immer noch blind war und ihr keine Vorstellung davon gab, wie es hier roch. Der Geruch dieses Landes hätte ihr verraten, was los war, aber so hatte sie nur den optischen Eindruck. Und dieses Feld sah für sie genauso aus, wie brackiges Wasser in einer rostigen Zinkwanne roch.

Links vor ihnen befand sich eine kleine Bretterhütte, deren Dach und Wände eingestürzt und in sich zusammengefallen waren. Die Sakàizam-bohitra, die Dorfvorsteherin Rakotovao, an die sie sich mit den Papieren der Königin gewandt hatte, deutete darauf und erklärte Noria, dies sei Mathildes Haus gewesen.

Paulas Augen glitten über diese Ruine, während ihre bösartige innere Stimme frohlockte. Diese unerträgliche Schlaumeierin hatte nämlich immer schon gewusst, dass es Wahnsinn war, einfach hierherzukommen, ohne Genaueres zu wissen. Sei still, befahl Paula, denn etwas an diesem eingestürzten Häuschen berührte sie zutiefst. Sie ging ein paar Schritte darauf zu, ignorierte die Proteste von Noria und der Dorfvorsteherin und sah sich neugierig um.

Sie spähte durch das Fenster nach innen, der Boden war mit Holzdielen bedeckt, die Wände bestanden aus den hier üblichen Flechtmatten, die aus den trockenen Blättern der Ravenalapalme gefertigt wurden und den Wind hindurchließen. Das Dach wirkte in dieser natürlichen Umgebung wie ein kranker Fremdkörper, weil es nicht aus Palmblättern bestand, sondern aus rostigem Wellblech, in das sich schon große Löcher gefressen hatten.

»Was ist hier passiert?«, fragte sie Noria, die daraufhin in einen erstaunlich heftigen Wortwechsel mit der Dorfvorsteherin geriet.

»Die Dorfälteste sagt, dass diese Frau schon seit vierundzwanzig Jahren nicht mehr hier ist und schließlich an allem der Zahn der Zeit nage, und sie fragt, ob das bei Ihnen, in Ihrer Heimat, anders ist?«

Paula schüttelte den Kopf, Rakotovao hatte recht, es war

verrückt von ihr gewesen, zu glauben, hier nach vierundzwanzig Jahren so etwas wie einen Mathilde-Schrein vorzufinden. Aber sie hatte ihr immer noch keine Antwort auf ihre Frage gegeben.

Vierundzwanzig Jahre … Die Frau sah mehr als doppelt so alt aus. »Hat die ehrwürdige Frau Rakotovao meine Großmutter gekannt, kann sie mir vielleicht sagen, was geschehen ist, damals vor vierundzwanzig Jahren?«

Noria übersetzte Paulas Frage und dann die nachdrückliche Antwort, die mit einem starken Kopfschütteln der Dorfältesten einherging.

»Frau Rakotovao sagt, dass diese Frau verrückt gewesen sei.«

»Meine Großmutter war ganz und gar nicht verrückt!«

Die Frau, eine hagere Alte, die in zwei weiß-rote, schon sehr fadenscheinige Lambas gehüllt war, aber mehr Würde ausstrahlte als Morten und Villeneuve zusammen, wurde jetzt deutlich lauter, aber sie wirkte trotzdem immer noch sehr beherrscht und unerschütterlich. *»Mahery tsy maody tsymba ela velona«,* wiederholte sie ein ums andere Mal.« Noria übersetzte es und erklärte ihr, dass es sich um ein madagassisches Sprichwort handelte. »*Wer nur stark ist, ohne vorsichtig zu sein, den erwartet kein langes Leben.* Sie meint, diese Frau sei verrückt gewesen, weil sie nicht weggelaufen ist, als noch Zeit dazu war. Die Anhänger von Königin Ranavalona I. wollten keine Christen hier in der Gegend. Die Christen haben die Cholera gebracht und die Lepra, und die Ahnen des Dorfes verlangten nach einem Opfer.«

»War Frau Rakotovao dabei?«, fragte Paula.

Noria übersetzte die Frage nicht.

»War sie dabei? Was ist damals geschehen?«, wiederholte Paula und hätte die beiden am liebsten geschüttelt. Sie seufzte leise, streichelte Nirinas Kopf und ermahnte sich. Mora-Mora, Geduld, sagte sie sich, Geduld. Sie musste es anders versuchen. »Wird sie mir dann wenigstens verraten, wo ich die Gebeine meiner Großmutter finden kann?«

Über Norias Gesicht lief ein Zucken, dann erbarmte sie sich und fragte die Dorfvorsteherin, die wieder nur schwieg. Nach ein paar Minuten fasste Noria noch ein paarmal nach, jedes Mal drängender.

Schließlich deutete Frau Rakotovao auf das offene Meer.

»Was soll das heißen?«

»Ihre Großmutter ist ertrunken.« Noria sah ihr direkt in die Augen, was sie nur selten tat, und Paula war sicher, dass sie log.

»Wie, ertrunken?« Paula starrte zu der Brandung hinüber, dort sollte ihre Großmutter baden gegangen sein?

Noria und die Dorfvorsteherin blickten sich lange an. Niemand sagte etwas. Dann seufzte Rakotovao und nickte Noria zu.

»Man hat sie zusammen mit drei anderen Christen über die Klippen springen lassen.« Noria gab sich Mühe, so zu tun, als ob das völlig in Ordnung sei, aber es gelang ihr nicht ganz.

Paulas Verstand weigerte sich, das zu begreifen. Deshalb fragte sie, mit Blick auf den flachen Strand, als Erstes: »Klippen, welche Klippen?«, während in ihrem Kopf ein Trommelfeuer von Fragen losging. Ihre Großmutter hatte sich also getäuscht, es war gefährlich gewesen, zu bleiben – der Priester hatte recht gehabt. Sie musste unbedingt mehr wissen. Was war genau passiert, hatte ihre Großmutter leiden müssen?

Jetzt redete die Dorfvorsteherin ohne Unterlass auf Noria ein, als wäre ein Damm gebrochen.

Paula wartete ab, obwohl sie sich kaum beherrschen konnte.

»Zwischen den Stränden sind immer wieder hohe Steinklippen, sie wird Ihnen zeigen, wo es geschehen ist.«

Noria und Rakotovao marschierten los, der Weg führte an Pfeffer- und Pampelmusenbäumen vorbei, die Paula voller Trauer betrachtete, weil nichts, leider gar nichts von diesem herrlichen Aroma an ihre Nase drang. Während sie den beiden laut debattierenden Frauen folgte, beschlich Paula ein seltsames Gefühl. Morten war im Dorf geblieben, um sich dort nach einem geeigneten Bauplatz für seine Missionsstation umzusehen, und Villeneuve hatte ihn begleitet, weil er besser Französisch konnte als Morten. Irgendetwas war hier faul, das spürte sie, aber sie hätte nicht sagen können, was. Jetzt wünschte sie, ihre Reisegefährten wären auch hier. Sie drückte Nirina fester an sich. Oder wurde sie langsam ein bisschen seltsam? Die neue Königin war Christin, niemand würde heute mehr Christen über Klippen jagen.

Wie sich ihre Großmutter damals gefühlt hatte, als sie diese Klippen hochsteigen musste? Es fiel Paula schwer, sich Mathilde ängstlich vorzustellen, aber sie musste Angst gehabt haben, sogar sie. Und wie hatte Edmond davon erfahren, hatte er es überhaupt jemals erfahren? Was war geschehen, nachdem er aus dem Gefängnis entlassen worden war? Das war ihr bei der Lektüre des Briefes nie in den Sinn gekommen. Sie hatte immer nur an ihre Großmutter gedacht. Was war überhaupt aus ihm geworden? Er war 1856 doch noch ein junger Mann gewesen. Und plötzlich durchfuhr sie ein ganz neuer Gedanke – vielleicht lebte er noch!

Rakotovao wandte sich nach links, wo ein sehr schmaler Trampelpfad zwischen Kokospalmen, Bananenstauden und Pampelmusenbäumen einen Berg hinaufführte, was mit dem blaugrünen Meer im Hintergrund endlich genau so fruchtbar und einladend aussah, wie sich Paula den tropischen Regenwald vorgestellt hatte.

Der Pfad wurde noch viel steiler, sie begannen alle zu keuchen, und mit jedem Schritt wog das Gewicht des Kindes schwerer. Die Pflanzen lichteten sich, mehr und mehr trat der nackte rötliche Fels zutage. Neben dem Rauschen der Wellen hörte Paula jetzt auch ein lautes Donnern, und immer wieder vibrierte der Felsen unter ihren Füßen. Die Sonne brannte so klar vom blauen, wolkenlosen Himmel, dass alle Umrisse auf Paula wie ausgeschnittene, körperlose Kanten wirkten.

Die Dorfvorsteherin blieb stehen und rang nach Luft, der Schweiß lief ihnen allen über das Gesicht.

Das letzte Stück war gänzlich unbewachsen, nur hin und wieder entdeckte Paula rosa blühenden Christusdorn, der sich durch einzelne Felsspalten der Sonne entgegenzwängte.

Es wies nichts darauf hin, dass hier Menschen zu Tode gekommen waren.

Dann hatten sie es geschafft. Rakotovao ging gefährlich nah an die Kante des Felsens und winkte Paula und Noria zu sich. Noria wurde blass und rührte sich nicht von der Stelle, Paula überwand ihr Unbehagen, trat zu ihr und sah über Nirinas Köpfchen nach unten. Die Klippe, auf der sie standen, war ein Überhang. Unter ihr war der Berg vom

Meer ausgeweidet worden, und Paula konnte sich vorstellen, dass dieser Überhang schon bald ins Meer stürzen würde. Es fiel ihr schwer, die Entfernung hinunter zum Meer zu schätzen, drei-, vierhundert Meter vielleicht. Unten tobte der Indische Ozean über eine Armee aus Felsblöcken und rammte dann seine ganze Wassermacht in den ausgehöhlten Bauch des Berges. Unwillkürlich sog sie die Luft ein, in der Hoffnung, etwas von der sicher mit Algen und Salz geschwängerten Luft zu riechen oder auf der Zunge zu spüren, aber vergeblich.

»Hier? Ihre Gebeine liegen also dort unten irgendwo?«

Die Dorfvorsteherin nickte und lächelte, was Paula vollkommen unangemessen fand. Diese Frau war ihr unheimlich.

»Aber warum? Soweit ich weiß, hat meine Großmutter niemandem etwas zuleide getan.«

Noria zog Paula von der Kante weg und begann wieder zu übersetzen. »Es war eine schwierige Zeit damals. Im Dorf war die Cholera ausgebrochen, und der Dadarabee machte Mathilde dafür verantwortlich. Das ganze Dorf hat Mathilde und zwei Priester, die auf dem Weg zu einer Missionsstation waren, in der Nacht mit Fackeln und Trommeln hier hinaufgetrieben.« Noria hielt kurz inne. »Und hier hat man sie dazu gezwungen, ins Meer zu springen.«

Noria fragte die Dorfvorsteherin noch etwas, dann übersetzte sie die Antwort: »Frau Rakotovao sagt, es tue ihr leid, es erfülle sie heute mit Scham, dass ihr ehrenwerter Vater so etwas getan hat.«

»War sie denn auch dabei?«

Noria nickte.

»Und warum hat ihr Vater das getan?«

»Er war der Dadarabee und hat nach einem langen Disput mit den Ahnen das Dorf davon überzeugt, dass es der einzige Weg war, sie zu versöhnen.«

»Und wie denkt sie heute darüber?«

»Diese Frage kann ich nicht übersetzen, niemals würde Rakotovao Kritik an ihrem verstorbenen Vater üben.«

Paula seufzte, diese Ahnen waren wirklich praktisch, man konnte sie für alles verantwortlich machen. »Dann frag sie bitte, was meine Großmutter getan hat. Hat sie etwas gesagt?«

Noria wandte sich wieder an Rakotovao, sie wurden so leise, dass Paula sie nicht verstehen konnte. Als Noria sich umwandte, hatte sie Tränen in den Augen. Paula hatte Noria noch nie so bewegt gesehen, nicht einmal nach Lázlós Tod. Was war hier los?

»Niemand hat damals Mathildes Sprache gesprochen, aber dieser Abend hat sich so fest in Frau Rakotovaos Gedächtnis eingebrannt, dass sie sich noch an drei Worte erinnern kann: Vanille, weil sie dieses Wort kennt. Kuckuck, weil es einen hübschen Klang hat, ähnlich wie Tsakitsaky, und dann, als Letztes hat Ihre Großmutter …«, Noria holte tief Luft und war dann trotzdem kaum mehr zu verstehen, »… hat Ihre Großmutter, sogar noch im Fallen, immer nur einen Namen gerufen: Edmond.«

Noria wandte sich ab und lief von der nackten Klippe zurück zum Wald.

Paula und die Dorfvorsteherin sahen sich überrascht an, dann folgten sie ihr schweigend.

Edmond, bis zu ihrem Ende war er in ihrem Kopf gewesen. Nicht Florence, nicht Gott. Es war schwer, sich an diesem freundlichen, sonnendurchwärmten Tag vorzustellen, wie ihre Großmutter sich gefühlt haben musste, in dieser Nacht im August vor über zwanzig Jahren, gejagt von einem ganzen Dorf. Was war in ihr vorgegangen während des schwerelosen Fluges durch die Luft bis zu dem gnadenlosen Aufprall auf das Wasser? Paula schluckte und hoffte, dass ihre Großmutter sofort tot gewesen war.

Sie fühlte eine Art von Trauer, die sie vorher noch nie gespürt hatte. Bisher war *ihre* Mathilde eine interessante Gestalt der Familiengeschichte gewesen, eine Ikone im Kampf gegen ihre Mutter und gegen ihren Mann. Auf ihren Duftpfaden zu wandeln war etwas ganz anderes, als hier zu sein, ihr verfallenes Haus zu sehen und zu erfahren, wie grauenvoll sie gestorben war. Schon beim Lesen des Briefes hatte sich ihre Großmutter von einer Ikone in einen Menschen verwandelt, und jetzt erfüllte es Paula mit Trauer, dass nie jemand um sie geweint hatte. Plötzlich erschien Paula ihr ganzes Vorhaben so sinnlos. Mathildes Pläne für ein Parfüm, das die Menschen bewegen und Edmond den Ruhm bringen sollte – für was? Niemanden interessierte das heute noch, außer ihr. Sollte sie nicht lieber die Toten ruhen lassen und endlich ein ganz eigenes Leben beginnen, bevor auch sie tot in der Erde lag?

Paula sah sich nach Noria um, die sie jedoch nirgends entdecken konnte, und stolperte deshalb über eine Felsspalte voller Christusdorn. Die rosa Blüten leuchteten in der Sonne, und während sie sich aufrappelte, wurde ihr klar, was für unsinnige Überlegungen das waren! Das Rezeptbuch ihrer Großmutter hatte ihr die Kraft und einen Sinn gegeben, weiterzuleben, als sie in ihrem Leben keinen mehr entdecken konnte, und jetzt war es an ihr, daraus etwas zu machen. Sie würde den Wunsch ihrer Großmutter respektieren und dafür sorgen, dass er sich erfüllte.

Dass du nichts riechen kannst, ist dir wohl bei diesen großen Worten leider entfallen, höhnte ihre innere Stimme, wie willst du das schaffen, ohne deine Nase? Das weiß ich nicht, dachte Paula, aber es gibt einen Weg. Irgendeinen Weg gibt es immer.

Noria saß dösend unter einem Nelkenbaum. Als sie näher kamen und Noria aufstand, erkannte Paula, dass sie geweint hatte, und sie konnte sich keinen Reim darauf machen. Es waren die drei Worte gewesen, »Vanille«, »Kuckuck« und »Edmond«, die Noria berührt hatten, aber warum? Waren es alle Worte zusammen oder nur eines davon? Es war doch naheliegend, dass Mathilde an ihre große Liebe gedacht hatte, die mit der Vanille eng verknüpft war. Was Paula jedoch erstaunte, war der Kuckuck. Vielleicht bedeutete »Kuckuck« etwas Schlimmes auf Madagassisch, und das war es, worüber Noria weinte. Oder hatte Mathilde vielleicht nur so etwas gesagt wie: »Was zum Kuckuck fällt Ihnen ein?« Hatte es am Ende mit dem Lied vom Kuckuck in ihrem Brief zu tun? Es musste etwas zu bedeuten haben, aber was?

Als sie wieder bei Mathildes Haus ankamen, fanden sie dort Villeneuve und Morten vor, die dabei waren, auf dem Grundstück ihre Zelte aufzuschlagen. Die Dorfvorsteherin verabschiedete sich, wünschte ihnen Glück und Gesundheit, legte ihre Hand kurz auf Nirinas Kopf und murmelte ein paar Worte. Paula hoffte, dass es eine Art Segen war.

Nachdem sie gegangen war, band Paula Nirina von sich

los und bat Noria, ihn einen Moment zu nehmen, weil sie sich ausstrecken wollte.

»Sie überraschen mich«, sagte sie dann zu ihren Reisegefährten. »Ich dachte, Sie könnten es kaum erwarten, endlich weiterzuziehen.«

»Wir waren uns einig, dass wir eine Frau wie Sie nicht alleinlassen können, Gott weiß, was dann passiert.« Morten lächelte sie freundlich an, aber sie glaubte ihm kein Wort. Paula sah zu Villeneuve, der bei Mortens Worten nickte. »Man war nicht gerade erfreut über unseren Besuch im Dorf. Und als sie gehört haben, dass es um dieses Land geht, wurden sie geradezu abweisend. Deshalb haben wir uns gedacht, wir sollten in der Nähe bleiben.«

»Man hat meine Großmutter ermordet«, platzte es aus Paula heraus.

»Oh, das tut mir leid«, nuschelte Morten. »Das ist ja fürchterlich.«

»Es war nichts Persönliches«, mischte sich Noria ein, die Nirina wild hin und her schaukelte, was dem Kleinen große Freude zu machen schien, denn er quietschte fröhlich vor sich hin. »Sie haben alle Christen gezwungen, über die Klippen zu springen.«

Paula hatte erwartet, dass ein Missionar angesichts solcher Gräueltaten heftig reagieren und zumindest erbleichen würde, aber Morten ging nicht darauf ein.

Villeneuve trat näher zu ihr. »Das tut mir sehr leid für Sie und für Ihre Großmutter. Aber es ist nun schon viele Jahre her. Madame Kellermann, Sie sollten sich weniger mit Ihrer Vergangenheit befassen und sich mehr mit dem Hier und Jetzt beschäftigen.«

»Ich werde die Pläne meiner Großmutter zu Ende bringen.« Paula war glücklich darüber, wie richtig sich das in ihrem Bauch anfühlte.

Noria drehte sich mit Nirina im Kreis herum und entfernte sich dadurch mehr und mehr von ihnen, und Paula blieb mit Villeneuve und Morten allein.

»Und was sind das für Pläne?«, fragte Villeneuve.

»Sie haben doch alle Mathildes Brief gelesen, dann wissen Sie doch Bescheid.«

»Da irren Sie sich.« Villeneuve schob seine Unterlippe vor, und auch Morten runzelte die Stirn und gab sich Mühe, gekränkt auszusehen.

Paula überlegte kurz, ob sie darauf eingehen sollte, aber wozu? »Meine Großmutter wollte ein ganz besonderes Parfüm kreieren, zu Ehren ihrer großen Liebe Edmond, dem die Menschen hier zu verdanken haben, dass die Vanille wachsen kann.« Paula kam richtig in Fahrt, weil sie nun selbst immer besser verstand, wie alles zusammenhing. »Sie wollte ihre Liebe so für alle spürbar machen, wollte der Welt zeigen: Ja, es ist möglich, und auch für euch ist es möglich, hüllt euch ein in diesen Duft und liebt!«

»Das ehrt Sie, Madame Kellermann, aber ein Parfüm, ich bitte Sie. Gibt es nichts Wichtigeres auf der Welt?« Villeneuve wirkte enttäuscht. »Wollen Sie Ihre Energien nicht lieber für etwas einsetzen, das Menschenleben retten kann?«

»Das können Sie tun, Villeneuve, aber ich habe andere Pläne. Was wäre denn die Welt ohne Duft? Was bliebe vom Regen an einem heißen Sommertag, was bliebe von dem Kuss auf das flaumige Haar eines Neugeborenen, was bliebe von dem Geruch der Liebe nach einer leidenschaftlichen

Nacht?« Paula hätte gern weitergesprochen, aber Morten unterbrach sie rüde.

»Villeneuve hat recht, meine Liebe, Parfüm ist etwas lächerlich Vergängliches, so flüchtig wie ein Wimpernschlag.«

»Entschuldigen Sie, Morten, aber das ist vollkommen falsch. Ja, ein Duft kann so flüchtig sein wie ein Windhauch, aber ein Parfüm versucht doch gerade dieses spezielle Gefühl zu bewahren, zu rekonstruieren und wiederherzustellen.«

»Und wie wollen Sie ein Parfüm herstellen, wenn Sie gar nichts riechen können?« Morten lächelte sie an, als wäre sie eine höchst minderbemittelte Schülerin.

»Beethoven war taub, als er die 9. Sinfonie komponierte«, gab Paula zurück und war verblüfft über ihre ungewohnte Schlagfertigkeit.

»Für all das braucht man jedenfalls Geld, deshalb sollten wir erst einmal das Gold Ihrer Großmutter finden. Denn darum geht es ja wohl in Wirklichkeit, oder? Das Gefasel von Duft und Parfüm ist doch nur kosmetisches Drumherum, oder?«

Das verschlug Paula die Sprache. Hatte Morten denn nicht zugehört, hatte er denn nichts begriffen?

Nirina begann zu weinen, und Noria kam mit ihm wieder zurück und reichte ihn Paula, was ihr eine Denkpause verschaffte. Wie konnte Morten so tun, als hätte er den Brief nicht gelesen, und dann aber von Mathildes Gold reden?

»Wir brauchen erst einmal alle etwas zu essen«, sagte sie und bereitete dann zusammen mit Noria Feuer und Essen, während die Männer die Zelte aufbauten.

Nachdem sie schweigend gegessen hatten, setzte sich Paula mit Nirina auf dem Schoß vor ihr Zelt und studierte wieder den Brief ihrer Großmutter. Was sollte dieses Lied vom Kuckuck, und warum hatte sie sich die Mühe gemacht, die Noten dazu aufzumalen, wo doch jeder die Melodie kannte? Wenn das Lied ein Hinweis auf den Ort sein sollte, dann würde sie ihn nie finden. Hier gab es so viel Wald. Möglich wäre natürlich, dass es einen besonderen Platz auf Madagaskar gab, an dem sich Kuckucke aufhielten. Oder sollte das vielleicht der Hinweis auf einen Ort sein, wo man ein X für ein U ausgab?

Paula starrte auf die Noten, dann wieder in den Himmel. Ihre Nase war mittlerweile etwas abgeschwollen, aber sooft sie sich auch etwas unter die Nase hielt, sie roch nichts. Das muss nur ausheilen, so schlimm verletzt war doch deine Nase gar nicht, versuchte sie sich zu trösten, und jetzt brauchst du sie sowieso nicht. Nun ging es darum herauszufinden, was ihre Großmutter mit dem Lied gewollt hatte.

Nirina fing an, unruhig vor sich hin zu quäken, und um ihn abzulenken, begann Paula, ihm das Lied leise vorzusingen. Er wurde sofort still, sah Paula mit großen, glänzenden Augen an und griff mit seinen Händchen nach Paulas Gesicht. Sie beugte sich näher zu ihm und kitzelte ihn ein wenig, was ihn noch mehr entzückte, er begann zu glucksen.

Sie setzte sich wieder auf und sah in den Brief, aber das gefiel dem Kleinen nicht. Er protestierte wimmernd, und Paula begann erneut »Kuckuck, Kuckuck« zu singen, und diesmal fiel ihr Blick dabei auf die Noten.

Unfassbar! Das waren überhaupt nicht die Noten zu diesem Lied. Die müssten so aussehen:

Aber es waren die Noten C F C G F G E C G.

Vielleicht die Melodie eines anderen Liedes? Das war ein Anfang, Paula spürte, dass sie auf etwas Wichtiges gestoßen war. Sie fühlte sich ganz kribbelig, nahm Nirina auf den Arm, band ihn sich um, nahm den Brief in die rechte Hand und ging los. Im Gehen könnte sie vielleicht besser denken.

Sie lief über das dürre Land ihrer Großmutter, hin zu den Ravenalapalmen und weiter zum Meer.

Welche Noten für welches Lied könnten das sein, und warum sollte Mathilde so etwas tun? Sie hatte doch gar nicht so viel Zeit gehabt, sich etwas derart Kompliziertes auszudenken. Im Gegenteil, sie war unter Zeitdruck gestanden, es musste also etwas sein, das für ihre Großmutter naheliegend gewesen war.

Je näher sie dem Meer kam, desto lauter wurde die Brandung. Die vielen in der späten Nachmittagssonne aufblitzenden gekräuselten Wasserspitzen vereinten sich kurz vor dem Ufer zu einer langen, schnurgeraden Welle, die sich wie auf Kommando donnernd am Strand überschlug.

Nirina wirkte nervös von dem ungewohnten Lärm, Paula flüsterte ihm beruhigende Worte zu, lief jedoch trotzdem vor bis an die Wassergrenze. Dort bückte sie sich, um die Schuhe auszuziehen, was mit Nirina im Arm nicht so leicht war.

»Kann ich Ihnen helfen?«

Sie hatte Villeneuve gar nicht bemerkt, aber dann erkannte sie an der Fußspur im nassen Sand, dass er offenbar auch am Ufer entlanggegangen war. Er war barfuß, die Hosen hatte er bis über die Knie aufgekrempelt, sodass Paula seine extrem breiten und kräftigen Waden sehen konnte. Der Anblick lenkte sie für einen Moment sogar von den Rätseln ihrer Großmutter ab. Sie reichte ihm Nirina, um ihre Schnürsenkel aufzubinden.

Eduards Beine waren dünner als ihre eigenen gewesen, was ihr sehr merkwürdig vorgekommen war, denn seine Schwefelholzbeinchen hatten einen gewaltigen Oberkörper tragen müssen, und wenn er nicht ständig halb nackt im Haus herumgelaufen wäre, wäre ihr dieses Missverhältnis vielleicht nie aufgefallen. Damals hatte der Anblick der dünnen Beine mit dem riesigen Kugelbauch, der bis über seine Geschlechtsorgane hing und sie verdeckte, Paula abwechselnd angewidert oder geängstigt. Aber jetzt brachte der Anblick von Villeneuves kräftigen Waden ein breites Lächeln auf ihr Gesicht, weil ihr klar wurde, was für ein elender Gockel ihr Mann gewesen war. Trotz allem, was er ihr angetan hatte, war er nicht viel mehr als ein lächerlicher alter Gockel. Krankhaft davon besessen, mit knapp sechzig Jahren einen männlichen Erben zu zeugen, war er nur deshalb bereit gewesen, Paula zu heiraten, weil er sie als Jungfrau zur Mutter seiner Kinder auserwählt hatte. Ihre schmale Zartheit, die ihm vor der Eheschließung so anziehend vorgekommen war, war ihm während der Wartezeit auf einen Erben geradezu als Fluch erschienen. Und das hatte er Paula deutlich gemacht, indem er nur notdürftig mit einem Morgenmantel bedeckt herumgelaufen war, wie um zu demonstrieren, dass mit seinem Körper alles in Ordnung war.

Was für ein Witz, da musste sie nur ein paar fremde Waden betrachten, um dieses Horrorgespenst endlich aus ihrem Herzen zu löschen. Anstatt ihre Schnürsenkel zu lösen und die Schuhe auszuziehen, starrte sie immer wieder auf Villeneuves Waden, und schließlich fiel sie auf die Knie und lachte hemmungslos.

Höchste Zeit, dachte sie und kicherte nun wie ein junges Mädchen. Das hätte sie schon längst tun sollen, einfach einmal über ihren greisen Exmann lachen, anstatt ihn zu verteufeln, vor allem jetzt, wo er doch wirklich keine Macht mehr über sie hatte.

Villeneuve ließ sich mit Nirina auf dem Arm neben sie in den pudrigen weißen Sand fallen. »Alles in Ordnung mit Ihnen?«

Paula rang nach Luft und lächelte ihn an. Dann betrachtete sie wieder seine Waden. »Oh, es geht mir ganz hervorragend. Ich habe gerade ein böses Gespenst besiegt. Es wird sicher wiederkommen, aber ich glaube, es wird nie mehr diese Macht über mich haben wie früher.« Jetzt zog sie ihre Schuhe und Strümpfe aus und betrachtete ihre nur langsam verheilenden Wunden an den Füßen.

»Da beneide ich Sie.«

»Ich könnte Ihnen ja auch meine Waden zeigen …« Paula hielt abrupt inne und merkte, wie ihr die Röte ins Gesicht schoss.

Villeneuve wirkte verblüfft, sah auf seine Waden hinunter, dann stahl sich ein Lächeln auf sein Gesicht.

»Das ist ein sehr großzügiges Angebot, das ich gerne annehme.«

Paula wurde sehr heiß. »Sie haben mich missverstanden.«

»Machen Sie etwa einen Rückzieher?«

Rückzieher, das erinnerte Paula plötzlich an Lázló, und sie wurde schlagartig wieder ernst. Er hatte sie auch deshalb kritisiert. »Vermissen Sie Lázló?«

»Seine Waden waren jedenfalls perfekt.« Villeneuve klang enttäuscht.

Wahrscheinlich dachte er, sie wollte nur das Thema wechseln.

»Das stimmt, alles an Lázló war perfekt, ich habe ihn im Fluss schwimmen gesehen. Ich verstehe nicht, wie so ein Hüne an ein paar Spinnenbissen sterben kann.« Paula sah ihn vor sich, in seinem Sarg aus goldenen Gespinsten.

»Ich vermisse ihn sogar sehr.« Villeneuve räusperte sich und setzte sich jetzt bequem neben Paula in den Sand und legte Nirina auf seinen Schoß. »Lázló war der Bruder meiner Frau. Er hat mich immer und immer wieder angefleht, mich mehr um meine Frau Maria und meinen Sohn Zoltan zu kümmern, aber ich habe ihm nicht zugehört. Ich habe ihn verachtet, weil er so ausschweifend gelebt hat, weil er die Frauen geliebt hat und das Spielen, Feiern und Trinken. Ratschläge von so einem Tunichtgut, das war unter meiner Würde, und dann war es zu spät.«

»Und seit wann sehen Sie das anders?«

Villeneuve malte mit seinen Fingern etwas in den Sand. Paula beobachtete ihn gespannt, und flüchtig schoss ihr der Gedanke durch den Kopf, dass das hier fast so etwas wie eine romantische Situation war. Wenn man von Nirina absah, dann saßen sie beide allein und nahe beieinander am Strand. Was sollte das werden, was er da zeichnete, ein Gesicht, ein Herz, ein Buchstabe?

Es wurde ein Thermometer. Wie außerordentlich romantisch.

»Was für ein hübsches Bild«, sagte Paula schließlich lahm, weil ihr das Schweigen langsam unheimlich wurde. »Warum haben Sie das gemalt?«

Villeneuve grinste spöttisch. »Weil mich das mehr interessiert hat als meine Frau.«

»Sie waren in ein Thermometer verliebt?«

Villeneuve lachte böse auf. »Man könnte es in der Tat so sagen. Ich hatte in Paris den deutschen Arzt Karl Reinhold August Wunderlich kennengelernt und war von ihm und seiner Arbeit fasziniert, bin ihm nach Deutschland gefolgt und habe mit ihm zusammen an klinischen Untersuchungen zum Thema Fieber gearbeitet. Meine Frau Maria, eine Ungarin aus Siebenbürgen, wollte nicht mit mir nach Leipzig ziehen, obwohl sie besser Deutsch sprechen konnte als Französisch. Sie hatte sich gerade an Paris gewöhnt und wollte nicht schon wieder neu anfangen, schließlich war sie schon wegen mir von Ungarn nach Paris gekommen. Also habe ich meine zarte Maria kurzerhand in Paris zurückgelassen, was nicht nur unverantwortlich, sondern auch in höchstem Maße selbstsüchtig von mir war. Aber mir gefiel der Gedanke, mit einem Genie zu arbeiten, mehr als alles andere. Unsere Arbeit war wichtig für die Welt, für die Geschichte der Medizin! Ich besuchte Maria und meinen Sohn Zoltan immer seltener, und wenn wir uns sahen, stritten wir nur. Dass Maria so stark abgenommen hatte, schob ich – ein approbierter Arzt – darauf, dass die beiden nur nicht genug zu sich nahmen, um mich für meine ständige Abwesenheit zu bestrafen. Dabei hätte ich erkennen müssen, dass sie neben ihrem Kummer an

Schwindsucht litten und mich sehr viel mehr gebraucht hätten als Professor Wunderlich. Aber ich war blind.«

Er wischte das Thermometer mit der Hand weg und streichelte Nirina.

»Aber irgendwann haben Sie die Krankheit doch bemerkt, oder?« Paula erinnerte sich daran, wie er sich danach erkundigt hatte, ob sie auch genug aß.

»Ja, aber es war zu spät. Sie war nicht nur krank, sondern auch so entsetzlich einsam, dass sie sich von mir abgewandt und einem Scharlatan zugewandt hatte. Lázló hatte mich gewarnt, denn er war jedes Mal, wenn er neue Schulden gemacht hatte, zu Besuch bei Maria, um sich wieder Geld von ihr zu leihen. Und einmal hat er sie bei dieser Gelegenheit zu einer Séance mitgenommen, wo sie dann diesen Scharlatan kennengelernt hat. Und ihre Einsamkeit hat sie dann vollends dem Mesmerismus in die Arme getrieben.«

»Mesmer, war das nicht dieser Arzt, der Krankheiten mit Handauflegen geheilt hat, weil er so die magnetischen Ströme im Körper wieder in Fluss gebracht hat?«

»Genau, Mesmer selbst war schon tot, doch leider hatte in Paris einer seiner Schüler, Armand Marie Jacques de Chastenet de Puységur, eine Art Institut gegründet, und Maria wiederum fiel einem Jünger von Puységur zum Opfer. Ich hätte sie vielleicht mit einer ordentlichen Liegekur in Davos noch retten können, aber sie war diesem widerwärtigen Scharlatan vollends verfallen und wollte nicht mehr auf mich hören. Und so musste ich mit ansehen, wie sie und Zoltan immer weniger wurden.«

Er ließ sich nach hinten in den Sand fallen. Seine flatternde Bauchdecke verriet, wie heftig er atmete, und Paula war versucht, ihre Hand darauf zu legen, um ihn zu trösten. Sie streckte ihre Hand nach ihm aus, senkte sie zu seinem Hemd und überlegte fieberhaft, was sie sagen könnte. Aber alles, was ihr einfiel, klang in ihren eigenen Ohren platt und banal. Eine Geste wäre besser als Worte. Sie zitterte am ganzen Körper, aber dann tat sie es und legte ihre Handfläche auf seinen Bauch, der sofort abwehrend hart wurde. »Aber es ist doch nicht Ihre Schuld, dass Maria gestorben ist.« Sie gab sich große Mühe, überzeugend zu klingen.

»Nein, natürlich war es nicht meine Schuld«, er äffte sie nach, richtete sich wütend wieder auf, packte ihre Hand und schleuderte sie weg, »vielleicht wäre Maria ja so oder so gestorben!«

Paulas Herz begann zu rasen, falsch, falsch, falsch. Das hätte sie nicht tun sollen.

»Ich brauche keinen billigen Trost. Von niemandem!«, schäumte er. »Meine Frau hat ihr ganzes Leben aufgegeben, um mit mir zusammen zu sein – sie ist von zu Hause weggelaufen, um mich zu heiraten. Ihre Eltern haben nie wieder ein Wort mit ihr gewechselt, nur Lázló. Was ich getan habe, war verantwortungslos.« Er klang wieder so harsch wie zu Beginn ihrer Reise, und obwohl sich Paula fühlte wie eine Närrin, war ihr klar, dass er nur so heftig reagierte, weil er es bereute, sich ihr anvertraut zu haben. Er stand auf und nahm auch Nirina hoch. »Wenn Sie wollen, nehme ich ihn mit zum Baden. Ich muss jetzt eine Weile allein sein und mich von dem Geschwätz erholen.«

»Vielleicht ist Ihre Frau vielmehr an Ihrer unmenschlichen Grobheit zugrunde gegangen als an der Schwindsucht. Und dagegen werden Sie nie irgendwelche Kräuter finden.

Nirgends!« Paula sprang auf, ließ ihre Schuhe, wo sie waren, und rannte weg. Sie verwünschte sich selbst, verwünschte den Impuls, der sie verleitet hatte, ihre Hand auf seinen Bauch zu legen. Sie rannte den einsamen Strand entlang, bis eine Kokospalme ihren Weg kreuzte, deren Stamm sich bis ins Meer hinunter neigte. Sie setzte sich und starrte auf den türkisblauen Indischen Ozean, der nun fast ruhig dalag, weshalb nur noch kleine murmelnde Wellen das Ufer liebkosten.

Warum klagst du dich an, meldete sich ihre innere Stimme, du solltest diesen Grobian anklagen, du warst mutig und freundlich. Wenn er damit nicht umgehen kann, dann ist das nicht demütigend für dich, sondern eine Schande für ihn. Sie bückte sich nach einer Muschel, die mit Seepocken übersät war, innen jedoch wunderschön blau leuchtete.

So blau wie Lapislazuli.

Blau wie die Schmetterlinge im Dschungel, wie Mathildes Flakons. Deshalb war sie hier, nicht wegen Männern. Sie glättete den Brief, den sie beim Wegrennen zerknüllt hatte, um ihn noch einmal zu lesen. Wie sehr ihre Großmutter Edmond geliebt haben musste, wie unfassbar mutig es von ihr gewesen war, auf ihn zuzugehen. Vielleicht wäre Mathilde eben nicht gleich weggelaufen. Ich übe noch, ich übe noch. Sie lächelte und versenkte sich wieder in den letzten Teil des Briefes.

Also, die Noten gehörten nicht zum Kuckucks-Lied. Dafür gab es eine Erklärung, und die würde sie finden. Mathilde hatte sich ihr ganzes Leben mit Duft beschäftigt. Womöglich war »Kuckuck« einfach nur das einzige Lied, das sie hatte singen können, und der Inhalt des Textes war von keinerlei Bedeutung für Paulas Suche.

Dann blieben die Noten – o Gott, es war so einfach!

Mathilde hatte nicht Noten, sondern Duft-Noten aufgeschrieben. Was sie in den Händen hielt, war die Kreation für Vanille d'Or.

Paula sprang auf und versuchte sich zu erinnern, welchen Noten welcher Duft zugeordnet wurde. Sie suchte sich ein angeschwemmtes Stückchen Treibholz und malte Notenlinien in den Sand.

Zuerst war da ein Bassschlüssel mit einem durchgestrichenen C, womit die Rose gemeint sein konnte, dann aber mitten in der Zeile ein G-Schlüssel mit einem zweigestrichenen F, das konnte Ambra sein, dann ein C, das stand für Campher, ein eingestrichenes G für Orangenblüte, ein eingestrichenes F für Tuberose, ein weiteres eingestrichenes G für Orangenblüte, ein eingestrichenes E für Verbene, ein viergestrichenes C für Ananas und noch eingestrichenes G für Orangenblüte. Also, das waren überhaupt keine harmonischen Akkorde, ganz im Gegenteil. Sie schrieb die Düfte wie in einem Rezept untereinander in den Sand:

Rose
Ambra
Campher
Orangenblüte
Tuberose
Orangenblüte
Verbene
Ananas
Orangenblüte

Das ergab in keinerlei Hinsicht einen Sinn. Und wo war denn hier die Vanille? Aufgeregt grübelte sie weiter. Es war ja auch möglich, Düfte von Blüten herzustellen, die man nicht extrahieren konnte, wie zum Beispiel Lilien oder Levkojen. Den Blütenduft der letzteren konnte man durch eine Mischung aus Orangenblättern, Rosenesprit, Vanille-, Veilchenwurzel- und Akazienblütenextrakt und etwas Bittermandelöl sehr gut imitieren. Aber diese Duftnoten-Mischung ihrer Großmutter war viel zu flach, um so einen komplexen Geruch wie Vanille vorzutäuschen. Nein, das konnte unmöglich das große Parfüm sein, von dem Mathilde geträumt hatte.

Enttäuscht verwischte Paula alles mit dem Fuß. Sie musste es anders versuchen, das war eine Sackgasse. Sie lief zum Meer und tauchte ihre Füße bis zu den Fesseln in das kalte Wasser, dann lief sie zurück, dorthin, wo sie ihre Schuhe zurückgelassen hatte.

Villeneuve stand schon dort und schüttelte den Sand heraus.

»Es tut mir leid«, sagte er und suchte ihren Blick, »ich habe mich unverzeihlich benommen.«

Paula wich seinem Blick aus, und weil ihr keine gute Antwort einfiel, nahm sie schweigend ihre Schuhe und ging zurück ins Lager. Sie hätte gern mit ihm über dieses Noten-Rätsel gesprochen, aber sie wollte erst noch ein bisschen darüber nachdenken, bevor sie sich lächerlich machte.

Während sie über das öde Land zu den Zelten lief, betrachtete sie die dürren Pflanzen, und ihr wurde klar, was für eine gewaltige Anstrengung es bedeuten würde, die Vanillepflanzen und die Hütte wieder aufzubauen. Sie seufzte, dafür wäre es gut, wenn sie das Gold ihrer Großmutter wirklich finden könnte.

Morten und Noria saßen einträchtig nebeneinander an dem winzigen schwelenden Feuer und unterhielten sich. Sie waren so vertieft, dass sie die näher kommende Paula gar nicht bemerkten. Es war ihr noch nie aufgefallen, dass die beiden sich so viel zu sagen hatten. Was wäre, wenn Morten Noria überredete, nur noch für ihn zu arbeiten? Ich muss dringend Madagassisch lernen, dachte Paula, nur so bin ich hier unabhängig.

Sie setzte sich zu den beiden und nahm sich einen Becher Zitronengrastee. Morten und Noria starrten sie an, als hätte sie sie gestört.

»Noria, was werden Sie jetzt tun?«

»Wie meinen Sie das?«

»Sie wollten doch wieder zurück in die Hauptstadt.«

Morten mischte sich ein. »Wir sind alle viel zu neugierig auf die Goldfunde Ihrer Großmutter.«

Und so lange bleiben die beiden mir erhalten, und sicher auch Villeneuve, überlegte Paula. Und ich kann wahrscheinlich froh sein, wenn sich die Nachricht nicht wie ein Buschbrand ausbreitet. Ich muss mir etwas einfallen lassen, aber was?

»Ich wüsste auch gern, wo meine Großmutter das gefunden hat, aber ich kann mir keinen Reim darauf machen.«

»Und wenn wir uns den Brief einmal genauer ansehen?« Morten schenkte ihr einen seiner allerkindlichsten Blicke. »Sie beschreibt doch die Stelle ganz genau, oder nicht?«

»Ein Fluss, eine grüne Kathedrale, umgestürzte Baumstämme, also wirklich, Morten, das gibt es doch hier überall.«

»Aber sie schreibt doch auch, wo sie ihren Fund versteckt hat, und dann ist da dieses Lied.«

»Das stimmt, aber ich verstehe es nicht, und nein, Morten, niemand außer mir wird in Zukunft meine privaten Briefe lesen, ist das klar?«

Insgeheim dachte Paula, dass sie vielleicht doch Hilfe gebrauchen könnte. Auch wenn ihre Großmutter das alles nicht so stark verschlüsselt haben konnte, denn dazu hatte sie keine Zeit gehabt, oder hatte sie das etwa schon lange vorbereitet?

Neben dem Feuer stand eine geschnitzte Holzplatte mit kleinen Reisküchlein, getrockneten Bananen, gefüllten kleinen Paprikaschoten und gebratenen Flusskrebsen. Bei diesem appetitlichen Anblick lief Paula das Wasser im Mund zusammen. »Was ist das denn?«

»Ein Willkommensgeschenk von Madame Rakotovao, speziell für Sie, zum Gedenken an Ihre Großmutter, deshalb haben wir es noch nicht angerührt.«

»Bitte bedienen Sie sich.« Paula bückte sich, nahm einen Flusskrebs, brach den Panzer auf und aß ihn mit großem Genuss. Seit sie den Krokodilen entkommen war, hatte sie ständig Hunger, aber ihre Vorräte waren so stark geschmolzen, dass es in den letzten Tagen immer nur Reis mit Gemüse zu Essen gegeben hatte.

Jetzt gesellte sich auch Villeneuve zu ihnen, schweigend setzte er sich und begann unaufgefordert ebenfalls zu essen.

Je leerer die lange rechteckige Platte wurde, desto mehr konnte man sehen, wie prächtig sie mit Schnitzereien verziert war. Noria erklärte ihnen, dass es sich um die madagassische Legende von Ranoro, der Wasserfrau, handelte, die aus Liebe zu ihrem Mann eine richtige Frau wurde. Allerdings unter der Bedingung, dass er niemals das Wort »Salz« in ihrer Gegenwart erwähnte, was er im Zorn dann doch eines Tages tat und sie so für immer verlor. Ganz außen war die Holzplatte mit vertikal untereinander stehenden Buchstaben verziert, rechts stand:

»Mamy ny aina«, was, wie Noria erklärte, »Das Leben ist schön« bedeutete, und links war »Rakotovao«, der Familienname der Dorfältesten, in das Holz geschnitzt.

Der Anblick der untereinanderstehenden Buchstaben brachte etwas in Paula zum Klingeln. Vielleicht ging es gar nicht um das Duftrezept, vielleicht hatte ihre Großmutter, genau wie Morten vermutet hatte, hier nur den Hinweis auf einen Ort versteckt.

Sie stand auf, rannte zu ihrem Zelt, holte sich ihr Notizbuch und einen Bleistift und zog Mathildes Brief aus der Ledertasche, die sie wie immer über der Schulter trug.

Rose
Ambra
Campher
Orangenblüte
Tuberose
Orangenblüte
Verbene
Ananas
Orangenblüte

Die Anfangsbuchstaben ergaben den Namen der Dorfältesten, Rakotovao, wenn man das C als K las. Paula nahm sich den Brief noch einmal vor:

… Mein Parfüm sollte Edmond weltweit vor der Vergessenheit bewahren und unserer Liebe ein Denkmal setzen. Gold gibt es überall auf der Welt, unser Parfüm aber würde einzigartig sein. Außerdem fürchtete ich mich davor, wegen des Goldes in Schwierigkeiten zu kommen, deshalb nutzte ich die Bräuche dieses Landes und versteckte mein Rezept, das Gold und die Beschreibung des Fundortes in einer Van Houten-Blechdose, dort, wo niemand danach suchen wird …

Die Bräuche des Landes nutzen und dort verstecken, wo niemand danach suchen wird. Rakotovao. Orte, die überall Fady sind, das sind Gräber. Also meinte sie das Familiengrab der Rakotovao? Den Namen hatte Mathilde vorher schon einmal erwähnt, das war der Dadarabee, der wütend auf sie gewesen war, weil sie den Dorfbewohnern bei kleineren Leiden mit ihren Kräutern und Ölen geholfen und so seine Autorität untergraben hatte. Um Paulas Lippen zuckte ein Lächeln, das hätte zu dem Verständnis ihrer Großmutter von Gerechtigkeit gepasst, ausgerechnet dort ihre Informationen zu verstecken.

Aber wie sollte sie da herankommen? Das letzte Mal, als sie ein Fady gebrochen hatte, war Lázló gestorben. Sie wollte keine weiteren Toten. Sie musste es also ganz allein tun.

Herausfinden, wo das Grab sich befand, denn hier auf Madagaskar gab es nicht wirklich Friedhöfe, jeder konnte dort, wo es ihm gefiel, jemanden bestatten und, wenn er genug Geld hatte, eine steinerne Familiengruft anlegen. Außerdem musste sie es in der Nacht tun, wenn alle schliefen, sonst würde sie das ganze Dorf gegen sich aufbringen.

Ihr Plan begann Gestalt anzunehmen. Sie würde das Grab

schnell öffnen und durchsuchen müssen, dazu bräuchte sie Licht, dann musste der Eingang wieder gut verschlossen werden. Hierfür wurden bei den meisten Gräbern schwere Steinplatten verwendet. Herzlichen Glückwunsch, Paula, gratulierte ihre innere Stimme, dass du das allein schaffst, ist so wahrscheinlich, wie ein Kamel durch ein Nadelöhr geht. Es fing schon damit an, dass keine Namen auf den Gräbern standen. Sie brauchte also Noria, damit sie herausfinden konnte, welches das richtige Grab war. Jemand musste Schmiere stehen, jemand musste das Licht halten, jemand musste die schweren Steine bewegen. Außerdem wollten alle etwas von dem Gold ihrer Großmutter, deshalb würden ihre Gefährten sie keine Sekunde aus den Augen lassen, also konnte sie ihre Reisegefährten genauso gut einweihen. Doch wenn sie erwischt wurden, waren sie alle in großer Gefahr. Auch wenn die Königin im fernen Hochland versuchte, moderne Gesetze einzuführen, hier war davon noch nicht viel angekommen. Mit Schaudern erinnerte sich Paula an die fröhlichen Gesänge ihrer Verfolger, die sie dazu gebracht hatten, mit Lázló die falsche Fährte zu legen. Wir brauchen einen Plan, einen guten Plan. Ich werde mit ihnen reden und jedem einen Anteil von dem versprechen, was wir finden.

42

Vanille

Unter diesem Namen kommen die vor der völligen Reife gepflückten und getrockneten, schotenförmigen Kapselfrüchte (fälschlicherweise auch Schoten genannt) der Vanilla planifolia Andrew in den Handel. Die musartige Masse der Vanille ist der Träger des Aromas und daher der wertvolle Bestandteil derselben.

Als der Mond zwei Nächte später aufging, brachte Paula den Kleinen zu Noria, weil sie ihn nicht mitnehmen wollte. Noria blieb im Lager, sie wollte ihre Ahnen mit dieser Grabräuberei nicht beleidigen. Aber immerhin hatte sie für Paula herausgefunden, welches Grab das richtige war, und würde dafür einen Anteil erhalten.

Morten, der zwar unbedingt hatte wissen wollen, wo das Gold sich befand, hatte es ebenfalls empört abgelehnt, ein Grab zu schänden, sogar das eines Heiden.

Und Villeneuve, mit dem sie seit dem Vorfall am Meer nur noch das Nötigste sprach, hatte versucht, ihr das alles auszureden.

Vergeblich.

Das Grab der Rakotovaos war Paula erstaunlich klein vorgekommen, dafür, dass sie so wichtige Funktionen im Dorf innehatten, und es war nur mit einer kleinen Steinplatte verschlossen, von der Paula hoffte, dass sie sich leicht bewegen ließe.

Paula küsste den Kleinen. »Sie werden sich um ihn kümmern, wenn mir etwas zustoßen sollte, ja?«

Noria nahm Nirina auf ihren Arm und nickte. Das war Paula zu wenig. »Sie werden ihn nicht wieder aussetzen, versprechen Sie mir das?«

Noria nickte erneut. »Sie sollten gehen, solange der Mond scheint«, sagte sie, und Paula wusste, dass sie recht hatte.

Aber es fiel ihr schwer, Nirina zurückzulassen. Sie fühlte sich sehr unbehaglich bei dem, was sie vorhatte, und ignorierte unter Aufbietung aller Kräfte ihre innere Stimme, die seit gestern nur noch hysterisch »nein, nein, nein« von sich gab. Nein, das wirst du nicht tun!

Draußen lief sie direkt in Villeneuve hinein, der dicht hinter dem Zelteingang stand.

»Kein Zurück?«, fragt er.

»Nein.«

»Dann begleite ich Sie.«

Nicht nötig, wollte Paula sagen, aber sie unterdrückte ihren Stolz. »Sind Sie sicher?«

»Gehen wir!« Villeneuve drehte sich um und deutete mit den Händen in die Dunkelheit. Paula trat neben ihn und marschierte los, sie war diesen Weg schon dreimal tagsüber mit Noria gelaufen und hatte ihn sich gut eingeprägt.

Schweigend wanderten sie zum Grab. Paula hatte sich gewundert, dass der mächtigste Mann im Dorf kein größeres Mausoleum für seine Familie gebaut hatte, aber Noria hatte sie daran erinnert, dass die Menschen hier keine Könige waren und nur wenig Geld hatten.

Paula dachte an ihre Großmutter, die diesen Weg nachts allein gegangen sein musste, und sie war sehr gespannt, was genau sie in der Kakaodose finden würde. Was es wohl für Düfte waren, die ihre Großmutter da zusammengemischt hatte?

Es fühlte sich eigenartig vertraut an, neben Villeneuve durch die Dunkelheit zu laufen, auch wenn sie sich seit der Szene am Meer mieden. Das Donnern der Wellen klang hier im Dschungel nur noch wie freundliches Händeklatschen, das sich ab und zu mit dem Schrei eines Nachtvogels vermischte, sonst war es so ruhig, dass Paula Villeneuves Atem hören konnte. Manchmal mischte sich noch ein Rascheln darunter, aber Paula war sicher, dass das nur der kleine Lemur war, der ihr in den letzten Tagen immer wieder gefolgt war.

Der Steinhaufen, der das Grab markierte, lag etwas exponiert auf einem kleinen Hügel, der zwischen den schlingenden Grünpflanzen im Mondlicht hell wie nackte Haut schimmerte.

»Wollen Sie das wirklich tun?«, flüsterte Villeneuve.

Statt einer Antwort erklomm Paula den kleinen Hügel, und als sie direkt davor stand, sah sie, dass man an einer Ecke Kerzen verbrannt hatte, dort lagen Reste von Reiskuchen, und es roch nach Rum. Das musste die Nordost-Ecke sein, denn sie war den Ahnen vorbehalten. Suchend sah sie sich nach dem Zugang zum Grab um. Sie zögerte, ihre Lampe zu benutzen, denn die wollte sie eigentlich nur verwenden, um das Innere des Grabes auszuleuchten. Wenn sie die hier draußen anzündete, würde man sie überall sehen können.

Hinter sich hörte sie lautes Flattern, und als sie sich umdrehte, schrak sie zusammen. Ein ganzer Schwarm großer, bedrohlich wirkender Fledermäuse flog direkt auf sie zu. Die Tiere zeichneten sich mit ihren Flügelspannweiten von fast einem Meter deutlich vor dem hellen Mond ab. Paula schnappte nach Luft und ging unwillkürlich in die Knie, um ihnen auszuweichen, aber die Fledermäuse umflogen sie und landeten hinter ihr auf den Pampelmusenbäumen, die am Rand des Dschungels wuchsen.

»Sehen aus wie Fledermäuse, sind aber Flughunde, und der Rote Flughund ernährt sich nicht von Blut, sondern nur vegetarisch«, raunte Villeneuve ihr zu, was Paulas Puls trotzdem nicht sonderlich beruhigte.

»Wir sollten uns beeilen«, zischte sie und entdeckte endlich den Zugang zum Grab, das sie bei ihren Spaziergängen mit Noria nie richtig unter die Lupe hatte nehmen können, weil Noria das für viel zu gefährlich befunden hatte.

»Hier ist es«, flüsterte sie ihm zu. Sie bedeutete Villeneuve, ihr beim Wegschieben zu helfen.

Er packte den Stein und schob ihn zur Seite, Paula hockte sich vor das kleine Loch, zündete die Lampe an, schob sie hinein und leuchtete das kleine steinerne Häuschen aus. Direkt vor ihr lag ein Totenschädel, dann ein zerfallener roter Lamba, der um Knochen gewickelt war. Sie erkannte ein rostiges Coup-Coup, kleinere geschnitzte Gegenstände, noch mehr Knochen und Stoffreste, ein paar silberne Münzen, aber keine Blechdose.

»Ich habe etwas gehört! Beeilen Sie sich!«

Villeneuve rüttelte an ihrer Schulter. »Wir müssen hier weg!«

Paula hörte nicht auf ihn und leuchtete noch tiefer in das Grabhäuschen, aber da war nichts. Keine Spur von einer

Kakaodose. Das war unmöglich, sie war doch schon so weit gegangen, sie musste etwas finden!

Doch da hörte sie es auch, das war nicht mehr nur das Rascheln eines Lemuren.

Sie drehte sich um.

Sie waren umzingelt von Madagassen, die sie anstarrten und deren Gesichter im Mondlicht wie versteinerte Masken wirkten. Die angelegten Speere verschlugen Paula den Atem, und sie dachte sofort an wilde Geschichten über vergiftete Speerspitzen. Direkt vor ihr stand die Dorfvorsteherin Rakotovao, sie schüttelte den Kopf und sagte in sehr stockendem Französisch zu Paula und Villeneuve, wie enttäuscht sie von ihnen sei.

Während Paula überwältigt und sprachlos vor Angst war, begann Villeneuve sofort mit Rechtfertigungen, wurde aber von Rakotovao mit einer kurzen Handbewegung zum Schweigen gebracht.

»Sie haben nichts von Ihren Ahnen gelernt, das ist sehr bedauerlich«, sagte Rakotovao zu Paula und schüttelte den Kopf. »Die Krokodile haben Sie doch nicht verschont, damit Sie dann erneut unsere Ahnen beleidigen!«

»Er hat damit nichts zu tun!« Paula musste alles tun, um Villeneuve da rauszuhalten. Er war dagegen gewesen, sie mussten ihn laufen lassen. Sie versuchte sich zu beruhigen, zu denken, sich an französische Vokabeln zu erinnern, aber in ihrem Kopf und in ihrem Körper herrschte Aufruhr. »Dieser Mann hat mich nur begleitet, aber ich habe als Einzige dieses Grab berührt.«

»Wir werden sehen.« Die Dorfvorsteherin nickte ein paar jungen Männern zu, die das Grab sachkundig verschlossen.

Dann machte sie sich daran, Paula und Villeneuve zu durchsuchen, sie nahm ihr auch die Ledertasche mit Mathildes Buch und die Wasserflasche ab. Villeneuve jedoch durfte seine behalten.

»Was passiert denn jetzt?«, fragte Paula. »Werden Sie mich die Klippen hinunterspringen lassen?«

Rakotovao lächelte, sodass man ihre zahlreichen Zahnlücken gut sehen konnte. »Nein, so barbarisch wie Ranavalona I. sind wir nicht mehr. Wir haben entschieden, Ihnen eine faire Chance zu geben.«

»Ja?« Paula zitterte am ganzen Körper.

»Den Mann hier jagen wir nur fort. Aber für Sie werden wir Gott befragen.«

Paula hörte, wie Villeneuve neben ihr entsetzt aufstöhnte. »Was heißt das?«, fragte sie ihn.

»Wenn ich ihr Französisch richtig verstanden habe, dann werden sie ein Gottesurteil durchführen.«

»Aber Gottesurteile hat Ranavalona II. verboten.«

»Das scheint hier niemand zu wissen.«

»Ist ein Gottesurteil so etwas, wie es die Inquisition im Mittelalter angewendet hat?« Paula zitterte immer noch, aber jetzt breitete sich eine merkwürdige Ruhe in ihrem Körper aus, und gleichzeitig wurde ihr schlecht. Bilder von unschuldigen Frauen schossen durch ihren Kopf. Frauen, denen man Steine umgebunden hatte, um sie dann so bepackt in Brunnen oder Seen zu werfen. Wenn sie untergingen, dann waren sie unschuldig. Wenn sie wieder hochkamen, dann waren sie Hexen und wurden verbrannt. Nein, so etwas gab es hier nicht, da war sie sicher. Aber dann fiel ihr ein, dass Ida Pfeiffer in ihrem Reisebericht auch so etwas erwähnt hatte, aber das war zu Zeiten Ranavalonas der Schrecklichen gewesen. »Villeneuve, nun reden Sie schon.«

»Nicht alles, was man sich über Madagaskar erzählt, stimmt auch.«

»Was, verdammt, haben Sie gehört?«

Fünf junge Männer kamen auf Villeneuve zu und führten ihn weg.

Villeneuve wehrte sich, boxte einem der Männer in den Bauch, und als der zusammensackte, nahm er sich den nächsten vor. Rakotovao rief ihren Männern etwas zu, woraufhin sie ihre Speere hoben und auf Paula richteten. Da hörte Villeneuve sofort auf, sich zu verteidigen, und ging mit den Männern mit, die ihn vor sich hertrieben wie Vieh. Er rief Paula zu, dass sie keine Angst zu haben brauchte, was ihm einige zusätzliche Rippenstöße bescherte. Trotzdem hörte er nicht auf und versprach wiederzukommen, was ihm einen so heftigen Schlag in den Rücken einbrachte, dass er zusammensackte.

»Villeneuve!«, schrie Paula panisch. »Was habt ihr mit ihm vor?«

Rakotovao lächelte wieder ganz freundlich. »Wir werden ihm nichts tun, denn wir wissen, dass er unschuldig ist, was man von Ihnen nicht behaupten kann.«

Mit einem Nicken brachte Rakotovao ihre Männer dazu aufzubrechen, sie nahmen Paula in ihre Mitte, dann liefen sie schweigend los. Paula fragte sich, wo man sie hinbringen würde. Ein Gefängnis gab es hier nicht, genauso wenig wie Ställe, nur winzige Hütten, die aus lediglich einem Raum bestanden.

Nach zehn Minuten wusste sie, wo der Weg hinführte,

man brachte sie zurück in ihr Zelt, was ihr große Hoffnung gab. Vielleicht würde man sie dort freilassen, so wie Villeneuve.

Schon von Weitem hörte sie Nirina wütend schreien, und sie fragte sich, warum ihn Noria nicht beruhigen konnte. Je näher sie kamen, desto verzweifelter hörte sich Nirina an. Kurz bevor sie die Zelte erreicht hatten, blieben die bewaffneten Männer stehen und warteten darauf, was die Dorfälteste nun tun würde. Sie spähte in jedes Zelt, nickte zufrieden, brachte dann Nirina aus Paulas Zelt mit und reichte ihn Paula.

»Bringen Sie ihn zum Schweigen.«

Paula drückte ihn an sich und wusste nicht, wer von ihnen beiden mehr zitterte. »Schsch«, flüsterte sie ihm ins Ohr, »alles wird gut, alles, alles wird gut.«

Dann durfte sie mit Nirina in ihr Zelt gehen, wo sie bleiben sollte, bis Rakotovao herausgefunden hatte, wann der perfekte Zeitpunkt für ihr Gottesurteil war. Am Eingang des Zeltes drehte sich Paula um und wollte wissen, wie denn das Gottesurteil ablaufen würde. Nachdem Rakotovao es ihr erklärt hatte, krampfte sich Paulas Magen zusammen, und sie taumelte in ihr Zelt, wo sie auf ihre Matte sank, Nirina immer noch eng an sich gepresst. Ich muss klar bleiben, muss nachdenken, sagte sie sich. Bis zu dem Gottesurteil wird mir wahrscheinlich nichts geschehen. Ich könnte mit dir fortlaufen, flüsterte sie dem Kleinen ins Ohr. Sie befahl den Stimmen in ihrem Kopf, die sich hämisch darüber ausbreiten wollten, wie typisch das alles von ihr gewesen war, wie dumm und vorhersehbar, still zu sein, und versuchte sich zu konzentrieren.

Rakotovao hatte es ihr ganz genau geschildert. Sie würde mindestens zwei Tage nichts zu essen bekommen und streng bewacht werden. Wenn die Zeit gekommen war, würde man den hochgiftigen zerriebenen Samen des Tangenabaumes auf drei Stückchen Hühnerhaut verteilen, diese würden ihr zusammengerollt in den Mund geschoben, und sie musste sie schlucken. Und nur wenn sie alle drei Teile unversehrt herauswürgen würde, ohne sich in die Hosen zu machen oder in Krämpfe zu verfallen, nur dann bedeutete dies, dass man sie zu Unrecht angeklagt hatte. Aber alle drei Stücke Hühnerhaut mussten unversehrt wiederkommen.

Ihr Leben hing also davon ab, ob sie sich richtig übergeben konnte. Wenn ihr nicht so elend gewesen wäre, hätte sie darüber lachen müssen.

Nirina, den sie eng an sich gepresst hatte, begann zu protestieren, sie lockerte ihren Griff und betrachtete ihn im Halbdunkel des Zeltes. Wenn sie dieses elende Gottesurteil nicht überlebte, was passierte dann mit ihm? Sie streichelte sein Gesicht. Wo zum Teufel war Noria, was hatte sie veranlasst, Nirina mutterseelenallein zurückzulassen? Hatten die Leute aus dem Dorf sie dazu gezwungen? Und wo war Morten?

Paula streckte sich auf ihrer Matte aus, aber sie konnte nicht still liegen bleiben, sie war viel zu aufgewühlt und musste sich bewegen. Mit Nirina im Arm stand sie auf und ging nach draußen, wo ein junger Mann sie mit seinem Speer sofort wieder in ihr Zelt zurückdrängte. Wütend protestierte Paula, aber als die Speerspitze auf sie gerichtet wurde, gab sie klein bei und hockte sich wieder auf ihre Matte. Sie wünschte sich ihre Reisegefährten her, Noria, damit sie mit ihren Bewachern redete und herausfand, was hier eigentlich gespielt wurde, und zu ihrer Überraschung wünschte sie sich auch Villeneuve, damit er ihr in seiner trockenen Art versicherte, dass sie das mit dem Erbrechen sicher perfekt hinbekäme.

Sie schaukelte mit Nirina auf dem Arm vor und zurück, um sich selbst zu beruhigen. Aber immer wieder drängte sich ihr die Frage auf, wo Morten, Villeneuve und Noria waren. Und woher hatte Rakotovao von ihrer nächtlichen Aktion gewusst? Die Dorfvorsteherin hätte doch niemals so schnell mit einem solchen Aufmarsch von bewaffneten Männern auftauchen können.

Irgendetwas war hier faul.

43

Reden ist Silber, Schweigen ist Gold

Ein herrlicher Anblick, diese alte Blechdose, fast möchte ich sagen, das Schönste, was ich je gesehen habe. Verrostet zwar, aber doch einwandfrei zu erkennen. Van Houten-Kakao. Und wie schwer diese Dose war! So verlockend schwer. Am liebsten hätte ich den Deckel sofort abgemacht und einen Blick hineingeworfen, aber Noria drängte zur Eile. Später, sagte sie, und damit hatte sie recht. Das Gold hat uns beflügelt, und wir sind marschiert wie junge Spartaner auf dem Weg in die Schlacht, und nun haben wir es bei Tagesanbruch schon fast geschafft. Oder besser gesagt, *ich* habe es schon fast geschafft, denn ich werde natürlich allein nach Réunion reisen.

Es war geradezu lächerlich einfach. Noria hat der Kellermann das falsche Grab gezeigt, so konnten wir in aller Ruhe das richtige plündern, während sie fort war. Und ich habe dafür gesorgt, dass die Kellermann bei ihrer Grabschändung von Rakotovao erwischt wird.

Rakotovao ist eine kluge Frau, sie war zuerst sehr misstrauisch und wollte wissen, warum ich eine Europäerin an sie verrate, aber ich konnte ihr glaubhaft versichern, dass auch Christen nichts davon hielten, Gräber auszurauben. Eine Rolle, die ich mit größter Entrüstung spielen konnte, weil ich mich innerlich köstlich darüber amüsierte, dass wir in genau der gleichen Zeit ja das Grab der Rakotovaos ausrauben würden. Schwieriger wurde es, als Rakotovao mir schilderte, dass der Kellermann das Tanguin-Gottesurteil blühen würde, denn da wechselte mein Amüsement zu ungezügelter Freude, und die hätte beinahe meine Glaubwürdigkeit beschädigt. Ich musste mich sehr beherrschen und Zuflucht zu christlichen Allgemeinplätzen nehmen, um einigermaßen bestürzt zu wirken. Das Heucheln von Mitleid und Vergebung kam mir nur stockend von den Lippen, und es war mein großes Glück, dass in diesem Augenblick ein Mann, dessen Frau im Kindbett lag, dringend nach der Rakotovao verlangte.

Doch dann beschlichen mich Zweifel, ob Rakotovao es wirklich wagen würde, an einer Fremden ein Gottesurteil zu vollstrecken, und deshalb habe ich – vor dem Hintergrund, dass ich ja bald reichlich mit Gold versorgt sein werde – mein letztes Geld für einen berittenen Boten ausgegeben, der einen Brief von mir an die Königin persönlich übergeben wird. Einen Brief, aus dem deutlich hervorgeht, wer ein Gesandter des Kaisers ist und wer nur darauf aus war, dem Land das Gold zu rauben. Und als Beweis habe ich den Brief hinzugefügt, den Mathilde an Edmond geschrieben hat. Ich werde längst auf dem Weg nach Réunion sein, wenn der Premierminister dann seine Häscher aussendet. Denn dass er so reagieren wird, liegt auf der Hand. Wie Madame Kellermann so treffend festgestellt hat, ist der kleine Mann eitel und wird nicht zögern, diese Schmach zu rächen.

Diese Unternehmungen musste ich vor Noria verschweigen, weil sie zwar das Gold haben, aber die Kellermann nicht in Gefahr bringen wollte. Und noch dazu wollte sie allen Ernstes das Kind auf unserer Flucht mitschleppen, was ich ihr gerade noch ausreden konnte, der Kleine ist doch nur Ballast und nicht einmal ihr Kind.

Natürlich war diese ganze Diskussion nur deshalb nötig, um möglichst lange die Illusion aufrechtzuerhalten, dass ich mit Noria teilen und sie auf meiner Flucht mitnehmen würde. Sie war mir nützlich wie ein großartiger Jagdhund, aber jetzt ist meine Jagd beendet, und ich habe keine Lust, einen Hund durchzufüttern, der sich leicht selbst ernähren kann.

Von dem Gold muss ich die Plantage zurückkaufen, und dort will ich niemanden sehen, der mich an etwas erinnert, was ich gerne für immer vergessen möchte. Für sie habe ich mir etwas Hübsches ausgedacht. Das Beste wäre natürlich, sie zu töten, aber das erschien mir zu unpassend für Noria, die mir ja über weite Strecken eine gute Kameradin war.

Nachdem wir die ganze Nacht durchmarschiert sind, hat sie in der Morgendämmerung unseren Lagerplatz direkt an einem Mangrovenfluss errichtet, der ins Meer mündet und von dem aus die Überfahrt nach St. Marie stattfindet. Dort werde ich nachher von einem Fischer abgeholt. Und von St. Marie geht es dann unverzüglich weiter nach Réunion.

»Jetzt möchte ich endlich das Gold sehen.« Noria schaut mich erwartungsvoll an, und ich finde, sie hat es verdient, die Früchte unserer Arbeit zu sehen, bevor ich sie ihr wegnehmen werde.

Wir setzen uns ans Feuer, wo sie schon unser Frühstück gekocht hat, Hühnersuppe mit Reis, der ich mit gutem

Appetit zuspreche, ich fühle mich heute stark wie ein Bulle. Nichts kann mich mehr zurückhalten. »Es schmeckt köstlich, wie immer, Noria.« Sie schenkt mir einen kurzen Blick und zeigt auf die Blechdose, die vor uns steht.

Ich wische den dicken rötlichen Staub von Jahren vom Deckel und öffne ihn. Er ist ein wenig verklemmt, festgerostet, aber dann, mit etwas Gewalt, lockert er sich. Ich habe den Deckel in der Hand und erblicke endlich, was in der Dose ist.

Zuerst weigert sich mein Verstand zu glauben, was ich sehe, und ich muss sie unverzüglich herausholen, einen nach dem anderen, immer in der Hoffnung, darunter wäre dann das Gold.

Dabei kommt mir die Suppe wie saurer Essig wieder hoch.

»Das ist kein Gold.« Noria klingt, als würde sie lachen. »Das sind nur Steine.«

»Das sehe ich selbst.« Ich starre sie an und packe ihren Arm. »Du hast mich reingelegt, du Miststück. Wo hast du's versteckt?«

Empört reißt sie sich los, bleibt neben mir stehen, stützt die Hände in die Taille und keift wie ein Fischweib. »Wann hätte ich das denn tun sollen? Die Kakaodose war immer in Ihrem Besitz. Wenn hier jemand reingelegt wurde, dann ich! Sie haben das Gold vor mir versteckt!«

»Du hast doch den Staub gesehen, und du warst immer in meiner Nähe, ich bin doch kein Zauberkünstler.« Der Zorn hat mich ins »du« fallen lassen, was eine ungewollte Nähe schafft, die ich sofort wieder beenden muss. »Wenn Sie es nicht waren, wer war es dann?«

Noria setzt sich neben mich an das Feuer und schweigt, aber ich sehe, dass es in ihr arbeitet. Endlich nimmt sie auch einen Becher Suppe und trinkt ihn aus.

»Vielleicht weiß ich, was geschehen ist.«

»Und was wäre das?«

»Ich bin jetzt sehr müde und muss noch eine Weile darüber nachdenken.« Sie gähnt und streckt sich auf ihrer Matte aus, und ich überlege, ob ich es aus ihr herausprügeln soll. Aber dann wird mir klar, dass das ein Fehler wäre. Mit Gold wäre ich ohne sie durchgekommen, aber ohne Gold ist sie meine einzige Trumpfkarte.

Mein Blick fällt wieder auf die Blechdose und entzündet meinen Zorn. Jemand hat mich reingelegt, und dieser Jemand wird dafür büßen. Vorsichtshalber warte ich noch, bis Noria fest schläft, dann durchsuche ich ihre wenigen Sachen, aber sie sind sauber.

Anschließend lege ich mich auch zu einem Nickerchen hin, der Marsch und diese unerwartete Enttäuschung haben alle Energie aus meinen Knochen gezogen.

Als ich am späten Nachmittag wieder aufwache, ist Noria verschwunden und mit ihr meine Ausrüstung, mein Messer, mein Gewehr und sogar die elende rostige Blechdose, nur der Steinhaufen ist noch da. Es fällt mir schwer, ruhig zu bleiben, ich trete gegen den Steinhaufen, pfeffere die Steinklumpen ins Wasser und verschaffe meinem Unmut Luft, indem ich gegen alles schlage, was mir in die Quere kommt, und erst der Gedanke daran, dass sie dank meines Briefes an Ranavalona nicht lange Freude an dem Gold haben wird, bewirkt eine Beruhigung.

Ein platschendes Geräusch erinnert mich daran, dass der

Fischer mich kurz vor Sonnenuntergang abholen wollte, aber ich kann kein Fischerboot erkennen. Merkwürdig.

Aber da höre ich es wieder. Ich trete einen Schritt näher zum Ufer und spähe durch die Gräser, suche das Wasser ab, doch in diesem Augenblick springt das Biest an Land und reißt seinen entsetzlichen Kiefer auf, und ich versuche mich daran zu erinnern, was Villeneuve über ihre verletzlichen Augen erzählt hat.

44

Veilchenwurzel

Das getrocknete Rhizom der Iris florentina. Diese Wurzelstöcke sammelt man im dritten Herbste, sie riechen im frischen Zustande widerlich, erst beim Trocknen nehmen sie den schwachen, aber angenehmen Geruch an, der den Veilchen ähnelt. Die Veilchenwurzel ist für die Parfümerie von hohem Werte.

Paula war jetzt seit zehn Tagen in ihr Zelt eingesperrt und durfte es nur verlassen, um sich – unter Bewachung – zu erleichtern. Dreimal am Tag wurde ihr Nirina weggenommen und gefüttert, Paula jedoch bekam seit drei Tagen nur noch traditionelles Reiswasser zu trinken, das ihr Rakotovao persönlich überreichte. Sie hatte weder von Noria noch von Morten oder Villeneuve etwas gehört, und keine ihrer verzweifelten Fragen wurde von Rakotovao beantwortet.

Ich muss hier raus, muss flüchten, überlegte Paula schon zum tausendsten Mal. Aber es gab kein Entrinnen. Rund um ihr Zelt standen junge Männer mit Speeren, die schon unruhig wurden, wenn sie nur ihren Kopf aus dem Zelt streckte.

Sie hatte von dem unglaublichen Hunger ständig Kopfschmerzen, die Narbe auf ihrer Bauchdecke war wieder angeschwollen, die Haut drum herum war verhärtet, und jede Bewegung verursachte stechende Schmerzen, aber das alles war nichts gegen ihre Wut, die sie von innen auffraß. Manchmal spürte sie großen Zorn auf ihre Großmutter. Das Land war nicht ihr Land, die Vanilleplantage war eine Schimäre, und die Suche nach Mathildes großartigem Rezept hatte sie in Todesgefahr gebracht. Sie versuchte ihre brennende Wut zu zügeln, sie wollte stark sein und verbat sich die Frage: Stark sein – für was denn?

Sie sang immer wieder, in einer Art komischem Trotz, das Kuckuckslied, bis sie heiser war, und sie versuchte sich an die Lieblingsgedichte ihres Bruders zu erinnern. *Wer die Schönheit angeschaut mit Augen* … Zum Glück hatte man ihr das Papier und die Bleistifte gelassen, und sie schrieb alles auf, was ihr durch den Kopf ging. Manchmal wachte sie nachts von einem leisen Rascheln auf, und jedes Mal hatte sie die Hoffnung, es wäre einer ihrer Reisegefährten, der gekommen war, um ihr zu helfen, aber es war immer nur der kleine Lemur, der sie mit seinen großen Augen anstarrte, als wollte er ihr etwas sagen, und dann wieder verschwand. Sie wunderte sich, dass keine ihrer Wachen auf das Tier reagierte, und kam schließlich zu dem Schluss, dass sie geträumt haben musste.

Oft dachte sie an Lázló in seinem goldenen Sarg, und sie fragte sich, was er getan hätte, jetzt, in ihrer Lage.

Dann kam sie auf die Idee, sich nur mit Papier und Bleistift an Parfüms zu versuchen, schließlich wusste sie ja, was zusammenpasste und was nicht. Aber sie war leider nicht wie Beethoven, der auch taub noch komponiert hatte. Und außerdem wurde ihr dann klar, dass Parfüm eben doch keine Musik war. Denn wenn eine Note oder eine Sinfonie längst irgendwo im Äther verklungen war, blieben die Duftnoten noch auf der Haut, veränderten sich, reicherten sich durch die Wärme an, und um alles das erfahren zu können, musste man riechen können. Wenn meine Nase nicht blind wäre, überlegte Paula, dann würde es Sinn ergeben, ein Parfüm mit einem Aroma von Kloake, altem Blut und verdorbenem Fisch zu kreieren. Ich könnte es in die kleine Phiole füllen und den Deckel unauffällig lockern, sobald ich die Hühnerteile heruntergeschluckt habe, dann würde alles sofort herauskommen. Sie schüttelte sich, das waren sehr unappetitliche Gedanken, aber sie wollte überleben.

Dann trat Rakotovao eines Morgens überraschend in ihr Zelt. Als Paula klar wurde, was das festliche Gewand der Dorfvorsteherin zu bedeuten hatte, wurde ihr ganz flau. Rakotovao trug einen rotgoldenen Lamba, ihr graues Haar war kunstvoll geflochten und mit roten Hibiskusblüten verziert.

»Es ist so weit.«

Paula fing an zu zittern. Obwohl sie sich die ganze Zeit danach gesehnt hatte, es hinter sich zu bringen, jagte jetzt die Angst durch ihren Körper, und ihr wurde übel bei dem, was ihr bevorstand. Und genau wie bei ihrer Großmutter war hier niemand, den es kümmerte, ob sie überlebte oder nicht. Mich kümmert es, versuchte sie sich zu beruhigen, mich kümmert es. Du gehst da raus und überlebst diesen Wahnsinn, denk daran, dass du Nirinas Mutter bist. Sie atmete tief durch. Du musst dich zusammenreißen.

Rakotovao rief ein paar Frauen herein, die sich daranmachten, Paula die Haare zu flechten und mit weißen Orchideenblüten zu schmücken. Dann musste sie einen frischen weißen Lamba anziehen.

Als die Frauen fertig waren, riefen sie Rakotovao herein, die zustimmend nickte, Paula am Ellenbogen nahm und sie aus dem Zelt in die gleißende Mittagssonne führte. »Wir brauchen das Licht, wir brauchen die Sonne, um zu verstehen, was Gott uns sagen will«, erklärte sie in holprigem Französisch.

Paula brach der Schweiß aus, wegen der Sonne und wegen ihrer Angst. Sie musste eine Hand vor ihre Augen halten, weil sie nach der langen Zeit im Dämmerlicht ihres Zeltes geblendet war. Die Wachen begleiteten sie auf ihrem Weg, der, fort von dem öden Grundstück ihrer Großmutter, Richtung Meer, führte. Doch nicht der Strand war das Ziel, denn sie bogen vorher nach rechts ab und gingen schweigend durch einen mit Palmen und Obstbäumen bewachsenen Hain. Sie schritten so gemächlich dahin, man hätte es für einen Spaziergang unter Freundinnen halten können, wenn sie nicht von all diesen Speerträgern umringt gewesen wären.

Plötzlich lichteten sich die Bäume, und sie erreichten einen großen runden Platz mit sauber festgestampfter Erde, auf dem die festlich gekleideten Bewohner des Dorfes im Kreis saßen. Im Kreismittelpunkt wuchs ein ausladender, uralter Mangobaum, an dem die noch unreifen Mangos in Trauben herunterhingen wie grüne Weihnachtskugeln. Neben dem Baum befanden sich eine Holzbank und ein kleiner Tisch mit verschiedenen Utensilien. Obwohl so viele Menschen hier waren, hörte Paula nicht einen Laut, kein Husten, kein Flüstern, nur das Trommeln ihres Herzens. Sie atmete heftig.

Nein, dachte sie, nein, ich will jetzt nicht an vergifteten Hühnerhäuten sterben. Ein Rascheln im Mangobaum lenkte sie ab, und sie spähte hoffnungsvoll in die prächtige Krone aus dunkelgrünen Blättern. Hatten sich ihre Reisegefährten vielleicht irgendwo versteckt, um sie zu retten? Dann raschelte es wieder, lauter diesmal, und Paula entdeckte einen Drongo, der an einer unreifen Mango pickte. Ein Drongo. Wie passend, dachte sie, und eine Gänsehaut lief über ihren Rücken. Alles erschien ihr so unwirklich, aber sie war hier, Paula Kellermann hatte es von München nach Madagaskar geschafft, nur um jetzt ihrem Todesurteil entgegenzugehen. Diese Menschen saßen wirklich da und wollten sehen, wie ihre Götter es beurteilten, dass sie ein heiliges Tabu ihres Landes verletzt hatte. Ich musste es tun, wollte sie schreien. Ihr, die ihr eure Ahnen so hoch achtet, ihr müsstet mich doch verstehen können, ich musste es tun, eine letzte Ehre für meine Großmutter, die ihr umgebracht habt. Aber sie schwieg, denn es würde nichts ändern. Nein, das ist kein übler Traum, aus dem ich gleich erwache. Dieser Staub unter meinen nackten Füßen ist echter roter Staub, versicherte sie sich, und ich atme wirklich diese feuchtheiße, klebrige Luft und spüre die Kraft der Sonne auf meiner Haut. Es ist wahrscheinlich das Letzte, was ich in meinem Leben fühlen werde.

Mathilde, murmelte sie, Mathilde, ich habe es versucht, habe es gewagt, eine Königin zu belügen, habe ein Fady mit Füßen getreten und einem Mann den Tod gebracht, meinen Geruchssinn verloren, aber einem Kind das Leben gerettet. Ich weiß nicht, was ich jetzt noch tun könnte, aber ich flehe darum, dass dieses Gift nicht zu abscheulichen Qualen führt, sondern mich schnell tötet und dorthin bringt, wo du bist.

Rakotovao hieß sie stehen zu bleiben und starrte Paula in die Augen, während sie ihre Augenbrauen zu einer finsteren

Maske zusammenzog. Paulas Puls setzte aus. Jetzt war der Moment gekommen.

»Es gibt einen Mann, der viele Opfer dafür gebracht hat, Sie ein letztes Mal zu sehen.« Rakotovao klang nicht sehr erfreut.

Paula war nicht sicher, ob sie das Französisch der Dorfältesten wirklich richtig verstanden hatte. Wer sollte das sein? Fragen summten durch ihren Kopf, wer hatte diese Opfer gebracht? Morten, getrieben von christlichem Mitleid, oder Villeneuve, getrieben von Reue?

»Es ist Ihnen nicht gestattet, ihn anzufassen, Ihre Hände müssen die ganze Zeit deutlich zu sehen sein. Und auch er muss uns seine Hände zeigen. Wir wollen kein Risiko eingehen und die Götter durch Manipulation betrügen!« Rakotovao verlagerte ihren starren Blick auf etwas, das sich hinter Paula befand.

Paula drehte sich langsam um und sah Villeneuve auf sich zukommen. Er war wie sie, allerdings erst von der Taille abwärts, mit einem weißen Lamba bekleidet und hielt die muskelbepackten, nackten Arme weit zur Seite gestreckt, was an jedem anderen Mann und an jedem anderen Ort der Welt lächerlich gewirkt hätte. Das träume ich nun aber doch, überlegte sie, das ist ein schönes, aber grausames Geschenk meiner Fantasie, die mir den Tod mit dem Anblick seines nackten Oberkörpers versüßen will, nur weil er mir im strömenden Regen so gut gefallen hat. Seinerzeit, als wir darauf gewartet haben, dass sich das Tor von Ambohimanga für uns öffnet.

Ihr Traumbild kam Schritt für Schritt näher, wie damals, mit seinem muskulösen, glatten Bauch, aber seine Wangen waren eingefallen, und er biss sich auf die Lippen, was ihn grimmig wirken ließ. Er war rasiert, aber seine Haare hingen trotzig um sein Gesicht, und seine braungrünen Augen lagen tief in ihren Höhlen. Das alles, zusammen mit dem nackten Oberkörper, ließ ihn wie einen Piraten auf Beutesuche wirken. Sie atmete schneller, ein Funken Hoffnung entzündete ihr Herz. Er sah aus wie ein gefährlicher Pirat.

Seine Augen suchten ihren Blick, hielten ihn fest, und wollten ihr mit großer Dringlichkeit etwas sagen, aber sie wurde nicht schlau daraus. Unwillkürlich senkte sie den Kopf und betrachtete seine breite behaarte Brust, die sich hektisch hob und senkte, was nicht zu seinen langsamen Schritten passte. Sie vermisste das schwere silberne Kreuz, das er immer um den Hals getragen hatte, aber vielleicht hatte er es abgenommen, um niemanden zu provozieren.

Seine Lippen zuckten und wirkten viel blasser als sonst. Er blieb dicht vor ihr stehen. Wie er wohl heute roch? Paula streckte die Hand aus, um dieses Trugbild anzufassen, aber es ging sofort ein bösartiges Raunen durch die Menge, und sie zog ihre Hand zurück.

»Träume ich das, oder sind Sie echt und gekommen, nur um mich sterben zu sehen?«, flüsterte sie. »Wo waren Sie die ganze Zeit, während ich gefangen war? Warum kommen Sie verdammt noch mal erst jetzt? Jetzt ist es zu spät!«

»Seien Sie still, und hören Sie mir zu. Wir haben nicht viel Zeit.«

Er klang anders als sonst, er nuschelte. Ob sie ihm Drogen gegeben hatten?

»Wir dürfen uns zwar nicht berühren, damit ich Ihnen keine präparierte Hühnerhaut zustecken kann, aber man hat mir erlaubt, Sie zu küssen.« Er grinste nicht. Er sah vielmehr so blass und elend unter der sonnengebräunten Haut aus, als müsste er selbst gleich sterben.

»Ich habe fünf Cherimoyakerne unter meiner Zunge versteckt, die müssen Sie sofort zerkauen, wenn ich wieder gehe. Das wird ihren Körper dazu bringen, diese vergifteten Hühnerhäute unverzüglich auszuspucken.«

Paula war versucht, sich in den Arm zu zwicken, um aus diesem Albtraum zu erwachen. Sie sollte ihn küssen, jetzt und hier? Aber sein Blick hielt sie fest, umarmte sie.

»Wir müssen uns beeilen, und verschlucken Sie die Kerne nicht, sonst wirken sie nicht. Sie müssen sie zerbeißen, aber im Durchbeißen sind Sie ja gut.« Und da zuckte plötzlich ein zaghaftes Lächeln über seine blassen Lippen. »Ich habe mir unseren ersten Kuss wirklich anders vorgestellt, aber ich hatte keine Wahl. Es tut mir leid, dass es keinen anderen Weg gibt.«

Er sah zu Rakotovao hinüber, die ihnen zunickte.

»Jetzt!«

Villeneuve drückte seine Lippen zart auf Paulas, und als sie sich berührten, lief ein Schauer über Paulas Rücken. Sie rang nach Luft, darauf war sie nicht vorbereitet gewesen. Sein Mund fühlte sich samtig weich an, und doch elektrisierte er Paula so, dass ihr schwindelig wurde. Sie schloss ihre Augen, sperrte die andern aus und war mit ihm allein. Paula erwiderte seinen Kuss voller Verzweiflung, nicht weil es ihr letzter Kuss sein könnte, sondern weil sie spürte, dass es der erste echte Kuss ihres Lebens war.

Seine Zungenspitze berührte ihre Lippen, suchte sich einen Weg in ihren Mund. Paula musste ihre Beine weiter auseinanderstellen, um nicht umzufallen, und wünschte sich, dieser Kuss würde nie enden. Wie viel Zeit hatten sie verschwendet mit sinnlosen Wortgefechten! Sie öffnete ihren Mund, spürte seine Zunge an ihrer, was in ihrem Körper den Wunsch auslöste, ihn zu umarmen, näher an ihn heranzurücken, aber als sie einen Schritt zu ihm hin machte, brach sofort ein empörter Sturm los. Sie riss die Augen auf, sah all die Menschen um sie herum und schaffte es nicht länger, die Wirklichkeit zu vergessen. Ihre offenen Augen blickten direkt in seine, die so nah und so groß waren und sie so liebevoll ansahen, dass ihr die Tränen in die Augen schossen.

Sie trat wieder etwas zurück, ohne ihren Mund von ihm zu lösen, plötzlich fühlte sie die Kerne auf ihrer Zunge und schob sie zur Seite.

»Genug!«, kommandierte Rakotovao und kam näher.

»Sofort gut zerkauen, so, dass es niemand sieht«, murmelte er schnell, während er ihr Gesicht mit seinen Augen streichelte. Sie zerbiss die Samen. »Alles wird gut werden«, sagte er und lächelte jetzt viel zuversichtlicher als zuvor. »Jedenfalls, wenn wir das überleben.«

Rakotovao drängte sich zwischen sie und winkte zwei Speerträgern, die Villeneuve wegführten.

Werde ich ihn je wiedersehen?, fragte sich Paula und wischte ihre Augen trocken, während sich ein bitterer Geschmack in ihrem Mund ausbreitete.

Bitter? Zum ersten Mal seitdem ihre Nase verletzt war, schmeckte sie etwas. Rakotovao führte Paula zu dem Tisch unter dem Mangobaum, wo die drei mit Gift bestreuten Häute schon zusammengerollt lagen und eine Kalebasse bereitstand. Es war wieder totenstill, nur im Mangobaum raschelte es leise. Einen Moment lang hatte Paula wieder die Vision, dass dort oben ihre Retter mit einem Seil hockten und sie hinaufziehen würden, bevor sie das tödliche Gift verschlucken musste. Unsinn, machte sie sich klar, Villeneuve war eben hier und hat dich geküsst, du fängst wieder an zu halluzinieren. Du bist nun ganz allein auf dich gestellt.

Das Bittere in ihrem Mund wurde jetzt pelzig, hoffentlich war das ein gutes Zeichen. Paulas Knie zitterten im gleichen Takt, wie ihr Herz hämmerte. Sie spürte, wie es in ihrem Magen zu gurgeln begann. Ihre Augen suchten nach Villeneuve, aber sie konnte ihn nirgends mehr entdecken.

Rakotovao breitete ihre Arme aus und rief etwas, das Paula nicht verstand, aber eine Gänsehaut auf ihrem Rücken verursachte. Die Zuschauer erhoben sich daraufhin und begannen rhythmisch in die Hände zu klatschen und dazu zu singen.

Dann plötzlich ertönte ein Trommelfeuer, das Paulas Puls noch einmal weiter antrieb, jeden klaren Gedanken aus ihrem Kopf jagte und durch lautes Pulsieren ersetzte.

Nach einem gewaltigen Schlussakkord verstummten wieder alle, und Rakotovao reichte Paula das erste Stückchen Hühnerhaut. Sie musste die Hühnerteile einzeln mit Reiswasser herunterwürgen, und mit großer Freude bemerkte sie, wie ihr mit jedem Mal, wenn das Wasser in ihrem Bauch ankam, schlechter wurde.

Nachdem sie das letzte verschluckt hatte, war ihr schon reichlich übel, und alles um sie herum begann sich zu drehen. Sie taumelte, was die Menge mit einem leisen Raunen kommentierte, und dann, just als sie sich vorbeugte, um sich zu erbrechen, sprang etwas auf ihre Schultern. Trotz ihres elenden Zustandes erkannte sie das Gewicht und die spitzen Krallen sofort. Es war der kleine Lemur, der ihr seit dem Krokodilfluss gefolgt war, und so sehr sie sich sonst über sein Auftauchen immer gefreut hatte, jetzt verstärkte er nur noch ihre Qualen. Sie versuchte ihn abzuschütteln, aber es gelang ihr nicht, und so blieb ihr nichts anderes übrig, als sich mit dem Lemuren auf dem Rücken mit grauenhaften Bauchkrämpfen und nicht enden wollendem Würgreiz zu übergeben.

Währenddessen brach unglaublicher Tumult los, den Paula allerdings kaum bemerkte, weil ihr krampfender Körper ihre ganze Aufmerksamkeit benötigte. Erst nachdem sie fertig war und erschöpft zusammenbrach, sprang der Lemur endlich von ihrem Rücken und verschwand wieder in dem Mangobaum, an dessen Stamm sich Paula nun lehnte. Sie rang nach Luft und hielt sich die Nase zu, um nicht länger den Gestank ihres übel riechenden Mageninhaltes einatmen zu müssen, und es war ihr vollkommen gleichgültig, ob man die Hühnerhäute unversehrt finden würde. Sie hatte genug, das hier war die Krönung aller Demütigungen, die sie durchgemacht hatte. Es reichte, sie wollte einfach nur noch sterben.

Unsinn, meldete sich ihre innere Stimme, ein Wort mit u. Unsinn und noch dazu unsäglich übel riechend, sagte sie, hörst du, Paula, unfassbar übel riechender Unrat.

Über Paulas Gesicht lief ein ungläubiges Lächeln. Sie setzte sich aufrechter und atmete tief ein, wirklich, da war nicht nur Magensäure, sondern auch die staubige Erde, auf der sie saß, die leicht zimtige Rinde des Mangobaumes, sie roch den frischen Schweiß in ihren Kleidern und den noch unreifen Duft der Mangos über ihr, der sie an Brombeeren erinnerte. Die ganze Welt war zu ihr zurückgekommen.

Rakotovao beugte sich zu ihr, half ihr auf und zog sie zu dem Tisch, wo die drei ausgespienen vergifteten Häute lagen. Paula konnte nicht hinsehen, ihr war immer noch schlecht. Trotzdem bemerkte sie jetzt, wie aufgeregt alle waren. Man deutete auf sie, und jeder redete mit jedem.

Rakotovao hob die Arme, und es wurde still, aber nicht so totenstill wie zuvor, es blieb eine leichte Unruhe.

Die Dorfvorsteherin sagte leise zu Paula, dass die Götter sie für unschuldig hielten und sie daher frei sei. Dann erhob sie ihre Stimme und hielt eine Rede, an deren Ende alle jubelten, als wäre es der Beginn eines großen Festes.

Rakotovao grinste Paula an und teilte ihr mit, dass sie der Ehrengast auf ihrem Fest sei.

Aber das ging Paula alles viel zu schnell, tagelang hatte man sie gefangen gehalten, sie wie eine Schwerverbrecherin behandelt und ihr tödliches Gift gegeben, und nun sollte sie mit ihnen feiern?

»Das ist eine große Ehre, aber ich fühle mich ein wenig schwach«, sagte sie. »Wo ist mein Kind? Ich möchte mich hinlegen, und ich brauche dringend etwas zu trinken.«

Rakotovao winkte einem Speerträger, der auf ihr Zeichen eine Kalebasse mit Wasser für Paula brachte, das sie so gierig trank, dass sie sich verschluckte und husten musste. Rakotovao ließ die Kalebasse auffüllen und rief nach einer jungen Frau, die Paula Nirina überreichte, den man auch in frische Tücher gewickelt hatte und der sie gut gelaunt anstrahlte. Unwillkürlich lächelte Paula zurück, aber als sie mit ihm losgehen wollte, merkte sie, wie schwach sie sich fühlte.

Schließlich hatte sie seit Tagen nichts gegessen. »Ich werde noch einen Moment mit meinem Sohn hierbleiben«, murmelte sie und setzte sich an den Mangobaum. Rakotovao zuckte mit den Schultern und ließ Paula allein.

Gierig sog sie Nirinas Duft ein, und sie war entzückt, als sie ihn sofort erkannte und zuordnen konnte. Da war er wieder, sein frischer Geruch, der zuerst an holzigen Tabak erinnerte, aber dann verströmte seine Haut diese Süße, die alles Bittere aus ihr herauszog, sie weich und sanft zurückließ. Oud. Sie drückte ihn an sich.

Ein Schatten fiel auf sie. Noch bevor sie hochsah, erkannte sie den Duft nach Wacholderbeeren, Zimt und Zypressen. Er trug nun ein Hemd über dem Lamba, aber er war nicht allein, Noria war bei ihm. Sie setzten sich rechts und links neben sie. Und obwohl Paula so viele Fragen an die beiden hatte, saßen sie schweigend und sahen zu, wie die Sonne sich aus dem Zenit dem Abend entgegen bewegte.

Schließlich räusperte sich Villeneuve und bestand darauf, dass sie alle dringend etwas essen müssten. Sie machten sich zu ihren Zelten auf, Noria und Villeneuve nahmen Paula in ihre Mitte und stützten sie, Villeneuve trug Nirina. Die Zelte wirkten ohne ihre Bewacher wie Fremdkörper auf dem verödeten Land. Sie halfen Paula beim Hinsetzen und machten sich daran, das Essen vorzubereiten. Paula fielen die Augen zu, sie schlief ein und wurde erst wieder wach, als das Essen fertig war, das sie schweigend einnahmen, als ob es für sie alle zu viel wäre, zu sprechen.

»Sie müssen noch etwas essen!« Villeneuve reichte Paula noch eines der gebratenen Reisküchlein, die Noria extra für sie zubereitet hatte.

»Ich kann nicht mehr.« Paula sah zu Noria, an die sie so viele Fragen hatte, aber Noria war wie stumm. Sie hatte Nirina mit Milchbrei gefüttert, wischte ihm gerade den Mund ab, stand auf und brachte ihn in das Hängebettchen aus Moskitonetzen, das Paula für ihn gebastelt hatte.

Paula und Villeneuve blieben allein zurück. Paula sah zu ihm hin, der Kuss hatte alles verändert, und sie wusste nicht, wie es jetzt weitergehen sollte. Zwischen ihnen herrschte eine unausgesprochene Spannung, die auch Noria zu merken schien, denn sie kam nicht zurück.

Villeneuve reichte Paula eine Platte mit frittierten Bananen, sie schüttelte den Kopf, aber dann drohte er, sie zu füttern wie Nirina. Deshalb nahm sie eine und knabberte lustlos daran herum, während sich merkwürdig aufgeladenes Schweigen ausbreitete.

»Was ist mit Ihrem silbernen Kreuz passiert?«, fragte sie endlich in die unangenehme Stille.

»Ich habe es eingetauscht gegen etwas sehr viel Wertvolleres, gegen einen Kuss.«

Paula wurde feuerrot, endlich hatte er es angesprochen.

»Das war sehr freundlich«, sagte sie lahm und wünschte, sie wäre nicht so gehemmt.

»Freundlich?« Villeneuve rutschte näher. »Freundlich?«

Unglaublich, Paula hatte durch ihn ein Gottesurteil überlebt und wusste trotzdem nicht, wie sie ihm danken sollte.

Villeneuve nahm ihr die Banane aus der Hand und streichelte ihr dabei wie unabsichtlich über die Wange.

Unfassbar, dachte Paula, kein Mensch hat je zuvor so meine Wange berührt.

Er rutschte noch näher zu ihr, nahm ihren Kopf in beide Hände und studierte ihr Gesicht.

So nah war Paula ihm noch nie gewesen, auch nicht bei ihrem Kuss vorhin. Seine braungrünen Augen kamen ihr riesig vor, schwere Schatten lagen unter ihnen, von der Nase zog sich eine steile Falte zu seinem vollen, jetzt nicht mehr so blassen Mund, und schon wieder hatte sein Bartwuchs schwarze Schatten auf seine Wangen gemalt. Und wie himmlisch er roch, wie moosiger Waldboden in der Sonne. Er rutschte noch näher und verzog seinen Mund zu einem Lächeln. Er ließ ihr Gesicht los und strich über ihre Haare, löste die Zöpfe, die man ihr am Morgen geflochten hatte, legte das wellige Haar über ihre Schultern, verweilte dort und ertastete die Kratzwunden, die der Lemur in ihre Haut eingraviert hatte, was ihn empört aufstöhnen ließ. Dann schob er seine Hände zu ihrem Hals und streichelte ihn mit seinen Fingerkuppen, von denen jede einzelne kleine elektrisierende Impulse durch Paulas Körper jagte. Unwillkürlich senkte Paula ihren Kopf, um seine Hand zwischen Hals und Gesicht festzuhalten. Sie seufzte, rückte näher zu ihm und legte ihre Hände auf seine breiten Schultern, während sie und Villeneuve sich die ganze Zeit betrachteten, als hätten sie sich noch nie zuvor gesehen. Ohne ihren Blick von seinen Augen zu wenden, raffte Paula den Lamba hoch, unter dem sie immer noch nackt war, und setzte sich rittlings auf seinen Schoß. Sie schlang ihre Beine um seine Hüften und legte ihren Kopf an seine Brust. Er umfing sie mit seinen Armen und hielt sie fest.

»Paula.« Seine Stimme klang heiser.

Paula fühlte sich seltsam schwach, so als ob sie weinen

müsste, aber da war auch ein Lachen in ihr, sie dachte an den Duft von Vanille, an die lapislazuliblauen Schmetterlinge, an ihr erstes Schwimmen in dem kalten See, aber das hier war so viel schöner. Denn sie hörte seinen Puls wie ein Echo zu ihrem, und sie fühlte, wie mit jedem Schlag ihrer Herzen etwas in ihrem Bauch unter der riesigen harten Narbe dahinschmolz, und sie wusste, dass sie nicht länger allein war.

45

Verbena

Man denkt sich hier den erfrischenden Geruch, welchen die Blätter der aus Peru stammenden Aloysia citriodora Orteg. besitzen und die mit dem Geruch des Citronengrases, dessen ätherisches Öl daher auch häufig Verbenaöl genannt wird, die größte Ähnlichkeit hat.

Paula hatte nicht viel geschlafen, aber sie fühlte sich am nächsten Morgen trotzdem großartig, voller Kraft, bereit, sich der Frage zu stellen, wie es jetzt weitergehen sollte. Sie löste sich von Villeneuve, der tief und fest schlief, streichelte über seine kratzige Wange und trat aus dem Zelt, wo Noria dabei war, Nirina zu füttern.

»Noria, bitte geben Sie mir den Kleinen«, sagte Paula und fütterte Nirina weiter, »es gibt so vieles, was ich Sie fragen möchte, ich weiß gar nicht, wo ich anfangen soll. Haben Sie eine Ahnung, wo Morten steckt?«

Noria schwieg, bis Paula fertig mit dem Füttern war. Erst als Paula sich den Kleinen liebevoll über ihre Schulter legte und mit ihm auf und ab ging, räusperte sich Noria.

»Ich möchte Ihnen etwas zeigen«, sagte sie dann und verschwand hinter einem der Zelte.

Als sie wiederkam, trug sie etwas in der Hand, kniete sich

auf die Matten vor Paulas Zelt und bat sie, sich zu ihr zu setzen. Als Paula näher kam, erkannte sie, was es war.

Eine rostige Blechdose. Entgeistert starrte Paula auf die Buchstaben, die man teilweise noch lesen konnte. Van Houten. Eine Kakaodose. Das war die Dose ihrer Großmutter.

Sie war außerstande, etwas zu sagen, während es in ihr arbeitete. Noria hatte sie hereingelegt, sie zum falschen Grab geschickt, einfach so. Obwohl sie gewusst hatte, was es für Paula bedeutete.

Sie schluckte mehrfach, ohne einen Ton herauszubringen. Deshalb war Noria also nie erschienen, als man sie im Zelt gefangen hielt. Paula hatte gedacht, sie wären auf dem besten Weg gewesen, langsam Freundinnen zu werden, aber da hatte sie sich gewaltig getäuscht.

Noria deutete auf die Dose und räusperte sich. »Das ist eine lange Geschichte, möchten Sie sie hören?«

Paula nickte, immer noch sprachlos.

»Die Missionare haben mir immer erzählt, sie hätten mich aus einem Krokodilfluss gerettet, aber das war eine infame Lüge, die mir mein Land und seine Bräuche verderben sollte. Wahr ist jedoch, dass meine Mutter mich ausgesetzt hat, weil ich ein Zwilling war, noch dazu an einem Unglückstag geboren. Mein Vater wollte mich retten, vielleicht, weil er sich schuldig fühlte, oder vielleicht weil er meiner Mutter schon genug Übel angetan hatte. Sie war nur ein billiger Trost für seine wahre große Liebe, die einer alten Hexe galt.« Noria blickte Paula spöttisch ins Gesicht. »Ihre Großmutter war schon alt, es war unrecht von ihr, einem so jungen Mann wie meinem Vater den Kopf zu verdrehen, ihn zu verhexen.«

Das war es also, Edmond war Norias Vater. Paula begann zu rechnen. Ihre Großmutter war doppelt so alt gewesen, Edmond konnte also leicht Norias Vater sein. Offensichtlich hatte Edmond Mathilde um viele Jahre überlebt. Aber warum war er nicht hier auf der Farm und hatte ihren Traum von der eigenen Vanillefarm weitergeführt?

»Und wo ist Ihr Vater? Kann ich mit ihm sprechen?«

Noria schüttelte den Kopf. »Er ist tot. Ich habe ihn nie kennengelernt, ich habe nur einen Brief, den er mir geschrieben hat. Außerdem war er so ungemein taktlos, mir einen Brief zu hinterlassen, den Ihre Großmutter an ihn geschrieben hat. Ich denke, es war ihr letzter Brief, der, in dem sie ihm von ihrem Goldfund erzählt hat.«

»Und wie sind diese Briefe zu Ihnen gelangt?«

»Da kommt Morten ins Spiel. Er ist zurück zu der Plantage seiner Eltern gekommen – die Plantage, die auch das Leben meines Vaters so entscheidend bestimmt hat –, weil er sie wieder in den Besitz der Familie bringen wollte. Dort hat er meinen Vater getroffen, sterbenskrank. Edmond gab Morten die Briefe mit der Auflage, mich zu finden.« Noria lachte böse auf.

»Morten?« Paula dachte nach. Morten wollte die Plantage zurückkaufen … Und plötzlich ergab alles einen Sinn. Morten war der kleine Junge, den ihre Großmutter nicht gemocht hatte und der sie beim Juwelendiebstahl überrascht hatte.

»Aber mein Vater war kein kluger Mann, genauso gut hätte er die Briefe dem Teufel selbst anvertrauen können.«

»Wie meinen Sie das?«

»Morten suchte zuerst allein nach dem Ort, an dem Ihre Großmutter das Gold entdeckt hatte. Erst als ihm klar wurde, dass er es allein nicht einmal schaffen würde, herauszufinden, wo die Farm Ihrer Großmutter überhaupt liegt, hat er mich aufgesucht. Er hat damit genau die Zeit verschwendet, die mein Vater noch zu leben hatte, die Zeit, die ich noch mit ihm hätte verbringen können. Kurz nachdem ich herausgefunden hatte, dass er tot war, sind Sie auf Nosy Be aufgetaucht und haben jeden nach der alten Hexe gefragt. Da haben wir uns an Sie herangemacht.« Sie lachte freudlos. »Das war leicht, Sie sind genauso vertrauensselig, wie mein Vater es war.«

In Paulas Kopf ging alles durcheinander. »Aber warum ist Morten Norweger, wenn er doch auf der Plantage auf Réunion aufgewachsen ist?«

»Nachdem Ihre Großmutter den Schmuck gestohlen hatte und mein Vater im Gefängnis saß, ging es bergab mit der Farm. Schließlich erhängte sich Mortens Vater, und der Rest der Familie war gezwungen, die Farm zu verlassen. Morten musste dann bei einer seiner Schwestern in der Nähe von Christiania leben, und er hat den Schnee, die Kälte und die Dunkelheit immer gehasst.«

Paula stellte sich Morten als kleinen Jungen vor, der alles verlassen musste, der alles verloren hatte, und empfand Mitleid für ihn, obwohl er sie betrogen hatte. Vielleicht, ging es ihr durch den Kopf, war an diesem Tapsigen, Bärenhaften, das sie anfangs so bezaubernd an ihm gefunden hatte, etwas Wahres, das Morten tief in sich vergraben hatte, nachdem er seine Heimat verlassen musste.

»Dann war der Brief, den ich bei Lázló gefunden habe, der Brief von Mathilde an Ihren Vater, aber warum war er bei Lázló?«

»Als wir unser Gepäck zurücklassen mussten, haben wir ihm diesen Brief und das Medaillon mit dem Foto von Mortens Mutter untergeschoben, für den Fall, dass Sie wieder in unseren Sachen herumschnüffeln.«

Paula wollte empört widersprechen, als ihr der Tag einfiel, an dem sie Nirina gerettet hatte. Lázló war nirgends zu finden gewesen, und sie hatte allein das Feuer bewachen müssen. Röte schoss in ihre Wangen, als sie sich daran erinnerte, wie sie die Zelte durchsucht hatte.

»Und wo ist Morten jetzt?«

»Das weiß ich nicht.« Noria wollte noch etwas sagen, biss sich dann aber auf ihre Lippen.

»Wenn Sie diese Dose hatten, warum sind Sie denn dann zurückgekommen?«

»Weil es falsch war.« Noria suchte Paulas Augen. »Morten hat meine Seele vergiftet.« Sie schüttelte den Kopf. »Nein, nein, es ist schwieriger. Am Anfang war es wie ein Spiel, Morten hat behauptet, Sie wüssten ganz genau, wo das Gold ist, und alles andere sei gelogen. Er hat gesagt, Ihre Großmutter hätte unsere Eltern auf dem Gewissen, und es sei nur recht und billig, wenn wir durch Sie entschädigt würden.«

Paula war verblüfft darüber, wie anders man etwas betrachten konnte, das sie für eine absolute Wahrheit gehalten hatte. Und obwohl sie sicher war, dass ihre Großmutter niemandem hatte schaden wollen, blieb es eine Tatsache, dass Mathildes Entscheidungen über einige Menschen viel Leid gebracht hatten. Ein Gedanke, der sie verwirrte und gegen den sie sich wehrte, und sie war gespannt, was Noria ihr noch weiter enthüllen würde.

»Es war Lázló, durch den mir klar wurde, dass Morten mich nur benutzte. Ich hatte ihm alles erzählt, und er fand es dumm von uns, dem Gold hinterherzulaufen. Er mochte Sie, und er war davon überzeugt, dass wir beide Freunde sein sollten, eben um unserer Ahnen willen. Ich habe ihm geglaubt und mir Mühe mit Ihnen gegeben, bis Sie ihn getötet und alles zerstört haben. Danach habe ich Sie nur noch gehasst.«

Es erschütterte Paula, dass ihr all das entgangen war, weil sie so sehr mit sich selbst beschäftigt gewesen war.

Noria beugte sich zu Paula und streichelte Nirina. »Aber es ist komplizierter, als ich dachte. Es sind so viele Dinge geschehen, die mich davon überzeugt haben, dass Lázló recht gehabt hat. Der Drongo, die Krokodile und der Lemur.« Sie stand auf und wirkte jetzt wie befreit. »Und heute Morgen habe ich noch etwas entdeckt. Kommen Sie mit.«

Paula folgte Noria bis zum Ende des Feldes, dort, wo die Palmen es vom Strand abgrenzten. »Sehen Sie genau hin«, sagte sie und bückte sich zu einer vertrockneten Vanillepflanze.

Paula beugte sich zum Boden und entdeckte eine winzige grüne Blattspitze, die sich zaghaft zur Sonne hinstreckte. »Ein Zufall!«, sagte sie, aber dann führte Noria sie von Pflanze zu Pflanze, und überall fand sie winzige grüne Blätter.

»Nein, das ist kein Zufall.« Noria sah Paula ins Gesicht. »Dieses Feld hat auf Sie gewartet.«

Paula spürte den Impuls, Noria zu umarmen, aber sie war unsicher, ob Noria das mochte, und beschränkte sich darauf, sie anzulächeln.

»Und deshalb sind Sie zurückgekommen?«

»Ich musste Morten im Glauben lassen, dass ich auf seiner Seite bin, nur so konnte ich ihn im Auge behalten und sehen, was er im Schilde führt.« Sie liefen zusammen zurück zu den Zelten und setzten sich wieder auf die Matten, wo die rostige Kakaodose immer noch unangetastet stand.

»Öffnen Sie sie doch«, bat Noria.

Paula sah die Blechdose an, die ihr plötzlich wie die Büchse der Pandora vorkam, was war nicht alles wegen ihr geschehen.

Als sie die Dose hochhob, bemerkte sie, wie leicht sie war, sie suchte Norias Blick, die sie genau beobachtete. Gold konnte da nicht drin sein. Der Deckel war verkeilt, und Paula musste ziemlich fest hin und her ruckeln, damit er aufging.

Aus der Dose stieg ihr ein kaum spürbarer Hauch von öligem Kakao und getrockneter Vanille entgegen, aber in der Dose war nur roter Staub und ein paar kleine Steinchen. Von Gold keine Spur. Fragend sah sie zu Noria.

»Schauen Sie genau hin«, forderte Noria. »Ich habe es extra nicht berührt.«

»Wir sollten endlich Du zueinander sagen«, schlug Paula vor, schließlich hatte Noria gerade das Vermächtnis ihrer Großmutter zu ihr gebracht.

Noria nickte ihr zu, und dann entdeckte Paula, was ihr beinahe entgangen wäre. Den Boden der quadratischen Dose bedeckte ein Stück Papier. Es war so staubig, ohne einen einzigen Fingerabdruck. Niemand hatte das Papier je angefasst, auch nicht Noria.

Paula zog es heraus und entfaltete es voller Hoffnung. Jetzt würde sie endlich erfahren, woraus das einzigartige Vanille d'Or bestand und wo Mathilde das Gold gefunden hatte.

Aber auf dem vergilbten Zettel war die Schrift zwar noch zu ahnen, aber es war unmöglich, sie zu lesen.

Enttäuschung brannte in ihrem Bauch wie scharfer Schnaps, sie beugte sich tiefer über das Papier, so gern hätte sie den letzten Wunsch ihrer Großmutter erfüllt. Außerdem war sie so neugierig gewesen, wie Mathilde ihr Parfüm aufgebaut hatte, was sie anders gemacht hatte als bei den anderen Parfümkompositionen in ihrem Buch.

Paula blickte über den Rand des Papiers und sah direkt in Norias Gesicht. »Nichts«, sagte sie, »nichts.«

In diesem Augenblick brach ein unglaublicher Tumult los. Nirina begann laut zu schreien, Paula und Noria starrten sich mit schreckgeweiteten Augen an.

Von überall her stürmten die Soldaten der Königin auf sie zu. Paula versteckte das Papier in ihrem Ausschnitt, auch wenn sie nichts mehr lesen konnte, es gehörte ihr.

Wenige Sekunden später erschien Rakotovao, umringt von Soldaten.

Paula frohlockte, es hatte sich wohl herumgesprochen, dass Rakotovao Gottesurteile vollstreckt hatte, obwohl sie doch verboten waren. Offensichtlich gab es auf Madagaskar doch eine funktionierende Gerichtsbarkeit, und man wollte sie sicher als Zeugen befragen. Trotzdem war ihr der Aufwand ein wenig unheimlich.

Rakotovao zeigte auf Paula und Noria, daraufhin stürmten die Soldaten zu ihnen und nahmen sie fest. Villeneuve stürzte vom Lärm aufgeschreckt aus Paulas Zelt und wurde ebenfalls sofort gepackt und zu Paula und Noria gebracht. Man band ihnen die Hände mit Stricken auf den Rücken wie Schwerverbrechern. Nirina wurde, ohne dass jemand vorher nachgefragt hätte, wessen Kind er sei, kommentarlos auf Norias Rücken gebunden.

»Was ist hier los?«, fragte Paula.

Noria rief dem Kommandanten etwas zu, der daraufhin zu ihnen kam und mit ihr ein wildes Wortgefecht austrug, im Laufe dessen Noria immer kleinlauter wurde. Schließlich senkte sie den Kopf und sackte in sich zusammen.

Die Soldaten warfen alles aus den Zelten auf einen großen Haufen.

»Was passiert hier, Noria, verdammt, rede mit uns!« Villeneuves Adern traten an seiner Stirn hervor, und Paula sah, wie seine Kiefermuskeln arbeiteten. Die letzte Nacht erschien ihr Lichtjahre entfernt.

»Die Soldaten sagen, wir haben die Königin betrogen und sind aufgeflogen. Wir sind keine Gesandten des deutschen Kaisers, sondern nichts als Goldsucher, die von Anfang an Madagaskar nur ausplündern wollten. Das gilt als Staatsverrat, und nachdem wir eine Audienz mit ihr hatten, auch als persönlicher Verrat an der Königin. Und welche Strafe darauf steht, das wissen Sie sicher noch.«

»Wie, verdammt noch mal, haben die das herausgefunden?« Villeneuve knirschte mit den Zähnen. »Es wird ja wohl nicht zufällig ein echter Gesandter aus Berlin aufgetaucht sein? Es gibt nur zwei Menschen, die von dieser Lüge wussten, der eine ist tot, der andere verschwunden. Ganz offensichtlich hat er in der Nacht, als wir das Grab geöffnet haben, das Weite gesucht.«

Paula und Noria wechselten einen Blick. Und dann erklärte ihm Paula, was in der Nacht wirklich passiert war. Villeneuve schäumte vor Wut. Paula dachte daran, dass kein

Gold in der Dose gewesen war und Noria dafür noch immer keine Erklärung geliefert hatte.

»Hat Morten das Gold?«

Noria schüttelte den Kopf.

»Wer dann?« Nachdem Paula den Zettel gefunden hatte, war sie sicher, dass auch Gold in der Dose gewesen sein musste. »Sie, Noria?«

Noria grinste und schielte zu der Dorfvorsteherin hinüber.

»Das verstehe ich nicht!«, meldete sich Villeneuve. »Die wusste doch gar nichts davon.«

»O doch.« Noria lächelte noch breiter. »Sie erinnern sich doch bestimmt an das große Fest der Totenumwendung, die Famadihana, die wir auf dem Weg nach Ambohimanga gesehen haben. Hier im Dorf huldigt man auch diesem Brauch, und ich denke, als Rakotovao nach etwa zehn Jahren die Gebeine ihres Vaters waschen und umbetten wollte, hat sie die Blechdose entdeckt und den Inhalt heimlich an sich genommen. Heimlich, denn Gold, das die Ahnen ihrem Vater geschenkt haben, hätte sie niemals für sich behalten dürfen, höchstens, um ihrem Vater ein noch schöneres Grabmal zu bauen.«

»Und sie wollte auf keinen Fall, dass das rauskommt, deshalb hat sie jede Chance genutzt, um uns loszuwerden.«

»Aber sie kann uns nicht verraten haben, denn sie hat ja bis gestern geglaubt, dass ich sterben werde und danach alle wieder von hier verschwinden und Ruhe einkehrt.«

»Letztlich ist es gleichgültig, wie das herausgekommen ist, wir brauchen einen Plan, der uns reinwäscht.« Villeneuve sah zu dem Haufen, den die Soldaten aus ihren Habseligkeiten aufgeschichtet hatten.

»Das werden sie gleich anzünden«, erklärte Noria. »Wir haben kein Recht mehr auf eigenen Besitz, weil wir sowieso alle sterben werden.«

Ich habe doch nicht ein Gottesurteil überlebt, nur um doch noch zu sterben, dachte Paula, nicht nach dieser Nacht mit Villeneuve. Ich muss mit der Königin reden und ihr klarmachen, was wirklich passiert ist, sie auf unsere Seite ziehen. Aber dazu brauche ich meine Öle, sie dürfen nicht verbrannt werden, das muss ich verhindern!

Als hätte Villeneuve ihre Gedanken gelesen, stand er auf und setzte sich auf den Haufen. »Dann müssen sie mich zuerst anzünden!«

Vier Soldaten stürzten sich auf ihn, zerrten ihn von dem Haufen, schlugen ihn zu Boden, traten auf ihn ein, Blut strömte über sein rechtes Auge.

Paula schrie auf und rannte zu ihm, hätte ihn so gern berührt, aber mit den gefesselten Händen war das unmöglich. »Es geht schon«, murmelte Villeneuve.

»Es geht gar nichts«, brüllte sie, »ich habe endgültig die Nase voll von diesem Land.« Sie schrie noch lauter.

»Noria, bitte übersetze für mich, sofort, bitte! Ich habe den Krokodilfluss durchschwommen und ein Gottesurteil überlebt, und jetzt reicht es. Ich verfluche jeden, der mir oder uns ein Leid antut. Sag ihnen, es wird entsetzliche Folgen für sie und ihre Nachkommen haben, wenn sie meine Sachen verbrennen, denn es sind Geschenke meiner Ahnen!« Schwer atmend hielt Paula inne. »Und dieses Kind gehört zu mir!« Sie zeigte auf Nirina.

Die Soldaten schauten sich an.

»Noria, berichte ihnen, was du selbst gesehen hast.«

Noria schüttelte den Kopf, aber in ihren Augen blitzte der Schalk. »Das wird nicht nötig sein.« Sie zeigte auf den Haufen, von dem man Villeneuve gerade heruntergezerrt hatte. Paula drehte sich um.

Verblüfft betrachtete sie das Bild, das sich ihr bot, und dann ging es ihr wie Noria, und sie musste trotz allem, was passiert war, lächeln, denn auf dem Berg mit ihren Sachen saß wieder der Lemur, der ihr gestern auf die Schulter gesprungen war, und betrachtete sie mit seinen großen Augen, als würden sie ein Theaterstück allein zu seiner Unterhaltung aufführen. Die Soldaten tuschelten miteinander, dann teilten sie Noria mit, dass sie nichts verbrennen würden und dass man ihnen die Fesseln abnähme, wenn sie bei den Göttern schworen, nicht wegzulaufen.

Wenige Stunden später befanden sie sich auf dem Weg nach Ambohimanga, aber diesmal waren sie Gefangene der Königin und keine Gäste.

46

Vetiver

Vetiver, oder auch Ivaranchusa, Tuticorin nennt man den Wurzelstock des zwei Meter hohen Grases Andropogon muricatus Retz. Durch Destillation der Vetiverwurzel erhält man das ätherische Vetiveröl. Dasselbe ist ziemlich dickflüssig, dunkelbraun und von intensiv angenehmen, an Veilchenwurzel erinnernden Geruch.

Der Weg zurück nach Ambohimanga kam Paula sehr viel kürzer vor als die Reise von dort zu dem Dorf ihrer Großmutter, was nicht nur daran lag, dass die Soldaten effizient waren und über Ponys verfügten, auf die die Gefangenen kurzerhand verfrachtet wurden, wenn sie nicht mehr weiterkonnten. Sondern vielmehr an der Tatsache, dass Paula große Angst vor dem hatte, was sie dort erwartete.

Gestern Abend waren sie vor dem Haupttor angekommen, und man hatte dort wie jeden Abend Paulas Zelt für sie aufgeschlagen, das sie sich seit ihrer Gefangennahme mit Nirina, Villeneuve und Noria teilen musste.

Paula war schon wach, sie hatte, wie schon in den letzten Nächten, nicht viel geschlafen, und ihre Unruhe übertrug sich auf Nirina. Das Kind spürte, dass etwas Schreckliches vorging.

Paula wandte sich an die Wache vor ihrem Zelt und bat

um Tee und Milch, bekam aber nur heißes Reiswasser und mit Wasser verdünnte Milch für Nirina. Nachdem sie Nirina gefüttert hatte, waren auch Villeneuve und Noria wach.

»Ich muss vollkommen verrückt gewesen sein. Was für eine Anmaßung, sich als kaiserliche Gesandte auszugeben«, sagte sie zu Villeneuve.

»Wir haben alle mitgemacht«, stellte Noria trocken fest.

Villeneuve sah sie ungläubig an. »Du hast das gewusst?« Wie Paula war auch er zu dem vertraulichen Du übergegangen.

Paula erinnerte sich daran, wie glaubwürdig Noria damals reagiert hatte, sie war wirklich eine Meisterin der Verstellung.

Noria nickte Villeneuve zu. »Ich habe euch doch erzählt, dass ich mit Morten gemeinsame Sache gemacht habe, natürlich hatten wir so eine große Lüge nicht geplant. Es war ja Paulas Idee, aber ich habe ihn und euch sehr deutlich gewarnt. Es ist für unsere Regierung eine große Demütigung, von Ausländern so vorgeführt zu werden.«

»Das wäre es für jeden.« Villeneuve schüttelte den Kopf. »Wir waren wirklich von einer unglaublichen Arroganz. Trotzdem würde ich gern wissen, wer uns verraten hat.«

»Das ist doch vollkommen unerheblich, wir sollten viel lieber über einen Weg reden, wie wir das aus der Welt schaffen können, ohne dass Blut fließt.« Paula sah die beiden flehend an, woraufhin ihr Villeneuve seine Hand leicht auf den Arm legte und ihn streichelte, was sie sogar unter diesen Umstanden noch erregte. Aber Paula unterdrückte diese angenehmen Gefühle, denn jetzt ging es nur darum zu verhindern, dass Menschen wegen ihr zu Tode kamen.

»Die Königin mochte dich«, überlegte Noria, »das müssen wir ausnutzen.«

»Und wenn sie gar nicht mit uns reden wird? Wenn nur der Premier sich mit uns beschäftigt?«

»Das müssen wir schaffen. Denk dir etwas aus.«

Sie tranken alle einen Schluck von dem Reiswasser, das Paula noch nie gemocht hatte und mittlerweile verabscheute.

Ein Soldat brüllte einen Befehl in das Zelt.

»Es ist so weit«, übersetzte Noria, und ihr Gesicht verdüsterte sich. »Ausgerechnet heute, es ist alatsinainy, Montag, und das ist ein schwarzer Tag. Der Tag der Sorgen und des Streits. Verflucht sei der, der diesen Tag bestimmt hat.«

Sie wurden unsanft durch das Haupttor von Ambohimanga getrieben, und Paula, die Nirina auf ihrem Rücken trug, hatte große Mühe, den Anstieg zum Palast in dem Tempo zu bewältigen, das die Soldaten vorgaben.

Es war sehr viel heißer als vor vier Wochen, ihre Beine zitterten von der Anstrengung, und sie schwitzte, obwohl hier oben eine leichte Brise wehte, die eine Mischung von Gewürznelken, Orangenblüten und Styrax in ihre Nase steigen ließ. Sie spürte wieder den eigenartigen Zauber, der diesem Ort innewohnte, und sie erinnerte sich an ihr Gespräch mit Lázló. Obwohl ich nicht an ihn glaube, hatte er gesagt, fühle ich, dass er hier ist, Gott. Dazu hatte er sie mit seinem jungenhaften Lachen angestrahlt. Und jetzt war er tot.

Sie blieb stehen, um zu verschnaufen, drehte sich um und sah auf die tief unter ihr liegende, in der Sonne blau zitternde Landschaft mit ihren Palmen und Reisterrassen. Hatten sie dieses Land wirklich so schwer beleidigt, dass sie alle hingerichtet werden mussten und nur ihr Blut diesen infamen Betrug wieder auslöschen konnte? Nein, dachte Paula, es musste einen Weg geben, sie zu retten.

Als sie endlich an dem großen heiligen Feigenbaum angekommen waren, wurden sie schon erwartet. Anders als beim letzten Mal war der große Platz nicht leer, sondern man hatte am hinteren Ende, das leicht erhöht lag, Tische und insgesamt zehn Stühle aufgebaut, und auf diesen Stühlen saßen rechts und links schon je vier Männer, nur die beiden Mittelplätze waren noch frei. Paula fröstelte es trotz der Hitze. Hier tagte ein Tribunal, das sie wegen Staatsverrat in den Tod schicken wollte. Paula wünschte sich sehnlichst, dass in der Mitte nur die Königin sitzen würde und der Premierminister verhindert sein möge.

Villeneuve stellte sich dicht neben sie und griff nach ihrer Hand. Bevor er noch etwas sagen konnte, trat Noria zu ihnen und nahm Paulas andere Hand.

»Sieht nach einer richtigen Gerichtsverhandlung aus«, flüsterte Villeneuve erstaunt.

Noria schnaubte. »Was habt ihr denn gedacht, hier bei den Merina sind wir schließlich zivilisiert.«

Paula und Villeneuve sahen sich an, sagten aber nichts.

»Auch wir werden die Möglichkeit haben zu sprechen.«

»Wird das etwas nutzen?«

Noria zuckte mit den Schultern. »Ich glaube nicht. Wir werden sehen.«

»Dürfen wir uns hinsetzen?«, fragte Paula, was Noria nur mit einem Kopfschütteln beantwortete.

Plötzlich erhoben sich alle, und dann erschien der Premierminister in einem weißen Anzug, wieder mit dem viel zu langen Schwert an der Seite, das ihn noch kleiner aussehen ließ, als er ohnehin war. Als er sich setzte, folgten die anderen seinem Beispiel, und die Blicke aller Männer richteten sich auf die drei Angeklagten.

Der Premierminister erklärte, dass man die Verhandlung auf Englisch führen würde, damit sie alles verstünden. Schweiß tropfte von seiner beginnenden Stirnglatze und ließ seine haselnussfarbene Haut wie poliert wirken. Er trug in höchst langwierigen, umständlichen Sätzen vor, was ihnen zur Last gelegt wurde.

Unter anderem las er ihren angeblichen Gesandtenbrief vor, der Paula geradezu haarsträubend unverschämt vorkam. Sie fühlte sich jede Minute elender und drückte Villeneuves Hand fester und fester. Voller Konzentration hörte sie zu, weil sie Angst hatte, ihr könnte etwas entgehen.

Ein weiterer Brief wurde vorgelesen, der, den Mathilde an Edmond geschrieben hatte und in dem sie ihm von den Goldfunden berichtete. Dieser Brief diente als Beweis für die Theorie, dass sie nicht nur falsche Identitäten angenommen hatten, um sich hier einzuschleichen, sondern, dass sie wirklich nur gekommen waren, um das Land auszuplündern. Denn wie ihnen ja bekannt sein dürfte, hatte die weise Königin zu Beginn des neuen Jahres, also just bei ihrem Eintreffen, ein strenges Gesetz gegen jeglichen wilden Gold- und Edelsteinabbau in Madagaskar verkündet.

»Dieses Schwein!«, knirschte Villeneuve. »Jetzt steht es einwandfrei fest, es war Morten, der uns verraten hat.«

»Er hat sicher gedacht, er wäre mit dem Gold schon außer Landes, wenn wir verhaftet werden.«

»Aber ich glaube nicht, dass ihm das gelungen ist.«

Paula und Villeneuve sahen Noria von der Seite an. Ihr

Gesicht verzog sich zu einem sphinxhaften Lächeln. »Es wäre möglich, dass er uns schon den Rücken zugewendet hat, aber das liegt allein in der Hand von Zanahary.«

Paula wollte zu gern nachfragen, was sie damit andeuten wollte, aber sie hatte schon zu viel von der Rede des Premierministers verpasst und musste sich wieder darauf konzentrieren, denn schließlich hing ihr Leben davon ab. Sie konnte kaum noch stehen, Nirina klebte auf ihrem Rücken wie ein Sack Reis, und sie hatte großen Durst.

Plötzlich, mitten in der Rede des Premierministers, sprangen alle Männer auf und beugten ihre Köpfe. Die Königin erschien und setzte sich auf den freien Platz neben dem Premier, dann gebot sie den Männern mit einer Handbewegung, sich zu setzen und weiterzumachen.

Paula fühlte den kritischen Blick der Königin auf sich, und als sie es wagte, ihr ins Gesicht zu sehen, war sie entsetzt über die Trauer, die sie dort sah. Trauer, weil Paula sterben musste, oder Trauer, weil sie sie hintergangen hatte?

Ranavalona II. war in einen seidenen roten Lambahoany mit einem grafischen Muster gekleidet, und um ihre Schultern lag ein rein weißer Lamba wie eine Stola. Obwohl die Königin ihren Ministern bedeutet hatte weiterzumachen, blieben die Männer stumm.

Paula überlegte, ob sie es sich erlauben könnte, die Stille zu durchbrechen, aber sie wagte es nicht.

»Ich bin enttäuscht, ganz besonders von Ihnen«, sagte die Königin dann nach langer, angespannter Stille, und ihr Blick ließ keinen Zweifel daran, dass Paula gemeint war.

»Es ist sehr bedauerlich, dass mein Premierminister Rainilaiarivony mit seinen Warnungen recht behalten hat. Wir sollten uns hüten, Ausländer durch unser Land reisen zu lassen, denn in den allermeisten Fällen haben sie finstere Absichten, zerstören unsere Kultur und beuten unser Land aus.«

Alles in Paula drängte danach zu protestieren. »Aber …«, begann sie leidenschaftlich, doch Noria und Villeneuve stießen sie in die Seite und flehten sie an, sich ruhig zu verhalten.

»Es betrübt mich ungemein, dass unsere Gastfreundschaft an einem so heiligen Tag wie alahamady, unserem Badefest zu Neujahr, durch üblen Betrug herbeigeführt und dann so vergolten wird. In der Bibel heißt es bei den Hebräern Kapitel 13 Vers zwei: *Vergesst nicht, Fremden Gastfreundschaft zu erweisen, denn auf diese Weise haben einige Engel beherbergt, ohne es zu merken!* Doch wir wurden verführt und haben Freunden des Satan Einlass gewährt.«

Beifälliges Gemurmel machte sich unter den Männern breit.

Paula konnte nicht länger an sich halten. Das war zu viel. Keiner von ihnen hatte es verdient, Satan genannt zu werden, nicht einmal Morten, der Verräter.

»Ehrwürdige Königin«, begann sie und ignorierte es, dass Noria und Villeneuve sie am Arm packten und ihr bedeuteten, still zu sein.

»Mit Verlaub, aber das ist nicht wahr. Ja, wir sind keine Engel, aber wir hatten keine dieser finsteren Absichten, die uns zur Last gelegt werden. Ich kann das alles erklären, wenn Sie mich lassen.«

Es folgten empörte Proteste der Männer, und der Premier gab Anweisungen an die Soldaten, die daraufhin Paula von ihren Freunden entfernten und sehr viel weiter weg zwischen zwei uniformierte Wachen stellten.

Die Königin runzelte die Stirn und seufzte, sie erhob sich und machte Anstalten, die Verhandlung zu verlassen.

Paula setzte alles auf eine Karte, und obwohl sie am ganzen Körper zitterte, rief sie: »Ich wurde schon zu einem Gottesurteil mit der Tanguinbohne gezwungen, ist das nicht schon Strafe genug? Wollen Sie mir nicht wenigstens zuhören?«

Ein Raunen ging durch die Männer, und Ranavalona II. blieb stehen.

»Ein Gottesurteil? Ist das wahr?«, fragte sie in die Runde. »Wie ist das möglich, ich habe das strikt untersagt, die Einzigen, die in unserem Königreich Urteile vollstrecken, sind wir.« Sie setzte sich wieder hin. »Gut, reden Sie, und diesmal will ich nur die Wahrheit und nichts als die Wahrheit.«

Paula zitterte so stark, dass sie Mühe hatte, ihren Kiefer zu beruhigen. Die Königin ließ ihr einen Tee bringen, und sie durfte sich setzen, Nirina wurde von ihrem Rücken genommen und in ihren Arm gelegt.

Paula erzählte alles, was passiert war, sie ließ nichts aus, nicht Nirina, nicht den Tod von Lázló, ja, sie verriet sogar, wie sie dem Gift der Tanguinbohne getrotzt hatte. Und sie machte sehr deutlich, dass es ihr nie um Gold, sondern immer nur um ihre Großmuter und deren Vanille und Parfüm gegangen war und Villeneuve einzig und allein um Heilpflanzen. Sie erklärte, dass sie überhaupt erst unterwegs von dem Goldfund ihrer Großmutter erfahren hatte. Allerdings verschwieg sie, dass Noria etwas von Mortens Absichten gewusst hatte, und betonte, dass sie alle Noria hinters Licht geführt hätten. Schließlich war es allein Paulas Idee gewesen, die sie in diese Lage gebracht hatte.

»Nun, das ist eine sehr hübsche Geschichte, die sich auf jedem Jahrmarkt gut machen würde«, meldete sich der Premierminister wieder und zwirbelte seinen Schnauzbart. »Gibt es irgendwelche Beweise dafür?«

Villeneuve bat um das Wort, und er wies auf Nirina, der in Paulas Arm lag und schlief. Ein kluger Schachzug, dachte Paula, weil sie sich daran erinnerte, warum dem Premier die Fingerkuppen an der linken Hand fehlten.

Dann sprach Noria, aber Paula verstand nur einzelne Worte, weil Noria nicht Englisch, sondern Merina redete. »Fady«, erkannte sie, »Drongo«, »Voay«, also Krokodil, und immer wieder »Razana«, Ahnen, »Zanahary«, Gott, und schließlich auch »Vanille«.

»Ny vava soa sakafo.« Die Königin lächelte Noria an und übersetzte für die anderen: »Eine gut gehaltene Rede kann sogar den Hunger besiegen!«

Die Staatsmänner, der Premier und sogar die Soldaten lachten schallend, als wäre man bei einem Dorffest. Paula schnürte es die Kehle zu. War das ein gutes Zeichen, oder bedeutete es, dass man sich darauf freute, ein weiteres Fest, ein hübsches, fröhliches Hinrichtungsfest, zu feiern?

Die Königin klatschte in die Hände, alle erhoben sich, um sich zurückzuziehen und sich zu beraten, während Paula und ihre Freunde, streng bewacht durch die Soldaten, in der sengenden Sonne ausharren mussten. Man erlaubte ihnen nicht, miteinander zu sprechen. Einmal wurden ihnen Früchte gebracht, Cherimoyas. Paula fragte sich, ob das Absicht war oder nur Zufall. Sie wechselte einen kurzen

Blick mit Villeneuve. Er lächelte ihr aufmunternd zu, küsste eine Cherimoya und drückte sie demonstrativ an seine Brust.

Erst als das Licht schon kupferfarbene Töne annahm, kam die Königin mit den Männern wieder zurück. Paula versuchte, in den bewegungslosen Gesichtern zu lesen, die auf sie wie geschnitzte Variationen von Trauer wirkten. Es war ihr unmöglich zu erkennen, was man entschieden hatte.

»Wir haben uns sehr lange mit den Männern der Justiz beraten und sind nun zu dem einhelligen Urteil gelangt, dass Sie alle mit dem Tode bestraft werden sollten«, begann der Premierminister. »Denn es ist unbestreitbar wahr, dass Sie betrogen haben, um sich die königliche Unterstützung Ihrer Majestät zu sichern, und Gräber geschändet haben, um an das Gold heranzukommen, das nur den Bewohnern dieser Insel gehört. Dieses Gold ist spurlos verschwunden, ebenso wie das Parfüm-Rezept, für das Sie angeblich all das auf sich genommen haben. Doch dafür haben wir nur Ihr Wort und das Ihrer Komplizen. Sie könnten das Gold gestohlen und versteckt haben, bevor unsere Soldaten gekommen sind, und Sie könnten sehr wohl den Ort kennen, an dem Ihre Großmutter das Gold gefunden hat, heimlich zurückkehren und unser Land weiter bestehlen. Das lässt uns keine andere Wahl.«

Paula presste Nirina an sich, als könnte er ihr Halt geben, und suchte den Blick der anderen, die in ihrer bleichen Fassungslosigkeit sicher ein Spiegelbild ihrer selbst waren.

Die Königin räusperte sich. Paula schöpfte Hoffnung.

Rainilaiarivony legte die Hand auf den Arm seiner Frau, doch sie entzog sich ihm und begann zu sprechen.

»Der Premierminister hat nun sehr weise, wahr und eindringlich die Gründe für sein Urteil dargelegt.«

Damit war alles zu Ende. Paula fühlte sich wie betäubt. Wie dumm von ihr, zu erwarten, dass diese Frau einem solchen Ränkeschmied wie dem Premier gewachsen war.

»Ich habe jedoch mein Veto eingelegt, zum einen, weil ich von Verrätern nicht viel halte. Wir lassen nach Morten Wahlström suchen, und wenn wir ihn finden, wird er für seine Vergehen die gerechte Strafe erhalten. Zum anderen kann ich nicht dulden, dass Menschen in meinem Königreich Unrecht geschieht, und sowohl Ihnen als auch Ihrer Großmutter ist von Ranavalona I. und der Familie Rakotovao großes Unrecht angetan worden.«

Wie? Was denn jetzt? Ich halte das keine Sekunde länger aus, dachte Paula, deren Herz mehr raste als beim Verschlucken der Giftbohnen. Es war genug.

»Nur deshalb erhalten Sie, Paula Kellermann, die Möglichkeit zu beweisen, dass all das wahr ist, was Sie behauptet haben, und wenn es Ihnen gelingt, dann sind Sie und Ihre Freunde frei. Ich gebe Ihnen die Möglichkeit, dieser Insel etwas von dem zurückzugeben, was Sie ihr gestohlen haben.«

Paula war so durcheinander, dass sie kaum noch atmen konnte. Was zur Hölle sollte das sein? Sie konnte doch das Gold nicht wieder herbeizaubern? Sie war doch keine Alchimistin! Nirina spürte ihre Anspannung und begann leise zu wimmern.

»Sie werden ein Parfüm herstellen, das der Königin von Madagaskar angemessen und würdig ist und das den Reichtum dieses Landes in sich trägt. Dazu haben Sie Zeit bis morgen, wenn die Sonne genau so am Himmel steht wie jetzt.«

Wahnsinn, das war nichts anderes als ein besonders sadistisches Urteil, denn wie sollte sie ohne ihre Materialien in so kurzer Zeit etwas wirklich Gutes zustande bringen?

»Aber das ist nicht genug Zeit.«

»Wir halten das für absolut ausreichend«, meldete sich jetzt der Premierminister, und sein Ton zeigte deutlich, wie vermessen er diese Kritik fand.

Paula dachte an die Variation von Kölnisch Wasser, die sie der Königin geschenkt hatte. Wollte sie so etwas, war es das? Aber dafür fehlte ihr das Feldkümmelöl, das sie nicht mit auf die Reise genommen hatte. Aber der Duft von Kölnisch Wasser hatte so viel mit dieser Insel gemein wie der von einem Schweinebraten mit einem Schokoladensoufflé. Beides war für sich genommen ganz köstlich, aber sowenig man einen Schweinebraten zum Dessert verspeisen wollte, so wenig angemessen war Kölnisch Wasser für Madagaskar.

»Und wenn Ihrer Majestät nicht gefällt, was ich für sie gemischt habe?«

Es war dem Premier eine Genugtuung, ihre Frage zu beantworten. Er zwirbelte bedächtig seinen mächtigen Schnauzbart. »Nun, sollte das Ergebnis Ihre Majestät nicht überzeugen, so werden Sie unverzüglich hingerichtet.«

Paula umklammerte Nirina noch fester, um nicht ohnmächtig zu werden, und sah verzweifelt zu Noria und Villeneuve. Ich muss uns da rausholen, dachte sie, deshalb hat es keinen Sinn, weiter darüber zu lamentieren, was mir zur Arbeit fehlt, ich muss mich im Gegenteil unverzüglich an die Arbeit machen.

»Ich brauche die Hilfe meiner Freunde«, sagte sie mit fester Stimme, »ich brauche einen sauberen, schattigen und trockenen Ort, an dem ich arbeiten kann.«

Der Premierminister schüttelte den Kopf, und es ging ein Raunen durch die Ministerreihe ob dieser Unverschämtheit, aber die Königin gewährte ihr für die kommenden vierundzwanzig Stunden alle Hilfe, die sie benötigte, und es wurde ihr gestattet, sich auf dem ganzen Gelände frei zu bewegen. Nur der Holzpalast von Andrianapoinimerina war ihnen untersagt.

Die Soldaten führten sie an den zusammengeströmten Madagassen vorbei, von dem Gerichtsplatz über die Treppen hinauf zu den Palästen und in den Raum, in dem sie bei ihrem ersten Besuch geschlafen hatten. Sie trugen kurzerhand das Bett mit dem Vorhang aus dem Raum, um Platz zu schaffen, und stellten es auf den Hof, wo die Kinder kichernd zusammenliefen und versuchten sich hineinzulegen, bis sie von den Soldaten verscheucht wurden.

Dann wurde ihnen ihr Gepäck in das Zimmer gebracht, die Soldaten verschwanden bis auf ihre drei mit Messern und Speeren bewaffnete Bewacher.

»Wir brauchen Kerzen oder Lampen, wir brauchen …« Paulas Stimme brach ab. Wie lächerlich, in diese hektische Betriebsamkeit zu verfallen, es war völlig unmöglich. Nicht in so kurzer Zeit. Ach ja, meldete sich nach langer Abwesenheit ihre innere Stimme zurück, dann möchtet ihr also lieber sterben? Du und deine Freunde?

Villeneuve ging auf sie zu, wurde aber erst von seinem, dann von Paulas Bewacher zurückgehalten. Als er sich endlich durchgesetzt hatte und bei ihr war, nahm er ihr Nirina ab, küsste ihn auf die Stirn, legte ihn sich über die Schultern und drückte Paula dann fest an sich. »Liebste, du zitterst ja, das ist nicht nötig. Wir schaffen das. Du sagst uns, was wir tun sollen, ich vertraue dir.«

Er vertraut dir, wiederholte ihre innere Stimme, du musst es versuchen.

»Aber wie soll das gehen? Ich habe doch nur die Öle, Essenzen und Balsame, die ich mitgebracht habe. Wir können unmöglich jetzt damit anfangen, madagassische Pflanzen zu destillieren oder macerieren.«

»Dann müssen deine Öle eben reichen.«

»Aber wie soll ich damit das unglaubliche Universum dieser Insel darstellen?« Im gleichen Augenblick erinnerte sie sich daran, dass der Duft von Lilien, Maiglöckchen oder Magnolien auch durch andere Zutaten hergestellt werden konnte.

»Du wirst das schaffen.« Noria nahm Villeneuve den Kleinen ab. »Was brauchst du denn?«

»Einen Tisch, jede Menge Behälter, reines Wasser und reinen Alkohol. Und, wenn ihr das auftreiben könntet, eine Pipette.«

Noria sah sie verständnislos an.

»Ich glaube, da könnte ich helfen, ich habe eine Spritze in meiner Arzttasche.«

»Ja, das wäre hilfreich.« Paula musterte Villeneuve, hatte er wirklich gerade gesagt, er würde ihr vertrauen? Der Mann, der das Süße nicht mochte und der ihr Interesse für Parfüm für einen lächerlichen Zeitvertreib gehalten hatte?

Noria gab Paulas Wünsche an einen der Soldaten weiter und verlangte dann etwas zu essen für sie alle, was schon

Minuten später gebracht wurde. Eine große Platte voller Tsakitsaky, und für Nirina wurde ein sehr flüssiger Milchbrei gebracht.

Nach und nach trudelten alle möglichen Gegenstände ein, ein mit Früchten verzierter geschnitzter, aber wackliger, großer Tisch aus dunklem Holz, verschiedene Gläser und Vasen, Korken, ein Becken mit klarem Wasser sowie Rum und Palmwein.

Paula schälte die Öle aus ihrer Lederumhüllung, stellte eins nach dem anderen auf den Tisch und prüfte bei jedem einzelnen, ob es nur ein wenig unter der feuchten Hitze gelitten oder seinen Geruch gänzlich geändert hatte.

»Ich frage mich, warum die Königin nicht einfach verlangt hat, dass ich ihr ein paar Heilkräuter der Insel präsentiere.« Villeneuve reichte ihr die Glasspritze.

»Eine Heilwirkung ist doch viel schwieriger zu beweisen, einen Duft kann man schneller beurteilen. Außerdem hatte ich den Eindruck, man wollte mir eine unlösbare Aufgabe geben, um den Premier und seine Minister günstig zu stimmen. Ihm hat überhaupt nicht gefallen, was die Königin für uns entschieden hat. Ich darf sie nicht enttäuschen.«

»Falsch, du solltest uns nicht enttäuschen.« Villeneuve rang sich ein halbes Grinsen ab. »Wir haben doch noch so viel vor.« Er zog sie wieder an sich, um sie zu küssen, aber Paula war viel zu aufgewühlt, schließlich blieb ihr nicht mehr viel Zeit.

»Es tut mir leid, aber ich bin in Gedanken nur bei dem Parfüm. In dem Rezeptbuch meiner Großmutter gibt es ein Parfüm, das die Vorfahren von Mathilde für die Kaiserin Eugenie kreiert haben. Es besteht aus Moschus, Tonka,

Vanille, Neroli, Rosengeranium und Sandelholz. Nicht nur Kaiserin Eugenie muss es sehr gut gefallen haben, denn es wurde das Modeparfüm für eine ganze Epoche.«

»Nun, insoweit ich dich jetzt kenne, Liebste, höre ich da ein sehr lautes Aber.«

»Es ist sehr französisch, pompös und dominant wie Napoleon. Ich fürchte, das wird Ranavalona nicht gefallen.«

Paula betrachtete eindringlich alle Gegenstände, die nun ordentlich aufgereiht im flackernden Kerzenlicht auf dem Tisch standen.

»Ein Flakon wäre auch nicht schlecht, damit sieht jeder noch so ärmliche Duft gleich viel luxuriöser aus«, sagte sie.

Noria und Villeneuve sahen sich an. »Wir versuchen unser Bestes, vielleicht findet sich irgendwo in den Schränken des Palastes etwas.«

Paula bedankte sich und wusste, dass sie einen Moment allein sein musste, um sich zu sammeln und ihre Nase auf diese neue Aufgabe einzuschwingen.

Sie wollte nach draußen, die madagassische Nacht spüren und nachdenken. Paula verließ das Zimmer, der Bewacher blieb ihr dicht auf den Fersen. Sie stieg die mächtigen Treppenstufen wieder nach unten zu dem großen Feigenbaum an dem jetzt leeren großen Platz und setzte sich. Sie lehnte ihren Rücken an den Baum und betrachtete den Mond, der ständig von den schnell über ihn hinwegziehenden Wolken verdeckt wurde und dann wieder halbsichelförmig wie ein U dalag.

Ein Wort mit u. Paula erinnerte sich an ihr Bad im Fluss und an Lázló. Du bist noch nicht tot, ging es ihr durch den Kopf, und es gibt sehr viel mehr Worte mit u als nur »unnatürlich«. U wie unfassbares Ultimatum, u wie unendlicher Urwald, u wie unerschöpfliches Universum, unglaubliche Urquelle. Ein Parfüm für die Insel des Mondes. Dann schloss sie ihre Augen und konzentrierte sich auf den Geruch der Nacht.

47

Ylang-Ylang

Cananga odorata, das Ylang-Ylang-Öl ist lichtgelb, ziemlich flüssig und besitzt einen unvergleichlich feinen, gewürzigen und zugleich an Narcissen und Hyacinthen erinnernden Duft. Daher hat es zur Bereitung feinster Parfüme Anwendung gefunden.

Die Kerzen waren schon tief heruntergebrannt, als Paula zum letzten Mal die Zusammensetzung änderte. Nachdem sie draußen gewesen war, hatte sie eine ziemlich genaue Vorstellung davon gehabt, wie das Parfüm für die Königin duften sollte.

Die Kopfnote sollte frisch, mit einer blumigen Note sein, die sie mit Pampelmusen- und Ylang-Ylang-Öl gut erreichen konnte, aber das allein war ihr zu flach. Deshalb wollte sie dazu eine Essenz aus madagassischem Pfeffer geben, aber die hatte sie nicht. Also bat sie Noria, schwarze und rosa Pfefferkörner in dem herbeigeschafften Mörser zu zerreiben, dann mischte sie das Pulver mit dem Rum, schüttelte es und ließ es ein paar Stunden stehen, in der Hoffnung, dass der Rum etwas davon aufnehmen würde.

Die Herznote wünschte sich Paula rauchig wie die allgegenwärtigen, leicht bitteren Holzfeuer, würzig wie die Gewürznelken, die überall wuchsen, und balsamisch wie

Nirina, wie Oud. Die Basisnote verlangte ganz klar nach ihrem letzten Rest Vanilleöl, und zur Abrundung fügte sie noch einige Tropfen Zedernholzöl hinzu.

Als sie endlich fertig war, reichte sie Noria und Villeneuve das Glas mit ihrer Komposition. Ihre Augen brannten, und ihre Hände zitterten vor Müdigkeit.

»Bitte sagt offen, was ihr meint, jetzt können wir noch etwas ändern.« Nervös beobachtete Paula die beiden.

Noria roch zuerst daran, ganz vorsichtig, als könnte sich ihre Nase entzünden, wenn sie zu tief einatmete. Sie reichte Villeneuve das Glas, sagte aber nichts, was Paula in die allergrößte Unruhe versetzte, und sie musste sich zwingen, nicht sofort nachzuhaken.

Dann beugte sich Villeneuve über ihre Mischung und inhalierte tief.

Schweigend sahen die beiden sie an.

»Und?«, fragte Paula und konnte kaum sprechen vor Aufregung.

»Großartig.« Villeneuve lächelte ihr beruhigend zu. »Soweit ich so etwas beurteilen kann.«

»Und Noria, was sagst du?«

»Tsara! Ich habe noch nie ein Parfüm verwendet, aber für mich riecht es wunderbar.«

»Und findet ihr, es ist einer Königin würdig, denkt ihr dabei an diese Insel?«

»Unbedingt! Absolut!« Noria und Villeneuve antworteten gleichzeitig.

Paula gab mit der Spritze einen Tropfen des Parfüms auf Norias Arm und verrieb es dort.

Dann wartete sie ein paar Minuten und roch daran. Jetzt

war es für sie ganz deutlich, ja, da waren Blumen, und da war der Pfeffer, doch die Wärme von Norias Haut zeigte die Mängel ihres Parfüms. Etwas Wichtiges in der Herznote fehlte, da war Paula sicher.

Noria und Villeneuve protestierten, sie fanden es himmlisch und wundervoll, aber Paula wusste, dass die beiden sie nur ermutigen wollten.

»Nein, etwas stimmt noch nicht. Ich habe die Zusammensetzung vermasselt. Vielleicht habe ich zu viel Gewürznelke verwendet oder doch nicht genug Vanille.«

Paulas Augen fühlten sich an, als wäre Sand darin. »Ich muss es noch einmal probieren und das Mischungsverhältnis variieren.«

»Aber wir haben kein Vanilleöl mehr.« Noria zeigte auf das leere Glasröhrchen.

»Außerdem geht gleich die Sonne auf. Wir sollten ein paar Stunden schlafen und es uns dann noch einmal vornehmen. Ich bin sicher, du bist nur überreizt von der Arbeit. Du brauchst Abstand von dem allen hier. Als Arzt würde ich dir dringend raten, einen kleinen Spaziergang zu machen, um deine Nase mit frischer Luft zu füttern, während Noria und ich aufräumen, und dann schlafen wir alle ein paar Stunden.«

»Das klingt vernünftig.« Paula rieb sich die Augen. »Aber ich darf jetzt nicht aufgeben.«

Villeneuve schob sie mit sanfter Gewalt zur Tür, was ihre Bewacher nervös machte. »Ich vertraue dir, was das Parfüm angeht, aber glaube mir, du bist überreizt und solltest dich ein wenig abkühlen.« Als Paula keine Anstalten machte zu gehen, seufzte er. »Gut, dann werde ich mitkommen. Noria, schaffst du das hier allein?«

Noria nickte, und Paula und Villeneuve verließen das Zimmer, dicht gefolgt von ihren Bewachern. Villeneuve ergriff Paulas Hand und drückte sie fest, aber Paula war zu müde, um seinen Druck zu erwidern.

»Was denkst du, wo wir heute in einem Jahr sind?«, fragte er leichthin, als ob sie auf einer Dinnereinladung plaudern müssten.

»Entweder vermodern unsere Gebeine hier irgendwo, oder wir leben wie im Märchen glücklich bis an unser Lebensende.« Unwillkürlich lief Paula eine Gänsehaut über den Rücken, weil sie sich plötzlich daran erinnerte, wie Morten erzählt hatte, er hätte Grimms Märchen lieber gelesen, weil sie ein glückliches Ende fänden. Und obwohl er sie verraten hatte, wünschte sie ihm, dass ihm die geplante Flucht gelungen war.

»Das war keine Antwort auf meine Frage. Also, wo werden wir leben?«

»Bist du dir denn sicher, dass du mit mir leben willst?«, fragte Paula, was ihn sofort zu einem wütenden Schnauben brachte. Sie blieb stehen und legte ihm ihren Zeigefinger auf den Mund. »Schsch, warte, bevor du dich aufregst, ich muss dir noch etwas sagen.« Paula versuchte ihre Nervosität unter Kontrolle zu bringen und nahm ein paar tiefe Atemzüge von der kühlen Nachtluft, bevor sie imstande war, weiterzureden.

»Es ist ja so, dass … Also, es fällt mir schwer, das zu sagen, aber ich werde keine Kinder mehr bekommen. Verstehst du, nie mehr.« Unwillkürlich strich sie über die große Narbe auf ihrem Bauch.

»Liebste, ich bin Arzt, das war mir klar, als ich dich das erste Mal unbekleidet gesehen habe.« Er verstummte, räusperte sich, zögerte. »Ich habe überhaupt noch nie jemanden gesehen, der so etwas Stümperhaftes überlebt hat.«

Paula fühlte sich seltsam betrogen, niemand sollte Dinge über sie wissen, die sie nicht von sich aus preisgeben wollte, auch nicht ihr Geliebter.

»Du hast also gleich gewusst, dass wir niemals Kinder zusammen haben werden?«

»Was redest du für einen Unsinn!« Er legte einen Arm um Paula. »Liebste, wir haben doch schon einen gemeinsamen Sohn.«

Paulas Anspannung entlud sich in einem Lächeln, als sie an Nirina dachte, aber dann holte die Wirklichkeit sie wieder ein. »Unser Sohn wird vielleicht morgen zu einem Vollwaisen, wenn ich nicht darauf komme, was in diesem Parfüm noch fehlt.«

»Wir sollten zurück, die Sonne wird bald aufgehen, Liebste, und du brauchst wenigstens etwas Schlaf, bevor du weiterarbeiten kannst. Glaub mir, das weiß ich aus meiner Zeit im Forschungslabor, man fängt an, Gespenster zu sehen, wenn man nicht genug schläft, und macht Fehler.«

»Das klingt vernünftig, aber vorher möchte ich dorthin, wo der Kelimalaza meine Großmutter beschworen hat. Es ist ein ganz wunderbarer Ort, um die Sonne aufgehen zu sehen, vielleicht …«, sie schluckte ein paarmal trocken, »… ist es ja unser letztes Mal.«

»Glaubst du, unsere Bewacher erlauben das?«

Statt einer Antwort durchschritt Paula das Tor, das für die siebzig Jungfrauen bestimmt war, und versuchte sich ins Gedächtnis zu rufen, welche Treppen wohin führten, während die Soldaten ihnen ohne jeden Kommentar folgten.

Verblüfft stellte sie fest, wie gut sie sich erinnerte. Sie mussten auf den schmalen Weg, der über eine Treppe zu dem Hügel hinaufführte, wo sich die beiden ovalen, in den Felsen gehauenen Badebecken der königlichen Familie befanden. Sie gingen schweigend daran vorbei, weiter nach oben, noch eine Treppe und noch eine, dann nach links wieder hinab, und plötzlich standen sie auf dem nackten Felsen. Schwer atmend drehten sie sich zur Sonne, die man schon hinter den Wolken erahnen konnte. Paula setzte sich auf den Felsen und klopfte neben sich auf den Stein. »Lass uns hier bleiben, bis die Sonne aufgegangen ist.«

»Was für ein merkwürdiger Ort. Ich würde zum Schlafen lieber in mein Zimmer gehen.«

»Nur einen Moment.«

Er suchte einen Stein, an den sie ihre Rücken anlehnen konnten, und lotste Paula dorthin. Ihre Bewacher flüsterten und hockten sich dann ebenfalls auf den Felsen.

Paula schmiegte sich in Villeneuves Arm und gähnte. »Vielleicht träume ich eine vernünftige Lösung.« Sie betrachteten die aufgehende Sonne nur wenige Minuten, dann fielen ihnen die Augen zu, und erst zwei Stunden später wachte Paula von der brennenden Sonne mit steifem Rücken auf und wusste zuerst nicht, wo sie sich befand. Doch dann erinnerte sie sich und verspürte den Impuls, sofort an ihr Parfüm zu stürzen und weiterzuarbeiten.

Sie löste sich vorsichtig von Villeneuve, der tief und fest schlief, strich ihm über seine Wange, küsste seine Hand und rappelte sich auf.

Mit wackligen Beinen streckte sie sich und gähnte. Was für ein schöner Tag, die Sonne stand an einem wolkenlosen

Himmel, der durchscheinend blau war wie die Flakons ihrer Großmutter. Eine leichte Brise machte die Hitze erträglicher. Sie wandte ihre Augen vom Himmel ab und betrachtete das, was unter dem Felsen lag.

Auf der einen Seite schimmerten die tief unter ihr liegenden hellgrünen Reisterrassen, deren feine Grashalme mit dem Wind hin und her tanzten. Auf der anderen Seite lag die weite Ebene mit silbrig sich dahinschlängelnden Flüssen, und als sie sich umwandte, fiel ihr Blick auf dichten Wald, der von hier oben wie eine schwarz-olivenfarbene Wand wirkte und aus dem grau wabernde Dampfwolken aufstiegen wie Rauchsäulen.

Dieses Land war eine solche Herausforderung, kein Wunder, dass dem königlichen Parfüm noch etwas fehlte. Es kann nichts aus der Welt sein, aus der ich komme, wurde Paula klar. Es muss etwas sein, das es nur hier gibt, so typisch wie der Geruch von gekochtem Reis, Pampelmusen- und Ylang-Ylang-Blüten.

Sie nutzte es aus, dass ihre Bewacher auch noch schliefen, schlich an den beiden Soldaten vorbei und machte sich auf den Weg nach unten.

Immer schneller rannte sie die großen unregelmäßigen Treppenstufen hinunter, um endlich wieder an ihrem Entwurf zu riechen und herauszufinden, was sie falsch gemacht hatte oder was noch fehlte.

Kurz hinter den königlichen Wasserbecken blieb sie stehen. Etwas hatte sie irritiert, etwas, das sie aus den Augenwinkeln heraus wahrgenommen und das sie aus ihren Gedanken gerissen hatte. Sie lief wieder zurück.

In ihrer Erinnerung war das Wasser in den Becken so

hellgrün wie junge Birkenblätter, aber jetzt war der Himmel in das Becken gefallen. Eine Spiegelung, eine optische Täuschung. Dann bewegte sich der Himmel, sie kniff die Augen zusammen und ging vorsichtig noch näher heran.

Dieser Himmel war blau wie ein Sommertag in den Alpen, blaulila wie Lavendelfelder, lapislazuliblau. Paulas Kehle wurde eng.

Die gesamte sattgrüne Wasseroberfläche des riesigen steinernen Beckens war mit blauen Schmetterlingen übersät, die sich in der Morgensonne versammelt hatten, um an dem heiligen Neujahrswasser der Königin zu nippen.

Sie trat vorsichtig noch einen Schritt näher und spürte, wie ihr Puls sich dem Flügelschlag der Schmetterlinge anpasste, sie musste einfach noch dichter an sie heran.

Doch als sie noch näher kam, flog einer der Schmetterlinge zu ihr, und alle anderen folgten ihm, umfächelten Paula, hüllten sie für einen Moment in einen Schleier aus durchscheinend blauer Seide.

Dann erhoben sie sich und schwärmten aus, dem Himmel entgegen.

Paula blieb wie angewurzelt stehen und betrachtete das goldgrüne Wasser, in dem sich jetzt nur noch die Sonne widerspiegelte, und da wusste sie, was sie ihrem Parfüm noch hinzufügen musste.

48

Eau de Madagascar

Als die Sonne sich wieder kupfern verfärbte, wurde Paula mit Villeneuve, Noria und Nirina zur Königin eskortiert.

Paula trug ihr Parfüm in einem Flakon, das Noria in einer Kommode gefunden hatte. Als sie es ihr gezeigt hatte, wäre Paula beinahe in Ohmacht gefallen, erst die Schmetterlinge und jetzt das. Denn es war ganz sicher eines der blauen Flakons ihrer Großmutter, mit einem silbernen Ballon.

Nachdem sie sich beruhigt und Villeneuve ihr versichert hatte, dass es dafür ganz sicher eine gute, höchst natürliche Erklärung geben müsste, fiel ihr Mathildes Brief ein, sie las ihn noch einmal, und da stand es:

Mathilde hatte diesem Halsabschneider Laborde ein Flakon des Kaiserin Eugenie-Parfüms für Ranavalona I. gegeben.

Nach Paulas Begegnung mit den Schmetterlingen hatten sie den Rest des Tages gebraucht, um das Flakon sauber zu bekommen, und während ihrer angestrengten Putzversuche hatte Noria ihnen immer wieder fröhlich versichert, dass alles gut gehen würde, weil heute talata, Dienstag, wäre, ein strahlender Tag. Ein guter Tag für die leichten und angenehmen Dinge des Lebens.

Diesmal mussten sie nicht vor das Tribunal, sondern in den rundum verglasten Raum im ersten Stock, wo die Königin hinter dem zierlichen Rokoko-Schreibtisch mit der mächtigen Kaminuhr saß, seitlich von ihr stand der Premier.

Als Paula bemerkte, dass die prächtige Uhr immer noch nicht tickte, dachte sie daran, was sie seit ihrem letzten Besuch erlebt hatte, und sie fand, dass diese tote Uhr nicht länger etwas mit ihrem Leben zu tun hatte.

Der Premier streckte schweigend die Hand nach dem Flakon aus, aber Paula überreichte es der Königin, die es reichlich misstrauisch musterte. Sie ergriff den Ballon und wechselte einen Blick mit dem Premier, der zustimmend nickte, dann drückte sie den Zerstäuber.

Ein wundervoller, betörender Duft, voll mit den Aromen der Insel, erfüllte den Raum. Noria und Villeneuve schnappten überrascht nach Luft, der Premier griff nach dem Ballon und sprühte ebenfalls, mit dem gleichen Effekt.

Die Königin lächelte.

»Mit Verlaub, Euer Majestät, ich würde es ›Eau de Madagascar‹ nennen«, schlug Paula vor.

»So sei es.« Die Königin sprühte sich etwas davon auf das Handgelenk und schnupperte mit einem behaglichen Lächeln daran. »Das ist wirklich ganz und gar unglaublich. Ich hätte nicht gedacht, dass es möglich ist, eine Essenz dieser Insel zu schaffen. Es duftet wie ein Wald voller Blumen und Geister, voller Freude und Schatten. Sie haben also wirklich die Wahrheit gesagt. Sie und Ihre Freunde sind frei. Allerdings hätte ich da einen geschäftlichen Vorschlag zu machen.«

»Aber nicht heute«, sagte der Premier und bemühte sich, gute Miene zu zeigen. »Wir müssen ein großes Fest feiern, um allen zu zeigen, dass wir unseren Disput ausgeräumt haben. Ich werde veranlassen, dass sofort ein Zebu geschlachtet wird.« Der Premier klatschte in die Hände und ließ alkoholische Getränke bringen, stieß mit ihnen ein ums andere Mal an, und schon kurze Zeit später tauchten Zither- und Flötenspieler auf, begleitet von trommelnden Tänzern und Dienern mit Platten voller Häppchen. Dann ging es hinunter in den Hof, wo man in Windeseile eine lange Tafel vorbereitet hatte.

Nachdem alle Anspannung von Paula abgefallen war, fühlte sie sich zu Tode erschöpft und konnte sich kaum über ihren Sieg freuen. Aber mit Villeneuves Unterstützung trank sie mit den anderen und tanzte, bis die Nacht hereingebrochen war.

Dann durften sie endlich ins Bett gehen. Das ihnen zugewiesene Bett stand noch immer im Hof, und als sie sich hinter die Vorhänge zurückzogen, hörten sie das Kichern der Kinder.

Beim letzten Mal war Paula gar nicht aufgefallen, wie zerlöchert der Baldachin war. Hier draußen aber konnten sie die Sterne durch den Stoff schimmern sehen. Paula lag in Villeneuves Arm, und Nirina lag in Paulas Arm. Zusammen betrachteten sie die Sterne.

Paula räusperte sich. »Du hast mich gestern gefragt, wo wir in einem Jahr leben werden.«

»Ja?«

»Ich weiß nicht, wo wir leben werden, aber ich möchte gern dort sein, wo du bist.«

Villeneuve richtete sich erschreckt auf. »Um Gottes willen, bitte, Liebste, sag so etwas nicht, Maria ist genau daran zugrunde gegangen. Sie dachte, es wäre egal, wo wir leben, solange ich ihr Universum bin.«

Paula umschlang ihn und zog ihn wieder zu sich. »Da hast du mich völlig missverstanden, Henri«, flüsterte sie und zeigte zu den funkelnden Sternen. »Du bist ja nicht das Universum für mich, so wenig wie die Sonne oder die Sterne dort oben. Nein, es gibt nur einen einzigen Grund, warum ich bei dir sein möchte.«

Villeneuve löste sich, stützte sich auf seine Ellenbogen und suchte ihren Blick. »Ja?«

»Du duftest einfach so unfassbar gut.«

Er lachte leise und verschloss ihr den Mund mit einem langen Kuss.

Was wahr und was unwahr ist …
statt eines Nachwortes

Natürlich ist *Die Insel des Mondes* ein Roman, und doch sind viele Dinge, die darin erzählt werden, von der Wirklichkeit inspiriert.

Madagaskar hat unglaublich viele Facetten zu bieten, die Stoff für zahlreiche Romane gäben. Deshalb war es gar nicht so leicht, einen Schwerpunkt zu setzen. Nach vielen Überlegungen habe ich mich dann für *Die Insel des Mondes* auf das zentrale Hochland und den Nordosten des Landes konzentriert. Denn das Königreich Madagaskar hat sich aus dem Hochland der Merina heraus entwickelt, und dort befand sich auch immer der Sitz der Könige. Im Nordosten sind zum einen die tropischen Regenwälder mit ihren einzigartigen und teilweise noch unerforschten Schätzen an Pflanzen und Tieren beheimatet, zum anderen liegt dort an der Küste Antalaha, die Welthauptstadt der Vanille. Schon wenn man sich der Stadt von Weitem nähert, steigt einem der mächtige, alles beherrschende Duft der Vanille in die Nase.

Die Vanille wird auf Madagaskar heute noch so angebaut, wie es Mathilde in ihren Briefen beschreibt. Jede einzelne Blüte muss von Hand bestäubt und die so entstandene Schote dann auch von Hand geerntet werden.

Edmond Albius hat tatsächlich gelebt, er war es, der den Vanilleanbau auf Réunion und Madagaskar überhaupt erst möglich gemacht hat, und er landete auch wirklich im Gefängnis. Doch die Liebesgeschichte mit Mathilde sowie die seiner Tochter Noria ist frei erfunden.

Den Maler Copalle gab es ebenfalls, und von ihm stammt das einzige Porträt von Radama I., doch alles Weitere ist Fiktion.

Le Thomas, der Name des Piraten, bei dem Mathilde mit Florence gelebt hat, stammt von einem verwitterten Grabstein auf dem verwunschenen Piratenfriedhof auf der Insel St. Marie, der auch in dem Trailer zum Buch zu sehen ist.

Auch wenn der Großteil der Madagassen sich als Christen versteht, werden viele Bräuche und Sitten heute noch so gefeiert, wie ich es im Roman beschrieben habe, so zum Beispiel das Fest der Totenumwendung oder das Totenwaschfest. Das traditionelle Neujahrsbad ist zwar zusammen mit dem Königtum abgeschafft worden, aber die großen, in Stein gehauenen Badewannen kann man heute noch in Ambohimanga besichtigen.

Die wunderbar altmodischen Erläuterungen zu den einzelnen Duftölen, die alle die Kapitel einleiten, die aus der Sicht von Paula erzählt werden, habe ich dem informativen und außerordentlich hilfreichen Buch: »Die Toiletten-Chemie« von Dr. Heinrich Hirzel, Leipzig, 1892, 4. Auflage entnommen. Auch die Abbildungen der Duftnoten in *Die Insel des Mondes* stammen aus genau diesem Buch.

Ebenfalls nützlich war, neben vielen anderen Büchern

zum Thema Duft und Parfüm, »Die Schule des modernen Parfümeurs«, Hrsg. von H. Mann, Augsburg 1919.

Die Goldspinnen, die Lázló zum Verhängnis werden, gibt es wirklich auf Madagaskar, und es ist einigen Modedesignern sogar gelungen, einen goldgelben Umhang aus ihrem Faden zu weben, der im Januar 2012 im Victoria & Albert Museum in London ausgestellt wurde, was Tierschützer jedoch aufgebracht hat. Falls Sie den Umhang trotzdem anschauen möchten, hier ein link: http://de.lifestyle.yahoo.com/blogs/mode/goldumhang-aus-spinnenseide-empört-peta-114813333.html

Auch den Drongo mit seiner ungewöhnlichen Fähigkeit, Geräusche zu imitieren, trifft man überall. So waren wir verblüfft, als auf St. Marie unser Handy immer weiterklingelte, obwohl wir es doch gerade ausgestellt hatten.

Meine Recherchen auf Madagaskar verliefen nur so problemlos und effizient, weil ich darin von der Reiseagentur www.PRIORI.ch unterstützt wurde, die sehr viel mehr ist als nur eine Reiseagentur, vielleicht eher so etwas wie ein Kulturvermittler. Ich danke besonders Frau Bodo Andriantefiarinesy in Antananarivo für ihre unermüdliche Geduld mit all meinen Fragen und Wünschen, unserem Fahrer Lalaina, Olga von APAM (Association Projet Analalava Madagascar) und Roger für unvergessliche Eindrücke im unberührten Regenwald, und der Dolmetscherin Chantalle für ihre kenntnisreiche Begleitung durch die Insel.

Mein großer Dank gilt auch Nirina, dem Chefguide im Andasibe-Nationalpark. Er hat uns nicht nur die Lemuren, Pflanzen und Opferstätten rund um Andasibe gezeigt, sondern uns auch mit der Heilerin Denise Tanambovo in Kontakt gebracht.

Sehr informativ war auch das ökologische Hilfsprojekt »Ma Colline« von Marie-Helene Kamyo in Antalaha, das sich über Unterstützung in jeglicher Form freut.

Außerdem bedanke ich mich bei dem Forschungszentrum für Heilpflanzen IMRA in Antananarivo und Herrn Benja Rakotonirina für die vielen interessanten Details über die endemischen Pflanzen Madagaskars und ihre Heilwirkungen. Ihm verdanke ich auch die Anekdote mit den Fischern, die Villeneuve beim Dinner mit der Königin zum Besten gibt.

Schreiben muss und will man seinen Roman ganz allein, doch zu meinem großen Glück lebe ich ja nicht einsam in einem Elfenbeinturm:

Ich danke scripts for sale und meinen Agentinnen Petra Hermanns und Christiane Düring, ohne die es dieses Buch so gar nicht gäbe.

Des Weiteren möchte ich Anja Franzen danken, die als Allererste an meine Madagaskar-Idee geglaubt hat, und dann meiner Lektorin Carola Fischer vom Diana Verlag, die diesen Roman voller Engagement betreut hat, sowie Lisa Scheiber, die dem Manuskript mit ihrer sorgfältigen und einfühlsamen Redaktion den letzten Schliff verliehen hat.

Ich bin froh, dass ich während des Schreibens immer auf die fachkundige Unterstützung meiner Autoren-Freundinnen Lilli Beck, Bettina Brömme, Sylvia Englert, Julia Podeschwa und Heidi Rehn zählen konnte.

Mein ganz besonderer Dank gilt Anna Eichlinger, ohne

deren Geduld und Neugier ich diesmal nach achtzig Seiten ganz sicher das Handtuch geworfen hätte.

Doch am allermeisten danke ich meinem Mann, Erol Gurian, der sich voller Begeisterung aufgemacht hat, zusammen mit mir die Geheimnisse der »Insel des Mondes« zu ergründen.

Noch mehr Infos, Bilder, Hintergründe, Interviews und Soundfiles finden Sie auf www.dieinseldesmondes.de

Glossar

AFINTSA Kleine, in der Sonne getrocknete Bananen

ALAHAMADY Großes Neujahrsfest

AMBRA Ambra bezeichnet eine graue, wachsartige Substanz aus dem Verdauungstrakt des Pottwales, die im frischen Zustand unangenehm riecht und erst getrocknet und durch den Einfluss von Salzwasser eine angenehme Duftnote – holzig tabakartig, trocken balsamisch – entwickelt. Vor allem schwarze Ambra spielte früher eine wichtige Rolle bei der Parfümherstellung, heute weicht man wegen des Artenschutzes auf künstliche Ersatzstoffe aus. Lange wusste man nicht, woher Ambra genau kam, weshalb sich viele Mythen um sie rankten.

AMBOHIMANGA Der Königshügel Ambohimanga in der Nähe von Antananarivo war bis 1794 der Sitz der Könige, danach hielten sie sich dort oft während des Sommers auf. Bis heute gilt Ambohimanga als heiliger Ort, 2001 wurde er von der UNESCO zum Weltkulturerbe erklärt.

Andrianapoinimerina 1745–1810, König der Merina, Erbauer von Ambohimanga und Begründer des Königreichs Madagaskar.

Anosmie Nasenblindheit, Verlust des Geruchsvermögens

Antananarivo Hauptstadt von Madagaskar im zentralen Hochland

Apocynacea Apocynacea bezeichnet eine Pflanzenfamilie, deutsche Bezeichnung: Hundsgiftgewächse

Bulbus Olfaktorius Riechkolben

Copalle, André Französischer Maler, der König Radama I. in der Zeit von 1825–1826 auf Madagaskar in goldgeschmückter Uniform, mit Säbel und Kriegshelm porträtierte.

Coup-Coup Großes Buschmesser mit breiter, leicht sichelförmig gebogener Klinge und einem Holzgriff

Dadarabee Ein Dadarabee ist ein madagassischer Priester oder Heiler, welcher Kontakt zu den Ahnen aufnehmen und heilige Zeremonien durchführen kann.
Dieses Wort habe ich in Madagaskar oft gehört und diverse Schreibweisen dazu erhalten, weshalb ich mich dazu entschlossen habe, es lautschriftlich zu schreiben.

Drongo Ein in den Tropen verbreiteter Singvogel, meist mit schwarzem Gefieder, mit zwei lang auslaufenden schwarzen Schmuckfedern. Die Drongos sind Meister darin, Laute zu imitieren.

Elefantenohr Trivialname für das Riesenblättrige Pfeilblatt, das bis zu vier Meter hoch werden kann. Es hat die größten nicht zusammengesetzten Blätter aller Pflanzen. Die Sprossachsen können wie Kartoffeln gekocht und gegessen werden. Die Pflanze ist in tropischen Gegenden verbreitet und liebt feuchte Standorte.

Ellis, William 1794–1872, englischer Missionar, der sich zwischen 1852 und 1854 in Madagaskar aufhielt und darüber drei Bücher schrieb.

En déshabillé Nachlässig und noch nicht ganz ausgehfertig angezogen

Fady Ein Tabu, von denen es auf Madagaskar viele verschiedene gibt.

Famadihana Das Fest der Totenumwendung, das man auch heute noch bei den Merina im Hochland feiert. Dazu werden etwa alle zehn Jahre die Toten aus ihren Gräbern geholt und in neue Tücher (Lambamenas) und Bastmatten gewickelt. Die Verstorbenen werden in einem fröhlichen Umzug durch das Dorf getragen, es wird gegessen und getrunken, danach werden sie wieder zurück in ihr Grab gebracht.

Fandroana Das heilige Badefest zu Neujahr

Fankalazana Feier

Flaconet, etienne de 1607–1660, französischer Naturforscher, Geograf und Historiker, der von 1648–1655 das Amt des französischen Generalkonsuls auf Madagaskar innehatte.

Französische Krankheit Syphilis

Gartenlaube, Die Zeitschrift, welche ab 1871 erschien. Ab 1880 die auflagenstärkste illustrierte Familienzeitung des 19. Jahrhunderts, in der auch viele Fortsetzungsromane abgedruckt wurden.

Griffith, David 1792–1863, englischer Missionar, der die Bibel ins Madagassische übersetzte, was als die erste Übersetzung in eine afrikanische Sprache gilt.

Hotely Hotely nennt man auf Madagaskar einfache Schlafunterkünfte.

Ikopa Fluss, der das Hochland der Merina entwässert

Indri Indris gehören zur Familie der Lemuren, die ausschließlich auf Madagaskar vorkommen. Früher wurden sie fälschlich als Halbaffen bezeichnet, sie zählen jedoch zur Familie der Feuchtnasenaffen. Der Indri ist der größte der lebenden Lemuren und lebt im Nordosten von Madagaskar.

KABARY Rede

KAISERSCHNITT Vor 1880 wurde die Kaiserschnittnaht noch mit einem Vertikalschnitt durchgeführt, und da mehr als 80% der Mütter dabei starben, wurde er in aller Regel nur dann vorgenommen, wenn die Mutter bereits tot war. Die horizontale Naht, so wie wir sie heute kennen, wurde erstmalig 1881 durchgeführt.

KELIMALAZA Kelimalaza ist der Name der Hüter der Totems auf Madagaskar. Sie wurden jahrhundertelang wie die königlichen Familienmitglieder behandelt, hatten einflussreiche Machtpositionen am Hof und durften auch das königliche Rot tragen.

KRINOLINE Ein ursprünglich mit Rosshaar versteifter Unterrock, der ab ca. 1866 aus Stahlreifen hergestellt wurde und dessen Durchmesser sich nach unten stark vergrößerte.

LABORDE, JEAN 1805–1878, französischer Abenteurer, der über beste Verbindungen zu Ranavalona I. verfügte. Gerüchten zufolge soll er auch ihr Liebhaber gewesen sein. Obgleich er dank ihrer Unterstützung rasch zu großem Reichtum gelangte, beteiligte er sich 1857 an einem Komplott gegen die überaus grausame Königin zugunsten ihres Sohnes Radama II., und wurde danach der Insel verwiesen. 1861 kehrte er zurück und blieb als französischer Generalkonsul auf Madagaskar, bis er 1878 starb.

Lamba Ein traditionelles Kleidungsstück auf Madagaskar. Es besteht aus einer rechteckigen Stoffbahn und kann aus schwerer Seide (Lambamenas für die Totenumwendung) oder für den täglichen Gebrauch aus Bast oder Baumwolle (Lambahoany) sein.
Die Muster unterscheiden sich von Region zu Region und reichen von einfarbig bis farbenprächtig, oft finden sich auch Landschaftsdarstellungen mit einem Sinnspruch. Der Lamba wird als Umhang, Stola, Kleid oder Rock getragen, aber auch zum Transport von Kindern oder Waren verwendet.

Lamina cribrosa Siebbeinplatte in der Nase

Lemur Früher wurden Lemuren fälschlich als Halbaffen bezeichnet, sie gehören jedoch zur Familie der Feuchtnasenaffen. Lemuren gibt es nur auf Madagaskar, sie leben auf Bäumen und ernähren sich hauptsächlich von Blättern. Die kleinsten, wie der Mausmaki, sind nicht viel größer als Meerschweinchen, die größten Lemuren, Indri genannt, können bis zu neunzig Zentimeter groß werden.

Luftwurzler Pflanzen, deren Wurzeln sich nicht in der Erde verankern, sondern in die Luft ragen oder sich um Baumstämme oder andere Pflanzen ranken, um so im schattigen Regenwald optimal mit Sonnenlicht versorgt zu werden.

Mahery tsy maody tsymba ela velona Wer nur stark ist, ohne vorsichtig zu sein, den erwartet kein langes Leben.

Mamofisa mamy Träume süß!

Manao aohana tompoko Wie geht es Ihnen?

Merina Die Merina waren ursprünglich Reisbauern. Sie leben im zentralen Hochland rund um Antananarivo. Mit etwa 26 Prozent bilden sie die größte Volksgruppe der achtzehn verschiedenen Hauptstämme Madagaskars, mit jeweils wieder weiteren Untergruppen. Im 19. Jahrhundert eroberten und beherrschten die Könige der Merina beinahe die gesamte Insel. Erst unter ihrer Führung wurde das Königreich Madagaskar zu einer bedeutenden Macht im Indischen Ozean.

Mesmer, Franz Anton 1734–1815, deutscher Arzt und Heiler, der die damals wie heute sehr umstrittene Lehre vom »animalischen Magnetismus« entwickelte, die davon ausging, dass durch den Körper eine Art Fluidum fließe. Stockungen des Fluidums führten seiner Meinung nach zu Krankheiten, die er mit dem Einsatz von Magneten und mittels seiner Heilkraft heilen zu können glaubte.

Mora-Mora Langsam, langsam.

Nosy Be Insel vor der Nordwestküste Madagaskars

Ny vava soa sakafo Eine gut gehaltene Rede kann sogar den Hunger besiegen.

Ombiasy Zauberer

Oud/Oudh Oud ist ein sehr seltenes und kostbares Räucherholz, das aus dem Adlerholzbaum, der in Südostasien beheimatet ist, gewonnen wird. Nicht das Holz selbst, sondern das Harz, welches durch die Verletzung des Baumes oder durch Pilzbefall vom Baum gebildet wird, verströmt den je nach Sorte balsamisch-süßen, würzig-bitteren oder holzig-animalischen Duft. Da es sehr schwierig ist, Öl aus diesem seltenen Harz zu gewinnen, ist Oud-Öl eines der teuersten Öle der Welt. Sein Wert wird auf das 1,5-Fache des Goldwertes geschätzt, deshalb wird Oud auch als flüssiges Gold bezeichnet. Der Adlerholzbaum fällt mittlerweile unter den Schutz des Washingtoner Artenschutzabkommens.

Palankin Überdachter Tragstuhl, eine Art Sänfte, die von vier Trägern getragen wird.

Pfeiffer, Ida 1797–1858, österreichische Reiseschriftstellerin, die in dreizehn Büchern über ihre Reisen durch vier Kontinente berichtete. Zwischen 1856 und 1858 besuchte sie Mauritius und Madagaskar, wo sie Ranavalona I. kennenlernte. Pfeiffer wurde jedoch kurz darauf, zusammen mit fünf anderen Ausländern, wegen des Verdachts der Spionage von der Königin ausgewiesen. Ihre Erlebnisse auf der Insel beschrieb sie in dem heute noch erhältlichen Buch »Reise nach Madagaskar«.

PIROGE Ein Boot, ein sogenannter Einbaum, das aus einem ausgehöhlten Baumstamm hergestellt und mittels eines großen Paddels vorwärtsbewegt wird.

PLATEN, AUGUST VON 1796–1835, deutscher Dichter. Die Gedichtzeile »Wer die Schönheit angeschaut mit Augen« wurde entnommen aus:
August von Platen, Werke in zwei Bänden. Band I Lyrik, hrsg. von Kurt Wölfel und Jürgen Link; Nach der Ausgabe letzter Hand und der historisch-kritischen Ausgabe. Winkler Verlag München 1982
Und für alle, die es gern ganz lesen möchten, hier das vollständige Gedicht:

TRISTAN
Wer die Schönheit angeschaut mit Augen,
Ist dem Tode schon anheimgegeben,
Wird für keinen Dienst auf Erden taugen,
Und doch wird er vor dem Tode beben,
Wer die Schönheit angeschaut mit Augen!

Ewig währt für ihn der Schmerz der Liebe,
Denn ein Tor nur kann auf Erden hoffen,
Zu genügen einem solchen Triebe:
Wen der Pfeil des Schönen je getroffen,
Ewig währt für ihn der Schmerz der Liebe!

Ach, er möchte wie ein Quell versiechen,
Jedem Hauch der Luft ein Gift entsaugen,
Und den Tod aus jeder Blume riechen:
Wer die Schönheit angeschaut mit Augen,
Ach, er möchte wie ein Quell versiechen!

PUYSÉGUR Armand Marie Jacques de Chastenet de Puységur, Marquis de Puységur (1751–1825), war ein französischer Aristokrat. Als Schüler Franz Anton Mesmers war er Mitbegründer des Mesmerismus und gründete dann sein eigenes Institut »Société des Amis Harmonique Réunis«.

RADAMA I. 1783–1828, König von Madagaskar von 1810 bis 1828. Er öffnete das Land für Missionare, woraufhin besonders angelsächsische, aber auch norwegische Geistliche herbeiströmten, die damit begannen, die Sprache Madagaskars aufzuzeichnen. Außerdem gründete er, in Anlehnung an das englische Parlament, ein Kabinett, blieb aber unumschränkter Herrscher seines Landes. Radama I. kam überraschend zu Tode, und man munkelt bis heute, dass seine Frau, Ranavalona I., sein Ableben beschleunigte, um selbst die Macht zu übernehmen.

RAINILAIARIVONY 1828–1896, Premierminister von Madagaskar von 1864 bis 1895. Die nahezu biblische Amtszeit von 31 Jahren erreichte er nicht nur durch diplomatisches Geschick, sondern vor allem durch Ehen mit den madagassischen Königinnen. Nacheinander heiratete er:

Rasoherina, Ranavalona II. und schließlich Ranavolana III., die letzte Königin Madagaskars, der er ins Exil nach Algier folgte.

RAMANONAKA Salzige, frittierte Reisküchlein

RANAVALONA I. 1782–1861, Königin von Madagaskar von 1828 bis 1861, die nach dem verdächtig plötzlichen Tod ihres Mannes Radama I. die Herrschaft an sich riss und das Land hart und grausam regierte, Christen verfolgte und Ausländer des Landes verwies. Unter ihrer Herrschaft wurden sehr viele Gottesurteile mittels der Tanguinbohne durchgeführt, man schätzt, dass mehr als zwei Prozent der Bevölkerung allein durch diese Gottesurteile getötet wurden.

RANAVALONA II. 1829–1883, Königin von Madagaskar von 1868–1883. Sie konvertierte zum Christentum, machte den Protestantismus zur Staatsreligion und öffnete die Insel ausländischen Besuchern und Ideen. Sie heiratete den Premierminister Rainilaiarivony, der, so vermutet man, die Geschicke des Landes mithilfe seiner drei königlichen Ehefrauen Rasoherina, Ranavalona II. und Ranavalona III. aus dem Hintergrund leitete.

RASOHERINA 1814–1868, Königin von Madagaskar. Nach dem Tod ihres Mannes, Radama II., regierte die Vorgängerin von Ranavalona II. von 1863–1868. Während ihrer Amtszeit wurde eine Verfassung erarbeitet, die den Häuptlingen und Adligen der einzelnen Ethnien größere Mitspracherechte und Christen und Ausländern mehr Rechte einräumte.

Ravenala Travellerpalme, Baum der Reisenden, so genannt, weil sich in ihrem Stamm Regenwasser sammelt, das man im Notfall trinken kann.

Razana Vorfahren/Ahnen

Reiswasser/Ranovola Ein, auch heute noch, beliebtes Getränk in Madagaskar. Der angebrannte Bodensatz, Ampango, der beim Kochen von Reis entsteht, wird mit einer extra Portion Wasser aufgekocht und warm zum Essen getrunken.

Réunion Insel östlich von Madagaskar, früher île de Bourbon, Bourbonen-Insel, wovon sich der Begriff Bourbon-Vanille ableitet.

Roter Flughund Der größte Flughund Madagaskars mit Flügelspannweiten bis zu 125 cm. Der nachtaktive Flughund kommt überall in Madagaskar vor, lebt in Gruppen bis zu tausend Exemplaren und ernährt sich hauptsächlich von Früchten.

Rücken zudrehen Eine respektvolle madagassische Umschreibung dafür, dass jemand gestorben ist.

Sakàizam-bohitra Sakàizam-bohitra bedeutet so viel wie »Freunde des Dorfes« und bezeichnet alte Offiziere, die rekrutiert werden, um für die Einhaltung der Gesetze im Dorf zu sorgen. Früher waren sie verantwortlich für die Registratur von Geburten, Hochzeiten und Todesfällen.

SAMBOSY Sambosy sind dreieckige kleine Teigtaschen aus Reisteig. Mit Hackfleisch und Kräutern gefüllt, werden sie in Fett ausgebacken und mit ein wenig scharfer grüner Soße (Sakay) gegessen.

SANTAL Sandelholz

STAKTE Stakte bezeichnet das Harz des Styraxbaumes, Styrax officinalis, das im Christentum (siehe 2. Mo 30,34) zu den Bestandteilen des heiligen Räucherwerks gehört.

ST. MARIE Insel vor der Nordostküste Madagaskars

STURMHÖHE 1847 veröffentlichter Roman von Emily Brontë, dessen Handlung sich um die dramatische Liebesbeziehung zwischen der verzweifelten Catherine und dem romantisch-grausamen Heathcliff dreht.

TAMATAVE/TOAMASINA Hafenstadt an der Ostküste Madagaskars

TANGUINBOHNE Bei der Tanguinbohne handelt es sich um den Samen von Cerbera odollam, auch Selbstmordbaum oder Pong-Pong genannt. Die Kerne der grünen, etwa mangogroßen Frucht sind hochgiftig und führen zum Herzstillstand.

Tartuffe Figur aus einem Theaterstück von Molière, die durch ihre geheuchelte Frömmigkeit sprichwörtlich geworden ist.

Tatao Tatao ist in Milch gekochter Reis, der mit Honig gesüßt, am Anfang des Neujahrsfestes verzehrt wurde.

Tsakitsaky Ein lautmalerischer Begriff für kleine, leckere Häppchen, von »mitsako«, madagassisch für »kauen«

Tsara Schön, gut

Tsara mandry Gute Nacht!

Turnüre Ein halbkreisförmiges Gestell aus Stahl- oder Fischbeinstäbchen, oft auch ein Rosshaarpolster oder eine neuartige Krinoline, die nur hinten waagrechte Reifen aufwies und welche über das Gesäß gelegt und mit Bändern um die Taille gebunden wurde. Darüber wurde das Kleid bauschig zusammengerafft.

Varanga Varanga bezeichnet eine alte, traditionelle Zubereitungsart für ganze Rinder, die in unterirdischen Erdöfen gegart wurden. Nach dem Garen wurde das Fleisch zerteilt und in seinem eigenen Fett konserviert. Zum Neujahrsfest, ein Jahr später, wurde dann ein Stück Fleisch entlang der Fasern in kleine Streifen zerrupft und in seinem eigenen Fett gebraten.

Voay oder Mamba Krokodil

Von’enina Eine kleine rosa blühende Pflanze, welche auf Madagaskar beheimatet ist. Sie gehört zur Familie der Apocynaceae (der Hundsgiftgewächse).

Zanahary Gott

Zibet/Zibeth Ein Sekret aus den Analdrüsen der Zibetkatze, das sehr unangenehm riecht, verdünnt jedoch einen ledrigen Duft entwickelt, der zu einem wichtigen Grundstoff in der Parfümherstellung wurde.